Lily Braun

Lebenssucher

CLASSIC PAGES

Braun, Lily

Lebenssucher

ISBN: 978-3-86741-547-7

Auflage: 1
Erscheinungsjahr: 2010
Erscheinungsort: Bremen, Deutschland

Lebenssucher

Inhaltsverzeichnis

Erstes Kapitel
Wie Konrad Hochseß zuerst das Leben suchte, und was er fand

Es gibt Jahre, in denen der Frühling nicht fröhlich ist; die wenigen Blumen, die er über die Wiesen streut, sind blass und welken rasch; nur zögernd, fast als fürchteten sie sich, kriechen die jungen Blätter an den Bäumen aus der braunen Hülle; das dürr raschelnde Herbstlaub im Walde wird kaum jemals ganz von einem frischen Moosteppich verdrängt, und auch der klarste, blaue Himmel trägt einen feinen grauen Schleier wie die jungen Nonnen bei der letzten Weihe.

Solch ein Frühling strich mit seiner schlaffen, weichen Luft über die Höhen des fränkischen Jura, spielte im Vorüberstreifen flüchtig mit der zerbrochenen Äolsharfe auf dem grauen Turm von Hochseß, tanzte ein wenig über dem ausgetrockneten, zwischen Nesseln träumenden Ziehbrunnen, um schließlich die schmale Wange und die blonden, glatten Haarsträhnen des schlanken Knaben kosend zu streicheln, der auf der alten efeuumsponnenen Mauer saß und unbewegt in das Land hinausstarrte. Weithin breitete es sich aus vor ihm, von dem engen Tale an, das drunten schlief, eingewiegt vom Murmeln und Plätschern des breiten Baches und dem Klappern der Wassermühle, deren Räder er trieb. Blasse Wiesen schmiegten sich sehnsüchtig an den zärtlichen Freund, als erwarteten sie von seiner Umarmung ihr buntes Blumenleben, und in zahllosen Windungen umschlang er sie, als ob er zögere, sich von ihnen zu trennen; Sträucher von wilden Rosen, Schlehen und Rotdorn, die zum Himmel empor ihre Ästchen streckten, nach heißer Sonne verlangend, die ihre Blüten wecken sollte, umkränzten sie, ehe die Bergwände steil emporstiegen.

Buchen und Eichen, Tannen und Eschen überzogen alle Hänge bis zum Gipfel hinauf. Ihre Stämme, vom silbernen Grau bis zum tiefsten Schwarz, standen gegen den matten Himmel wie Marmorsäulen. Da und dort aber wich der Wald zurück; Felsmauern und Türme überragten ihn finster drohend in wild-verwitterten Gebilden. Zwischen ihnen, so hatte der Knabe einst geträumt – und die Erinnerung daran zauberte ein verlorenes Lächeln auf seine Züge –, hausten die Götter und Helden der Vorzeit, und Sonntagskindern zeigten sie sich in Maiennächten. Sie zu suchen, war er einmal heimlich ausgezogen, ein kleines Bübchen noch, dorthin, wo in gewaltigen Quadern, wie von Zyklopen erbaut, die Riesenburg silbern in der Sonne leuchtete.

1

Sein Auge blieb an ihr haften: wie war damals sein Atem geflogen im steilen weglosen Anstieg, wie hatte sein Herz geklopft im Glauben an das Große, das seiner wartete. Und dann – unwillkürlich hob er die geballte Faust wider die fernen Felsen –, dann, als das mächtige Tor sich über ihm wölbte und fiebernde Erwartung die Brust zu sprengen drohte, hörte er Mädchenkichern und die dozierende Stimme des Lehrers, der die bunte Schar auf gebahnten Wegen emporgeführt hatte, sah um den Rand des höchsten Felsens, der ihm als unnahbarer Wachtturm erschienen war, ein schmächtiges Drahtgitterlein gespannt, sah ein Fähnchen hoch oben flattern, darunter eine Bank, mit hundert Namen bedeckt, – und in einer der schmalen Felsenhöhlen barg er seine Verzweiflung. Dort hatte er die Nacht erwartet, ach, die götterlose Nacht!, war dann hinaufgeklettert, hatte die Fahnenstange mit Anspannung all seiner von der Wut gesteigerten Kräfte aus der Erde gerissen und hinab geschleudert, hatte die wurmstichige Bank zum Kippen gebracht und sich am Drahtgeländer die kleinen Hände blutig gerissen. In Gedanken an die erste, bitterste Enttäuschung seiner Kindheit zog grausamer Spott über sich selbst seine Mundwinkel abwärts, sodass er sekundenlang ganz alt erschien.

Ein Blick in die sonnenüberglänzte Ferne verklärte sein Antlitz wieder. Er folgte dem Bach und dem sich weiter und weiter dehnenden Tal, wo die Wiesen in buntgestreifte Felder sich verwandelten, wo, in Obstgärten gebettet, von Kastanien überragt, rote behäbige Dächer und alte kunstvolle Fachwerkbauten mit spitzen Giebeln um schlankturmige Kirchen sich scharten. Er sah die Schlösser auf den Höhen, die dem toten Felsen gleich gewesen wären, wenn ihre Fenster nicht in der Sonne wie lebendige Augen gefunkelt hätten. Und ganz, ganz fern im Nebelgrau, wie ein phantastisches Traumgebilde, am Fluss gelagert, sich mit Mauern und vielen Türmen zu den Hügeln emporstreckend, lag sie, die Stadt – die großen, schwarzen Augen des Knaben verdunkelten sich noch mehr, seine sehr blassen Hände krampften sich ineinander, sodass die Fingerspitzen sich röteten –, die Stadt, deren strahlender Glanz die Nacht und ihre Gespenster besiegte, deren brausender, auf- und abschwellender Ton die unheimlichen Stimmen der Stille verschlang; die Stadt, über die der Dom, einer Königsfeste gleich, sich erhob und tote Kaiser in seinen hohen Hallen dem Raunen alter, in goldene Roben gehüllter Priester und dem hellen Gesang weißgekleideter Chorknaben lauschten.

An einem Pfeiler stand eine steinerne Madonna. Der Knabe faltete die Hände, seine Augen glänzten, wie von innen erhellt. Heimlich dachte er an sie und betete zu ihr, wenn sie ihn sonntags drunten im Dorf in die kahle lutherische Kirche führten. Und an einem anderen stand auf hohem Ross der gekrönte Ritter, dessen Namen er trug – –

»Konrad!« rief eine Stimme, die klang, als klopfe jemand an ein zersprungenes Glas. Der Knabe hob ein wenig den Kopf, »der Lehrer«, dachte er und sah wieder regungslos sinnend ins Land hinaus. Vor dem dunklen Bilde des Ahnherrn droben im Saal hatte der Führer seiner Kindheit ihn heute feierlicher als sonst an das Heldenbeispiel dieses Mannes mit dem großen schwarzen Kreuz auf dem weißen Mantel erinnert. Er reckte seine schlanke Gestalt, als prüfe er ihre Muskeln: Ein Ritter wie jener würde er sein – wenn sie nur erst vor ihm stünden, die Feinde!

»Konrad!« rief es noch einmal; seltsam, wie die letzte Silbe in einem hohen Vogelton lange nachzitterte. Ein weiches Lächeln, wissend und gütig, fast wie das eines reifen Mannes, überflog die Züge des Knaben, und seine rasche Phantasie, für die eine Farbe, ein Ton genügte, um den Vorhang vor einer Welt der Märchen und Wunder emporschnellen zu lassen, zauberte ihm im gleichen Augenblick all die Bilder vor Augen, die jene Stimme, so lange er denken konnte, heraufbeschworen hatte: Weiße, von üppigen Rosen umsponnene Schlösser unter dunkelblauem Himmel, schwarzäugige Frauen in königlichen Sälen, eine Stadt von Palästen, bewohnt von einem Volk der Mediceer, und seine heiße Sehnsucht spannte ihre Flügel weit – weit.

Er glitt von der Mauer herunter.

»Die Großmutter«, flüsterte er im Weitergehen.

»Konrad!« klang es zum dritten Male. Und wieder eine andere Stimme, wie das Meckern einer Ziege. Jetzt aber lachte der Gerufene hell auf und war mit ein paar Sätzen – die Muskeln der langen, schlanken Beine spielten unter den dünnen Strümpfen wie die eines Vollblutpferdes – unter den Kastanien, an denen die roten Blüten leuchteten, vor dem Haus.

»Bin ich zu spät, Giovanni?« Der Angeredete, ein spindeldürres Männchen, um dessen krummgezogenen Körper die ausgewaschene Sommerjacke in tausend Falten schlotterte, meckerte fröhlich auf,

3

seine Augen, winzige schwarze Kohlenpunkte im braungelben, verknitterten Pergament des Gesichts, umfassten den Knaben mit einem Ausdruck leidenschaftlicher Zärtlichkeit.

»Tut nix, tut nix, *bambino mio*«, sagte er und streichelte seinen Arm mit jener scheuen Bewegung, mit der der Sammler seinen kostbarsten Schatz zu betasten pflegt, »wir träumten einmal wieder?«

Konrad streckte die Arme mit gespreizten Fingern weit aus, als gelte es, die Welt zu umarmen.

»Vom Frühling, nicht wahr?« flüsterte der Alte mit einer vor Erregung vibrierenden Stimme, »von unserem Frühling? Von heißer Sonne und roten Rosen? Von – daheim?!«

»Von daheim!« wiederholte Konrad mit einem verlorenen Blick. Dann strich er sich mit den langen schlanken Händen über die Stirn und lachte auf. »Nein, nein! Ich dachte nur an morgen. Dann bin ich fort, fort in der Stadt bei den vielen Buben, die alle jung sind wie ich, mit denen ich toben kann und mich balgen, und tanzen und reiten und schwimmen. Wo ich nicht immer allein sein werde wie hier zwischen lauter – lauter –«

Er stockte und senkte, übergossen von Schamröte, die Stirn.

»Zwischen lauter Alten!« ergänzte Giovanni; sein Kopf nickte ruckweise wie der einer Marionette, er zog das dünne Röckchen fester um die Schultern, als fröre ihn. »In der Stadt hört freilich das Träumen auf. Da arbeiten sie und schwitzen über den Büchern. Da sind auch die Jungen alt.«

Auf dem Antlitz des Knaben erlosch die Freude; er warf einen ängstlich fragenden, scheuen Blick auf den Gefährten, der mehr zu sich selbst, als zu ihm zu sprechen schien. »*Niente – niente, bambino mio* – du wirst frieren, noch mehr frieren als hier, wirst sehen, wie sie in den Straßen hin und her laufen, um warm zu werden; wie sie alle suchen – und längst vergessen haben, was sie suchen. Nur Träume leben –«

Seine Stimme verlor sich in ein heiseres Flüstern und verklang wie ein ferne plätschernder Bach. Über Konrads Züge flog ein halb selbstbewusstes, halb mitleidiges Lächeln.

»Einen Sack voll Träume, die ich erlebte, bringe ich dir mit, wenn

ich heimkomme,« sagte er überlaut mit seiner noch unschön mutie-
renden Knabenstimme, als wollte er durch den starken Ton den Eindruck des gehörten Geflüsters überwinden. Neckend zupfte er den in
sich Versunkenen an den spärlichen Haarlöckchen; den Körper des
Alten durchzuckte es. Er reckte sich auf und strich sich, beglückt über
diese Liebesbezeugung, über den spitzen Schädel.

»Konrad!« klang die weiche Frauenstimme noch einmal. Der Gerufene lief ihr entgegen.

»Ein echter Savelli,« murmelte Giovanni stolz, den schönen Knaben mit den Blicken zärtlich verfolgend, »ein echter –« und er verstummte jäh. Gerade hatte ein Sonnenstrahl Konrads Haupt getroffen,
die Haare blitzten goldig auf.

»Zweierlei Blut – zweierlei Blut! –

Das tut nicht gut – das tut nicht gut –«

zischelte er kopfschüttelnd. Seine Gestalt knickte wieder zusammen. Hinter dem Ziehbrunnen verschwand er. Dann ächzte und
knarrte noch von ferne die Turmtür.

Auf der Terrasse, wo in großen weißen Kübeln runde Lorbeerbäume standen und sehnsuchtkranke Glyzinen an der Hauswand
mühsam emporkletterten, saß die Gräfin Savelli, in viele weiche, bunte Kissen geschmiegt, am Teetisch.

»Verzeih', Großmama –« mit der Gebärde aufrichtiger Hingabe
beugte sich der Knabe über die dargebotene Hand. Weiß und schmal
und schmucklos, mit perlmutterglänzenden Nägeln an den spitzen
Fingern, streckte sie sich ihm entgegen. »Wie schön sie ist!« sagte er
erstaunt, als sähe er sie zum ersten Mal, und vergaß darüber den
Kuss. Die alte Frau zog ihn an sich, sodass der Duft ihrer weichen
weißen Haare ihn umschmeichelte. Dann warf sie einen raschen tri-
umphierenden Blick auf den kleinen Kreis um sich. Die beiden glatt-
gescheitelten Damen neben ihr, die sich glichen wie ein Ei dem anderen, – sie trugen sogar dieselben grauen, schwarz-getupften Satinklei-
der auf den dürren langen Gestalten, dieselben schwarzen Zwirn-
handschuhe über den mageren breitkuppigen Fingern – sahen einander mit hochgezogenen Brauen an. Der alte Schulmeister, der trotz
des Jahrzehnts, das er hier oben verlebt hatte, nicht anders als auf der
äußersten Kante des Stuhles zu sitzen vermochte, lächelte pflicht-

schuldigst.

»Unsere letzte Teestunde, Konrad,« hub die Gräfin an, und über ihre schwarzen noch immer lang umwimperten Augen legte es sich wie ein Schleier. Dem Knaben stieg das Blut in die Schläfen: Durfte er seiner Seligkeit Ausdruck geben oder musste er Abschiedsschmerz heucheln?

»Dummer Junge,« fuhr sie mit erhobener Stimme fort, als empfände sie seine Gedanken, und ihre Augen blickten wieder klar, »sind wir sentimental wie die Deutschen?« Ihre Worte pfiffen wie ein Peitschenhieb über den Köpfen der anderen; die beiden grauen Fräulein senkten die hellen blonden Scheitel.

»Er ist und bleibt ein Hochseß,« sagte die eine von ihnen scharf, ohne den Blick zu erheben. Die Gräfin lachte, ein helles klingendes Mädchenlachen.

»Kein Zweifel, Tante Natalie, kein Zweifel!« Und dann mit geschürzten Lippen: »Sind wir nicht alle stolz auf die Mischung?« Natalie räusperte sich vielsagend. Elise, ihre Schwester, setzte mit lauterem Geräusch, als es der guten Form entsprochen hätte, ihre Tasse auf den Tisch.

»Kommt er nicht in eine deutsche Pension? Hat er nicht in unserm lieben Habicht einen echten deutschen Schulmeister gehabt?« frug die Gräfin halb spöttisch, halb gelangweilt, es war in den acht Jahren, seitdem sie Konrads Erziehung allein zu leiten hatte, nicht das erste Gespräch der Art, »und zwei deutsche Tanten, die, wenn man's ihnen nicht auf das bloße Ansehen hin glauben würde, ihre Reinheit von jedem Tropfen welschen Blutes bis ins zwölfte Jahrhundert hinein nachweisen können!«

»Und - -,« Tante Elisens Stimme zitterte.

»Ich weiß - ich weiß,« lachte die Gräfin, »und eine italienische Großmutter, die alles wieder verdirbt!«

»Nein, o nein!« widersprach Natalie mit betonter Höflichkeit, »aber einen italienischen Komödianten, der dem Jungen nichts als phantastische Geschichten in den Kopf gesetzt hat und seine evangelische Seele mit Heiligenlegenden vergiftet.«

Konrad wurde noch einen Schein blasser. Er warf einen heißen

Blick voll Hass auf die grauen Tanten. Seiner Großmutter schöne Hände, die auf der Armlehne ruhten, schlossen und öffneten sich abwechselnd, und ihre Fußspitze ging im gleichen raschen Takt auf und nieder.

»Der arme Giovanni!« Die Gräfin schien vollkommen ruhig, während ihr Blick sich ganz in der Ferne verlor. »Vergesst ihr immer wieder, dass er meiner Lavinia letzte Freude war? Unter den Kastanien lag sie in Decken gewickelt, ganz ausgestreckt, schon vom Tode gezeichnet und freute sich doch wie ein Kind, als der gelbe Kasten mit dem schwarzäugigen Volk in den Hof rumpelte. Die hellen Tränen liefen ihr über die blassen Wangen, als sie unsere Lieder, unsere weichen sehnsüchtigen Lieder sangen! Was wisst ihr davon, wie das unsereinem tut – es sind gar keine Töne, es sind die Schläge unseres Herzens, die Stimme unseres Blutes! – Und die Tänze dann! Nicht euer stumpfsinniges Drehen mit gesenkten Lidern, sondern ein Kampf zwischen Mann und Weib –«

»Aber meine Beste!« tönten wie aus einem Munde die scharfen Stimmen der alten Fräuleins.

»Ach so – das Kind!« sagte die Gräfin; der spöttische Ton, den sie anschlagen wollte, gelang ihr nicht. Sie erhob sich rasch. »Gehen wir, es wird kühl.«

Aber schon war der Knabe, der inzwischen unruhig hin und her gerückt war, aufgesprungen und hatte sich mit beiden Händen auf den Tisch gestützt, dass die Gläser leise klirrten.

»Jetzt – jetzt muss ich es sagen,« brach es mit rauher Stimme tief aus seiner Brust hervor.

»Konrad!« mahnte der Lehrer; ein verweisender Blick der Tanten traf ihn; nur die Großmutter schaute ihn an, eine große, heiße Erwartung in den Augen.

Dann aber, als sie ihn zittern sah, legte sie ihm mit rasch aufsteigender Angst die Hand beruhigend auf den Arm. Seit der Arzt ihr gesagt hatte, dass des Enkels Herz schwach sei, verdoppelte sich ihre Sorge um ihn.

»Ich muss es – weil ich morgen gehe. Weil ihr Giovanni nicht leiden könnt, weil – weil –« seine Knabenstimme überschlug sich, in den Schläfenadern pochte sichtbar das Blut, während die Wangen nur

7

umso tiefer erblassten, »ich leide es nicht, dass ihr ihn höhnt und zankt. Mit seinen Späßen und Kunststücken hat er die Mutter lachen gemacht. Ich hatte es nie, nie gehört. Ich horchte verwundert auf, und ich lachte mit ihr; zum allerersten Mal lachte ich mit meiner Mutter! Dann brachte man sie in ihr Zimmer hinauf, in ihr weißes, großes, kaltes Bett,« ein Schluchzen drohte ihm die Stimme zu ersticken, aber er bezwang sich, »die Kunstreiter zogen davon – nur Giovanni blieb. Er spannte ein Seil vom Turm über den Hof bis zum Torweg. Da konnte die Mutter vom Bett aus sehen, wenn er seine Sprünge machte, seine Gesichter schnitt. Wie sie lachte; wie sie froh sein konnte! Der Vater –,« ein harter Zug grub sich mit tiefen Falten in das weiche Knabenantlitz – »der Vater war nicht da –«

»Konrad, du versündigst dich –« Tante Natalie stand drohend dicht vor ihm.

»Weil ich sage, was ihr wisst, so gut wie ich: dass der Vater nicht da war, als – als –,« seine Stimme erstickte in wildem Weinen.

Gräfin Savelli zog ihn an ihr Herz. »Mio caro amore –« sie überschüttete ihn mit Schmeichelnamen, aber sein Körper zuckte, von der Erregung geschüttelt, in ihren Armen.

»Guten Abend,« sagten Elise und Natalie und verschwanden nach einigem geräuschvollen Stühlerücken hinter der Glastür des Gartensaales.

»Guten Abend,« sagte der Schulmeister; er hatte feuchte Augen und strich mit einer bebenden Hand über seines Zöglings blondes Haupt.

Nun waren die beiden allein. Vom Tale her stiegen in feinen Schleiern die Nebel auf.

Konrad warf einen zögernden Blick um sich, um gleich darauf die großen angstvoll aufgerissenen Augen fragend der Großmutter zuzuwenden.

»Willst du mir nicht sagen – jetzt am letzten Abend sagen – wie es kam, dass – dass er nicht da war?«

Die Gräfin richtete sich gerade auf; in ihren Augen entzündete sich ein grausamer, gelber Funken wie in der Pupille der Löwin, die, zum Sprunge bereit, vor dem Feinde ihrer Jungen auf der Lauer liegt.

Sie sprach, wie immer, wenn sie mit dem Knaben allein war, italienisch, aber ihre Stimme kam tief und rau aus der Kehle, sodass die vollen Laute von den Zähnen, durch die sie gepresst wurden, zerrissen schienen.

»Drüben auf dem Eckartshof war er zur Jagd geladen. ›Bleibe bei mir, Manfredo – nur heute verlass mich nicht,‹ flehte Lavinia – sie war an jenem Tage so weiß wie das Linnen, das sie deckte, nur ihre Haare lagen um sie wie ein schwerer, schwarzer Trauerschleier – und ich sah, dass dem Mann, der den ganzen Frühlingsduft der Erde mit sich hineintrug, vor ihr grauste. ›Ich kann nicht,‹ sagte er gequält, küsste ihr flüchtig die kalte, kraftlose Hand und ging. Sie aber lag von da an regungslos in den Kissen; die Tränentropfen allein, die unaufhaltsam unter den langen Wimpern ihrer geschlossenen Lider hervorquollen, bewiesen mir, dass sie noch lebte. Giovanni spannte indessen sein Seil vor ihren Fenstern. Aber sie sah seine Sprünge und Grimassen nicht. Da begann er den Tanz mit Gesang zu begleiten, und sie schlug die Augen groß auf. Welche Augen! Als laure der Tod in ihrer Tiefe!

Ich schickte nach dem Eckartshof. Aber sie saßen an der Frühstückstafel und ließen sich nicht stören. Da ging ich selbst. Und geradenwegs, an den verblüfften Dienern vorbei, in den Saal. Blond und weiß, mit Rosen auf den Lippen und den Wangen, saß die Hausfrau neben ihm. ›Lavinia stirbt,‹ rief ich in ihr Gelächter und wandte mich wieder zum Gehen. Ich sah, wie das Blut, das eben noch von Lebenslust gepeitschte, aus den Gesichtern wich, und fühlte die Stille, die ich zurückließ.

Er folgte mir – langsam, widerwillig, er, der sich einmal verzweifelnd mir zu Füßen gewunden hatte, als ich ihm Lavinia versagte!

Wir stiegen stumm den Berg hinauf. Plötzlich aber schoss er an mir vorbei, der helle Schweiß stand ihm auf der Stirne, es war, als jage ihn der Schrecken. Meine Hoffnung begleitete seinen Lauf. Erwachte nicht vielleicht mit der Liebe das Leben wieder?!

Ich betrat den Hof. Er war voller Menschen. Sie schwiegen alle, den entsetzten Blick auf einen Punkt geheftet, da lag Giovanni unter dem Seil in seinem Blut. Lavinia aber war tot.«

Die Gräfin Savelli schwieg. Sie war nun ganz zusammengesunken und sah sehr klein und sehr alt aus. Der Knabe zitterte, dass die Zähne ihm aufeinander schlugen.

»Sieh dort hinaus!« mahnte die Großmutter; ihre weiße, in die unbestimmte Ferne weisende Hand schimmerte wie von innen erleuchtet; »und nicht zurück! Dort suche das Leben!«

Am nächsten Morgen fuhr der alte, wappengeschmückte Wagen den letzten Junker von Hochseß zum Hoftor hinaus nach dem Bahnhof. Es regnete, ein lautloser, gleichmäßiger Regen, von einem gleichmäßig weißgrauen Himmel herab. Unter der Haustür standen die Tanten; in den mageren schwarzbehandschuhten Händen hatten sie weiße Tüchlein, die aber nicht recht wehen wollten, als sie sie hochhoben; der alte Lehrer stand hinter ihnen und schluchzte. Giovanni hatte sich in sein Turmzimmer eingeschlossen.

Die Gräfin Savelli begleitete den Enkel in die Stadt und ging mit ihm hinauf in den Dom, um dessen Säulen und Arkaden die Dämmerung ihren feinen Schleier wob. Sie sprachen kein Wort miteinander; aber zu dem königlichen Jüngling erhoben sich zu gleicher Zeit ihre Blicke, den ein unbekannter Künstler in Stein gemeißelt hatte, ein Vorbild reiner Ritterschaft. Konrad war, als sähe er sich selbst im Spiegel und als lächle der Doppelgänger ihm freundlich zu. Stumm drückten Großmutter und Enkel einander die Hände.

Dann gingen sie. Und die Gräfin Savelli übergab ihn mit ein paar freundlich-kühlen Worten dem Gymnasialdirektor Professor Traeger und seiner Ehefrau, deren behäbige Fülle und betonte Matronenhaftigkeit von seinen langen dürren Gliedern und sorgfältig frisierten Haaren seltsam abstachen. Die allzu tiefen und allzu häufigen Bücklinge, mit denen beide die Großmutter bewillkommneten und dann zur Türe geleiteten, als sie ging, hatten Konrads Urteil über sie unwiderruflich festgelegt.

Das war seine erste Enttäuschung. Denn in seinen Träumen war ihm der Direktor als ein Mann von Würde erschienen.

An der Abendtafel sah er die anderen Pensionäre zum ersten Mal. Sie kamen ihm klein und dürftig vor; der eine hatte zerbissene Nägel, der andere hässliche rote Pünktchen im Gesicht, der dritte kratzte sich bei jedem Wort, das er sprach, den dicken Schädel mit den gelben Borstenhaaren, und alle miteinander überboten sich in lächerlichen Dienstleistungen gegenüber dem Ankömmling.

Das war seine zweite Enttäuschung.

Nur der vierte Schüler – »ein ›Judenjunge‹!«flüsterte ihm augenzwinkernd sein Tischnachbar zu – hatte kaum einen Gruß für ihn.
Damit gewann er sein Interesse.

Drei Jahre blieb Konrad Hochseß in der Pension.

Als er zum ersten Mal zu den Ferien nach Hause kam, stürzten
ihm bei Giovannis ängstlich fragendem Blick die hellen Tränen aus
den Augen. Der Großmutter gegenüber lächelte er; nur als ihre Hand
beim Willkommen kosend über seine Haare strich, zuckte es schmerz-
lich um seine schmaler gewordenen Lippen. Eines Tages forderte ihn
Giovanni mit einem geheimnisvollen Lächeln zu einem Spaziergang
auf. Sie gingen weit durch den Park, bis er sich im Walde verlor. Da
lag ein haushoher Felsblock, dessen Fuß von Brombeerranken dicht
umwuchert war.

»Willst du mich daran erinnern, dass ich einmal als kleiner
Knirps da oben saß und verzweifelt heulte, weil ich nicht zurück
konnte?« lachte Konrad. »Damals wusste ich nicht, dass es ein unfehl-
bares Mittel gibt, um von allen Höhen hinunterzukommen: Fallen!«
fügte er mit dunklerer Stimme hinzu.

»Unsinn! Unsinn!« antwortete fröhlich meckernd der Alte. »Wozu ist denn der alte Seiltänzer da? Der holt noch immer den Buben
herab oder hält den Sack auf, wenn er abstürzt! Aber jetzt, jetzt heißt's
kriechen – nicht klettern. Den Tanzsaal der Mondgeister hat der alte
Giovanni für sein Goldkind gefunden – den Tanzsaal der Mondgeister!« Und er bog weit die stachligen Ranken auseinander, hinter denen der Fels eine dunkle Spalte aufwies.

»Eine Höhle!« jauchzte Konrad, »eine Höhle, die keiner kennt!«

Eine Zauberwelt voll phantastischer Tropfsteingebilde öffnete
sich ihm, die des Alten Blendlaterne mit hin und her flackerndem
Licht seltsam beleuchtete. Sie wurde von nun an der Schlupfwinkel
seiner Träume, die geheimnisvolle Erweckerin allen Frohsinns. Hohe
gelbe Kerzen von Wachs, wie die Bauern sie alljährlich in psalmodie-
renden Prozessionen nach Vierzehnheiligen zu tragen pflegen, stellte
Konrad hier unten auf; ein altes holzgeschnitztes Heiligenbild, es
mochte wohl eine Magdalena gewesen sein – eine vor der Buße, denn
die langen Haare deckten nur spärlich den jungen blühenden Mäd-
chenkörper – das Giovanni in einem Bodenwinkel gefunden hatte,
prangte in der großen Nische hinter der einen gewaltigen Säule, die

das ganze Gewölbe zu tragen schien. Ihr zu Füßen breitete ein schwarzes Bärenfell sich aus – Konrads Lager, wenn er all die schwülen Bücher mit den bunten Umschlägen verschlang, durch die seine Pensionskollegen die steife Zurückhaltung des hochmütigen Junkers endlich überwunden hatten. Um ihretwillen hatte er sich sogar herbeigelassen und war Arm in Arm mit dem, der sich die Nägel biss, über den Grünen Markt gegangen; um ihretwillen hatte er mit dem hässlichen Dickschädel auf der Altenburg Schmollis getrunken und die rothaarige Kellnerin unter dem Beifallsgebrüll der anderen in den Arm gekniffen.

Als er das zweite Mal den heimatlichen Boden betrat, hatte sich eine feine Falte zwischen seinen Brauen eingegraben. Walter Warburg, der »Judenjunge«, begleitete ihn. Professor Traeger hatte den jungen Mann als den klügsten und anständigsten unter seinen Schülern bezeichnet; daraufhin hatte die Gräfin Savelli, nicht ohne starkes inneres Widerstreben, dem Wunsche Konrads, ihn mitzubringen, nachgegeben.

Die beiden strichen von früh bis spät über Berg und Tal; sie suchten Steine und Pflanzen und Tiere und saßen an Regentagen unermüdlich über ihren Sammlungen. Für Giovanni, dessen Haut nur noch wie ein zerknittertes Pergament in tausend Falten über seinen Knochen hing, schien Konrad keine Zeit zu haben. Einmal fing er den heißen Blick tückischen Hasses auf, mit dem der Alte seinen Freund durchbohren zu wollen schien, als dieser gerade, entzückt vom köstlichen Fang, einen großen Trauermantel auf das Spannbrett spießte.

Ein seltsames Gefühl, aus Scham und Zorn gemischt, zwang Konrad von nun an, dem greisen Seiltänzer noch mehr aus dem Wege zu gehen. Es kam sogar vor, dass er es wie eine Erleichterung empfand, wenn die Tanten ihm von Giovannis gestörtem Geist allerlei Hässliches glauben machen wollten. Aber auch von der Großmutter zog er sich mit auffälliger Absicht zurück und behandelte sie mit der fremden Höflichkeit eines wohlerzogenen jungen Mannes. Die Freunde schienen völlig ineinander aufzugehen und der anderen nicht zu bedürfen. Und doch hatte Konrad ein Geheimnis vor Walter: seine Höhle. Es kam vor, dass er nachts aus dem Schlosse schlich, um bei Kerzenglanz vor der heiligen Magdalena mit sich allein zu sein. Nur zwei Augen, zu alt, um des Schlafs noch viel zu bedürfen, kleine schwarze Augen verfolgten ihn; sie sahen, dass er keine Bücher mehr in sein Versteck trug, wohl aber eine kranke Sehnsucht, die müde aus seinen umränderten Augen sprach.

Der Kummer um des Enkels verändertes Wesen trieb die Gräfin Savelli bis in Giovannis Turmstübchen. Erschrocken durch den ungewohnten Besuch, sprang er von seinem alten Lehnstuhl auf, sodass selbst die stillen kleinen Eulen auf der Stange über dem Ofen unruhig mit den Flügeln schlugen und die große gelbe Katze, die er getreten hatte, zu seinen Füßen kläglich aufschrie.

»Was ist's nur mit dem Konrad, Giovanni?!« und seufzend setzte sie sich auf den dreibeinigen Schemel, ohne zu bemerken, wie eifrig ihr der Alte den bequemen Sessel anbot.

»Frau Gräfin,« stotterte er, die Finger verlegen aneinander reibend, »der junge Herr Baron – unser – unser *bambino* –« Er stockte, das gelbe Gesicht blutübergossen, um in einem gezwungenen geschäftsmäßigen Ton, die Worte überstürzend, wobei der charakteristische Kehllaut des Florentiner Dialekts, der die Gräfin von Anfang an so heimatlich berührt hatte, besonders stark hervortrat, rasch fortzufahren: »Wenn Frau Gräfin vielleicht jetzt des Müllers Liese in Dienst nehmen wollten, – sie ist ein hübsches Ding, und gesund, ganz gesund.« Die Schweißtropfen standen dem Alten auf der Stirn wie nach schwerer Arbeit; er bückte sich und las eine Feder vom Boden auf. Die Gräfin war aufgestanden, sie atmete schwer.

»So – so –« sagte sie gedehnt, in Gedanken verloren. Sie wusste es: das war der Brauch in Italien; wenn die Söhne mannbar wurden, sorgten die Mütter für –. Sie schüttelte sich. In ihrer Eltern altem Palast war es nicht anders gewesen; sie erinnerte sich der Marietta recht gut, des kleinen Küchenmädchens, die ihres Bruders Geliebte geworden war; eines schönen Tages war sie plötzlich verschwunden gewesen, um dann nach ein paar Monden als blühende Bauersfrau mit dem Säugling an der straffen Brust, von dem ältlichen Gatten begleitet, der Mutter einen Dankbesuch abzustatten. Der Bruder aber, der Giulio, war trotzdem – oder deshalb?! – ein Schürzenjäger geworden. Nein – nein! Niemals würde sie mit eigener Hand ihren lieben Jungen, ihren Konrad, in den Sumpf hinabstoßen! Und die Liese, das süße, junge Ding! War es wirklich jemals möglich gewesen, ein Weib zu opfern, um einem Mann über ein paar qualvolle Monde hinwegzuhelfen?!

»Nein, Giovanni,« erklärte die Gräfin bestimmt, »das ist des Landes hier nicht der Brauch!« Und erhobenen Hauptes schritt sie zur Tür hinaus.

»Nicht der Brauch – nicht der Brauch,« wiederholte der Alte kopfschüttelnd. Als er wieder im Lehnstuhl saß in der Dämmerung und die Augen der kleinen Eulen über dem Ofen zu glühen begannen, bewegten sich seine Lippen noch lange in endlosem Selbstgespräch: »Und hätt' ich selbst eine Tochter – mit eigener Hand führte ich sie ihm zu – ihm, Monna Lavinias Sohn.«

Am gleichen Abend, Konrad war eines verstauchten Fußes wegen zu Hause geblieben, stürmte Walter, in einer ihm sonst ganz fremden Erregung, die Treppen hinauf in sein Zimmer. Atemlos schüttelte er den vollen Sammelsack auf dem Tisch vor dem Freunde aus. Dann gab er ihm scherzend einen Schlag auf die Wange.

»Duckmäuser du, elender Heuchler!« rief er lachend, »solch einen Schatz, eine Fundgrube kostbarster Dinge, deinem Intimus zu verstecken!« Er merkte im Eifer gar nicht, dass Konrads Augen größer wurden und seine Lippen zitterten. »Hier – das ist unzweifelhaft ein Bärenknochen – ein einziger aus einem ganzen Haufen, den ich fand! Hier, sieh nur diese Pfeilspitze – wie scharf der Stein geschliffen ist! Und da –« er hob mit beiden Händen ein großes Stück weißgrauen Tropfsteins hoch empor – »welch unvergleichlicher Stalaktit! Ich habe ihn selbst –« aber schon hatte ihn Konrad an den Armen gepackt, sodass der Stein mit dröhnendem Gepolter seinen Händen entfiel; glühende Augen funkelten wild dicht vor dem erblassten Antlitz Walters.

»Du – du hast es gewagt,« schrie eine rauhe fremde Stimme ihn an, »hast meine Säulen zerschlagen, bist in deiner ekelhaften, schnüffelnden Neugier in mein Heiligtum eingedrungen? Jetzt, jetzt weiß ich, was für ein Teufel du bist: setzt Käfer in Spiritus und hast nie einem Vogellied zugehört, klebst mit genauester Klassifizierung Blumen in dein Herbarium und hast den Wald niemals gesehen, suchst Bärenknochen und entweihst mein Letztes – das, wohin ich mich flüchtete mit meinen Träumen, meinem letzten bisschen Frommsein! Tempelschänder!« Und er hob, seiner nicht mächtig, die Hand – Walter rührte sich nicht; er sah den Wütenden an, sehr blass, sehr ruhig. Und die Hand, die ihn hatte schlagen wollen, fiel zurück.

Walter ging, wortlos, zog leise die Türe ins Schloss und schritt, eine Viertelstunde später, den Rucksack über den Schultern, über den Hof, den Berg hinab. Konrad sah ihm nach, wie er auf der hellen Straße neben dem schimmernden Bach kräftig ausschritt, ohne sich auch nur ein einziges Mal umzusehen. Ein nicht mehr zu unterdrückendes Schluchzen erschütterte des Zurückgebliebenen schlanken Körper.

Den Rest der Ferien wurde er immer blasser, immer unzugänglicher. Seine Sammlungen warf er auf den Kehrichthaufen; vor den schmalen Höhleneingang spannte er ein dichtes Netz von Stacheldraht. Dann saß er in dem feuchten, sonnenlosen Ahnensaal, der von den vielen Folianten auf den braunen Regalen so seltsam nach Moder roch. Den Ordensritter mit dem weißen Mantel und dem großen schwarzen Kreuze darauf starrte er mit brennenden Augen an. Warum bin ich nicht seinesgleichen, dachte er ingrimmig, und hab' eine Fahne, der ich folgen, für die ich leben und sterben kann? Jeden Kongoneger beneide ich um seinen Götzen!

Die Gräfin grämte sich um ihn und scheute sich doch, durch ein unvorsichtiges Wort das leicht verletzbare Gemüt noch tiefer zu verwunden.

Nur zuletzt vor seiner Abreise zog sie ihn in ihr Zimmer – einen dunkel getäfelten Raum mit schweren alten Renaissancemöbeln und großen rotsamtenen Stühlen, wie Sitze für Könige oder Condottieri – und er träumte wieder zu ihren Füßen wie einst, wenn sie dem atemlos Horchenden von der fernen sonnigen Heimat und dem stolzen alten Palazzo der Savelli erzählte.

»Was fehlt dir, Konrad? Sag' mir, was ist's?« frug sie ihn.

»Nichts – nichts!« und er wich ihren forschenden Augen aus.

»Du bist der Alte nicht mehr!«

Ein hartes »Nein« kam von seinen Lippen, und er sprang auf. »Da draußen, Großmutter, zieht man uns eine Haut nach der anderen ab, bis es auf unserem Körper keine Stelle mehr gibt, die nicht jeder Luftzug mit Messerschärfe schmerzhaft träfe.« Und er ging mit großen Schritten hinaus, ohne eine Antwort abzuwarten.

Als die alten Füchse das dritte Mal den schaukelnden Landauer mit dem jungen Gebieter darin den Schlossberg aufwärts zogen, stand die grade Falte tief eingemeißelt wie eine Narbe zwischen seinen Brauen. Die Großmutter war krank. Sehr weiß, sehr durchsichtig saß sie tagaus, tagein in ihrem roten hohen Sessel; sie war stets in ganz weiche, spinnwebdünne, schneeige Wollentücher gewickelt und leuchtete vor den finsteren Wänden und schwarzen Schränken, wie der irrende Schatten einer Ahnfrau nächtlicherweile in den dunklen Gängen alter Schlösser leuchten mochte. Aber ihr Geist lebte das intensivste Leben. Sie sprach nur noch in knappen Worten, als hätte sie zu langen Sätzen keine Zeit mehr.

»Wir haben viel zu tun miteinander,« sagte sie ihrem Enkel statt jeder zärtlichen Begrüßung. Sie ließ ihm kaum Zeit, sich umzukleiden. Dann saß er stunden- und tagelang vor ihr an dem großen, mit Papieren voll endloser Zahlenreihen bedeckten Eichentisch und hörte mit einem Staunen, das sich immer mehr zur Bewunderung steigerte, von der Arbeit ihres Lebens.

Aus tiefster Zerrüttung hatte diese schöne Frau mit den weißen Händen, von der er, wenn sie in ihren Gemächern verborgen geblieben war, nichts anderes geglaubt hatte, als dass sie sich in ihre geliebten Dichter vergrub oder ihren Körper pflegte, der nie eine Altersspur verriet, den großen Besitz der Hochseß zu neuer, ungeahnter Blüte emporgeführt. Dokumente um Dokumente legte sie dem Enkel vor und erklärte sie mit sachlicher Kühle. Ein sarkastisches Lächeln kräuselte nur einmal ihre Lippen, als auf die regelmäßigen Auszahlungen an die Tanten die Rede kam. Sie blieben stets gleich niedrig trotz des wachsenden Reichtums.

»Natalie und Elise Hochseß«, sagte sie, »hüten seit fünf Jahrzehnten die hohen Traditionen dieses Hauses. Sie haben niemals ihre Kleider, niemals ihre Zimmer, niemals ihre Gesinnungen geändert. Sie werden dir die Wäscheschränke des Schlosses, die ich ihrer Verwaltung überließ, in tadelloser Ordnung, mit stets erneuten Häkelspitzen geschmückt, übergeben. Sie haben auch bereits, um dir alle Mühe zu sparen, in der kleinen Hilde Rothausen die Schlossfrau für dich ausgesucht. Sie werden sich zu ihren Vätern versammeln ohne einen Flecken auf ihrer jungfräulichen Ehre, ohne eine Narbe auf ihren Herzen. Auch ohne eine Schwiele, die von harter Ackerarbeit zeugte, an ihren Händen. Von dem, was ich geschaffen habe, ich, der sie jedes Kleid heimlich als einen Raub an der Familie Hochseß nachrechneten, wissen sie nichts – brauchen sie nichts zu wissen.«

Konrad nickte nur. Seit seiner Kindheit hatte ihn nichts so sehr entsetzt wie die Fledermäuse, die abends lautlos den Turm umkreisten und, wenn der Vollmond hell am Himmel stand, große schwarze Schatten warfen. In seinen Träumen vermischte sich das Bild der Nachtgeschöpfe mit dem der Tanten. Er spielte nie mit den Geschenken, die von ihnen kamen. Und so verstand er die Großmutter nicht nur, er dankte ihr für ihr Verständnis.

Während seines Aufenthaltes erholte sich die Gräfin Savelli zusehends. Sie erschien wieder wie einst auf der Terrasse unter den Lorbeerbäumen. Noch um einiges dürrer geworden und noch steifer im Rückgrat saßen die Tanten am Teetisch, die schmalen Lippen fest zusammengekniffen, – ein lebendiger Vorwurf. Von der Einweihung Konrads in die Geschäfte des Hauses hatte man ihnen weder eine Mitteilung gemacht, noch waren sie, wie es Familienrücksicht geboten hätte, zugezogen worden. Der alte Schulmeister, der auf dem Schlosse das Gnadenbrot aß, erfuhr von dem Ereignis durch Konrads harmlose Bemerkungen und erzählte es ihnen. Er war ein guter lutherischer Christ und hatte sich seit seines Zöglings Fortzug den Fräuleins von Hochseß, die allsonntäglich in der Dorfkirche saßen und jeden Karfreitag pünktlich zum Abendmahl gingen, auch nicht versäumten, täglich in ihrem Wohnzimmer mit den blank gescheuerten Dielen und der sehr bunten Kopie der Sixtina an der Wand eine Andacht zu lesen, mehr und mehr angeschlossen und saß auch jetzt mit der Wahrung respektvollen Abstandes zwischen ihnen.

»Es ist Ihnen, Frau Gräfin, als einer Ausländerin, wohl unbekannt geblieben,« begann Natalie spitz, »dass es der Tradition fränkischer Adelsgeschlechter widerspricht, einen Knaben von achtzehn Jahren in die Geschäfte einzuführen.«

»Noch dazu ohne Beisein der Schwestern seines in Gott ruhenden Vaters,« ergänzte Elise. Hektische rote Flecke malten sich dabei auf ihren spitzen Backenknochen.

Die Gräfin lehnte sich noch tiefer, noch behaglicher in ihre Kissen zurück, und ließ ihre schwarzen Augensterne sichtlich belustigt von einer zur anderen wandern.

»Der ›Knabe‹,« sagte sie und griff Konrad unter das Kinn, »ja, seht ihn nur genauer an: Er könnte so bärtig sein wie seine Väter – ist, soviel ich weiß, der Herr von Hochseß und hat ein Recht auf die von mir vermittelten Kenntnisse. Auch wollte ich, als ›Ausländerin‹ – es bedurfte Ihrer freundlichen Ermahnung nicht, um meine Erinnerung daran lebendig zu erhalten – nicht länger allein alle Verantwortung tragen. Es kann jeden Augenblick mit mir zu Ende gehen –«

Ein halb bedauerndes, halb überraschtes »Oh« der Schwestern unterbrach sie, während der Schulmeister sein Gesicht in feierliche Falten legte. Die Gräfin hob spöttisch abwehrend die Rechte.

»Bitte, verschwenden Sie Ihre liebevolle Teilnahme nicht zu früh. Der Sommer und diese Jugend neben mir hielten mich noch einmal von der Italienreise zurück.«

»Von der Italienreise?!« frug Konrad erstaunt.

»Ich möchte nicht gern im Ausland begraben sein,« antwortete sie in fast geschäftsmäßigem Ton, »doch das nur nebenbei. Es hat keine aktuelle Bedeutung. Ich bin gesund. Ich habe mir selbst ein Mittel verschrieben, das mich dem lieben Familienkreise noch lange erhalten wird.«

»Darf man wissen –?« Natalie stellte die Frage, ohne die Augen von ihrer Häkelarbeit zu erheben; nur das leichte Zittern ihrer Finger verriet, dass eine Ahnung sie folterte.

»Man darf!« Frohlockend wie bei einer Siegesbotschaft klang die Stimme der Gräfin. »Wollen Sie mir folgen? Ich glaube, wir sind alle sehr lange nicht auf dem Turm gewesen!« Damit erhob sie sich und schritt, auf den Arm des Enkels gestützt, hoch aufgerichtet voraus.

Auf ihr Klopfen öffnete Giovanni die immer noch kreischende Pforte. Gegenüber dem hellen Tage draußen erschien hier alles in nächtiges Dunkel gehüllt. In engen Windungen stieg die Treppe empor.

»Ich habe sie gekehrt und das Geländer befestigt,« krächzte der Alte aus der Finsternis.

»Führe uns!« antwortete die Gräfin.

Mit hart aufklappenden Sohlen, deren Ton vom Geräusch seines stöhnenden Atems begleitet wurde, stieg er voran. Das Seidenkleid der Gräfin rauschte über die Steinfliesen, dahinter klang das asthmatische Hüsteln der Fräuleins und des Schulmeisters breiter schwerer Tritt. Nur Konrad schien unhörbar emporzusteigen. Er ging auf den Fußspitzen, dem Licht entgegen, das oben durch die schmale offene

Falltür schräg, wie missgünstig, hereinbrach. Unter den vorspringenden Sparren und Balken hingen reihenweise die grauen Leiber zahlloser Fledermäuse.

In blendender Klarheit öffnete sich oben der Himmel über den Kommenden. Von plötzlichem Schwindel ergriffen, setzten sich die Tanten mit dem Rücken gegen die blaue Ferne auf die oberste der Stufen. Der Schulmeister steckte nur den Kopf ins Freie hinaus. Giovanni stand dicht am Rande der Plattform; der Wind klebte ihm die Kleider um die Glieder und sträubte seine grau-grünen Haare rings um den Schädel. Die Gräfin lehnte die linke Hand nur leicht auf des Enkels Schulter.

»Schwindelt dich?« frug sie lächelnd.

Er reckte sich in seiner ganzen, schlanken Größe kräftig empor.

»Auf der Höhe – in der Sonne – vor solch einem Ausblick – wie sollte mir schwindeln?« sagte er.

»Gedachten Sie durch diesen seltsamen Spaziergang nur Ihre Kräfte an den unseren zu messen, um sich des vollen Triumphs bewusst zu werden, Frau Gräfin?« Natalie knüpfte sich bei der spitzen Frage das graue Wolltuch fester um die fröstelnden Schultern.

»Nein, meine Lieben,« antwortete die Angeredete freundlich. »Ich erbat Ihre Begleitung, um mir nicht wieder Ihren Tadel zuzuziehen, denn nur von hier aus kann ich Ihnen zeigen – falls Sie die Güte hätten, auf einen Augenblick Umschau zu halten –, um welch kostbaren Besitz ich das Eigentum meines Enkels, Ihres Neffen, habe vergrößern dürfen. Sie von der Freude daran auszuschließen, wäre bitteres Unrecht gewesen!«

Nun standen die beiden grauen Gestalten eng aneinander gedrängt doch auf dem Turm, und in ihre farblosen Augen stieg ein Funke von Neugier.

»Siehst du dort im Tal, dicht an der Grenze unseres Waldes, das rote Dach mit den vier dünnen Türmchen an jeder Ecke?« wandte sich die Gräfin an Konrad, ohne die übrigen von da ab noch der geringsten Beachtung zu würdigen.

»Eckartshof,« antwortete Konrad und grub gleich darauf die Zähne heftig in die Unterlippe.

19

»Eckartshof –« Giovanni wiederholte es, näher tretend. Er streckte dabei die gelben Hände vor, sie zu Krallen spreizend, als ob er das friedliche Bild da unten zwischen ihnen zermalmen wollte.

»Von heute ab ist es dein,« mit einem lang gezogenen Vogelton tönte dies »dein« der Gräfin Savelli in die Ferne.

»Ah!« ein tiefer Atemzug hob Konrads Brust.

»Und der Freiherr? – Und die Baronin?« stießen die Schwestern mehr entsetzt als erfreut hervor.

»Sind ruiniert! Er hat sich zugrunde gespielt und getrunken. Ich kündigte ihm als Konrads Vormund das Darlehen seines Vaters.« Das selige Lächeln, das der Gräfin Antlitz verklärte, ließ sie um Jahrzehnte jünger erscheinen. Sie legte den linken Arm um des Enkels Schultern, und ihr heißer Atem umhüllte ihn ganz, während sie sich flüsternd zu seinem Ohre neigte. »Auf den Knien lag sie vor mir, die weiße Schlange – auf den Knien!«

In diesem Augenblick näherte sich ihnen Giovanni und zog in demütiger Gebärde die weiße Schleppe der Gräfin an seine Lippen.

»Nun lächelt Madonna Lavinia,« sagte er verträumt, und all seine Falten schienen sich zu glätten.

Wortlos schlichen die Fräuleins die Wendeltreppe herab. Sie fürchteten sich.

Das war vor dem Examen Konrads letzter Besuch in Hochseß.

Zweites Kapitel
Von der Fahrt in die Freiheit

In der Bahnhofshalle von Bamberg brütete die Septembersonne in breiten, heißen Strahlen. Sie schien die kurzen Minuten verzauberter Stille benutzen zu wollen, um jeden Rest von Rauch herauszudrängen; sie tanzte lustig über alles Blanke und ließ selbst auf den Steinplatten des Perrons Millionen winziger Sternchen strahlen.

Drei Männer traten hinaus; mit elastischem, raschen Schritt der eine, so wie sorglose Menschen gehen, mit schweren an der Erde klebenden Sohlen der andere, wie solche, die unsichtbare Lasten tragen, und hastig trippelnd der letzte, als wäre er ein Greis oder ein Kind.

»Eine halbe Stunde zu früh! Verrückt!« brummte der Zweite, eine untersetzte Gestalt mit den typischen feinen Zügen des Semiten von alter Kultur.

»Weise, sehr weise, mein Freund!« entgegnete lachend der Erste, ein hochgewachsener blonder Jüngling, der, gewohnt, sich zu allen anderen niederbücken zu müssen, die Schultern ein wenig nach vorn fallen ließ, »und zwar nach deiner eigenen Theorie, lieber Walter. Heißt es nicht, die Vorfreude auskosten bis aufs letzte, wenn wir hier in steigender Erwartung die Minuten verstreichen sehen?«

Ein leise meckerndes Lachen antwortete ihm. Rasch wandte er sich nach dem anderen Gefährten um.

»Jetzt steht der Mensch wahrhaftig hinter mir wie eine Leibwache!« rief er halb ärgerlich, halb belustigt.

»Euer Gnaden haben geruht, mich als Kammerdiener mitnehmen zu wollen,« antwortete der Alte mit einem tiefen Bückling, während seine schwarzen Äuglein zärtlich zu ihm aufblinzelten.

»Damit du vor der Welt ein Amt hast, Giovanni, du weißt, ein Kerl ohne Titulatur hat keine Existenzberechtigung! Aber unter uns,« und über des Jünglings gebräuntes Antlitz huschte ein weiches Kinderlächeln, »unter uns bist du, was du immer warst: mein Freund.« Der Alte drückte die dürren Hände flach aneinander wie zu einem Gelöbnis.

»Wollen wir nicht wenigstens aus der Sonne gehen?« sagte Walter, noch immer voll Missmut.

»Freu' dich doch, dass sie scheint! Sieh nur, wie sie selbst diesen öden Bau in einen Märchenpalast verwandelt!«

»Träumer!«

In diesem Augenblick schien das Leben erwacht: Dort rasselte schwerfällig ein langer Lastzug vorüber, hier rangierte mit schrillem Pfeifen eine Lokomotive, drüben klingelte gellend der Telegraph, dazwischen sauste ein Expresszug stolz durch die Halle, dass sie bis in ihre Fundamente erbebte; das alles kreischte und fauchte und dröhnte und schrie den Harrenden und Hinund Widerhastenden in gleichem Allegrotempo sein Vorwärts – Vorwärts entgegen, während dunkle Rauchschwaden alle Sonne verschluckten.

Es läutete. Um den langsam hereinstampfenden Personenzug drängten sich die Landleute. Eine grauhaarige Alte, die schwer bepackte Kiepe auf dem krummen Rücken, keuchte im letzten Augenblick auf den Perron. »Mach rasch, Mutter!« rief ein junger Bursche ärgerlich aus dem Coupéfenster.

Konrad Hochseß' Stirnadern schwollen. »Bande!« knirschte er zwischen den Zähnen und sprang hilfreich zu, die Last der armen Frau mit beiden Händen stützend, als sie die Stufen des Waggons emporstieg.

»Wirst du nun einsehen, dass das weibliche Geschlecht sich in keinen einheitlichen Begriff zusammenfassen lässt?« sagte Walter; »es gibt Damen und Lastträgerinnen – von alters her.«

»Glaubst du, ich werde jemals eine Tatsache als berechtigt anerkennen, nur weil sie die sogenannte Würde des Alters für sich hat?« brauste Konrad heftig auf. »Die Würde des Alters! Ach!« er schüttelte sich wie im Ekel, »ich brauche bloß an unseren Magister zu denken: Er predigte uns mit eindringlicher Spekulation auf unsere Tränendrüsen Enthaltsamkeit und betrank sich, dass seine arme Dicke ihn nächtlicherweile auf der Treppe auflesen musste!«

»Was ereiferst du dich?! Seine Predigten waren nichts anderes als Schuldbekenntnisse!«

»Ein Schwächling ist noch ekelhafter als ein Heuchler.«

Es läutete abermals: der Eilzug. Hinter den Freunden klappten die Coupétüren auf und zu. Da lief ein Mädchen mit langen wehenden Zöpfen und glühenden Wangen, ein kleines, von Seidenpapier umhülltes Paketchen in der ausgestreckten Hand, über den Bahnsteig. Sie suchte. Vergebens. Niemand sah hinaus. Keiner schien für die Stadt, aus der der Zug ihn entführte, einen Abschiedsblick zu haben. Nur hinter einem Fenster tauchte etwas auf wie eine Fratze: gelb, faltig, mit tief heruntergezogenen Mundwinkeln, wie nur unauslöschlicher Gram sie zeichnet. Das Mädchen riss bei diesem Anblick entsetzt die hellen blauen Augen auf und starrte noch auf denselben Fleck, als der Zug sich schon in Bewegung setzte; erst der gelle Pfiff brachte sie zu sich. Und plötzlich schien sie entdeckt zu haben, was sie suchte: ein scharfgeschnittenes Profil – schwarze, gerade gezogene Augenbrauen, weiche rote Lippen – blonde Haare. Aber der Kopf, an dem ihre Blicke sehnsüchtig hingen, wandte sich ihr nicht zu, obwohl sie atemlos neben dem schon rascher fahrenden Zuge herlief. Da warf sie ihr Paketchen gegen das Fenster: Das Seidenpapier löste sich, eine blasse Rose fiel unter die Räder.

Walters dunkler Kopf bog sich einen Augenblick lang hinaus. »Das Klärchen!« sagte er, zu dem Freunde gewandt.

»Ich weiß,« stieß er zwischen den Zähnen hervor.

»Und hast keinen Gruß für sie? Gabst du nicht früher dein ganzes Taschengeld für ihre Eitelkeit aus, machtest Fensterpromenaden und Liebesgedichte?!«

Der andere warf dem spottenden Freunde einen Blick zu, dessen drohender Ausdruck zu dem Geschehenen in keinem Verhältnis zu stehen schien.

»Erinnere mich nicht. Du weißt so gut wie ich, dass sie sich an den Egon, den dummen Bengel, hängte –«

»Ganz einfach: weil er, der Durchgefallene, in Bamberg blieb, und du nicht rasch genug den Ranzen packen konntest. Erwartetest du etwa ewige Treue von dem Mädchen, oder gedachtest du, Konrad Freiherr von und zu Hochseß, das Fräulein Klärchen Werber als dein ehelich Gemahl heimzuführen?!«

Der junge Mann überhörte diesmal den Spott.

»Ich hatte sie lieb,« flüsterte er wie im Selbstgespräch. »Wie oft wäre ich davongelaufen, aus Ekel über die Gemeinheit der Bengels um mich, aus Wut über den öden Stumpfsinn, den man uns als aller

Weisheit letzten Schluss eintrichterte, aus Sehnsucht - ich wusste selbst nicht, wonach! -, wenn die Kleine nicht gewesen wäre. Kaum, dass ich ihr die Hand zu drücken wagte - Esel, der ich war! -, nur dass sie in einer Stadt mit mir lebte, dass ich sie hier und da sehen, grüßen, ein paar Worte mit ihr wechseln konnte, genügte mir.«

Er schwieg minutenlang, ein Lächeln um die Lippen, um dann, aufgerichtet, den Kopf dem Freunde abgewandt, als wäre er allein mit sich, in steigender Erregung weiter zu reden.

»Gib uns armen, hinausgestoßenen, mutterlosen Buben solch eine Liebe, gütiges Geschick, lass uns solch einem süßen, zarten Ding begegnen, und es bedarf all eurer Strafpredigten nicht, liebwerte Priester und Professoren! Wenn ich halbwegs gerade wuchs in diesen Jahren - dem Klärchen verdank' ich's. Nicht, weil sie mich mit guten Ratschlägen fütterte - weiß Gott nicht! - nur weil sie da war.«

Er setzte sich wieder, die Ellbogen auf den Knien, das Kinn in die Hände gegraben, dem Freunde gerade ins Gesicht starrend: »Und schließlich stieß sie - sie! - mich in den Schmutz, dass ich mich vor mir selber graue!« Aufstöhnend schlug er die Hände vor das Gesicht.

»Konrad - Konrad!« und der Freund suchte vergebens, sie zu lösen, um ihm ins Antlitz zu schauen, »wie kannst du dem unschuldigen Mädel daran die Schuld zuschieben!«

Der junge Mann sah auf, mit Augen, die erloschen schienen. »Glaubst du, ich wäre jemals mit den anderen gegangen, wenn ich ihrer sicher gewesen wäre?! Ich wäre solch ein Schweinigel gewesen, unsere Liebe zu beschmutzen?! Gelacht hätt' ich, wie bisher, triumphierend gelacht, wenn die Kameraden den ›heiligen Konrad‹ gehänselt hätten.«

»Früher oder später musste es kommen,« meinte der andere zögernd, ohne aufzusehen.

»Es musste - meinst du?!« Mit bitter geschürzten Lippen sah er auf. »Aus hygienischen Gründen wohl, wie die Gelehrten sagen?! Neulich hat sich einer das Leben genommen, als er von einer Dirne kam. Ich versteh's! Nur, dass ich auch dafür zu schwach bin.«

»Oder zu stark,« warf Walter mit Betonung ein.

»Du glaubst?!« Konrad zuckte die Achseln. »Pah! Schütteln wir's

24

ab! Wie alles Übrige! Jetzt geht's in ein neues Leben.«

Und sie schwiegen beide.

Walter sah zum Fenster hinaus. »Die Türme des Doms!« unterbrach er lebhaft die Stille. »Dort, ganz fern – zum letzten Mal! So schau doch hinaus!«

»Nein,« ungewöhnlich hart kam es über die weichen Lippen, »denn nichts, aber auch gar nichts hat diese Stadt mir gegeben, was sie nicht mit Wucherzinsen wieder genommen hätte, wenn es nicht dieser erste Tag reiner Freude ist, und jener andere vielleicht vor drei Jahren, als ich sie, alle Wunder von ihr erwartend, zuerst betrat.«

»Und dankst ihr doch so viel an Wissen und Werden – um mit unserem würdigen Professor zu sprechen.«

Konrad lachte, aber es war sein frohes Lachen nicht. »Ins Gesicht hätt' ich ihm springen mögen, als er all sein Pathos auf diese unvergleichliche Alliteration verwendete. War nicht das Wissen, mit dem er und seinesgleichen unser Hirn belastete und unser Herz einschnürte, der mörderische Feind allen Werdens? Wie reich war ich, als ich zum ersten Mal, aller Andacht, alles Wunderglaubens voll, da droben vor dem Hochaltar stand, zu Füßen des steinernen Reiters, um dessen ritterliches Haupt ich meine Märchenträume spann! Und jetzt –«

Er brach ab. Die Falte zwischen seinen Augenbrauen vertiefte sich.

»Jetzt,« fiel Warburg ein, »jetzt hat man uns in die Welt und in die Freiheit entlassen, um das eigene Leben zu erkämpfen.«

»Mit der Reifeprüfung in der Tasche und doch unreifer als je!« spottete Konrad.

Warburg nickte: »Selbstverständlich. Denn jede Altersstufe hat ihre eigene Reife, die uns niemand fix und fertig mit auf den Weg geben kann. Oder hast du erwartet, sie würde dir sauber verpackt und etikettiert, wie irgendein Apotheker-Elixier, mit auf den Weg gegeben werden?!«

Konrads Stirn rötete sich. »Wenn du's denn wissen willst: ja! Ein Elixier – eins, das als Wärme durch die Adern rinnt, als Kraft die Muskeln schwellt, – das hab' ich, unbewusst vielleicht, erwartet. Nicht goldvortäuschendes, dreckiges Papiergeld, das nur den Hunger von alten Geizhälsen stillen kann. Freilich,« fuhr er mit einem sarkastischen Lächeln fort, »die meisten unserer lieben Kameraden, das stellten wir ja erst neulich fest, sind alt geboren, darum konnte ihnen der Wust trockner naturwissenschaftlicher Erkenntnisse zur Weltanschauung werden, darum geraten sie in Ekstase – Begeisterung ist ein viel zu edles Wort dafür! – über jede neueste Luftschiffkonstruktion, verwechseln ständig Technik mit Kultur, machen den Beruf zum letzten Lebensideal –«

»Und«, ergänzte Warburg, »sind doch vielleicht beneidenswert um den festen Boden unter den Füßen, das klare Ziel vor Augen.«

Konrad schüttelte heftig den Kopf. »Unser alter Streit! Wozu ihn aufwärmen?! Du weißt: Lieber verlier' ich mich in den Wolken und stürze zerschmettert hinab, als dass ich jenen festen Boden betrete, solch klares Ziel für das meine erkläre.«

Er lehnte sich mit geschlossenen Lidern in die Kissen zurück.

Beide schwiegen. Eintönig ratterte der Zug.

Stunden vergingen. Es dämmerte schon, als der alte Giovanni vor der Tür auftauchte.

»Frische Orangen, ganz frische Orangen, Herr Baron,« sagte er und hielt dem jungen Mann ein Körbchen voll blutroter Früchte entgegen. Sie leuchteten förmlich. Konrad griff mit beiden Händen danach und hob sie empor.

»Sieh nur die Pracht!« rief er strahlend. »Die Äpfel der Hesperiden! Die ewige Jugend! Komm, Walter, lass uns wieder glauben, dass wir Götter sind!«

Walter warf einen misstrauischen Blick auf Giovanni. »Wo der Kerl nur die wieder herhat?« brummte er. Aber der Italiener war ebenso leise verschwunden, wie er gekommen war.

Die Freunde hatten beschlossen, die erste Nacht ihres Berliner Aufenthalts in einem Hotel nahe am Bahnhof zuzubringen und sich gleich am nächsten Morgen nach geeigneten Quartieren umzusehen. Dass Konrad den Gedanken an eine gemeinsame Wohnung auch nicht einen Augenblick zu erwägen schien, hatte Walter gekränkt. Er war überempfindlich und umso mehr geneigt, eine absichtliche Zurücksetzung seiner Person anzunehmen, als er noch immer nicht zu glauben vermochte, dass Konrads Freundschaft an seiner Abstam-

glauben vermochte, dass Konrads Freundschaft an seiner Abstammung keinen Anstoß nahm. Es erschien ihm darum nunmehr als gewiss, dass die äußere Trennung das erste Zeichen der inneren sei. Je näher sie dem Ziele kamen, desto missmutiger und einsilbiger wurde er, während Konrad, ohne eine Ahnung von den Empfindungen des Gefährten, in wachsender Erregung von Fenster zu Fenster lief.

Wie allmählich aus dem Dunkel der Nacht die Lichter Berlins auftauchten, in glänzender Perspektive ganze Straßenzüge da und dort sich öffneten und der schwarze Himmel sich allmählich mit einem rosigen Glanz überzog, als strahle von den Häusermassen zaubrische Helle aus, da klopfte sein Herz immer ungebärdiger. Weit, so weit, als wäre es seine eigene nicht, lag die Vergangenheit hinter ihm; diese Lichter leuchteten seiner Zukunft.

Er sprang als Erster aus dem Zuge und atmete die rauchgeschwängerte Luft, die ihm entgegenschlug, mit demselben Entzücken wie der Bergsteiger den reinen Hauch der Gipfel. Traumbefangen lief er die Bahnhofstreppen hinab, kaum bemerkend, dass der Freund alle praktischen Erfordernisse der Ankunft für ihn erledigt hatte. Sie standen schon vor dem nahen Gasthaus, als er zu sich kam.

»In den Hühnerstall?!« lachte er, »und gleich jetzt? Hast du wirklich in diesem Augenblick nichts anderes zu denken! In dieser Nacht sieht mich kein Hotel! Wir wollen frei sein, Walter!«

»Morgen, wenn wir gegessen und geschlafen haben, – du solltest übrigens nicht vergessen, dass der Arzt dich vor Überanstrengungen warnte.«

»Pedant! Du machst dich zum Sklaven der Uhr, als gingen wir noch ins Gymnasium, und willst mich zum Sklaven einer dummen Muskel machen, die nicht ganz vorschriftsmäßig funktioniert.«

»Ich bin müde, und das Herz ist mehr als eine dumme Muskel.«

»So geh' schlafen!« lachte Konrad, »morgen früh weck' ich dich, Philister!« Und schon bog er mit großen, elastischen Schritten in die Königgrätzer Straße ein.

Dass Giovanni ihm hastig trippelnd folgte, während seine lebhaften schwarzen Äuglein unruhig hin und her fuhren, schien er vergessen zu haben. Mitten auf dem Potsdamer Platz blieb er stehen. Um ihn brauste die Weltstadt. Eine endlose Kette leuchtender Perlen, hingen die Bogenlampen der wie Sternzacken nach allen Richtungen weisenden Straßen am dunklen Himmel; unten flogen gelbe, braune und weiße Autos mit großen Lichtaugen vorüber; von den Höhen der Häuser warfen glühende Schriften, bunte Pfeile, kreisende Ringe ihre wechselnden Farben auf das Gewühl der Wagen, der Pferde und Menschen unter ihnen.

Wie der Schwimmer, dem das Meer zum vertrautesten Element geworden ist, sich jauchzend immer höheren Wogen entgegenwirft, so eilte Konrad leichtfüßig durch die abwechselnd sich stauenden und sich vorwärts schiebenden Massen, keines warnenden Zurufs achtend. Plötzlich aber sah er auch seinen Schritt gehemmt, denn alles um ihn schien durch einen einzigen Wink des die Straße beherrschenden Polizisten gefesselt, und in den leeren Raum vor ihm ergoss sich, von der anderen Richtung kommend, der Strom von Menschen und Wagen. Schon suchte er, dem jede Unterordnung unter allgemeine Gesetze verhasst war, sich dem Zwang zu entziehen, als der schlanke, wie Firnschnee schimmernde Leib eines Autos langsam und fast unhörbar dicht an ihm vorüberkam; zu gleicher Zeit flammte in seinem Innern das Licht auf und umstrahlte schmeichelnd die üppige Gestalt eines Weibes, das lässig in den blauen Polstern lehnte. Die Menschen, die Wagen, die Pferde draußen verschluckte die Nacht. Nur sie leuchtete: ihr Goldhaar und die Perlenschnüre darin, die Haut ihres entblößten Halses, das lockende, grünlich schillernde Augenpaar, der volle, sehr rote Mund, der sich über starken weißen Zähnen lächelnd öffnete. Konrad starrte sie an, selbstvergessen, – war sie ein Fabelwesen? Dem Schoße der schillernden Stadt entsprungen? Im nächsten Augenblick erlosch das Licht, die Nacht schlug ihren Mantel um sie, mit einem lang gezogenen Klageton wie der Sturm, wenn er durch alte Kamine heult, glitt der weiße Wagen vorüber.

Vorwärts schoben sich alle Räder; um Konrad tobte aufs Neue der Lärm der Stadt. Widerstandslos ließ er sich weitertreiben. Durch lange Straßen, an hellen großen Fenstern vorbei, hinter denen dichtgedrängt an kleinen Tischen die Menschen saßen.

Sein Gang verlor an Elastizität, sein Blick wurde nüchtern: diese bunten Reklamelichtbilder waren doch eigentlich ein dummer, kindischer Witz, und wie müde sahen im Grunde die Menschen aus; das Lächeln auf den Gesichtern der Damen, die ihm begegneten, war doch nur ein Grinsen. Ach, auch er war müde! Und irgendeinen Ton hatte er im Ohr, der ihn störte, den er loswerden musste: etwas wie einen unregelmäßigen und doch niemals aussetzenden Schritt hinter sich. Zuweilen hatte er sich danach umgedreht, sein Blick war aber immer nur gleichgültigen, ausdruckslosen Gesichtern begegnet. Er hastete vorwärts, durch eine lange Straße, die das Licht der großen Bogenlampen auf halber Höhe der Häuser ganz zu verschlucken schien, während der Menschenstrom unten schwarz dahinflutete, nur hie und da von den Lampen eines Restaurants grell erleuchtet, – so grell, dass auch die jüngsten Gesichter, die rotgeschminktesten Wangen von fahler Leichenfarbe überzogen waren.

»Ich habe einen meiner schweren Träume,« dachte Konrad und strich sich mechanisch mit der kalten Hand über die Stirn. Dann lachte er hell auf, sodass die neben ihm Schreitenden ihn ängstlich ansahen. »Hunger, nichts als Hunger!« und er bog mit raschem Entschluss in das nächste Kaffeehaus ein, aus dem heitere Musik und wirrer Stimmenlärm ihm entgegenklang. Wie gut es tat, still zu sitzen und bei Essen und Trinken zur Wirklichkeit zurückzukehren! Wohin hatten seine Träume ihn wieder einmal getrieben? Die Nixe in der blauen Woge – »eine geschminkte Dirne« würde Freund Walter gesagt haben. Sein ausdrucksvoller Mund zuckte schmerzhaft. Herr Gott, wie allein er doch eigentlich war! Wo war einer, ein einziger, der ganz mit ihm gefühlt, ihn ganz verstanden hätte?! Seine Scheu vor dem Leben und seine große Sehnsucht nach ihm, sein Wünschen ins Weite und sein Erschrecken, wenn das Ferne nahe kam, sein Liebesverlangen und seine rasche, grässliche Ernüchterung! Was wird die große, fremde, in diesem Augenblick von ihm fast als feindselig empfundene Stadt aus ihm machen? Er brachte sich ihr dar; war er Marmor, für dessen Gestaltung der Künstler schon lebte, oder ein Opfer, bestimmt, auf den Altären fremder, wilder Götter zu bluten? Wer einen Menschen hätte, nur einen einzigen Menschen in dieser Wirrnis!

Einen Menschen! Wo war Giovanni?! Er erschrak: hatte er den alten Mann, mit dem geheimnisvolle Fäden des Erlebens, des Träumens und Erinnerns ihn verknüpften, schon am ersten Abend im Gewühl verloren? Er sah sich suchend um; sein Blick tauchte in zwei kleine schwarze Augensterne, die mit einem Ausdruck mütterlicher Liebe und sklavischer Ergebenheit unverwandt, ohne die Lider zu bewegen, auf ihm ruhten. Er sprang auf. »Giovanni – verzeih,« und beide Hände streckte er ihm entgegen. Der lächelte nur.

»Jetzt suchen wir uns eine Schlafstelle,« damit schob er, des Tuschelns ringsum nicht achtend, seinen Arm unter den des Alten.

Sie traten ins Freie. Es war tief in der Nacht. Und noch ratterten die Autos, rollten die Wagen, strömten die Menschen auf und ab. Gab es in dieser Stadt keinen Schlummer?

Ein paar Mädchen mit hochgeschlitzten Kleidern und hauchdünnen Strümpfen, durch die das rosige Fleisch leuchtete, strichen dicht vorbei.

»Hast dir wohl den Urjroßvater als Jardedame mitjenommen?« lachte die eine keck, das blitzende Gebiss eines jungen Raubtieres zeigend.

»Du – die Blumenjule dort nimmt ihn dir jerne ab,« flüsterte die andere, die sehr groß und gertenschlank war, dicht an seinem Ohr; ihr Mantel schlug sekundenlang auseinander, die weiße schimmernde Brust enthüllend, aus der eine Woge starken Duftes empor stieg. In Konrads Schläfen pochte das Blut.

Ein blutjunges, schmächtiges Ding, mit großen übernächtigen Augen, um die das Laster schwere schwarze Ringe gezogen hatte, in einem schmalen Kindergesichtchen, vertrat ihm den Weg, sich wortlos anbietend. Er schob sie beiseite.

»Ach, so einer sind Sie – sooo einer!« knirschte sie rachsüchtig. Zwei junge Männer, noch ganz knabenhaft, die Schirmmützen über das lockige Haar keck nach hinten geschoben, drängten sich dazwischen; ein langer, vielsagender Blick aus vier Augen von unten herauf streifte Konrad, von einem gedehnten »na – –?!« und einer Bewegung begleitet, die ihn beinahe zwang, mit der Faust in die frechen Gesichter zu fahren. Fluchend stob das Paar auseinander.

Er hastete weiter, ihm war, als müsse er dumpfer, stickiger Luft entfliehen. Aber sie folgte ihm: Die Nebenstraßen, die Mietshäuser, die Torbogen hauchten sie aus; und alles, was sich schämte und ängstigte, kroch hervor: Kinder mit fahler, sonnenentwöhnter Haut, Streichhölzer in den dünnen Händen, die sie automatenhaft einem jeden entgegenhielten; alte Weiber, aus deren faltigem Antlitz rot umränderte, lidlose Augen schauten. Von Ekel gepackt, gegen das vergebens sein Mitleid kämpfte, machte Konrad einen weiten Bogen um sie. Schon atmete er auf; hier endlich war die Straße breit und leer.

Plötzlich aber stand eine neben ihm, groß und schattenhaft, grau umhüllt. Trug sie heimlich die Peitsche der Furien unter dem Tuche? Konrad drängte vorwärts. Der Alte dagegen – war es Neugierde, war's Erschöpfung? – hielt ihn zurück.

»Komm, Giovanni, komm!« rief er ungeduldig und wollte an der Grauen vorüber, die ihn schaudern machte.

Doch Giovanni hörte nicht; er stand jetzt dicht vor ihr.

»So kriechen sie auch daheim des Nachts auf den Straßen,« flüsterte er und griff nach seinem Beutel.

Da schlug die Graue das Tuch auseinander, ein winziger Kopf, braunrot, verschrumpft, wie das Greisenhaupt eines Erdgeistes, zeigte sich; aus einem klaffenden Mund drang ein Gewimmer in schneidendem Falsett, aus ausdruckslosen Augen strömten Tränen, als ob der ganze winzige, elende Kinderkörper sich auflösen wollte in ihrer Flut. Giovannis Augen weiteten sich; mit verstörtem Blick starrte er die Mutter an und den Säugling, während seine Hand den Arm Konrads umkrampfte.

»So schlich die Mutter umher mit mir –,« kam es wie in verhaltenem Schluchzen aus seiner Kehle.

Schon sammelten sich Vorübergehende um die Gruppe mit jener lüsternen Neugierde der Großstädter, die für ihre schlaffen Nerven in jedem Ereignis eine aufpeitschende Sensation zu wittern pflegen. Aber ehe sie noch Zeit hatten, ihrem Spott über das Schauspiel verletzenden Ausdruck zu geben, hatte Konrad den Alten in den nächsten vorüberkommenden Wagen gezogen.

Er brachte den ganz Verstörten vorsorglich bis hinauf in sein Hotelzimmer und stand, von der Sorge um ihn erfüllt, noch minutenlang lauschend an der Türe. »O madre mia!« murmelte leise weinend eine Greisenstimme, dann war es still.

Helle Herbsttage, die in Berlin wie junger Frühling wirken, so mild, so blütenreich sind sie, verscheuchten alle Nachtgespenster. Ihrer Klarheit schien nur das Wirkliche stand zu halten. Konrads Seele, die einem See geglichen hatte, dessen Tiefe von jedem Luftzug aufgewühlt wurde, sodass die Bilder der Außenwelt sich in seinen Wellen und Kreisen und Strudeln nur verwischt und verzerrt wiedergaben, wurde mehr und mehr zu einem Spiegel, der alles ihm Begegnende scharf umrissen zurückwarf.

»lass mich zunächst nur sehen, nichts als sehen,« sagte er zu Walter, der nun schon seit Wochen in Arbeit und Studium steckte und ihm seine Untätigkeit zum Vorwurf machte.

»Du wirst verliedern, wenn du dir kein Ziel steckst, da das Leben dir leider keins aufzwingt,« antwortete der.

»Im Augenblick weiß ich kein schöneres als glücklich sein,« meinte Konrad. Sie saßen zusammen vor einem Kaffeehaus des Westens, und die Sonne tanzte in lauter goldenen Strahlen über die bunten Bäume, über den blinkenden Asphalt, über die vielfarbigen Kleider der vorüberwandernden Frauen. Und nun warf sie einen Schatten über den weißen Tisch, der in seiner plötzlichen Kühle an den Herbst erinnerte. Zwei Menschen, ein Mädchen und ein Mann, waren herzugetreten, Walter begrüßend. Des Mädchens ernste, ruhige Augen hatten sich Konrad zugewandt. »Es gibt nur ein würdiges Ziel allen Strebens: glücklich machen,« sagte sie herb. Konrad erhob sich, halb erstaunt, halb verlegen.

»Herr Pawlowitsch, Fräulein Gerstenbergk – mein Freund, Baron Hochseß,« stellte Walter Warburg vor. Sie kamen rasch ins Gespräch. Das Mädchen hatte, mit einer gewissen Absichtlichkeit, wie es schien, den Rücken der Straße zugewandt.

»War es der Ausdruck einer Laune oder der einer Überzeugung, der Sie vom schönsten Ziel, dem Glücklichsein, sprechen ließ?« begann sie. Ihre Frage verletzte Konrad ebenso sehr wie ihre erste Anrede. Wie kam dieses fremde Mädchen dazu, alle Stufen und Stationen des Bekanntwerdens zu überspringen, die solchen Unterhaltungen vorangehen müssten? Dabei lag nichts Aufdringliches, nichts intim sein Wollendes in ihrem Wesen.

»Keines von beiden,« entgegnete er zurückhaltend, »sondern der eines momentanen Wohlbefindens.« Eine leise Enttäuschung malte sich in ihren Zügen. Sie antwortete nicht, sondern sah von nun an ihm vorbei.

»Ich würde den Ausspruch des Herrn Barons als Überzeugung hochschätzen und mit Ihrem Ziele für identisch halten,« meinte Pawlowitsch mit dem scharfen Akzent des Russen zu Else Gerstenbergk gewandt, »Ihr Glücklichsein ist glücklich machen.«

»Unser alter Streit,« rief sie lebhaft, »Sie wollen negieren, was groß und stark ist: Aufopferung, Selbstverleugnung, Hingabe.«

»Negieren – nein! Nur ihrer Erhabenheit entkleiden.«

In Elses blasse Wangen stieg das Rot der Erregung. »Wollen Sie vielleicht behaupten, dass die Jahre auf der Peter-Pauls-Festung, die Ihre Gesundheit untergruben, dass der Aufenthalt Ihrer Freunde und einstigen Kampfgefährten in Sibirien, dass der Tod von Tausenden für die Sache der Freiheit nichts als Folgen egoistischer Handlungen sind?!«

»Egoistisch! Sie lieben es, Worte zu brauchen, deren Inhalte feststehen wie Bronzeguss in der Form,« entgegnete mit einem fast geringschätzigen Achsel zucken Pawlowitsch, »wir sollten andere suchen, solche, denen erst der Inhalt Form zu verleihen vermag.«

Die beiden Freunde hatten zuhörend dabeigesessen.

»Sie gehen, wie mir scheint, Fräulein Gerstenbergks Frage aus dem Wege,« warf Warburg dazwischen. Pawlowitsch sah mit vielsagendem Blick ringsum; der enge Garten mit den dicht aneinander gerückten Tischen hatte sich gefüllt; man berührte den Nachbarn mit Rücken und Ellenbogen.

»Sie kennen das Sprichwort von den Perlen und den Säuen,« spottete Else, »es gehört zu den wenigen Grundsätzen von Pawlowitsch.«

»Ich hasse es,« fiel Konrad mit so starker Betonung ein, dass sich aller Blicke ihm zuwandten. »Von Perlen verstehen die Schweine nichts, was schadet es also den Perlen, wenn sie vor ihre Füße fallen? Aber vielleicht wäre ein armer Dichter Hungers gestorben, wenn er sie nicht im Vorübergehen gefunden hätte? Wer nicht verschwenden kann wie die Natur, die Milliarden von Lebenskeimen verstreut, damit Hunderte aufgehen, der,« – er stockte, es schien ihm unhöflich, seiner feindseligen Stimmung gegen den Russen Ausdruck zu geben.

»Nun?!« lächelte Pawlowitsch sarkastisch, »Sie strafen Ihre eigene Theorie Lügen, wenn Sie die letzte Ihrer Perlen verschlucken.«

»– ist selbst ein Bettler,« vollendete Konrad scharf.

Der Russe maß ihn statt aller Antwort von oben bis unten und wandte sich mit einer Wendung, die den Stuhl ins Wanken brachte, an Warburg.

»Sie sind stets der Klügere: Sie schweigen,« sagte er. »Kommen Sie morgen Abend in meine Vorlesung? Nicht um ihrer selbst willen. Ich spreche über deutsche Literatur. Eine alte Liebe; aus meiner Berliner Studentenzeit. Aber eigentlich eine Unverschämtheit von einem Ausländer. Trotzdem wird Sie's interessieren. Wegen des Publikums. Ich habe ein paar klare Köpfe unter den Hörern. Arme Großstadtjungens. Mit festen Zielen, ohne Träume.«

Warburg nickte: »Gern. Jede neue Welt, die sich eröffnet, ist eine Bereicherung.«

»Das hätten Sie nicht tun sollen,« flüsterte Else indessen Konrad zu. »Er opferte alles seinen Idealen, und was er jetzt zuweilen sagt, enthüllt nur sein verbittertes Gemüt. Gerade Ihnen könnte er vieles geben.«

Konrads Stirn rötete sich. Er bereute seine Schroffheit. Mit welchem Recht hatte er sich ein Urteil herausgenommen, er, der nichts, gar nichts war!

»Wie meinen Sie das?« frug er in aufrichtiger knabenhafter Bescheidenheit.

»Ich sehe nur, dass Sie sehr jung sind,« antwortete sie.

»Und töricht und leer, wollen Sie sagen.«

»Töricht – vielleicht! Aber wie einer, der nach Weisheit verlangt. Und leer wie einer, der ganz erfüllt sein möchte.«

Die Worte fielen ruhig, fast geschäftsmäßig von des Mädchens blassen, schmalen Lippen und wirkten trotzdem auf Konrad wie ein plötzlich aufgerissener Fensterladen auf die übernächtigen Augen des Kranken. Wer war sie? Forschend strich sein Blick an ihr entlang. Sie war nicht hübsch; klein, zart und blass, und eine Kühle umgab sie, die sich abwehrend zwischen sie und alle anderen schob. Ihre Hände aber, die übereinander gelegt auf der weißen Tischplatte lagen, schienen ihr ganzes Wesen Lügen zu strafen; an ihnen blieb Konrads Blick haften. Sehr weich und weiß waren sie, wie knochenlos; die Nägel an den spitzen Fingern so durchsichtig zart wie ein Rosenblättchen im Spätherbst – Hände, zum Streicheln geschaffen. Empfanden sie wie ein Mädchen, das arglos seine Schönheit enthüllt und sich plötzlich fremden Augen gegenüber sieht, Konrads Staunen? Sie glitten vom Tisch und versteckten sich in nonnengrauen Kleiderfalten. Konrad sah auf.

»Erfüllt sein, so erfüllt von einem einzigen großen Gedanken, einem einzigen beherrschenden Gefühl, dass nichts anderes Platz hat daneben, dass es nur einen Weg, ein Ziel gibt – wie herrlich muss das sein!« sagte er.

Pawlowitsch, der kaum zugehört zu haben schien, wandte sich ihm ebenso rasch wieder zu, als er sich abgewandt hatte.

»Die größte Grausamkeit ist es. Selbstmord. Nur ein hirnloser Spieler setzt alles auf eine Karte.«

»Oder ein Held!« rief Konrad lebhaft.

Pawlowitsch schnitt eine Grimasse, wie einer, dem eine Mücke aufs Augenlid sticht.

»Held! Vermeiden wir doch die großen Worte! Übrigens: wenn Ihr ›Held‹ alles verliert?!«

»Er behält sich selbst und hat damit im Grunde nichts verloren.« In Pawlowitsch' Augen blitzte es flüchtig auf. Er streckte Konrad über dem Tisch die Hand entgegen.

»Sie scheinen ja wer zu sein,« sagte der Russe, »nicht bloß ein Körnchen mehr, das unsere große Mühle in den allgemeinen Mehlbrei stampft. Aber was, zum Teufel, hat Sie in der Blüte Ihrer Jugend in diese Hölle verdammt?!«

»Die Sehnsucht nach dem Leben,« entgegnete Konrad.

Als ob er des Freundes pathetische Frage ins alltäglich Verständliche übersetzen müsste, fügte Warburg hinzu: »Schon seit zwei Jahren waren wir entschlossen, gemeinsam in Berlin zu studieren. Sie ahnen wohl kaum, wie schwer die Luft einer Stadt wie Bamberg auf jungen Köpfen lasten muss.«

»Einbildung, nichts als Einbildung!« rief Pawlowitsch. »Bamberg, eine Stadt, bis zum Rande gefüllt mit Traditionen, voll ehrwürdiger Schönheit und Heimlichkeit, mit stillen Winkeln zum Träumen! Was für ein Kerl könnte aus einem Menschen werden, der in solch einem Neste wurzelt! Aber Berlin – die Großstadt – der die jüngsten der

Gelbschnäbel jetzt ihre Maienlieder singen! Haben Sie einmal von der afrikanischen Zauberschlange gehört? Sie rollt ihren gleißenden Leib in der Sonne zusammen, wenn sie Hunger hat, streckt den zierlichen Kopf in die Höhe, lässt die großen funkelnden Augen rollen und das spitze feuerrote Zünglein spielen, während ihrem Körper ein berauschender Duft entströmt, wie –« In diesem Augenblick ging draußen mit einem leichten Wiegen der üppigen Hüften eine Frau vorüber; ein weißer Seidenrock umspannte eng ihre Formen, während der faltige schwarze Tüll, der darüber fiel, wie der Schleier der Türkin wirkte, der, statt zu verhüllen, nur zum genaueren Sehen verlockt. Pawlowitsch stockte sekundenlang, zog den Hut ein wenig lässig und lächelte ihr zu, um dann, während sie ganz langsam weiterging, mit lauter Stimme fortzufahren: »Ein Duft, wie von der Haut eines sehr reifen, sehr üppigen Weibes. Alles Getier taumelt der Schlange, solange sie hungert, von selber zu. Und Berlin hungert immer.«

Er schwieg, sichtlich zerstreut. Die Sonne hatte sich gesenkt. Fröstelnd und um einen Schein blässer erhob sich Else. »Wir wollen gehen,« sagte sie. Keiner achtete darauf.

Konrad starrte mit großen Augen die Straße herunter: das weiße Auto, die Nixe mit den Perlen im Haar?! Nein – nein! Wie konnte er die Schöne nur durch diesen Vergleich beleidigen!

Pawlowitsch stand auf. Else erhob sich zu gleicher Zeit, als wäre das selbstverständlich.

»Kann ich Sie beide morgen abend erwarten?« frug er, nun wieder ganz Herr seiner selbst. »Gewerkschaftshaus. Kleiner Saal. Fragen Sie nur nach dem Vortragskurs: Literaturgeschichte.« Die Freunde nickten zustimmend. Am Ausgang – Konrad hielt die weiche Hand Elsens in der seinen – schien sie zu zögern, den Mund zu einem Wort öffnen zu wollen. Es blieb unausgesprochen.

Als sie gegangen waren, wandte sich Konrad fragend an Warburg: »Wie stehen die zueinander?«

»Sie ist, so sagt man, seine Frau. Eine der vielen freien Ehen, die hier gang und gäbe sind. Nur, dass für den weiblichen Teil, wie mir scheint«, und er knipste sich nachdenklich ein paar Brotkrümchen vom Ärmel, »die Freiheit illusorisch ist!«

In diesem Augenblick betrat eine Gruppe junger Leute den Garten; sie waren fast alle im Tennisdress, hatten schlanke, oft über-schlanke Gestalten, bartlose, gebräunte Gesichter. Einer, der stattlichs-te von ihnen, fuchtelte mit dem Racket in der Luft herum, auf das voranschreitende Mädchen lebhaft einsprechend.

Warburg zog vor der Näher kommenden den Hut. Im Kolleg des berühmten Mediziners war sie seine Nachbarin.

»Sie sind es!« rief sie lebhaft, ihm die Hand kameradschaftlich entgegenstreckend. Sie stellte ihn ihren Begleitern vor. »Mein Gesin-nungsgenosse!« fügte sie triumphierend hinzu, um, zu Warburg ge-wendet, erklärend fortzufahren. »Eben haben sie noch das Blaue vom Himmel herunter geredet, um mir zu beweisen, dass Frauenstudium ein Widerspruch in sich ist. Ich bin schon ganz heiser vor lauter Ver-teidigung, denn Männer müssen, wenn sie sich mit unsereinem strei-ten, mehr überschrien als überzeugt werden. Jetzt überlasse ich Ihnen die Waffen. Sie haben schon gestern nach dem Kolleg bewiesen, dass Sie fechten können.«

Warburg fühlte sich sichtlich befangen, denn aller Augen ruhten nicht ohne leisen Spott auf ihm.

»Ich finde die Frage so einfach, dass ich sie als solche gar nicht mehr ansehen kann,« sagte er zögernd. »Wenn die Frauen etwas leis-ten, und das haben sie in der Medizin zum Beispiel schon bewiesen, so kann die Berechtigung zum Studium ihnen nicht mehr abgespro-chen werden.«

Der, den die Studentin als Rolf Eulenburg vorgestellt hatte, lach-te. »Sie machen sich's leicht, mein Lieber! Ich werde nächstens im Seminar nach Ihrem Beispiel die These verfechten: weil die Weiber im Bergbau unzweifelhaft mal was geleistet haben, müssen sie wieder in die Erde kriechen. Nein – das ist alles Blech –« fuhr er dann, ernster werdend, fort, »fadenscheinige Beweise. Sehen Sie sich nur das Mädel an, teuerster Frauenlob. Vor zwei Jahren sprangen wir zusammen als fidele Wandervögel über das Johannisfeuer: ich ein schlaksiger blasser Bengel, sie eine rote Herzkirsche. Und jetzt?! Ich bin –« er reckte die Arme, dass der breite Brustkasten hervortrat und drehte den Kopf mit der gebräunten Stirne, den frischen Lippen und hellen Augen sieges-bewusst nach allen Seiten, »sie aber ist kreideweiß, hat mit ihren zwanzig Jahren schon so'n Stich um den Mund wie die Frauenrechtle-rinnen, wenn sie die Männer begeifern, und fängt an – nimm's mir nicht übel, Hedwig – dem schlaksigen Bengel von damals verdammt ähnlich zu sehen.«

»Deine Beweise zeugen von echtester Männerlogik,« rief sie mit blitzenden Augen, »wenn ich, wie du, die Hörsäle nur von außen betrachten würde, meine Tage beim Reiten und Schwimmen, bei Tennis und Fußball vertrödelte, dann wäre ich die zu einem bloßen Muskelmenschen passende Kuhmagd –«

»Also: ein Weib,« warf Eulenburg heftig ein.

»Dafür aber bedanken wir uns!« klang ihre scharfe Entgegnung; »wir wollen erobern, was bisher euer alleiniges Besitztum war und was ihr gering schätzen lerntet, weil es euch niemand streitig machte: das Reich der Wissenschaft. Aus dem Überschuss brachliegender geistiger Kraft heraus ringen wir um unsere Menschwerdung.«

»Und wir?!« der Mann und das Mädchen standen sich einen Augenblick lang wie zwei sprungbereite Raubtiere gegenüber, »aus dem Überschuss unserer brachliegenden Körperkräfte um die unsere! Wir haben es satt, bloße Gehirnmenschen zu sein, das heißt: Väter von Trotteln.« Hedwig Mendel wandte sich ab, während Eulenburg, zu den anderen gewendet, ruhiger weiter sprach: »Da habt ihr ihn wieder, den unheilvollen Gegensatz der Geschlechter: während wir uns endlich unserer Männlichkeit erinnern, werden die Weiber –« Er vollendete nicht.

»Es entwickelt sich naturgemäß ein anderer, geistiger, in seiner Art schönerer Frauentypus,« sagte Warburg, durch einen dankbaren Blick Hedwigs belohnt.

»Waren Sie schon mal auf einem Frauenkongress?!« frug der starrköpfige Widersacher. Warburg schüttelte den Kopf. »Na also!« meinte der andere sarkastisch.

»Sie reden wie'n Tauber vom Flötenspiel,« sekundierte ihm ein schmächtiger Jüngling, sich mit den langen Fingern, an denen die Nägel auffallend glänzten, durch die spärlichen blonden Haare fahrend. »Eine denkende Frauenstirn wird faltig, ein Frauenmund, der doziert, wird herb.«

»Die Studentinnen, die ich bisher gesehen habe, beweisen das Gegenteil,« erwiderte Warburg sehr bestimmt.

»Glauben Sie denn, dass der Norden seine Erfahrungen an Ort und Stelle gesammelt hätte?«

»Der weiß nicht mal, wo die Universität ist,« lachte es vielstimmig durcheinander. Eine allgemeine Unterhaltung entspann sich. Diesen Augenblick schien Eulenburg erwartet zu haben. Er wandte sich ganz dem Mädchen zu und beugte im Eifer der Rede den Oberkörper immer weiter vor, während seine Stimme zu einem Flüstern herabsank.

»Weißt du, woran du dich zur Mitschuldigen machst? An einer Sünde wider die Natur, so einer, die nicht vergeben werden kann. Ihr wollt unsre Kameradinnen sein, unsre Arbeitskollegen, – sei's drum! Das gelingt vielleicht. Wir werden mit euch über Gott und Welt debattieren, euch unsre Seelenkämpfe anvertrauen – mit heißem Kopf, aber mit kaltem Herzen!« Er sah sich um. Die anderen waren so vertieft im Gespräch, dass sie seiner kaum noch achteten. Er rückte ihr ganz nahe und schien sie mit den Augen zu umfassen, »denn lieben, weißt du, lieben – in die Arme nehmen und küssen und herzen, werden wir die anderen: die dummen, weichen, runden Mädels.«

Sie bog sich mit einer energischen Gebärde weit zurück, ihre Augen funkelten: »Für dich und deinesgleichen magst du recht haben,« sagte sie hochmütig und ohne die Stimme zu senken, sodass die Tischgesellschaft unwillkürlich aufhorchte, »wer von uns würde euch aber auch eine Träne nachweinen.« Und sie wandte sich, die Möglichkeit einer Antwort abschneidend, an Konrad, den einzigen, der bisher stumm geblieben war: »Sie denken in der Frauenfrage wie Ihr Freund?« Es entspann sich eine Unterhaltung ohne inneren Anteil; Konrad fühlte, dass sie ihr eine Hilfe war, und ging mit erzwungener Lebhaftigkeit darauf ein.

»Kellner, einen Whisky!« rief Rolf Eulenburg grimmig, und stürzte das Getränk, sobald es ihm gereicht wurde, hastig hinunter. Dann stand er geräuschvoll auf, ohne dass Hedwig es zu beachten schien, stieß heftig seinen Stuhl zur Seite und wandte sich, die Hände in den Hosentaschen, zwei Mädchen zu, die mit vielsagendem Lächeln und langen Blicken schon längst die Verbindung mit den jungen Leuten am Tisch vor ihnen hergestellt hatten.

»Süß ist die Nini heute,« hatte Konrad den blassen Jüngling mit den breiten Nasenlöchern neben sich flüstern hören.

»Totschick,« sekundierte ein anderer, das reizende Persönchen gegenüber in dem engen feuerroten Kleid von den schmalen Lackschuhen und dünnen Strümpfen bis zu der kecken Zipfelmütze über dem Bubengesicht sachkundig musternd. Und sie reckte und streckte sich, fuhr mit der gepflegten, nur etwas zu kurzen Hand über die runde Hüfte, wippte mit den ein wenig zu breiten Füßchen, sodass das ebenmäßige Bein, das nur an der Fessel hätte schlanker sein müssen, bis zu den Knien sichtbar wurde; nestelte dann an dem tiefen Ausschnitt ihrer Bluse, bis die beobachtenden Augen drüben dem Spiel ihrer Finger folgten und den Leberfleck entdeckten, der herausfordernd zwischen dem Ansatz ihrer Brüste saß.

Man unterhielt sich über sie, zuerst leise, dann lauter; es klang aufreizend wie das Gesumme eines Bienenschwarmes:

»Jetzt hat sie der Grote –«

»Und tanzt mit ihr Tango –«

»Und füttert mit Versen das hungrige Mäulchen –«

»Die süße Muse erotischer Dichtung –«

Man lachte, zwinkerte mit den Augen, paffte Zigarettendampf in breiten Ringen in die nach Welken und Modern duftende Herbstluft. Dann fiel leise Eulenburgs Name – einmal – ein zweites Mal. Und man lachte wieder.

»Ihnen widerstrebt also der Gedanke an eine gelehrte Frau?« sagte Hedwig mit einem abwesenden, gezwungenen Lächeln; ihre Hände spielten nervös mit der Schleife an ihrem Gürtel, ihre Stimme zitterte leise.

»Meiner Empfindung, gewiss,« antwortete Konrad gequält; – er hatte die Unterhaltung krampfhaft aufrechterhalten, um das Mädchen von der Szene abzulenken, die sich vor ihm abspielte – »wenn auch nicht meinem Verstande. Das sind stets die beiden unversöhnlichen Gegner in mir.«

Doch sie hörte nicht mehr, was er sagte. Sie stand auf, wobei sie mit dem Knie gegen den Tisch stieß. Gläser und Tassen klirrten aneinander. Sie ging, ohne sich umzusehen. Die jungen Männer senkten die Köpfe, einige erröteten wie ertappte Sünder. Eulenburg, der bisher am Tisch nebenan überlaut geschwatzt und gelacht hatte, verstummte, warf ein paar böse Blicke hinüber und rief: »Hat ihr einer von euch weh getan?«

»Wer anders als du selbst,« klang es dagegen.

»Ich hab' ein Recht dazu, dass ihr's wisst, aber ihr – ihr« – er stand jetzt mitten unter ihnen und hob die Faust – »hütet euch!«

Mit einem spöttischen Lächeln sah der Sommersprossige dem Zornigen in das rote Gesicht.

»Du bist mir gar der Rechte, sie auszulachen!« fuhr Eulenburg fort, »läufst als ein Sportsmann, also als ein Nichtstuer herum und hast keinen Respekt vor einem armen Mädel, das sich schindet. Ich werd' ihn dir beibringen, hörst du?« Die anderen suchten ihn zu beruhigen: er aber machte mit Ellenbogen und Schultern ein paar verächtliche Bewegungen.

»Soupier' noch mal mit dem Grote, Nini,« rief er mit einer halben Wendung des Kopfes, und streckte gleich darauf Warburg die Hand entgegen. »Sie standen ihr bei,« und zu Konrad gewandt: »Sie auch. Ich danke Ihnen.« Er sah ihm gerade ins Gesicht. »Wie wohltuend jung Sie sind! Kommen Sie! Ich muss mir den Ärger verlaufen.«

Und sie gingen, als wären sie alte Freunde. Eulenburg sprach wie ein entfesselter Sturzbach: »Ich zanke mich immer mit ihr – immer! Aber ich wüte im Grunde nur gegen mich selbst, weil ich nicht los kann. Ist es nicht ein gültiger Beweis für den teuflischen Ursprung unserer Weltordnung, dass zwei, wie wir ein Dutzend Prachtexemplare der Menschheit in die Welt setzen könnten –« Konrads halb erstaunter, halb verletzter Blick traf ihn. Er lachte. »Ach so! Bei Ihnen spricht man noch augenverdrehend von Rosen und Vergissmeinnicht, wenn man liebt?! Wir sind wahrhaftig geworden, brutal, wenn Sie wollen, wie die Wirklichkeit, die scheußliche Wirklichkeit, die das Mädel wie ein saftloses Blatt« – er stieß mit dem Fuß an einen Haufen raschelnden Herbstlaubs – »vom Baum des Lebens fallen lässt und den Mann zwingt, sich an perverse Frauenzimmer wegzuwerfen.«

»Zwingt?!« wiederholte Konrad gedehnt.

Und Warburg meinte bedächtig: »Ist es nicht ein Zeichen von Dekadenz, den Regungen der Sinne so haltlos folgen zu müssen, sie überhaupt so wichtig zu nehmen?«

»Ganz im Gegenteil!« antwortete der andere. »Was als Dekadenz erscheint – Sie haben wohl auch draußen im Reich von braven Philistern, die die eigentlich dekadenten sind, schaudernd von ihr reden hören?! – ist nur französelnder Firnis, krampfhaft eingeführt, weil wir nun mal Narren der Kultur sind und alles, was drüben glänzt, mit ihr verwechseln. Unsere erwachte Sinnenfreude ist Bejahung des Lebens. dass wir dabei über die Stränge schlagen, ist auch nur ein Zeichen von Kraft – einer überschüssigen leider, weil uns in dieser dummen Welt nirgends Gelegenheit geboten wird, sie in Leistungen umzusetzen.«

In diesem Augenblick strömten den Wandernden aus den langsam sich schließenden Kauf- und Bureauhäusern die Scharen der männlichen und weiblichen Angestellten entgegen.

»Wie!« rief Warburg, unwillkürlich stehen bleibend, »in dieser Stadt rastloser Arbeit klagen Sie um den Mangel an Leistungsmöglichkeiten!«

»Die verschiedenen Methoden großstädtischen Gelderwerbs sind doch keine Leistungsmöglichkeiten in meinem Sinn,« antwortete Eulenburg. »Glauben Sie, dass die Mädels durch Leistungen, die ihren natürlichen Wünschen und Fähigkeiten entsprächen, bleichsüchtig und schmalbrüstig würden wie die da?! Und sich nun denken zu müssen, dass solche wie die Hedwig sich in die Unnatur auch noch krampfhaft hineinsteigern! Wenn der Verstand den letzten Rest von Instinkt auch in den Weibern vernichtet hat und sie umherlaufen wie wohlkonstruierte Rechenmaschinen, deren Exempel immer stimmt, dann möcht' ich, bei Gott, an dem Ast da baumeln und dem gesamten Kurfürstendamm die blau angelaufene Zunge entgegenstrecken.«

Es war dunkler geworden. Die drei Gefährten standen abschiednehmend auf dem Platz vor dem großen Kaufhaus, hinter dessen Spiegelscheiben es von Seide und Spitzen, Blumen und Federn gleißte und glänzte. Sie tauschten, in der Absicht häufigen Verkehrs, ihre Adressen aus.

»Bei der Wanda Fennrich wohnen Sie?« sagte Eulenburg sichtlich überrascht zu Konrad. »Wie gefällt es Ihnen?«

»Ich soll es selbst noch erfahren,« antwortete dieser. »Bis jetzt war ich im Hotel.« Eulenburg zwinkerte vielsagend mit den Augen: »Na – wohl bekomm's!« sagte er.

Sie trennten sich. Konrad nahm ein Auto und fuhr in die innere Stadt. Die neugierige Ungeduld, die ihn, je weiter er kam, desto stärker beherrschte, ließ Vergangenes und Gegenwärtiges mehr und mehr als Nebelbilder erscheinen, die schließlich am Horizont seiner Gedanken träumerisch ineinander verschmolzen. Sein eigenes Heim erwartete ihn – nach Wochen unruhigen Hotellebens zum ersten Mal. Er hatte Giovanni, der sich mit erstaunlicher Schnelle in Berlin zurechtfand, das Suchen danach überlassen und ihn von da ab kaum mehr gesehen. Zuweilen nur entdeckte er ihn, irgendwo im Straßengewühl, wie er sich eilig und scheinbar ohne rechts und links zu sehen hindurchwand. Hie und da erschien er am frühen Morgen an seinem Bett, um ihm nichts als ein »niente« achselzuckend zuzuflüstern.

Heute aber war er wie ein Sieger gekommen, das ganze Gesicht von Lachen erhellt, und hatte alle Kammerdienerallüren vergessen, als er dem noch Verschlafenen in überstürzender Hast von seiner Entdeckung erzählte: »eine bildsaubere Wirtin, schwarz und stattlich – und wie sie sich freute! Nicht wie die anderen alten Hexen, die einen schon an der Türe musterten, als wäre man ein Strolch! Nur ein paar komische kleine Hunde hat sie – der Mann ist tot – und eine Tochter. Die Zimmer mit großen Stühlen und breitem Bett. Gut sollst du's haben, *bambino mio*, – sehr gut.« Dabei hatte er Konrad, als wäre er der Knabe von einst, den blonden Kopf gestreichelt. Der hatte kaum hingehört und von allem Geschwätz nur eins verstanden: dass der stille Winkel gefunden war, nach dem er sich sehnte.

Jetzt – endlich! – würde er zu sich selber kommen. Er war sich bewusst, dass dies eine Notwendigkeit war, wenn er den Wirbelwinden Berlins nicht zum haltlosen Spielzeug werden sollte.

Irgend etwas, dessen er sich nicht bewusst wurde, ließ ihn aus seinen Träumen auffahren; es war wohl die Stille, nachdem eben erst der Lärm der Stadt in Räderrollen, Klingeln, Tuten und Traben um ihn getobt hatte; hier, auf dem schmalen Platz, in den die große Straße plötzlich mündete, spielten kleine Kinder, größere umkreisten ihn auf Rollschuhen, und vor den Vorgärten saßen rundliche Frauen, die Hände im Schoß verschlungen, und behäbige Männer, die Füße in gestickten Pantoffeln behaglich von sich streckend. Sie sahen alle auf – verwundert, erschrocken, ja geärgert, als die Hupe des Autos, das Konrad brachte, ihre Feierabendruhe unterbrach. Noch ehe er ausstieg, fiel sein Blick auf den großen, tiefen Garten, der den Platz erst zu einem Platze machte, denn sein Gitterwerk mit den hohen Büschen dahinter war wie ein Damm, an dem der Strom der Straße sich brach, gezwungen, zurückzufluten, woher er gekommen war. »Die Sternwarte,« sagte der Chauffeur. Aus dem Grünen ragte eine große Kuppel hervor, die hell erleuchtet war; alle anderen Häuser standen ringsum in ihren einfachen, glatten grauen Kleidern und sahen aus vielen kleinen Lichtaugen in ehrfürchtigem Staunen auf sie.

Giovanni kam seinem Herrn entgegen. Er schien hier schon ganz heimisch, denn die Kinder unterbrachen ihr Spiel, als sie ihn sahen, und drängten sich um ihn.

»Ein Kunststück, Onkel,« quälten sie, »das mit dem Ball.« – »Nein, mit den Karten.« – »Oder dem Groschen.« Und ein kleines Ding hielt ihm in gläubiger Bitte die zerbrochene Puppe entgegen: »mach' sie wieder ganz.« Aber er schob sie von sich – vorsichtig, väterlich, um keines zu verletzen – und führte Konrad ins Haus, die Treppen hinaufeilend wie ein Junger.

»Ist das die Himmelsleiter, Alter?« rief dieser ihm lachend zu, »Jakob hat sie sicher weniger hoch geträumt!«

Oben öffnete sich eine Tür, die Silhouette einer brünetten, üppigen Frau stand scharf umrissen vor dem hellen Hintergrunde. Aber noch ehe Konrad sie begrüßt hatte, schlüpfte eine Gestalt aus der Tiefe des Flurs, an der sein Blick hängen blieb; etwas zwerghaft Kleines in ein buntes Tuch gehüllt, ein schmales, sehr weißes Gesicht, aus dessen Oval zwei große traurige Augen strahlten, die sich entsetzt zu weiten schienen, als sie des Gastes ansichtig wurden.

»Gina!« rief die Frau an der Türe drohend; das kleine Wesen zuckte schmerzhaft zusammen und machte eine Bewegung wie zu rascher Flucht, aber die Füße schleppten sie nur langsam rückwärts; dabei fiel das Licht der Lampe auf einen Höcker, den es als schwere Last über den Schultern trug. Zwischen zwei Vorhängen, die es mit einer weißleuchtenden Kinderhand nur ein wenig zur Seite schob, verschwand es.

»Meine Tochter,« sagte die Frau nach sekundenlanger verlegener Stille wie entschuldigend, und öffnete eilfertig die nächste Türe, hinter der das Licht aufflammte. Sie war vorausgegangen und wandte im gleichen Augenblick, als wäre die Wirkung der plötzlichen Helle im voraus berechnet gewesen, den Kopf; ihr blühend schönes Gesicht,

44

von dem rosigen Schimmer der Wangen, dem feurigen Rot der Lippen, dem Aufblitzen der goldbraunen Augen durchleuchtet, war Konrad so nahe, dass er das Ausstrahlen seines Glanzes wie prickelndes Feuer zu fühlen meinte; aber zu gleicher Zeit hatte er den harten Ton noch in den Ohren, vor dem die kleine Bucklige davongeschlichen war. Die Frau empfand: mit dem förmlichen Dank, den der junge Mieter aussprach, war sie entlassen.

Jetzt erst sah er sich um: ein Zimmer voll alter Teppiche. In sattem Grün hing einer an der Wand wie ein Blick in Waldestiefe; in verblichenem Blau lag ein anderer auf dem Boden wie sehr stilles, flaches Gewässer; in mattem Gelb deckte ein dritter den Diwan wie am Frühlingsabendhimmel der ferne Horizont. Ganz dunkle, schwere Schränke standen dazwischen, und mitten im Zimmer, groß und breit wie der Altar eines fremden Götzen, der den ganzen Raum mit seiner grotesken Form beherrschte, ein mächtiger Schreibtisch. Zu gigantischen Frauenbrüsten wölbten sich seine geschnitzten Laden, um die Schlangen und Eidechsen sich ringelten und schmiegten, die spitzen Zünglein saugend an der harten Kuppe. Nur die Phantasie eines Wahnsinnigen konnte dieses monströse Werk geschaffen haben.

Ein dunkler Blick aus Konrads Augen traf Giovanni, fragend, fast vorwurfsvoll.

»Fennrich war Bildhauer, Herr Baron,« sagte der unterwürfig, und mit leisem Kichern und vielsagendem Augenaufschlag: »die Frau sein Modell;« dann hob er den grünen Teppich: »Das Schlafzimmer.«

Hier schien alles weiß und glatt und kühl. »Es ist gut,« nickte Konrad müde, um gleich darauf, als besänne er sich, in hellerem Tone fortzufahren: »Du bist und bleibst ein Hexenmeister, Giovanni. Hab' Dank. Ich hätte dergleichen nie gefunden. Doch hast du für dich gesorgt?«

Der Alte öffnete eine Tapetentür: »Hier!« Konrad sah in einen schmalen Raum, dessen Wände mit Kränzen und welken Blumen behängt waren wie eine Totenkammer. »So wirf doch zuerst das Zeug heraus,« sagte er ärgerlich.

Giovanni schien nicht hinzuhören. Er fuhr mit der Hand wie kosend über die raschelnden Blätter.

»Die Sehnsucht meiner Jugend war's, einmal unter solchen Trophäen zu schlafen. dass es die Zeugen der Triumphe einer toten Tänzerin sind, was tut's?!« Und er lachte leise.

»Das alles – ist auch von ihr?« frug Konrad, indes seine Augen von irgendeiner dunklen Erinnerung gebannt an den Seidenfetzen hingen, die aus der alten Truhe neben dem Bette hervorquollen.

»Das?!« Des alten Mannes Stimme überschlug sich, um dann zur Tonlosigkeit herabzusinken. »Das?!« Er zog den Anzug ganz hervor: ein Pierrotkostüm, vergilbt vom Alter, die Ärmel zerrissen, mit großen grauen Flecken besäet, an vielen Stellen wie von der ätzenden Farbe zerfressen. »Darin tanzte ich, als Monna Lavinia starb ... Gute Nacht!«

Konrad war, als ob er dem Eindruck entfliehen müsse, in das Zimmer mit den Teppichen und den Fratzen zurückgekehrt. Gedankenlos öffnete er die Schränke und Laden. Da stand und lag in guter Ordnung, was er von Hochseß und Bamberg mitgenommen hatte und vielerlei lieb gewonnene heimatliche Dinge daneben, die seine Gedanken dankbar und gerührt zu der alten weißhaarigen Frau wandern ließen, deren Güte und Treue noch immer seines Herzens einziger Reichtum war.

Er wollte ihr schreiben – gleich, heute noch, dachte er in überquellender Empfindung. Er suchte sein Briefpapier, das mit dem Wappen, der roten Rose im silbernen Felde, und griff nach der Lade des Sekretärs. Um den aufwärts gerichteten Schlangenleib legten sich seine Finger und berührten das seidenglatte gewölbte Holz darunter. Es war ganz kühl; seine Hand aber war sehr heiß; er drückte ihre ganze Fläche dagegen, dann lehnte er sich in den Stuhl zurück, und seine Finger glitten träumerisch streichelnd über das Holz. Und wärmer und weicher wurde es.

Seine Gedanken verwirrten sich. Alles Erlebte wirbelte in wüstem Reigen um seinen heißen Kopf:

Berlin – das Weib im weißen Wagen – Wanda, die Wirtin –

Er riss die Augen auf – krampfhaft, gewaltsam. dass es ihn stets aufs neue packte! dass das heimlich schwelende Feuer seiner Sinne immer wieder auflodernd über ihm zusammenschlug! Aber er wollte nicht daran verbrennen – wollte nicht! Nur seine Kraft entzünden und seinen Willen. Er reckte sich gerade auf, um im nächsten Augenblick wieder müde zusammenzusinken; das »Warum?«, das »Wofür?« drückte ihn mit Zentnerschwere nieder. Da, – wer hatte ihm diesen Streich gespielt? – stand das Bild seines Vaters vor ihm auf dem Schreibtisch, ein Gesicht, kraftstrotzend, lebenslustig, mit dem Siegerlächeln in den lachenden Augen. Noch lagen seine Finger auf der Wölbung der Lade, doch ihm schien, als fasse er Stellen, die rau, andere, die klebrig waren. Er bückte sich, die elektrische Lampe herunterziehend: die braune Beize war vielfach abgerieben – von allzu vielen Händen gestreichelt – betastet –

Ein Frösteln durchlief seinen Körper.

Er sah das Zimmer wieder vor sich mit den roten Plüschsofas, den Rokokostühlchen und der Batterie geleerter Flaschen auf dem Tisch – das Zimmer, in das sie ihn, den halb Betrunkenen, gröhlend geschleppt hatten: »Weil er ein Mann werden sollte –«

Er sprang auf, von Ekel geschüttelt. So mochte auch sein Vater zum Manne geworden sein!

Er riss das Fenster auf: Die Kuppel der Sternwarte leuchtete noch immer einsam durch die Herbstnacht. An ihren Glaswänden zeichnete sich der Schatten eines großen, dunklen Rohres ab und dann der eines Mannes. Das Licht erlosch: Dort drüben saß nun wohl ein stiller Forscher und erhob sich zu den Sternen.

Mit kühler Hand strich die Nacht über Konrads Stirne. Tiefe Ruhe überkam ihn.

Auch er wollte neue Welten suchen und im Dunkel dem Lichte nachgehen.

Aufatmend wühlte er sich in die weißen Kissen. Und das ferne leise Weinen eines Kindes sang ihn ein.

Drittes Kapitel
Vom Suchen nach Erkenntnis, und von der kleinen Gina Vollendung

Gleich am nächsten Tage – er konnte den Beginn seines Studiums kaum mehr erwarten – besuchte er einen der Professoren, an die er empfohlen worden war, und dessen Rat er einzuholen gedachte. Der alte Herr stellte ihn gleich nach der Begrüßung vor die Frage, auf welchen Beruf er sich vorzubereiten wünsche.

»Darauf soll mir die Universität die Antwort geben,« erwiderte er freimütig, wenn auch in seinem Eifer ein wenig abgekühlt durch die geschäftsmäßige Art des Gelehrten. »Ich muss erst finden, wofür es sich lohnt, das Leben einzusetzen.«

Der Professor lächelte belustigt, im Grunde überzeugt, einen jener begüterten jungen Leute vor sich zu haben, die das Studium zum Vorwand für einige ungebundene Jahre Großstadtlebens benutzen, und war innerlich mit dem jungen Gelbschnabel fertig, der noch dazu so große Worte brauchte, um seine Absichten zu beschönigen. Die Antwort bestand denn auch nur in der Empfehlung einiger bekannten Dozenten. »*Tout Berlin* besucht ihre Vorlesungen, besonders der weibliche Teil, soweit er hübsch und berufslos ist,« fügte er schmunzelnd hinzu, durch sein weiteres Schweigen bekundend, dass er nichts mehr zu sagen habe. Konrad verbeugte sich steif und ging.

Irgendeine klassische Erinnerung an das Verhältnis des Meisters zum Jünger mochte ihm vorgeschwebt haben, als er die Treppe zu dem berühmten Mann emporgestiegen war, und nun war er erledigt, weil er sich nicht von vornherein in ein abgestempeltes Fach einschachteln ließ; nicht einmal der Versuch eines näheren Eingehens auf seine Wünsche und Fähigkeiten war gemacht worden.

Eulenburg, dem er davon erzählte, lachte ihn aus: »Die Leute werden dafür bezahlt, dass sie uns Kenntnisse beibringen; sie haben, wenn sie halbwegs anständig sind, genug damit zu tun, und sollten sich noch mit unseren Seelenleiden beschäftigen!«

Daraufhin begann er, die erste kleine Enttäuschung rasch abschüttelnd, sich auf eigene Faust ein Programm zu machen. Er belegte, ohne Warnung und Rat Wohlwollender irgend zu beachten, eine Menge verschiedener Vorlesungen: philosophische, nationalökonomische, literarische und kunsthistorische, ja naturwissenschaftliche sogar, für die er durch Warburgs Berichte Interesse gewann, und mit dem ganzen Hochgefühl eines Pilgers, der an der Schwelle des Heiligtums steht, von dem er das Wunder erwartet, betrat Konrad Hochseß das ehrwürdige Gebäude der Frideriziana Wilhelma.

Er hätte sich für den Schwung seiner Seele die Kuppel eines gotischen Doms gewünscht; die niedrigen grauen Decken drückten ihn nieder, und als er in den Hörsaal trat, wo eine dichtgedrängte Schar von Studenten des berühmten Professors harrte, dessen philosophische Vorlesungen ihm über Deutschlands Grenzen hinaus einen Namen gemacht hatten, da erinnerte ihn der Anblick des weißgetünchten Raums, der braungestrichenen Pulte, der schwarzen Tafel und des Katheders darin so schmerzhaft an die öden Klassenzimmer, dass es ihm eiskalt über den Rücken kroch.

Lautes Getrampel empfing den Dozenten. Alle Blicke richteten sich auf sein Mephistoantlitz; ein paar elegante Damen hielten die langgestielten goldenen Lorgnetten vor die Augen. Dann begann er zu sprechen: sehr leise und langsam zuerst; schließlich mit wachsender scharfer Betonung der Konsonanten, was seine Stimme ungewöhnlich hart erscheinen ließ, und begleitet von seltsam verrenkten Arm- und Handbewegungen. Es war, als müsse er den Faden seiner Gedanken mühsam auseinanderwickeln und ziehen, und diese Anstrengung beschäftigte manche der Zuhörer mehr als ihre Resultate.

Konrad verstand wenig; die für sein Ohr gekünstelte Sprechweise störte ihn, und die vielen geistreichen Bemerkungen, auf die alles mit glänzenden Augen wartete, um sie dann trampelnd zu quittieren, schienen ihm der Würde der Sache nicht angemessen. Er fühlte sich leer und müde, als er herauskam. Wie hungrig war er gekommen, wie überhungert ging er fort!

Auf dem Gang begegnete ihm Else Gerstenbergk. Er freute sich, inmitten der Scharen Unbekannter, die sich, nach ihren Gesprächen zu schließen, jetzt schon auf Grund ihrer Berufe sonderten, jemanden zu treffen, dem er sich mitteilen konnte.

»Professor Görne ist ein Gehirnequilibrist, dessen fabelhafter Geschicklichkeit zuzusehen die Nerven angenehm aufpeitscht,« sagte sie. »Da Sie jedoch zunächst nicht Seiltanzen lernen wollen, sondern gerade gehen, rate ich Ihnen fürs erste zu weniger glänzenden Namen und weniger vollen Hörsälen;« und mit warmer Anteilnahme gab sie ihm ihre Ratschläge.

»Sie studieren wohl schon lange?« frug er sie, erstaunt über ihre Sachkenntnis.

»Ja und nein,« entgegnete sie mit einem Lächeln; »als ich noch den Dr. phil. als letztes Ziel all meines Strebens ansah, war ich von unstillbarem Wissenshunger erfüllt und verzichtete lieber auf alles, Ruhe, Vergnügen, Freude, als dass ich eine meiner Vorlesungen versäumt hätte.« Sie machte eine kleine Pause. »Jetzt komme ich nur noch, wenn Pawlowitsch nicht kommen kann. Sehen Sie, hier,« und sie zeigte ihm ein mit statistischen Berechnungen gefülltes Heft, »ich schreibe diese Zahlen für ihn nach.« Ein Glockenzeichen schreckte sie auf. »So spät schon!« – und mit einem eiligen Händedruck lief sie davon. dass sie so wenig Zeit für ihn hatte! Gerade in diesem Augenblick hätte er sich an sie klammern mögen wie ein ermatteter Schwimmer.

In der nächsten Vorlesung traf er der Verabredung gemäß Warburg. Er fand ihn, wie stets, wenn er ihn wieder sah, in steigendem Maße erfüllt von der Freude an seinem Studium. Das reizte ihn zu einem Gefühl, gemischt aus Neid und Enttäuschung. Jede neue Tatsache, die der Dozent vom Katheder herunter mit monotoner Stimme aus dem abgegriffenen, vielfach benutzten Manuskript vorlas, hinterließ einen hellen Glanz auf dem farblosen Gesicht des Freundes, und lebhafter, als es sonst seine Art war, sprach er nach dem Kolleg, während sie Arm in Arm vor der Universität auf und nieder schritten, von der quellenden Fülle des Wissens, die von diesem ehrwürdigen Hause seit einem Jahrhundert in die Welt ströme und durch die großen Entdeckungen der letzten Jahrzehnte an Reichtum immer noch zugenommen habe.

»Das Unglück ist nur, dass des Geistes Gefäß zu eng ist, um alles aufzunehmen,« Schloss er enthusiastisch.

»Und selbst, wenn es groß genug dafür wäre,« meinte Konrad, »was hättest du davon, jeden Stern benennen, die Liebesregungen jedes Wurms beobachten, die Wirkungen jedes Elements berechnen zu können?«

»Was ich davon habe, du griesgrämiger Träumer?!« rief Walter, »was ich weiß, besitze ich; zum Herrn der Welt macht mich die Erkenntnis.«

»Die Erkenntnis vielleicht! Aber du begeisterst dich nur für Kenntnisse –«

Walter blieb mitten auf der Straße stehen, um dem Freunde gerade ins Gesicht zu sehen. »Versuch's einmal, Konrad,« sagte er eindringlich, »versuch's ernsthaft, konsequent, dir diese gering geachteten Kenntnisse anzueignen, die aller Erkenntnis Grundlage sind. Man muss überall von der Pieke auf dienen, wenn man etwas Tüchtiges werden will; du hast nach einem Gipfel stürmen und die ermüdende Talwanderung vermeiden wollen.«

»Ganz richtig,« antwortete Konrad heiter – der goldene Herbstglanz in der Luft, der die Baumreihen der einzigen königlichen Straße Berlins umspielte, hatte auch an seinem Himmel die Wolken verscheucht, sodass er in der Ferne, traumhaft, die siegkündende Göttin über dem Säulentor verheißungsvoll leuchten sah – »mit achtzig Pferdekräften durch die Täler sausen, nur auf die Gletscher und Felsen zu Fuß, das entspräche meiner Begierde. Aber du weißt ja, ich füge mich, da dieses Zeitalter das der Herden ist, und marschiere in Reih und Glied.« Er blätterte in seinem Notizbuch und zog den Freund mit sich fort. »Rasch – ich versäume den Anschluss: Einführung in die Nationalökonomie.«

Er wurde ein ungewöhnlich fleißiger Student, der seinen Lehrern auffiel, aber es lag etwas Krampfhaftes in seinem Fleiß, und wenn Warburg, erstaunt über die Zähigkeit, die er entwickelte, seiner Freude darüber Ausdruck gab, sah er ihn mit spöttisch gekräuselten Lippen und einem eigenen Lächeln an, hinter dem eine wesenlose Trauer sich zu verbergen schien. Eulenburg erklärte ihm in seiner derben Weise wiederholt, dass es ein Zeichen beginnenden Irrsinns sei, morgens Philosoph, mittags Nationalökonom, nachmittags ein Sozio-, Physio-, Zoo-, oder sonst ein Loge zu sein – statt dem Feuergott lieber in irgendeiner Form persönlich zu dienen – und nachts infolgedessen eine Schlafmütze. Seine dringenden Einladungen, ihn in die Bars und Kabaretts zu begleiten, schlug Konrad ab; statt dessen saß er zu Hause über den Büchern, die er sich fast täglich, wenn irgendein neues Thema ihn gepackt hatte, aus den Bibliotheken heimbrachte, oder besuchte, von Pawlowitsch angeregt, die Bildungskurse der Arbeiter, wobei ihn, wie er ehrlich gestand, die Zuhörer mehr interessierten als die

Vorträge, und der Vortragende mehr als das, was er vortrug.

Gleich an jenem ersten Abend, zu dem er durch den Russen eingeladen worden war, hatte er sich in seinen tiefgewurzelten Neigungen verletzt gefühlt, und der Aufruhr, in den er dadurch geraten war, hatte ihn die eigenartige Umgebung, in der er sich befand, fast vergessen lassen.

Pawlowitsch sprach über die deutsche Literatur nach Goethe und kritisierte dabei die Romantiker als reaktionäre, aller Wirklichkeit abholde Träumer, die, von ungreifbaren Sehnsüchten erfüllt, zu schwach, um sich kämpfend den elenden Verhältnissen der Zeit entgegenzuwerfen, in der Weltflucht ihr Heil gesucht und das Leben zum Spiel gemacht hätten. Das Bild des alten Habicht, seines in Hochseß fast ein wenig geringschätzig behandelten Lehrers, tauchte in Konrads Erinnerung auf, wie er dem Knaben zuerst mit vor Rührung zitternder Stimme Hölderlins Hyperion vorgelesen hatte. Seitdem war der Dichter ihm ein Freund geworden, die ganze Periode der Romantik eine so vertraute, dass er sich unter den Schlegel und Tieck, den Brentano und Hardenberg heimisch fühlte und ihre Bücher ihn in der Bamberger Pension die kalte Fremde der Gegenwart oft genug verschmerzen ließen. Und Pawlowitsch kannte einen Hölderlin kaum, und die Gestalten einer Bettina Arnim, einer Caroline Schlegel erschienen in seiner Schilderung wie Typen überspannter Weiber.

Kaum hatten sie sich nach dem Vortrag im Speisesaal des Gewerkschaftshauses wieder zusammengefunden – einem überaus nüchternen, schlecht erleuchteten und noch schlechter gelüfteten Raum, der an jenem Tage infolge des endlos plätschernden Regens draußen, und der vielen tropfenden Kleider und Schirme drinnen, besonders düster und ungastfreundlich war, – als Konrad seiner Empfindungen nicht mehr Herr blieb und ihnen lebhaften Ausdruck geben musste. Pawlowitsch lächelte überlegen.

»Die neue Jugend!« sagte er, »sie ähnelt verzweifelt der von mir nach Ihrer Ansicht so übel behandelten von damals. Aber selbst, wenn Sie recht hätten, wenn ich mich wirklich einer Geringschätzung großer Künstler schuldig gemacht hätte –, was ich bestreite, denn es kommt auch in der Kunst nicht auf Inhalte, sondern auf Wirkungen an, – und Sie mich davon überzeugen könnten, ich würde meinen Vortrag nicht um einen Satz ändern.«

»Also gegen Ihre Überzeugung sprechen,« unterbrach ihn Konrad entrüstet.

Pawlowitsch machte eine abwehrende Handbewegung: »Ruhe, Ruhe, junger Freund! Geschmack hat, noch dazu, wenn er schlecht ist, mit Überzeugung nichts zu tun. Wohl aber stehen meine Vorträge wie unsere ganze Bildungsarbeit innerhalb des Proletariats überhaupt im Dienste einer Überzeugung: der des Sozialismus, der des Klassenkampfes. Besser, hundertmal besser –« seine Augen begannen zu funkeln und sein Gesicht verlor den Ausdruck versteinter Ruhe, der es sonst beherrschte –, »ich vermittle meinen Hörern einen schlechten Geschmack, als dass ich sie auch nur einen Augenblick lang an ihrer Weltanschauung irre mache.«

Ein paar Arbeiter, die dem Vortrag beigewohnt hatten, traten, von der lebhaften Unterhaltung angezogen, hinzu; man rückte zusammen, und sie setzten sich.

»Ganz richtig, ganz richtig,« nickte der eine, ein älterer Mann mit harten Fäusten und verwitterten Zügen, »Kunst und Dichtung sind für uns Mittel der Zerstreuung, Genüsse für die Feierstunden statt der Kneipe oder der blöden Witze der Possenreißer. Es ziemen uns nicht mehr die Laster der Unterdrückten, noch die müßigen Zerstreuungen der Gedankenlosen, sagt schon Lassalle.« Er hatte langsam und dozierend gesprochen, ohne Wärme. Konrad wandte sich ihm zu.

»Grade von diesem Gesichtspunkt aus: dass Sammlung statt Zerstreuung, Anregung statt Einlullung des Geistes notwendig ist,« sagte er, »dürften Ihnen Dichter wie Hölderlin nicht vorenthalten werden. Eine Erhebung der Seele, eine Bereicherung des Gemüts geht von ihnen aus –«

»Bleiben Sie uns doch mit dem Gemüt vom Leibe,« warf Pawlowitsch heftig ein, »diesem Alpdruck des Deutschtums, der auf allem lastet, was sich aus Schlaf und Traum befreien will! Gemüt! – Die Fessel am Fuß, an der ihr die Traditionen und Sitten der Vergangenheit mit euch schleppt. Gemüt! – das euch an Scholle und Familie, an Kirche und Krone kettet! Wissen Sie nun, warum ich die Romantiker ablehne, ablehnen muss? All unsere Bildungsarbeit wird durch die Erfordernisse des Klassenkampfs bestimmt. Was ihn schwächen kann, darf keine Rolle spielen.«

Wieder nickte der Arbeiter. »Nur solche Wissensgebiete sind für uns von Bedeutung, die uns unsere Stellung im Klassenkampf besser erkennen lehren, uns für ihn fähiger machen,« dozierte er.

»Aber Wissen und Kunst sind doch zweierlei, haben im Grunde gar nichts miteinander zu tun,« sagte Konrad lebhaft, wobei er sich bittend nach Warburg und Else Gerstenbergk umsah, die bisher geschwiegen hatten. Beide lächelten ihn auch jetzt nur wortlos an, der eine in seiner versonnenen Art, die andere mit einem leisen Kopfneigen, wie dem der Zustimmung.

»Ich verstehe den Herrn nicht,« mischte sich jetzt der jüngere Arbeiter ins Gespräch, ein blasser, schmalbrüstiger Mensch mit zusammengekniffenen Lippen. »Was ist uns heute zum Beispiel anderes vermittelt worden als Wissen; und was will der Herr anders, als dass wir auch von den Dichtern, die er liebt, etwas erfahren, also noch mehr wissen sollen?«

Konrad blieb die Antwort schuldig. Er sah eine Kluft vor sich aufgerissen, viel breiter und tiefer, als die, welche er als zwischen den Klassen bestehend angenommen hatte. War sie wirklich nur ein Abgrund zwischen zwei Bergen derselben Erde, oder der Weltraum zwischen zwei Sternen?

Die Freunde verabschiedeten sich. Es regnete noch immer. Auf der Straße, vor dem roten Hause standen die Wasserlachen; schwarz und träge floss der Kanal vorüber; selbst über den Laternen hing der Regen wie ein Trauerschleier.

»Diese Vergötterung des Verstandes ist die Entgötterung der Erde,« sagte Konrad. »Warum schweigst du übrigens immer? Du wenigstens hättest mir beistehen können, dann hätte ich auch nicht schmählich die Flucht ergriffen.«

»Mich packte das Schauspiel zu sehr, als dass ich Mitwirkender hätte sein mögen.«

»Bequeme Ausrede!«

»Diese bewusste Beschränkung, diese Überzeugungstreue, die sich selbst zur Einseitigkeit verdammt, hat etwas Grandioses,« fuhr Warburg unbeirrt fort.

In Konrads Kopf klopfte das Blut: »Und das sagst du?! du, der du all deine Klugheit, all deine Verstandeskühle daran setztest, um mich den Frevel bewusster Beschränkung, einseitiger Überzeugungstreue einsehen zu lehren, auf der die katholische Kirche ihre Geisteszwingburg baute?!«

»Noch freue ich mich, dass es gelang,« entgegnete Warburg, »trotzdem werde ich, historisch betrachtet, auch die Großartigkeit ihrer Politik anerkennen. Vielleicht,« fügte er in zögerndem Nachdenken hinzu, »ist sie die notwendige Voraussetzung allen Erfolgs.«

»Damit gibst du zu, dass von Rechts wegen eine Tyrannis die andere abzulösen hätte,« rief Konrad.

»Ich hüte mich wohl vor solch voreiligen Schlussfolgerungen. Ich konstatiere nur Tatsachen,« meinte Warburg, der, die Arme im Rücken verschränkt, den Kopf vorgebeugt, mit den gesenkten Augen gleichsam an der Erde suchend neben dem Freunde herging, dessen Blicke hin und her flackerten, sich hier an einem Gesicht, dort an einem Wolkengebilde festsaugend, um es rasch wieder loszulassen.

Jetzt blieb Konrad mit einem leichten Aufstampfen des Fußes stehen. Erstaunt sah Warburg auf.

»Zum Teufel mit deiner Objektivität! Überlass doch so was den Mummelgreisen, die, weil sie selbst eine Brille auf der Nase tragen, das kalte Auge der Wissenschaft preisen. Ich will nicht anschauen; ich will erleben – erleben! Ich forsche nicht nach dem Ding an sich, sondern danach, was es für mich ist, für mich sein kann.«

Warburg lächelte ein wenig überlegen. »Darum bist du ja auch, wie ich schon immer sagte, von Natur awissenschaftlich,« sagte er, »hättest ein Kriegsmann oder ein Künstler werden sollen.«

Konrad schwieg verletzt und grub die Zähne tief in die Unterlippe. Der Freund, dachte er, hätte wissen müssen, dass er eine seiner wundesten Stellen traf. Soldat! – Das hatte ihn zeitenweise in Träume von Krieg und Ruhm verwoben, ihm als köstlichstes Ziel vorgeschwebt, aber dann sah er die Wirklichkeit: Uniformprotzen, Rekrutendriller, die Wunsch und Sehnsucht rasch erstickte. Künstler! – Leidenschaftlich hatte er ein paar Jahre lang Geige gespielt, – mit viel Talent, sagten die Lehrer, – um das Instrument schließlich, als er sich ohne Erfolg mit einer eigenen Komposition gequält hatte, fast mit einem Gefühl von Ekel beiseite zu legen. Auch Gedichte hatte er gemacht, – er betonte, wenn er davon sprach, sich selbst verhöhnend, das »gemacht«, – und hütete sich später ängstlich, irgendeinen rhythmischen Einfall zu Papier zu bringen, weil er »nicht geworden und gewachsen war«.

Die Freunde trennten sich ernstlich verstimmt und sahen sich in der nächsten Zeit nur flüchtig.

Auf Konrads Schreibtisch, der ihm im kühlen Lichte dieser Tage nicht einmal grotesk erschien, sondern in seiner absurden Hässlichkeit einen beinahe lächerlichen Eindruck machte, häuften sich danach Bücher sozialistischen Inhalts. Lange Zeit hindurch stand er unter dem berauschenden Einflusse Lassalleschen Pathos. Er wälzte abenteuerliche Pläne im heißen Kopf: Die Gefesselten befreien, die Entrechteten zur Würde sich selbst bestimmenden Menschentums erheben – welch eine Aufgabe wäre das! Doch wenn er dann, ganz erfüllt, mit vor Tatenfieber klopfenden Pulsen andere sozialistische Zeitungen und Broschüren zur Hand nahm, oder in Versammlungen ging, bei deren Besuch er sich allmählich von Pawlowitsch emanzipierte, der ihn zu leiten, ja zu beherrschen suchte, so wurde der Eindruck immer stärker, dass das reine Gold der ursprünglichen großen Ideen auf der einen Seite gegen die Kupfermünzen alltäglicher Sorgen und Erlösungen, auf der anderen Seite gegen die abgegriffenen gedruckten Anweisungen auf illusorische Schätze eingetauscht worden war.

»Ideen werden altersschwach, sobald man sie auf die Flaschen des so genannten gesunden Menschenverstandes zieht,« sagte er einmal in einer Stunde tiefer Depression zu Pawlowitsch; »so geht das Christentum am Protestantismus zugrunde.«

»Und der Sozialismus – woran?« frug der Russe, während sein rechter Mundwinkel sich sarkastisch in die Höhe zog.

»Das vermag ich nicht zu bezeichnen; es ist auch wohl vermessen, angesichts der Millionen seiner Anhänger vom Zugrundegehen überhaupt zu sprechen,« entgegnete Konrad, »nur – es wirkt so entmutigend, ernüchternd, wenn man die Nachkommen seiner Helden und Märtyrer sieht: trockne Schulmeister, korrekte Beamte.«

»Entmutigend?! Ernüchternd?!« wiederholte Pawlowitsch mit hartem Auflachen. »Sie sind sehr maßvoll, Herr Baron! Eher sollte der Sozialismus ganz zugrunde gehen, als dass er nach den Idealen jener Schulmeister und Beamten etwa in Konsumvereinen und Baugenossenschaften seine so genannte Erfüllung fände! Aber noch sind wir da

– wir!« und ein triumphierendes Leuchten glitt über seine Züge.

»Wir«, das war der Freundeskreis des Russen, eine Gruppe radikaler Sozialdemokraten, fast nur Slawen und Juden, mit der auch Konrad zuweilen zusammenkam. Hier war Leidenschaft, hier war Empörung, – aber jene kalte und verbissene, die nur das Resultat einer ununterbrochenen Kette von Unterdrückungen sein können; hier war Überzeugungstreue, aber eine, die religiöse Wärme in die Eisluft grausamen Fanatismus wandelt. Hier war Sehnsucht, aber vor allem jene negative der Hassenden, deren deutlichstes Ziel Rache ist und Zerstörung.

Stets war es ein Gefühl des Fröstelns, das Konrad aus dieser Umgebung heimwärts trieb. Mit einem erleichterten Aufatmen pflegte er dann nach seinen geliebten Dichtern zu greifen, bald alles um sich her vergessend; in rhythmischem Tonfall, fast ein wenig psalmodierend wie die katholischen Priester, las er erst leiser, dann lauter und lauter sprechend die tönenden Verse vor sich hin, im Takt im Zimmer auf und nieder schreitend. Wenn Giovanni ihm den Tee servierte – eine alte Hochsesser Gewohnheit, die er wieder aufgenommen hatte –, unterbrach er sich kaum; das Summen der Flamme, das Brodeln des Wassers erschien ihm vielmehr wie die Begleitung seiner Melodien.

Einmal – Giovanni war in ein Varietétheater gegangen, Erinnerungen an die eigene Kunst schienen ihn immer häufiger hinzuziehen, was Konrad lächelnd geschehen ließ, gönnte er doch dem alten Manne dies bisschen wiedererwachende Lebensfreude – brachte Gina, die Bucklige, den abendlichen Imbiss; vergebens hatte sie vorher an der Türe geklopft, er hatte, von den musikalischen Akkorden Georgescher Verse hingerissen, ihr Pochen überhört. Leise, dass nichts dazwischen klirrte, deckte sie den Tisch, mit den feinen Fingerchen Glas und Porzellan, Brot und Obst zierlich ordnend. Erst als das Wasser im Kessel zu rauschen begann, bemerkte Konrad die Kleine. Sie stand bewegungslos, die blassen Lippen halb geöffnet, die großen Augen auf ihn gerichtet, in ihrem roten Kleidchen an den grünen Teppich gelehnt; die braunen, lockigen Haare bedeckten barmherzig den Höcker, sodass sie einem Elflein glich, das dem Walde entsprungen war, um der tiefen Menschenstimme zu lauschen.

»Du, Gina?« sagte Konrad lächelnd. Wie gut passte dies hauchzarte Kind in die Stimmung des Abends. Sie stammelte eine Entschuldigung, um gleich darauf, aus dem Erstaunen erwachend, den nunmehr am Tisch Sitzenden mit ruhiger Grazie zu bedienen. Ihre Füßchen versanken lautlos im Teppich, und jede Bewegung schien bei all ihrer Natürlichkeit doch von großer Kunst diktiert, denn niemals wandte sie dem jungen Mann den verunstalteten Rücken zu. Eine wohlige Behaglichkeit breitete sich um ihn aus; die Mahlzeit dauerte länger als sonst, denn Konrad musste immer wieder auf die zarten Hände, in das strahlende Gesichtchen, auf die weichen Locken des Mädchens schauen, in denen Goldreflexe spielten, und es trieb ihn, den wehmütigen Mund lächeln zu sehen.

»Liebst du Gedichte?« frug er sie.

»Ich hörte sie nie,« sagte sie.

»Auch nicht in der Schule?« forschte er weiter.

»Nie ging ich zur Schule« – voll Beschämung den Blick gesenkt, gestand sie's. »Nach dem Sturz war ich jahrelang krank; erst jetzt lernt' ich gehen.«

»Dem Sturz?! Wann war das und wie?«

Noch tiefer fiel ihr Köpfchen auf die schmale Brust, die Haare glitten zur Seite und enthüllten den Höcker. »Ich lernte turnen auf ihren Schultern,« flüsterte sie stockend, »oh, sie war böse damals! Sie hatte so sehr auf die neue Nummer gehofft!«

»Die Mutter?« staunte er.

Sie nickte. »Doch nun ist sie gut, weil Sie hier sind,« ein schwärmerischer Blick heftete sich auf ihn, »weil Giovanni ihr mit den Hunden eine neue, viel schönere Nummer lehrt.«

Darum also war der Alte stundenlang bei Frau Wanda im Zimmer, aus dem dann ein vielstimmiges Konzert von Hundegebell, Weibergekreisch und dem Gelächter eines zahnlosen Mundes hervordrang!

Konrads Schweigen rief in des Kindes Zügen den Ausdruck jäher Angst hervor. »Sie werden doch nicht fortziehen?« murmelte sie, die Hände ineinander ringend, »weil die Mutter eine Jongleuse ist?«

Er strich ihr beruhigend die Haare aus dem Gesichtchen; seltsam, wie heiß es war und doch unverändert schneeweiß. »Ich bleibe und wenn du willst, lehr' ich dich lesen.«

»Oh!« wie heller Jubel klang's, von einem großen dankbaren Blick begleitet.

Von nun an brachte sie ihm regelmäßig den Tee, ohne dass der sonst so eifersüchtige Giovanni sie daran gehindert hätte. Er schien in den Unterricht der gelehrigen Schülerin, in die Beobachtung ihrer Erfolge auf der Bühne ganz vertieft; er veränderte sich aber auch zusehends im Äußeren, indem er auf seine Toilette größere Sorgfalt verwendete und sich krampfhaft gerade zu halten suchte. Eines Tages entdeckte Konrad sogar, dass er sich die Haare wieder gefärbt hatte. Das widerte ihn an, und umso lieber ließ er sich des Kindes Dienste gefallen. Eine Atmosphäre zarter Sorgfalt verbreitete sich um ihn, mit der nur die Zärtlichkeit eines Weibes den Geliebten zu umgeben vermag. Sie lernte um seinetwillen die Treppen gehen und erschien, wovor sie sich stets so sehr gefürchtet hatte, ohne Scheu unter dem aufkreischenden Kindervölkchen des Enckeplatzes, um täglich mit frischen Blumen seine Tafel zu schmücken; ja, sie wagte es schließlich sogar, bis zur Markthalle zu gehen, um mit sicherem Blick die schönsten Früchte für ihn auszusuchen. Blieb er dem Hause fern, so kauerte sie vor seinem Schreibtisch, eifrig Lettern malend und buchstabierend, bis sie ihn eines Abends strahlend mit dem Vorlesen eines Gedichtes überraschte, seinen Tonfall und seinen Rhythmus genau nachahmend. Und jede Nacht, er mochte heimkommen, wann er wollte, kroch sie, vom leisesten Geräusch seines Schritts erwachend, aus dem Bett, warf sich ihr rotes Kittelchen über und brachte ihm frisches Wasser. Sie hatte bemerkt, dass er es sich sonst selbst zu holen pflegte.

Alle Ereignisse ihres kurzen Lebens vertraute sie ihm allmählich an, Erlebtes und Geträumtes dabei seltsam durcheinander mischend.

Wer der Vater eigentlich gewesen war, wusste sie nicht; so viele Männer seien immer aus und eingegangen, lärmende Leute, die alle Sprachen durcheinander schwatzten, Kunstreiter und Clowns. Ein alter Mann mit einem bösen Gesicht – vielleicht war's der Vater gewesen – habe sie einmal alle hinausgeworfen, die Treppe hinunter, ganz gewiss! Sie erinnere sich genau, wie sie hinabgekollert wären, einer über den anderen, und wie der Clown schließlich grinsend auf den Händen gegangen sei. Und dann war die Tänzerin dagewesen, die einzige, die die kleine Gina lieb gehabt hatte! Süßigkeiten brachte sie ihr mit und nähte Kleider für ihre Puppen und küsste sie – ach, seitdem sie den Höcker hatte, mochte sie niemand mehr küssen, niemand! Sie sei gestorben, sagten die Leute, aber sie wisse es besser: mit eigenen Augen habe sie gesehen, wie die Gute, Schöne in heller Mondnacht in ihren vielen, vielen, weißen Röckchen zum Fenster hinausgeflogen sei, – »zu den Sternen, die der alte weiße Zaubrer drüben in sein großes Glashaus fangen kann.«

Konrad hörte ihr zu und störte sie mit keinem Wort in ihren Träumen. Er wusste, wie weh das tut, und er war doch ein gesundes Kind gewesen!

Manchmal, wenn es dunkelte, fuhr er mit ihr durch die Stadt in den Tiergarten. Sie hatte niemals andere Bäume gesehen als die des Gartens der Sternwarte, nie andere Straßen als die dunklen, schmutzigen der nächsten Nähe. Er schämte sich vor sich selbst, dass er am hellen Tage das Gelächter der anderen über seine seltsame Gefährtin fürchtete, aber er fühlte bald, wie die Dunkelheit auch das Kind vor den zudringlich mitleidigen Blicken schützte, die sie roh aus der Traumwelt, in die sie versetzt wurde, gerissen haben würden. Jetzt war ihr der Tiergarten eine Welt voller Wunder, die schwarzen kahlen Bäume verhexte Riesen, die stillen Wasser der Nixenpaläste schimmernde Dächer und die bunten Lichter der Stadt der Nacht kostbares Geschmeide.

Mehr als er es sich selbst gestand, erfüllte dies Kind sein Leben und ließ ihn das unstillbare Sehnen vergessen, das ihn so oft zu verzehren gedroht hatte.

Wie seine reine Seele sich vor ihm erschloss, sein unbeirrbarer Verstand sich entwickelte, sein Herz, gleich einer Wasserrose, die auch aus dem tiefsten Schlamm in weißem Gewande leuchtend emporsteigt, ihm entgegenblühte, – das alles ward ihm zur täglichen Freude, zu um so größerer, als er sie tief in sich verschloss.

Niemand, auch Warburg nicht, wusste von seinem Umgang. Gina verkroch sich, sobald Konrad Gäste hatte. Seine gleichmäßigere Stimmung, die Heiterkeit seines Wesens, die auch trübe Stunden durchleuchtete, schob der Freund auf die Befriedigung, die das Studium ihm mehr und mehr gewährte, auch auf den anregenden Umgang, der sich allmählich entwickelt hatte.

Trotz aller Gegensätze, oder vielleicht grade um ihretwillen –

denn das ist der Unterschied der Jugend vom Alter, dass sie Wider-stände aufsucht, die das Alter zu vermeiden sucht, wie sie aus lauter Kraftgefühl Felsen erklettert, statt gebahnte Wege zu gehen –, hatten sich die Beziehungen zu Pawlowitsch mehr und mehr zu freund-schaftlichen gestaltet. Sie saßen oft stundenlang debattierend beiein-ander, besuchten sich auch bald in ihren Wohnungen, wobei Konrad die Entdeckung machte, dass der Russe, dessen freie Ehe mit Else Gerstenbergk bekannt war, nicht mit ihr zusammenwohnte. Er hauste in ein paar Stuben von puritanischer Einfachheit, die erst bei näherem Zusehen den bizarren Geschmack des Bewohners merken ließen: an den Wänden hingen neben Photographien Rubensscher Gemälde – die üppigsten Frauenleiber leuchteten in hundert verschiedenen Stel-lungen daraus hervor –, Radierungen von Käte Kollwitz, aus denen das Elend grinste und der Blutrausch schrie; und über dem schmalen Feldbett befand sich eine goldumrahmte Kopie der schwarzen russi-schen Madonna, an der die Opfergabe eines silbernen Herzens hing.

»Glauben Sie,« sagte Pawlowitsch, »ich würde so heftig gegen Gemüt und Traditionen wettern, wenn ich sie nicht noch in mir zu bekämpfen hätte? Das da gehörte meiner Mutter. Dies Herz opferte sie um meinetwillen, als ich mich von ihr und ihrem frommen Glau-ben schied. Sie starb, während ich auf der Peter-Paulsfestung war. Nicht einmal ihren letzten Wunsch, mich segnen zu dürfen, erfüllte man ihr. Darum laufe ich wohl auch –« Schloss er mit rauem Lachen – »als ein Gezeichneter durch die Welt.«

Zuweilen lud er die Freunde zu Else Gerstenbergk ein; dann wussten sie im Voraus, dass er in jener seltenen weichen Stimmung war, die einen anderen Menschen aus ihm machte.

Mit einem freudigen Rot auf den Wangen, das sie fast schön er-scheinen ließ, trat ihnen dann die Hausfrau entgegen, sie in das Zim-mer führend, das sie mit den alten Möbeln ihrer verstorbenen Eltern ungemein behaglich eingerichtet hatte. Familienbilder, die verrieten, dass die Bewohnerin einer Sippe von Beamten und Offizieren ent-stammte, hingen an den Wänden, auf den Fensterbrettern blühten Hyazinthen, der Nähtisch davor zeugte von vieler Benutzung.

»Sie hätte zu Ihrer Zeit leben müssen,« sagte Pawlowitsch, den Arm um ihre Schultern gelegt, als er Konrad das erste Mal bei ihr willkommen hieß, »das heißt zur Zeit der Schlegel und Tieck natür-

lich! Und sollte eigentlich um irgendeinen königlich preußischen ge-
fallenen Freiheitshelden trauern. Stattdessen ist sie im Zorn des Himmels eines lebendigen Revoluzzers Liebste geworden. Eine tapfere
Liebste!« fügte er, ihr ritterlich die Hand küssend, hinzu.

An jenem Abend war er besonders mitteilsam. Draußen tanzten
die Schneeflocken gegen die Fensterscheiben, um sich auf der Straße
in nassgrauem Schmutz aufzulösen; in dem altmodischen Kachelofen,
der breit und behäbig eine Ecke des Zimmers völlig einnahm, brannte
das Feuer. Der Russe lehnte daran, während Else ab und zu ging, um
das Abendessen aufzutragen.

»Wie gemütlich es bei Ihnen ist!« sagte Warburg.

Pawlowitsch lachte: »Wenn es nicht Winter wäre, ich würde imstande sein, Sie auf Ihr liebenswürdiges Urteil hin, das ich leider als
berechtigt anerkennen muss, ohne Umstände der gütigen Wirtin allein zu überlassen. Wissen Sie, warum die Engländer trotz aller De-
mokratie so fest mit ihren Traditionen verwachsen sind, warum die
Deutschen trotz aller umstürzlerischen Ideen Philister bleiben und die
Russen trotz der leidenschaftlichsten Freiheitsbegeisterung die Revolution nicht durchgeführt haben? Weil der lange Winter die häusliche
Gemütlichkeit gezeitigt hat, weil das Herdfeuer, ein wahres Symbol
besonders des Germanentums, die Menschen von der schmutzigen
Straße und der rauen Öffentlichkeit weg in den Schoß der Familie
zieht. Ein alter allgemeiner Brauch bestätigt meine Auffassung: im
Frühling freit der Bauer, damit er im Winter unter Dach und Fach ist.«

Else kam mit der Obstschale und bat zum Essen. Sie setzten sich
um den runden Tisch.

»Auch den Liebeskünsten dieser Frau ist der Winter der beste
Bundesgenosse gewesen,« sagte Pawlowitsch, sie mit einem zärtlichen
Lächeln betrachtend. »Erfroren, innerlich und äußerlich, kam ich aus
Russland. Diese Frau öffnete mir die Tür zum warmen Zimmer. Es
bedurfte des ganzen Restes meiner Energie, um mich dem Sturme
draußen nicht ganz zu entwöhnen.«

»Danach wäre die Ehe die kostbarste Waffe des Staates im Kamp-
fe gegen die Revolution,« meinte Warburg.

»Sicherlich,« erwiderte der Russe mit scharfer Betonung, »sie ist
das Mittel für alle Unterdrückung, geistige und physische: der junge

Mann, der eben noch, strotzend von Kraft, glühend von Begeisterung, eine Welt zu erobern oder eine zu vernichten gedachte, wird in ihren Armen zum gesitteten Bürger, der vor jedem Idol staatlicher Macht den Rücken krümmt und mit saurem Schweiß jedem rollenden Pfennig nachläuft; und die junge Frau wird unter ihrer Peitsche zur Sklavin, die ihre Liebe für das Brot und das Bett verkauft und in ständiger Prostitution Kinder gebärt.«

»Und der Weg, um diese Wirkungen aufzuheben?« frug Konrad, obwohl er die Antwort voraussah. Es lag ihm aber an der Fortsetzung dieses Gesprächs.

»Die freie Ehe natürlich – unsere Ehe!« rief Pawlowitsch und legte die breite Faust auf die weiche kleine Hand Elsens, die neben ihm auf dem Tisch ruhte und unter der seinen nun völlig verschwand.

Konrad verlangte danach, mehr zu hören: »Würde nicht, von Ausnahmen abgesehen, für die Masse eine Zügellosigkeit ohnegleichen die Folge sein?«

Pawlowitsch lachte hell auf: »Nun sind Sie fast ein halbes Jahr in Berlin, atmen sogar die vergiftete Luft, die ich um mich verbreite, und reden noch wie ein fränkischer Landpfarrer! Zügellosigkeit! – Wann werden verständige Leute aufhören, erotische Bedürfnisse unserer Physis und ihre Befriedigung mit moralischem Maßstab zu messen und körperliche Treue der seelischen – jener einzig notwendigen Folge wahrer, das heißt geistiger Gemeinschaft zwischen Mann und Weib – nicht etwa nur überzuordnen, sondern sie sogar für die Treue an sich zu erklären! Wenn ein Weib einen Mann erotisch entflammt und er ihren Leib begehrt, den er erkannte, muss er dann zugleich ihre Seele lieben, von der er nichts weiß? Oder soll er verzichten wie ein Wüstenheiliger und sie und sich um eine Stunde rasenden Rausches betrügen, der vielleicht in seinem Hirn ein unsterbliches Werk erzeugt, in ihrem Schoß einen Helden?«

Er war aufgestanden, seine Brust hob und senkte sich, auf seinen Backenknochen, die breit aus den eingesunkenen Wangen herausstachen, brannten rote Flecken, und die kleinen Augen sprühten. Minutenlang war kein anderer Laut im Zimmer zu hören als das Verknistern der letzten Flamme im Ofen. Else saß still vor dem verwüsteten Tisch, den Reste der Mahlzeit bedeckten; ihre Augen hielt sie gesenkt, ihren Mund fest geschlossen, aber ihre Hand, die noch immer auf dem weißen Tischtuch neben dem Teller lag, ihre Hand sprach: zuerst durchlief sie ein Zittern, das jeden Finger einzeln ergriff, dann ballte sie sich, wie von schmerzhaftem Krampf zusammengezogen, um schließlich nach einem wehen Zucken sich lang auszustrecken, blass und müde wie eine Sterbende.

Erst die Stimme des Russen belebte sie wieder. »Sing uns ein Lied,« sagte er rau. Schwankend wie nach schwerem Traum erhob sie sich, trat ans Klavier und schlug, noch blass vor Erregung, ein paar Akkorde an, die allmählich voller und voller anschwollen, während ihre Stimme immer sieghafter darüber schwebte. In leidenschaftlicher Melodie schien ihr ganzes Wesen sich aufzulösen. Das war das blasse Mädchen nicht mehr, das die Rohheit des Mannes traf wie die Wiesenblume der Herbststurm, das war das Weib, dessen entfesselte Leidenschaft sie in den Purpurmantel der Herrscherin hüllte. Wie schön sie war! Mit einem Blick stürmischen Verlangens, den sie mit einem zärtlichen Aufleuchten in ihren Augen beantwortete, beugte sich Pawlowitsch über sie.

Als die Freunde sich verabschiedet hatten, verfolgte sie noch lange das Bild des Paares, wie es zuletzt unter dem weißen Flurlicht vor ihnen gestanden hatte: der starke große Mann mit dem Arm um die Schulter der schlanken Frau, beide strahlend im Glück vollen Besitzes.

Eiskalt schlug der Schnee den Wandernden ins Gesicht. Sie schwiegen lange.

Vor dem großen Weinhaus in der Leipziger Straße, dessen Drehtüren sich trotz der späten Stunde noch unaufhörlich bewegten, blieb Konrad stehen.

»Die Kehle ist mir wie ausgedörrt, als ob ich allein die Kosten der Unterhaltung getragen hätte,« sagte er, gezwungen lachend; »komm, wir wollen noch ein paar Flaschen die Hälse brechen.« Warburg suchte einen versteckten Platz in einem der stillen oberen Säle, aber Konrad zog ihn in die dichteste Menge der Tafelnden. »Mitten darin wollen wir sein, wo sie lachen und lieben.« Er bestellte weißen Burgunder: »Napoleons Wein!« Und als der goldne Trank in den Gläsern glänzte, meinte er grübelnd: »Pawlowitsch hat unrecht: Dieser, der größte der Helden, wurde im Bett der Ehe gezeugt!«

»Und doch gewiss im Rausch der Leidenschaft,« sagte Warburg; »Carlo Bonaparte war ein Korse, mehr an die freie Luft, als an den warmen Ofen gewöhnt.«

»Du stimmst Pawlowitsch' Theorien zu?« frug Konrad mit gespanntem Ausdruck, die dunklen Augen voll auf den Gefährten gerichtet.

»Sie scheinen mir zunächst in größerem Einklang mit den Forderungen der Natur zu sein als die strengen Gesetze der Treue, die wohl nur ein Ergebnis moralischer Überlegungen sind,« entgegnete Walter vorsichtig.

»Das bedeutet eine Zerreißung des Menschen in Geist und Körper, eine Erniedrigung der Liebe auf das Niveau des Tierschen –« und heftig, dass der Wein in aufleuchtenden Perlen überfloss, setzte Konrad das Glas zum Munde.

»Du vergisst, dass wir unsere erotischen Bedürfnisse mit den Tieren gemeinsam haben, unsere geistigen da gegen nicht; die Spaltung in uns ist daher von vornherein gegeben.«

»Damit öffnest du der Freiheit der Gelüste Tür und Tor.«

»Der Freiheit, – nicht der Zügellosigkeit, die wiederum nur eine ausschließlich menschliche, der Natur fremde Verirrung ist.«

»Du statuierst aufs neue Gesetze, die doch zu vage sind, um brausendes Blut am Überschäumen zu hindern. Wo, wenn Freiheit die Norm sein soll, hört sie auf, Freiheit zu sein? Und, wenn der von Natur Nüchterne mit zwei Glas Wein die Freiheit, zu trinken, auskostet, wie steht's mit dem, dessen Durst jeder Tropfen nur steigert, dessen Glut nur immer verzehrender um sich greift, weil, was für die anderen löschendes Wasser, für ihn jenes Feuerwasser ist, das, wenn es brennend in kühle Quellen fließt, ihren ganzen Lauf in lodernde Flammen wandelt?!«

»Konrad –!« rief Walter, erschrocken durch die Leidenschaft, die ihm entgegenschlug, die aus des Freundes sprühenden Blicken noch wilder als aus seinen Worten sprach.

Jener lächelte: »Du wähntest, jene Kette des Wissens aus Zahlen und Namen, Regeln und Theorien geschmiedet, mit der ich mühsam Tag für Tag meine Glieder umschnüre, habe mein ungebärdiges Selbst in Fesseln geschlagen?!« Immer rascher leerte er sein Glas und füllte es wieder –. »Ich will dir etwas anvertrauen, etwas, das ich mir selbst nur in den dunkelsten Stunden sage: Meine Angst ist's, jene grässlichste Angst, die es gibt, die vor sich selbst. Bist du dir nie wie dein eigenes Gespenst erschienen? Hast du dich nie vor den fremden wilden Mächten in dir gefürchtet, wie der Vesuv sich vor dem Feuer in seinem Innern fürchten muss, das ihn zu zerreißen, zu verbrennen droht? Es ist in uns immer etwas, das hungert. Wir müssen der Bestie von Zeit zu Zeit blutigen Fraß vorwerfen, oder sie einsperren – ganz fest – ganz fest. Du siehst: Die Feigheit macht mich sittsam wie einen Philister, und – der Ekel!« Wieder und wieder setzte er das volle Glas zum Munde.

»Konrad –!« Walter legte die Hand mahnend auf Konrads heiße Rechte. Der sah ihn an mit einem weiten, leeren Blick, als sähe er an ihm vorbei, durch ihn hindurch in die Ferne: »Oder des blassen Kindes silberweiße Reinheit, die selbst alles andere Weiß schmutzig erscheinen lässt –«

Ein Gelächter, gell und misstönend, schlug an sein Ohr. Durch den Dunst von Menschenatem, Zigarrenrauch, dampfenden Speisen und süßen Gerüchen vieler Weine blickten Gesichter, unwahrscheinlich in roter Gedunsenheit, verzerrt durch freches Grinsen, Männer und Frauen, die am Tage korrekt und gesittet hinter dem Ladentisch standen, an der Nähmaschine oder auf dem Drehstuhl saßen, Rekruten kommandierten oder Kinder erzogen. Wie sie einander lüstern betrachteten, wie die Augen der Männer an den durchsichtigen Blusen der Mädchen, an den krachenden Seidentaillen allzu üppiger Frauen forschend hängen blieben! Da lag ein Arm über einer Stuhllehne, an die sich schmachtend der runde Rücken eines Weibes lehnte, – sicherlich eine tugendhafte Gattin und gute Mutter bei Tage –, dort unter dem Tisch zerdrückte eine rote Hand das dünne Gelenk einer blassen Jungfer, drüben versanken zwei Augenpaare verzehrend ineinander, und das feiste Knie eines Glatzköpfigen zwängte sich an das der kokettierenden Nachbarin. Und über alledem das Gelächter – gell und misstönend! Gröhlten irgendwo kleine Teufel triumphierend über die Demaskierung da unten? Oder waren es vielleicht doch nur die alten Herren mit weißen Bärten und blauroten Wangen, die sich an dem langen Tisch unter der blanken Säule mit flackernden Augen unsaubere Geschichten erzählten?

Konrad hörte nur noch, wie sie fröhlich waren, sah nur noch Blicke, von Liebe trunken, fühlte nur noch die große Glut, die über allen zusammenschlug.

Als er nach Hause kam, lauter als sonst den Schlüssel im Schloss drehend, drang ein Lichtstreif aus dem Zimmer der Wirtin und Flüstern, Lachen, Hundewinseln. Unbezähmbare Neugierde beherrschte Konrad plötzlich, angestachelt durch das Bild Frau Wandas, das er in seinem dunklen Reiz so greifbar deutlich vor sich zu haben meinte, wie er es in Wirklichkeit nie gesehen hatte. Er stieß die Türe auf und sah in einen roten Nebel, aus dem zuerst Giovannis schwarze Gestalt hervorkroch.

»Der Herr Baron,« grinste er mit einem tiefen Bückling, und nach rückwärts gewandt im Tone eines Befehlshabers: »Schrei nicht, Wanda – wir wiederholen die Probe: – Chin – Mao – Sem – Ysi – Jo – hierher!« Eine Peitsche pfiff durch die Luft, aufheulend stürzten fünf winzige, schwarzgraue Hunde, von jener nackten Rasse mit den übergroßen vorstehenden Augen, aus dem Hintergrund, wo sie nebeneinander, Konrad steif anglotzend wie Götzen, gesessen hatten, und unter der großen runden Lichtkugel aus rotem Glas, die von der Decke herabhing, reckte sich der Körper der Jongleuse, von oben bis unten in rotem Trikot, der ihre vollen Formen eng umschloss.

»Auch die Lichteffekte versuchten wir heut –« krähte des Alten Stimme, dann kauerte er sich mit hochgezogenen Knien auf das breite Bett im Hintergrund, griff nach dem Tamburin, das darauf lag, und schlug es im Takt mit den knöchernen Fingern.

Mit kleinen schwarzen Kugeln spielte das Weib. Sie leuchteten; sie sahen sie an; sehnsüchtig, wenn sie über ihrem Kopfe tanzten, trunken, wenn sie an ihr niederrieselten; – waren es nicht Pupillen, herausgerissen aus den Augenhöhlen Lebendiger? Das Tamburin dröhnte einen Siegesmarsch. Und zu Füßen der Spielerin hockten die Hunde zusammengedrängt und starrten sie an, unbewegt. Da klingelten die Glöckchen an Giovannis Instrument, und eilig, wie hungrige Affen, kletterten sie von allen Seiten an der roten Gestalt empor, bis sie oben auf Brust und Schultern hingen, die schwarzen, feuchten Schnäuzchen dicht an ihrem Gesicht. Mit einer Bewegung hingebungsvoller Ermattung ließ sie die Kugeln fallen, sie schlugen klingelnd auf, dann lagen sie vor ihr, aufwärts schauend, erloschenen Blicks. Die Hunde aber wurden immer lebendiger: auf ihrem Kopf saß der eine und wühlte den nackten Körper in das üppige Nest ihrer schwarzen Haare; aus ihren Armhöhlen lugten zwei andere mit hängenden Zungen hervor; um ihre Hüften hüpften die letzten, der eine den glatten langen Schwanz des anderen im Maul. In rasendem Rhythmus dröhnte das Tamburin.

Und in Konrads Kopf brausten die Geister des Weins, in seinen Adern pochte das Blut. Im nächsten Augenblick würde er die eklen schwarzen Geschöpfe von den prangenden Gliedern reißen und würgen!

Da öffnete sich die Tür hinter ihm – klirrend fiel etwas zu Boden – Glas splitterte – Wasser rieselte dazwischen. Die Hunde sprangen zur Erde und bellten.

»Du – du!« schrie die Spielerin, mit erhobenen Fäusten vorwärtsstürmend.

Konrad wandte den Kopf: Todblassen Gesichts, in dem nichts lebte als die Hasserfüllten Augen, den frostschauernden mageren Körper nur von ihrem weißen Nachtgewand umhüllt, stand die kleine Bucklige vor ihm. Und das Blut ebbte zurück, die Geister des Weins entflohen. Mit einem Schritt war er zwischen dem Kinde und der wütenden Mutter. »Sie rühren das Mädchen nicht an, oder – bei Gott! –« und er griff nach der Peitsche am Boden.

Das alles war nichts als ein wüster Traum gewesen, dachte er am nächsten Morgen. Aber Gina war krank, und als er an ihr Bettchen trat und die Hand auf ihre Stirne legte, fühlte er das Fieber. Wanda schlug, als er kam, mit einem bösen Blick die Türe hinter sich zu. Es musste also doch wohl wahr gewesen sein. Am liebsten wäre er umgezogen – sofort, aber die Augen des Kindes, die eine Bitte waren, hielten ihn fest. Stundenlang saß er an ihrem Bettchen und las ihr vor, während ihr schmales Gesichtchen von unbeschreiblicher Seligkeit strahlte. Waren es Goethes Gedichte, die sie nicht oft genug hören konnte, so flüsterte sie leise mit; es klang wie zweistimmiger Gesang aus der Ferne.

»Du wirst einmal eine schöne Stimme haben, Gina,« sagte er.

»Wirklich?« lächelte sie glücklich und summte träumerisch das Lied vom Heidenröslein vor sich hin. »Es ist viel schöner wie das vom Monde,« meinte sie.

»Warum denn?« frug der Jüngling.

»Röslein wehrte sich und stach – musst es eben leiden –« sang sie, und zwei schelmische Grübchen erschienen wie kleine Kobolde in ihren Wangen. »Glauben Sie nicht, Herr Konrad,« fuhr sie dann ernsthaft fort, »dass das Röslein sich nur zum Scheine wehrte? Es litt doch diesen Tod so gerne! Der andere aber, der vom Monde sang: – rausche, rausche, lieber Fluss! Nimmer werd' ich froh; so verrauschte Scherz und Kuss und die Treue so –, der hat nie, nie mehr gelacht, und wenn er über die Straße geht, weinen die Kinder, die ihn sehen.«

Sie richtete sich jäh in den Kissen auf, geschüttelt von Angst.

»Es war ein König von Thule, gar treu bis an das Grab –« klang tief, gleichmäßig, beruhigend Konrads Stimme, während seine Hand sie vorsichtig bettete und seine Augen auf ihr ruhten. Noch ein Aufseufzen, und sie schlief ein.

Niemand wusste, was ihr fehlte. Es kamen Tage, wo sie aufzustehen vermochte und sich's nicht nehmen ließ, wie früher, Konrads Tisch zu decken. Dann aber trug ihr Giovanni die Teller und Schüsseln, die ihre mageren Ärmchen nicht mehr heben konnten, zu, und brachte ihr sogar heimlich Blumen zum Schmuck, fremde, farbenfrohe, die lange gereist waren, um hier im Norden zu sterben.

Seit jenem Abend hatte der Alte sich verwandelt. Er ging umher wie ein Schuldbeladener. Stumm, in steter Dienstbereitschaft, bettelte er um Konrads Gunst. Frau Wanda ging er scheu aus dem Wege. Abends war er stets zu Haus und spielte mit dem kranken Kinde, wenn es allein war. Sein Jauchzen hatte Konrad einmal in ihr Zimmer gelockt: da stand der Alte hinter einem Wandschirm, über dem er auf seinen Fingern mit bunten Lappen geschmückte Puppen agieren ließ – ein improvisiertes Kasperltheater, das Gina entzückte. Konrad war in sein fröhliches Knabenlachen ausgebrochen und hatte ihm mit einem liebevollen: »Du bist ein guter Kerl« die runzlige Wange getätschelt. Von da an konnte sich Giovanni nicht genug tun, um der Kleinen Freude zu machen.

Nur zuweilen, wenn keiner ihn sah, und das Kind, was immer häufiger vorkam, auf seinem Stuhle eingeschlafen war, wobei das Köpfchen ihm tief auf die Brust sank und der Höcker hoch hervortrat, streifte es sein Blick voll Abscheu, und des Nachts drückte er sich verstohlen hinter die Falten des Flurvorhangs, um, wenn Wanda aus dem Theater nach Hause kam, die Sekunde zu erhaschen, wo sie seine

Augen mit dem Ausdruck verzehrenden Schönheitshungers um fassen konnten.

Konrad, der sich der kleinen Kranken in der ersten Zeit ganz gewidmet hatte, ging nun, da er sie wohler und gut aufgehoben glaubte, mit lebhaftem Eifer und wachsender innerer Anteilnahme seinen Studien nach. Jener Wissensdurst hatte ihn allmählich ganz in seinen Bann geschlagen, der der Neugierde so nahe verwandt und darum so spezifisch jugendlich ist. Jede neue Kenntnis, die er erwarb, trug schon die Frage nach einer weiteren in sich, nur dass diese Jagd nach Wissen die dumpfe, in keine Formeln zu fassende Sehnsucht nach höheren Zielen nicht zu unterdrücken vermochte.

Wenn er sich mit Warburg darüber aussprach, pflegte ihn dieser immer wieder darauf hinzuweisen, dass ein Beruf, ein Pläne und Gedanken auf sich konzentrierendes Ziel, ein Mittel sei, dem unruhigen Hin-und Herflattern seiner Seele abzuhelfen. Der aber empörte sich stets aufs Neue gegen diese Auffassung:

»Schlimm genug, wenn der Beruf das Ziel zu ersetzen vermag!« sagte er. »Schlimmer noch, wenn der Mensch es nötig hätte, wozu das Tier nur gezwungen werden kann, in Käfige gesperrt zu werden, und ohne sie in der Freiheit – und sei es selbst die Freiheit der Wüste – nicht imstande wäre, sich die Nahrung zu erkämpfen, deren Geist und Seele bedarf!«

Pawlowitsch dagegen suchte mit allen Mitteln seines Verstandes und seiner Überredungskunst diesem unbestimmten Sehnen im Sozialismus Ziel und Richtung zu geben, und seine Vorträge, denen Konrad regelmäßig beiwohnte, schienen ihrem Inhalt nach oft nur für diesen Adepten bestimmt zu sein. Nachher debattierten sie.

»Die Jugend von heute ist von Geburt an altersschwach,« polterte Pawlowitsch, als Konrad wieder einmal, ganz kühl und von nichts als von Zweifeln und Widersprüchen beladen, mit den Freunden aus dem Gewerkschaftshaus trat, die frische, schon frühlingsduftige Luft in tiefen Zügen einatmend.

»Oder so stark wie Jung-Siegfried, der sich sein eigenes Schwert schmieden musste,« antwortete er dem Russen.

Sie fuhren nach dem Westen hinaus bis zu dem Café, wo sie sich an jenem Herbstnachmittag zuerst getroffen hatten. Pawlowitsch bestand darauf, obwohl Else Gerstenbergk die Freunde zu sich gebeten hatte.

»Der Tisch ist schon für euch gedeckt,« wagte sie noch einmal mit einem schüchternen Lächeln, das ihr sonst so fremd war, einzuwenden.

»Wir werden die Freiheit unserer Entschließung doch nicht einem gedeckten Tisch opfern,« rief der Russe unwirsch, und sie fügte sich stumm.

Am Ziele angelangt, knüpfte er den Faden des Gesprächs aufs neue an und erzählte, sich immer mehr an der Glut der eigenen Erinnerung erwärmend, von jener Zeit im Anfang der neunziger Jahre, wo er als junger Mensch zum ersten Mal nach Berlin gekommen sei – »auch einer wie Sie, zum Revolutionär nicht geboren« – und in den starken, alles mit sich fortreißenden Strom sozialistischer Ideen hineingetrieben worden wäre.

»Damals besaßen wir den kostbaren, durch nichts zu ersetzenden Schatz eines Ideals, für das Titel, Vermögen, Vergangenheit und Zukunft wegzuwerfen, nicht nur kein Opfer, sondern eine Seligkeit war. Während Sie und Ihresgleichen!« – er schürzte verächtlich die Lippen: »Zugvögel seid ihr, die das Ziel verloren haben und, umherirrend, schließlich kraftlos ins Meer stürzen.«

»Sie vergessen nur, dass seitdem zwei Jahrzehnte verflossen sind, dass die Träume von damals Wirklichkeiten von heute wurden,« warf Konrad ein.

»Unsinn, Unsinn –« wehrte Pawlowitsch ab, »haben wir vielleicht den Sozialismus?«

»Nein. Aber wir machten, scheint mir, viele Schritte in seiner Richtung und sehen mehr und mehr, dass der Weg nicht nur gangbar, sondern notwendig ist.«

Pawlowitsch trommelte mit den Fingern auf dem Tisch.

»Die Bourgeoissöhnchen waren also nur gerade kräftig genug, sich für eine Idee zu begeistern, um das Proletariat jetzt, wo es zähe Arbeit, gänzlich unromantische Anstrengung gilt, im Stich zu lassen?«

»Verzeihen Sie,« antwortete Konrad sehr ruhig dem Erregten, »es handelt sich doch wohl um zwei verschiedene Generationen, von denen Sie sprechen. Die eine – die Ihre! – ist, so kommt es mir vor, gerade diejenige, die den Rausch der Jugend überwunden hat und jetzt nüchtern für all jene Einzelziele kämpft – deren Notwendigkeit ich gar nicht bestreiten will – für die Sie uns, die neue Jugend, aber um so weniger begeistern können, als – Sie müssen auch diese Offenheit entschuldigen! – Sie selbst nicht mehr begeistert sind.« Pawlowitsch biss sich heftig auf die Lippen und warf ihm unter gerunzelter Stirn einen bösen Blick zu. »Für Sie«, fügte Konrad, der ihn ruhig auffing, hinzu, »ist doch das alles nur noch ein Rechenexempel –«

»Und das letzte Ziel: die Aufhebung der Klassenherrschaft, die Sozialisierung der Welt?« frug Pawlowitsch, mechanisch in dem Glase löffelnd, das vor ihm stand.

Konrad zögerte mit der Antwort: »Deren Voraussetzung die Diktatur des Proletariats sein soll – nicht wahr?« Pawlowitsch nickte spottend: »Haben Sie vielleicht dagegen etwas einzuwenden?«

»Ja,« entgegnete Konrad bestimmt.

»Wie?!« rief Else mit einem Ungestüm einfallend, das ihrem Interesse bei diesen Fragen gar nicht zu entsprechen schien, und einem ängstlich flehenden Zug um den Mund, den Konrad nicht verstand. »Wie?! Sie könnten den Glauben von Millionen zerstören wollen?« Und ihre Augen suchten die des Russen, der hartnäckig in den Schoß sah.

»Wer ihn wirklich besitzt, dem wird er durch einen jungen Menschen, der kaum die Nase in die Welt gesteckt hat, auch nicht zerstört werden können,« meinte Konrad, »ich aber hab' ihn nicht – leider! – ich kann seine Verwirklichung nicht einmal für wünschenswert halten. Vielleicht – vielleicht wäre sogar –« zwischen jedem Wort entstand eine Pause, und seine Augen richteten sich aufwärts, glitten wie suchend über die Köpfe der Menschen hinweg in die Ferne – »der Kampf dagegen ein – Ziel, wenn man dabei zugleich f ü r etwas kämpfen könnte.«

Er erwartete einen heftigen Angriff, aber statt dessen wandte Pawlowitsch das Gesicht, in das sich zwischen Mund und Nase zwei tiefe Falten gegraben hatten, Elsen zu und sagte mit einer von Wehmut leise durchzogenen Ironie: »Schau ihn dir an, Else, diesen Knaben aus den fränkischen Wäldern mit der großen Sehnsucht im Blut. Kein Vorurteil hat ihn von vornherein krummgebogen, keine Großstadtdekadenz hat ihn abgestumpft; all meine Überredungskunst, die freilich greisenhaft genug geworden sein mag, verwandte ich auf ihn, und doch – kann er nicht glauben! Genau wie bei uns, wo dieselbe Generation, die sich vor wenigen Jahren für die Revolution massakrieren ließ, sich heute höchstens über Fragen der Erotik den Kopf – nicht einmal das Herz! – zerbricht!« Seine Stimme sank. Er ließ es sich ruhig gefallen, dass Else seine große Hand zwischen die ihren nahm.

»Du musst einlenken,« mahnte Warburg leise, während Konrad den starken Mann sich gegenüber erschüttert ansah und vor dem wehen, vorwurfsvollen Blick Elsens beschämt den seinen senkte. Alles war er zu tun bereit, um den Eindruck, den er gemacht hatte, wieder zu verwischen. Schon öffnete er den Mund, doch der Russe fiel ihm ins Wort: »Still! Nehmen Sie keine Rücksicht auf solche Rückfälle in die ›Gemüts‹-Krankheit! Erklären Sie mir lieber, nicht etwa die Gründe Ihres Unglaubens, – das interessiert mich nicht! – sondern, warum Sie die Verwirklichung unserer Ideen nicht für wünschenswert halten.«

Konrad errötete heftig: »Das alles, was ich sage, lieber Herr Pawlowitsch, sind doch nur Augenblickseindrücke! Ich bin wirklich nicht so vermessen, meine Ansichten für irgendwie feststehende zu halten.« Else dankte ihm mit einem warmen Blick.

»gewiss, gewiss – das glaub' ich gern! Sie müssen mir aber demgegenüber gestatten, gerade von den ersten Eindrücken helläugiger Jugend oft mehr zu halten als von den späteren schablonenhaften Resultaten so genannt tiefgründiger Studien. Also?«

»Wenn Sie es denn durchaus wissen wollen – aber, nicht wahr, Sie glauben mir ohne weiteres, dass ich all Ihren Gegenargumenten zugänglich bin?« Pawlowitsch nickte ungeduldig. »Sehen Sie, mir scheint, dass uns, den physisch Satten, das Proletariat als die Klasse geistig Saturierter gegenübersteht. Freilich, sie scharen sich durstig um jeden kleinsten Born des Wissens. Aber was ihnen zufließt, ist ihnen ein Höchstes, ein Evangelium. Sie sind Besitzende, die stolz auf ihren geistigen Geldsäcken ruhen. Erinnern Sie sich, wie neulich Ihr Freund, – ein führender Genosse war es, glaube ich, – unter dem dröhnenden Beifall der Menge erklärte: ›von allen alten Banden der Religiosität, von all jenen mystischen Phantasien und Sehnsüchten, die nur diejenigen beschäftigen können, welche zu faul oder zu feige sind, sich realen Dingen zu widmen, haben wir uns endgültig frei gemacht‹, und wie man ihn umjubelte, als er schließlich ausrief: ›auch Likörtrinken ist schön und gehörte einst zum Leben, wir wissen aber, dass wir ohne das auskommen, und dasselbe gilt von allen geistigen Schnäpsen, die uns Pfaffen, Philosophen und Ästhetiker vorsetzen‹. Solche Menschen, die für alle Fragen schon die Antwort wissen, die weiter hinaus, ins Unbekannte keine Sehnsucht mehr haben – solche Menschen können uns weder Führer, noch dürfen sie der Zukunft Herrscher sein. Sie würden mehr Fesseln anlegen als brechen, mehr Saat zertreten als säen.«

Konrad brach ab; er fürchtete, schon wieder zu weit gegangen zu sein, und sah erwartungsvoll zu dem Russen hinüber. Der aber lächelte nur gutmütig: »Ist das Ihre ganze Sorge, junger Mann? Doch selbst, wenn Sie Recht hätten, glauben Sie, die Menschheit wäre nicht Manns genug, sich solcher Führer wieder zu entledigen? Und glauben Sie wirklich, die Befreiung von Millionen armer Menschen aus Not und Elend wöge nicht reichlich die paar so genannten Kulturgüter auf? Man ist ja heute von tränenreicher Sentimentalität in Bezug auf sie, die vielleicht im Strudel der großen Umwälzung verloren gehen werden.« Er unterbrach sich und sah nach der Uhr. »Wir werden die Fortsetzung unseres Gespräches auf ein anderes Mal verschieben müssen,« sagte er. »Ich habe noch eine Verabredung.«

Auf der Straße trennten sie sich. Else war sehr blass, und beim Aufstehen schien es Konrad, als habe sie geschwankt. »Ich möchte Sie nicht allein gehen lassen,« sagte er besorgt. Sie nahm wortlos seine Begleitung an.

Ihm fiel ein, was ihm in letzter Zeit von Pawlowitsch vielfach zu Ohren gekommen war, – mit den Grundsätzen, die er entwickelt hatte, stimmte es überein –, dass er ein wüstes Leben führe, mit der und jener stadtbekannten Schönen gesehen worden sei und gegenwärtig mit einer verheirateten Frau ein Verhältnis habe. Er sah Else an, wie sie gesenkten Hauptes neben ihm schritt, und sein Herz krampfte sich zusammen. Hatte er sie nicht kürzlich erst voll strahlenden Glücks gesehen?

Bis vor die Tür ihres Hauses schwiegen beide. »Ich habe Angst um Sie, Fräulein Else,« sagte er schließlich. »Ich auch,« erwiderte sie, wehmütig lächelnd. Und dann: »Kommen Sie, mein Tisch ist noch gedeckt. Ich fürchte heute die Einsamkeit.« Er folgte ihr.

Ein kleiner Teller mit Erdbeeren stand zwischen den anderen Schüsseln auf dem runden Tisch. Sie schob sie dem Gaste zu: »Nehmen Sie, bis morgen sind sie welk. Sie waren für ihn bestimmt. Die ersten!« Zwei große Tränen rollten über ihre Wangen. Konrad griff nach ihrer Hand und führte sie an die Lippen: »Else, liebe Else!« flüsterte er. Mit einer mütterlichen Bewegung strich sie ihm die Haare aus der Stirn: »Großes Kind!«

Dann saßen sie vor dem Ofen, dessen Feuer sie rasch noch einmal entzündet hatte, denn sie fror trotz der Frühlingsluft.

»Das ist: die freie Ehe,« begann sie leise und schwieg wieder.

»Sie sind allein – zu viel allein,« meinte er. Ein verlorenes Lächeln spielte um ihren blassen Mund: »Eheleute, meinen Sie wohl, müssten immer beieinander sein?! dass die Ehe sie dazu zwingt, ist ihr Fluch. Ich glaube, aneinander gekettete Sklaven müssen sich schließlich hassen, selbst wenn sie die zärtlichsten Brüder gewesen waren. Auch ich will frei sein, wie ich seine Freiheit achtete, nur,« ganz vergrämt sah sie in die spielenden Flammen, um erst nach sekundenlangem Verstummen aufs Neue fortzufahren: »Sie kennen seine Grundsätze – er hat keine, die er nicht lebte, die das Leben ihm nicht zuerst diktiert hätte. Er liebt mich, er kann nicht los von mir. Er kommt immer wieder zu mir zurück – immer wieder – seit Jahren. Vielleicht hat er Recht – in allem! Mein Verstand sagt ja. Aber mein Herz wird niemals aufhören, nein zu sagen, nein!«

»Sie glauben auch an die – andere Treue?« frug er. Wie seltsam ihm zumute war: Die dunkle Nacht, das dämmrige Zimmer, allein mit dem Mädchen, die im Schein der kleinen verhängten Lampe vor ihm saß, ein süßes Traumbild. Nur auf ihren Händen, den kleinen weichen Händen, deren Berührung auf seinem Haar er noch spürte, lag das volle Licht.

»Glauben? Wie sollte ich?« spottete sie wehmütig. »Ich weiß nur, dass ich sie halten muss, dass Liebe Eins ist für mich, vielleicht für alle Frauen. Das ist ja gerade das grässliche, über das ich nie hinweg kann: ist sie wirklich beim Manne zwiespältig, ist für ihn ein Spiel, eine Befriedigung flüchtigen Begehrens, was für uns Gipfel ist und Erfüllung, dann gibt es nur den Kampf und nie die glückliche Einheit der Geschlechter.«

»Ich möchte glauben,« meinte er in Erinnerung an seine Kämpfe, seine Niederlage und seinen Sieg, dunkel errötend, »dass wir uns zu Ihrer Auffassung erziehen könnten und – müssten.« Sie sah auf, neuen Glanz in den Augen:

»Und das sagt ein Mann wie Sie, in der Blüte der Jugend!« Nun stockte sie wieder.

In ihm tobte es von den widerstreitendsten Gefühlen: wie ein Bruder hätte er sie an sich ziehen, mit linden Worten um ihres Leidens willen trösten mögen, wie ein Liebender wünschte er sehnsüchtig ihr Stirn und Hände – die schönen, schönen Hände! – zu küssen, ach, und wie ein Kind verlangte er danach, den Kopf in ihrem Schoß, alles sagen zu dürfen, was er litt! Er streckte die Hände aus, die gewölbten Handflächen nach oben, wie ein Bettler: »Wenn Sie mich ein wenig lieb haben könnten!«

Sie schüttelte den Kopf: »Mit ein wenig Liebe sollten Sie sich nie begnügen. Ganz und groß muss sie sein; dann ist sie, selbst, wenn sie ins tiefste Elend führt, doch immer Glück – das einzige Glück gewesen! Manchmal, wie vorher, bin ich schwach – weibisch; vergessen Sie's bitte! Selbst wenn er – nicht wiederkäme, bin ich doch reich, überreich gewesen.«

Er sah sie an, Müdigkeit und Trauer auf dem jungen Gesicht: »Sie fühlen es doppelt gegenüber meiner Armut.«

»Erlebe die Liebe, selbst wenn du vorher weißt, dass du an ihr zugrunde gehst – möchte ich jedem sagen. Und wenn ich es sage, ich, die sich nicht einmal, sondern hundertmal kreuzigen lässt –« ihre Augen umdunkelten sich, von Leid überschattet – »so muss es wohl wahr sein. Wäre die Liebe nur Glück, sie wäre wenig. Aber sie ist Erlösung, Menschwerdung, ist Sonne, die alle geschlossenen Blüten wach küsst, ist Regen, der alle verborgenen Keime zum Sprießen bringt, Gewittersturm, unter dem die verschmachtete Erde zu neuem Leben erwacht. In ihr findet alle Unruhe Gleichmaß, alle Sehnsucht Erfüllung. Gott ist die Liebe, sagen die Frommen und wissen nicht, was sie tun, wenn sie den verdammen, der da sagt: Die Liebe ist Gott.« Sie war aufgestanden, leuchtend in der eigenen Begeisterung.

»dass ich ein Weib wie Sie zu finden vermöchte,« rief Konrad hingerissen.

Ein Schatten flog über ihr Gesicht: »Einmal stand einer vor mir, wie Sie: jung und schön und gut,« murmelte Else nachdenklich, »und Pawlowitsch sagte zu mir: beglücke ihn. Ich weinte drei Tage lang vor Verzweiflung –«

»Und der Jüngling?«

»Nahm eine Kokotte.«

Sie schwiegen beide. In die Stille hinein schlug die Uhr.

»Sie müssen gehen, sonst büßen Sie die Nachtwache mit einem müden Tag,« sagte das Mädchen; »aber vorher will ich Ihnen etwas zeigen – mein Geheimnis.«

Sie führte ihn ins Nebenzimmer. Da lagen auf Tischen und Stühlen viele Puppen mit runden Kindergesichtern, von denen keines dem anderen glich; vom stupsnasigen Bauernbübchen bis zum blässlichen Stadtschulmädchen schienen alle Physiognomien vertreten. Else machte eine wegwerfende Bewegung: »Das ist nichts. Mittel zum Erwerb,« und auf seinen fragenden Blick, »wir müssen leben – alle beide – und er hat keine Ahnung vom Geldverdienen, desto mehr aber vom Ausgeben. Als ich anfing, tat ich's aus Herzensdrang; ich arbeitete für mein Kind, gab den Puppen Gesichter, wie ich sie mir für mein Mädel oder meinen Jungen erträumte, dann –« sie brach ab und trat vor einen großen Glasschrank, den sie öffnete, »jetzt ist mein Geheimnis hier.«

Mit mattblauem Samt waren Wände und Regale ausgeschlagen, von denen die hellen Figuren davor sich duftig abhoben. Waren es Puppen, Elfen, verzauberte Märchengestalten? Sie trugen Kleider von Brokat und vergilbter Seide und Spinnwebentüll; Schleier und Kronen, Blumenkränze und Nonnenhauben auf dem flachsgelben Seidenhaar; ihre Gesichter waren blass, kränklich, übernächtig, mit großen stummen Augen und mattrosa Lippen; ihre mageren Arme liefen in langfingrige Hände aus – solche Hände, die nichts mehr halten können, so schwach sind sie – und ihre Beine waren schlank und dünn in den Fesseln, dass Generationen von Königen nötig gewesen sein mussten, um diese Feinheit hervorzubringen. Nie hätten diese Frauen Mütter, diese Männer Krieger sein können. Sie waren nur schön, von letzter, vergeistigter Schönheit. Mitten unter ihnen, als wäre sie die Herrscherin, saß auf hochlehnigem Stuhl ein Prinzesschen in kurzem Spitzenkleid, goldbraune üppige Locken, von zartem

Perlenkrönchen geschmückt, umrahmten das Gesicht, das noch blasser, noch schmaler war als das der anderen, und die Beinchen waren auch viel, viel dünner als die der Könige und Königinnen ringsum; das Prinzesschen war viel zu vornehm, um ihre Füße mit der rauen Erde in Berührung bringen zu können; sie war die letzte Blüte des alten Stammes.

Konrads Blick blieb allein an ihr hängen. Vorsichtig nahm er sie in die Hand, drehte und wendete sie sanft wie etwas sehr Liebes. »Gina!« flüsterte er selbstvergessen. Dann erst entsann er sich der Schöpferin dieser Traumwelt. Mit einem Blick, der Frage und Staunen und Bewunderung zugleich ausdrückte, sah er sie an.

»muss nicht jeder Mensch, wenn er nicht verarmen will, sich auf diesem allzu hellen, allzu lauten Planeten einen Winkel schaffen, in dem seine verfolgte Phantasie Alleinherrscher ist? Müssen wir nicht den Quellen in uns, denen die Blumenwiese versagt wurde, die sie tränken sollten, irgendwo einen Brunnen schaffen, damit sie uns nicht zersprengen?« antwortete sie ihm; er hielt noch immer das Prinzesschen auf dem roten Stuhl in der Hand. »Mögen Sie die Kleine?« Er streichelte mit dem Finger über das Köpfchen und den Rücken: »Ihr fehlt nur der Höcker.« Else sah ihn verwundert an: »Der Höcker?« Und nun erzählte er ihr von Gina und von allem, was ihm das weiße Kinderseelchen war.

»Gleich morgen besuch' ich sie und bring' ihr meine Puppen,« sagte Else gerührt; »und die kleine Perlengekrönte gehört Ihnen.«

»Wie gut Sie sind!«

»Ich glaube, Sie sind besser –«

An der Türe, zu der sie ihn begleitet hatte, drehte er sich noch einmal um: »Ich muss Ihre Hände küssen, Ihre Zauberhände.« Aber er küsste sie nicht nur, er legte sie sich auf die Stirn, auf die Augen, auf das Herz.

Als Else Gerstenbergk am nächsten Morgen in Frau Wanda Fennrichs Wohnung trat, erfuhr sie schon am Eingang von der heulenden Frau, dass die Kleine in der Nacht kränker geworden war. Sie fand Konrad mit übernächtigen Augen an ihrem Bettchen.

»Sie schrie nach mir,« sagte er leise. »Giovanni hat mich vergebens gesucht. Jetzt, seit ich ihren Kopf gestreichelt habe, schläft sie.«

»Nein, Herr Konrad, nein,« tönte ein feines Stimmchen aus den Kissen, »wie könnt' ich schlafen, wenn du mich streichelst – ich träume nur –« und ein Paar fieberglänzende, kranke Augen richteten sich auf ihn.

»Gina!« flüsterte er erschüttert.

Leise war Else näher getreten, ein paar ihrer Kinderpuppen in den Händen. Konrad schlang stützend den Arm um die Kranke: »Sieh nur, was du bekommen sollst!« Die Augen des Kindes bohrten sich in Elses Antlitz:

»Wer ist die fremde Frau?«

»Eine liebe Freundin –«

Um die Lippen der Kleinen zuckte es, während ihre Augen noch immer an der Besucherin hingen, prüfend, feindselig. »Ich spiele nicht mehr mit Puppen,« sagte sie hart und Schloss die Lider, sich ins Bett zurückfallen lassend.

»Es ist wohl besser, ich gehe,« meinte Else. Konrad erhob sich und reichte ihr die Hand: »Haben Sie Dank, tausend Dank, dass Sie kamen.« Jetzt erst bemerkte sie, wie elend er aussah. Sie erschrak: »Ich komme wieder, heute noch, nur um nach Ihnen zu sehen.«

Ein wimmernder Wehlaut ließ sie verstummen. Gina saß hoch aufgerichtet in den Kissen, ihre Augen dunkle Brunnen eines Stroms von Tränen, der über die eingefallenen Wangen floss.

Konrad war im gleichen Augenblick wieder neben ihr, während Else die Türe leise hinter sich zuzog. »Rausche, rausche, lieber Fluss – nimmer werd' ich froh –« kam es stoßweise von Ginas Lippen. Konrads Hand lag wieder wie vorhin auf ihrem Köpfchen, das langsam, langsam zurücksank.

Es wurde ganz still im Zimmer. Frau Wanda war angstgeschüttelt in die Küche geflohen; die Hunde sprangen ihr schmeichelnd auf den Schoß; Giovanni hockte zusammengesunken an der Türe.

Konrad blieb allein mit dem Kinde. Es atmete schwer. Von Zeit zu Zeit öffnete es die Augen und sah ihn an. Jedes Mal war ihr Ausdruck reifer, tiefer, als entfalte sich das kleine Geschöpf in diesen Minuten zum Weibe.

»Küsse mich!« hauchte es sehnsüchtig. Und seine Lippen ruhten auf den ihren, vom Fieber zerrissenen. Der glühende schmächtige Körper zuckte in seinen Armen.

Ein seliges Lächeln verklärte das zarte Gesichtchen. »musst – es – eben – leiden –« tönte es fast unhörbar an des Jünglings Ohr.

Und Gina war tot.

Viertes Kapitel
Vom großen Hoffen ohne Ziel

Am Waldrand im Tale der Wiesent blühte der Rotdorn, die weißen Schlehen und die wilden Rosen; von gelben Butterblumen leuchteten die Wiesen, als habe der Himmel mit vollen Händen sein Gold verstreut. Konrad fuhr heim. Er saß auf dem hohen Selbstfahrer und lenkte die beiden feurigen Füchse, mit denen er am Bahnhof überrascht worden war. Die Obstbäume an der Chaussee waren lauter üppige Blütensträuße; sie standen ganz still und steif, wie geputzte Kinder in der Kirche; jedes Ästchen, durch sein weißes Kleid breit und voll geworden, spreizte sich in seiner Pracht. Von ferne flatterte vom Turme die Fahne der Hochseß: im weißen Felde die leuchtend rote Rose, und über dem verwitterten Torweg prangte ein Eichenkranz, und die Kastanien im Hof glänzten im Schmuck roter Blütenkerzen.

Ein Gefühl befreiten Aufatmens schwellte Konrads Brust. Ihm war, als sei hinter ihm eine schwere eiserne Kerkertür ins Schloss gefallen.

Da standen sie alle und warteten seiner: der alte Habicht, die welken Wangen in dem freundlichen, von langem Prophetenbart umrahmten Greisengesicht freudig gerötet; die beiden Tanten, vertrocknete Mumien, deren heruntergezogene Mundwinkel seine Ankunft doch zu etwas hoben, das einem Lächeln glich; und sie – die Großmutter – die immer Schöne! In weichen Falten, von keiner Mode mehr beeinflusst, umfloss das weiße Gewand ihre hohe Gestalt, über dem vollen silberglänzenden Haar lag ein duftiger Schleier, ein paar Brillanten blitzten in den kleinen Ohren, auf den schlanken Fingern, und die nachtdunklen Augen leuchteten, vom Alter ungetrübt, aus all dem Weiß, wie zwischen Firnschnee der tiefe See der Alpen.

Er sprang vom Bock, kaum dass die Pferde, noch unruhig stampfend, standen; er umarmte sie alle, stürmisch, leidenschaftlich, sodass dem alten Mann die Tränen in die hellen blauen Augen traten, die Tanten mit zitternden Knochenhänden dem Ungestüm wehrten und die Gräfin Savelli, all ihre vornehme Reserve vergessend, ihn minutenlang nicht losließ.

Sie führte ihn in sein Zimmer. Er sah sich staunend um: nichts war verändert, nichts vom Platz gerückt, und doch erschien ihm alles neu, fremd, fast feierlich. War er wirklich immer von diesen schönen, schweren, bronzebeschlagenen Mahagonimöbeln umgeben gewesen? Hatten diese goldenen, ernsten Sphinxe immer die Sessel getragen, hatten sich immer diese Lorbeergirlanden um die Schränke gerankt?

»Du hast sehen gelernt, mein Junge,« sagte die Gräfin auf eine staunende Bemerkung von ihm und streichelte zärtlich sein blasses Gesicht. Er sah sie groß an. Wie verändert seine Augen waren! »Und leben auch!« fügte sie langsam hinzu. »Leben?!« wiederholte er fragend. »Ich weiß nicht, Großmutter. Denn leben heißt schaffen, und ich –« »Schaffst du zunächst nicht dich selbst?« entgegnete sie, ihm mit gütigem Lächeln leise die Wange streichelnd.

Am nächsten Tage, – die Rückkehr des jungen Hochseß wurde in der Nachbarschaft um so mehr als ein Ereignis betrachtet, als sie für eine endgültige gehalten wurde – war der Vetter Rothausen vom Greifenstein der erste, der mit seinem Viererzug vorfuhr.

»Natürlich,« dachte Konrad geringschätzig, »vier armselige Klepper statt zweier anständiger Gäule!« und ihm fiel ein, wie der Greifensteiner sich vor fünf Jahren den Tanzsaal seines Schlosses, der eben noch ein Heuboden gewesen war, von einem Malermeister aus Forchheim mit altdeutschen Figuren hatte bemalen lassen, die er stolz als eine Renovierung entdeckter Fresken ausgab; die Touristen verfehlten dann auch nicht, sie gegen eine Mark Eintritt pflichtschuldigst zu bewundern. »Fortschritt – Fortschritt, meine Herrschaften,« pflegte er den Eingeweihten lachend zu versichern. »Mit der Plempe in der Faust lockten meine biederen Vorfahren den wandernden Koofmichs im Tal die Batzen aus der Tasche. Wir machen's milder.«

»Bist ja ein fescher Bursch geworden,« damit begrüßte er Konrad, während dieser den Damen aus dem Wagen half: der dicken, asthmatischen Baronin, deren Beiname »das Klageweib« von ihm stammte, und dem Töchterchen, der Hilde.

»Bist ja ein süßes Mädel geworden,« hätte er beinahe, ein Echo des Vaters, ausgerufen, wenn ihm nicht rechtzeitig zum Bewusstsein gekommen wäre, dass dieses blonde, weiße, schlanke Ding nach den Wünschen der Tanten seine Frau werden sollte. Schließlich stieg der Stammhalter vom Bock. Potsdamer Gardeulan, der eben auf Urlaub war.

»Ihnen ist wirklich zu dem Enkel Glück zu wünschen, liebe Gräfin,« sagte die Baronin, nachdem sie sich, schwer atmend, auf einen der tiefen Sessel des Salons hatte fallen lassen. »Denken Sie nur, wie grässlich – eben erst schrieb mir's meine Cousine, die Vicky Heimburg –: Der armen Prinzess Lyck ihr Ältester muss nun auch nach Amerika! Wenn den eine gute Partie nicht rausreißt! Und doch ist's ein Jammer, dass amerikanische Schweinezüchter immer wieder den Stammbaum verderben!« Sie hatte selbst eine bedenkliche Lücke in der Ahnenreihe – eine ehemalige Kuhmagd oder so etwas –, und suchte sie durch Ahnenstolz umso eifriger auszugleichen, als ihre Erscheinung einen peinlichen Atavismus darstellte.

Indessen versuchte Alex, der Sohn, mit Konrad Berliner Erfahrungen auszutauschen: Weiber – Kneipen – Pferde – der Vetter reagierte nicht. »Ein Stiesel oder ein Duckmäuser,« dachte der junge Offizier geringschätzig. Laut aber sagte er mit gönnerhaftem Lächeln: »Warum besuchst du mich nicht? Könnte dich überall einführen. Wäre doch standesgemäßer als dein Umgang.« »Was weißt denn du davon?« meinte Konrad. »Gott, man munkelt so allerlei,« antwortete der andere ausweichend, »für unsereins, der überall soviel beschäftigungslose Tanten und Onkels herumsitzen hat, ist die Weltstadt doch nur ein Klatschnest.«

»Warum hinterm Berge halten, Junge,« mischte sich der alte Baron ins Gespräch und fuhr, Konrad derb auf die Schulter klopfend, fort: »Du bist nicht staupefrei, mein Bester, und ich möchte dir gleich, noch ehe der Hochsesser Keller sich auftut, ein bisschen auf den Zahn fühlen.«

»Bitte,« lachte der Angeredete, wobei sein tadelloses Gebiss sich enthüllte, »alle zweiunddreißig stehen dir zur Verfügung!«

»Ja, wenn's noch Weibergeschichten wären, wie bei meinem Bengel,« erwiderte Rothausen, »das machen wir schließlich alle durch, ohne uns ernsthaft zu verplempern. Aber statt Frauenzimmer zu karessieren, was doch die reizvollste Beschäftigung ist, –« er schnalzte mit der Zunge und verdrehte die Augen –, »fraternisierst du mit den Roten.«

»Bin ich dir, teurer Vetter, wirklich das Goldstück wert, mit dem du den Detektiv auf meine Fersen heftest?« spottete Konrad.

»Nee, mein Junge, dafür gieß' ich mir lieber einen Pommery hinter die Binde! Doch, Scherz beiseite, ich hab's von meinem Sprössling.« »Berghof von unserer Gesandtschaft sprach mir davon,« warf

Alex etwas verlegen ein. Und der Alte fuhr erregter fort: »Man hat dich in zweifelhafter Gesellschaft gesehen, mit einem Russen vor allem, dem die politische Polizei ständig auf den Fersen ist, während du unsere Kreise geradezu vermeidest. Ich würde dir nicht so ohne weiteres mit der Tür ins Haus fallen, wenn wir nicht gerade in Bayern Exempel von Beispielen hätten, und das lebhafteste Interesse daran haben, dass der letzte Hochseß ein tadelloser Edelmann bleibt.«

Konrad stieg das Blut in die Stirn. »Dafür zu sorgen, lieber Onkel, wirst du gütig mir selber überlassen,« sagte er scharf. »Im übrigen gehen, wie ich sehe, unsere Ansichten zu sehr auseinander, als dass wir uns verständigen könnten, denn ich glaube bei meinem Verkehr die Würde meines Standes besser zu wahren als die – anderen bei Suff und Spiel und Frauenzimmern.«

Der junge Rothausen hatte eine heftige Erwiderung auf den Lippen, aber das etwas gezwungene Gelächter des Vaters schnitt ihm das Wort ab.

Die Baronin räusperte sich vernehmlich. Sie kannte ihren Mann: ahnte er nur das rote Tuch, so stürmte er blindlings vorwärts, gleichgültig, was für mühsam gezogene Hoffnungspflanzen dabei zertrampelt wurden.

»Du entziehst uns den lieben Hausherrn,« sagte sie zu ihm, ihre harte Stimme zu den sanftesten Flötentönen zwingend, und zu Konrad gewandt: »Er hat Sie sicher ins Gebet genommen! Gott, er hat so strenge Grundsätze –!« Konrad unterdrückte ein Lächeln. Der Skandal mit Hildens Gouvernante fiel ihm ein, der selbst ihm, dem Knaben, nicht verborgen geblieben war. »Aber die Jugend von heute will austoben, nicht wahr?« fuhr sie fort, »natürlich ohne die ehrenhaften Traditionen der Familie zu verletzen.«

Konrad sah unwillkürlich zu den Tanten hinüber: »Die Traditionen der Familie!« bei dem geringfügigsten Anlass hatte er sie über dies Thema predigen hören. Sein Blick blieb an der Gruppe hängen: die beiden dürren Gestalten mit den farblosen Gesichtern und Hilde, das blühende Leben, zwischen ihnen. Doch im Augenblick, da er sich an dem Gegensatz weiden wollte, war ihm, als fiele ein Schleier von seinen Augen: sie waren ja Blüten von einem Stamm, die Natalie, die Elise und die Hilde! Nur, dass die eine im Frühling des Lebens stand. Die niedrige Stirne, die leeren, grünen Augen, der schmale Mund, das zurückfliehende Kinn, die schlanke Gestalt – nehmt ihnen die Farbe und die weiche Rundung der Jugend, und es bliebe nichts – nichts als: Fledermäuse!

Die Baronin war Konrads Augen gefolgt; sie lächelte vielsagend zu ihrem Mann hinüber.

»Nun aber sind Sie wieder der Unsere und werden das Erbe der Väter übernehmen, das Ihnen die liebe Gräfin so treulich verwaltet hat,« sagte sie salbungsvoll, ihm die kurze runde Hand auf den Arm legend. Es war wie eine Besitzergreifung.

»Nein, Frau Baronin,« antwortete er und lächelte die Großmutter an, die eben, da die Flügeltüren zum Esssaal sich öffneten, den Arm in den Rothausens legte, »dafür sind wir beide noch zu jung – die Großmutter und ich.«

Für die nächsten zehn Minuten schien der Redestrom der Baronin versiegt. Konrads gute Laune sprudelte dafür über. Er fühlte sich auf einmal stark und reich, ein Gewachsener, ein Freier vor allem, für den keiner dieser Menschen irgendeine Bindung bedeutete. Auch dass er sich von der Heimat frei fühlte, ganz frei, kam ihm zu frohem Bewusstsein. Selbst die ruhige Hilde – man hält für vornehme Zurückhaltung, was oft Dummheit ist, dachte er – wurde lebendiger.

Und Rothausen, schon gerötet vom Wein, spielte der Gräfin Savelli gegenüber den Galanten, was sie mit einem gnädigen ein ganz klein wenig spöttischen Ausdruck entgegennahm, während sich auf den Gesichtern der Tanten die seit zwanzig Jahren nie überwundene Entrüstung über die »kokette Italienerin« spiegelte.

»Welch eine Künstlerin ist die Sonne Italiens,« sagte er, ihre Hand an die Lippen ziehend, »dass sie den Frauen unsterbliche Lilienfinger wie diese wachsen lässt –«

»Und Trauben, wie jene,« lächelte die Gräfin, zur Türe weisend, in der Giovanni, der sein Amt als Kellermeister wieder angetreten hatte, erschien, einen flachen Korb mit zwei alten Flaschen Chianti im Arm. Er trug ihn zärtlich, als wäre ein Kind darin, und entkorkte die Flaschen langsam, andachtsvoll, und ließ den dunkelgoldenen Wein feierlich in die Gläser fließen, sodass er zuletzt niedertropfte, schwer wie Öl. Rothausen verstummte, in den Anblick des köstlichen Trankes versunken. Erst als Giovanni gegangen war, hob er ihn an die Lippen und frug, nachdem er, den Genuss vorbereitend, den süßen Duft gesogen hatte: »Die schönsten Knaben von Capri sollten seine Schenken sein! Warum sind Sie in diesem einzigen Falle so stillos, Frau Gräfin, und wählen dafür den widrigen Zigeuner?«

Das Ausbleiben der Antwort, ein vorwurfsvoller Blick seiner Gattin schienen ihn an das Gespenst in diesem Hause plötzlich zu erinnern: an den mysteriösen Zusammenhang zwischen der Gräfin Lavinia und dem Seiltänzer. Er würgte mit einigen Bissen Brot seine Verlegenheit hinunter, um bald darauf umso gesprächiger und lauter zu werden, sodass jede andere Unterhaltung notgedrungen verstummte. Die ganze Nachbarschaft wurde durchgehechelt, kein Räuspern, kein vielsagender Blick auf die Tochter und die Baronessen, die alle drei krampfhaft auf ihre Teller sahen, vermochte seinem Redeschwall Einhalt zu tun; die Gräfin Savelli verstand es schließlich mit der großen Kunst ihrer Gesprächsbeherrschung, ihn abzulenken. An den Bericht einiger toller Streiche junger Majoratserben knüpfte sie an.

»Abenteuerlust liegt nun einmal im Blute des Adels,« sagte sie, »und findet heute so selten einen erlaubten Ausweg.«

Alex, der sich bisher ganz in die Genüsse der Tafel vertieft hatte, sah mit einem aufleuchtenden Blick zur Gräfin hinüber.

»Nanu!« brummte der alte Rothausen, verwirrt durch die Abschweifung, »uns fehlt's doch nicht an Möglichkeiten, ihr zu frönen: die Aeronautik, der Sport –«

»Wobei man Courage lernt und weiß nicht wozu, und die Muskeln stählt und weiß nicht warum!« rief Alex mit unterdrückter Erregung aus. »Oder ist's viel leicht ein unserer würdiges Ziel, in der Luft oder auf dem grünen Rasen eine neue Art Clown vor dem gaffenden Mob zu spielen?!«

Konrad nickte und bat dem Vetter in der Stille ab, was er an Groll gegen ihn empfunden hatte. »Wobei der Clown auch noch ein Geschäftsmann ist,« ergänzte er, »und aus einstmals heldischen, an idealen Aufgaben sich erprobenden Eigenschaften Kapital schlägt.«

»Ich sympathisiere durchaus mit meinen jungen Freunden,« sagte die Gräfin, »das alles ist ein für uns lebensgefährlicher Amerikanismus, der, wenn er nicht noch durch irgendein Machtgebot mit Stumpf und Stiel ausgerottet zu werden vermag, uns des Besten und

Höchsten berauben kann, was wir haben – wir: damit meine ich alles, was wahrhaft vornehm ist – der Fähigkeit nämlich, uns für eine große Sache nur um ihrer selbst willen einzusetzen. Jenen Abenteuermöglichkeiten, die Sie vertreten, lieber Baron,« damit wendete sie sich wieder ihrem ein wenig verdutzt dreinschauenden Nachbarn zu, »fehlt die Hauptsache, ein fernes, traumhaft verschwimmendes Ziel, wie es zum Beispiel die Kreuzfahrer hatten.«

Rothausen unterbrach sie mit schallendem Gelächter. »Verzeihen Sie, teuerste Gräfin, verzeihen Sie,« sagte er dann, sich die Tränen aus den Augen wischend, während sie ihn sehr kühl und sehr von oben herab betrachtete, »ohne es zu wissen, haben Sie Ihrem Enkel eine kostbare Waffe zur Verteidigung etwaiger späterer Seitensprünge geliefert und die rote Couleur unserer liebwerten Standesgenossen, der Vollmar und Haller, erklärt. Der Zukunftsstaat ist gewiss ein noch traumhafter verschwimmendes Ziel, als die Eroberung des Heiligen Grabes es jemals gewesen ist.«

Konrad war plötzlich ernst geworden: seine unbestimmte Sehnsucht, sein Suchen, ohne recht zu wissen wonach; seine Ernüchterung, sein Sichzurückziehen, sobald irgendein dunkel geahntes Ziel in greifbare Nähe geriet – war das Abenteuerlust – nichts weiter? »Kreuzfahrer und Sozialisten haben ein Gemeinsames: dass sie aus einer gefestigten Überzeugung in den Kampf gehen, während Abenteurer nur das Erlebnis suchen. Das übersiehst du, glaube ich, Großmutter,« sagte er nachdenklich.

»Das klingt schöner, heldischer – zweifellos,« antwortete sie, »aber für Raubritterblut wird Abenteuerlust stets das Primäre sein. Sie vergaßen übrigens,« damit wandte sie sich Rothausen zu, »jener anderen Kategorie unserer Standesgenossen, die Ihnen am nächsten liegt: der Vertreter konsequenter Reaktion. Sie sind desselben Geistes. Oder wäre Patriarchalismus und Absolutismus für uns Heutige nicht auch ein Märchen? Echte Adlige werden Sie immer in den Extremen sich bewegen sehen.«

»Sie anerkennen in einem Atem«, warf Rothausen erheblich ernüchtert ein, »Reaktionäre und Revolutionäre. Wenn das mehr ist als ein neues Zeichen Ihrer unvergleichlichen Liebenswürdigkeit, Ihres ausgleichenden Taktes als Wirtin, so –«

»Denken Sie beim Kaffee auf der Terrasse darüber nach, lieber

Baron,« entgegnete die Gräfin aufstehend, »wir wollen uns doch den schönen Abend da draußen nicht entgehen lassen.«

Beim Hinausgehen drückte Konrad die Hand des Vetters besonders herzlich. »Ich begreife nur eines nicht,« sagte er dann, »dass du bei deinen Ansichten Offizier werden konntest. Man lernt Courage und weiß nicht wozu, man stärkt die Muskeln und weiß nicht warum – gilt das heute nicht in erster Linie für das Soldatsein?«

»Im Augenblick könnt's fast so aussehen,« antwortete Alex, »und doch ist's immer noch der einzige Edelmannsberuf. Denn siehst du« – dabei legte er im Weitergehen vertraulich den Arm in den Konrads – »er ist der einzige, für den man nicht bezahlt wird. Bei den paar hungrigen Kröten, die ein Offizier bekommt, würde selbst ein geborener Hungerleider darben. Man gibt nicht nur sich selbst, man gibt auch seinen Mammon. Und dann,« seine wasserblauen Augen verdunkelten sich, »wir haben die Hoffnung auf das Große, auf das Abenteuer, wie deine Großmutter sagt, auf Säbelgeklirr und Kugelgepfeif. Dabei wär's mir gleichgültig, ob's gegen deine Freunde, die Roten, oder gegen Franzosen und Briten ginge.«

»Und wenn deine Hoffnung am Revisionismus der Roten und am Pazifismus Europas, lauter Symptomen der Altersschwäche, zuschanden wird?«

Alex zuckte die Achseln: »dann bleibt unsereinem als Lebensinhalt, worüber du erhaben zu sein behauptest,« antwortete er, »die Karten, der Wein, die Weiber.«

»Klägliche Surrogate für Todesmut, Siegesjubel, Blutrausch!«

»Kläglich?! Na –« und mit einem amüsierten Seitenblick auf den puritanischen Vetter lachte Alex vielsagend. Dann erzählte er ihm frivole Geschichten. Als sie schließlich im Park die anderen wieder fanden, begannen die banalen, allgemeinen Unterhaltungen aufs Neue.

Der Rothausensche Wagen stand schon vor der Türe, aber noch gab es eine phrasenreiche Auseinandersetzung zwischen den Tanten und der Baronin.

»Lassen Sie uns doch das Hildchen, Cousine!« flehten wie aus einem Munde Elise und Natalie.

»Unmöglich! Unmöglich, Liebste! Sie ist auf eine so gütige Einladung doch nicht im mindesten vorbereitet!« lautete die Antwort. »Was macht das?« meinte Natalie, den Arm um die Schulter des Mädchens legend, »solch süßes Kind bedarf doch nicht großstädtischer Toilettenkünste, ein Kamm, ein Nachthemd findet sich schon für sie, und die Kinder hätten dann Zeit, ihre alte Freundschaft zu erneuern.«

Nach langem Zieren, dem erst der rauhe Befehl des Vaters ein Ende machte: »Die Pferde werden unruhig!« – ach, sie standen mit krummen Knien mäuschenstill! – übergab die Baronin ihr »Kleinod« den Tanten. Es zeigte sich, dass sie doch nicht so ganz unvorbereitet gewesen sein musste, denn Hildes Pompadour enthielt sogar die Brennschere, mit der sie in ihre straffen Haare kleine regelmäßige Wellen zu brennen pflegte.

Konrad seufzte. Er erinnerte sich der leersten Stunden seiner Kindheit mit dieser »Freundin«. Das Wahnsinnigste hatte er behauptet, nur um sie zum Widerspruch zu reizen, und immer war ihre Antwort, von gläubigem Augenaufschlag begleitet, dasselbe »Ja« gewesen. Sie schien sich in Gegenwart von Männern ihrer eigenen Nichtigkeit in einem Maße bewusst zu sein, dass alles Persönliche in ihr auslöschte.

»Die alten Nachteulen!« dachte er grimmig, »müssen sie mir auch noch das Zuhausesein verderben!«

Er kümmerte sich nur soweit um sie, als es die Höflichkeit notwendig machte, aber es störte ihn schon, wenn sie nachmittags mit ihrer unvermeidlichen Weißstickerei am Teetisch saß und jeder Aufblick ihrer runden Augen ihm galt.

»Auf den Mann ist es dressiert, das Gänschen,« sagte er eines Abends verärgert zur Großmutter.

»musst es dem Mädchen nicht nachtragen, Konrad,« meinte diese, »nicht sie, sondern die Eltern haben das zu ihrem einzigen Lebensinhalt gemacht. Sie werden es einmal grässlich büßen müssen!« Ihr Gesicht versteinte sich förmlich in rückschauendem Leid.

Von da an widmete er ihr hier und da ein freundliches Wort, was ihm stets ein verlegenes Lächeln eintrug. Nur als er entdeckte, dass die Greifensteiner mit dem Karren der Botenfrau einen Reisekorb für das Fräulein herüberschickten, der auf eine Verlängerung ihres Aufenthaltes schließen ließ, erstarb all sein guter Wille, und er zog sich hartnäckiger als vorher von ihr zurück.

Auf dem Turm saß er und träumte in die Welt hinaus. Im Walde, unter den großen Buchen lag er und horchte in sich hinein. Wie oft er Elses gedenken musste, ohne Sehnsucht freilich und ganz ohne Verlangen, aber mit einer weichen Zärtlichkeit, die ihm das Herz warm machte! Er sah ihr zartes Gesicht, unschön, im Vergleich zu dem der Greifensteinerin, und doch durch sein lebhaftes Mienenspiel, seinen wechselnden geistig belebten Ausdruck von unerschöpflichem Reiz. Warum sie nicht antwortete? Schon zweimal hatte er ihr geschrieben! Ob es das Glück war, das ihr keine Zeit dazu ließ, oder der Kummer, der sie verstummen machte? Er bat Warburg, der den ganzen Sommer in Berlin bleiben wollte, selbst die Einladung nach Hochseß ablehnend, sich nach ihr umzusehen. Aber auch dieser schrieb zunächst nicht. Es war, als sollte jene Welt für Konrad ganz versinken.

An einem glutheißen Maientag saß er beim alten Giovanni, der neuerdings allerlei seltsames Getier in seinem Stübchen züchtete und dressierte. Eine große exotische Eidechse, der zuliebe er jetzt sogar den Ofen heizte, beschäftigte ihn besonders; sie saß am liebsten auf des Alten Schulter oder kletterte auf seine Glatze, von wo aus sie mit der langen blauen Zunge Fliegen fing. Auch eine Schildkröte hatte er, mit einem sonderbar verständigen alten Menschengesicht; sie watschelte schwerfällig auf Giovanni zu, sobald er sie beim Namen rief, und schüttelte wehmütig den Kopf, wenn ihr ein anderer als sein Herr Futter zu reichen versuchte. Und in einem Winkel des Zimmers gab es ein großes Gestell aus alten Scheiben und Medizinflaschen, in dem ein Volk fleißiger Ameisen unermüdlich hin und her kroch.

»Bei den Tieren erholt sich so einer wie ich, der nicht sterben kann, von den Menschen,« murmelte der Alte vor sich hin, Konrad scheinbar keinerlei Beachtung schenkend. »Zuerst möchte man die ganze Welt umarmen, dann wird einem ein Ameisenhaufen zur ganzen Welt.«

»Ist dies das Alter?« dachte Konrad gequält. »Wer suchte dann nicht als Jüngling den Tod?« Und laut sagte er: »Du willst am Ende noch einmal auf den Jahrmarkt gehen? – Und die Tiere den Menschen vorführen?«

»Nein! dazu sind sie mir zu schade,« antwortete Giovanni, die

Blicke zärtlich auf die Eidechse richtend, die gerade langsam an seinem Arm emporkroch, während die Schildkröte geduldig mit eingezogenen Gliedern als Fußbank vor ihm lag.

Da klang aus der Ferne Gitarrenton. Der Alte fuhr auf, sodass die Eidechse herunterrutschte. Konrad lachte: Musik –, und Giovannis Menschenverachtung war verflogen. Näher und näher kam es. Sie gingen beide über den Hof bis zum Torbogen und sahen die Straße hinab. »Dort – dort – ein gelber Wagen – Kunstreiter sind's,« rief Giovanni aufgeregt und presste beide Hände auf das wild klopfende Herz. »Ich sehe nichts – gar nichts; ich höre nur,« antwortete Konrad.

Da kam's um die Ecke, ein bunter Zug von Mädchen und Knaben, helle Stimmen: »Es steht ein Baum im Odenwald, der hat viel dürre Äst' ...«

Eine ging voran, kraftvoll ausschreitend im flatternden blauen Kleid mit weißer Schürze, am gelben Band die Laute über der Schulter; die sonnengebräunte Rechte spielte darauf; über dem runden Gesicht, glühend wie reife Pfirsiche, wehten, von keinem Hut und keinem Kamm gehalten, die roten Haare.

»Grüß Gott, Herr Junker!« rief sie lustig, vor Konrad stehen bleibend.

»Grüß Gott, Herr Junker!« echote die ganze Schar.

»Gibt's frisches Wasser und Mittagsschatten für uns hier droben?« frug das Mädel, mit blitzenden Augen den vor ihr Stehenden freimütig musternd. »Arm sind wir am Beutel, doch reich an Gesang! Der soll's Euch vergelten!«

»Wenn das alles ist, was ihr wollt!« lachte er fröhlich – es war ihm auf einmal, als wehe würzige Bergluft durch das altersgraue Tor in die Schwüle – »dort habt ihr's beieinander: den Brunnen und die Kastanien.«

Und singend zogen sie ein.

Alle Schlossbewohner liefen zusammen: die Mägde aus der Küche, die dicke Mamsell, noch mit dem Schaumlöffel in der Hand, von dem die Sahne weiß heruntertropfte; die Burschen aus den Ställen, Halfter und Striegel in den Fäusten; die Tanten aus dem Garten mit echauffierten Gesichtern, die sich beim Anblick der sich lagernden

Jugend zu abwehrender Entrüstung verzogen.

»Wer erlaubte den Leuten –« rief Natalie. Sie sprach nicht zu Ende. »Ich!« antwortete Konrad. Und sie duckte den Kopf mit bösem
Augenblinzeln.

Jetzt kam auch Hilde Rothausen aus der Haustür, ganz weiß, ohne Fleckchen und Fältchen, den großen Mullhut auf dem Scheitel,
Halbhandschuhe an den Händen. Mit erhobenen Armen trat ihr Elise
entgegen: »Geh, Kind, geh! dass du mit der Gesellschaft nicht in Berührung kommst!« Sie wollte schon gehorchen, warf nur noch auf
Konrad einen fragenden Blick. Aber er sah an ihr vorüber; nie war
ihm das Mädchen in seiner tadellosen Wohlerzogenheit so lächerlich
vorgekommen. Gesenkten Kopfes folgte sie den Tanten.

Da erschien die Gräfin unter der Haustür, mit einem Blick das
Bild vor ihr umfassend: »Welch fröhliche Gäste haben wir heute,«
sagte sie freundlich. Und sie sprangen alle auf; sie fühlten die Herrin.
Die Rothaarige trat aus dem Kreise; wohlgefällig blieben die Blicke
der gütigen Frau auf ihr ruhen.

»Woher, wohin, ihr fahrenden Sänger?« fragte sie lächelnd.

Das Mädchen griff in die Saiten der Laute, und brausend fiel der
Chor der jungen Stimmen ein:

»Ob Forchheim bei Kirchehrenbach

Woll'n wir zu Berge steigen,

Dort schwingt sich am Walpurgistag

Der Franken Mainachtsreigen –«

Indessen brachten die Mägde Körbe mit Erdbeeren und Schüsseln voll süßer Sahne. Jubelgeschrei empfing sie.

»Fahrende Sänger zu bewirten, ist alter Brauch auf Hochseß,«
damit wehrte die Gräfin allzu stürmischem Dank, »und gerade für
euch, scheint mir, ließ die Sonne so rasch unsere ersten Früchte reifen.«

»Noch heut bis nach Kirchehrenbach?« staunte Konrad, während
die ganze Schar, behaglich gelagert, schmauste.

»Wenn's sein muss, bis Nürnberg auch!« rief keck ein Bürschlein mit vollem Mund, und eine schwarzhaarige Kleine fiel ihm ins Wort: »Geleit uns!«

»Wenn's erlaubt ist!« entgegnete Konrad.

»Fahr' die Mädchen hinüber,« wandte sich die Gräfin an ihn.

Doch die Rote erhob sich rasch: »Schönen Dank, gnäd'ge Frau, doch wir wandern!« Und mit einem lachenden Blick auf Konrad: »Wer mit uns tanzen will, der wandert mit!« Sie streckte ihm die Hand entgegen, er schlug ein; der feste Druck eines Kameraden war's, den er spürte.

Durchs Tor hinaus, mit Sang und Klang, zog die Schar; die roten Locken, das blaue Kleid flatterten wieder voran.

»Wohlauf, die Luft geht frisch und rein,

Wer lange sitzt, muss rosten;

Den allersonnigsten Sonnenschein

lässt uns der Himmel kosten« – – –«

Giovanni lehnte an der grauen Mauer; bis weithin erkannte er noch an der hohen Gestalt und dem federnden Gang den Konrad. »Jugend!« flüsterte er müde und schlich zum Turm zurück, zu den Eidechsen und der Schildkröte.

»Drum reicht mir Stab und Ordenskleid

Der fahrenden Scholaren,

Ich will zur guten Sommerzeit

Ins Land der Franken fahren ...«

Droben am Fenster stand die Gräfin Savelli. Sie lauschte. Am vollen Ton erkannte sie unter allen Stimmen die ihres Enkels. »Jugend!« lächelte sie, und traumverloren glänzten die dunklen Augen.

Mit einem letzten aufleuchtenden Blick, der des Tages Glanz in eine Glut zusammenfasste – so wie Liebende sich trennen, deren Abschied die ganze Wonne des Erinnerns, die ganze Vorfreude des Wiedersehens spiegelt, – war die Sonne untergegangen, als auf dem sagenumwobenen Walberla, der einsam und steil aus dem Tal emporstieg, das Leben erwachte. Allerlei Landvolk nahte sich der kleinen

Kapelle der heiligen Walpurgis, mit deren Gründung die ersten Verkünder des Gekreuzigten den Kult des Sonnengottes an dieser uralten Weihestätte zu vernichten glaubten. Und von der anderen Seite, das Graubachtal bergauf, kamen die Hochsesser Gäste. Immer lauter mischte sich ihr Lied in das Gebetemurmeln der Frommen, bis sie es zuletzt jubelnd übertönten.

Konrad war der erste, der auf der kahlen Kuppe erschien und sich aufatmend ins Gras warf. Nicht aus Müdigkeit, denn drunten an der kleinen Mühle, deren Räder die silbernen Wellchen der Wiesent wie lustig spielende Kinder bewegten, hatten sie lange gerastet. Aber da waren die Stimmen, die im Gesang harmonisch zusammenklangen, im Gespräch schrill genug aneinander geraten. Und nun verfiel Konrad in missmutiges Grübeln über all das Bunte, Widersprechende, das er gehört und durch das die Feierstimmung jäh unterbrochen worden war.

Einer hatte das Signal zum ersten Geplänkel gegeben: »So lasst doch endlich das Gegröl und Gezupfe,« hatte er übellaunig gerufen, »gerade, als ob wir nichts anderes könnten.«

Danach war der Streit über Ziel und Inhalt der Jugendbewegung, als deren Glied sie sich betrachteten, losgebrochen. Für die Freiheit der Persönlichkeit, für gemeinsame Erziehung der Geschlechter, für freie Schule, für Bodenreform und Abstinenz waren die Fünfzehn- und Sechzehnjährigen gegeneinander eifernd eingetreten, und das Erstaunen über ihr Wissen und Nachdenken hatte Konrad zunächst den Vorgängen nur wie ein Zusehender folgen lassen. Dann aber wurde der Sturm zum Orkan: gegen die Lehrer, gegen die Eltern, gegen Juden und Sozialdemokraten, gegen Schule und Religion tobten sie und überschrien einander, jeder, das rote Tuch, gegen das er wütete, für den Feind an sich erklärend, gegen den alle sich verbinden sollten.

»Jetzt lachen und singen sie wieder,« dachte Konrad, verstimmt über sich selbst, »nur mein Lebensgefühl wirft jeder verquere Wind aus dem Sattel.«

»Hallo, Sie Faulpelz!« rief eine lustige Stimme neben ihm, »wer nicht Holz zum Scheiterhaufen trägt, muss zusehen, wenn wir tanzen!«

Er sprang auf die Füße und schichtete den Reisig um die Wette mit den anderen. Das lief und hüpfte im Dunkel herum, das verkroch sich im Buschwerk und tauchte daraus hervor, das kletterte auf die Bäume und flog hinunter, wie ein Völkchen aufgescheuchter Nachtalben. Stumm sah das Landvolk, das von der Kapelle aus neugierig zusammenlief, dem Treiben zu, bis es sich, angesteckt vom Eifer der anderen, munter hineinmischte.

Hoch ragte bald der schwarze Holzstoß; dann ein Schwelen, ein Knistern; kleine Flammenzungen leckten gierig empor, als wollten sie erst die Speise versuchen, die ihnen winkte. Und plötzlich, entfesselt, stieg aus der Mitte, siegreich lodernd, die Flamme. Mit roter Glut malte sie die jungen Gesichter, in aller Augen spiegelte sie sich.

Und jetzt schleppte ein jeder noch die letzten schwarzen Scheite heran.

»Die Schulmeister!« – »Die Philister!« – »Die Protzen!« – »Die Vaterlandslosen!« – »Die Ausbeuter!« – »Die Dirnen!« – Bei jedem Ruf prasselte dürres Holz ins Feuer und der ganze Chor rief schmetternd: »Sie brennen!«

Dann sprang einer hervor, den ganzen Arm voll raschelnder Zweige. Er schleuderte sie, weit ausholend, in die Flammen.

»Die Intellektuellen!« schrie er. »Sie brennen – brennen!« jubelte es ringsum. Dann ward es still. Andächtig hoben sich die jungen Gesichter zu der himmelan steigenden Feuersäule, und die Augen strahlten von innen erleuchtet durch eine Begeisterung, die siegestrunken die schwarze Himmelskuppel zu durchbrechen strebte.

»Lodre empor! Allen Nachtalben ein Schrecken!« klang es schließlich feierlich durch die Runde wie die in einem Ton verschmolzene Stimme aller.

»Die Feuerrede,« ging's flüsternd von Mund zu Mund, und um den Sprecher, einen Knaben noch, mit schmaler Brust und langen Gliedern, der bisher kaum gesprochen, aber mit großen Augen alles um sich her in sich gesogen hatte, sammelten sie sich.

»Wir haben uns gestritten, wer wohl unserer Feinde ärgster sei! Und haben uns eben vereint, sie gemeinsam zu vernichten. Sammeln wir weiter trockene Scheite, dürre Blätter, die junge Keime zu ersticken drohen. Nehme jeder den Feind aufs Korn, dem er gewachsen ist, und wir, die große Armee der Jugend, über die schwarz-rot-gold die deutsche Fahne weht, schlagen sie alle! –« Konrad horchte auf: sollte vom Munde des Unmündigen ihm kommen, was er ersehnte? – »Wider Knuten und Ketten kämpfen wir. Wider Autoritäten, die uns, wie die Gärtner den jungen Obstbaum, in ihre Formen, an ihre künstlichen Spaliere zwingen wollen. Und Ungeziefer und Giftpflanzen rotten wir aus: die jüdische Gesinnung, die uns dem Golde statt der Ehre nachjagen, den welschen Geist, der uns Wollust statt Freundschaft wählen lässt. Aber mit dem Namen der ärgsten unserer Feinde das Feuer dieser Sonnwendnacht zu schüren, blieb dem letzten der Sprecher vorbehalten, und wie sein Reisig in die Gluten fiel, so fiel sein Ruf in unsere Seelen, dass sie hellauf loderten: die Intellektuellen! Wie sie die Kräfte der Natur in Kessel und Flaschen und Drähte bannten, so handeln sie an unseren Seelen. Wehe, wenn wir ihnen zum Opfer fallen! Dann ist des Germanentums letzte Stunde gekommen. Wir sind zähe Arbeiter – aber wir werden an der Arbeit zugrunde gehen, wenn wir verlernen, freudig Feiernde zu sein. Wir verstehen, zu erwerben, und werden auf unserem Golde bei lebendigem Leibe verfaulen, wenn wir uns zu opfern nicht mehr vermögen. Wir sind tiefe Grübler – und leer, leer und arm und kraftlos hinterlässt uns all unsere Weisheit, wenn wir nicht große Gläubige sind –«

»Glauben – woran!« sagte jemand sehr leise. Konrad war's, als wäre es seine Stimme gewesen.

Der Redner brach ab. Man kicherte verstohlen. Die Flamme sank. Der Kreis löste sich da und dort, um dem Feuer neue Nahrung zu holen.

»Geloben wir einander in dieser Stunde –« war das nicht der Tonfall des Oberlehrers an Kaisers Geburtstag? Konrads Stirnader schwoll: dass jeder Steigende heute vor dem Gipfel zum Absturz kam! War's Schwäche, Feigheit, Verhängnis? »Geloben wir: Keuschheit, Treue – mit einem Wort: Deutschsein.«

Nur wenige hatten noch zugehört: vereinzelt ertönte ein beifälliges Wort; verletzt, beschämt, verlor sich der Redner unter den Bäumen. Konrad folgte ihm; irgendetwas hatte das Dunkel seiner Seele plötzlich erhellt wie der Blitzstrahl in der Nacht, der dem Verirrten den Weg zeigt. Er reichte dem Knaben, in dessen Wimpern noch eine Träne des Zornes hing, die Hand, und ein paar andere, die ihm aus dem Wege gegangen waren, wie das Publikum stets dem Erfolglosen, gesellten sich zögernd und neugierig wieder zu ihm.

»Lassen Sie sich's nicht anfechten,« sagte Konrad, »es geht uns allen nicht anders: wir möchten das Große sagen, das wahrhaft Begeisternde, Richtunggebende, aber: – wir kennen es selbst noch nicht. Und dann kommen uns die Worte zu Hilfe – die leeren Worte. Statt des brausenden Wassersturzes, den alles erwartete, das ausgetrocknete Flussbett.«

»Sicher, sicher,« meinte einer der Umstehenden eifrig; »das ist's ja, warum wir immer wieder auseinander kommen.«

»Die leeren Worte –« nickte traurig der Knabe.

»Das dürfte uns nicht entmutigen,« fuhr Konrad fort, »denn sehen Sie, und keine alte Weisheit ist's, sondern eine, die ich in Ihrem Kreise – eben erst! lernte, dass wir, dass die ganze Jugend diese Leere fühlt, ist doch schon ein ungeheurer Gewinn. Wissen, Persönlichkeit, Freiheit – das war die Parole von gestern. Wir suchen Unterordnung, Unterordnung unter eine Idee. Freilich: wir haben sie nicht, doch dass wir sie suchen, eint uns.«

Es war zuletzt wie ein Selbstgespräch; er fühlte, dass ihn die anderen kaum noch verstanden. Sie schauten schon wieder nach oben, wo, von vielen Armen hineingeschleudert, Holzbündel in die Gluten prasselten. Nur der Redner von vorhin stand noch wie angewurzelt neben ihm.

»Durch Himmel und Hölle such' ich sie, ich schwör's!« rief er dann, sich ihm leidenschaftlich in die Arme werfend.

Hochauf, strahlender als zuvor, denn wie schwarzer Samt stand jetzt der Himmel dahinter, züngelten die Flammen. Und in das Knistern hinein tönte eine helle Mädchenstimme:

»Ein Gelöbnis forderte er wie der Priester vom Firmling, wie der Kriegsherr vom Rekruten? Euer aller Antwort sei: Nein – nein – nein! Steigt zum Firmament unser Feuer empor, weil es gelobte, nicht zu fallen? Breitet die Eiche ihre schwarzen Zweige aus, weil sie versprach, groß und stark zu sein? Und zog der Kirschbaum sein Blütenkleid an, weil er den Schwur leistete, fruchtbar zu werden? Nein – nein – nein! Noch einmal sag' ich's. Nur wir lasst uns sein, nur wir! Keine Sklaven, auch die eines Eides nicht. Und nicht nüchtern, sondern allzeit berauscht – berauscht vom Leben!«

Tosender Beifall, Zuruf und Händegeklatsch umbrausten das Mädchen. Kräftige Jünglingsarme hoben sie hoch empor.

»Lotte – die rote Lotte!«

Ihre Locken wehten, dem Feuer vermählt.

»Vorsicht!« rief irgendein Ängstlicher.

»Ich und die Flamme sind Freunde!« jauchzte sie.

Dann sprang sie zur Erde und führte den Reigen, der in bacchantischem Taumel, getaucht in rotes, gelbes und blaues Licht, den Scheiterhaufen wild aufjubelnd umtoste.

Keiner entzog sich dem Kreise. Vergessen waren die Martern der heiligen Walpurgis.

Atemlos, mit klopfenden Pulsen, standen die Tanzenden still. An den Händen hielten sich noch die einen, Arm in Arm, die Schultern zärtlich aneinandergeschmiegt, standen die anderen, und manch ein Bauernbursch hatte seinen Schatz umschlungen. Mainachtluft, keine Hochsommerschwüle, umwehte die heißen Wangen, zarte Frühlingsliebe, nicht die verzehrende Glut letzter Sommertage, glänzte aus den hellen jungen Augen.

Mit einem Lächeln voll siegreicher Lebenslust sah die rote Lotte sich um: »Wer springt mit mir durchs Feuer?« »Ich – ich – ich,« tönte die vielstimmige Antwort. Doch sie zog den Junker von Hochseß aus der Menge: »Du!« und ihre roten Lippen wölbten sich über den weißen Zähnen.

Von irgendwoher aus dem Dunkel klang die Laute aufs Neue:

»Schatzkind, halt Gürtel fest und Kleid –

Juchheisa – durch das Feuer!«

Die Paare sammelten sich hinter Konrad und Lotte. Sie flogen voran; einen Augenblick lang waren ihre Körper eins mit den Flammen.

»Einen Kuss zum Dank, dass ich dich nicht brennen ließ, Walpurgishexe,« rief übermütig der Jüngling. Und das Mädchen bot ihm lachend den frischen Mund.

»Schau den da drüben,« sagte sie dann, als sie nebeneinander im taufrischen Grase saßen, »den langen Braunen. War er's nicht, der drunten in der Mühle mit sauertöpfischer Miene von der Erziehung zur Kameradschaft sprach? Jetzt macht er der Frieda zärtliche Augen!«

»Was hältst denn du von der Kameradschaft?« frug er neckend und zog an der ungebärdigen Locke, die ihr tief auf die glühende Wange hing.

»Gar nichts,« antwortete sie lustig, und dann, mit ernstem Gesicht: »Liebhaben sollen wir uns, ohne Getue – liebhaben können, ohne dass die Mädel kokett und die Jungens gemein werden.«

Fern im Osten färbte sich der Himmel. Das war die Schläferin, die Sonne, die, ausgeruht, ihr rosiges Antlitz erhob und mit noch traumbefangenem Lächeln die Bergspitzen grüßte. In vielen jungen Augen fing sich ihr erster Strahl und blieb beglückt von den klaren Spiegeln seiner Schöne in ihnen hängen. Das Opferfeuer der Nacht zog scheu und beschämt vor dem ewigen Licht über ihr seine letzten Flämmchen in die schwarze Asche.

»Vom Himmel hoch, o Englein, kommt!

Kommt, singt und klingt, kommt, pfeift und tromt!«

tönte es feierlich in der Runde.

Händeschüttelnd, als gält's einen Abschied von alten Freunden, ging Konrad von einem zum anderen. Vor der Lotte, die niedergeschlagenen Auges am Bande der Laute nestelte, blieb er stehen.

»Lebwohl!« sagte er einfach. Sie legte ihre Hand in die seine und hob die Lider. Ihre Augen waren feucht: »Lebwohl –«

Und nach Ost und nach West stiegen sie ab zu Tal.

Konrad schritt kräftig aus. Kein Schlaf hatte ihn je so frisch und froh ins Freie entlassen.

Zwei Briefe warteten seiner. »Von Else –« dachte er. Aber so stark wie seine Erwartung gewesen war, empfand er im Augenblick ihre Erfüllung nicht. Als hätte er eben auf einem Berghange voll blühender Alpenrosen gestanden und träte plötzlich in ein Treibhaus blasser Azaleen.

»Nur um uns vor schmerzhaftem Missverstehen zu bewahren,

schreibe ich Ihnen heute,« las er; »aber Sie müssen sich an diesen wenigen Zeilen genügen lassen. Wer möchte einen lieben Freund, der sich des blühenden Sommers freut, an vereiste Seen und entlaubte Bäume erinnern. Sollte Ihnen Warburg, der mich neulich in meiner Klause überfiel, allerlei Sentimentalitäten von mir erzählen, so schenken Sie dem keine allzu große Beachtung. Er ist selbst verändert, wärmer, ich möchte fast sagen menschlicher und sieht mit anderen Augen –« Konrad, dessen volles Interesse wieder erwacht war, riss den Umschlag von dem anderen Brief. Warburg schrieb:

»Für Deine und Deiner verehrten Frau Großmutter Einladung danke ich von Herzen. Aber ich möchte in diesem Sommer hier bleiben. Ich will die Ferien benutzen, um mich mit einer Frage näher zu beschäftigen, die, je mehr sie außerhalb meines Studiums liegt, um so mehr meine Empfindung gefangen nimmt: dem Zionismus. Frau Sara Rubner – Du erinnerst Dich vielleicht der jungen Frau mit dem interessanten Mongolentypus aus dem Simmel-Kolleg – gewinnt mich mehr und mehr dafür. Für uns moderne Juden, die wir uns immer stärker unserer seelischen Heimatlosigkeit bewusst werden, bietet sich hier vielleicht – vielleicht – ein neuer Wurzelboden.« Also auch er, dachte Konrad verwundert, auch er, den das Studium, der kommende Beruf so ganz zu erfüllen schienen, bedurfte noch eines anderen Lebensinhalts! »Doch nicht dies ist der Grund meines heutigen Briefes. Ich hätte wohl noch lange mit ihm gezögert, wenn mein Besuch bei Else Gerstenbergk mich nicht fast zu einem Telegramm an Dich bewogen hätte. Es muss etwas für sie geschehen. Pawlowitsch scheint sie verlassen zu haben, wenigstens ließ er seit Monaten nichts von sich hören – man behauptet, er sei mit Frau Renetta Veit an der Riviera gesehen worden – und sie leidet unsäglich. Jedes Lächeln, zu dem sie sich zwingt, denn kein Wort der Klage kommt über ihre Lippen, schneidet ins Herz. Man sollte sie der Einsamkeit, der sie sich widerstandslos ergibt, gewaltsam entreißen, und Du, an dem sie mit rührendem Vertrauen hängt, wärst der rechte Mann dafür. Lade sie statt meiner nach Hochseß. Mache es recht dringend, als wäre ihr Kommen in Deinem Interesse notwendig.«

Konrad legte den Bogen erregt beiseite. gewiss, es musste geholfen werden, er musste helfen. In Erinnerung an den, um dessentwillen sie zugrunde ging, ballte er unwillkürlich die Hände. Seine Freundschaft musste ihm dies Opfer entreißen. Freundschaft!? Lachte ihn nicht eben wieder die rote Lotte an?! – Mit raschem Entschluss, jedes Bedenken weit von sich weisend, ging er zur Großmutter. Er war nicht ohne Sorge, ob sie sich würde gewinnen lassen.

Rückhaltlos erklärte er ihr die Lage Elsens, zeigte ihr auch Warburgs Brief. Die Gräfin antwortete zunächst nicht. Sie ging ein paar Mal im Zimmer auf und nieder, um schließlich, vor dem Enkel stehen bleibend, einen langen forschenden Blick auf ihn zu werfen.

»Sie ist nicht deine Geliebte?« fragte sie langsam.

»Nein, Großmama,« antwortete er, ihrem Blick begegnend.

»So mag sie kommen,« lautete gleich danach der Bescheid. Stürmisch zog Konrad die Hände der Greisin an seine Lippen. Ein Ausdruck plötzlich aufsteigender Besorgnis huschte über ihr Antlitz. Sie beherrschte sich jedoch rasch. »Ich schreibe selbst,« sagte sie dann, sich vor den Schreibtisch setzend.

»Wie gut du bist!« er beugte sich über sie, ihre weißen Haare mit einer Bewegung scheuer Ehrfurcht streichelnd.

Sie sah auf: »Gut?! Sie ist eine anständige Frau, denke ich, und würde, nur von dir geladen, nicht kommen.«

Die nächsten Tage verlebte Konrad in wachsender Ungeduld, bis schließlich – endlich! – der Brief mit der bekannten Schrift auf dem Teetisch lag. Schon als sie den Bogen auseinanderfaltete, erhellte sich das Antlitz der Gräfin: diese zarten, ein wenig fallenden Schriftzüge – eine Wiese, deren feine Halme sich unter dem Abendwind leise senken – gefielen ihr weit besser als jene großen steilen, mit denen die dümmsten Frauen Originalität vorzutäuschen vermochten. Und auch der Inhalt befriedigte sie sichtlich.

»Ein liebes Geschöpf, warmherzig und einfach,« sagte sie, Konrad den Brief hinüberreichend, »du wirst sie am besten morgen selbst abholen.«

Die Tanten horchten auf. »Ich erwarte einen Gast,« fuhr die Gräfin fort, »eine mir sehr empfohlene junge Dame, Fräulein Gerstenbergk, die sich ein paar Wochen bei uns erholen soll.«

Die Tanten wechselten einen ihrer vielsagenden Blicke, nicht ohne Hilde dabei bedauernd zu streifen. »Von den sächsischen Gerstenbergs auf Heiligensuhl?« frug Natalie interessiert, »eine der besten

Familien!« »Und durch die Mutter, eine Vierort, sehr vermögend,« ergänzte Elise voller Genugtuung. Hilde senkte den Kopf noch tiefer auf ihre Arbeit.

»Ganz und gar nicht, meine Lieben,« entgegnete die Gräfin mit jenem spitzbübischen Lächeln, das ihrem Gesicht einen oft kindlichen Ausdruck verlieh; »es handelt sich um ein einfaches Fräulein Gerstenbergk, eine Studentin,« und sie weidete sich an den langen Gesichtern der beiden Damen.

»Eine Emanzipierte!« rief Natalie entsetzt.

»Da wird unsere liebe Hilde wohl Platz machen müssen,« klagte Elise.

»Haben wir nicht genug Fremdenzimmer?« meinte die Gräfin mit bewusstem Missverstehen; »der Umgang mit dem klugen Mädchen würde Ihnen, liebe Hilde, über manche leere Stunde hinweghelfen.«

Die Angeredete sah errötend auf: »gewiss, Frau Gräfin; ich bleibe mit Freuden, wenn –«

Nataliens spitze Stimme schnitt jedes weitere Wort ab: »Du wirst jedenfalls die Erlaubnis deiner Mutter einholen müssen, liebes Kind. Nach deutschen Begriffen –« sie betonte das »deutschen« mit Nachdruck – »ist eine Person, die mit Männern zusammen studiert, oder zu studieren behauptet, kein erwünschter Umgang für junge Damen unserer Kreise.« Und alle drei standen auf.

Am nächsten Tage fuhr Konrad Hochseß mit seinen beiden Füchsen den Gast in den Hof. Hinter den Gardinen ihrer Fenster sah er die Gesichter der Tanten sich an die Scheiben drücken, und hinter der Küchentür verschwand, im Augenblick, als er Else vom Wagen half, Hilde Rothausens weißes Kleid.

Er lächelte wehmütig: sie mochten beruhigt sein, alle drei! Die Gefürchtete war wie das Silberwölkchen droben am Himmel, das ein kräftiger Ost jeden Augenblick auflösen konnte. Selbst die rasche Fahrt hatte ihre farblosen Wangen nur ein ganz klein wenig zu röten vermocht. Sie wäre eine ihrer Märchenpuppen gewesen, wenn sich nicht allmählich in den Augen ein Lebensfunke entzündet hätte.

»O, der Lindenbaum!« – »Und dort die Schwalben!« – »Wie das

Wasser schwatzt!« – »Wie die Rosen blühen!« – hatte sie zwischen langen Pausen mit immer hellerer Stimme ausgerufen. Ganz zuletzt hatte sie Konrads Arm leise berührt und ihm, als wär's ein großes Geheimnis, mit einem verirrten Lächeln um die Mundwinkel zugeflüstert: »Seit zehn Jahren war ich immer in Berlin, immer!«

Gerührt Schloss die Gräfin das blasse Mädchen in ihre Arme, auch der letzten, leisen Besorgnis enthoben. Das war keine, die auszog, Herzen zu brechen, ihr eigenes vielmehr mochte wohl schon gebrochen sein.

Es kamen jene stillen Sommertage, erfüllt von weicher, warmer Luft, die sich nur wie ein leises Atmen der Erde sanft bewegt, überwölbt vom immer gleichen milden Blau des reinen Himmels. Das ferne Dengeln der Sensen, das Plätschern des Bachs, Bienengesumm, Grillengezirp, Waldesrauschen und verhallendes Vogelgezwitscher vereinigten sich, von den Wellen der klaren Luft getragen, zu einem einzigen Schlummerlied der Seele, und am Abend fielen im Chor die tiefen Stimmen der Unken und der Frösche wie Orgelbegleitung ein.

Das ist die große Feierzeit des Jahres; die Zeit, die selbst auf harte Gesichter einen Zug von Frommsein malt.

Auch über Else kam das Wunder.

Die Sonne malte das krankhafte Weiß ihrer Haut mit durchglutetem Braun, die Luft wischte die schweren salzigen Tropfen aus ihren Augen, und der Gesang der Natur lullte die Stürme des Herzens ein. Sie ging umher wie der lebendige Geist dieser Tage, hell und still. Einem jeden wurde warm ums Herz, der sie in ihrem schlichten Kleide durch Hof und Garten wandeln sah.

Es hielt sie nie lange im Zimmer. Noch ehe die Mägde am Morgen mit den klappernden Milcheimern zu den Ställen gingen, war sie schon auf weichen Sohlen leise hinausgeschlüpft. Und noch ehe die Gräfin, die nach Art alter Leute keinen langen Schlaf hatte, ihr Wohnzimmer betrat, war sie wieder heimgekehrt und hatte die schlanken, vielfarbig schimmernden venezianischen Gläser auf den Tischen mit blauen Glockenblumen gefüllt. Selbst in die nüchternen Stuben der Tanten mit den gescheuerten Böden und stets blank polierten, stäubchenlosen gelben Holzmöbeln wagte sie sich hinein und gab ihnen mit ein paar Sträußchen von Heckenrosen ein frohes Gesicht.

Hilde, die dem neuen Gast zunächst keine Beachtung geschenkt hatte, erwachte allmählich aus ihrer Lethargie. Sie fühlte die Woge voll Wohlwollen, die der Fremden entgegenkam. Und sie fing an, ihr nachzugehen, sie zu imitieren. Es kamen Morgenstunden, in denen Hildens Stimme im Wechselgespräch mit der ihren zu den offenen Fenstern der noch Schlummernden emporklang. Die Weißstickerei ruhte verstaubt im Körbchen. Die enge, dumpfe Welt, um die ihre kleinen Gedanken, wie kaum flügge Vögel um das Nest, ängstlich geflattert hatten, erweiterte sich. Gab es wirklich für ein Mädchen, das auf den Mann wartete, etwas anderes zu tun, als still bei der Handarbeit zu sitzen? Sie horchte auf, wenn Else erzählte, und das einzige, für das sie bisher ein wenig Interesse gezeigt, eine gewisse spielerische Tätigkeit entfaltet hatte, der Garten, erschien ihr sogar im Lichte einer ernsten Arbeit.

Aber auch allerlei Lustiges gab es zu tun, das freundliche Worte und Blicke eintrug: im Walde Erdbeeren pflücken, die mittags überraschend im weißen Weine dufteten; im Garten die sich erschließenden Knospen von den verwelkenden Nachbarinnen befreien, und zuweilen heimlich, ganz früh, wenn es niemand sah, in das Knopfloch des Rocks, der vor Konrads Türe hing, die allerschönste stecken.

Zuerst hatte er sich wohl verwundert, wenn er sie sah, hatte sie sogar ärgerlich beiseite geworfen, da sie von Else nicht kommen konnte, die sich kaum um ihn kümmerte. Dann aber kam auch über ihn eine so seltsam weiche Stimmung, die ihm gebot, niemandem weh zu tun, und er ließ sich den Morgengruß gefallen, mit der Geberin harmlos darüber scherzend. Er bemerkte nicht, wie ihre fahlen Blauaugen dabei aufleuchteten, wie sie sich bemühte, durch allerlei kleine Aufmerksamkeiten, die sie Elsen ablauschte, noch mehr Beachtung zu finden.

Wenn Konrad von Ritten und Wanderungen heimkam, fehlte ihm das Gefühl, das ihn sonst in Gedanken an den Kreis um den Teetisch, an die Tanten, die Fledermäuse, die dem Himmel die Sonne nicht gönnten, beschlichen hatte. Jetzt, das wusste er, schwebte siegreich über ihrem bösesten Stirnerunzeln, ihrem bittersten Mundverziehen das frohe Gespräch der anderen.

Einmal aber fauchte in die Nachmittagsstille wie Gewittersturm der überraschende Besuch der Baronin Rothausen. Die Baronessen und die Frau Gräfin wolle sie sprechen, sagte sie mit röchelndem Atem dem Diener, der sie melden wollte. Von der Terrasse herein kamen die drei mit erstaunten Gesichtern.

»Ich will mein Kind, mein armes missleitetes Kind,« rief sie ihnen entgegen, sodass Konrad, Else und Hilde es draußen hören konnten. »Das muss ja eine merkwürdige Dame sein, Frau Gräfin, die Sie meiner Tochter zur Gesellschaft so dringend empfohlen haben! Macht das Kind aufsässig, lässt sie aller Würde vergessen, die sie ihrer Geburt schuldig ist.« Sie schöpfte Atem.

»Aber –« begann die Gräfin, doch die Aufgeregte sprach bereits weiter: »Gärtnerin will sie werden – Gärtnerin! Ist so etwas je erhört gewesen?! Eine Rothausen, die Dung karrt und Kartoffeln buddelt!« Der Atem ging ihr aufs Neue aus. »Ich will mein Kind zurück, mein armes missleitetes Kind!« schrie sie mit überschnappender Stimme.

»Wir sind unschuldig,« sagte Natalie achselzuckend. »Ganz unschuldig,« wiederholte Elise mit einem schmerzbewegten Augenaufschlag.

»Ich weiß von der ganzen Sache nicht das mindeste, liebe Frau Baronin,« sagte die Gräfin kühl. »Es wird wohl das Beste sein, Sie sprechen Ihre Tochter selbst.« Draußen auf der Terrasse beruhigte sich die Erregte etwas. Elsens unscheinbare Erscheinung – Hilde hatte von ihr in einer Weise geschwärmt, die sie als eine bedenkliche Konkurrentin erscheinen ließ – und Konrads freundliche Ritterlichkeit, mit der er Hilde verteidigte, dämpften ihren Zorn.

»Wir haben ja gar nichts dagegen, lieber Baron,« flötete sie, »dass unser Kind sich unter der Leitung unseres Gärtners und unserer Wirtschafterin über all die Dinge näher orientiert, die eine tüchtige Gutsfrau wissen sollte. Aber eine Schule! Eine Gartenbauschule!! Unmöglich, unmöglich! Das Fräulein« – und sie lorgnettierte Else neugierig – »ist sich natürlich nicht klar geworden, wen sie vor sich hat.«

»Ganz klar, Frau Baronin,« sagte Else ruhig, »ein Mädchen wie viele, das in Gefahr steht, vor lauter geschäftigem Nichtstun ein unglücklicher Mensch zu werden.«

»Wie können Sie sich erlauben –« fuhr Frau von Rothausen auf, sie nahm sich aber rasch wieder zusammen; vor solchen Leuten durfte man sich keine Blößen geben! Sie lehnte sich steif in den Stuhl zurück und sagte feierlich: »Den einzigen Beruf der Frau wird meine Tochter in der Ehe finden, mein Fräulein, und auch ihr einziges Glück. Und nun, mein Kind,« damit wandte sie sich an Hilde, die abwechselnd rot und blass geworden war, »bedanke dich bei deinen gütigen Gastgebern, packe dein Köfferchen und komm. Der Vater kann deine Rückkehr gar nicht erwarten.«

Das Mädchen stand auf, krampfte die Hände ineinander, sah sich wie hilfeflehend nach allen Seiten um und sagte dann: »Wenn ich noch bleiben dürfte! Fräulein Gerstenbergk ist – ist so viel für mich. Nie – nie ist ein Mensch so gut zu mir gewesen.«

»Unerhört!« schrie die Baronin, fassungslos, »und das sagst du mir – mir, deiner Mutter!«

Hilde brach in Tränen aus. »Ich meinte doch nicht dich, nur die fremden Menschen,« schluchzte sie.

»Das ist Dankbarkeit,« sagte Natalie spitz.

»Gott – das ist doch auch nur eine veraltete Tugend, nicht wahr, Fräulein Gerstenbergk?« meinte Elise.

Die aber hatte sich Hilden, die nun noch verzweifelter weinte, zugewandt. »Geh, Hilde, gehorche deiner Mutter,« flüsterte sie ihr zu; »beweise ihr, wenn du zu Hause bist, dass du nicht verdorben wurdest. Dann erreichst du weit eher, was du willst.«

Hilde starrte Else an, entgeistert. Ihre Tränen waren versiegt. »So etwas rätst du mir!« rief sie, »du, die mir predigte, stark zu sein! Du!« Und ihr nichts sagendes Gesicht verzerrte sich plötzlich vor Hass und Hohn, während ihr Blick zwischen Else und Konrad hin und her flog.

»Ich werde selbstverständlich den Wünschen meiner Eltern Folge leisten.« Es war jetzt wieder die wohlerzogene junge Dame, die aus ihr sprach. Else bot ihr beim Packen ihre Hilfe an. »Danke, ich habe dem Mädchen geklingelt,« war die hochmütige Antwort. Und sie fuhr fort, ohne ihr noch die Hand zu geben.

Von da ab schlug die Stimmung in Hochseß um. Waren es die sich mehr und mehr zusammenziehenden Gewitterwolken, die schwer auf allen lasteten? War es die elektrische Spannung der Luft, die in gereiztem Wesen, in Ängstlichkeit und Unsicherheit zum Ausdruck kam? Die Tanten benutzten jeden Anlass zu spitzen Bemerkungen gegen Else; sie begegnete ihnen mit schwer zu versteckender Verletztheit.

Häufiger als sonst kamen die Nachbarn nach Hochseß.

»Langweilen Sie sich auch nicht?« frugen die Herren augenzwinkernd und schnurrbartdrehend den jungen Hausherrn, der die Faust in der Tasche ballte. Und dann, wenn Else kam, musterten sie das junge Mädchen, prüfend, abschätzend.

Der Klatsch ging um in der Gegend. Auf dem Greifenstein war er zur Welt gekommen, das schattenhafte, großmäulige Ungeheuer ohne Knochen und Muskeln. Es wand sich durch alle Täler, es kroch zu den Bergen hinauf, es schlüpfte, zusammengezogen, durch alle Türen, um sich in den Zimmern breit und behäbig auszubreiten.

Konrad fühlte, dass irgendetwas die Freundin bedrohte, kaum, dass sie von der alten Last befreit worden war. Der Wunsch, sie zu schützen, ihr zur Seite zu stehen, wurde immer stärker, wärmer. Er, der sonst gern in den Tag hineinträumte, horchte, von der ersten Dämmerstunde an, auf ihren leichten Schritt im Flur.

Zuerst folgte er ihr nur von ferne.

Er sah ihr Kleid um die Baumstämme wehen, sah, wie sie auf den schmalen Füßen elastisch von Stein zu Stein stieg, wie ihre Arme sich in feiner Rundung hoben, um einen blütenschweren Ast zu sich niederzuziehen, wie der Körper sich bog, bei aller Schlankheit weiche Formen verratend, um die Blumen am Bach zu erreichen. Und einmal sah er auch hinter Büschen versteckt ihre Augen, in Träumen verloren, ihren Mund in Erinnerung lächelnd. Galten Träume und Erinnerungen wohl immer noch ihm, dem Ungetreuen?

Es hielt ihn nicht länger. »Fräulein Else,« sagte er leise.

»Konrad – Sie?!« und ein heller Schein flog über ihre Züge. Wäre sie nicht vor mir erschrocken, wenn sie an Pawlowitsch gedacht haben würde? fuhr es ihm befreiend durch den Sinn.

Sie gingen nun oft miteinander, ganz offen, vor den Augen der Tanten. Ihm war, als wäre sie jetzt erst angekommen. Zu ihm. Von der Vergangenheit sprach keiner von den beiden.

Auf ihren gemeinsamen Wanderungen, die sie mit eigensinniger Beharrlichkeit über die Grenzen des Gutsbezirks nicht ausdehnen

wollte, wurde sie mehr und mehr die Führende, weil sie die Unter-
richtete war. Besser als er kannte sie Weg und Steg, hatte sich mit
offnen Sinnen und liebevollem Eingehen in die Eigentümlichkeiten
der Natur, in die Bedingungen und Forderungen des Grund und Bo-
dens, in das Leben und Treiben der dünn gesäten Bevölkerung versenkt, und mit einem aus Scham und Staunen gemischten Gefühl
lernte er durch sie die Heimat kennen, die ihm vor lauter gewohn-
heitsmäßig gleichgültigem Anschauen im Grunde die Fremde gewesen war. In ihrem Eifer und ihrer Entdeckerfreude bemerkte sie zunächst wenig davon, nur manchmal entfuhr ihr ein Ausruf komischen
Entsetzens, wenn er ihr über den eigenen Besitz und seine Bewohner
so gar keine Auskunft zu geben vermochte.

»Sie gehen wie ein Gast im eigenen Hause umher,« sagte sie bei
einer solchen Gelegenheit. »Der größte Teil der Menschheit krankt
daran, dass er entwurzelt ist, dass seinem Lebensatem die natürliche
Nahrungsquelle fehlt, und Sie besitzen dieses unschätzbare Gut und
wissen es nicht.«

»Sie vergessen: ich hatte nie ein ungeteiltes Heimatsgefühl. Im
Lande meiner Mutter lebte stets meine Phantasie; dorthin führte mich
meine Sehnsucht,« entgegnete er. Erst jetzt war ihm, was er sagte, zu
vollem Bewusstsein gekommen. Den Spuren der Großmutter, ihrer
Tatkraft, ihrem Ordnungssinn, begegnete er in Haus und Dorf, in
Wald und Feld; aber ihm wehte dabei etwas Kühles, Unpersönliches
entgegen. Und Else, die mehr und mehr auch sein Schweigen
verstand, meinte: »Wie eine fremde Königin ist sie, die das Reich treulich verwaltet, ohne sich ihm jemals zu eigen zu geben. Und doch,«
fügte sie nach einer kleinen nachdenklichen Pause hinzu, »müsste es
Seligkeit sein, sich mit den jungen Buchen dort um die Wette – tief in
diesen Boden zu senken!«

Konrads Auge begegnete dem aufleuchtenden Blick, den sie zu
ihm erhob. Es strömte ihm heiß zum Herzen. Und leise und zärtlich
schob er seinen Arm in den ihren, als gehörten sie zueinander.

Die Landleute lächelten, wenn sie die Wandernden sahen. Sie
fühlten sich dem schlichten blonden Mädchen vertraut, dessen Blick
so warm war, dessen Händedruck keinen Handkuss forderte. Ihre
Anteilnahme an ihrem Ergehen war ohne Neugierde, ihr Mitleid mit
ihren Nöten keine Ankündigung verletzender Almosen. »Das wird

eine gute Frau,« sagten sie.

In jedem, auch dem ärmsten Oberfranken, lebt etwas von echter Edelmannsgesinnung. Er bettelt nicht, er darbt lieber, und wenn er der kahlen Hochebene entstammt, so ist er rau und unzugänglich wie sie. Konrad entsann sich nicht, hier oben je anders als zu Wagen oder zu Pferde gewesen zu sein. »Wie ein Grandseigneur, nicht wie ein Landesvater,« meinte Else mit leisem Vorwurf, als sie miteinander über die einsame Halde schritten. Hier, wo Kalkstein und Dolomit die Oberfläche bilden und weder Teiche noch Bäche vorhanden sind, vermag selbst härteste Arbeit dem Boden nur wenig abzuringen. Neben den vereinzelten kleinen Häusern wird das Regenwasser in Lehmgruben gesammelt, um wenigstens einen armseligen Küchengarten erhalten zu können. Wetterdisteln und blasse Waldanemonen wachsen zwischen dem spärlichen Rasen; schwarz und einsam richten dazwischen hier und da Wacholderbüsche ihr Haupt empor.

»Wie ein Totenacker!« sagte Konrad schaudernd.

»Wenn man Wasser hinaufzuleiten vermöchte, um wie Faust einem freien Volk den freien Grund zu erobern,« entgegnete sie, »wäre das nicht eine Aufgabe, wert, sich dafür einzusetzen?«

»Für diesen dürren Boden – das blühende Leben?!« rief er abwehrend aus.

»Beschränkung ist überall unser Los,« warf sie leise und wehmütig ein.

»gewiss, gewiss,« nickte er eifrig, »aber erst nachdem wir für unser beschränktes Wirken den höheren, allgemeineren Zweck und Sinn gefunden haben. Wie in einem Gefängnis würd' ich ersticken, wenn ich dem Warum meines Lebens nicht auf den Grund gekommen wäre!«

Es war ein weicher Sommerabend damals mit silbergrau verhängtem Himmel. Sie schwiegen lange. Bis sie wieder leise zu plaudern begann. Er hörte kaum, was sie sagte, aber der Ton ihrer Stimme fiel, wie sanfter Regen nach dem Sturm auf Busch und Baum, beruhigend auf seine bewegte Seele. Sie sprach von der Gegenwart und nur von ihr, als wäre die Vergangenheit ganz und gar vergangen; sie sprach von Hochseß, als wäre dies Stückchen Erde die Welt. Und er wurde ganz still. Ihm war auf einmal, als wüchse eine Mauer um die

Grenzen seines Guts, über die kein Suchen und Sehnen jemals hinüber zu steigen vermöchte. Er und sie - das war Ausgang und Ziel. Das war Glück.

»Liebe, liebe Else!« sagte er und legte den Arm um ihre Schultern.

War es der trübe Abend, der ihre Züge so bleich erscheinen ließ?

Dann saßen sie zu dritt vor dem großen Kamin im Zimmer der Gräfin, denn ein Wetter, das in der Ferne noch grollte, hatte die Luft erheblich abgekühlt, und die alte Dame benutzte gern jeden Vorwand, um Hände und Füße, die sich immer schwerer erwärmen wollten, der belebenden Wirkung des Feuers auszusetzen. Ihre Augen hingen an dem Relief des Kamingesimses, einem feinen Gerank, das das Bild einer an den Felsen geschmiedeten Ariadne leicht umkränzte. Der stark herausgearbeitete Körper der Gefesselten wurde im Schein des Feuers lebendig.

»Ist sie nicht ein antikes Symbol der Knechtschaft, aus der Sie die Frauen befreien wollen?« sagte sie und spann, als keine Antwort kam, den Faden ihres Gedankens weiter; »Sie sollten nur nicht vergessen, dass es zwar ein Mann gewesen ist, der die Schöne ihrer Freiheit beraubte, aber auch ein Mann, der ihr Befreier war. Sie geht immer nur von einer Hand in die andere.«

Auch jetzt blieb es still.

»Nun, Sie schweigen –?« und sie hob ein wenig den Schirm der vor ihr stehenden Lampe, um Elsen ins Gesicht zu sehen. »Was ist Ihnen, mein Kind?« rief sie, ihn wieder fallen lassend, und beugte sich besorgt zu dem Gast hinüber.

»Ich spürte die Druckstellen meiner Ketten wieder,« sagte Else, während ein Frösteln ihren Körper durchlief.

»Der gesprengten, nicht wahr?« frug die Gräfin, die kleine Hand des Mädchens leise streichelnd. Es war das erste Mal, dass sie das Schicksal ihres Gastes berührte. Wunden, das wusste sie, müssen erst vernarbt sein, ehe man ihre schützende Hülle lüften darf.

»Der gesprengten – ja!« antwortete Else mit ungewöhnlich heller Stimme.

»Wirklich?« fiel Konrad ein.

Forschend sah die Gräfin zu ihm hinüber. War es nur die Teilnahme des Freundes, die seinem Ton eine so warme Färbung gab? Aber Else schien ihn zu überhören. Mit tränenschimmernden Augen führte sie die Hand der Gräfin an ihre Lippen.

»Alles danke ich Ihnen – alles! Ich war erfroren, war leblos. Der Schmerz, der das Herz zerreißt, uns die wildesten Gedanken der Selbstzerfleischung ins Hirn hämmert, ist ein gütiger Freund, ist eine Art Reaktionserscheinung der Seele – wie das Fieber etwa für den Körper – im Vergleich zu dem Gift, das sie zerstören will. Nur die vollkommene Fühllosigkeit, jenes grässliche Leersein in Kopf und Herz, jenes sich selbst zum Gespenste werden, das ist die Hölle. Ihr Brief – der Brief einer Frau, der ich fremd war, der mein ganzes Denken, Fühlen und Sein fast wie etwas Feindseliges erscheinen musste, und die mich dennoch zu sich lud, und das in einem Augenblick, wo ich ganz verlassen war – Ihr Brief war der erste Sonnenstrahl auf das Eis, unter dem mein Leben schlief. Und jeder Tag, ach, was sage ich: jedes gütige Lächeln, das mir galt, jeder Händedruck, der mehr sagte, als hundert teilnehmende Worte sagen könnten – Worte, deren Tonfall schon zu beleidigen vermag! – lockten aus dem erstarrten Boden neue Blüten hervor. Und nun – nun,« in leidenschaftlicher Bewegung war sie der Gräfin zu Füßen gesunken, »lebe ich wieder!«

Zwei Hände legten sich um ihre Schläfen, zwei Lippen ruhten auf ihrer Stirn. »Im Schoß der Mutter,« dachte sie und meinte zu fühlen, wie von Händen und Lippen ein Strom von Ruhe ausging, sie umfloss und durchdrang. Sie hob den Kopf. Zwei Augen trafen sie, – dunkel wie Weiher in der Nacht, in deren Tiefen goldene Schätze glühen. Sie starrte sie an, selbstvergessen: waren es die der Gräfin, die Konrads?!

Mit einem Lächeln, das ihr eigenes nicht war, erhob sie sich und sagte – fast fröhlich sollte es klingen: »Und nun ist es Zeit, dass ich gehe.«

Es blieb still in dem Zimmer. Jeder erwartete wohl vom anderen, dass er antworten würde. Die Uhr, die sonst niemand hörte, tickte plötzlich ganz laut.

»Ich muss arbeiten, ich büße sonst die Winteraufträge ein,« fuhr Else zögernd fort. Dann griff sie plötzlich, wie von einem Schwindel gepackt, nach der Stuhllehne hinter sich. Konrad sprang zu, um die

Wankende zu stützen.

»Sie sehen selbst: dass es nicht Zeit ist – noch lange nicht – von uns zu gehen,« sagte er sehr weich. Mit geweiteten Augen sah die Gräfin von einem zum anderen; in jenem Ton klang Mannesliebe, jene echte, reine, schützende.

Else hatte sich schon wieder in voller Gewalt.

»Nur dass ich heute sprach, von mir sprach, hat mich so erschüttert,« sagte sie. »Gestatten Sie mir, Frau Gräfin, dass ich mich ein wenig früher zurückziehe?«

Noch ein Handkuss, ein freundliches, ein wenig zerstreutes »Gute Nacht«, und Else ging.

Ganz still, mit gesenkten Lidern – als wolle sie niemanden durch die Fenster ihrer Seele schauen lassen – saß die Gräfin zurückgelehnt in ihrem tiefen Stuhl.

»Willst du halbe Arbeit tun, Großmutter?« frug Konrad leise; »willst du sie wieder frieren lassen?« Sie sah nicht auf. Sie hörte nur: welch rührend zartes Beben war in dieser Stimme!

Es klopfte einmal, zweimal. Giovanni erschien unter der Türe. »Was ist's so spät?« herrschte ihn Konrad an. Er machte einen tiefen Bückling.

»Der Wind riss die Fahne vom Turm. Ich sagte längst, dass die Stange morsch ist.«

»Und damit erschreckst du uns jetzt?!«

»Damit Frau Gräfin morgen früh nicht erschrecken.« Er verschwand wieder.

Gräfin Savelli sah ihm nach; auch als er schon gegangen war, hafteten ihre Blicke noch in derselben Richtung. Was war es doch, was der Alte ihr einmal vor Jahren geraten hatte? Die Liese hatte sie ins Haus nehmen sollen, des Müllers Liese, als der Knabe zum Jüngling gereift war. Pfui!

»Großmutter, ich bitte dich, mir zuliebe, wenn du es um ihretwillen nicht tun magst: halte die Else fest!« drängte Konrad.

»Um deinetwillen – gut!« Sie erhob sich, ihm die Hand reichend.

»Und nun kein Wort mehr darüber.« Eine fremde Härte lag auf ihrem Gesicht.

In dieser Nacht fand Konrad Hochseß keinen Schlaf. Er konnte es nicht erwarten, ihr zu sagen, dass sie bleiben dürfe, bleiben müsse! Er lauschte angestrengt; jedes Knacken im Holz, jedes Rascheln der Gardinen, jedes Knarren des Fensterladens ließ ihn auffahren: war es ihre Zimmertüre, ihr Kleid, ihr Schritt?

Aber auch als der Morgen dämmerte, wartete er umsonst. Schweißperlen standen auf seiner Stirne: war sie nicht totenblass gewesen gestern Abend, als sie schlafen ging? Vielleicht war sie über Nacht erkrankt, lag hilflos und in Schmerzen allein in ihrem Zimmer! Oder sie hatte sich gar nicht niedergelegt, hatte heimlich das Haus verlassen!

Er sprang aus dem Bett und fuhr hastig in die Kleider. Dann schlich er hinaus. Den langen Flur über die Galerie der Diele bis zum anderen Flügel, wo die Fremdenzimmer lagen, musste er hinuntergehen, an der Wohnung der Tanten, an der des alten Habicht vorbei. Vor jeder Pforte horchte er, ob nicht ein Laut das Wachen der Bewohner verriete. Doch alles war still.

Aus den großen Fenstern der Galerie sah er auf den Hof hinab: nichts bewegte sich. Drückende Sommerschwüle ließ jedes Blatt am Baum reglos schlafen. Schwer hing das Fahnentuch von der niedergerissenen Stange am grauen Gemäuer des Turms. Wie blass die rote Rose auf dem weißen Grunde aussah! Von der Sonne ausgezogen, vom Regen verwaschen – verwelkt.

Ein Fest wollen wir feiern, ein großes Fest und eine neue Fahne hissen, mit einem strahlenden Symbol des Glücks, dachte er freudig erregt und meinte Else vor sich zu sehen, im weißen Kleid mit Blumen im Haar, wie ihre kleine Hand mit silbernem Hammer das Tuch an die starke Stange nagelte.

Else! Das Herz schnürte sich ihm zusammen. An ihrer Türe stand er jetzt!

War es der Ton des brausenden Blutes in seinen Ohren, oder bewegte sich etwas hinter ihr?

Gewissheit – um Gottes willen, Gewissheit!

Er drückte die Klinke herunter –

»Wer ist da?« – eine geängstigte Stimme.

»Ich,« und schon stand er vor ihr.

Sekundenlang dunkelte es ihm vor den Augen. Dann sah er: ein unberührtes Bett – einen halb gepackten Koffer und sie – sie!

»Du bleibst – bleibst!« ein erstickter Schrei war's.

An jenem Morgen gab sie sich ihm.

Die Gräfin Savelli saß an ihrem Frühstückstisch; nachdenklich zerbröckelte sie das Brot zwischen den Fingern und überflog abwesenden Blicks die Postsachen, die ihr eben gebracht worden waren.

»Ist der Herr Baron schon auf?« frug sie den Diener.

»Als ich eben den Kaffee brachte, schlief der Herr Baron noch,« antwortete er.

Sie nickte.

Also wusste Else noch nicht, dass sie ihrem längeren Bleiben zugestimmt hatte. Ein befreiender Atemzug hob ihre Brust. Wie hatte sie nur einen Augenblick lang so grausam, so unmenschlich sein können! Dieses Mädchen musste gehütet, nicht preisgegeben werden.

Der Diener erschien schon wieder. »Fräulein Gerstenbergk,« meldete er.

»Ich lasse bitten.« Mit ausgestreckter Hand ging sie ihr entgegen. Mitten im Zimmer aber stockte ihr Fuß.

Schwebenden Schritts, als hätte ihr Körper keine Schwere, war Else über die Schwelle getreten. Ihr Antlitz leuchtete. Ob es auch bleicher und schmaler war als sonst und die Augen dunkel umschattet. Es war nicht der Glanz eines Sieges, nicht das Strahlen genossener Lust. Es war wie alte Marienbilder, aus Holz geschnitzt, in dunklen Kapellen über der ewigen Lampe leuchten.

»Ich möchte fort, gleich jetzt, Frau Gräfin,« sagte sie, ohne dass ihr Ausdruck sich änderte.

Die Angeredete war zu benommen, als dass sie hätte antworten können. Sie sah das Mädchen nur an.

»Sie haben mich länger behalten wollen,« fuhr Else fort.

»Sie wissen?!« Der Blick der Gräfin war eine erstaunte Frage.

Ein Lächeln, das weich ihren Mund umspielte, ein großer, freier Augenaufschlag begegnete ihr. Und die Blicke der beiden Frauen tauchten tief ineinander. Bis sich die dunklen Sterne der Gräfin, tränengefüllt, niedersenkten.

»Setzen Sie sich zu mir – so – ganz nah, mein liebes Kind,« flüsterte sie, Else an sich ziehend.

»Ich möchte fort, ehe Konrad erwacht,« sagte das Mädchen mit bittend erhobenen Händen auf dem Fußschemel kauernd. »Er soll nicht wissen, niemals wissen, wohin ich ging.«

»Heißt das nicht zu grausam sein? Er – liebt Sie, Else,« antwortete die Gräfin. Das junge Antlitz vor ihr leuchtete noch heller.

»Er liebt mich. Mit einer rührenden, zarten Liebe, frühlingshaft. Er gab mir den Glauben wieder, den Glauben an die Menschen, an mich! Soll ich nun die weiße Wiesenlilie seiner Liebe selbstsüchtig und töricht in einen Scherben verpflanzen und die Hoffnung nähren, sie würde den Herbst überdauern? Ihren Duft will ich mit mir nehmen, reuelos.«

»Und – er?!«

Des Mädchens Lippen zuckten. »Wird leiden –« murmelte sie, um gleich darauf festen Tons fortzufahren: »Aber ein lebenslanges Unglück würde es, wenn ich bliebe. Er verließe mich nicht – aus Güte, aus Mitleid. Es würde eine jener Ehen sein, die wie mit einem Henkerschwert das Leben vom Körper trennten. Er aber soll leben, soll das Leben erst finden, das er so sehnsüchtig sucht. Ich will ihm die Türe öffnen, nicht zusperren. Darum muss ich fort – gleich fort! Jetzt bin ich stark, in einer Stunde könnte ich schwach sein.«

»Mir aber werden Sie nicht verheimlichen, wo Sie sind?« frug die Gräfin, aufs tiefste erschüttert.

Elsens Lippen schlossen sich fest zusammen, was ihren Zügen den Ausdruck starren Willens verlieh. »Doch – immer,« entgegnete sie.

»Auch, wenn Konrads Liebe Ihnen mehr bedeuten sollte als – eine Erinnerung?« Ein warmer mütterlicher Blick umfasste sie, deren Wangen sich dunkel färbten.

»Auch – dann!«

Der gelbe Postwagen rollte über den Hof – durch das graue Tor – ins Tal hinab.

Konrad öffnete die Augen, um sie gleich darauf, selig lächelnd, wieder zu schließen.

Fünftes Kapitel
Von Konrads Höllenfahrt und den Geißeln der Berolina

In der Bar »*Aux Trois Grâces*« spielten rotbefrackte Zigeuner; sie saßen in einem schmalen lang gestreckten Raum, der ganz in eine Farbe getaucht war: dasselbe giftige Grün leuchtete von den Tapeten, den Teppichen, den Bezügen der tiefen Stühle um die kleinen Tische.

Es war leer, – Mitternacht, – noch viel zu früh für den Betrieb hier. Das Garderobenfräulein schlummerte an der Türe; ihre schlaffen grauen Wangen hingen herunter, als wäre die Dreißigjährige eine alte Frau. Die Kellner standen mit zusammengeknickten Knien hinter den Portieren und gähnten.

Jetzt hörten die Musikanten zu spielen auf; ihre Oberkörper fielen müde vornüber. Das schlummernde Garderobenfräulein, – die knickebeinigen Kellner an den Portieren, – es war als grinste die grüne Farbe schadenfroh über den Opfern ihres Gifts.

Da schlugen die Türen. Das Fräulein fuhr auf. Rasch die Puderquaste. Eine weiße Wolke stäubte über ihre Züge, die Lippen zogen sich über das falsche Gebiss zurück – das war ein Lächeln. Geschäftig liefen die Kellner hin und her und grinsten verbindlich; mit kühner Künstlerbewegung warfen die Musikanten die schwarzen Haarsträhnen aus der Stirne und polierten mit ein paar Gedanken an fürstliche Trinkgelder die matten Augen.

Der grüne Raum füllte sich: Damen in Reiherhüten und Pelzmänteln, unter denen die Chiffonschleppen wie bunte Schlangen über dem grünen Teppich züngelten; Mädchen in hochhackigen Bänderschuhen, vorn gehobenen, über den Hüften bauschigen, unten ganz engen Röckchen, sodass ihre Gestalten aussehen wie die der Frauen Holbeins, die stolz über dem gesegneten Leib die Hände kreuzen. Und dann die Herren im Cutaway, im Frack, im Smoking, sehr schlank, von gewollter Sehnigkeit, mit aus der Stirn gestrichenen Haaren, die noch die Schärfe und Fleischlosigkeit der glattrasierten Züge betonten.

Sie begrüßten einander von Tisch zu Tisch, freundlich, gehalten. Sie konversierten – das deutsche Wort »sprechen« hätte einen zu lauten Ton vermuten lassen – mit den Damen und tranken gelbe und rote, grüne, bunte und weiße Flüssigkeiten aus phantastisch geformten Gläsern, ohne dabei lauter zu werden.

Eine Gruppe neuer Gäste erschien. Unter ihnen ein kleiner, weißbärtiger Alter, den selbst das Garderobenfräulein mit verklärtem Lächeln empfing, und Konrad Hochseß, dessen Gesicht jede Erinnerung an die Knabenzüge verloren hatte.

Man grüßte die Eintretenden lebhafter als bisher. Der alte Herr besonders war rasch umringt.

»Ihr habt mich wohl schon zu den Toten versammelt?« lachte er, den sie Hofrat titulierten.

»Sie unterschätzen unsere Intelligenz!« sagte ein kleiner Kerl mit einem runden Kindergesichtchen. »Wir wussten Sie, und wenn Sie sich noch so geheimnisvoll gebärden, mitten im Leben.«

»Von dem Sie wieder einmal bußfertig zurückkehrten, um sich in unserem Krähwinkel auszuruhen,« ergänzte ein anderer.

»Verflucht nötig haben Sie's,« meinte ein dritter, den kleinen Alten betrachtend, der, ernster geworden, die Zigarette zwischen den Fingern drehte.

»Ihr habt natürlich, wie immer, alle recht,« antwortete er, während sein rechtes Auge nervös zu zucken begann. »Ungemütlich ist's draußen, ekelhaft ungemütlich! In Paris, in Rom, in London: überall dieselben giftigen Blicke und hämischen Bemerkungen, die unsereinem folgen. Man prüft unwillkürlich in jedem Spiegel Rock und Krawatte, ob sie nicht dreckig sind.«

»Bankrott des Europäertums, Hofrätchen,« mischte sich Eulenburg ins Gespräch, der eben an den Tisch getreten war, »totaler Bankrott. Weil wir's nicht von selber gelernt haben, wird's uns von den zärtlichen Nachbarn eingeprügelt: national zu werden.«

»Besser noch: chauvinistisch,« warf hitzig ein blutjunger blassblonder Jüngling ein.

»Antisemitisch!« sekundierte spöttisch einer, der sichtlich ein Jude war.

Eulenburg drehte sich auf dem Absatz um und sah ihn an. »Sicher. Was übrigens unserer persönlichen Freundschaft, lieber Breslauer, keinen Eintrag tut. Juden und Sozialdemokraten haben in den letzten Jahrzehnten unseren internationalistischen Charakter geprägt.«

»Barer Unsinn,« unterbrach ihn der Angeredete, »er ist ein Ergebnis rein wirtschaftlicher Erscheinungen: der Industrie, des Verkehrs, der Mode.«

Der Hofrat lachte hell auf, sodass alles sich nach ihm umsah. »Nun ist mir wieder wohl, Kinder, ganz wohl!« sagte er, »denn ich fühle, dass ich zu Hause bin. Wer anders als der Deutsche könnte – so dekadent er sich gebärdet – so urgesund sein, um sich nachts um die zweite Stunde über Weltprobleme zu erhitzen?! Der Engländer ist um die Zeit ein Schwein, der Franzose ein Faun, der Russe ein Narr. Wirklich: in diesem Krähwinkel muss der zerschundenste Raubritter wieder zu Kräften kommen.«

»Schade!« brummte in komischer Verzweiflung der Kleine mit dem Kindergesicht. »Ich hatte schon den ehrenvollen Auftrag, Ihnen ein Denkmal zu setzen.«

Der Hofrat klopfte ihm beruhigend auf die Schulter: »Führen Sie's aus, teurer Meister! Ich habe unsere Berühmtheiten immer bedauert, dass sie bei ihrer Verewigung nicht mehr mitreden können. Sie hätten gewiss irgendein Symbol ihrer Lebensempfindung der eigenen Visage vorgezogen. Ich jedenfalls«, und er begrüßte ringsum mit heiterem Nicken die Mädchen, »wünsche mir die Bar-Muse – nichts als Schwanenhals und Giraffenbein natürlich.«

Ein Mädchen, das Lockenhaar hochgetürmt über der freien Stirne, den Oberkörper bis zur Taille, die eine breite Schärpe mehrfach umwand, in durchsichtigen Chiffon gehüllt, legte ihm vertraulich die Hand auf die Schulter:

»Papachen, blamier' dich nicht,« neckte sie, »dreiviertel Jahr fern von Berlin, bedeutet ein halbes Jahrhundert in der Kultur zurück sein.«

»Bist wohl immer noch die einzige, die so etwas wie Geist hinter dem sündigen Fleisch zu besitzen scheint?« antwortete er und ging langsam, da und dorthin grüßend, durch die Reihen, um sich schließlich am Ende des Ganges, neben den Musikanten, die tiefe Bücklinge machten, niederzulassen.

»Tango,« kommandierte er. Das Mädchen, das ihm gefolgt war, lachte hell auf.

»*Vieux jeu,*« sagte sie.

»Sei still, Leonie,« mahnte er; »noch merkt es selbst ein Berliner, dass du Lene heißt und mit Spreewasser getauft bist. Der da aber, dem deine Augen bereits Treue bis zum Grabe schwören –,« und er nickte zu Konrad hinüber, »übrigens: Baron Hochseß, Mademoiselle Leonie Doris – ist ein Franke von unbestechlicher Tugend.«

Die Rotbefrackten setzten den Bogen an. »Tanze lieber. Deine Beine sind impressionabler als dein Geist und deine Augen.«

Leonie stand auf, mit der Bewegung eines Automaten, ein anderes Mädchen, dessen Gesicht violetter Puder einen durchsichtigen Mondscheinglanz verlieh, kam ihr entgegen. Sie senkten die Augen ineinander in stummem Gruß. Unter dem Einfluss weicher klagender Molltöne schienen ihre Glieder, ihre Mienen zu erstarren, bis ein jäh einfallender starker Akkord sie leise erbeben ließ. Sie schritten vorwärts. Das Instrument des Primgeigers klagte – es schrie –, und nun hämmerte hart ein rhythmischer Takt dazwischen. Ein wenig rascher gleitender – voneinander – zueinander – bewegten sich die Tanzenden.

Der alte Herr sah ihnen zu, ungeduldig, stirnrunzelnd. »Ruhe!« donnerte er mitten in einer Variation die Geiger an. Die Melodie riss ab. »Sagt ich's euch nicht hundertmal: Raub und Mord sind Äußerungen der Tugend im Vergleich zur einzigen Todsünde: der Geschmacklosigkeit,« rief er. »Walzer und Polka und ähnliche neckische Dinge mögt ihr untereinander tanzen, der Tango ist eine Angelegenheit zwischen Mann und Weib. Denkt an Cowboys und Gauchos und Straßenmädel – die Polizei ist ja nicht hier! – So was muss fühlbar hinter der Larve des gesitteten beherrschten Mitteleuropäers stecken, sonst kehrt doch lieber gleich zur Quadrille und zum Konter zurück.«

Alles lachte über des kleinen Mannes Erregung. Aber im gleichen Augenblick traten zwei Herren zu den Tänzerinnen, Eulenburg und Bernhard, der Bildhauer. Die Geigen schluchzten von neuem, noch schmelzender als zuvor, und barscher, leidenschaftlicher fiel der hämmernde Ton ein; die Musik sang das Duett, das die Füße, nein, die Körper tanzten.

Jetzt bewegte der Herr sich langsam auf einem Fleck, die Dame, sich seinem Arme fast entwindend, den Oberkörper weit zurückgelehnt, sodass die Brüste sich aus dem Mieder hoben, tanzte im Bogen um ihn, wehrend und verführerisch lockend zugleich, und aufreizend stritt sich dazu auf den Geigen Dur und Moll. Dur siegte dröhnend: der Herr, die Armmuskeln gestrafft, zog die Entfliehende an sich – die Musik rauschte auf, – ganz dicht, Leib an Leib standen die Tänzer nun voreinander, und zwischen ihre nur leise gleitenden Füße schoben sich tanzend die seinen. Man applaudierte stürmisch.

»Ausgezeichnet,« sagte der Hofrat, sich befriedigt zurücklehnend. »Sie haben sich kolossal entwickelt, Eulenburg. Wenn der Rhythmus Ihrer Verse so gut wäre wie der Ihrer Beine! Und Leonie hatte vollkommen Recht, wenn sie mich auslachte. Euer plötzliches Bekenntnis zum Unterleib, meine Lieben im gerafften Röckchen und Cutaway, predigt die Rückkehr zur Natur.«

Man lachte schon lauter an den Tischen. Leonie saß auf der Armlehne von Konrads Stuhl.

»Sie müssten tanzen können,« sagte sie, jedes Wort mit einem langen Blick begleitend.

»Nimm ihn in die Lehre, mein Täubchen,« spottete der Hofrat.

Es war ein rauher Ton in Konrads Lachen, mit dem er einfiel: »Machen wir's ab, Fräulein Leonie! in acht Tagen tanzen wir beide zusammen!«

Vom Tisch gegenüber klang wieherndes Lachen und Händeklatschen. Ein Mädel mit einer Pagenfrisur um das freche Bubengesicht hatte sich eben beineschwenkend hinaufgeschwungen. »Los – los, Nini!« krähte einer. »Berlin!« schrie sie, alle übertönend.

»Die Friedrichstraße trägt auf Stein

Die blassen Gewässer des Lichtes –«

»Unsinn! Olle Kamellen,« unterbrach sie ein anderer und deklamierte salbungsvoll weiter:

»Die Dirnen umstehen mit Hirschgeweihn

Die Circe meines Gesichtes.«

Sie begann aufs Neue, noch lauter:

»Auf faulen Straßen lagern Häuserrudel,

Um deren Buckel graue Sonne hellt,

Ein parfümierter, halbverrückter Pudel

Wirft wüste Augen in die große Welt –«

»Du, für den Blech sind wir noch zu nüchtern,« klang es ihr mit lallender Stimme entgegen.

»lass mich ausreden, du Dussel –« antwortete sie und fuhr im Ton eines skandierenden Schulbuben fort:

»In Rummelplätzen, wo Athleten ringen,

Wird alles unklar und ungenau.

Ein Leierkasten heult, und Küchenmädchen singen.

Ein Mann zertrümmert eine morsche Frau.«

»Bravo, bravo!« lachten die Zunächstsitzenden.

»Wer ist denn die?« fragte jemand.

»Nini Kops, die jüngste Muse –«

In einer Ecke debattierte man über moderne Lyrik:

»Sollen wir Städtegeborenen ewig verdammt sein, den Frühling zu besingen, den wir nicht kennen, und die Nachtigallen, die wir nie gehört haben?«

»Nieder mit der verlogenen Rührseligkeit vergissmeinnichtblauer Neoromantiker!«

»Diese zusammengesuchten Füllsel lyrischer Hausputen sind bei weitem nicht so gefährlich wie das weltfremde Pathos der Priester an des heiligen Georges Altar –«

»Im Griechentempel aus bemalter Leinwand –«

Ein blasser Langer, der bisher still neben einem ätherischen Mädchen, das ein Gewand statt eines Kleides trug, gesessen hatte, benutzte die Sekundenstille und sagte ruhig: »Ist die Religionslehrerlyrik monistischer Gemeinden, die uns mit unendlichem Weltgefühl erfüllen will, indem sie Haeckels sämtliche gelöste Welträtsel in Reime bringt, vielleicht höhere Kunst?!«

Man schwatzte durcheinander, heftig, ironisch, feierlich. Irgendwo fiel der Name eines eben Gestorbenen. Er machte alle verstummen. Bis der blonde Lange im Weggehen den Kopf wandte und sagte: »Man braucht bloß eines unnatürlichen Todes zu sterben, um heute ein großer Dichter zu sein, auch wenn man nichts war als ein reimeschmiedender Primaner.«

Allgemeiner Tumult.

»Der Kerl hätte nur noch vom ›gewachsenen‹ statt ›gemachten‹ Gebild, vom ›Gestalteten‹ statt ›bloß Geredeten‹ deklamieren müssen,« rief ihm Eulenburg nach.

»Was ereifert ihr euch eigentlich?« meinte Konrad achselzuckend; »setzt denen da lieber ein Höheres entgegen, das die Traumgröße ihres Griechentums übertrumpft. Aber ihr habt nichts, darum schreit ihr.« Konrads Worte fielen wie der Funke in ein Pulverfass. Alles ereiferte sich und sprach durcheinander, ohne sich auf eine Diskussion von Argumenten noch einzulassen.

»Das Erleben des intellektuellen Städters wäre nichts? die Offenbarung unseres bewussten Nervenlebens in all seiner Kompliziertheit – nichts?!« rief einer.

Dann schlug nur noch ein Strom sich überstürzender Worte an Konrads Ohr: »Höhe der wissenschaftlichen Erkenntnis«, – »Energetik«, – »Monismus«, – »Weltanschauung«.

Er stand mit verschränkten Armen an die grüne Wand gelehnt und lächelte. Die Musik spielte einen Gassenhauer.

»Mokieren Sie sich nur,« sagte der Hofrat, »denn alle liefern Ihnen den Beweis, dass Sie recht haben.«

»Leider; ich wäre Ihnen für das Gegenteil dankbar gewesen,« entgegnete Konrad.

Ein Wortwechsel an der Türe übertönte ihn:

»Was, zu spät? – Zu früh, meint ihr wohl?! – Die Polizei?! – Unsinn; noch nie scherte mich Preußens heilige Hermandad,« antwortete eine erregte Männerstimme auf das eifrige Geflüster einer anderen.

Pawlowitsch trat mit langen Schritten herein. Ohne rechts und links zu sehen, ging er auf Konrad zu, der ihm mit einem feindseligen Aufblitzen in den Augen entgegensah.

»Ich suche Sie, Herr Baron,« sagte der Ankömmling laut.

»Ich bin Ihnen nicht aus dem Wege gegangen,« antwortete Konrad ebenso.

Ein Skandal?!

Die angeheiterten Gäste horchten auf.

»So spielt doch weiter, zum Donnerwetter!« schrie der Hofrat die Musikanten an. Die Geigen warfen eine kreischende, wilde Melodie in den grünen Saal. Die mit der Mondscheinhaut, jetzt so blass wie ein weißer Nachtschmetterling, rankte und bog und wandte den geschmeidigen Körper in dem schmalen Gang zwischen den Tischen, bis es nur noch wenige gab, die ihr Anblick nicht bannte.

»Wo ist Else?« zischte Pawlowitsch Konrad an.

»Hat der ein Recht zu fragen, der sie verließ?« entgegnete dieser schroff.

»Ihnen lief sie nach. Mein – mein war sie!« Die Züge des Russen sahen in diesem Augenblick wie verfallen aus.

»Sie war frei!« Konrad erhob die Stimme ein wenig, als er das sagte. »Und blieb es,« fügte er langsam hinzu.

»Wo ist sie?« wiederholte Pawlowitsch, sein verzerrtes Gesicht dicht vor dem des anderen, sodass sein heißer Atem ihn traf.

»Fort.«

Der Russe hob die Faust: »Sie haben meine – meine Frau ver–«

Der alte Hofrat, der die beiden nicht aus dem Auge gelassen hatte, trat dazwischen: »Ihr werdet eure ernste Sache doch nicht zum Getratsch dieses Gesindels machen.« Pawlowitsch wich einen Schritt zurück.

»Ich stehe Ihnen morgen zur Verfügung,« sagte Konrad mit erzwungener Ruhe.

Die Musik brach ab, das Mädel mit der Pagenfrisur saß wieder auf dem Tisch. Sie schwankte. Die Augen blinzelten in dem aufgeschwemmten Bubengesicht. Sie gröhlte laut:

»Wer weiß, in welche Welten dein

Erstarktes Sternenauge schien,

Stahlmasterblüte Stadt aus Stein

Der Erde weiße Blume – Berlin.«

Pawlowitsch ließ nichts mehr von sich hören. Seine alte Wohnung hatte er schon seit langem aufgegeben. Um ihn zu finden, beschloss Konrad schließlich, die Hilfe der Polizei in Anspruch zu nehmen.

Da legte sich der Hofrat ins Mittel: »Machen Sie den armen Kerl, dem das Herz mit der Theorie durchgegangen ist, nicht unglücklicher, als er ist,« sagte er; »der Polizei ist er sowieso verdächtig, hetzen Sie sie ihm nicht noch auf die Fersen.«

So ließ Konrad die Sache auf sich beruhen, und der Russe blieb für ihn verschwunden.

Auch Else Gerstenbergk hatte er nach ein paar vergeblichen Versuchen, die er gegen den dringenden Rat der Großmutter unternommen hatte, zu suchen, aufgegeben. Er vermochte nicht anders, als ihre Flucht trotz allem, was die Gräfin ihm von dem Mädchen berichtet hatte, als Untreue aufzufassen. In einem Zustand, der zwischen völliger Apathie und gereizter Nervosität wechselte, war er zurückgekommen, sich kopfüber in den Strudel stürzend, nicht um wie früher als Suchender das ihm gemäße ruhige Fahrwasser schließlich zu erreichen, sondern um die Pein seines Erinnerns zu betäuben. Die Großmutter, durch Warburgs Freundesbriefe unterstützt, hatte ihm nahe gelegt, nach einer anderen Universitätsstadt überzusiedeln. Vergebens. Was war es nur, das ihn an Berlin fesselte? Die verborgene Hoffnung, Else vielleicht doch noch wieder zu finden, die selbstquälerische Freude, dem Schatten der kleinen Gina zugleich mit dem Erinnern an sie nahe zu sein, oder gar jener rätselvolle Magnetismus, den der starke Moschusduft der »weißen Blume Berlin« auf alle, die einmal in ihrem Bannkreis flattern, ausübt?

Er fand Warburg in einem Zustand des Befriedigtseins wieder, der ihn die eigene Zerrissenheit nur noch stärker empfinden ließ. Des Freundes Leben schien ausgefüllt von der Vorbereitung zu einem ihm gemäßen Beruf, von der Neigung zu einer geistig hochstehenden Frau und der Begeisterung –wenn sich die ruhige Wärme seines Interesses mit diesem Wort vielleicht auch nicht bezeichnen ließ – für die Ideen des Zionismus.

»Eine Heimat für die Heimatlosen, ein Vaterland für die in jeder Nation sich nur als Geduldete fühlenden, ist, selbst wenn es ein unerreichbares Ideal wäre, als Ziel von so zusammenschweißender Kraft, dass keine Arbeit dafür umsonst sein kann,« sagte er einmal, als Konrad ein wenig spöttisch von seinem Utopismus sprach.

Es war in Frau Sara Rubners Salon, in den ihn Warburg eingeführt hatte, einem stillen, harmonischen Raum, wo alles Holz von silberigem Grau, aller Stoff von verblichenem Grün war, und matte Gobelins, die beide Farben in sich vereinigten, zwischen den Türen hingen. Das ganze Licht in dieser Winterdämmerstunde ging von einer hohen gelben Kerze aus, die wie in einem Heiligenschrein, einsam in einer Nische des Zimmers brannte.

»Wir sollten niemanden an seinem Utopismus irre machen, und wenn es der närrischste wäre,« meinte die Hausfrau, »er gibt dem Leben ein Ziel, dem Streben Stetigkeit.«

Überrascht wandte sich Konrad ihr zu. Diese kleine Frau in dem groß-blumigen, phantastischen Seidenkleid, mit den gebauschten, glanzlosen schwarzen Haaren um das weiße Negergesicht war ihm bisher kaum interessant, ja, in ihrer typischen östlich-jüdischen Rassenerscheinung wenig anziehend erschienen. Jetzt sprach sie wie aus seiner Seele, denn sein zur Schau getragener Skeptizismus dem Freunde gegenüber war von heimlichem Neide gezeugt.

»In Ihrem Tone liegt Resignation, gnädige Frau,« sagte Konrad, »und doch waren Sie es, die Walter für diesen Utopismus gewonnen hat.«

»gewiss. Und ich freue mich dessen,« entgegnete sie, »er ist glücklicher als ich, er hat die große Begeisterungsfähigkeit, die nicht wie ein Feuerwerk verpufft.«

»Sie irren, liebe Freundin,« fiel Walter ein – noch nie, schien es Konrad, hatte seine Stimme einen so vollen, weichen Ton gehabt – »nur weil ich weniger begeisterungsfähig bin als Sie, und noch von keinem Spaziergang die Entdeckung neuer Welten erwartete und auf keinem Stern das Paradies zu finden glaubte, habe ich ein starkes Beharrungsvermögen.«

Sie lachte. »Denken Sie nur,« sagte sie zu Konrad, »dieser Mann hat den Zank und Streit und kleinlichen Hader auf dem letzten Zionistenkongress, der mir zuerst Tränen der Wut, dann Tränen unauslöschlichen Gelächters erpresste, als eine Stärke der Bewegung zu verteidigen vermocht!«

»Natürlich,« bestätigte Warburg. »Einigkeit ist wie Friede oft nur ein Zeichen der Stagnation, des Alterns.«

»Wenn das auch für den einzelnen gilt,« rief sie aus, »so kann ich mich trösten. Denn stets bin ich im Streit mit mir.«

Im Laufe des Gesprächs erzählte sie mit lächelnder Selbstverhöhnung von ihren »Lebensversuchen«. »Schon als Backfisch begann ich zuerst heimlich, dann mit rücksichtsloser Offenheit mich allen Bewegungen begeistert in die Arme zu werfen und fand, unglücklicherweise mit allzu scharfem Verstand begabt, unter meinen Gefährten mehr Maulhelden als Helden, mehr Leute, die im Trüben für sich fischen, als im Hellen für andere bauen wollten. Einem, der sich besonders radikal gebärdete und mit Feuer und Schwert gegen die Laster der kapitalistischen Gesellschaft zu Felde zog, wäre ich in meiner Begeisterung für die Tugend fast nachgelaufen, wenn ich nicht rechtzeitig erfahren hätte, dass dieser Cato zu gleicher Zeit durch Herausgabe pornographischer Schriften zum Krösus wurde.«

Dann hatte sie nach kurzer Ehe in bitterster Enttäuschung ihren Mann verlassen – »leider hatte selbst die Liebe mich nicht mit Blindheit geschlagen« –, hatte es mit der Malerei versucht und Kunstgeschichte und Philosophie studiert, aber – und das ein wenig leichtfertige Lächeln auf ihrem Gesicht erstarb dabei – »wir haben Talente, aber kein Talent, Wünsche, aber keinen Willen.«

»Sagten Sie nicht neulich,« mischte sich Warburg wieder in das Gespräch – er s a ß jetzt ganz im Schatten, sodass nur seine Stimme die innere Bewegung verriet –, »dass den Frauen wohl nur eines beschieden sei, worin ihr Denken und Fühlen und Sein zu reiner Harmonie sich entfalten können: die Liebe?«

Sie schwieg einen Augenblick. Dann legte sie ihre bräunliche Hand, die zu breit war, um schön zu sein, mit einer gütigen und beschwichtigenden Geste auf die seine und sagte:

»Den Frauen – ja! Doch nur so lange, als der kritische Verstand ihren Instinkt nicht verdorben hat.«

»Seltsam,« meinte Konrad, als die Freunde aus dem stillen Salon miteinander auf die Straße traten, »das Lachen dieser Frau klingt nach Tränen. Und warum nur diese feierliche Kerze brannte?«

»Ein jüdischer Brauch,« antwortete Warburg ruhig, »sie feiert damit das Gedächtnis ihrer Schwester, die sich vor Jahren, ein halbes Kind noch, das Leben nahm. Aus – Lebensüberdruss! All diese Menschen, denen das Leben nichts versagte, sind wie ohne Hände geboren. Sie verhungern, indessen alles um sie voll Früchte hängt.«

Konrad sah dem Freunde ins Gesicht. »Gezeichnete sollte man meiden,« sagte er. Der andere lächelte, ganz ruhig und aufrichtig, ein Lächeln, das von innerer Helle widerstrahlte: »Oder sie erlösen.«

Mit einem Händedruck, wärmer noch als sonst, gingen sie voneinander.

Konrad wohnte nicht weit in einem der großen Hotels am Kurfürstendamm, das erst kürzlich seine prunkvollen Räume dem immer neuheitshungrigen gaffenden Publikum eröffnet hatte. Ganz oben, so hoch ihn der Aufzug fahren konnte, hatte er sich ein paar helle Zimmer gewählt, mit jenem künstlerischen Intellektualismus ausgestattet, der alle phantastischen Träume verbannt.

Die kleine gekrönte Wachspuppe auf dem roten Stuhl, die einsam auf der spiegelnden Platte des Schreibtisches stand, betonte nirgends so stark ihren Charakter einer verwunschenen Prinzessin.

Hier war alles modern, praktisch, höchste Kultur des naturwissenschaftlich gebildeten aufgeklärten Verstandesmenschen.

»In dieser Umgebung«, hatte Konrad, sich selbst ob dieser Wahl verspottend, bei Warburgs erstem Besuch gesagt, »muss jeder Dichter zum Journalisten, jeder Künstler zum ›aktuellen‹ Illustrator, jeder Verliebte zum Mitgiftjäger, jeder Phantast zum Börsenspekulanten werden.«

Statt Giovanni, des Seiltänzers, bediente ihn das Muster eines Kellners, das heißt, eine namen- und individualitätslose Maschine, und die Krone wohlgeschulter Hotelmädchen, das sich für ein Trinkgeld zu jedem Dienst mit demselben Gleichmut bereit finden würde.

Die Bekanntschaft mit Frau Sara hatte Konrad bis ins Innerste aufgewühlt. Wie in einem Spiegel glaubte er sich selbst begegnet zu sein. »Talente, kein Talent – Wünsche, kein Wille,« klang es ihm, halb kühle Feststellung einer unabänderlichen Tatsache, halb bitterer Vorwurf einer Schuld, noch in den Ohren. Sollte er durch den kalten Regen und den fauchenden Sturm weiterwandern, um wieder ruhig zu werden?

Im breiten Lichtstrahl des Hotelportals blieb er stehen. Zahllose Wagen und Autos rollten heran. Herren und Damen in großer Toilette schritten an ihm vorüber in die Halle. Alle Birnen brannten, die großen Glastüren zu den Festräumen standen weit offen, eine bunte Menge bewegte sich hinter ihnen.

Er wandte sich an den betressten Türhüter: »Was gibt's hier heut abend?«

»Kostümfest ›Berolina‹, zum Besten des Säuglingsheims,« antwortete der, und fügte mit jenem aus Hochachtung und Vertraulichkeit gemischten Ausdruck, den gewiegte Hotelangestellte anzunehmen pflegen, wenn von großen Kokotten, vornehmen Glücksrittern und reichen Parvenüs die Rede ist, hinzu, mit einer Wendung des Kopfes hinüberdeutend: »Der Kommerzienrat Siegmund Veit spielt den Wirt.« »Veit?!« dachte Konrad; der Portier kam seiner Frage entgegen: »Frau Renetta Veit ist die Gründerin des Heims.«

Renetta Veit – die Nixe im weißen Auto – die Geliebte des Russen!

Ohne nachzudenken, mit der Sicherheit eines Schlafwandelnden, ließ Konrad sich in sein Zimmer fahren, vertauschte rasch den Smoking mit dem Frack, um sich wenige Minuten später, die Eintrittskarte in der Hand, vor den offenen Türen wieder zu finden.

Ein kleiner Herr mit glänzender Glatze über dem farblosen Gesicht, das zwei kluge, unruhig flackernde Augen belebten, empfing ihn.

»Baron Hochseß« – »Kommerzienrat Veit.« Eine sehr weiße Hand, deren Gepflegtheit ihre ungewöhnlich viereckige Form nur noch schärfer hervortreten ließ, legte sich kühl, weich und flüchtig in die seine, die Augen glitten sekundenlang forschend an ihm herab, um sich gleich danach mit den schweren Lidern zu bedecken.

»Wir kennen einander, Herr Baron,« sagte dann eine Stimme, fein und knarrend, wie aus einem Grammophon, »durch unseren gemeinschaftlichen Freund Pawlowitsch.«

»Pawlowitsch?« unterbrach ihn Konrad, »ist er heute abend hier?«

»Wie, Sie wissen noch nicht? Der arme Kerl, der eine Erholung dringend nötig hatte, war mit uns –« er unterstrich die letzten drei Worte, sodass niemand an seiner Generosität zweifeln konnte – »in Ostende. Währenddessen ging seine – seine Mätresse durch!«

Konrad richtete sich in seiner ganzen Größe auf: »Die Dame war seine Frau,« sagte er schroff.

»Nun, nun,« begütigte der Bankier, »was man heute so Frau nennt, natürlich, natürlich! Meine Renetta macht den Rummel dieser Titulaturen selbstverständlich auch mit; aber in der Sache – na, wir verstehen uns!« Ein maliziöses Lächeln kräuselte seine schmalen, blutleeren Lippen, und mit einem gönnerhaften Nicken wandte er sich einem neuen Gaste zu, ehe Konrad zu einer Erwiderung Zeit gefunden hatte. Ein Gefühl tiefen Unbehagens bemächtigte sich des jungen Mannes. Ob er nicht lieber umkehren sollte?

Da traf er unter der Menge seine Kaffeehausbekannten. Sie lachten ihn aus, als sie seine Eintrittskarte sahen.

»Was,« rief ihm einer von ihnen entgegen, »Sie zahlen noch für das Opfer? Der Olle kann froh sein, dass wir ihm gegen Sektpullen unsere Tanzbeine zur Verfügung stellen.«

»Und seiner schönen Frau unsere Berühmtheit für einen zärtlichen Blick,« sagte ein anderer.

»Für – mehr nicht?!« frug Konrad mit verächtlich geschürzten Lippen.

Man lächelte bedeutungsvoll, zuckte die Achseln, deutete allerlei an – auch der Name Pawlowitsch fiel.

»Ob er ein Verhältnis mit ihr hatte?!« meinte jemand.

»Offen gestanden: ich glaub's nicht. Sie ist zu klug, zu kühl, – will sich erst eine gesellschaftliche Position schaffen, die ihre Vergangenheit vergessen lässt.«

»Ihre Vergangenheit?!« Konrad wurde neugierig.

»Gott – es ist ja öffentliches Geheimnis: der alte Halsabschneider kaufte sie irgendwo in der Polackei einem verkrachten Kollegen ab.

Daher hat sie auch die miese dunkelgehaltene Tochter.«

»Und Sie meinen, Pawlowitsch –?«

»So'n russischer Revolutionär, ein verkappter Fürst noch dazu, wie man sagt, ist ein unentbehrliches Salonrequisit, gerade so wie ein ahnenreicher Aristokrat und ein berühmter Dichter, zu dem sie den Eulenburg jetzt dressiert.«

»Eulenburg?« wiederholte Konrad erstaunt. »Ist er nicht neuerdings Antisemit?«

Der andere lachte: »Und kämpft für Rassenreinheit! Aber, was wollen Sie?! Eine schöne Frau steht immer jenseits von Gut und Böse – «

»Besonders wenn sie wie unsere Renetta den Druck der Eulenburgschen echt nationalen Lyrik bezahlt,« spottete ein dritter.

»Frau Berolina verschlingt alle –,« mit einem tiefen tragischen Tonfall sagte es irgendwer.

Konrad hörte kaum mehr zu; was ging der Klatsch ihn an? Nur eins interessierte ihn noch: »Fährt sie ein auffallend weißes Auto?«

»Gott bewahre! Ein gelbes, natürlich ein gelbes! Damit der Berliner aus dem Zweifel nicht herauskommt: ist's S. M. oder S. V.!«

Ein paar Gardeuniformen leuchteten zwischen den schwarzen Fräcken.

»Alex Rothausen!« rief Konrad überrascht, seinen Vetter, den Gardeulanen, erkennend, »was suchst du denn hier?!«

»Erbinnen!« lachte dieser, »und du?«

»Nichts,« entgegnete Konrad achselzuckend, »das Totschlagen einer leeren Stunde vielleicht!«

»Ich dachte schon –« meinte der junge Offizier gedehnt.

»Was denn?« frug Konrad.

»Na – du weißt doch,« lautete die Antwort, von forschenden Blicken begleitet, »das Weib – die Veit!! Kein Zweifel, dass sich der kleine Prinz Linsingen von den Gardedragonern ihretwegen eine Kugel durch den Kopf jagte! Und der Alte!! – Dem Herbert Wandlitz auf

Vorberg hat er so lange hilfreich unter die Arme gegriffen, bis er ihn glücklich aus seiner Klitsche heraushob! Ein feudales Schloss hat er sich jetzt darauf bauen lassen. Der Adel wird wohl auch nicht ausbleiben: Veit von Vorberg – nicht übel, was?!« und er lachte.

»Und bei deiner Meinung von den Leuten bist du hier?!«

»Ein Wohltätigkeitsfest! Das verpflichtet zu nichts. Und bietet Chancen –«

»Du suchst in diesem Milieu eine Frau?!«

Alex verzog den Mund. »Hast recht, Vetter,« sagte er mit einem unterdrückten Seufzer, »es ist ekelhaft! Aber seit die Millionen, besonders die amerikanischer Provenienz, hoffähig und ebenbürtig machen und die alten guten Familien im Winter lieber auf ihrer Klitsche sitzen bleiben, als sich von Schweineoder Guano-Prinzessinnen in den Winkel drücken zu lassen, – seitdem muss ein nur mit Ahnen gesegneter Gardeleutnant an eine Aufmischung der Rasse denken, um mich gelehrt auszudrücken.«

»Mir scheint,« entgegnete Konrad nicht ohne Heftigkeit, »der Adel wenigstens sollte vor dem Gelde nicht zu Kreuze kriechen.«

»Du bist wirklich noch jünger als deine Jahre!« spottete Alex. »Alle adligen Eigenschaften sind außer Kurs. Die Gesinnung des Industrieritters, im besten Fall die des Kaufmanns herrscht. Es gibt bloß eine Hoffnung: dass große Ereignisse, umwälzende meinetwegen, die aristokratischen Tugenden wieder notwendig machen.«

In diesem Augenblick kam der Bankier im Gespräch mit einem Herrn vorbei, der in devoter Haltung neben dem Kleinen ging. Man hörte etwas von »orientalischen Wirren« – »Balkanbahn« –

»Retzau, vom Auswärtigen Amt, der trägt ein Ereignis mit sich herum,« flüsterte Rothausen erklärend, »und überall hat der Alte seine Hände drin –.«

Veit wandte den Kopf, dem Ulanen freundlich zunickend, um gleich darauf sein Gesicht wieder in würdevolle Falten zu legen und die Augen zu senken, wie es stets seine Gewohnheit war, wenn er von Geschäften sprach.

Es war inzwischen gedrängt voll geworden. Bekannte Berliner Persönlichkeiten tauchten auf; Künstler, Literaten, Gelehrte. Und man medisierte: Dieser habe von Veit ein Stipendium bekommen, jener eine Reiseunterstützung; den Maler dort habe er durch das Porträt seiner Frau lanciert, den Bildhauer hier durch den Brunnen in seinem Schlosspark. Der Bankier schien sich zu vervielfältigen – überall grüßend, vorstellend. Trotz seiner Kleinheit blieb er stets sichtbar. Vielleicht weil alles den Rücken bog, oder trotz dem Gedränge ein leerer Luftraum um ihn blieb, wo er auftauchte? Konrads Hochmut empörte sich: dass sich Geist und Adel so widerlich vor dem Gelde krümmte! Hier war sein Platz nicht. Schon strebte er dem Ausgang zu.

Da intonierte das Orchester einen Marsch.

Renetta Veit! – Wenigstens sehen wollte er sie noch! Der kleine Bankier schien plötzlich aller Würde beraubt zu sein.

»Achtung, Achtung, meine Herren!« rief er, mit den kurzen Beinchen durch den Saal chassierend. Er schwitzte vor Aufregung.

Die Wand, die den einen Saal von dem anderen trennte, schob sich auseinander. Auf blanken Rädern fuhr eine Schar junger Mädchen, als Messenger-Boys verkleidet, herein:

»Platz für Berlin! Platz für Berlin!« schrien sie, in weitem Bogen die Neugierigen rückwärts drängend. Und hinter ihnen lief und stieß und überpurzelte sich's: Lauter Jugend! Pfadfinder und Pfadfinderinnen in Soldatenschritt, bunte Wandervögel mit ihren Gitarren, Straßenkehrer und Milchmädchen. Dann in karikierten Masken bekannte Berliner Typen: Künstler und Theaterdirektoren, Dichter und Kritiker, Varietésterne und Tänzerinnen, mit einem Dutzend stirnrunzelnder Polizisten auf den Fersen.

Eine kurze Pause entstand. Man wandte sich gelangweilt ab.

»Stets derselbe Kitsch,« sagte einer ungeniert. »Nu fehlt nur noch Santa Berolina mit den süßen Kinderchen unter dem schützenden Mantel,« spottete ein anderer. Alles lachte. Die Musik ging in einen Walzer über.

Auf hochhackigen Schuhen, die schlanken Körper von leichten, grünschillernden Schleiern umgeben, die Perlenketten wie fließende Wassertropfen zu halten schienen, bunte Lockenperücken über den Gesichtern, flutete, wie getragen vom Rhythmus, eine Schar lachender, kokettierender Frauen in den Saal, – »Spreenixen«, tönte es ihnen hundertfach entgegen.

Aber schon im nächsten Augenblick war es, als wehe durch den Raum ein eisiger Lufthauch, der die Lippen Schloss:

An klirrenden Ketten zogen junge Männer im Frack und Damen in Balltoilette, verlumpte alte Weiber, humpelnde Bettler, aufgetakelte, grell bemalte Dirnen und barfüßige kleine Kinder ein graues, von schwarzen Fensterhöhlen durchbrochenes, hoch aufragendes Gemäuer herein, und ganz oben, sodass das goldene Haar die Kristallkugeln des Kronleuchters fast berührte, saß sie – die Herrscherin – Berolina; den Körper in Spinnwebschleiern, durch die das blühende Fleisch an Hals und Beinen lockend durchschimmerte, weit vorgebeugt, wie ein ruhendes Raubtier, die nackten Ellbogen auf die Knie stützend, und das Kinn in die Hände vergraben, die, von großen Ringen geschmückt, mit langen, schimmernden Krallennägeln die schneebleichen Wangen umschmiegten. Unter vollen, blutroten Lippen blitzten starke Zähne hervor, die breiten Nüstern der Nase bewegten sich beutelüstern, die Perlmutteraugen schillerten in allen Farben des Regenbogens. Von den üppigen, tief entblößten Schultern wallte in königlichen Falten ein Mantel weißen Hermelins. So saß sie und starrte gierig, unbeweglich, ein Götzenbild.

Es war totenstill im Saal. Auch die Musik hatte aufgehört. Man hörte nichts als den keuchenden Atem der Gefesselten.

Konrads Augen brannten auf der Sphinxgestalt; er kannte sie, lange schon – seit jenem ersten Abend, wo sie gespensterhaft neben ihm aufgetaucht war – in fließendem Wasserkleid, mit Perlen im Haar – eine Nixe – eine Seelenlose –

Er würde sie haben – heute noch – als sein Spielzeug für ein paar leere Stunden, sie: Frau Berolina, vor der die anderen alle als Sklaven winselten.

In Nischen von Lorbeerbäumen und Fächerpalmen, aus denen phantastische Lichtorchideen, hundertfach opalisierend, glühten, waren kleine Tische gedeckt. Um die Büffette, auf denen die Delikatessen sich häuften, drängten sich die Gäste. Jene wüsten Schlachten entstanden, die verhungerte Proletarier vor gestürmten Bäckerläden nicht anders hätten liefern können. Man sah ergraute Berühmtheiten um Hummern und Austern kämpfen, sah tantiemenreiche Dramatiker in Winkeln sitzen und gierig verschlingen, was sie in beladenen Tellern vor sich auf den Knien hielten, und Gruppen junger Literaten entdeckte man, die sich für Wochen im voraus satt zu essen schienen. Mit scheuen Blicken, wie Diebe in der Nacht, schlichen andere mit Sektflaschen unter den Armen in halbdunkle Nebenräume; es genügte ihnen nicht, dass die Kellner ohne Unterbrechung die Gläser füllten.

Am Arme von Konrad Hochseß schritt Frau Renetta Veit durch die Säle. Von ihren Tellern und Gläsern sahen selbst die Versunkensten sekundenlang auf: ihr Hermelinmantel fegte den Boden, aus ihrem vorgestreckten Gesicht höhnte der Blick ihrer hellen Augen über der Menge. Sie erreichte mit ihrem goldgepuderten Scheitel die Stirne ihres schlanken Begleiters, der sie hochmütig erhobenen Hauptes geleitete.

»Wohin führen Sie mich?« frug sie, die Lider hebend.

»Wohin es mir gefällt,« sagte er. Und sie sahen wieder über die Ballgesellschaft.

»Kulturträger!« stieß sie wie im Selbstgespräch verächtlich zwischen den Zähnen hervor.

»Was geht das uns an?« antwortete er.

Atemlos kam in diesem Augenblick Eulenburg hinter ihnen hergelaufen: »Ich habe einen Tisch für Sie reserviert, gnädigste Frau,« rief er. »Sie hatten mir doch versprochen –«

»Was?!« gab sie über die Schulter weg zurück. »Sie sehen, dass ich engagiert bin.«

Des Abgewiesenen große breite Gestalt knickte förmlich zusammen, während das Blut sein Gesicht dunkelrot färbte. »Aber nachher darf ich –« bettelte er.

»Vielleicht!« warf sie ihm achselzuckend zu.

Konrad sah sie an, spöttisch lächelnd: »Behandeln Sie so Ihre Günstlinge?!«

»Wenn sie sich's gefallen lassen!«

In einem kleinen, nur matt erhellten Rokokosalon, der am äußersten Ende der Zimmerreihe lag, und, allzu weit von den Tafelgenüssen, von den Gästen gemieden worden war, rückte er ihr einen Sessel an ein winziges Tischchen.

»Was befehlen Sie?«

»Obst und Sekt – nichts weiter.« Er stand auf, drückte den Klingelknopf und gab dem Kellner seine Befehle.

»Sie sind eigenmächtig,« meinte sie überrascht.

»Kein Bedienter, wie Sie hoffentlich gleich bemerkt haben werden,« entgegnete er, sich neben sie setzend. »Vor deinen Wagen, Berolina, spannst du mich nicht, aber ich –« und mit einem eisernen Griff umklammerte seine Rechte ihr Handgelenk, sodass sie leise aufschrie – »ich nehme dich!«

»Herr Baron, Sie sind –«

Der Kellner kam mit dem Eiskübel und entfernte sich wieder.

»Nicht betrunken,« ergänzte Konrad lächelnd. »Der eine hat dich gekauft, die anderen hast du gehabt. Ich weiß, ich weiß! Aber ich, hörst du, ich habe dich – lange schon –«

Mit weit offenen Augen starrte sie ihn an, die Finger um die Armlehne krampfend, wie zum Aufspringen bereit.

Er erwiderte ihren Blick mit einem spöttisch-überlegenen Lachen.

»Ach so! Wir sind wohlerzogene Europäer, und –« er lachte sein Knabenlachen – »auf einem Wohltätigkeitsfest! Verzeihen Sie also, gnädigste Frau, wenn ich im Sinne Ihrer heutigen Rolle Komödie spielte.«

»Komödie?!« wiederholte sie unsicher. Er goss ihr Sekt in das Glas und stieß mit ihr an, nur flüchtig an dem seinen nippend. Dann frug er nach Pawlowitsch.

»Ein Verhör?!« frug sie, sich mit einem leisen Lächeln in den Sessel zurücklehnend, die Arme hinter dem Kopf verschränkt, sodass die roten Haare unter ihren Achselhöhlen aufleuchteten.

»Sie irren,« sagte er unbewegt. »Es interessiert mich nur, von welchem Standpunkt aus Sie an ihm Gefallen fanden.«

»Ich liebe die Liebe,« antwortete sie, aus halbgeschlossenen Lidern einen Blick auf ihn werfend, lang und greifend, wie die Zunge des Chamäleons, die sich nach dem Schmetterling streckt. Es überlief ihn heiß. Etwas erwachte in ihm, auf das er nicht gerechnet hatte. Und ein erster leiser Triumph blitzte in ihren Augen.

»Ich brauche als Lebensluft die von Männerleidenschaft gesättigte Atmosphäre, und darum« – rasch entschlossen stand sie auf, wobei ihr bloßer Arm, wie zufällig, seine Wange streifte – »bin ich schon viel zu lange hier allein mit Ihnen.«

Er trat ihr in den Weg. Auge in Auge standen sie einander gegenüber.

»Sie sehnen sich wirklich nach jenen, die vor Fressen und Saufen Ihre Herrlichkeit zu vergessen vermochten?« flüsterte er, während die überlegen-kühle Haltung, die er zuerst gewahrt hatte, ihn mehr und mehr verließ, »nach jenen, die bestenfalls keuchend und angekettet an Ihrem Wagen ziehen, – vor Wonne winselnd, wenn Ihre Peitsche sie trifft?!«

Sie senkte den Kopf, demütig wie eine Bezwungene, sodass das Licht der Lampen auf ihrem weißen Nacken glänzte.

»Du bist ein Weib, Renetta, das Weib!« hauchte sein heißer Atem an ihr Ohr. »Du willst den Mann, nicht den Knecht. Ich weiß es, seit dein Blick mich zum ersten Mal streifte – damals in der Herbstnacht – aus dem weißen Auto –«

Sie schreckte auf, brennende Glut flog flüchtig über ihre Wangen; aber er sah nichts mehr, auch nicht den kalten Blitz, der sekundenlang aus ihren Augen brach.

Er fühlte nur das weiche Nachgeben ihres Körpers, und mit der Linken bog er ihren Kopf nach vorn, seine Zähne in ihren Nacken grabend – –

Sie gingen den Weg zurück, den sie gekommen waren, Arm in Arm, hoch aufgerichtet. An der Schwelle des großen Saales zog er den Hermelinmantel über ihre Schultern: »Bedecke dich – du bist von mir gezeichnet,« sagte er, und mit einem Lächeln zärtlicher Hingabe tat sie, was er befahl.

Wieherndes Gelächter, von kreischendem Aufschreien und wollüstigem Gekicher unterbrochen, empfing sie. In dem Boskett ihnen zunächst saß eine rundliche Schriftstellerin auf den dünnen Beinen eines Kritikers, und ein athletischer Dichter schleppte eben ein ausgelassen zappelndes Mädchen in die Fensternische daneben. Drüben kniete schweißtriefend die dicke lyrische Augenblicksberühmtheit vor der schlanken Frau des bekannten Bildhauers, der selbst, eng umschlungen, zwischen zwei Pfadfindermädchen saß. In der Mitte tanzten sie, verlassen von allen Grazien, nur beherrscht von entfesselter Geschlechtlichkeit.

Aus dem Rauchzimmer gegenüber trat der Kommerzienrat, sehr kühl, sehr ruhig. Ein kaum merklicher Zug von Hohn und Überlegenheit prägte sich um seine Mundwinkel, als er mit einem Blick das Bild vor sich streifte.

An die Kristallscheiben der Türen aber pressten sich die Gesichter der Kutscher und Chauffeure, mit einem Ausdruck von Neid und Gier ihre Herren betrachtend.

Von jenem Abend an fehlte Frau Renetta Veits glänzende Erscheinung auf den Karnevalsfesten des Winters. Sie sei leidend, meinten bedauernd die einen; die anderen lächelten vielsagend.

In ihrem meerblauen Boudoir war Konrad Hochseß ein täglicher Gast.

»Unter hundert Schleiern möcht' ich dich verstecken, hinter hundert Türen verschließen,« hatte er ihr bebend in ungezügelter Leidenschaft zugeflüstert, als sie ihn das erste Mal empfing. Und: »ich will nur dich – dich!« hatte sie ihm, überwältigt von der Glut seines Besitzergreifens, erwidert.

Von Berolina, der Herrscherin, dem gierigen Raubtier, schien jede Spur in ihr ausgelöscht. Sie lebte nur für ihn, für die Blicke aller anderen in ihren Gemächern verborgen, eine Odaliske. Er aber trug, wo er ging und stand, wie einen unsichtbaren Mantel den schwülen Duft ihrer Liebesstunden um sich. Und ein Gefühl von Lebensfülle beherrschte ihn wie die Julisonne den Sommertag. Die sprudelnde Heiterkeit, die er zuerst an den Tag legte, entwickelte sich bald zu einem ausgelassenen, fast genialischem Humor. Er machte die Nacht zum Tage, ein jubelnd begrüßter Gast in den Bars, in den Ballokalen, wo er mit dem Gelde um sich warf, nur um überall strahlenden Gesichtern zu begegnen. Die schöne Leonie, so meinte man vielfach, sei seine Geliebte, denn er versagte ihr kaum einen Wunsch, und beide wurden in jenem Winter zum bekanntesten Tangopaar. Aber es war nur der überströmende Reichtum seines Glücks, den er verschwenderisch auf alles, was ihn umgab, ausstreuen musste. Die Quelle, aus der er schöpfte und die ihn wie Champagner, je mehr er trank, um so durstiger machte, versteckte er als kostbares Geheimnis vor aller Welt und bemerkte in dem Rausch, aus dem er nie erwachte, die von Neid und Spott gemischten Blicke nicht, die ihm folgten.

Warburg mied er, denn er war der einzige, vor dem ihn ein unbestimmtes, peinigendes Gefühl von Scham beschlich. Bis der alte Freund ihn eines Tages in »eigenen Angelegenheiten« dringend zu sprechen verlangte und ein Ausweichen unmöglich war.

»Du schwänzest die Schule,« versuchte Warburg zu scherzen, als er bei ihm eintrat und mit einem Blick das immer noch unbewohnt erscheinende Hotelzimmer überflog.

»Vielleicht bin ich nur in eine – andere Klasse versetzt,« entgegnete Konrad ebenso, vor den forschenden Augen ihm gegenüber die seinen senkend.

Unruhig schritt Warburg im Zimmer auf und ab. Dann blieb er vor ihm stehen, ihm leise, als berühre er einen sehr Wunden, die Hand auf die Schulter legend. »Was soll nur daraus werden?!« sagte er aufrichtig bekümmert.

»muss denn immer aus allem, was ist, etwas werden?« meinte Konrad mit seinem strahlendsten Lächeln, »hat denn für euch ewig Nüchterne nur einen Wert was Zweck, was Zukunft hat?!«

»Nun,« warf Warburg ein, »die natürlichste Folge einer so alles beherrschenden Leidenschaft scheint mir doch der Wunsch nach dauernder Vereinigung zu sein, statt –« er stockte.

»Sprich es nur ruhig aus,« fuhr Konrad, ernst geworden, fort, »statt nach dauerndem Ehebruch, wolltest du sagen.« Warburg nickte. »Von einem Ehebruch aber ist doch nur die Rede, wenn eine – Ehe besteht. Das aber gilt für Renetta und den Mann, dessen Namen sie trägt, nicht«, – Warburg sah ungläubig auf –, »hat nie gegolten; aus Mitleid kaufte er sie von einem Schurken frei.«

Warburg lachte: »Der – und Mitleid?!«

Konrad hob ungeduldig die Schultern: »Aus Eitelkeit denn, wenn du willst. Sie hat ihm dafür eine gesellschaftliche Position geschaffen.«

»Du denkst also nicht an eine künftige Heirat?« frug Warburg vorsichtig.

Konrad lächelte mit überlegener Heiterkeit: »Spannt man Voll-
blutpferde vor einen Pflug? Soll ich die Göttin dieser Liebe in das
Kleid einer Dienstmagd stecken?«

Warburg schwieg, ohne den Ausdruck kummervollen Grübelns
los zu werden. Konrad, in seiner verfeinerten Empfindlichkeit für
fremdes Leid, dachte an des Freundes stille Neigung.

»Bist du mir böse, weil ich Frau Sara Rubner so lange gemieden
habe?« Er begleitete seine Frage mit dem wärmsten Freundesblick.
»Weißt du, wer Sonne gewöhnt ist, meidet den Schatten. Der graue
Salon, das Totenlicht und die reine Geistigkeit dieser Frau –«

Warburgs Gesicht war ganz hell geworden.

»Gerade dies wäre ein Gegengewicht. Doch, ehrlich gestanden,
es ist am Ende besser so. Ich wäre vielleicht eifersüchtig geworden.
Irgendein Rest von – verzeih! – barbarischem Lebensdurst zeigt sich
zuweilen auch bei ihr. Und jetzt« – er legte die Hand über die Augen,
als wolle er einen zu deutlichen Ausdruck seiner Hoffnungen verbergen, »jetzt hört sie mit mir naturwissenschaftliche Vorlesungen.«

Konrad war nachdenklich geworden: »Ob nicht Frauen nur aus
unterdrücktem Lebensdurst studieren?« meinte er. Warburg blickte
erstaunt.

»muss ich dich an – Else erinnern?!« sagte er leise.

»Else –« Konrad wandte sich ab, tief erblasst, und sah lange zum
Fenster hinaus auf den wirbelnden Schnee, der sich auf der Straße
unten in schwarzen Schmutz wandelte.

Eine plötzliche Sehnsucht nach weißem, frostkrachendem Winter
überkam ihn.

»Ob wir beide uns nicht irgendwo im Gebirge Hirn und Herz
durch Gletscherwind kühlen lassen sollten?« sagte er. Aber der
Freund machte eine sehr heftige Abwehrbewegung: »Mitten im Se-
mester?! Und ich weiß, Sara liebt das Gebirge nicht.«

Ihn aber ließ der Gedanke nicht los. In einem verschneiten Dorfe,
einsam, fern aller Welt, träumte er sich mit Renetta. Und ein Erlebnis,
das ihn stürmisch erregte, bestärkte ihn in seinem Plan. Sie hatte ei-

gensinnig darauf bestanden, den Besuch Eulenburgs zu einer Stunde anzunehmen, die sonst nur ihm allein gehörte, und hatte ihm für ein Gedicht, das in glühenden Farben ihre Reize pries, ein Lächeln geschenkt aus Dank, Eitelkeit, Verheißung gewoben –

»Was hast du mit dem Menschen?« rief er, als Eulenburg nach einem, wie ihm schien, allzu bedeutungsvollen Handkuss gegangen war. In ihren Augen blitzte es auf; sie fühlte, wie der Geliebte, ihr Herr bisher, an der Kette der Eifersucht lag wie ein Sklave. Und plötzlich überwältigte sie ein fassungsloses Weinen. Mit einem langen, fremden Blick sah sie ihn an, als er die vermeintlich durch seinen unsinnigen Verdacht Gekränkte mit Anklagen seiner selbst und Bitten um ihre Verzeihung zu beruhigen suchte. Ihre Tränen versiegten. Merkwürdig, wie sie, in einer Empfindung von Schreck und Staunen gemischt, ihr eigenes Ich aus sich selbst heraustreten sah und neugierig betrachtete: Eine Eishand presste ihr Herz zusammen, bis der letzte Tropfen roten Blutes daraus entwichen war. Mit absichtsvoller Bewusstheit schmeichelte sie seine Erregung hinweg und schien widerspruchslos, ja mit freudigem Nachgeben auf seine Wünsche einzugehen.

Versunken in dem Gedanken an die neuen, fremdartigen Reize, die ihrem Liebesleben bevorstanden – er sah sich mit ihr auf gleitenden Hölzern über weite Schneeflächen fliegen, träumte von einsamen Nächten auf verlassenen Hütten – ging er von ihr, heimlich durch Nebenstraßen schleichend, um, noch ganz im Bann ihrer Nähe, kein anderes bekanntes Gesicht sehen zu müssen. dass ein Neues, Fremdes zwischen ihnen gewesen war, dass in ihre Hingabe etwas wie Empörung sich eingeschlichen, das Weibliche über das Männliche triumphiert hatte, kam ihm nur wie ein dumpfer, vom Morgengrauen ausgelöschter Traum zum Bewusstsein.

Auch dass unter ihrem Schmeicheln das einsame Bergdorf zu einem Wintersportplatz geworden war.

Und nun saß er im gleichen Coupé mit der ganzen Familie, denn auch das Kind, ein kleiner, dünngliederiger Backfisch mit kühlen, geschlitzten Augen in dem gelben Gesicht, war mitgenommen worden. War ihm schon die Gegenwart des Bankiers eine Qual, so steigerte sie sich durch die Anwesenheit der Tochter zur Unerträglichkeit. Die schöne junge Frau, Gattin dieses Mannes, das war schon eine Karikatur. Aber Renetta, als Mutter dieses Mädchens, bei dessen Anblick seine Phantasie ihm das Bild des unbekannten scheußlichen Vaters heraufbeschwor und die widerlichen Liebesstunden der Eltern, deren Frucht sie war, brachte ihn fast in einen Zustand von Raserei.

»Warum diese Begleitung?« stieß er wild hervor, als der Bankier mit seiner Stieftochter im Speisewagen verschwunden war.

»Er sagte, er täte es nicht anders,« antwortete sie gleichgültig, »man müsse die Dehors wahren.«

Die Dehors wahren?! Das schien ja fast, als wisse er –

Sie kamen an Bamberg vorbei.

»Ihre Heimat, Baron,« sagte Renetta lächelnd. »Wie schön muss das sein!«

Konrad blickte mit gefurchter Stirne hinaus; er dachte an den steinernen Reiter im Dom und an seine keusche Ritterlichkeit. An die alte Frau dachte er, droben auf Hochseß, und errötete jäh; niemals würde er Renetta Veit ihr zuführen können!

Als er sich umwandte, saß sie, weit vorgeneigt, die Arme auf die Knie gestützt, in die Hände mit den glänzenden spitzen Nägeln an den beringten Fingern das Kinn vergraben, und starrte ihn an mit jenem Blick der thronenden Berolina, voll Kälte und Feuer, voll Hass und Leidenschaft.

In dem großen Hotel des Wintersportplatzes sammelte sich ein internationales Publikum um den Sport als den Mittelpunkt allen Interesses. Bis über die Teestunde hinaus waren die weiten Schneeflächen draußen belebt von Menschen, für die es kein Alter mehr zu geben schien: der sehnige, graubärtige Alte, der in weitem, kühnem Bogen vom Berg herunterschoss, gab an Kraft und Schönheit dem Jüngling nichts nach, der auf seinen Flügelbrettern aufjubelnd vom Sprunghügel in die Tiefe flog; und die reife Frau, die auf dem spiegelnden Eise auf blitzendem Stahl kunstvolle Kreise zog, war um nichts weniger schön und reizvoll, als das junge, schmalhüftige Mädchen, das in sausender Fahrt den kleinen Schlitten zu Tale lenkte.

Renetta Veit passte nicht hierher. Ihre Grazie versagte, wenn es galt, sie mit Kraft und Mut zu paaren. Und wenn sie im strahlenden Wintermorgen, der grausam aller künstlichen Schönheitsmittel spottet, hilflos mitten im Schnee auf Skiern stand, das Gesicht unter den Goldhaaren blau gefroren, dann konnte sie sogar hässlich sein. Sie fühlte das bald und gab alle weiteren Versuche, es den anderen gleich zu tun, auf; es hätte sie ja auch nur eins gereizt: sie zu übertreffen. Konrad fuhr allein, befreit, voll starkem Kraftbewusstsein zu den Höhen empor und wieder hinab in die Tiefen.

Renetta sah ihm nach, mit verschleiertem Blick und geneigtem Nacken, wieder ganz das lauernde Tier. Drohte er ihr zu entgleiten?! Und sie ballte im Bewusstsein ihrer Kraft die weißen Hände.

Es kamen Tage, wo Konrad, heimkehrend, sie nicht wie sonst, seiner wartend, im Hotel fand. Statt ihrer begegnete ihm Nana, die Tochter, in der Halle.

»Mama ist mit Mr. Morton« – einem schwerreichen Amerikaner – »fortgefahren,« sagte sie das eine Mal mit spöttisch verzogenem Munde. »Graf Pechlarn« – der Typus eines flotten österreichischen Offiziers – »hat sie im Schlitten abgeholt,« erklärte sie, von grausamer Freude strahlend, das andere Mal und fügte halb frech, halb altklug leise hinzu: »Sie sollten doch wissen, Herr Baron, Mama ist aus Prinzip untreu.«

Von wütender Eifersucht gequält, gab er seine einsamen Fahrten auf und wich kaum noch von ihrer Seite. Und mit der Freude eines Vogelstellers, der mit girrendem Pfeifen und Trillern und mit grausamen Leimruten seine Opfer ins Netz lockt, peitschte sie seine Leidenschaft mit heimlichen Händedrücken und gewährenden Blicken und reizte ihn durch raffinierte Koketterie mit anderen Männern.

Zähneknirschend und doch von der Angst gefoltert, sie an einen der vielen anderen verlieren zu können, unterwarf er sich täglich mehr ihren Launen. dass etwas in ihr, das Beste, der Rest unverdorbenen Weibtums, sich danach sehnte, ihrer selbst fast unbewusst, unterworfen zu werden, dass ihre Seele, je mehr sein Widerstand schwand, um so verzweifelter am Totenbett ihrer sterbenden Liebe weinte, das sah er nicht. Um das Wissen von ihren Seelen hatten sie nie Zeit gehabt, sich zu kümmern.

Abends, wenn er mit ihr allein zu sein hoffte, hatte sie stets einen Hofstaat um sich, und am Tage mehrten sich die Sportsleute, die Skier und Bobsleigh um ihretwillen vergaßen.

Einmal gelang es ihm, sie im Schlitten der Schar ihrer Bewunderer zu entführen. »Ich ertrag's nicht länger,« sagte er, ihr Handgelenk umklammernd, wie an jenem ersten Abend, »willst du mich wahnsinnig machen?«

»Warum wahnsinnig?« entgegnete sie mit einem dankbaren, fast demütigen Aufblick. »Sagte ich es dir nicht gleich: ich liebe die Liebe,« und als er sich mit finsterer Miene von ihr wandte, fügte sie, den Kopf an seine Schulter legend, sodass ihre Haare seine Wangen streichelten, leise und schmachtend hinzu: »Bin ich nicht dein – nur dein?! Sind die anderen mir mehr als ein Spielzeug?«

Er erzählte ihr, noch immer voll Misstrauen, von dem kecken Ausspruch ihrer Tochter. Sie lachte hell auf: »Das Mädchen ersetzt durch Verstand, was ihr an Schönheit abgeht! Sie bestätigt nur, was ich vorhin sagte: Spielzeug zerbricht man oder wirft's weg, wenn es langweilt.«

»Und – ich?!« frug er bebend, mit seinem brennenden Blick die Rätsel ihres Gesichts durchforschend.

»Du?!« sagte sie verwundert, den Arm zärtlich um seine Schultern schlingend. »Du bist mein Geliebter.« Und sie zog seinen Kopf heran, um ihn zu küssen. »Was hat Liebe mit Treue zu tun?« fuhr sie dann fort. »Wer liebt, ist treu – ohne weiteres. Treue aber ohne Liebe ist eine hündische Tugend.«

An jenem Tage fuhren sie weit und blieben bis tief in die Nacht in einem kleinen Dorfwirtshaus, dessen lustige Wirtin das »junge Paar« mit freundlich-derben Witzen empfing, und sie in der Gaststube, wo der große, grüne Kachelofen glühte, im Glasschrank neben dem Myrtenkranz gemalte Tassen und bunte Gnadenbilder glänzten und das hochaufgetürmte Bett in getäfelter Nische stand, ihre Mützen und Mäntel ablegen ließ. Als die Kunde von den leutseligen Fremden, die ein Fässchen Tiroler hatten anstechen lassen, sich im Dorf verbreitete, füllte sich das Wirtshaus mit Burschen und Mädchen; und sie jodelten und tanzten um die Wette und sangen ihre neckenden Liebeslieder im Weggehen zu den Fenstern der Gaststube hinauf, die noch lange glänzend in die Schneenacht sahen.

Von da an wurden die Stunden unvergifteten Glücks immer seltener. Die Leidenschaft, die sie jetzt zueinander riss, hatte etwas von der feindseligen Gewalt des Hasses.

Als sie nach Berlin zurückkehrten, fegte der Märzwind durch die Straßen, und an den Büschen im Tiergarten streckten schon vorwitzige Frühlingstriebe ihre grünen Fingerchen aus.

Müde und abgespannt, mehr einer Gewohnheit als einem Wunsche folgend, ging Konrad noch am Abend seiner Ankunft in das Stammcafé seines Freundeskreises. Als er eintrat und durch Wolken Zigarettenrauchs die bekannten Gesichter auftauchen sah, erschrak er. War er verwöhnt durch den Anblick luftgebräunter, sonnengeröteter Haut, oder waren es wirklich Gespenster, die ihm aus tiefliegenden übernächtigen Augen entgegensahen?

Leonie war die erste, die ihm sichtlich erstaunt eine blutleere Hand entgegenstreckte.

»Endlich!« sagte sie.

»Sind Sie krank gewesen?« frug er, mit einem Blick auf ihren Teint, der allen Puders zu spotten schien.

»Tangokrank,« spottete einer.

»Ihr tanzt immer noch?« staunte Konrad.

»Immer!« antwortete das Mädchen. »Aber bilden Sie sich nur nicht ein, Baron, dass Sie besser aussehen als wir.« Sie zog ihn auf den leeren Stuhl neben sich und fuhr leiser fort: »Warum bleiben Sie nicht bei uns? Aus den Händen der anständigen Frauen –« sie schnitt dazu eine Straßenjungengrimasse – »kommt ihr alle so käsebleich.« Er machte eine ärgerliche Bewegung. »Na, nicht böse sein! Ich bin eine ehrliche Haut und sage, wie ich's meine: Was nehmt ihr die dumme Liebe so tragisch.«

»Dumme Liebe?!« wiederholte er belustigt.

»Was denn sonst?« antwortete sie, »eine ganz nette Belustigung, vielleicht sogar eine Notwendigkeit wie Essen und Trinken, aber doch nicht wert, sie wichtig zu nehmen.« Man lachte ringsum.

»Was gibt's denn Wichtigeres, Fräulein Leonie?« frug der alte Hofrat, eine neue Zigarette in den Mundwinkel schiebend.

Sie sah nachdenklich vor sich hin und meinte dann langsam: »Wenn ihr's für euch selbst nicht wisst, die ihr euch über hunderterlei Ismen allabendlich die Köpfe blutig schlagt, schlimm genug für euch!

Soweit mich's angeht, weiß ich's. Da ist zum Beispiel die Lia – ihr kennt sie ja – sie ist krank, liegt den ganzen Tag zu Bett, während ihre alte Mutter ihre paar Fähnchen zusammenflickt, um sie abends wieder auf neu ausputzen zu können, wenn sie ausgeht.«

»Na – und?« rief der Hofrat ungeduldig, »eine sehr banale Geschichte!«

»Meinen Sie?!« sagte Leonie giftig; »ist's vielleicht banal, dass dies fidele Mädel mit den glänzenden Augen und dem leichtfertigen Leben nur eure Dummheit ausnutzt, um in ein paar Jahren – sofern sie's aus hält bis dahin! – mit der Mutter irgendwo in ein Häuschen ins Grüne zu ziehen – das ist nämlich für sie das wichtigste – und auf die ganze so genannte Liebe zu pfeifen!«

Die um den Tisch Sitzenden waren ernst geworden.

»Da soll sie sich nur jetzt an ihren Freund, den Eulenburg, halten,« sagte jemand, »passt auf, der wird noch heuer der tantiemenreichste Dichter!«

»Wird ihr wenig helfen,« lachte Leonie mit einem Seitenblick auf Konrad, »jetzt, wo Frau Renetta Veit wieder hier ist und die Premiere seines Dramas vor der Türe steht.«

»Nimm dein Mundwerk in acht,« fuhr sie Konrad an.

»Fällt mir nicht ein,« antwortete sie achselzuckend. »Jemand unter euch wird doch wohl noch sagen dürfen, was er denkt. Der Eulenburg ist fällig.«

»Leonie!« Konrad packte sekundenlang ihren Arm.

»Au!« machte sie und fuhr gleichmütig fort: »Als der arme kleine Prinz sich erschossen hatte – grässlich muss es übrigens gewesen sein, die Nini erzählte mir erst neulich davon, wie das weiße, blutbesudelte Auto mit dem Toten durch die Straßen raste –«

Konrad sah fragend auf: »Ein weißes Auto?!«

»Mit blauseidenen Sitzen – ja! Aber was hast du denn?!« rief das Mädchen, in das blasse Gesicht des Mannes starrend.

Er ging hinaus, ohne Antwort. Sie war also damals, als er sie das erste Mal sah, von ihrem Geliebten gekommen! Warum quälte ihn der Gedanke? »Ich liebe die Liebe –« er wusste es ja längst – von ihr selbst.

Von da an mied Konrad die Tafelrunde.

Auch zur Erstaufführung von Eulenburgs Werk zu gehen, das besonders in der dem Kommerzienrat Veit nahestehenden Tagespresse schon wochenlang vorher als das kommende »Ereignis« angekündigt und besprochen wurde – man verriet sogar mit geheimnisvoller Miene Toilettendetails der mitwirkenden Künstlerinnen – vermochte er sich nicht zu entschließen. Er erfuhr aus den Zeitungen von dem großen Erfolg und zugleich von »Frau Renetta Veit, die im Kreise der Sterne des geistigen Berlins die Proszeniumsloge inne hatte und deren berückende Schönheit im Glanz unzähliger Brillanten mit dem genialen Werk unseres hoffnungsvollen Dichters wetteifernd um die Aufmerksamkeit des Publikums rang.«

Er mied nun auch die Geliebte, sich selbst einredend, der Stolze, Zurückhaltende zu sein, während sein Verlangen nach ihr ihn folterte und er, nur um ihren Duft zu spüren, die violetten, von steilen großen Schriftzügen bedeckten Bogen, mit denen sie ihn früher überschüttet hatte, wenn er einmal nicht zur verabredeten Zeit gekommen war, vor sich ausbreitete. Jetzt – und er war schon eine volle Woche fern geblieben – hatte sie keine Zeile für ihn! Er ertrug's nicht länger und suchte sie auf. Sie ließ sich wegen einer Migräne verleugnen. Er meinte hinter der Türe die Tochter boshaft kichern zu hören. Müde, empfindungslos ging er wieder.

Ein Schimmer von hellem Grün lag wie ein Schleier über der langen Allee, die er durchschritt, und die Luft war erfüllt von jener weichen, warmen Feuchtigkeit der Glashäuser für Tropenpflanzen. Im neuesten Frühlingsputz promenierte die elegante Welt über die Straßen, den Schaustätten müßigen Lebens. Arm in Arm, in kurzen Röcken, kecke Löckchen vor dem Ohr auf den weichen Wangen, kamen die Mädchen vorüber; ihre Augen, glänzend von bewusstem Begehren, hingen sekundenlang an allem Lockenden: Kleidern, die leise rauschten, Reihern, die wie weisende Fahnen wehten, Männerblicken, die auf der Suche waren. Frauen traten aus den Kaufhäusern und Kaffeehäusern, erregt vom pikanten Klatsch, oder heiß vom galanten Abenteuer der letzten Stunde, und andere, deren erfrorenes Lächeln auf geschminkten Lippen gleiche Erlebnisse wenigstens vortäuschen sollte. Kleine Mädchen mit langen, bloßen Beinen, von Bonnen begleitet – alten, verbitterten und jungen, denen der Lebenshunger aus den Gesichtern sprach –, übten sich schon in der Kunst der Koketterie und fingen bereitwillig die Blicke der Knaben auf. Blasse Gymnasiasten mit blauen Rändern unter den Augen stolzierten hinter hochbusigen Spreewälderinnen, die langsam die weißen Kinderwagen vor sich herschoben, während ihre weiten Röcke um die runden Beine schwenkten.

Konrad fühlte einen schweren Druck auf dem Kopf und strebte rascher vorwärts. »Baron Hochseß!« Eine bekannte Stimme hielt ihn auf, er sah in Frau Rubners erstaunt auf ihn gerichtete Augen. Sie verrieten, wie viel sie in seinen Zügen entdeckten, aber ihr Mund schwieg davon.

»Kommen Sie mit,« sagte sie heiter, »ich gehe zum Bostonklub. Auch Warburg wird dort sein.«

Warburg? Bostonklub? Er verstand nicht. Sie lachte hell auf über die Verblüffung, die aus seinen Mienen sprach.

»Ja – auch mich hat's gepackt. Ich tanze,« erklärte sie. »Gerade wir Gehirnmenschen sollten uns immer wieder unseres Körpers erinnern. Sonst vergessen wir, dass wir jung sind.« Und mit elastischem Schritt eilte sie vorwärts.

Es war ein privater Zirkel, an dem sie teilnahm. Man übte unter Leitung einer ehemals berühmten Tänzerin die neusten choreographischen Schlager. Die Schüler waren meist ältere Leute, viele üppige Damen darunter, die für Körper und Herz offenbar eine zweite Jugend suchten. Zu seinem Erstaunen traf Konrad den Hofrat unter den Zuschauern.

»Für das Studium modernen Lebens«, sagte ihm dieser nach einem freundschaftlichen Händedruck, »ist die Kenntnis dieses Klubs unentbehrlich. Sehen Sie nur die Frauen an: Frau Rubner zum Beispiel, von der ich heute eine glänzende russische Übersetzung der Simmelschen Philosophie des Geldes bekommen habe, und Hedwig Mendel, die eben ihren Doktor gemacht hat und auf allen Frauenkongressen das große Wort führt, sie tanzen mit größerer Hingebung als unsere Mädels.«

»Warum sollten sie nicht?!« meinte Konrad, »eine gesunde Reaktionserscheinung.«

»Sicherlich,« nickte der andere, »nur vergessen Sie, mit wem sie tanzen, wem sie sich so hingebungsvoll in die Arme schmiegen. Der da, Frau Rubners Partner, ist Gerhard Fink, – der reine Apoll, nicht wahr? hat aber nicht mal das Einjährige machen können – jetzt, wie Sie wissen werden, unser preisgekrönter Flieger. Jener dort, mit dem das Fräulein Doktor walzt, war bis vor einem Jahr Chauffeur bei den Mercedeswerken; irgendeine Prinzessin hat ihn mit ihrem Auto gekauft und auf einigen Auslandsreisen so gut erzogen, dass er jetzt in allen internationalen Rennen seinen eigenen Wagen lenkt. Und drüben der mit dem Zigeunergesicht ist im Tattersall erster Stallmeister. Ja, ja –« und er lachte verächtlich – »die intellektuellen Weiber, denen die geistigen Männer nicht mehr imponieren, suchen sich solche, die ihnen durch ihre Körperlichkeit überlegen sind! Sie glauben nicht, mit welch einem Gefühl der Erleichterung ich von hier zu unsern Mädels zurückkehre!«

Konrad wollte heftig erwidern – mochte sein Nachbar auch vielfach recht haben, Frau Rubner, das wusste er, was über solchen Verdacht erhaben –, als Warburg eintrat. Frau Sara ließ ihren Tänzer ohne weiteres stehen, um den Freund mit besonderer Herzlichkeit zu begrüßen. Er strahlte noch vor Freude darüber, als er Konrad entgegentrat.

»Ist sie nicht wundervoll?« flüsterte er ihm zu; es war das erste Mal, dass er sein Entzücken in dieser Weise aussprach. Konrad überlegte noch, ob er Hedwig Mendel, um ihr einen peinlichen Augenblick zu ersparen, nicht besser ignorieren solle, als sie ihm im Vorübertanzen unbefangen zunickte.

»Auch Sie wundern sich?!« frug sie dann lächelnd. »Ich dachte, Sie würden begreifen, dass wir studierten Frauen nicht bloß auf dem Katheder stehen und am Schreibtisch sitzen wollen.«

»Ich wundere mich ja auch nicht, dass Sie tanzen, sondern mit – wem Sie es tun, Fräulein Doktor,« antwortete Konrad mit bewusster Schärfe.

Des Mädchens Augen in dem schmal und spitz gewordenen Gesicht verdunkelten sich. »Meinen Sie, ich sollte dem nachlaufen, der vor einer Renetta Veit seine Kunst prostituiert?!« flüsterte sie. Und laut sagte sie, zu ihrem bescheiden abseits stehenden Tänzer gewendet: »Nicht wahr, Wendrutzki, jeder sucht das Leben nach seiner Neigung. Wir tanzen –« Und mit einer fast ekstatischen Leidenschaft, die den ganzen übermäßig schlanken Körper in Schwingung versetzte, wirbelte sie davon.

Frau Sara Rubner ging mit den Freunden nach Hause, nachdem sie Gerhard Fink flüchtig vorgestellt hatte. »Mögen Sie ihn?« frug Konrad, um ein Gespräch anzuknüpfen; die Worte Hedwigs klangen noch schmerzhaft in ihm nach.

»Er ist der beste Tänzer Berlins,« antwortete Warburg statt ihrer, »also für Frau Saras neuste Leidenschaft gerade gut genug. Sie konsumiert Menschen, wie Sie wissen: je einen für jede Neigung.«

»Ich glaube, Sie unterschätzen meinen Tänzer,« fiel sie ruhig lächelnd ein, »freilich, er hat nicht viel gelernt, versteht auch keine geistreiche Konversation zu machen, dafür ist er eine so beruhigend unkomplizierte Natur und ersetzt durch Innerlichkeit, was ihm an Wissen abgeht.« Dann brach sie das Gespräch ab.

Konrad erfuhr nur noch, dass sie sich als Autofahrerin ausbilden wollte und den Besuch der Universität daher zunächst aufgeben würde. Zwischen den drei Wandernden trat eine beklemmende Pause ein wie immer, wenn jeder eigenen, ihn weit von den anderen entfernenden Gedanken nachhängt. Warum ging er hier, grübelte Konrad, zwecklos und unfroh? Während Renetta vielleicht –. Eine wütende Sehnsucht, durch quälende Zweifel nur gesteigert, packte ihn.

Er verabschiedete sich rasch und unvermittelt; nur die Blässe seines Freundes fiel ihm auf, oder war es der Widerschein des gelben Gaslichts gewesen?

Mit immer schnellerem Schritt stürmte er durch die Straßen. Sehen – nur sehen muss ich sie! dieser eine Gedanke bohrte sich in sein Hirn und hetzte seinen Herzschlag. Er stand vor ihrem Hause. Wie?! Alle Fenster erleuchtet?!

Gesellschaft?! Und er wusste von nichts?! Und heute Nachmittag hatte sie ihn abgewiesen?!

Lachende und lärmende Gäste kamen die Treppe hinab; das Mädchen Schloss auf; er drückte sich in den Schatten des Torwegs.

»Ein göttliches Weib!« hörte er sagen. Das war Eulenburg. Sein Blut siedete. Mit einem Sprung stand er an der Türe.

»Die Herrschaften erwarten mich noch,« schrie er das verdutzte Mädchen an, das eben absperren wollte, und jagte die Treppe empor.

Die Flurtüre stand offen.

Er hörte die Stimme des Hausherrn – kühl, geschäftsmäßig: »Ich bin zufrieden mit dir, mein Kind. Du lernst es allmählich, mein Haus auf das Niveau zu heben, das der Position, die ich mir eroberte, entspricht.«

Die beiden traten in das Licht der Lampe. Sie blieben stehen. Des kleinen Mannes Augen hafteten an dem halbentblößten Busen der junonischen Frau neben ihm, ein gieriges Feuer entzündete sich in ihnen, weitete sie. »Du hättest nicht nötig gehabt, Eulenburgs Rosen mit so beziehungsvoller Geste in den Ausschnitt zu stecken,« sagte er, und seine breite weiße Hand legte sich auf ihre Schulter, glitt bebend über ihren Hals. Sie regte sich nicht. Ihr Blick nur musterte höhnisch den vor ihr Stehenden, den die Anstrengungen des Abends besonders greisenhaft erscheinen ließen, während ein hartes, spöttisches Lachen in dem engen Raume widerklang. Der Glanz in seinen Augen erlosch, seine Lider senkten sich, er trat einen Schritt zurück, küsste ihr mit der Höflichkeit des Weltmanns die Fingerspitzen und ging.

Konrad stand vor ihr keuchenden Atems. Sie schrie auf, um ihn im nächsten Augenblick, die Schritte des Mädchens auf der Treppe hörend, mit sich in den dunklen Salon zu ziehen. Nur die Glühlampen von der Straße warfen breite Lichtbündel durch die Fenster.

»Was willst du?« zischte sie.

»Du lässt dir von dem Eulenburg hofieren,« stieß er hervor, sie mit der Linken an sich reißend, sodass sie wie in einem Schraubstock in seinem Arm lag, »und trägst seine Rosen« – er riss den Strauß duftender Blumen vom Ausschnitt ihres Kleides, sodass die Dornen rote Striemen auf ihrem weißen Halse zogen. »Umbringen werd' ich dich, umbringen –«

Mit ängstlich flackernden Augen, während ihre Rechte heimlich nach seinen Taschen griff – er sah entsetzlich aus und hatte doch vielleicht eine Waffe, sie aber fürchtete sich grässlich vorm Sterben, so sehr wie vor der Armut! – sprach sie, die Worte überstürzend, auf ihn ein. Er hörte nicht hin. Er sah nur den schimmernden Nacken, den Rücken mit dem weichen Einschnitt zwischen den Schulterblättern, die weißen Arme, die, vom Licht getroffen, glänzten, als wären sie Strahlen von ihm.

»Sei still – still,« stöhnte er, »rede nicht! Ich weiß, dass du lügst! Wenn diese Hände gemordet hätten, ich früge nicht danach! Nur lieben sollst du mich – mich allein!«

Und während er neben ihr zusammensank, den Kopf an ihre Knie gedrückt, reckte sie sich empor. Alle Angst war aus ihrem Antlitz verschwunden; zu einem verächtlichen Lächeln öffnete sich der große, blutigrote Mund.

Über Nacht war es Frühling geworden. Aber Konrad scheute die hellen Tage draußen wie einer, der keine reinen Kleider anzuziehen hat. Wie gut es war, dass niemand sich um ihn kümmerte, niemand, auch Warburg nicht. Eines Abends trat er doch überraschend in sein Hotelzimmer. Konrad setzte sich ihm gegenüber, sodass sein Gesicht beschattet blieb, denn er schämte sich seiner übernächtigen Züge. Warburg indessen achtete seiner nicht. Er sah selbst gealtert und müde aus.

»Ich wollte dir nur sagen, damit du es von anderen nicht zuerst erfährst,« begann er stockend, »dass Sara Rubner sich – verlobt hat, – verlobt: mit Gerhard Fink –«

Seltsam, dachte Konrad, wie stumpf ich bin, wie des Freundes Unglück mich kalt lässt! Und laut sagte er: »Und du hast sie ihm so ohne weiteres, so kampflos überlassen?«

Warburg sah auf; seine Augen erzählten von der Tiefe seiner Qual, aber seine Stimme war ganz ruhig, und sein Mund lächelte sogar, als er antwortete: »Sie gehörte mir nie, – wie hätte ich sie halten können? Ich werde nicht aufhören, ihr Freund zu sein und immer wünschen,« fügte er mit einem leisen Seufzer hinzu, »dass sie meiner Freundschaft nicht bedürfen wird.«

Als Konrad die offizielle Anzeige der Verlobung erhalten hatte, besuchte er Frau Rubner aus bloßer Höflichkeit. Wie konnte diese Frau ihm jemals interessant, ja bedeutend erscheinen sein, für die eine triviale Ehe mit einem Durchschnittsmenschen die Lösung ihrer inneren Konflikte, die Erfüllung ihrer Sehnsüchte bedeutete?! Ihr Anblick jedoch überraschte und fesselte ihn aufs Neue. Das Gesicht hatte einen ganz weichen, fast demütig kindlichen Ausdruck angenommen, und aus ihren einst so kühlen, klugen Augen leuchtete nichts als reines Glück.

»Man wird fromm, wenn man liebt,« sagte Frau Sara, nachdem sie die ersten konventionellen Redensarten gewechselt hatten, »fromm wie die Kinder, denen ihr Heiland das Himmelreich verheißt. Man glaubt alles, hofft und duldet alles. Selbst das Schwerste: dass ich meinen besten Freund so tief verwunden musste.« Ein fragender Blick traf ihn dabei.

»Warburg leidet sehr – gewiss,« entgegnete Konrad, »aber er gehört nicht zu den Menschen, die an getäuschter Neigung zugrunde gehen.«

»Nein,« bestätigte sie mit tiefernstem Gesicht. »Starke Menschen gehen nur zugrunde, wenn sie sich selbst in ihrer Liebe täuschten, nicht wenn sie getäuscht worden sind. Ich weiß das, denn wir sind von gleicher Art, darum hätte ich auch nie seine Frau werden können, ebenso wie ein normales Weib nicht ihres Bruders Gattin werden kann.«

Vor dem Abschied erzählte sie ihm noch, dass sie bald heiraten und im eigenen Auto die Hochzeitsreise machen würden. »Heute ist er bei seinen Eltern,« fügte sie lächelnd hinzu, »alten, einfachen Pfarrersleuten, um sie für unsere Verbindung günstig zu stimmen. Und übermorgen, wenn er heimkehrt, wird er sein neues Flugzeug zum ersten Male steuern. Wie froh wird er sein!« Und sie klatschte in die Hände vor Freuden wie ein seliges Kind.

Konrad ging langsam, von Schwermut beladen, von der glücklichen Frau. »Starke Menschen gehen nur zugrunde, wenn sie sich selbst in ihrer Liebe täuschten,« klang es ihm wieder und wieder in den Ohren, wie eine Melodie, die man nicht los wird. Und der Freund und Frau Sara waren vergessen. Es stand für ihn fest: Um das Weib, von dem er nicht lassen konnte, zu ringen, wenn es sein musste, auch gegen sie selbst. Noch war sie ja sein – sein. Er durfte, er wollte nicht zweifeln. An dieser Gewissheit hing der Rest seiner persönlichen Würde.

Gerade heute, das wusste er, gab sie ein Fest. Ihren Bitten gegenüber, daran teilzunehmen – die übrigens nicht allzu dringende gewesen waren, dachte er bitter –, war er, wie schon häufig, standhaft geblieben. Er hielt es nicht mehr aus, nur einer unter vielen zu sein, – einer am Wagen Frau Berolinas!

Aber wenn er jetzt in die Bar ging, dann würde er wohl – so nebenbei – von einigen ihrer Gäste hören können, wie sie ausgesehen hatte, wer wohl heute der Begünstigte gewesen war. Das Blut stieg ihm in die Schläfen: wie ekelhaft das war, wie unwürdig, die anderen auszuhorchen, wo es die Geliebte galt!

Nein – so ging's nicht mehr weiter. Ihm grauste vor sich selbst. Morgen würde er vor sie hintreten mit der einzigen Forderung, die allen Schmutz, unter dem er erstickte, abzuwaschen imstande wäre: Scheidung –

In der Bar »*Aux trois Grâces*« spielten rotbefrackte Zigeuner.

Die Geigen schluchzten, – ein hämmernder Ton fiel ein – aufpeitschend –

Leonie lief Konrad entgegen. »Bist du auch betrunken wie die andern?« Und ihr Blick forschte in seinem glühenden Antlitz.

»Nein,« sagte er laut; ihm war plötzlich, als würde er sich seiner überschäumenden Kraft wieder bewusst wie einst, da er Frau Berolina zuerst umarmt hatte.

»Schau nur den Kerl, den Eulenburg,« flüsterte Leonie, »er wird sie umbringen.«

»Eulenburg?!« Konrads Gesicht verfinsterte sich. Ihm gegenüber saß er und hielt die kranke Lia auf dem Schoß, ihr ein großes Glas Sekt in den offenen Mund schüttend.

»Du, Konrad –« gröhlte er, »stell dir vor: für jeden Kuss verlangt dieser Fratz ein blankes Goldstück. Merk dir's, mein Junge, und tausch' beizeiten deinen rosenroten Idealismus gegen ein Stück handfesten Erfolges ein.« Er setzte die Flasche an den Mund und trank in vollen Zügen. »Übrigens, Kinder, wozu der nicht alles gut ist! Die schönsten Beine und die schmachtendsten Augen erreichen nicht, was er erreicht! Nicht bloß so 'ne kleine Nachteule geht ihm auf den Leim –« Er schnalzte mit der Zunge und rülpste. Die anderen drängten sich um ihn.

»Raus mit der Sprache, Gevatter,« schrien sie durcheinander.

»Warum so zimperlich!« –

»Früh um viere ist keine Zote zotig genug –«

Konrad war weiß geworden, er wusste selbst nicht warum. Leonie ließ ihn nicht aus den Augen.

Eulenburg schüttelte sich vor Lachen, einen violetten Briefbogen, von großen, steilen Schriftzügen bedeckt, in der erhobenen Hand haltend. »wisst ihr, was das ist, ihr Affen? Ne! –«

Konrad war aufgesprungen, sich mit beiden Händen zitternd auf den Tisch stützend. Eulenburg lallte, sodass nur die allernächsten ihn noch verstanden: »Zwischen Knackmandeln und – und Kaffee – hab' ich heut – heut – die – die schönste Frau von Berlin –«

Mit einem raschen Griff entriss ihm Konrad den Zettel: »Mein Dichter ... Deine Renetta ...« er brüllte auf wie ein zu Tode Getroffener, und stürzte sich auf den Rivalen.

Eulenburg starrte ihn an, verständnislos, mit gläsernen Augen, – sah zwei Fäuste – duckte sich heulend –

Mit einer Kraft, die niemand dem Mädchen zugetraut hätte, riss Leonie den Wütenden auf den Stuhl zurück.

»Haltung!« zischte sie dicht an seinem Ohr, »um so ein Weibsstück Mord und Totschlag?!«

Und zu den andern sagte sie laut: »Ihr seid alle miteinander besoffen! Schert euch nach Hause!«

Sie senkten wie geschlagene Hunde die Köpfe.

Langsam, als wäre nichts geschehen, versuchte Konrad sich eine Zigarette anzuzünden, doch seine Finger zitterten zu sehr. Da hielt ihm Leonie das brennende Streichholz hin. Die Zigarette glühte auf; gleich darauf zerfiel ein Stück violetten Papiers in Asche.

»Aus,« sagte Konrad mit fester Stimme, und, zu Leonie gewandt: »Was meinst du, wenn wir morgen, beide zusammen, Frau Berolina und der dummen Liebe den Rücken kehrten?«

Sechstes Kapitel
Vom Suchen nach der neuen Religion

Eine feuerrote Scheibe, glühte die Sonne durch silbergraue Nebelschleier. In der Ferne grollte der Donner.

»Wer einmal wieder in sich selbst Donner und Blitz erleben könnte!« murmelte Konrad vor sich hin. Er lag auf dem Rasen über den Nymphenburger Terrassen und sah den kunstvoll gebändigten Wasserspielen zu. Leonie saß neben ihm, lange grüne Grashalme durch die Zähne ziehend.

»Armes Mädel!« sagte er dann laut, nachdem er sie eine Weile betrachtet hatte, »du hast dir unsere Vergnügungsreise auch anders vorgestellt! – Willst du heim? Oder willst du irgendwo vor dem internationalen Gesindel, das in dieser Stadt zusammenströmt, deine Künste produzieren und eine bessere Gesellschaft finden, als ich es bin? – So rede doch endlich! – Weiß Gott, ich nehm's dir nicht übel, wenn es dir längst schon leid tut, bei mir die barmherzige Schwester zu spielen! Könnte ich's, ich liefe mir selbst davon.«

In ihrem Gesicht kämpfte es; sie kniff die Augen krampfhaft zu, um die aufsteigenden Tränen zu verbergen.

»Du möchtest mich nur los sein, was?« entgegnete sie, ihren Kummer mit grober Rede verkleidend, »um dann ungestört, wie gestern, im Morgengrauen an den greulichen schmutzigen Fluss zu schleichen, wo sie die Selbstmörder fischen. – Puh!«

Zwei dicke Tränen, denen sie nicht mehr wehren konnte, rollten über ihre Wangen.

»Aber Leonie!« rief er und griff nach ihrer Hand, die er leise streichelte; »wer wird denn weinen! Um so einen wie mich noch dazu, der all deine Aufopferung gar nicht verdient.«

Jetzt lachte sie, ein helles, klingendes Lachen, sodass ein paar Soldaten, die vorübergingen, lustig einstimmten. »Du hast recht, vollkommen Recht. Verdienen tust's nicht, dass ich in Sack und Asche neben dir herlaufe und deine Schritte bewache wie eine zimperliche Großmama das Enkelchen. Jung, gesund, reich und so'n Jammerlappen! –« Er wollte antworten, aber sie hielt ihm, noch immer lachend, den Mund zu. »Nun hör' schon zu Ende, du weißt, wenn ich mal im

Schwatzen bin, dauert es seine Zeit. Also: gerad' weil du's nicht verdienst, freut's mich so, dir was sein zu können!«

»Bist eine gute Seele, Leonie,« meinte er mit einem Anflug aufrichtiger Rührung in der Stimme.

»Hat sich was: gut!« sagte sie ärgerlich. »Gute Menschen sind immer grässlich; sie protzen mit ihrem Gutsein, indem sie durch ihre Leidensmiene zeigen, wie schwer es ihnen fällt. Nein: ich bin nicht gut, gar nicht! Mal nützlich zu sein – freiwillig – kein Possenreißer oder Vergnügungsobjekt gegen bare Bezahlung – ein Hochgenuss ist's für unsereinen! Wie ich in Stellung war, – ja, guck mich nur an: keine fünf Jahr ist's her, da wohnte ich noch in herrschaftlichen Dienstbotenlöchern und putzte die Stiefel vom Herrn und ließ mich von der Gnädigen kujonieren, – hielt ich's nur aus, wenn ein paar kleine Würmer da waren, denen ich hinter dem Rücken der grämlichen Mademoiselle etwas zustecken konnte, oder ein verliebter Backfisch, dem ich die Liebesbriefe besorgte. Dafür bezahlte mich keiner, das erinnerte mich daran, dass ich nebenbei auch noch ein Mensch geblieben war.«

In diesem Augenblick flog ein Ball, von ein paar rotbäckigen Buben geschleudert, in Leoniens Schoß; verlegen, mit verlangenden Augen blieben sie vor ihr stehen. Neckend deutete sie an, ihn konfiszieren zu wollen, als einer von ihnen sich auf sie stürzte, um ihn ihr zu entreißen. Sie sprang empor, ein regelrechtes Ringen entstand, das schließlich zu wildem Spiele wurde; sie entwickelte dabei ausgelassene, ursprüngliche Heiterkeit und konnte sich schließlich der zudringlichen kleinen Bande nicht anders erwehren, als indem sie sich atemlos dicht neben Konrad ins Gras warf, bei ihm Schutz suchend.

»Eigentlich bist du ein Stiesel, dass du nicht mitspielst,« meinte sie.

»Und du ein rechtes Kind,« sagte er.

»Weil ich nie eins habe sein können, wahrscheinlich,« entgegnete sie mit plötzlich verfinsterten Zügen. Er sah sie teilnahmsvoll an. »Ach so!« fuhr sie, die Lippen spöttisch schürzend, fort, »du denkst, weil ich so schon beim Beichten war, kann's nun weiter gehen. Aber lassen wir's lieber. Er gibt Mädchen, die in Schauergeschichten schwelgen. Ich nicht.«

Sie erhob sich, ein paar Mal tief Atem holend: »Es war scheußlich

– einfach scheußlich!«

»Und jetzt ist es besser?« frug er, sich gleichfalls erhebend.

»Besser?« wiederholte sie. »Dumme Frage! Man merkt's: der Herr Baron ist niemals Dienstbote gewesen. Ich wundere mich, dass es überhaupt noch welche gibt! Wegen dem bisschen so genannter Anständigkeit, meinst du wohl?! Wobei man verhutzelt und verkommt und sich in den Bettelmantel des Tugendstolzes als des einzigen Lohns für eine zerquälte Jugend hüllen kann!«

Er hörte ihr zu, ohne dass sein Interesse ein allzu lebhaftes gewesen wäre. Seine Gedanken waren, seit seiner fluchtartigen Abreise von Berlin wie ein versprengter Bienenschwarm, der, seiner Königin beraubt, zweck- und ziellos, hin und her summt.

Es klang daher kühl und abwesend, wenn er, das Gespräch fortsetzend, sagte: »Aber vielleicht tauschest du, um die Schrecknisse der Vergangenheit los zu werden, Schrecknisse der Zukunft ein?«

Sie betrachtete ihn sekundenlang prüfend von der Seite, während ein leichter Schatten sich über ihre Züge legte. Dann zog sie seinen Arm durch den ihren und erwiderte, kräftig ausschreitend:

»Kuponschneidende Philister meinen, dass armen Proleten, die jahrzehntelang in unentwegter Tugendhaftigkeit Invalidenmarken kleben, das trockene Brot, für das sie sie bestenfalls einmal eintauschen, wie Himmelsmanna schmecken wird. Ich versichere dich aber, dass, wer schon mit dem Glauben an die ewige Seligkeit aufgeräumt hat, sich mit solch irdischer Zukunftshoffnung sicher nicht beruhigen lässt. Für uns gibt's nur eins: den Luxus der Zukunftspläne und Sorgen euch zu überlassen. Seitdem ich bei dir bin, kommt er mir nicht einmal beneidenswert vor. Du spielst nie mit, wenn's gerade lustig ist, wie vorhin –«

»Und beneide dich hinterher,« meinte er trübsinnig.

Sie gingen unter alten rauschenden Buchen, an einem Bach entlang, der ganz leise floss, als fürchte er sich, den Abendfrieden zu stören.

Mit dem sinkenden Tag mehrten sich die Wandernden; ärmliche Leute meist, die, als wäre es ein Geschenk von heute, mit fröhlichen Gesichtern von dem alten verträumten Garten Besitz ergriffen. Leonie lächelte wie sie.

»Die Zukunft der Armen ist immer nur der nächste Tag,« sagte sie unvermittelt. Ihr elastischer Gang -- als führe er einer großen Freude entgegen --, ihr erhobener Kopf betonten noch die strahlende Zuversicht, mit der sie sprach. Seine Hand ruhte plötzlich fester auf ihrem Arm, während ein Gefühl der Beschämung ihn beschlich. Wie hatte sie doch vorhin gesagt: »Jung, gesund, reich und so ein Jammerlappen.« An seinem Ohr war es vorbeigeklungen. Jetzt, nachträglich, traf es ihn.

»Was ist denn dein nächster Tag?« frug er.

»Dir helfen, fröhlich zu werden,« antwortete sie, ohne eine Spur von Sentimentalität.

Ihm wurde warm ums Herz, und die Empfindung, dass wieder ein Stück seiner Seelenzwangsjacke von ihm fiel, ließ seinen Schritt sich federnd dem ihren anpassen.

Durch alte Laubengänge kamen sie jetzt über breite, in üppiger Raumverschwendung, als gelte es, cäsarischen Prunkaufzügen Platz zu schaffen, sich dehnende Terrassen. Liebespaare, in jener naiven Lebensfreude aneinandergeschmiegt, die nichts von Schamlosigkeit an sich hat, kamen vorüber. Aus üppigem Buschwerk, das die Schere des Gärtners längst nicht mehr zu starren Formen bändigte, lugten lächelnd Dianen und Amoretten auf ein Volk, das von ihnen nichts mehr wusste; und stille, von grauem Sandstein gefasste Wasserflächen, in denen sich einst gepuderte Köpfchen eitel spiegelten, warfen neckend die bunten Kattunröckchen kleiner Vorstadtmädchen zurück.

Der Himmel war jetzt wolkenlos; von einem matten Blau, das fern am Horizont, wo der Park sich in die Felder verlor, in zartes Rosa überging. Nichts Grelles, nichts Schreiendes war in diesem Bilde, selbst unten der kleine See mit den feierlich und lautlos schwimmenden Schwänen hatte nichts Leuchtendes, nur einen Ton wie von altem Silber, und das kleine, zart geschwungene Rokokoschlösschen mit den geschlossenen Fenstern, hinter denen verborgene Geheimnisse träumen mussten, lugte wie der verirrte Geist alter Zeiten zwischen den Stämmen hervor: halb ängstlich, weil die Welt so anders war wie einst, halb glücklich, weil er heimgefunden hatte. Und hinter ihm drängte sich's in üppigem Blättergerank, und über ihm wölbten die

Äste sich zärtlich schirmend zum Dach.

Und nun bog der Weg wieder ins Helle, und vom freien Platze aus überflog das Auge noch einmal die grüne Pracht vom saftigen Rasen über die Hecken bis zu den hohen Bäumen hinüber. Grün! War die Sprache so arm, dass sie für die vielfachen Farben des Frühlings nur ein einziges kleines Wort besaß? Silberne und goldene, schwarze, blaue und rote Töne strahlten von den Buchen und Eichen, den Tannen, Eschen und Ahornen, – es war wie ein Konzert in Farben, wie eine Mozartsche Melodie.

Konrad schwieg, erfüllt von jener Schönheit, die zwar alle unbewusst empfinden, die aber nur wenigen zu schauen vergönnt ist, wie etwa die Vornehmheit eines Menschen allen wohltut, die sich ihm nähern, aber nur einzelne, nur gleiche sie zu erkennen vermögen. Leonie sah ihn von der Seite an, verwundert, fast furchtsam. Sie fühlte immer, wenn er weit fort war von ihr, und lernte rasch, dass jedes Wort aus ihrem Munde ihn dann verletzte.

Er bemerkte, wie sie zögernd hinter ihm zurückblieb, wie sie bemüht war, sich völlig auszulöschen, nur um sein Fühlen und Schauen, dem sie nicht zu folgen vermochte, nicht zu stören. Arme Leonie! dachte er.

War sie nicht viel, viel ärmer als er? Waren es nicht dieselben, durch eine lange Ahnenreihe von Herren immer mehr verfeinerten Fühlfäden der Seele, die ihn zu einem überschwänglich Genießenden machten wie zu einem so tief zu Verletzenden?

Sie fuhren im Wagen zurück, denn er war ganz plötzlich sehr müde geworden. Leonie saß neben ihm; ihre Hände ruhten lässig, handschuhlos, auf ihrem Schoße. Sie waren groß und kräftig wie die antiker Göttinnen, dabei sehr weiß. Es frappierte ihn, dass sie – nackt waren. Er betrachtete die seinen: schlanke, nervöse Hände mit sehr langen spitzen Fingern, – Hände, die, wenn er blind gewesen wäre, Schönheit tastend hätten empfinden können, aber keine Hände zum Zupacken oder Waffenführen. Er seufzte verstohlen – selbst ein teilnehmender Blick seiner Nachbarin, der immer gleich von einem Helfenwollen sprach, wäre ihm verletzend gewesen. Aber nun verstand er auch, warum die Weiße ihrer starken Hand ihm fast schamlos erschien.

»Du hast schöne Hände, Leonie, aber sie sollten braun sein,«

wollte er sagen, als sie plötzlich wie erschrocken aus ihrem langen Stummsein auffuhr.

»Herr Gott,« rief sie, »da fällt mir ja ein, dass ich eine alte Bekannte besuchen könnte! So ist das Wühlen in der Vergangenheit, zu dem deine Fragen und mehr noch deine Schweigsamkeit mich wider Willen veranlasst haben, doch zu irgendwas gut gewesen!« Und sie suchte eifrig in einem Notizbuch, das sie in ihrem Täschchen bei sich trug, bis sie eine schmale Karte fand und ihm hinüberreichte.

»Frau Sabine Brandis,« las er, »wer ist das?«

»Das entzückendste Geschöpf, das du dir denken kannst,« antwortete sie enthusiastisch. »Sie gab in Berlin französische Stunden – um für das Universitätsstudium Geld zu verdienen, wie sie mir erzählte – und kam auch zu meiner Gnädigen. Das war, als meine heimliche Tanzerei im Lunaballhaus von dem jungen Herrn, einem ekelhaften Bengel, den ich auf seine Frechheiten hin mal gehörig heimgegeigt hatte, entdeckt worden war, und man mich einfach hinauswarf. Sie half mir damals. Zur Mutter traute ich mich nicht. Volle vier Wochen lang teilte sie ihre mageren Mahlzeiten mit mir und gab mir überdies alles, was ich an Bildung habe; – auch das bisschen Französisch, über das du dich immer mokierst.«

»Das ist aber doch Jahre her,« meinte Konrad, »kennst du denn ihre Adresse?«

»Damals wohnte sie –«, Leonie stockte und suchte wieder in ihrem Notizbuch. »Frühlingsstraße – ich hab's! Vielleicht weiß man dort noch was von ihr.«

Am selben Abend – sie war in ihrem Eifer nicht zurückzuhalten – begleitete er sie in den fernen Stadtteil.

»Frau Sabine Brandis,« sagte der dicke Grünkramhändler, der vor der Türe saß; »ei freilich, die wohnt hier, lange schon. Fünf Treppen hoch, links.«

Konrad ließ Leonie allein und versprach, sie in einem kleinen Biergarten an der Reichenbachbrücke zu erwarten. Schon brannten die Laternen matt im Dämmerlicht, als er sich an einen der Tische setzte, die in dem winzigen Gärtchen standen. Die übrigen Gäste – sein Tisch war der letzte freie gewesen – genossen lebhaft schwatzend den milden Abend; Handwerker, Arbeiter, kleine Beamte mochten es sein, nach den Gesprächsfragmenten zu urteilen, die er auffing. Von ihren persönlichen Freuden und Leiden sprachen sie, vom Streik der Bauarbeiter, von den internen Angelegenheiten des Stadtviertels, – der Zukunft von morgen, über die ihr Hoffen und Fürchten nicht hinausging.

Kirchturmpolitik, dachte er, aber ohne jene spöttische Selbstüberhebung des gebildeten Europäers, die von der Höhe seines Standpunktes zeugen soll und dabei allzu oft nur seine Leere verrät.

Die Zeit verrann. Er sah nach der Uhr. Wo nur Leonie blieb? Sollte sie einen falschen Weg gegangen sein? Er fing an, sich zu sorgen; dabei sezierte er sein Gefühl; es hätte kein anderes sein können, wenn sie ein Kind oder ein Freund gewesen wäre. Die Laternen glänzten durch den grauen Abend, kühl und fremd. Feuchtwarme Luft stieg von der Isar empor, die ihre gelben Fluten langsam vorüberwälzte. Warum sitze ich eigentlich hier? dachte er; um auf ein Mädchen zu warten, das ich nicht liebe, um die Freunde in Berlin glauben zu machen, dass ich mich amüsiere und Renetta Veits Untreue mich gleichgültig lässt? Sie lässt mich ja auch wirklich gleichgültig, – mehr als das: leer – leer. Wie er den Bengel am Nebentisch beneidete, der leuchtenden Auges davon erzählte, dass der Kampf um Lohnerhöhung in seiner Fabrik von morgen ab seine Wocheneinnahme um eine ganze Mark erhöht habe, oder gar das zierliche Mädchen, die eben vorbeiging und ihrer Freundin die neue Bluse beschrieb, in der sie morgen – morgen! – den Geliebten entzücken würde.

»Auf Wiedersehen morgen!« hörte er eine Stimme voll weichen Wohlklangs neben sich. Und dieses »Morgen« durchleuchtete ihn plötzlich mit dem Glanz aufgehender Sonne: dass er leer war, bedeutete zugleich frei sein. Und offen für neue Fülle! Waren das nicht einmal Elsens Worte gewesen?

»Du bist nicht böse, ich seh's,« sagte Leonie, sich zu ihm beugend. »Auch nicht, dass ich von dir erzählte, nicht wahr? Sie erwartet uns beide – morgen.«

Man musste steile fünf Treppen steigen, um zu Sabine Brandis zu kommen, und durch einen dunklen, engen Flur, an einer winzigen Puppenküche vorübergehen bis in das Zimmer, dessen ganze Außenwand ein breites Fenster war. Hielten sich drei Menschen darin auf wie zu jener Nachmittagsstunde, da Konrad und Leonie bei ihr waren, schien es voll zu sein, denn es standen viele gefüllte Bücherregale und mit Heften und Manuskripten beladene Tische umher.

»Manchmal sind wir unserer zwanzig und merken im Eifer des Gesprächs die Enge kaum,« sagte lächelnd die kleine zarte Frau, während sie ihren Gästen den Tee einschenkte und ein Plätzchen frei machte, um die Tassen hinzustellen. »Es ist schade, dass Sie nur zum Vergnügen hier sind,« fügte sie nach einer kleinen Pause hinzu, »trotz allen schlechten Rufs, den man uns macht, lässt es sich für den, der arbeiten will, nirgends so gut leben wie hier. Von den Fremden und dem Jahrmarktstreiben, das veranstaltet wird, um die Hotels zu füllen, sind wir durch Wälle und Mauern geschieden. Das Leben nach außen zerfetzt uns hier nicht wie in Berlin, darum vermögen wir um so intensiver nach innen zu leben.«

Konrad fühlte die Verpflichtung, sich vor dem klugen durchdringenden Blick dieser Frau von dem Odium der bloßen Vergnügungsreise rein zu waschen.

»Sie taxieren uns doch zu gering,« sagte er, »ich kam ohne Vorsatz, also auch nicht mit dem des Vergnügens, eigentlich nur aus dem instinktiven Gefühl heraus, mit der Flucht aus der alten Umgebung mir selbst zu entfliehen; und Leonie gar begleitete mich unter Verzicht auf alles Amüsement als eine Art seelischer Krankenwärterin.«

Leonie wehrte scheinbar ärgerlich und doch vor Freude errötend das Lob Konrads ab: »Du willst immer oben hinaus, auch für andere. Als ob es nicht für ein Mädel wie mich, die nie aus Berlin heraus kam, Vergnügen genug wäre, überhaupt hier zu sein.«

»Sie hat recht, ganz recht,« meinte Sabine, ihr zunickend, »und ich würde es lieber hören, Sie, Herr von Hochseß, kämen aus ganz brutaler Vergnügungssucht hierher, die jedenfalls eine Lebensbejahung ist, als aus dieser lebenverneinenden Fluchtempfindung heraus. Die Welt ist doch so überreich an Schönheit, und – was weit herrlicher ist! – so überreich an unbeackertem, fruchtbarem Boden!«

»Zeigen Sie ihn mir!« rief er in jugendlich ungestümer Aufwallung, »und diese beiden Hände, die noch von keiner Arbeit zeugen, stell' ich in seinen Dienst.«

»Sind Sie denn blinden Auges durchs Leben gegangen?!« sagte sie erregt, »ist Ihnen seelisches und geistiges Leid, Sorge, Furcht und

Verlassenheit nie begegnet?! Das der einzelnen, das der Lebensalter, der Geschlechter, der Klassen, der Rassen, der Völker, der Welt?!«

Er errötete dunkel. »Ich habe darüber nachgedacht,« entgegnete er zögernd, »mir schienen aber alle Theorien, auch die des Sozialismus, mit denen die große Not der Menschheit bekämpft werden soll, so unzulänglich, so zweifelhaft.« Seine Stirn färbte sich noch tiefer. Er fühlte, wie jämmerlich es klingen musste, was er sagte. Es war eine Art Selbstverteidigung, wenn er noch fortfuhr: »Auch schien mir, dass man erst selber etwas sein, selbst eine geschlossene Einheit darstellen muss, ehe man sich erlauben darf, in das Leben und Leiden anderer einzugreifen.«

»Und weil Sie den Bettler nicht zum sorgenlosen Bankier machen können, versagten Sie ihm das Brot für – morgen!« meinte sie bitter, um dann rasch, mit einem fast abbittenden Lächeln hinzuzufügen: »Freilich haben Sie recht, dass man erst selbst etwas sein muss, denn nirgends ist sentimentaler Dilettantismus schädlicher als in der Lebens- und Weltreform –«

Es klingelte stürmisch. Sabine öffnete. »Kathi, du?« hörte man sie rufen. »Um Gottes willen, was ist? – komm, setz' dich!« Und sie führte eine totenblasse Frau hinein, der die Knie schwankten. »Rasch, ein Glas Tee!« Leonie sprang hilfreich herzu. Konrad wollte stillschweigend gehen. »Bleiben Sie nur!« Damit drückte ihn Sabinens kleine feste Hand auf den Stuhl zurück.

Die Eingetretene kümmerte sich um niemanden. »Ich habe Nachricht von Johannes – endlich! Endlich! Aus dem Spital ist er entlassen. Er möchte heim!« stieß sie mit der ersten Möglichkeit freien Atemholens heraus, während ihr die Tränen in Strömen über die eingefallenen Wangen liefen. Sabine streichelte und küsste die wild Erregte.

»Nun gilt es, ihn so rasch als möglich hier zu haben,« sagte sie dann nachdenklich.

»Aber wie – wie?!« schrie die Frau verzweifelt auf. »Er ist noch so schwach, dass er die Fahrt im Zwischendeck nicht aushalten würde! Ach, und ihr alle habt euch schon bisher fast das Hemd ausgezogen, um zu helfen!« Sie weinte herzbrechend.

»Wenn ich –« flüsterte Konrad leise Sabinen zu. Ihr Gesicht leuchtete. Sie wollte sprechen, doch mit bittender Gebärde legte er den Finger auf den Mund. Sie nickte.

»Sei still, Kathi, ganz still,« sagte sie dann, »wir haben keine Zeit zu weinen, wenn wir handeln müssen.«

Die Schluchzende sah mit geröteten Augen auf.

»Geh schnell und telegraphiere ihm« – sie suchte das nötige Geld in einem sehr mageren Beutelchen – »dass er warten soll, bis das Reisegeld da ist.«

Käthchen starrte die Sprechende entgeistert an: »Du – du,« kam es schließlich rau aus ihrer Kehle, während sie Sabinens Hände an die Lippen zog.

»So mach' doch schnell!« sagte diese, sie ihr entziehend. »Haben wir uns noch je mit Danken aufgehalten? Gibt's etwas Selbstverständlicheres, etwas, das allen Dank mehr in sich schlösse, als helfen, wenn man kann?« Und sie schob sie fast gewaltsam zur Türe hinaus, sich Konrad rasch wieder zuwendend.

»Johannes Wolters ist von seinen Eltern aus dem Hause geworfen worden, weil er sich zur Sozialdemokratie bekannte,« sagte sie mit einem langen, fragenden Blick, »und musste den Soldatenrock um seiner Überzeugung willen ausziehen.«

»Einer also,« ergänzte er ruhig, »einer der Reichen, Starken, der einer Idee lebt.« Sie reichte ihm die Hand zu festem Druck.

»Verzeihen Sie, wenn ich Sie vorhin verkannte,« sagte sie mit einer so weichen Stimme, dass Konrad meinte, sie wie ein Streicheln auf der Wange zu fühlen. »Sie wissen ja schon, worauf es ankommt: Hingabe an eine Idee, oder« – und sekundenlang träumte sie mit großen Augen vor sich hin – »an einen Menschen! Auf das Uralt-heilige, Mystische: ›Wer sein Leben verliert, wird es gewinnen!‹«

Sie erledigten rasch das Geschäftliche seiner Hilfeleistung, während sie von Kathi erzählte, die ihr Elternhaus freiwillig verlassen hatte und seit zwei Jahren unter Entbehrungen grausamster Art arbeitete und darbte, keine Demütigung scheuend, unter keiner Enttäuschung zusammenbrechend, nur das eine Ziel im Auge, ihren Bruder zu unterstützen und seine Rückkehr zu ermöglichen.

»Ihres Bruders?!« unterbrach sie Konrad erstaunt. Sabine nickte lächelnd:

»Nicht ihres Geliebten! Johannes ist für sie die Personifizierung allen Heldentums.«

Als Konrad und Leonie von ihr gingen, sagte er zu ihr: »Freust du dich nicht, deine Ansicht über die Liebe, ›die dumme Liebe‹, einmal in dieser Weise bestätigt zu finden?«

Sie lächelte ironisch ein wenig: »Vielleicht, dass diese Kathi sie wirklich mit mir teilt –«

Dann unterbrach sie sich selbst, und Konrad frug nicht weiter. Als er ihr jedoch, im Hotel angekommen, »Gute Nacht« sagte, zögerte sie einen Augenblick an ihrer Schlafzimmertüre und sagte sehr langsam und mit gesenktem Blick: »Ich weiß auch gar nicht, ob das mit – mit der ›dummen Liebe‹ so ganz richtig gewesen ist.«

Sie besuchten Sabine Brandis immer häufiger. Konrad fühlte den belebenden Einfluss dieser stets prickelnden geistigen Champagneratmosphäre. Menschen der verschiedensten Art und Herkunft drängten sich in ihrem Vogelbauerzimmer: Männer, mit bewusster Betonung des Naturburschentums, und junge Elegants; Frauen, sentimental-phantastisch in fließende Gewänder gehüllt, und solche, die mit koketter Grazie die Mode von übermorgen trugen; junge Leute, allem Bestehenden gegenüber von einem wahren Vernichtungsfieber ergriffen; Grauhaarige daneben, deren suchende Seelen, endlich ermüdet im Schoße des Katholizismus Ruhe gefunden hatten, oder sich in den Mysterien orientalischer Kulte verloren; andere dazwischen, denen Hysterie und Neurasthenie aus den flackernden Blicken, aus den wechselnden Stimmungen sah.

Künstler und Studenten der verschiedensten Nationalitäten maßen ihre Temperamente und Ansichten aneinander. Alle Richtungen waren vertreten, nur die gewöhnlichen, nur die herrschenden nicht. Der Sozialismus wurde hier schon als eine bourgeoise Weltanschauung angesehen, die bestenfalls eine Etappe zum Anarchismus sein könne. Alle künstlerischen Ausdrucksformen, auch der nächsten Vergangenheit erschienen hier veraltet, und selbst in den wahnsinnigsten Versuchen, neue zu gestalten, wurde mit jener Sehnsucht, die sich bei dem einen als gesunde Hoffnung, bei dem anderen als der Durst des Fieberkranken äußerte, nach den ersten Zeichen der Zukunftsentwickelungen gesucht. Mit dem leidenschaftlichsten Hasse aber wurde alles verfolgt, was sich künstlerisch als Naturalismus, philosophisch als Materialismus kennzeichnen ließ. Man anerkannte eher die wildesten Farbenphantasien eines berühmten alten Meisters, man duldete eher die Verteidigung des unsinnigsten spiritistischen Gaukelspiels als etwa die der Ideen Haeckels.

»dass ihr Deutschen, ihr Dichter und Denker, euch die wachsende Ausbreitung des Monismus gefallen lasst,« rief ein leidenschaftlicher Südfranzose, »ist ein Zeichen eures kulturellen Niedergangs.«

»Er beweist nichts als den Bankrott des Philisters,« schrie eine Stimme in den allgemeinen Tumult hinein, »der heute schon eine Karikatur der Vergangenheit ist, und den morgen die Guillotine unserer metaphysischen Weltanschauung beseitigen wird.«

»Das Zeitalter des Intellektualismus und der Technik ist zugleich das des Amerikanismus und der Anglomanie,« polterte ein älterer Mann mit langem Bart und kurzen Hosen. »So lange wir die Bande, die München verseucht und unsere Oberammergauer Bauern zu ihren Affen macht, nicht mit Feuer und Schwefel ausräuchern, werden wir auf die Epoche des Instinkts und der Phantasie, die naturgemäß auch das Ende des Kapitalismus bedeuten muss, vergebens warten.«

Und ein Italiener rief ekstatisch: »Wir Romanen werden es sein, die wieder, während Deutsche und Amerikaner eine Fabrik um die andere bauen und durch die schwarzen Rauchschwaden ihrer Schornsteine den Himmel verdunkeln, lichte Tempel errichten, in denen Fromme vor lodernden Opferfeuern beten.«

»Zu welchen Göttern?« frug Konrad sehr ernst. Alles schwieg. Zu feierlich hatte seine Frage geklungen, als dass man mit irgendeiner inhaltslosen Phrase zu antworten vermocht hätte. Schließlich klang ein Name leise, wie mit tastendem Versuch gewagt, in die Stille und wurde da und dort lauter und freudiger wiederholt.

»Wie weit er wohl sein mag?« sagte der eine.

»Er zeigt sich nie mehr,« meinte ein anderer. Man drängte sich schließlich dichter, mit fragenden Mienen um Sabine, die mit ihrem weichsten Lächeln um sich sah.

»Jörun Egil,« sagte sie, und der Name formte sich auf ihren Lippen wie zu einer unsichtbar geheimnisvollen Kostbarkeit, »ist versenkt in sein Werk. Ich sehe ihn selten und finde ihn immer nur leuchtender vor innerer Klarheit.«

»Er spricht nicht davon?« ließ sich eine zweifelnde Stimme vernehmen; ein Dutzend Augen durchbohrten fast den Sprecher, als habe er sich an einem Heiligtum vergangen.

»Er spricht mit niemand davon,« entgegnete Sabine, »seit jenem Novembertag vor einem Jahr, wo er mitten unter uns zusammenbrach.« Ein einziger tiefer Seufzer schien gleichmäßig jede Brust zitternd zu heben.

»›Habt Geduld mit mir – Geduld –‹ Ich höre sein Schreien noch heute,« murmelte jemand dicht neben Konrad.

»Und nun ist's unsere Geduld, die ihn aufrecht hält,« rief eine junge, helle, freudige Stimme ganz laut.

»Wer möchte zweifeln?« ergänzte eine andere in tiefem, schwerem Mollton. Die früher durcheinander schreienden Stimmen schienen in ihm zu erlöschen.

»Wer ist's?« frug Konrad leise, während er sich scheu in den Flur zurückzog.

Kathi, die neben ihm stand, sah ihn verwundert an und sagte dann mit kaum hörbarerer Stimme: »Jörun Egil, – der die neue Religion verkünden und die Erlösung bringen wird –«

Es war ganz still im Zimmer. Nur die Kastanienzweige pochten in rhythmischem Takt an das Fenster.

Der blecherne Klang der Klingel, neue, lärmende Gäste durchbrachen erst den Bann; man wurde wieder laut wie vorher, nur auf dem Antlitz Sabinens blieb der stille Glanz, den der Name entzündet hatte.

Man sprach und stritt so heftig, dass der unbeteiligte Zuhörer den Übergang zu Tätlichkeiten jeden Augenblick hätte erwarten müssen. Und doch waren es nichts als geistige Dinge, um die der Kampf sich drehte. Alle Fragen platzten hier aufeinander wie Feuerwerkskörper, die sich gegenseitig entzündeten. Man führte keine geistreichelnden Gespräche über die Dinge, sondern stand mit persönlicher Anteilnahme mitten in ihnen. Nicht durch schwächere Gründe, sondern durch mattere Verteidigung schien eine Idee der anderen zu unterliegen. Die Ideale des Weltbürgertums, des ewigen Friedens, gestern noch revolutionär für die Masse, verblassten gegenüber dem Feuer rein nationaler Ideale, dem Kraftbewusstsein, das sich in der Furchtlosigkeit vor dem kommenden Kriege, dem nicht zu vermeidenden, aussprach; die Ideale der Gleichstellung der Geschlechter, obwohl noch längst nicht verwirklicht, wurden wie nicht mehr zu erörternde Realitäten angesehen, aber von einer geradezu brutal leidenschaftlichen Betonung ihrer Verschiedenartigkeit übertrumpft. Frauen mit dem Doktordiplom ereiferten sich weit weniger darüber, ob sie plädieren und predigen, dozieren oder wählen würden, als darüber, ob ihre Weibheit verkümmern oder zur höchsten Entwicklung zu gelangen vermöchte. Ehe oder freie Liebe war unter diesen Menschen nicht mehr die Fragestellung, sondern die Entwicklung der Rasse unter den Bedingungen neuer Erkenntnisse und Willensrichtungen. Aber wie ein brausender Wasserfall, dessen Wellen sich gegenseitig zu überstürzen, zu verschlingen scheinen, schließlich im Tal zu Ruhe und Gleichmaß kommt, so liefen alle Gespräche immer wieder in dem einen geheimnisvoll dunklen Born mystischen Hoffens zusammen.

Fast ganz schweigsam, meinte Konrad mit allen Poren zu hören. Zuweilen war ihm wie einem, der im Hochgebirge, von Wolkenmauern dicht umgeben, gestiegen und immer gestiegen ist und plötzlich durch sie hindurch in die leuchtende Ferne sieht.

Aber die Nebel zogen sich wieder zusammen. Er fühlte eine verborgene innere Einheit in all dem Vielfachen der Ideen, – doch sie war namenlos. Er empfand eine verschleierte Zielgleichheit für all diese Hingabe, – aber niemand kannte sie. Wie all seine Sehnsucht nach dem Leben erwachte, nach dem Leben, das sich nicht mehr in bloßem Erleben – und wenn es das geistigste gewesen wäre! – erschöpfen ließ, sondern, wie die Natur selber, ein immer neues Schaffen von Leben sein musste!

Sollte auch er nur ein »Armer« sein, der sich mit der Hoffnung auf morgen, mit der Zukunft des nächsten Tages begnügen musste?

An Händen und Füßen würde er gefesselt bleiben, unfähig zu irgendeinem Werk, wenn er nicht die innere Einheit zu finden vermöchte, durch die selbst die kleinste Tat, der leiseste Gedanke zu notwendigen Gliedern in der Kette des Ganzen werden mussten.

»Jörun Egil –.« Er lächelte skeptisch und doch mit einem ganz,

ganz leisen, seinem Bewusstsein noch fernen Schimmer von Hoffnung. Es konnte doch in einer Zeit, die, erschüttert von unaufhörlichem, geheimem Beben, auch durch die stärkste Feste drohende Risse zog, Einer kommen, der aus Trümmern und Spalten mit einem göttlichen »Es werde!« das neue Leben erweckte.

In Träumerei versunken, vergaß er minutenlang die kleine Welt um sich her.

Sabine Brandis drückte eben die kleine, weiße Strohkappe auf ihre braunen, eigensinnig geringelten Locken.

»lasst euch nicht stören, liebe Freunde,« sagte sie, »in zwei Stunden bin ich zurück.« Dann rief sie Kathi und zeigte ihr ein paar Büchsen über dem Herd: »Hier gibt's noch Tee und Zucker und Kakes. Sorge einstweilen für die Gäste. Wenn du früher gehst,« fügte sie leiser hinzu, »nimm meine schwarze Jacke aus dem Schrank. Mit dem Fähnchen kannst du bei dem Wetter nicht über die Straße.«

Lachend verstellten ihr ein paar Mädchen die Flurtüre. »Wohin willst du so spät?« rief sie.

»Ihr wisst doch: die Stunde bei der Lenz,« entgegnete sie, sich Platz schaffend.

»So spät: eine Stunde?« staunte Konrad, aus der Versunkenheit jäh erwachend.

»Sie ist Modell und hat nur abends Zeit!« rief Sabine und lief schon die Treppe hinunter.

»Modell – ich verstand wohl falsch,« sagte er mit einem fragenden Blick.

»Doch – doch!« entgegnete lebhaft einer der Gäste. »Resi Lenz ist der neuste Typ ihrer Gattung: sie hat den Bildungshunger, seitdem sie physisch satt ist. Sie muss doch mitreden können, wenn ihre verschiedenen Liebhaber mit ihr dinieren, und bereitet sich jetzt, vor der Festspielzeit, selbstverständlich auf irgendeinen Nabob vor, mit dem sie mindestens französisch schwatzen will.«

»Und zu solchem ›Bildungsunterricht‹ muss Frau Brandis sich hergeben?« meinte er entrüstet.

Mit geröteter Stirn und blitzenden Augen wandte Kathi den Kopf nach ihm: »Sie muss – gewiss! Wie wir alle müssen. Aber nicht wegen des bisschen Lebens! Keiner von uns möchte wie die Bourgeois reich werden wollen, um reich zu sein. Nur dann ist die Arbeit wundervoll, alle Arbeit, selbst die schmutzigste, wenn sie einer Sache dienstbar gemacht werden kann.«

»Die Eitelkeit einer Kokotte ist doch wohl kaum eine ›Sache‹ in Ihrem Sinn,« antwortete Konrad gereizt.

»Wohl aber Jörun Egils Existenz!« sagte einer. Und wieder folgte dem Namen Kirchenstille.

Ehe Sabine zurückkam, wusste er um ihre Hingabe: sie erwarb den Lebensunterhalt jenes Mannes, auf den sie alle ihre Hoffnung setzten. Vielleicht war sie auch seine Geliebte. Niemand wusste es. Und jetzt, wo der Sommer vor der Türe stand, arbeitete sie mit doppelter Anspannung ihrer Kräfte. Jörun Egil war leidend. Wer ihn zuletzt gesehen hatte, sprach vom Fieberglanz seiner Augen, vom Zittern seiner Hände, von der durchsichtigen Weiße seiner Haut. Einen langen Aufenthalt in freier Luft, unter weitem Himmel, mit dem Blick auf irgendeinen blauen Wasserspiegel wollte Sabine ihm schaffen.

Warum sie nicht immer mit ihm lebte, frug Konrad.

»Er braucht Einsamkeit für sein Werk,« lautete die Antwort; »tagelang verschließt er sich vor jedem Menschen. Und er schien völlig wunschlos bis jetzt, wo ihn die Sehnsucht nach Bergen und Seen plötzlich erfasste.«

Mit ehrfürchtigem Neigen küsste Konrad Sabinen an diesem Abend abschiednehmend die Hand. Sie erriet den Beweggrund seines Gefühls.

»Nicht doch,« wehrte sie ab. »Sind wir nicht übereingekommen: Hingabe ist das größte Glück, ist der eigentliche Inhalt des Lebens; Hingabe an eine Idee oder an einen Menschen. Bei mir ist es beides. Also ein doppeltes Glück.«

Als er die halbdunkle hohe Treppe hinunterschritt, sah er Kathi zwischen zwei Männern vor sich hergehen. Sie schüttelte gerade die Hand des einen von ihrem Arm.

»lass das,« zischte sie, »die Dummheiten haben ein Ende –«

»Nachdem du mir die letzten Groschen aus der Tasche locktest, um den Bruder zu füttern,« entgegnete eine grollende Stimme.

»Eine Ehre für dein schmutziges Geld,« sagte das Mädchen, den Kopf in den Nacken werfend.

»Doch jetzt ist er krank –« flüsterte ihr anderer Begleiter mit einem zärtlichen Blick und klimperte dabei in der Tasche mit den Münzen.

»Ich brauch' euch nicht mehr – keinen von euch!« rief sie wild.

Und mit großen Sätzen sprang sie die letzten Stufen hinab.

Leonie sah zu Konrad auf mit einem ganz verwirrten Blick: »Sie opferte sich – ganz und gar – für ihren Bruder!« sagte sie.

Konrad schwieg. Das Herz zog sich ihm zusammen.

Trotz aller Bitten, ihn besuchen zu dürfen, die Sabine zu unterstützen versprach, blieb Egil für Konrad unsichtbar.

»Er ist leidender denn je,« sagte sie eines Tages bekümmert.

Sie selbst wurde immer schattenhafter. Leonie hatte sie's gestanden, als sie ihr einmal begegnet war, wie sie sich mühsam in der Junihitze durch die Straßen schleppte – selbst den Groschen für die Straßenbahn sparend –, dass ihre Kräfte bei einer oft zwölf- und mehrstündigen Arbeit zu erlahmen drohten. Da entschloss sich Konrad, ihr den Plan vorzulegen, den er seit jenem Abend mit sich herumtrug.

»Ich möchte fort,« begann er, »die Luft der Stadt lastet mir auf dem Kopf. Auch Leonie, die alle Farbe verlor, bedarf der Erholung. Nun hat mir ein Agent ein Haus zur Miete angeboten – am Walchensee, nicht weit von Urfeld.«

»Oh!« machte sie überrascht, »dort soll es herrlich sein!«

»Würden Sie und Ihr kranker Freund uns begleiten wollen? Das Haus ist geräumig. Wir würden einander nicht stören.« Ihr Schweigen steigerte seine Verlegenheit. Hatte er doch ihren Stolz verletzt?

Endlich hob sie die Lider von den feucht gewordenen Augen. »Ich danke Ihnen – danke Ihnen von ganzem Herzen!«

Er lachte hell auf: »Wissen Sie nicht, wie dumm das Danken ist?

Besonders hier, wo ich nichts gebe, nichts als dieses gemeine abgegriffene Tauschmittel für die großen Werte, die ich empfangen will, – am Ende sogar für das Leben selbst: die Idee für meine Hingabe?«

»Sie geben Kraft, Gesundheit, Zukunft vielleicht für eine neue Welt!« entgegnete sie erschüttert.

Leonie, die er erst jetzt mit der bevorstehenden Übersiedelung bekannt machte, musterte ihn lange mit einem finster forschenden Blick, ehe sie eine einsilbige Antwort fand. Er hatte sich in letzter Zeit so wenig mit ihr beschäftigt, dass er erst jetzt ihren merkwürdig veränderten Ausdruck bemerkte. Es fiel ihm schwer aufs Herz, dass er ihren Wünschen so gar nicht Rechnung getragen hatte.

»Verzeih, Leonie,« sagte er schuldbewusst, »dass ich dich und deine Bedürfnisse so wenig bedachte! Du langweilst dich, armes Kind! Aber sei ruhig: du sollst entschädigt werden. Unser Häuschen bietet die Möglichkeit zahlloser Ausflüge. Wir werden wandern und reiten und fahren, du wirst sehen, wie schön die Welt ist. Und wir wollen froh miteinander sein.«

»Wir – wir?!« unterbrach sie ihn, durch Tränen lachend, und legte beide Arme zärtlich um seinen Hals, »die Zukunft von morgen – da hab' ich sie wieder!«

Von da an konnte sie, den ganzen Tag trällernd und lachend, die Zeit der Abreise kaum mehr erwarten.

Konrad ärgerte sich über die oberflächliche Vergnügungssucht, die bei ihr wieder zum Vorschein kam, und über sich selbst, dass er sich ärgerte. »Ich hatte wirklich vergessen, ganz vergessen, aus welchem Milieu sie ist,« dachte er, – »ein Dienstmädchen! Nur ein Dienstmädchen!«

Am Ostufer des Walchensees, da wo die Fahrstraße sich bei dem Dörflein Sachenbach ins Land hinein der Jachenau zuwendet, strecken zwei Halbinseln sich in das grüne Wasser, sie umfassen es wie die offenen Haken einer Zange, und schwarz und still, als traure es über seine Gefangenschaft, liegt es zwischen ihnen, selbst wenn draußen die Sonne über dem weiten Seespiegel glitzert, oder der Sturm seine Wogen peitscht. Gelbe Mummeln blühen in diesem Winkel, und im Schilf schluchzen leise die kleinen gekräuselten Wellchen. Ein winziges, einsames Haus steht auf der südlichen der beiden Halbinseln;

irgendeiner, der die Menschen floh, baute es vor Jahrzehnten unter die dunklen Tannen, die ihre Äste hoch emporrecken und tief zur Erde senken, sodass kein Sonnenstrahl hindurchdringt. Es ist fast immer verschlossen; die kühle Luft, die aus seinen Räumen dringt, wenn Fenster und Türen sich öffnen, verscheuchte noch jeden. An der südlichen Front hüten zwei zerbrochene Sandsteinengel die ausgetretene Steintreppe, die zur breiten Terrasse emporführt; Kletterrosen haben ihnen Kränze aufs Haar gedrückt und verdecken barmherzig die abgeschlagenen Hände, die gestutzten Flügel. Hier stehen seit Tagen schon Fenster und Türen weit offen, und durstig trinken die vom langen Schlaf erwachenden Räume Luft und Licht, denn weit, weit dehnt sich die schimmernde Fläche des Wassers und die blaue Kuppel des Himmels vor ihnen, bis fern am Horizont grüne Matten, dunkelumwaldete Höhen und die weißen Riesenhäupter der Berge sie begrenzen.

An der Nordfront des Hauses aber wird es nicht wärmer; da starren sonnenlose Zimmer auf die schwarze Bucht, und das Efeugerank, das sie umschattet, kriecht mit dicken Ästen wie lebendiges Gewürm weiter über den Boden bis hinüber zu der seltsam geduckten Kapelle, an deren zerbröckelndem Fundament das Wasser anschlägt, grausam, regelmäßig, tiefe Furchen hineinfressend. Der Efeu umklammert den kleinen Turm mit starken Stämmen; er hält ihn aufrecht und gibt ihm mit seinem stets sich erneuernden Frühlingsgrün fast ein junges Gesicht. Von der morschen Kanzel darin predigt niemand mehr; niemand betet mehr vor dem kahlen Altar; die Kapelle ist baufällig. Nur der Efeu bewahrt sie vor dem Zusammensturz.

Unter den Heckenrosen, die von den Engeln empor sich rankten und über der Terrasse zu rotleuchtendem Dache sich wölbten, erwarteten Konrad und Leonie ihre Gäste. Droben, im hellsten Zimmer des Hauses, aus dessen Fenstern der Blick über den See hinweg bis zu den weißen Firnen schweifen konnte und die Lichter vom jenseitigen Ufer die Scheiben blitzend trafen, sollte der Leidende wohnen; daneben, mit der Aussicht in den Tannenwald und über die dahinter ansteigenden Wiesen, Sabine.

Die Räder des Landauers, der sie bringen sollte, knarrten über den Kiesweg. Seltsam, dass er geschlossen war, trotz des leuchtenden Tages! Er hielt. Sabine sprang leichtfüßig zu Boden, hastig mit dem Tüchlein über die heiße Stirn fahrend.

»Es war ein wenig warm im Wagen,« sagte sie mit einem begrüßenden Händeschütteln; dann wandte sie sich um, Jörun Egil beim Aussteigen helfend. Seine Hand, die sich ihr zuerst, eine Stütze suchend, entgegenstreckte, war sehr mager: jede einzelne Ader trat in scharfen blauen Strängen auf ihr hervor. Als er unten stand – eine schmalschultrige, gebeugte Gestalt –, hob er diese Hand hastig über die Augen.

»Es blendet so,« ließ sich eine glockentiefe Stimme vernehmen, deren Klang niemand von der eingefallenen Brust erwartet hätte.

Erst unter dem Rosendach enthüllte er sein Gesicht. Fast würde Leonie aufgeschrien haben, wenn Konrad nicht rechtzeitig ihren Arm umklammert hätte. Es war von grünlicher Blässe; die fast weißen Lippen darin zitterten, um die dunklen Augen, von schweren Lidern fast ganz beschattet, zogen sich tiefe schwarze Ringe. Ein paar dünne blonde Haarsträhnen klebten an der feuchten Stirn.

Konrad fühlte, dass dieser leichenfahle Mann in das helle, freudige Zimmer nicht passen würde. So ließ er ihn selbst das ihm behaglichste wählen. Erst ganz zuletzt fand er es: einen Raum im Parterre, den Konrad unbewohnt hatte lassen wollen, denn die Wände erschienen ihm feucht, um das einzige schmale Fenster zog sich dichter dunkler Efeu, und der Blick, nach beiden Seiten durch dunkle Tannen beengt, sah nichts vor sich als die Bucht.

Egil, durch dessen Körper ein Zittern ging – er mochte sich beim Treppensteigen vielleicht überanstrengt haben, dachte Konrad –, sank in den Sessel am Fenster.

»Wie schön das ist, – wie froh ich bin!« sagte er, zu Konrad aufschauend. Welche Augen! Sie straften die Wärme der Worte Lügen. Wer vermochte zu enträtseln, ob sie von kalter Müdigkeit oder von grausamer Härte waren. Er schien den Eindruck, den sie erweckten, zu kennen, denn er senkte rasch die Lider über sie. »Gib mir meine Schatulle, Sabine,« flüsterte er dann, »und lasst mich allein.«

Sie gehorchten stumm.

»Die Reise hat ihn sehr mitgenommen,« sagte Sabine erschüttert; »auch die plötzliche Helle nach der Dunkelheit seines teppichverhangenen Zimmers.« Nicht einmal Konrad vermochte ein höfliches Wort der Erwiderung hervorzubringen.

Kaum eine Stunde später klang die Stimme des unheimlichen Gastes voll und klar bis zu der Rosenterrasse hinaus, wo zum Essen gedeckt war, und er trat in die Türöffnung, ein vollkommen Gewandelter, mit erfrischter Haut, geröteten Lippen, feurigen, offenen Augen. Er war in diesem Augenblick nichts als ein junger glücklicher Mensch, vor dessen strahlendem Lächeln selbst Leonies ängstliche Scheu verflog.

Als sie sich vom Tisch erhoben, stand der Mond hoch am Himmel.

»Wir wollen zum See hinab,« sagte Sabine mit verhaltenem Jubel in der Stimme, »so beglänzt soll es dir entgegenleuchten, das Wasser, deine Wiege!«

Egil aber zuckte zusammen und wurde aschfahl im Gesicht. Was er sagte, klang wie ein Stöhnen: »Nein, nein, noch nicht – heute noch nicht!« Und er schritt hastig zur anderen Seite des Hauses. Dann lächelte er wieder, ein seliges verzücktes Lächeln. Seine Augen hingen unverwandt an dem Efeuturm der Kapelle, der sich schwarz gegen die Silberhelle der Nacht abhob.

»So wächst meine Kirche,« flüsterte er vor sich hin, »aus dem nährenden Boden der Mutter Erde und umschlingt die Tempel alter Götter und zerdrückt sie mit starken lebendigen Armen! Ich sage euch, der Tag ist nicht fern, wo die Mauern unter ihr, an denen sie aufwärts wuchs, zerbröckeln werden, und sie allein ihren sonnendurchleuchteten Turm, in dem die Sänger des Himmels nisten, triumphierend zu den Sternen erhebt!«

War er ein Wahnsinniger? Ein Seher? Mit ausgebreiteten Armen – regungslos – stand er auf dem weißschimmernden Rasenplateau, auf dem sein Schatten wie ein schweres schwarzes Kreuz sich streckte.

Leonie schauerte zusammen und schmiegte sich an Konrads Schulter. Sabine starrte, die Hände ineinander verschlungen, zu Egil empor, und als sie ihn zittern, die ekstatisch aufgerichtete Gestalt kraftlos zusammensinken sah, schlang sie den Arm um ihn und führte den Willenlosen behutsam in das Haus zurück.

Am nächsten Morgen, als sie die Freunde begrüßte, lag in ihren Augen der Ausdruck unendlichen Flehens. Da küsste Leonie sie zärtlich auf die zuckenden Lippen, und Konrads Blick senkte sich in den ihren. »Ängstige dich nicht, du arme Seele!« sagte er, während der Mund schwieg, »wir werden nicht fragen, nicht forschen, dir unsere ahnungsvolle Furcht nicht verraten –« und sie drückte dankbar die Hände der beiden.

Von demselben Gefühl getrieben, eine Last abschütteln zu müssen, wanderten Konrad und Leonie am Ufer entlang nach Urfeld, dem freundlichen Weiler an der äußersten Nordspitze des Walchensees, den die große von fauchenden Automobilen belebte Kesselbergstraße so schmerzhaft aus seiner einstigen Verträumtheit – zu der Zeit, da nur wenige Wagen mühselig über den alten steilen Weg zu klettern wagten – aufgeschreckt hatte. Von den Hängen blinzelten kleine Häuschen immer noch erstaunt auf das Leben unten, als würden sie sich nie daran gewöhnen können, während die beiden Wirtshäuser wie rechte Wegelagerer alles packten, was vorüberkam. Sie waren sogar schon zu Hotels geworden und würden sich gewiss, wie Konrad lachend sagte, »binnen kurzem vom Mittagessen zum Lunch, vom Nachmittagskaffee zum Afternoon-Tea entwickelt haben.« Jetzt waren sie noch von jenen Sommergästen gefüllt, die sich an Orten wie Urfeld, wo es noch keine Kurmusik und keine Tanzkränzchen gibt – der Gebildete nannte sie Reunions –, aus Bürgerfamilien, die ihren Ferienaufenthalt auf Grund der niedrigen Preise wählen, und aus Natur- und Ruhebedürftigen zusammensetzen, bei denen die Abgeschiedenheit den Ausschlag gibt.

Konrad und Leonie ließen sich im Wirtsgarten nieder. Es war ein heißer Sommertag. Der See atmete nur leise, vom funkelnden Regen des Sonnenlichts übersprüht; viele Segelboote durchzogen ihn, wie stolze Schwäne die weißen Flügel blähend; sehr fern, duftigen Traumbildern gleichend, verschwammen die Berge mit den Wölkchen am Horizont. Eine Schar fröhlicher Kinder plätscherte mit bloßen Beinen im Wasser; weit hinaus tauchten die Köpfe Schwimmender auf. Aus den kleinen Kabinen stiegen Frauen – angezogener als im Ballsaal – in die klare grüne Flut. Männer sonnten sich auf den Holzstufen. Aufgeschwemmte Rentiers, an deren Körper das schwammige Fleisch bei jeder Bewegung schwankte, enthüllten sich ebenso rücksichtslos wie spindeldürre Jünglinge mit hervorstechenden Schulterblättern und eingefallenem Brustkasten.

Leonie schürzte verächtlich die vollen Lippen. »Schamlos sind doch nur die Männer,« sagte sie, »es ist, als wüssten sie, dass ihre

Mannheit trotz aller Hässlichkeit stets gleich hoch im Preise bleibt.«

»Grotesker als sie find' ich die Frauen,« meinte Konrad, »die sich Kleider anziehen, um ins Wasser zu gehen. Wenigstens sollte das nur den Garstigen erlaubt sein.«

»Und denen, die sich selbst nicht mehr gehören,« fuhr Leonie fort, nachdenklich zur Erde blickend, wo sie mit dem Schirm Kreise in den Sand zog.

In diesem Augenblick tönte von der Straße her in das Knattern und Fauchen eines langsam und ruckweise fahrenden Autos das Geräusch erregter Menschenstimmen. In englisch-deutschem Kauderwelsch zankte eine hohe Männerstimme und suchte sich vergebens verständlich zu machen. Konrad erhob sich hilfsbereit. Vor dem Gasthaus hielt ein eleganter Wagen, der eine kleine amerikanische Flagge trug; ein Herr in verstaubtem Automantel, das kantige Gesicht vom Ärger gerötet, stand dabei. Konrad übersetzte dem bayrischen, vor sich hinfluchenden Chauffeur die Wünsche und Vorwürfe des Scheltenden und diesem die Auskunft des Fahrers, wobei es sich herausstellte, dass der Schaden einen Aufenthalt von einigen Tagen notwendig machte.

»Wie unangenehm,« seufzte der Fremde, »in zwei Tagen wollte ich schon in Sulden sein. Was macht man nur in diesem Nest?«

»Es könnte Ihnen vielleicht eine sensationelle Bekanntschaft vermitteln, die der Natur,« meinte Konrad ironisch.

Der andere lachte; dann gingen sie zusammen in den Garten, wo ihnen Leonie entgegentrat. Konrad stellte vor: »Mr. Macheart – Fräulein Leonie Doris.« Die kühlen grauen Augen des Amerikaners hafteten überrascht auf der schönen blonden Frau und wie in flüchtiger Frage auf ihrem Begleiter. Dann küsste er Leonie die Hand, länger, als er es einer »Dame« gegenüber gewagt hätte. »Eine sensationelle Bekanntschaft, Herr Baron, – Sie hatten recht,« sagte er mit leichtem Lächeln. Leonie erblasste und sah erstaunt zu Konrad hinüber. »Die der Natur stellte ich Ihnen in Aussicht – keine andere,« entgegnete er scharf. Sie verabschiedeten sich rasch.

Vor der kleinen Verkaufsbude draußen blieb Konrad stehen Ein paar einfache Badetrikots lagen zwischen dem bunten Kram billiger »Andenken«. Er wandte sich an seine stumme Begleiterin: »Was meinst du, wenn wir uns vor der Heimkehr noch durch ein Bad erfrischten?«

Sie runzelte die Stirn. »Haben Sie kein Kostüm?« frug sie die Verkäuferin.

Konrad schien überrascht. »Warum das?« meinte er lächelnd, »ich denke, du bist fehlerlos!«

»Möchtest du, dass sie mich alle begaffen?« entgegnete sie mit einem forschenden Blick, den er nicht verstand, denn er sagte harmlos: »Wie könnt' ich ihnen solch einen Anblick missgönnen?!« Sie war erblasst und hatte sich so heftig auf die Lippen gebissen, dass ein Blutstropfen aus der Wunde rann. Schließlich nahm sie, den Kopf in raschem Entschluss aufwerfend, wie er, ein kurzes schwarzes Trikot.

»Ich werde – nackt sein!« sagte sie gedehnt auf dem Wege zu den Kabinen und richtete wieder den Blick auf ihn.

»Um so schöner,« lachte er.

Als sie sich entkleidete, stürzten ihr die Tränen über die Wangen, aber Konrads bewunderndes: »Wie schön du bist« im Augenblick, da sie hinaustrat, verwischte auch ihre letzten Spuren, obwohl ihr geschärftes Ohr nicht überhörte, dass er eine Statue mit demselben Tonfall hätte beurteilen können. Ihre Erscheinung erregte fast einen Aufruhr. Die Frauen empfanden sie wie eine persönliche Beleidigung und tuschelten erregt miteinander; die Männer kamen von weit her allmählich zurückgeschwommen, einer nach dem anderen, wie von magnetischer Gewalt gezogen. Nach wenigen Minuten verschwand Leonie frostgeschüttelt wieder in der Kabine. Im Garten begegnete ihnen der Amerikaner. Er versenkte hastig ein Opernglas in der Tasche und grüßte tief.

»Du bist nicht eifersüchtig?!« frug Leonie, als sie sich dem Hause näherten – sie waren bis dahin einsilbig nebeneinander hergegangen.

»Aber ganz und gar nicht,« gab er zurück, »dann würde ich ja meiner lieben Lehrmeisterin Schande machen!« Mit brüderlich zärtlicher Gebärde legte er den Arm um ihre Schultern, küsste ihre weiche Wange und fügte hinzu: »für die dumme Liebe bist du mir zu gut.«

Sie machten von da an weite Ausflüge in die Berge hinauf, und überall wusste der Amerikaner ihnen zu begegnen. »Ich habe die Bekanntschaft der Natur gemacht, sie lässt mich nicht mehr los,« sagte er, als Leonie sich beziehungsvoll nach dem Stande der Autoreparatur erkundigte. Sie segelten oft halbe Tage lang, wobei es Leonies größtes Vergnügen war, durch geschicktes Manövrieren Macheart zu entschlüpfen, dessen Boot ihr Kielwasser suchte.

Sabine schien sich des Alleinseins besonders zu freuen. Sie saß unter dem Rosendach, unermüdlich an einer Übersetzung arbeitend, für die ihr ein erhebliches Honorar in Aussicht gestellt worden war. Egil blieb den ganzen Tag in seinem Zimmer. Er saß am Fenster in einem tiefen Lehnstuhl, auf dem Tisch vor sich die geheimnisvolle Kassette. Meist schien er zu schlafen. In der Zwischenzeit aber bedeckte er in fliegender Eile kleine weiße Zettel mit einer kritzligen Schrift. Nur im Zwielicht des späten Nachmittags kam er hinaus. Es wiederholten sich dann die Anfälle eines bis zur Ausgelassenheit sich steigernden Frohsinns, einer bis zur Ekstase wachsenden Begeisterung.

Eines Nachts kamen Konrad und Leonie sehr spät nach Hause. Der Amerikaner, der zum Mittelpunkt der kleinen Sommerfrische geworden war – der weibliche Teil der Gäste überbot einander plötzlich an hinterwäldlerischer Toilettenpracht, und der männliche saß nächtlicherweile mit heißen Gesichtern mit ihm am Spieltisch und ließ die Goldstücke rollen –, hatte ein Fest gegeben. Und mit kühlem Gleichmut, als wäre sie nie etwas anderes gewöhnt gewesen, hatte Leonie die Rolle seiner Königin gespielt – einer unnahbaren Königin, die selbst den Tanz verschmähte, um nicht vom Arm eines Mannes berührt werden zu müssen.

Als sie, zurückgekehrt, unter dem Rosendach standen, wandte sie ihr Gesicht, tief erglühend, Konrad zu: »Sag' du mir auch, dass ich schön war,« flüsterte sie heiß. Das Blut stieg ihm in die Schläfen.

Ach – die Sommernacht und das blühende Weib! –

Da hörte er hinter sich im dunklen Garten ein irres Kichern. Mit einem entsetzten Aufschrei flog Leonie die Treppe hinauf, während er ebenso rasch die Steinstufen abwärts sprang und um die Fliederbüsche bog. Dicht an der Bucht, die wie polierter schwarzer Marmor regungslos da lag, nur hier und da gelb gefleckt von den Wasserrosen, saß Egil, die spitzen Knie so hoch gezogen, dass sein Kopf zwischen ihnen hindurch sah. Er stierte auf eine Mummel, die sich, ihren Kelch weit geöffnet, dem großen Käfer darzubieten schien, der an ihren Staubfäden nagte. Bei Konrads Näher treten wandte er ruhig den Kopf, als wäre dessen Spaziergang zu dieser Stunde etwas Selbstverständliches.

»Kommen Sie nur, Baron, kommen Sie,« sagte er, »aber leise – vorsichtig, damit Sie dies kostbare Beobachtungsobjekt nicht stören.« Und er zog ihn am Rock zu sich hinunter. »Was sehen Sie hier?« fuhr er dann fort, die Augen auf ihn richtend, dieselben kalten, grausamen Augen, die Konrad bei ihrer ersten Begegnung zurückschrecken ließen.

»Einen Käfer – was sonst?« entgegnete er.

»Was sonst?!« wiederholte der andere höhnend, um dann Konrad noch näher rückend, im Tone eines letzte Geheimnisse verkündenden Priesters leise weiter zu sprechen: »Sie sind ein Mann. Ich werde es Ihnen sagen – Ihnen allein. Aus schwarzem Schlamm, der aus Milliarden verrotteter Lebewesen besteht, – also aus Leichen, aus nichts als aus Leichen! – saugt diese strahlende Wunderblume ihre Schönheit und ihre Kraft. Und der Käfer, der hässliche schwarze Käfer in ihrem göttlichen Schoß frisst ihr das Herz aus. Dort aber – schauen Sie nur: das große, dicke, grüne Tier mit den Glotzaugen, wie es lauert, bis der Schwarze dick und voll ist – dann springt er auf ihn – klatsch! – und schluckt ihn hinunter. Auf unserem Dach jedoch sperren fünf junge Störche die Schnäbel auf. Noch bevor der Morgen graut, werden sie den Grünen, den ihnen der Vater holt, schonungslos auseinander gerissen und stückweise verspeist haben.« Egil schnellte auf, mit der Knochenhand hinüber zu den Bergen weisend: »Drüben kreist längst schon der Adler – die kleinen Störche hier, die Gutgenährten, werden seine Beute sein! Ihn aber trifft eine Kugel mitten ins Herz, und seinen Kadaver verschlingen die Fische,« – seine Stimme wurde heiser, schneller und schneller und immer eintöniger stieß er die Worte hervor – »und die Fische fressen wir und nähren mit Totem, mit Gemordetem den tiefsten Gedanken in unserem Hirn!« Er schwieg erschöpft, um dann aufs Neue die Stimme zu erheben, bis sie zu ihrem vollsten Glockenton anschwoll: »Aus unserem Kot wachsen die Blumen, reifen die Früchte. Von Leichen lebt alles Leben! Weisheit und Kraft und Schönheit sind stinkender Kadaver giftgezeugte Frucht!«

Und er lachte – lachte gellend – dass er sich die Seiten halten musste.

Konrad fühlte, wie etwas Kaltes, Weiches an seinem Körper emporkroch, als hätte eine Schar unsichtbarer Kröten, mit eklem, klebrigem Schlamm an den Beinen, von ihm Besitz ergriffen. Mühsam nur zwang er sich zur Ruhe. »Das sind bekannte naturwissenschaftliche Tatsachen, Herr Egil,« sagte er.

»Richtig, – vortrefflich!« antwortete dieser, »naturwissenschaftliche Tatsachen! – Und zur Beruhigung furchtsamer Gemüter sprechen die Herren Gelehrten vom Kreislauf des Lebens, obwohl es der des Todes ist. Jetzt aber merken Sie gut auf, denn das, was nun kommt, hat Ihnen überhaupt noch keiner gesagt, auch nicht mit anderen Worten. dass Kot und Kadaver Bedingungen allen Lebens sind, erkennen Sie an. Naturgesetze aber machen nirgends halt, ihnen ist alles untertan, was lebt und stirbt. Und so sind auch Völker nur für andere Völker, Klassen nur für andere Klassen der Dung. Wir aber mit den Ergebnissen unseres auch nur durch Tote gefütterten Hirns gedenken dieses Gesetz aufzuheben! – Es gibt Leute, die nicht mehr von Getötetem leben wollen. Sie essen Pflanzen statt Kälber und Schweine. Als ob sie nicht auch, die gezeugt werden und wachsen, blühen und sterben, Lebendige wären! Konsequenterweise also müsste verhungern, wer von nichts leben will, das lebte. Was meinen Sie« – und er lachte schneidend auf – »was würde aus dieser ganzen, von den Qualen Gemordeter und Verfolgter, vom Tode der Schwachen sich nährenden Welt, wenn die Blasen unseres Gehirns, so wir Gedanken nennen, die Naturgesetze besiegten?! – Es gibt Leute, die an Gott glauben als den Gesetzgeber. Wer also Menschenliebe predigt, ruft zum Kriege auf wider Gott – wider Gott!«

Das Lachen, in das er ausbrach, verklang in blödem Kichern. Mit großen Schritten wandte er sich, ohne Konrad noch zu beachten, dem Hause zu und schwang sich, am Efeu emporkletternd, in sein Zimmer. Konrad blieb noch lange wie angewurzelt stehen.

»Er ist wahnsinnig –,« sagte er vor sich hin, sich selbst zu trösten versuchend. Trotzdem bohrte sich der Gedanke immer schmerzhafter in sein Gehirn: Erlösung der Menschheit aus Knechtschaft und Jammer ist gleichbedeutend mit ihrem Todesurteil.

Ihm grauste von nun an vor jeder Begegnung mit dem Gast. Als daher Macheart seine Aufforderung, ihn mit Leonie nach Oberammergau zu begleiten, wiederholte, sagte er ohne Besinnen zu. Es war eine feige Flucht, er fühlte es, und nicht nur eine Flucht vor Egil, sondern vor sich selbst. dass Leonie nur mit einem demütigen »ganz wie du willst« auf seine Mitteilung von der Autofahrt reagierte, bemerkte er nicht. Wie fern war sie ihm, wie weltenfern!

Sie fuhren mit Eilzugsgeschwindigkeit bergauf, bergab. Wenn Konrad an irgendeinem schönen Punkte langsamer zu fahren oder gar auszusteigen begehrte, so lächelte Macheart spöttisch über die »deutsche Sentimentalität«, oder ereiferte sich über den deutschen Mangel an Geschäftssinn, weil hier noch kein großes Hotel die gute Gelegenheit zum Geldverdienen ausnutzte. Als es sich herausstellte, dass die Bergstraße über Ettal für den Autoverkehr gesperrt war, entrüstete er sich über dies »drastische Zeichen von Unkultur«, und ihm fehlte jede Spur von Verständnis für Konrads gegenteilige Auffassung, der den Schutz der Wege vor dem Gestank und Spektakel der Kraftwagen, wie den Schutz schöner Gegenden vor Fabrikschornsteinen gerade als Kultur betrachtete. Sie gerieten unter Wahrung der höflichsten Formen in eine lebhafte Auseinandersetzung, die Konrad schließlich kurz abbrach, als der Amerikaner begeistert als »Kulturtaten« seiner Heimat die Erfindung des Parlographen, des Grammophons, die Vervollkommnung des Telefons und anderes mehr aufzählte, und Konrad sah, dass es zwischen ihnen keine Brücke gab.

Er beschloss, während Macheart in weitem Bogen um die Berge fahren musste, die alte Römerstraße zu Fuß zu gehen, Leonies Begleitung mit fast feindlicher Schroffheit ablehnend. Er wollte die heimlichen Wege suchen, wo Feld und Wasser und Wald alte Geschichten erzählen, wo die Armen und Andächtigen wandern, denen der Weg nach Oberammergau eine Wallfahrt ist.

Links durch die Schlucht führt die Straße zum Berg hinauf. Wie manchen Felsblock mögen die blonden Bajuvaren von oben hinab in die Tiefe gerollt haben, um die andringenden Feinde darunter zu begraben; wieviel Römerblut hat der brausende Bach getrunken, ehe es sich droben siegreich und friedlich mit dem Blut der Germanen mischte, dachte Konrad. Und dieselbe Straße ritt vor Jahrhunderten Ludwig der Bayer, jenes seltsam leuchtende Wunderbild im Mantel, das ihm einst auf der Romfahrt, wie er in heißem Gebet die Wendung seines Geschickes von der Gottesmutter erflehte, ein eisgrauer Mönch als von Gott gesandt zum Troste anbot. Unter den großen Tannen auf dem Berge stürzte sein Pferd dreimal, und er gründete dort das Kloster Ettal. Von nun an ward die Straße belebt: weltliche und geistliche Herren, fürstliche Jäger und kecke Edelfrauen kamen daher, hoch zu Ross; fromme Pilger mit Kutte und Stab, krank an Seele oder Leib, zogen Gebete murmelnd zur wundertätigen weißen Frau.

Der Abend dämmerte schon, als Konrad den prunkhaften Barockbau betrat, die letzte Wandlung des ehrwürdigen Münsters, auf dessen Hochaltar die kleine zarte Gestalt aus weißem Stein noch immer steht, die vor sechs Jahrhunderten der kaiserliche Pilger in die Wildnis trug. Aus indischem Porphyr, sagt man, sei sie gebildet; dunkle, eingesetzte Augen beleben das leise schimmernde Antlitz.

»Eine andere heilige Mutter ist's, die das Bild ursprünglich darstellte,« las ein alter Mann mit eintöniger Stimme aus einem braunen Buche dem Kinde vor, das er an der Hand führte. »Isis, die urälteste Verkörperung der allen Zeiten und Völkern heiligen Mutter Natur –«

Auf ihren Knien steht ein Kind, von Kraft und Leben strotzend – sollte sich auf dem Wege von Ägypten über Rom ein Bacchus zu ihr verirrt haben? Auf dem runden Gesichtchen spielte das Licht der Altarkerzen; war es nicht, als wolle der Kleine jedem stillen Betrachter sprühende Lebenslust in das Herz lachen – das Beste, was der Gott einem Irdischen geben kann?

Aber Konrads Herz blieb verschlossen. Er wandte sich ab. Es war jene schwermütige Stunde zwischen Tag und Nacht. An seinem Wege reckten sich gespenstisch die Kreuze mit dem blutigen Bilde des Erlösers.

Behäbig, mit gemalten Häusern und geschnitzten Galerien, breitet sich das Dorf an der Ammer aus, vom spitzen Kofel überragt. In den Straßen brennen Bogenlampen wie in der Großstadt; aus den zahllosen Wirtshäusern dringt vielfacher Stimmenlärm. Es wird überall englisch gesprochen; selbst die Kellnerinnen bemühen sich mit eitlem Lächeln, die fremde Sprache zu radebrechen.

Konrad fand Macheart und Leonie im Speisesaal des Wittelsbacher Hofs ruhig miteinander plaudernd, und freundlicher als sonst trennte sich das Mädchen von dem Amerikaner.

»Du hast mich ihm überlassen,« sagte sie mit leisem Vorwurf in der Stimme, als er gegangen war.

»Verstehst du denn nicht, mein Kind, dass ich auch einmal gern allein bin?« entgegnete er gequält, um, die jähe Angst, die sich in ihren Augen spiegelte, bemerkend, in aufrichtiger Besorgnis fortzufahren: »er ist dir doch nicht zu nahe getreten?«

Sie schüttelte den Kopf und sagte kühl: »Selbst eine anständige Frau könnte sich seine Huldigung ruhig gefallen lassen.«

Eine bunte Menge strömte zum Spielhaus durch die Dorfstraßen, an den Läden vorüber mit den Holzschnitzereien, die nur in der Technik die Werke alter Zeit übertrafen, sonst aber in kalter Konvention stecken geblieben waren. Keine Rührung strömte mehr aus den Wunden Christi, dem Lächeln Mariä; zu keinem Händefalten zwang mehr der Anblick der Märtyrer, keine Seele erhob sich mit den geflügelten Himmelsbewohnern.

Auf den Schaufenstern klebten Zettel: »English spoken«, auf den Türen frisch geputzter Bauernhäuser: »Tearoom«.

Der Zuschauerraum, eine mächtige Eisenhalle, stimmungslos wie ein Bahnhof, füllte sich rasch: Da waren die stereotypen Engländer mit lüstern-frömmelnden Mienen, die ebenso sattsam bekannten Berliner Parvenüs: Frauen, die auf dem Dorf mit seidenen Kleidern rauschen, Männer, mit breiten Ringen auf kurzen, dicken Fingern, beide mit süffisantem Gesicht, ohne eine Spur innerer Anteilnahme; da war die ganze internationale Bummlergesellschaft, die ihre Bildung nach der Zahl der Kirchen, Museen und Theater taxiert, die sie in der kürzesten Zeit abzumachen vermochte. Da waren schließlich die Landbewohner der Umgegend, kräftige Männer, früh gealterte Frauen, die sich mit wenigen Ausnahmen zur Feier des Tages in städtische Kleidung zwängten. Aber während die anderen rücksichtslos schwatzten und lachten, saßen diese von Anfang an still mit gefalteten Händen da, eine heilige Handlung erwartend.

Mit dem tiefen Orgelton seiner Stimme sprach der Chorführer, mit hellem Klang, rein und fromm, fiel der Gesang der Kinder ein; Gestalten voll naiver Ausdrucksfähigkeit, in wundervolle, farbenglühende Gewänder gehüllt, stellten in Bildern Christi Leben und Leiden dar.

Leonie weinte leise, als die Passion zu Ende war.

»Das vermag nur ein Volk, das noch mitempfindet und glaubt, was es darstellt,« sagte Konrad tief ergriffen.

Der Amerikaner lächelte überlegen: »Wie lange wird es dauern, und sie sind Schauspieler geworden und die Bühne Oberammergaus aus einem frommen Werk ein kapitalistisches Unternehmen?!«

Draußen ließen sich die Engel und frommen Frauen von alten und jungen Snobs umschmeicheln, und schwärmerische Stadtbackfische, hysterische alte Jungfern und abenteuerlustige Frauen belagerten die gelockten Propheten und Apostel.

Eine alte Bauersfrau in faltigem Seidenrock, die traditionelle Pelzmütze auf dem Kopf, zwischen den runzligen, braunen Händen den Rosenkranz drehend, ging mit abwesendem Blick durch die Menge. »Engel waren's, Ahndl, wirkli Engel?!« sagte der barfüßige Bub, der an ihrer Schürze hing, die glänzenden braunen Augen auf sie gerichtet.

Machearts Auto sauste durch die Nacht, ein Urweltungeheuer. Die schneidende Luft nahm den Insassen fast den Atem. Keiner sprach.

Als sie vor dem Hause hinter dem Efeuturm hielten und Leonie über die Rosenterrasse verschwunden war, bat der Amerikaner den schweigsamen Gefährten um eine kurze Unterredung.

»Meine Verehrung für Madame Leonie«, begann er ruhig, »wird Ihnen, Herr Baron, nicht unbekannt geblieben sein. Ich hätte keine Veranlassung, darüber zu sprechen, wenn nicht meine Gefühle ernstere geworden wären und ich vor der Frage stünde, mich in vollkommener Respektierung älterer Rechte zurückzuziehen, oder –«

Konrad fuhr auf. »Madame Leonie ist Herrin ihrer selbst,« entgegnete er schroff. Mister Macheart machte eine korrekte Verbeugung und ging.

Am Abend danach fand Leonie mit der Karte des Amerikaners ein versiegeltes Paket auf ihrem Zimmer, dem sie eine Perlenkette entnahm.

»Was meinst du dazu?« sagte sie langsam, das Schmuckstück in leise zitternden Fingern Konrad hinhaltend.

»Er ist sehr reich,« antwortete er ausweichend mit gepresster

Stimme.

»Geschenke wie dieses sind Anzahlungen auf –« murmelte sie, müde in den Sessel sinkend, während sie die Kette durch die Finger zog. »Was rätst – du mir?!«

Minutenlanges Schweigen. Unten knarrte ein Fenster, im Efeu raschelte es. Leonie starrte Konrad an, entgeistert, und schleuderte die Perlen, aufspringend, zu Boden.

Das Geräusch weckte ihn aus seiner Versunkenheit. Er hob den gesenkten Kopf. Die Falte auf seiner Stirn stand schwarz zwischen seinen Brauen, zwei scharfe Striche zogen sich an Mund und Nase hinab.

»Du bist – Herrin deiner selbst.« – In diesem Augenblick kam er sich so verächtlich vor, dass er dankbar gewesen wäre, wenn das Mädchen, aus deren weit aufgerissenen Augen wilde Verzweiflung sprach, einen Revolver gezogen und ihn niedergeschossen hätte.

Aber sie schrie nur auf. Laut und gellend. Und flog die Treppe hinab – an die Bucht.

Eine lange, schwarze Gestalt richtete sich jäh empor vor ihr, sie mit beiden Armen wie mit Eisenklammern umfassend.

»Nur wer für andere stirbt, hat ein Recht zu sterben,« sagte eine glockentiefe Stimme.

Die Arme lösten sich – Schritte verklangen – ihr Kopf lag schwindelnd an Konrads Schulter.

»Leonie – mein lieber Kamerad –« stöhnte er.

Sie sah auf, wehmütig lächelnd: »Verzeih, dass ich – ich! – dir Böses antun wollte!«

Heiter, als wäre die Nacht nichts als ein Traum gewesen, erschien sie am nächsten Tage unter den Hausbewohnern.

Nur Sabine fiel irgendetwas Fremdes an ihr auf: »Hast du nicht ein wenig zu viel Rot aufgelegt?« meinte sie nach einem freundlich prüfenden Blick. Als sie Konrads übernächtige Züge gesehen hatte, forschte sie nicht weiter.

Am Abend gab Macheart wieder ein Fest, sein Abschiedsfest, wie er sagte. Der Wagen, der Konrad und Leonie hinüberfahren sollte, stand vor der Türe.

»Willst du mir noch einen großen Gefallen tun, Sabine,« sagte Leonie leise, sich vor die Freundin niederkauernd.

»Noch?!« meinte sie erstaunt.

»Sage Egil, dass ich ihm immer danken werde!«

Und Leonie, deren Stimme unmerklich gezittert hatte, erhob sich rasch. Ihr Mantel verschob sich dabei ein wenig und enthüllte eine Schnur mattschimmernder Perlen, die Sabine noch nie an ihrem Halse gesehen hatte.

Aus allen Orten der Gegend waren Landleute und Sommergäste an jenem Abend nach Urfeld geströmt. Man erzählte sich Wunderdinge von all den Herrlichkeiten, die der goldne Stab des amerikanischen Hexenmeisters in das kleine, weltverlorene Nest gezaubert hatte. Und der Gasthof war überfüllt von seinen Freunden, die aus München und Oberammergau, aus Garmisch und Innsbruck seiner Einladung gefolgt waren. Der Wirt strahlte. Die weiblichen Hotelgäste saßen schon seit Stunden aufgeregt vor dem Spiegel und putzten sich.

Vor dem Landungssteg schaukelte die Segeljacht Machearts, von Blumengirlanden umkränzt, bunt gewimpelt, mit Hunderten vielfarbiger Lämpchen bis in die Masten hinauf geschmückt; zahllose große und kleine Boote schaukelten um sie, und ein Weg, von lodernden Pechfackeln erleuchtet, führte vom Eingang des Gartens bis zu ihr. Eine Via triumphalis war es, durch die Leonie, von Macheart geleitet, schritt; auf ihren gelbseidnen Mantel, den sie um den Körper zog, als wüsste sie von jeder Falte, was sie betonen, was verhüllen sollte, warfen die Flammen abwechselnd züngelnde rote Lichter und schwarze Schatten. Bewundernd und staunend, hämisch und neidisch starrten ihr von rechts und links Hunderte von Augen entgegen. Macheart lächelte wie ein Sieger über seine Beute.

»Ob ich sie ihm doch wieder entreißen sollte, mit dem einzigen Recht, das ich besitze, dem der Freundschaft?« dachte Konrad gequält.

Als sie das Schiff betraten, krachten Raketen und prasselten Leuchtkugeln gen Himmel; der milde Glanz der Sterne erlosch vor all den glänzenden künstlichen Feuern; die Berge verhüllten ihr Antlitz;

vor dem Knallen der Champagnerpfropfen verstummte das leise Geflüster der Wellen. Die Natur schämte sich.

Aus seidenen Kissen und seltenen Blumen hatte Macheart für Leonie einen erhöhten Sitz errichten lassen, auf dem sie mit erfrorenem Lächeln thronte, still und bleich, eine Siegesbeute. Ein wundervoller Teppich – Hunderte lebendiger Alpenrosen in ein Netz geflochten – hing vom Schiff hinab in das Wasser wie eine Krönungsschleppe.

Mit leisem Grüßen dorthin, wo Konrad saß, hob sie den gefüllten Becher. Aber er trank keinen Tropfen, denn der Wein widerstand ihm. Was er tun wollte, musste nüchtern getan werden, ganz nüchtern.

Als die anderen alle in seligster Selbstvergessenheit nicht mehr wussten, was um sie her geschah, und der stets gleich beherrschte Amerikaner das Umlegen der Segel beaufsichtigte, um den Landungssteg wieder zu erreichen, Leonie aber müde mit geschlossenen Lidern in ihren Kissen lehnte, trat Konrad dicht an sie heran und sagte:

»Gib ihm die Kette zurück, an der er dich fortführen wollte, Leonie, mein lieber Kamerad.«

Ein traurig-zärtliches Lächeln umspielte ihre Lippen, während sie antwortete:

»Ich kann dein Kamerad nicht sein, Konrad, mein Geliebter. Die ›dumme Liebe‹ – du weißt! rächt sich ob meines Hohns. Wohl bin ich nur ein armes Mädel – ein Dienstmädchen war ich in deinem Dienst –, kann den Körper geben für Perlen – gleichgültig, wie man einem Bettler eine Münze zuwirft. Aber meine Liebe für – Freundschaft, für Barmherzigkeit am Ende gar – das – das kann ich nicht –«

Das Schiff stieß an den Steg, der Anker rasselte. Leonie stand, den Kopf in den Nacken geworfen, neben dem Amerikaner, mit der Miene der Herrin vom Platze der Hausfrau Besitz ergreifend, und reichte jedem der Gäste die Fingerspitzen zum Abschied. Keiner wagte ein Wort, das die Grenze der Ehrerbietung überschritten hätte.

Konrad allein verneigte sich tief und stumm, ohne ihre Hand zu berühren.

Glutheiße Nächte kamen. Bleiern, wolkenlos spannte sich der

Himmel über dem stillen See. Die Büsche an der Chaussee waren grau vor Staub, der Efeuturm und die Bucht dahinter waren noch schwärzer als sonst.

Konrad hatte Sabine rückhaltlos, keine Selbstanklage scheuend, erzählt, was sich begeben hatte. Sie hatte nur genickt: »Egil wusste es.« Und als der stille Gast abends erschien, hatte er ihm warm die Hand geschüttelt und gesagt: »Schicksal ist keine Schuld. Lüge aus Mitleid aber eine unverzeihliche Grausamkeit.« Dann sprachen sie nicht mehr davon. Konrad mied den Weg nach Urfeld.

Er dachte an seine Abreise. Nach Hochseß wollte er. Ohne dass sie je ein Verlangen nach seiner Gegenwart geäußert hätte, fühlte er aus den Briefen der Großmutter, ihren andeutenden Bemerkungen über die Alterserscheinungen, die sich mehr und mehr bemerkbar machten, dass sie wünschte, ihn um sich zu haben. Wenn er trotzdem noch zögerte, so geschah's, weil der merkwürdig veränderte Zustand Egils eine fast ganz begrabene Hoffnung wiedererweckte. Seine Angstzustände, die bisweilen an den Beginn des Verfolgungswahnsinns erinnert hatten, seine verworrenen und von tiefer Verbitterung zeugenden Selbstgespräche, die Konrad hie und da vom Fenster aus belauschte, waren gewichen und hatten einer stillen, selbstsicheren Ruhe Platz gemacht; oft schien er sogar von starker Siegeszuversicht erfüllt. Nur dass er sich noch immer am Tage nicht zeigte, und aus lebhaftestem Gespräch plötzlich erschlafft in sich zusammenfiel, bewies, dass er nicht völlig genesen war.

In einer jener Nächte, die keinerlei Kühlung brachte, ging Konrad zum Strande hinunter, um zu baden. Als er mit ein paar kräftigen Stößen hinausgeschwommen war, bemerkte er einen nicht weit vor sich, der dieselbe Erfrischung suchte. Er schwamm mit erstaunlicher Sicherheit und Gewandtheit, sodass Konrad es aufgab, ihm zu folgen. Plötzlich tauchte der Fremde unerwartet dicht neben ihm auf.

»Egil!« rief Konrad überrascht.

»Eine alte Wasserratte! Auf einem Kutter bin ich zur Welt gekommen,« antwortete der lachend. »Allnächtlich werfe ich mich wieder in die Arme meiner ersten Liebe und lasse mir von alten Seegreisen Geschichten erzählen.«

»Weiß Sabine?« frug Konrad, als sie miteinander den Hügel aufwärts gingen; er dachte unwillkürlich, dass sie sich sorgen müsse.

»gewiss!« sagte Egil; und nach einer Weile, wobei seine Stimme wieder den Tonfall feierlicher Rede annahm: »Das Wasser, das mich geboren hat, wird mich erlösen.«

Eines Abends – schon fingen die ersten gelben Blätter an, von den Bäumen zu fliegen – trat der Gast früher als sonst auf die Terrasse, um die nun keine Rosen mehr blühten. Ein feines Rot färbte seine eingefallenen Wangen und gab seinem schmalen Antlitz etwas Knabenhaftes. Freudig erregt kam Sabine ihm entgegen, und zärtlich und vorsichtig, als wäre die zierliche Gestalt sehr zerbrechlich, legte er den Arm um sie: »Ja, du Beste, Treuste,« sagte er in einfacher Herzlichkeit, »nun wirst du mich bald – bald nicht mehr zu pflegen brauchen.«

Sie hob die Arme, um mit beiden Händen seinen Kopf umfassen zu können, dabei leise fragend: »Aber immer lieben?!«

»Immer!« hörte ihn Konrad inbrünstig beteuern, während er leise davonschlich, die beiden ihrem Glück überlassend.

Später, als die Nacht sich tief herabgesenkt hatte, und alle drei durch den Garten gingen, blieb Egil am Tor der alten Kapelle stehen. »Meine Kirche,« sagte er andächtig und drückte die eiserne Klinke nieder. Sie gab nach. Sie drehte sich, als wäre sie immer benutzt gewesen, lautlos in den Scharnieren. Er trat ein.

Sabine legte in plötzlicher Angst die Hand auf seinen Arm: »Wenn sie über dir zusammenstürzt!«

Mit einem großen fremden Blick sah er sie an. »Baufälliges muss stürzen, damit Lebendiges wachse,« sagte er und ging mit festen Schritten, die in dem leeren Raum dumpf widerhallten, dem Altar zu. Es raschelte und knarrte in dem dunklen Gotteshaus. Vor den Fensterhöhlen hing der Sternenhimmel wie ein Vorhang.

Da erhob sich seine Glockenstimme, vor der jeder andere Laut verstummte:

»Wahrlich, ich sage euch, die Zeit ist nicht mehr ferne, da ihr weinen müsst, wenn die Grillen friedlich in euren Feldern zirpen, von keines Feindes eisengeschientem Fuße zertreten.

Ihr wollt den Frieden und sucht die Sattheit? Wehe, wenn ihr sie finden werdet!

Von der Seligkeit des Leids predige ich euch! Vom Schmerz, der großen, ewig fruchtbaren Mutter –

Behaltet eure klingenden Rechenpfennige des Glücks, ihr Armen!

Den verborgenen Schatz des Leids will ich heben.

Weihe deinen Sohn dem Kampf, du Gebärende!

Und deinen Geliebten der blutigen Wahlstatt, tanzendes Mädchen!«

Die Glockenstimme schwieg. Eine andere, stöhnende, klanglose schien es zu sein, die fortfuhr:

»Ihr wartet, dass ich euch das Ziel gebe für eure Güte und den Geist für euer Streben – ihr wartet umsonst –

Und dass ich euch den Gott offenbare, den unbekannten Gott, dem eure Altäre schon rauchen« –

Sabinens Hand krampfte sich in Konrads Arm. Die Stimme, die aus dem Dunkel kam, war kreischend geworden. Etwas fiel polternd zu Boden, – Konrad stürzte nach vorn, stolpernd und schwankend, Sabine hinter ihm –

»Ich kann es nicht – ich kann es nicht!« schrie es gellend.

Egil lag lang ausgestreckt auf dem Boden. Sie brachten ihn ins Haus. Tagelang verschloss er sich wieder in sein Zimmer. Bis er eines Nachts wieder heimlich aus dem Fenster kletterte. Konrad hörte das Geräusch und schlich ihm nach. Egil aber wandte sich um und ging ihm entgegen.

»Gut, dass Sie kommen, es ist Zeit;« – sein Gesicht, das fahl und eingefallen war wie ein Totenkopf, verzerrte sich vor Entsetzen. Mit den Händen, an denen die Adern wie Stricke schwollen, wies er um sich: »Sehen Sie – sehen Sie, wie sie mich verfolgen und verhöhnen,« flüsterte er heiser, »Buddha und Christus und Mohammed. Weil ich nichts – nichts weiß – was sie nicht schon gewusst haben – Und dort – dort –« er schlug stöhnend die Hände vor das Gesicht – »dort lauert das ausgemergelte Heer der Hungernden, dem ich – ich das Brot versprach!«

Ein Weinen, wie das eines wimmernden Kindes, erschütterte seinen Körper.

»Jörun Egil,« sagte Konrad mitleidig und suchte ihn fortzuführen.

Das Weinen verstummte. Die verzerrten Züge glätteten sich. Er folgte ruhig.

Konrad aber fand von da an keinen Schlaf mehr.

Sabine, die sich allmählich von dem Schrecken der nächtlichen Predigt zu erholen begann, wagte er von seinem Erlebnis nichts mitzuteilen, um so weniger, als Egils Verhalten ihr gegenüber sie zu neuen frohen Hoffnungen berechtigte. So verurteilte er sich denn selbst zu der Rolle des geheimen Aufsehers. Er ließ Egil nicht aus den Augen; er folgte ihm des Nachts, ohne sich von seiner scheinbaren Ruhe und Beherrschung täuschen oder von seinem Zorn einschüchtern zu lassen. Sabine vor dem schrecklichsten Erleben zu schützen, sah er als die Aufgabe an, die er hier noch zu erfüllen hatte.

Es war ein milder Septembertag mit mattem Sonnenschein. Silberne Nebel wogten vom See herüber und legten sich bald fest wie ein Mantel um Häuser und Bäume, bald flatterten sie wie graue Fahnen von Dächern und Wipfeln. Den Kirchturm umschlangen sie besonders zärtlich: oft schien's, als leuchteten weiße Arme unter ihrem zarten Gewebe hervor, als zeigten sich winkende Hände.

»Die Schleier der Seejungfern,« sagte Egil, der schon am Nachmittag das Zimmer verlassen hatte; »immer, wenn ich müde war, umhüllten sie mich; in keinem Daunenbett schläft es sich besser.« Und er sah mit großen, offenen Augen in die Ferne. Freudestrahlend betrachtete ihn Sabine.

»Das Licht tut dir nicht mehr weh, Jörun?« frug sie zärtlich.

»Selbst blendende Helle kann ich vertragen,« entgegnete er, sie auf die Stirne küssend. »Ich hätte Lust, mit Ihnen spazieren zu gehen,« wandte er sich an Konrad, »wir kennen uns noch zu wenig.«

Und sie gingen im Walde einsame Wege, auf deren weichem Boden der Ton des Schrittes erstarb.

»Sie verfolgen mich, Baron,« begann Egil, als sie außer Hörweite waren. »Warum?«

»Um Sie zu schützen!«

»Vor wem?!«

»Vor sich selbst!«

Egil zuckte lächelnd die Achseln. »Und wenn sie überzeugt werden könnten, statt eines guten Werkes, ein böses zu tun?« Seine großen glänzenden Augen bohrten sich förmlich in seines Begleiters Antlitz.

»So würde ich es unterlassen,« entgegnete Konrad fest.

»Kennen Sie die Legende von den beiden Propheten?«

Konrad schüttelte den Kopf. Und der andere erzählte im Weitergehen, wobei seine Schritte den Rhythmus der Rede skandierten.

»Es lebten einmal zwei Weise im Morgenlande. Sie kannten alle heiligen Bücher und wussten um alle Geheimnisse. Viel Volks folgte ihnen, Offenbarung und Wunder erwartend. Und der eine trat auf den Felsen und predigte laut. Da er aber geendet hatte, lachten, die ihm zuhörten, und schrien: Er versprach uns Enthüllung der Tiefen des Seins und redet wie andere Priester. Sie zogen darauf jenem nach, der noch immer schwieg. Denn sie lechzten sehr nach Erkenntnis. Er aber entwich, hauste in Höhlen und kasteite sich. Und viele, die ihm nachgegangen waren, wurden irre an ihm und suchten wieder den anderen, der inzwischen die Künste der Magier und Taschenspieler gelernt hatte und der wachsenden Menge seiner Jünger Kiesel gab für Edelsteine.

Nach den Tiefen des Seins grub indessen der Einsiedler mit blutigen Händen. Und er fand nichts, als was er schon kannte: Erde und Würmer. Der Hoffenden vor seiner Höhle wurden immer weniger. Sie jammerten ihn, denn ihr Leid war groß. Sollte er sie in Glaskugeln blicken lassen und ihre Sehnsucht betrügen mit eitel Blendwerk? – Danach, als die Nacht kam, wurde es sehr still in der Höhle und die Wartenden hatten große Furcht. Und eine aus ihrer Schar sah, dass der Krug, den sie an den Eingang zu stellen pflegte, – denn sie liebte den Heiligen sehr und schleppte ihm Wasser und Brot zu durch die brennende Wüste, – voll blieb und der Korb unberührt. Und sie trat mit ihrer Lampe tiefer in das Dunkel und fand, dass er, dessen sie harrten, gestorben war – –«

Sie schwiegen beide, der Erzähler und der Zuhörende. Bis Egil plötzlich händeringend aufsprang und schrie: »Und wenn ich alle –

alle betrügen könnte, – sie nicht – sie nicht!«

»Sie sind noch jung,« sagte Konrad gepresst, »Sie haben noch Zeit, noch Kraft –«

»Nein, nein!« rief der andere, »ich gehöre zu denen, die alt geboren wurden! Und dann –« seine Stimme sank zum Flüstern hinab, und in seine Züge trat jener Ausdruck, halb Wildheit, halb Blödsinn, wie in der Nacht, da er von seinen Verfolgern sprach. Er drängte sich dicht an Konrads Ohr: »In die Wände des Zimmers haben sie Löcher gebohrt und glotzen hindurch mit runden Glasaugen. Auf der Straße folgen sie mir und brüllen: Betrüger! Und aus dem See steigen die Geister empor mit den Polypenarmen –«

»Jörun Egil!« mahnte Konrad. Der Phantasierende zuckte zusammen und kam langsam wieder zu sich.

»Sie sind gut – ein Mensch – und stark,« murmelte er. Dann legte er ihm schwer beide Hände auf die Schultern und sagte laut: »Graben Sie nie – nie – als bis zu den Wurzeln der Eintagspflanzen!«

Sie gingen den Weg zurück am Ufer in dichtem Nebel. Da, wo er zur Kapelle umbog, blieb Egil noch einmal stehen, zog ein Etui aus der Tasche, dem er eine kleine Spritze entnahm, und ein Fläschchen mit einer kristallhellen Flüssigkeit. »Kokain,« – sagte er mit bitterem Lächeln; »davon lebe ich. Wie hätte ich sonst die letzten Jahre ertragen können. Der erste Tropfen davon ist Rausch – der letzte, Wahnsinn. Wissen Sie nun, dass Sie mich nicht mehr verfolgen dürfen?«

Statt aller Antwort umklammerte Konrads Rechte die seine. Und so, Hand in Hand, gingen sie bis nach Hause.

Am Morgen darauf war Egil verschwunden.

Eine alte Frau hatte ihn in der Nacht zum See hinuntergehen sehen, und ein Fischer, der im Morgengrauen hinausgesegelt war, hatte einen einsamen Schwimmer verfolgt, bis er versank. Der See gab seine Leiche nicht zurück.

Als Konrad, der die verzweifelnde Sabine nicht einen Augenblick verlassen hatte, in München von ihr Abschied nahm, einen letzten, langen, sorgenden Blick auf sie werfend, sagte sie, zum ersten Mal den schmerzverzogenen Mund zu einem Lächeln zwingend: »Fürchten Sie nichts für mich, lieber Freund. Ich glaube an das Geheimnis, das er mit sich genommen hat. Ich werde weiter den Menschen dienen.«

Unterwegs erreichte Konrad Hochseß die Nachricht der schweren Erkrankung der Gräfin Savelli.

Siebentes Kapitel
Von Konrads Pilgerfahrt und den Wundern der heiligen Fiorenza

Ein feuchter, kühler Vorfrühlingstag. Auf der Chaussee von Hochseß nach Ebermannstadt – der nächsten Eisenbahnstation – die über das kahle Hochplateau hinüberführte, standen kleine, schmutzige Wasserlachen; langsam fielen schwere Tropfen von den spärlichen blätterlosen Bäumen am Wege; in ihren Wipfeln saßen die Krähen und kreischten. Der Wind pfiff und fauchte hier oben ungefesselt über den steinigen, dürren Boden, den nur eine dürre Grasnarbe überzog. Das klägliche Blöken der Schafe, die die Öde ein wenig belebten, klang dazwischen.

Aus den Dörfern liefen die Leute zusammen; sie standen und warteten, die Frauen in Tücher gehüllt, blass, die Augen blau umrändert, die Männer in dicken Jacken, in deren Taschen sie die roten Fäuste vergruben.

Märzkälte ist unbarmherziger als Dezemberfrost; sie ist ein aszetischer Mönch, dessen Zerstörungswut keine Schönheit widersteht; unter ihrer Berührung wird alles hässlich.

Von fern her bimmelte ein Glöckchen, ein zweites, ein drittes antwortete. Es klang nicht, wie sonst Glocken klingen: jubelnd, tröstend, feierlich; es klang wie gleichgültiges Geschwätz.

»Sie kommen! Sie kommen!« rief ein pockennarbiger Bub und sprang vom Apfelbaum im Wirtsgarten, auf dem er gesessen hatte. Der Straßenschmutz spritzte hoch auf um ihn. Und die Neugierde erhellte die missmutigen Gesichter. Neugierde – sonst nichts. Die Gräfin Savelli in dem Sarge dort, der sich in riesiger Silhouette vom Grau der geraden Chaussee und des bleiernen Himmels näher und näher kommend abhob, war ja nur eine Fremde gewesen!

»Vor rund zwanzig Jahren kam sie her, ich weiß es wie heute,« sagte ein alter Mann, sich umständlich in sein großes, rotes Sacktuch schnäuzend, »schön war sie und stolz wie eine Königin, schöner als d e Frau Baronin, die schon damals kein Pfund Fleisch mehr auf dem Körper hatte.«

»Grad' hier an derselben Telegraphenstange stand ich,« fiel die dicke Wirtin ein, »als der Herr Baron sie vom Bahnhof holte. Mit vier Füchsen, rot wie sein Bart, fuhr er und knallte mit der Peitsche, dass mir vor Schreck der Korb aus den Händen fiel, und alle Äpfel ihm unter die Räder rollten.«

»Er hat sie dir wohl mit süßer Münze bezahlt – was?!« johlte ein junger Bursche, das eitel und vielsagend lächelnde Weib in die wulstig hängenden Wangen kneifend.

Das Lachen der Umstehenden verstummte jäh. Schwer schwankte der Leichenwagen, von sechs schwarz gedeckten Pferden gezogen, vorüber. Von Kränzen war er umhängt; die armen Blumen darin, die, wenn sie noch dem Erdreich verbunden sind, den Regen freudig aufblühend als sehnsüchtig erwartete Nahrung empfanden, aber unter seiner Berührung zum zweiten Male sterben, sobald sie gebrochen wurden, hingen welkend die Köpfchen. Ein zweiter Wagen folgte. Sonst nichts. Irgendwo bimmelte ein Glöckchen, – blechern und gefühllos.

»Ist auch der Mühe wert gewesen,« brummte eins der Weiber; die anderen nickten, zogen die Tücher fröstelnd enger um die Schultern und trotteten davon. Nur ein paar Kinder steckten noch eifrig tuschelnd die Köpfe zusammen.

»Habt ihr's gesehen,« sagte der Große mit den Pockennarben grinsend, »der Satan selbst fuhr hinterdrein in der Kutsche!« Die Kleinen sahen ängstlich hinab, wo die schwarzen Wagen Schritt vor Schritt sich weiter bewegten.

»Grasaff', dummer!« sagte ein Mädchen, »der alte Giovanni war's mit dem jungen gnädigen Herrn.«

»Ist's etwa nicht der Gottseibeiuns, der grausliche Welsche?« meinte eine andere und riss die Augen weit auf, wie märchentrunken. »Von wo käm's denn sonsten, das schrecklich viele Geld auf Hochseß? Die Grete, die Magd vom Schloss, hat dem Vater erzählt, in Tonnen hätt's der Alte aus dem Keller hinaufgetragen, als die Frau Gräfin gestorben ist, und die Baronessen seien kalkweiß geworden vor Schrecken.«

»Der Kaufpreis ist's für Herrn Konrads Seele –« lachte dröhnend der Pockennarbige, – er war ein Aufgeklärter und glaubte schon längst nichts mehr. Die Kinder stoben auseinander.

Ein Mädchen mit flachsblondem Kraushaar und Augen, blassblau wie das Stückchen Himmel, das eben mit zögerndem Lächeln

198

zwischen den sich ballenden Wolken hervorsah, blieb allein zurück. Sie war eine Katholische und ein lediges Kind obendrein, und die anderen Dorfbuben und -mädchen, die Standesunterschiede strenger aufrecht erhalten als Schlossherren und Damen, stießen sie stets beiseite. Mit zuckenden Lippen blickte sie noch einmal den Wagen nach, die fern, wie schwarze Punkte, im Nebel schwankten. »Wie der Erzengel Michael schaut er aus,« flüsterte sie und presste die verfrorenen Finger aufeinander, »Heilige Mutter Gottes, rette seine arme Seele.«

Durch die Nacht ratterte der Zug. An schlafenden Dörfern, die in den Armen ihrer Felder und Wiesen friedlich ruhten, an Städten mit zahllosen, immer noch wachenden, weiß, rot und gelb glänzenden Fensteraugen sauste er vorbei. Mit triumphierendem Fauchen – denn er, das hässliche Ungeheuer, hat sie alle bezwungen: die starren Felsen, die schimmernden Gletscher, die träumenden Täler, die drohenden Schlünde – kroch er durch die Berge, schwang er sich über die vom schmelzenden Alpenschnee gelb schäumenden Wasser. Seine Räder aber sangen, als ob die grässlich gigantische Schlange eine Seele habe.

»Wir tragen die Toten zu Grabe – zu Grabe,« klang es Stunden um Stunden unablässig in Konrads Ohren.

Ob das Pärchen nebenan, das sein junges Liebesglück unter Italiens Himmel führte, dasselbe hörte, oder ob sein kosendes Gezwitscher die Trauerhymne übertönte, die der Gräfin Savelli kalten Körper in die Heimat geleitete?

Konrad lag lang ausgestreckt auf dem schmalen Bett des Schlafwagens, das Fenster weit offen. In schwarzen Schatten, schmalen, gestreckten, und wuchtigen, breiten, flog die Landschaft draußen an seinen müden Augen vorüber; nur der Himmel stand still, und die Sterne sahen in ruhigem Ernst auf das hastende Leben tief unten.

Langsam stieg der Zug zur Höhe des Passes empor; die Maschinen stöhnten, die Räder vergaßen ihr Lied; vor Anstrengung heulten sie.

Konrad richtete sich auf; ein Frostschauer ließ ihn zusammenfahren; er sah hinaus. Um dunkle Berggipfel, die sich immer dichter und drohender zusammenschoben, strichen Wolken wie tanzende Gigantengespenster.

»Das steigt und steigt, in der Hoffnung, droben der Sonne näher zu sein,« dachte er, »und ist die Höhe erreicht, so hat sie nichts als Eis und Einsamkeit.«

Der Zug hielt. Er musste Atem schöpfen. Dichte Schneeflocken umtanzten ihn. Wer von den Reisenden sie gesehen haben mochte, sank sicherlich rasch in die Kissen zurück, sich nur noch fester in die Decken wickelnd. Konrad allein stieg aus. Wie wundervoll still es war! So weich und sanft, so lind und liebevoll sank der Schnee, als breitete über ihr schlummerndes Kind die Hand einer Mutter die Daunendecke aus. Ein wildes Schluchzen, jäh und ursprünglich, dass der Wille, es niederzuzwingen, zu spät kam, drang aus Konrads Kehle. Eine Mutter! Er hatte niemand, – niemand mehr! –

Er sah sie in Gedanken vor sich, die mit ihm fuhren: Die jungen, verliebten Hochzeiter, das alte Ehepaar mit dem zufriedenen Lächeln derer, die einen sorgenlosen Lebensabend erreichten, die beiden im Überschwang des Daseinsgefühls strahlenden Freunde – sie waren alle zu zweien, Freude und Sehnsucht glänzte auf allen Gesichtern; Ströme von Lebensfülle schien dies ferne Land an sich zu ziehen, das einmal im Leben gesehen zu haben, jedes Deutschen Sehnsucht war. Nur er war allein, nur ihm schlug das Herz in der Brust wie eine aufgezogene Maschine, nur er geleitete eine Tote.

Eine Hand berührte seinen Arm; Giovannis faltiges Antlitz tauchte neben ihm auf.

»Rasch, Herr Baron, wir fahren weiter! – Und jetzt – jetzt geht es hinab!« Ein gurgelnder Ton, wie von erstickten Tränen, klang in der alten Stimme. Konrad sah ihn an, ehe er in den Wagen sprang; das Leuchten heller Verklärung lag über dem gelben Gesicht und gab den Augen den Glanz der Jugend wieder. »Unten blühen die Mandelbäume!«

Seltsam, wie jetzt das Lied der Räder anders tönte. »Unten blühen – die Mandelbäume!« wiederholten sie. Und es war wie ein Tanz in die Täler hinab.

Konrad schlief ein; rosenrote Blüten sah er vom Himmel gaukeln, sie mischten sich leise unter die Winterflocken, sie wurden dichter, immer dichter, sie verdrängten den Schnee, sie hüllten die ganze Erde in ein Festkleid von Seide.

Und weiter und weiter ging die rasende Fahrt. Schon wurden die Linien der Berge starrer, feierlicher, wie von eines klassischen Künstlers Hand gezogen; die romantische Zerklüftung wich und mit ihr die Lieblichkeit der Dörfer im Tal. Es waren nicht die roten Giebeldächer mehr, die zwischen Obstbäumen und Fliederbüschen behaglich hervorlugen; grau, wie gewachsene Felsen, drängten sich die Häuser eng zusammen, jeder Ort eine Burg. Breiter wurde das Tal. In schweren, gelben Fluten rauschte die Etsch bergab. Die Berge, die finster drohenden, treuen Wächter am Zaubergarten Europens traten zurück. Der blaue Himmel umschlang zärtlich die grüne Ebene. Wie sie sich dehnte und reckte, wie sie siegreich die letzten Hügel zur Seite drängte – ein einziges hoffnungsstarkes Sehnen! Soweit das Auge reichte: saftige Wiesen, von niedrigen Weiden und Maulbeerbäumen gleichmäßig durchzogen, die Ranken sprossenden Weins in anmutigem Schwung miteinander verknüpften; dazwischen kleine Gärtchen um kleine Häuser voll blauleuchtender Schwertlilien und Alleen königlich stolzer Pappeln.

Konrad riss Fenster und Türe auf. Fuhr er wirklich mit einer Toten?!

»Ich werde dich nach Hause führen,« hatte sie wieder und wieder gesagt, laut und angstvoll, leise und hoffnungsfroh, während das Fieber ihre Sinne verwirrte und ihr Körper, leidenschaftlich an das Leben sich klammernd, mit dem letzten Überwinder rang. Sie hatte gelacht, triumphierend, wie eine siegende Amazone gelacht haben mochte, als sie ihn in die Flucht geschlagen zu haben glaubte, und die Krankheit wich. Doch heimtückisch war er durch Hintertüren wieder eingeschlichen, hatte sich einen eisigen, sturmdurchtobten Winter und einen grauen, nassen Frühling zu Helfern geholt, und die stolze Frau, da er sie in offener Schlacht nicht hatte treffen können, wie ein Meuchelmörder rücklings überwältigt.

»Ich werde dich – nach Hause führen,« waren ihre letzten Worte gewesen. Und führte sie ihn nicht heute? War sie nicht neben ihm und in ihm? Oder war es nur das mütterliche Blut, das in ihm aufrauschte und in seinen Ohren brauste und sang? Ihm war, als spränge plötzlich ein Eisenband über seiner Brust, das er, von Geburt an daran gewöhnt, niemals gespürt hatte.

»Verona –« der Zug hielt: ein kleiner, öder Bahnhof, die Stadt sehr fern, in blendendes Licht getaucht, hinter ihr ein gestreckter Hügel, und aufsteigend an ihm in geraden schwarzen Strichen zwei Reihen dunkler Zypressen. Führten sie vielleicht zu Julias sagenumwobenem Sarkophage? Oder liegt sie tief und heimlich im Arm des Todes wie einst an der Brust des Geliebten?

Wie hatte doch einmal jener berühmte Berliner Kritiker doziert, als sie nach einer Vorstellung von Shakespeares Liebesdrama im Kaffeehaus saßen und Konrad seinem Ärger über den Darsteller Romeos, der die klingenden Verse des Dichters heruntergeschwatzt hatte, als gelte es, in einem parfümierten Salon von Berlin W geistreiche Konversation zu machen, Ausdruck gab.

»Mit solch einer Gestalt kann ein moderner Mensch überhaupt nichts mehr anfangen. Mutet uns nicht die ganze Geschichte an, als ob man Erwachsenen ein Weihnachtsmärchen vorspielen wollte? Die Zeit dürfte nicht mehr fern sein, wo ein moderner Mensch für die Sentimentalitäten der Liebe nur noch ein Lächeln übrig hat, wo man sich des so genannten Bedürfnisses nach ihr entledigt wie anderer animalischer Funktionen, und mit ruhiger Bewusstheit Kinder zeugt auf Grund wissenschaftlicher Untersuchungen und Prognosen.«

Niemand widersprach ihm damals; wenn er sich zu so einer langen Rede herbeiließ, galt, was er sagte, wie ein Orakelspruch. Dunkle Schamröte stieg Konrad in Erinnerung daran in die Stirne, – denn auch er hatte geschwiegen!

Wie weit lag sie hinter ihm, die entgötterte Welt!

Die Sonne stand jetzt im Zenit. In breiten silbernen Wassern spiegelte sie ihr glühendes Angesicht. Es war, als verlange sie sehnsüchtig danach, in der geheimnisvoll stillen Tiefe zu versinken. Schwere, dunkle Mauermassen stiegen aus ihnen empor. Mit vergitterten Fenstern – geschlossenen Pforten. Graue Paläste; die Steine wie von harten Fäusten grimmig aufeinander gefügt: Mantua.

Verse Virgils – längst vergessene Verse – zogen im gleichmäßigen Takt des Hexameters durch Konrads Erinnern. Unter dem hellen Licht, das draußen von Himmel und Erde strahlte, sanken die Lider ihm tiefer über die Augen.

Er sah Isabella d'Este, die göttliche. Ob sie hinter den verschwiegenen Mauern dort, in einer heimlichen, heißen Stunde nicht doch dem Allbesieger Cesare zu eigen geworden war? Gehörten sie nicht zusammen, dieses Weib und dieser Mann? Wog eine Stunde überströmender Lust, die ihnen gemeinsam gehörte, nicht die kärglichen Freuden eines ganzen Lebens auf? Durch die geschlossenen Lider meinte er an ihren weißen Händen die grünen Smaragde wie Schlangenaugen leuchten zu sehen.

Feucht und heiß strich die Luft der Muränen um seine Stirne. Tief in ihrem Moorgrund stand die Totenurne Livias, der großen Hetäre: unter den Küssen ihres Geliebten war sie gestorben, in ihr Todesröcheln hatten sich die Seufzer beseligter Liebe gemischt.

Konrad hörte das Rattern der Räder nicht mehr. Schwer lag die Hitze auf seinen Gliedern und lullte ihn ein. Auch seine Träume waren schwer, – er hörte die Tote mit harten Knöcheln an den Sargdeckel stoßen. In einen Schrein aus Glas bei offenen Fenstern hätte man sie betten sollen, denn ihre Augen, ihre großen Augen suchten sehnsüchtig das Licht.

Und dann saßen sie plötzlich neben ihm – alle drei: Else, hauchdünn und zerbrechlich, den ganzen Arm voll weißer Puppen mit goldenen Krönchen im Flachshaar, – Renetta, im Ballkleid, die weiße Seidentaille voll schmutziger Fingerspuren; Leonie, als wäre sie eben aus dem Bade gestiegen, das Wasser hing noch in silbernen Perlen an ihrem schwarzen Trikot. Was wollten die?! Er war ja fort – weit fort – mit einer Toten –.

Ein tiefer Seufzer der Befreiung hob seine Brust. Er erwachte. »Bologna!« klang es kreischend von draußen an sein Ohr, und hin und her eilende Schritte und Gelächter und Geschrei! Er sah auf: wie fröhlich bewegt hier die Menge war! Auf einem deutschen Bahnhof setzte jeder eine geschäftsmäßigtrübselige Miene auf.

»Chianti, Herr Baron!« In der einen Hand das volle Glas, in der anderen die strohumsponnene Flasche, stand Giovanni vor ihm. Seine Augen blickten verklärt, seine zusammengeschrumpfte Gestalt schien sich mit jeder Station mehr gereckt zu haben. Jedem Vorüberhastenden warf er ein paar Worte zu und lächelte entzückt, wenn er als Antwort immer wieder die gleichen Laute der eigenen geliebten Sprache vernahm.

In langen Zügen trank Konrad den roten Wein. Hatte er nicht einmal jedwedem Alkohol abschwören wollen – aus sozialen Gründen, des guten Beispiels wegen? Wie unlebendig, wie nicht zu ihm gehörig, erschien das alles, – Staub, der, alle bunten Erdenfarben verhüllend, auf Blättern und Blüten lag, und den der hervorbrechende Sturzbach des Lebens hinwegspülte. Er hob das Glas. Die Menschen auf dem Bahnhof lachten ihm zu. »*Eviva Bologna la grassa*!« rief ein alter Packträger lustig.

Bologna? Hatten sie nicht hier König Enzio, den jungen, bis an sein Ende, fast drei Jahrzehnte lang, gefangen gehalten? Ein prunkender Palast, dessen hohe Säle von seinen Liedern widerhallten, war sein Kerker gewesen, die rosigen Arme, die blauschwarzen Haare Lucia Viadagolas seine Ketten! Und hatte nicht hier Novella d'Andrea die Rechte gelehrt, deren Schüler in Liebeswahnsinn rasten, wenn sie nur einmal den Schleier von den brennenden Augen hob?

Konrad strich sich über die Stirne: er geleitete eine Tote, und Bilder heißen Lebens verfolgten ihn. Die Luft schien erfüllt von jenem Frühlingszauber, dem sich alles Lebende unterwirft, jeder Strahl der Sonne ein Pfeil des allbeherrschenden Gottes.

Giovanni stand auf dem Gang vor dem Coupé seines Herrn. Er riss unermüdlich die Fenster hinauf und herab, je nachdem der Zug im Dunkel der Tunnel verschwand oder wieder emportauchte. Von einer einzigen Farbe goldigen Grüns überzogen, leuchteten die Berge; sie waren vor kurzem kahl gewesen wie Greisenhäupter, jetzt sprossten sie von jungen Eichen, stolz der gesicherten, mit festen Wurzeln in ihrem üppigen Schoße ruhenden Zukunft. Aufblitzend wie Traumbilder zwischen den Tunneln öffneten sich tiefe Täler, schwangen sich in kühnem Bogen hohe Viadukte über brausenden Bergbächen. Weiße Häuser, graue Wehrgänge um alte Schlösser, eng wie Lämmer einer Herde zusammengeschmiegte Hütten tauchten minutenlang auf und verschwanden wieder.

Giovanni kannte jeden Weg, jeden Ort; er erzählte und merkte kaum, wie die Menge der Zuhörer um ihn her wuchs.

Dort hatte die blasse Lina, des Lehrers Tochter, ihm selber den Wein geschenkt für sein Spiel mit den Glaskugeln; dort hatte die stolze Marquesa ihm einen Sack voller Silberstücke zugeworfen, als er den schwindelnden Weg um die alte Schlossmauer in langen Sätzen zurückgelegt hatte; dort, dicht unter dem Holunderstrauch gab ihm die braune Loretta den ersten Kuss für den kecken Tanz durch die

Messer. O, er war ein schmucker, schlanker Bursche gewesen! Es gab eine Zeit, da schlief er teine Nacht in dem gelben Wagen, da betteten ihn zärtliche Hände auf weiches Moos, unter Rosenhecken und Glyzinenlauben, auf buntgewürfeltes Bettuch und auf spitzenübersäte Daunenkissen –.

Hier verstummte er jäh – in Träume versunken. Plötzlich belebten sich seine Züge wieder; sein Auge, unruhig flackernd, haftete an einem fernen weißen Punkt. Er umklammerte Konrads Arm mit den harten Knochenfingern.

»Dort –« kam es aus seiner Kehle, »dort stürzte ich zum ersten Mal! – Der Gendarm, der Schurke, hatte mein Weib um die Hüften gefasst!« Und dicht an Konrads Ohr: »Mein linker Arm zerbrach – mit der rechten Hand sprang ich ihm an die Kehle, dass das Blut ihm aus Mund und Nase troff und die Augen ihm aus den Höhlen traten –.«

Der nächste Tunnel verdunkelte wieder das ferne Bild; scheu und erschreckt waren die Passagiere wieder zu ihren Sitzen zurückgegangen.

Konrad streichelte des Alten eingesunkene Wange. »Wann war das, Giovanni?« frug er leise.

»Wann? Wann?! –« Er richtete sich straff auf, ein irres Lächeln um die schmalen blutleeren Lippen. »Vor hundert Jahren vielleicht! Sie haben mich ja zu schwerem Kerker verurteilt. Sitzen wir nicht beide drinnen – du und ich?!«

Lange blieb es stumm zwischen ihnen. Der Alte schien zu schlummern. Plötzlich fuhr er empor, – der Zug hatte sich wieder tief in die Berge gebohrt.

»*Bambino mio*,« rief er, »nun werden wir sie wieder sehen – sie!« Und er riss im ersten Strahl neuen Lichts das Fenster hinunter.

»Santa Fiorenze!« schrie er auf und sank in die Knie.

Hoch oben hielt der Zug; er schien zu zögern, als habe auch er ein sehendes Auge, ein pochendes Herz, denn unten im Tal, vom nahenden Abend in feine violette Schleier gehüllt, lag sie, die Unsterbliche, die ewig Sieghafte. Die Hügel wölbten sich, den Linien ihres Körpers folgend, weich um sie; ein Band von Gold umschmeichelte sie der Fluss, und, anbetende Ritter, knieten die Berge vor ihrer lächelnden Schöne.

Kein Wort mehr fiel zwischen den beiden Reisenden. Sie waren nicht Herr und nicht Diener. Nur zwei betende Pilger an der Schwelle des Heiligtums.

Wenn Konrad in späteren Jahren an seine Ankunft und die ersten Stunden seines Aufenthalts in Florenz zurückdachte, so war ihm, als erinnere er sich nur einzelner Bilder eines Traums, deren Zusammenhänge seinem Gedächtnis vollkommen entschwunden waren: er sah, wie die schwarzvermummten Gestalten der Brüder von der Misericordia – deren Köpfe unter spitzen Kapuzen, deren Gesichter unter seidenen Masken verschwanden – den schweren geschnitzten Sarg davontrugen; er fühlte, wie er mit geschlossenen Augen in der Ecke des Wagens saß, so überwältigt von der Empfindung, in Florenz, der Stadt seiner Ahnen, seiner Kindheitsträume, seiner tiefen, ihrer selbst fast unbewussten Sehnsucht zu sein, dass er außerstande war, in diesem Augenblick ihr lebendiges Bild in sich aufzunehmen. Und dann war ihm gewesen, als schliefe er, ein kleiner Knabe noch, im Arm der Mutter und hörte ihre Stimme, die längst verklungene, leise, leise singen:

Fata la nanna chè possa dormire!

Il letto gli sia fatto di viole

Ce lenzuola di quel panno fine

A la coltrice di penne di pavone.

Bis ihn eine Empfindung, halb Wonne, halb Entsetzen, emporgerissen hatte, denn greifbar deutlich klang es ihm jetzt ins Ohr:

Fata la nanna chè possa dormire! –

In einer schmalen Straße fuhren sie; düstere Paläste fassten sie zu beiden Seiten ein; geschlossene Fenster starrten wie tote Augen. Und plötzlich stand hinter einer sehr hohen Mauer, drohend wie die Lanze eines Riesen, eine einsame Zypresse vor dem dämmernden Abendhimmel. Die Mauer aber wuchs, der Garten dahinter sandte nur wenige blütenlose Zweige über ihre schwarze Wand in die gähnende Tiefe der Straße.

Und dann, wo sie am engsten war, hatte der Wagen mit einem harten Ruck stille gestanden: Zu mächtigem Bauwerk schichteten sich gewaltige, rau behauene Steine, ein düsterer Torweg öffnete sich dazwischen wie ein Höllenrachen, und ganz oben über dem finsteren Kondottieri-Antlitz des Hauses ragte das schwarze Dach wie ein Eisenhelm.

Über einen Hof war er gekommen mit gedrungenen Säulen unter gewölbtem Kreuzgang und finsteren Schatten, die wie Klageweiber in den Winkeln hockten; – durch Flure – hoch wie Kamine – in ein Zimmer, das vier Lampen nicht zu erhellen vermochten.

»Das Zimmer der Gräfin Lavinia Savelli –,« hatte irgendeiner gesagt. Seiner Mutter Zimmer! Weiße und rote Fliesen deckten den Boden, schwarz zogen sich an der Decke die Balken hin, unter dem gewaltigen Kamin kauerten Karyatiden. Er kannte alles – er musste es schon einmal gesehen haben! Auch den Blick aus den Fenstern mit der verwitterten Sandsteinfigur – ein Erzengel oder ein Kriegsgott? – auf der Mauer drüben, die aus der Tiefe der Straße stieg, dem verwilderten Garten, den Dächern ferner Häuser dahinter und dem Hügel, dessen Umriss im dunklen Blau des Himmels verschwamm, kannte er.

Aber wo waren nur die Gobelins an den Wänden mit Andromedas Geschichte, die sich durch der Mutter Mädchenträume gezogen hatte, mit dem rotblonden Befreier Perseus, der seines Vaters Züge trug? –

Er hörte noch den Widerhall der Schritte in vielen matterleuchteten leeren Räumen, durch die man ihn geführt hatte, und sah den Saal mit dem verschlissenen roten Damast an den Wänden, den Öldruckbildern über seinen Löchern und den dünnbeinigen Goldstühlchen vor den Kaminen, die das Spielzeug mit höhnisch aufgerissenen Mäulern zu verschlingen drohten. –

In Marmorsäulen spiegelte sich das rote Licht von hundert gelben Kerzen, durch Weihrauchnebel blinkte in der Nische des hohen Chors das aus Tausenden bunter Steine zusammengesetzte Bild des Gottessohnes; wie lauter Regenbogen leuchtete durch Fenster aus orientalischem Alabaster die Morgensonne auf den dunklen Sarg, um den in weißen Gewändern viele kniende Nonnen beteten.

Sie hatten Psalmen gesungen mit hellen Knabenstimmen wie Hymnen Apolls. Und die Priester hatten gesprochen wie Seher in fremden Zungen, deren Tonfall nur, – ein Rauschen und Raunen aus der Tiefe – ins Ohr drang. Und in das dunkle Gewölbe der Krypta war der Sarg verschwunden zwischen den zierlichen Säulen, die einst der Demeter Tempeldach getragen hatten. In stillem Gebet waren sie alle in die Knie gesunken – alle, die der Gräfin Savelli das letzte Ehrengeleit gegeben hatten: Männer mit Gesichtern wie aus altem Elfenbein geschnitzt, Frauen, deren matte Haut die Sonne Italiens durchglutete. Über Jahrzehnte des Fernseins und des Vergessens spannten sich zwischen ihnen und der Toten die uralt heiligen Bande des Bluts.

Und als der Enkel, der große, blonde, der ihre Augen hatte, allein, versteint, die Stufen zum Schiff der Kirche, aus deren geschlossenen Pforten die Nacht noch nicht gewichen war, wieder aufwärts stieg, folgten sie dem Voranschreitenden, eine Geleitschaft in das Leben.

San Miniato al Montes Bronzetüren – aus dem Heiligtum Jupiters an das sonnengeweihte Heiligtum Christi versetzt – sprangen auf.

Und von da an wachte Konrad Hochseß.

Als wolle sie triumphierend von allem Lebendigen wieder Besitz ergreifen, strömte die Sonne in die Finsternis, und, gebadet in ihrem Licht, lachte die selige Stadt zu denen empor, die ihrem Schoße die Tochter zurückgegeben hatten.

Konrad stand wie betäubt, bis eine Stimme in den Lauten der eigenen Sprache – aber mit dem weichen Akzent des Italienischen – zu ihm sagte:

»Ihr Mutterland!«

Norina Camaldoli war es, die mit ihm redete.

Graf Savelli, der Neffe der Begrabenen, der nach dem Tode ihres ohne männliche Nachkommen verstorbenen Gemahls den alten Palazzo in der Via del Bardi übernommen hatte, und mit seinen Kindern, dem Grafen Carlo – Leutnant im Regiment Torino – und seiner verwitweten Tochter, der Marchesa Norina Camaldoli bewohnte, stellte den deutschen Vetter den Verwandten vor. Seinem Vater waren sie, soweit sie ihn persönlich gekannt hatten, nicht freundlich gewesen. Er war ein Fremder, ein Protestant. Mehr noch, als dass Lavinia die Seine geworden war, hatte es sie gewurmt, dass ihm der Reichtum der Gräfin Savelli, den diese ihrem Gatten als Contessa Buondelmonte mit in die Ehe gebracht hatte, zufiel. Aber Konrad war ein anderer,

Konrad war ihres Bluts, und seine schlanke Schönheit, seine tief gebräunte Haut, seine dunklen Augen zeugten davon, und erinnerten in nichts an den deutschen, bauernhaft derben Ritter, als der ihnen sein Vater erschienen war.

Die Buondelmonti waren besonders zahlreich erschienen. Viel Blondheit war unter ihnen, viele, ein wenig wässerige blaue Augen. Der jetzige Senior der Familie hatte eine Amerikanerin geheiratet, die ihre Verwandten um sich hatte, ein zierliches Mädchen unter ihnen, das Konrad mit kühlen, sehr neugierigen Augen fast zudringlich musterte, während Carlo Savelli sich lebhaft bemühte, ihre Aufmerksamkeit auf sich zu lenken.

Als Konrad allen die Hand geschüttelt, mit allen ein paar Worte gewechselt hatte – »wahrhaftig, Sie beschämen uns durch Ihr vollendetes Italienisch; wir lernen leider nur wenig fremde Sprachen,« – sagte ihm dabei jemand, und er hatte lächelnd erwidert: »Sie vergessen, dass es meine Muttersprache ist,« – führte ihm Norina Camaldoli einen kleinen alten Mann in schäbigem Rock und altmodischem Zylinder zu, den die anderen ängstlich zu meiden schienen.

»Der Marquis Ritorni hat Ihre Mutter gekannt,« sagte Norina.

»Ich habe sie sehr geliebt,« flüsterte er mit zitternder Stimme, Konrad eine welke Hand reichend, »Sie haben ihre Augen.« Und ohne eine Antwort abzuwarten, trippelte er eilig, fast ängstlich davon.

Auf der Heimfahrt sagte der alte Graf vorwurfsvoll zu seiner Tochter: »Wie konntest du Ritornis Taktlosigkeit, unter uns überhaupt zu erscheinen, auch noch unterstützen?«

»Ist's eine Schande, dass er arm ist?« entgegnete sie, nicht ohne Schärfe.

»Aber –« fiel der Bruder ein.

»Ich weiß,« unterbrach sie ihn, »was du sagen willst: er wurde es durch eigene Schuld, hat sein eigenes Vermögen und das anderer verspielt und vertrunken. Ist er, der die Folgen seiner eigenen Taten zu tragen hat, nicht bemitleidenswerter als einer, der sich als unschuldiges Opfer gebärden kann?«

»Ich werde ihn besuchen,« sagte Konrad rasch, Norinas blasse, schmale Wangen überzogen sich mit einem feinen Rot.

»Das wird kaum angehen,« meinte der alte Graf. »Ich will nicht davon sprechen, ob er Ihnen noch einen Stuhl würde anbieten können, – seit Jahren versucht er vergebens, seinen Palazzo zu verkaufen; man wird heute nur durch alte Villen reich, um so mehr, als sie natürlich alle Mediceervillen sind! – aber seine Häuslichkeit ist doch – nun, sagen wir milde: etwas merkwürdig.«

»Ich glaube, man spricht in Deutschland offen von diesen Dingen, Papa,« sagte Norina lebhaft, sich dann an Konrad wendend. »Ritorni lebt mit der Frau, die, als er jung war, seinen Ruin herbeiführen half. Er ist ihr und sie ihm treu geblieben.«

Der Wagen hielt. Im Aussteigen sagte Konrad zu Norina: »Ihre Mitteilung hat meinen Vorsatz nur bestärkt.« Sie stand jetzt neben ihm, so groß wie er; sie konnte ihm, ohne den Blick zu heben, gerade in die Augen sehen, und tat es mit einer offenen Wärme, die sich sonst so tief hinter dem Ausdruck hochmütig abweisender Kälte verbarg, dass ihr Vorhandensein bezweifelt werden konnte.

Sie gingen über den Hof, der selbst unter dem blauen Mittagshimmel dämmerig war. Konrad fuhr streichelnd über die kühle, glatte Fläche einer der Säulen. »Wie schön sie ist!«

»Nicht wahr!« lächelte Norina, »und mit mütterlicher Kraft und Güte trägt sie, was ihr auferlegt wurde.«

Sie ging weiter die Steintreppe mit den niedrigen, breiten Stufen hinauf. Hut und Mantel hatte sie abgenommen; das Licht spielte in blauen Reflexen auf ihrem schwarzen Haar, das, schlicht gescheitelt, das schmale Oval ihres Gesichts umgab, und sich hinten über dem sehr weißen, vielleicht ein wenig allzu langen Hals in einen schweren Knoten schlang. Das lange, schwarze Kleid hatte sie etwas gehoben; mit hoher Biegung des Spanns traten die schlanken Füße darunter hervor. Ihr im Steigen geneigter Oberkörper gab eine so weiche Linie, wie sie nur dann möglich ist, wenn er nie eines künstlichen Halts bedurfte. Konrad sah das alles nicht. Sein Auge hing mit einem erkennenden Staunen an ihrem Antlitz: der ungewöhnlich hohen Stirn, den fein gezogenen Augenbrauen, der kleinen Nase, die vielleicht etwas zu breit, dem vollen Munde, der vielleicht etwas zu groß war. Das kannte er doch alles! Das hatte er gesehen! Und mehr als das: erlebt, empfunden! Er verfiel wieder in den dumpfen Traum des ersten Tages.

Da hörte er einen Schrei – und gleich danach einen zweiten: Giovanni, der eben zur Türe am Ende der Treppe herausgetreten war, lag zu Füßen Norinas, den Saum ihres Kleides an die Lippen pressend.

»Monna Lavinia!« rief er, »Monna Lavinia,« einmal und noch einmal; die ganze Skala menschlicher Empfindung lag in seinem Schrei: Entsetzen und Glückseligkeit, Hingebung und Leidenschaft.

Norina hatte im ersten Schreck beide Hände an das Herz gepresst.

»Mein alter Diener,« rief er ihr zu, – er entsann sich dunkel, gestern, am Abend der Ankunft, jenem seltsam verworrenen, unwirklichen Abend, von ihm erzählt zu haben, – »Ihr wisst!«

Und sie beugte sich barmherzig über den Knienden und sagte: »Steht auf, Giovanni! Ich bin's, Norina Camaldoli – die Richte Eurer toten Herrin.«

Er erhob sich mühsam, dicke Tränen rollten durch die Furchen seiner Wangen. »So gütig war auch Monna Lavinia zu mir armen, alten Narren,« murmelte er, der schönen Frau nachstarrend, wie sie, ihm noch einmal freundlich zunickend, hinter der Türe verschwand.

Gebeugter als sonst, mit ganz vergrämten Zügen, erschien er am Abend bei seinem Herrn. Stumm und seufzend schlich er zwischen den Koffern und dem Schrank – einem nussbaumartig polierten Möbel mit Muschelaufsatz, das verloren an einer Wand des riesigen Raumes stand – hin und her, um Konrads Abendkleidung zurecht zu legen.

»Fehlt dir etwas?« frug ihn dieser. Er schüttelte den Kopf. Erst nach einer Weile, während er den Ärmel Konrads gedankenverloren stets an derselben Stelle bürstete, fand er die Sprache wieder.

»Die Pferde vor dem Wagen, der uns holte,« begann er stockend, »gehören dem – Droschkenkutscher nebenan. Und der Portier mit dem weißen Bart hat – im Souterrain des Palazzos seine – Schusterwerkstatt!«

Konrad legte dem Alten die Hand auf die Schulter: »Wir werden davon – nichts bemerken, Giovanni!« sagte er eindringlich. Der sah auf, seine kleinen Äuglein sprühten förmlich. »In Goldbrokat sollte Monna Lavinia gehen und unter einem Thronhimmel aus blauer Seide sitzen!« rief er pathetisch.

Auf der Suche nach dem roten Salon, den Carlo Savelli die »Hall«
zu nennen pflegte, verirrte sich Konrad in den vielen Gängen und
Zimmern zwischen auf und nieder führenden Treppchen und Stufen.

Als vor Jahrzehnten die Uferstraßen am Arno geschaffen wurden, büßte der Palast, um an seiner Rückseite der Via Torrigiani Platz
zu machen, einen guten Teil seines Umfangs ein, und es entstanden
seltsame Winkel und Kammern in seinem Innern. An einer davon,
deren Türe offen stand, kam Konrad vorbei. Sie war dreieckig, zwei
ihrer Wände waren mit farbenleuchtenden Fresken bemalt, von deren
Gestalten man freilich nur die untere Hälfte sah, denn eine neue Decke war quer durch den Raum hindurchgeführt, sodass den Menschen Köpfe und Oberkörper, den Pferden die Hälse, den Bäumen die
Kronen fehlten. Durch den üppigen Leib eines liegenden Weibes war
ein Fenster gebrochen, in den Brüsten nackter Nymphen staken eiserne Riegel mit alten Kleidungsstücken daran; auf schmaler Feldbett-
stelle aber lag der alte Graf Savelli und schlief. Ein dickes, altes Weib
goss frisches Wasser in den kleinen Blechnapf auf dem Waschständer.

Konrad eilte vorüber. Im Salon, den er endlich erreichte, erwarteten ihn die Geschwister. Sie schienen eine Auseinandersetzung gehabt
zu haben, denn Norina war still und blass; Carlo dagegen sehr rot
und von forcierter Lustigkeit.

»Übrigens traf ich Vanrosendahls beim Tee,« sagte er; »sie baten
darum, ob du und Papa sie morgen Nachmittag empfangen wollt,
was ich natürlich ohne weiteres zusagte.«

»Natürlich!« wiederholte Norina hochmütig. »Wie alles für uns
natürlich sein muss, was diese hergelaufene Gesellschaft wünscht!
Vanrosendahl! Wie das klingt! Der Vater, den sie dunkel halten, hieß
sicher Rosenthal und stammt aus Galizien.«

Konrad suchte einzulenken, denn er sah, dass der kleine, lebhafte
Graf sich nur mühsam beherrschte.

»Nach dem Wenigen, was ich durch die Großmutter weiß,« sagte
er, »hat Florenz den Engländern und Amerikanern einiges zu verdanken –«

»Eine Gräfin Savelli«, entgegnete sie rasch, »sollte das behauptet
haben?! Ich glaube, Sie wollen nur meinen Bruder schützen! Oder

halten Sie es für dankenswert, dass jedes Stubenmädchen ein paar Brocken englisch lernt, dass jede Osteria sich in einen Tearoom zu verwandeln droht, dass ein Künstler von der Würde und Tiefe wie Fra Angelico in der ganzen Welt mit der fürchterlichen Bezeichnung ›süß‹ abgestempelt wird, weil er auch ein paar goldhaarige Engelsköpfchen malte, dass Botticellis tragische Madonnen mit dem sentimental-verlogenen Ausdruck der Schönen eines Burne-Jones auf Broschen und Gürtelschnallen prangen, dass die Stätten, wo ein Palla Strozzi, ein Magnifico, ein Boccaccio lebten – um aus der Masse nur diese wenigen herauszuheben – Italien von ihnen gestohlen wurden! – «

»Aber Norina,« fuhr der Bruder auf. Ihre Brust hob und senkte sich in stürmischen Atemzügen, und sie fuhr fort, im Saale, den ihre Stimme ganz erfüllte, hin und her gehend:

»Meinst du, es heißt weniger stehlen, wenn man einem Lande seine Heiligtümer mit Goldstücken abschachert? Und die ehrwürdigen Denkmale unserer heroischen Vergangenheit – die nicht die der Mediceer, sondern die der Ritter vor ihnen gewesen ist –, die Ruinen auf den Felsen und Bergen, die Zyklopen errichteten, aus dem Instinkt von Schönheit und Größe heraus, bauen sie mit Hilfe ihrer gelehrten Architekten – armseliger Grundrissschnüffler – zu leeren Theaterdekorationen wieder auf, sie mit alten Geräten füllend, denen sie bis in die Häuser der Bauern nachgehen, und die für sie nichts sind als Schaustücke ihrer Eitelkeit, für jene aber heilige Erinnerungen an die Väter.«

Konrad lauschte entzückt dem Pathos ihrer Rede, konnte sich aber der kritischen Einwendungen nicht erwehren. »Sie vergessen, Frau Marchesa,« sagte er, »dass Italien sich die Heiligtümer entreißen ließ!«

»O, ich weiß, ich weiß,« rief sie, vor ihm stehen bleibend. »Wir waren wie die Kinder, die sich reich, sich glücklich fühlen und nicht wissen warum! Wenn jene erwachsenen Fremden wirklich das Große und Schöne, das wir besaßen, erkannten – in Ehrfurcht erkannten, nicht in Habsucht! –, weshalb kamen sie nicht, wie viele Deutsche es taten, und wurden die Erzieher dieser Kinder?«

Wieder stand sie vor ihm mit dem wundervoll belebten Antlitz, aus dem die ganze Heftigkeit der Antwort heischenden Frage sprach.

»Vielleicht ist die Ursache ihrer Weltmacht, ihrer brutalen Vergewaltigung anderer Völker«, antwortete er nachdenklich, »gerade in dem zu suchen, was ich mit Ihnen auf das Tiefste verabscheue: dem Mangel an Ehrfurcht.«

Besuche kamen, das Gespräch unterbrechend. Auch der alte Graf erschien wieder. Der rote Salon füllte sich bis in all seine Winkel. Die lebhafteste Unterhaltung kam rasch in Gang. Konrad, der nur zerstreut zuhörte und sich nur aus Höflichkeit daran beteiligte, zog unwillkürlich Vergleiche mit den Hochsesser Nachbarschaftsvisiten. Hier wie dort dieselbe Klatschsucht, dieselbe Oberflächlichkeit; nur dass man daheim die Blößen der Bildung als Mangel empfand und zu verbergen suchte, während man sie hier mit naiver Selbstverständlichkeit zur Schau trug, ja sich beinahe ihrer freute.

»Gott, wir haben es doch nicht nötig, das zu wissen, wir wohnen ja in Florenz!« sagte eine braunäugige, graziöse Schöne, als er nach dem Erbauer eines Palastes frug, der ihm auf der Fahrt aufgefallen war.

Um Norinas Lippen zuckte jener hochmütige Spott, der sie sichtlich außerhalb der Intimität der andern stehen ließ. Konrad aber sagte, mehr zu ihr als zu jener gewandt: »Sie haben so unrecht nicht. Wer die Kultur einer großen Vergangenheit in sich aufnahm, hat sicherlich mehr getan, als wer nur die Namen ihrer Träger behielt.«

Norina lachte mit unbeherrschtem Hohn. »Sie sind allzu liebenswürdig oder – allzu gut erzogen, Baron« sagte sie, »kulturelle Traditionen sind noch keine Kultur; sie befähigen nur dazu, Kultur in sich aufzunehmen.«

Früchte und Wein, Eis und Kuchen wurden gereicht. Der alte Giovanni, der um den Dienst wie um eine große Gunst gebeten hatte, trug mit einer gewissen Feierlichkeit die silbernen Tablette mit dem Wappen der Savelli.

Es bildeten sich immer kleinere Gruppen. Man flüsterte und kokettierte. Die sprechenden Augen, die nicht imstande zu sein schienen, etwas anderes auszudrücken als alle Grade der Leidenschaft, vom ersten Entflammtsein bis zum letzten Verzichten, erhoben das Liebesspiel aus dem kühlen Bereich bloßen Flirts, und die Grazie, die es umgab, gab ihm seltene Schönheit.

Nur Norina blieb abseits von allem. »Wie kommt es, dass Sie so anders sind?« frug Konrad mit einem bewundernden Blick auf ihre königliche Erscheinung, den sie ruhig annahm, weil er von jeder Schmeichelei fernblieb.

»Meine Mutter starb früh,« sagte sie einfach, »ich hatte eine deutsche Erzieherin, die vieles, das in uns allen verborgen liegt, aufschloss, wohl auch die tiefere Empfänglichkeit für den Schmerz.«

»Vergiss nicht,« fiel der Bruder lachend ein, der mit hellem Ohr zugehört hatte – er schien überhaupt den deutschen Vetter und seine Schwester aufmerksam im Auge zu behalten –, »Vittorio Tenda, den Jugendfreund, der ein Raffael werden wollte und jetzt vielleicht in Chicago Wände streicht!«

Sie warf ihm einen finsteren Blick zu.

Als die Gäste gegangen waren, bat Konrad, ihn am nächsten Tag entschuldigen zu wollen. »Ich muss anfangen, mir mein Mutterland zu erobern,« erklärte er mit einem warmen Blick auf Norina.

»Meine Tochter wird Ihnen eine glänzende Führerin sein,« meinte der alte Graf freundlich.

»Ich bedaure,« sagte sie in einem so schroffen Ton, dass Konrad die Absicht, ihn verletzen zu wollen, herauszuhören meinte und erstaunt in ihrem Gesicht nach der Ursache zu forschen suchte. Aber sie hielt den Kopf hartnäckig gesenkt.

Sein Stolz empörte sich. »Auch ich ziehe es vor, eine solch intime Bekanntschaft ohne Zeugen zu machen,« kam es sehr kühl von seinen Lippen.

Graf Carlo begleitete ihn bis zu seinem Zimmer. Erst als sie miteinander vor der Türe standen, sagte er mit einer Verlegenheit, die seinen leeren Zügen einen fast kindlichen Ausdruck verlieh: »Würden Sie mir den Gefallen tun, nachmittags, wenn die Vanrosendahls kommen, hier zu sein? Sie sehen, meine Schwester ist unzugänglich, wenn sie nicht will. Und Miss Maud ist so sehr gebildet. Sie könnten mir beistehen, nicht wahr?«

Konrad drückte ihm die Hand: »Aber mit Vergnügen, lieber Vetter.«

Norina stand noch lange mit fest aufeinandergepreßten Lippen an ihrem Fenster; sie lehnte die Stirne an die kühlen Scheiben und schaute mit starren Augen hinüber auf den schwarzen Fluss mit der blinkenden Lichterreihe, die sich in ihm spiegelte.

dass Giovanni vorbeischlich, merkte sie nicht. Leise und eintönig vor sich hinmurmelnd, schlug er dreimal das Kreuz über ihrer Türe. Dann kauerte er sich nieder und küsste inbrünstig ihre Schwelle, wie der fromme Beter die Reliquie des Heiligen.

Wenn die Sonne sich aus dem Morgenbade des Adriatischen Meers erhoben hat, dann steigt sie, ein jugendfrischer Wanderer, über die kahlen Bergkuppen der Apenninen und lässt ihre breiten Strahlen, selig ob des lustigen Spiels, um die hohen, ernsten Tannenwipfel des Prato magno tanzen und zaubert mit ihrem Licht seine grauen Buchenstämme zu schimmernden Marmorsäulen. Dann aber sieht sie erstaunt ihr Götterantlitz aus der Tiefe des Tals sich entgegenlächeln, und nicht müde, die eigene Schönheit stets aufs neue zu bewundern, folgt sie von oben freudig den hundert und aberhundert Krümmungen und Windungen des smaragdgrünen Wasserspiegels, den ihr der Arno, die holde Freundin grüßend, entgegenhält.

Und plötzlich treffen neugierige, nach neuen Spielen suchende Strahlen eine gewaltige Kuppel; unter ihr rauscht es von Orgelklang. Hier gibt's keinen neckischen Tanz wie um zitternde Zweige – ehrfürchtig streichen die Abgesandten der Sonne an ihr entlang und hüllen den marmorweißen Leib von Santa Maria del Fiore in ein Gewand gesponnenen Goldes.

Doch von drüben lockt der Glockenturm mit seinen vielen steingehauenen Menschenbildern die fröhlichen Strahlen, und der andere hoch über dem Wehrgang mit seinem roten, rostigen Kupferhelm. Es ist, als ob die Sonne jauchzte über jeden neuen Fund, und weiter und weiter suchend vordringt.

Die Sonne ist gut. Sie küsst nicht nur Berggipfel, Baumwipfel und Kirchentürme, die sich ihr stolz und fordernd und sehnsüchtig entgegenheben, sie streichelt auch mitleidig die ihrer ragenden Häupter durch Feuer und Feindesgeschosse beraubten Trutztürme der Paläste, ja sie wirbt schmeichelnd um die sich grimmig von ihr abwendenden schwarzbraunen Dächer der Häuser und wirft Bündel um Bündel flüssigen Silbers auf die breiten Steinfliesen der Plätze, auf das graue

Pflaster der Gassen.

Sie liebt diese Stadt mit der fordernden Liebe der Geliebten, mit der hingebungsvollen Treue der Mutter.

Und die Stadt weiht sich ihr zum Altar, von dem statt des Geruchs brennender Opfertiere die berauschenden Düfte blühender Rosen gen Himmel steigen.

Konrad hatte im ersten Dämmer des Morgens von San Miniato aus, wo er sich dem Traume hingab, dass die hier Schlummernde erwacht sei und neben ihm stünde, das Kommen der Sonne erwartet. Nun stieg er die breite Treppe zwischen hohen Zypressen und blühenden Lilien hinab und ging ziellos durch die erwachende Stadt, bei jedem Schritt mehr überwältigt von der vergangenheitgesättigten Gegenwart.

Es waren ja nicht nur berühmte Namen, wie sie das Reisehandbuch dem bildungssüchtigen Europäer vermittelt, die vor ihm auftauchten, es war nicht nur eine Epoche der Weltgeschichte, deren überquellender Reichtum an Form und Gestalt ihm vor Augen trat, – es war die Lebendigkeit fortwirkender Kultur, deren er sich immer deutlicher bewusst wurde.

Gab es überhaupt Tote in Florenz?!

Der Atem dieser Stadt ist der Atem unsterblichen, ewig wirkenden Geistes. Was wäre unsere ganze Kultur ohne sie?

Häuser und Straßen und Plätze vergegenwärtigten ihm immer lebendiger ihre großen Söhne. Es hätte ihn nicht überrascht, dem leidverwüsteten Antlitz Michelangelos, dem ganz zu Geist gewordenen Leonardos plötzlich gegenüberzustehen; dem scharfen Profile Dantes, dem Spöttergesicht Boccaccios, dem lockenumwallten Haupte Picos, der in ihrer Hässlichkeit prachtvoll schönen Erscheinung des Magnifico zu begegnen. Der Kunst, der Wissenschaft, dem Staat hatten sie ihr Leben geweiht; aber war es nicht doch die Einheitlichkeit einer umfassenden Idee gewesen, die ihren Werken Gestalt und Dauer verlieh, wuchsen sie nicht aus einem gemeinsamen Boden zu einem Himmel empor?

Er war noch in Grübelei über die Antwort auf diese Frage versunken, als er sich einem freien Platze näherte. Das Denkmal Dantes, das ihm entgegensah – mit all jener frostigen Theatralik, die ein

Kennzeichen der modernen italienischen Plastik ist – hätte ihn fast scheu zurückgetrieben, wenn eine altertümliche Kirche dahinter ihn nicht wieder gefesselt hätte.

»Santa Croce,« sagte ihm jemand auf seine Frage. Er trat ein. Und unwillkürlich legten sich seine Hände ineinander. Ganz still und menschenleer war es. Achteckige Pfeiler, in ihrer Gestalt so kraftvoll ernst, als wüssten sie um ihre Bestimmung, tragen den Dachstuhl, der die schlichte Schönheit seines Gebälks unverhüllt zeigen darf; durch die hohen, bunten Glasfenster des Chors strömt gedämpftes Licht und umgibt das kühle Grau des Steins, das Braun der Balken mit milder Wärme, während es zugleich aus den tiefen Kapellen ein leises Leben lockt. Die Gestalten an ihren Wänden erwachen. Aber sie sehen nicht hinab zu den Menschen, als bedürften sie ihrer. Denn sie sind weitab von der Welt.

Da thront in einfacher Majestät der Sultan, das Antlitz voll ernster Trauer seinen weißgewandeten Priestern zugekehrt, die nicht wagen wollen, was der Mann in der schlichten Kutte des Franziskanermönchs tut, ohne die Pathetik des Heldentums: durch die Flamme zu schreiten. Und dort weinen die Brüder am Totenbette ihres Heiligen – in Leid und Liebe, aber ohne die Geste der Verzweiflung; denn ihnen ist offenbar, was die Ungläubigen erst von der großen Lehrmeisterin, der Zeit, lernen werden: dass der heilige Franziskus lebt, ob er gleich gestorben ist.

Auf der anderen Seite erwartet des Täufers Mutter, still ergeben in ihr gottgewolltes Frauenlos, gestreckt auf weißen Linnen ruhend, die Geburt Johannis, und Frauen, den Körper in faltige Gewänder keusch verhüllt, tragen das schicksalgezeichnete Kindlein dem priesterlichen Segen zu. Am Pfeiler aber steht Ludwig, der heilige König, mit frommem, in sich gekehrtem Blick über die Last der Aufgabe sinnend, die ihm Gott der Herr mit der Krone auf das Haupt gedrückt hat.

Das ist weder entfesselte Leidenschaft, noch künstliche Bändigung.

Das ist nur die große Ruhe des Frommseins.

Konrad wandte sich wieder dem Ausgang zu. Und nun erst sah er die Denkmäler und Grabstätten an den Wänden der Seitenschiffe: Michelangelo und Macchiavelli, Marsupino, Aretino und Dante, – ein

Dach überschattet sie, deren Denken und Tun so weit auseinander ging, eine Mauer umspannt sie, die selbst Welten umfassten:

Frommsein.

War das die innere Einheit, aus die ihrer aller Stärke wuchs? Nicht Hingabe an eine Idee, sondern Unterwerfung unter einen Glauben, den christlichen?

»Nein!« sagte Konrad laut, als ob er vor ihnen allen sein Ketzertum bekennen müsse.

Zu den Höhen der alten Etruskerstadt Faesulae zog es ihn hinauf, als ob er da oben das Licht suchen müsse. Verschlungene Wege ging er: zwischen Mauern, durch graue Olivenhaine, an geheimnisvoll lockenden, grün übersponnenen Toren vorüber, während da und dort der Blick sich öffnete, ein Bauernhaus mit gewölbter Loggia, eine Villa mit eckigem Turm erschien.

Wie schmiegten sich daheim Dörfer und Gehöfte demütig zu Füßen der Hügel, der Felsen, der Bäume, noch überdies unter spitzgiebelige Dächer versteckt, – hier stand das Haus des Ärmsten aus starken Mauern von gewachsenem Stein stolz auf der Höhe, ein Herr, ein Herrscher.

Widersprach nicht die Lehre dieses Wegs unter freiem Himmel der Lehre aus der dämmernden Halle von Santa Croce – vom heiligen Kreuz?

Den steilsten Weg aufwärts, wo zuletzt zwischen den dunklen Stämmen einer Allee von Zypressen das weite Tal lächelnd hindurchschaut, erreichte Konrad die Höhe von Fiesole, und sah die Stadt wieder vor sich, für die jeder Hügel ringsum, als Ausblick zu ihr geschaffen schien. Sie schwamm in einem Meere blendenden Lichts.

Die Sonne umschlang sie ganz und versteckte ihre heiße Umarmung unter Silberschleiern.

Es war spät am Nachmittag, als Konrad die enge Via Calzaioli durchschreitend heimwärts ging. Da tönte ihm aus der Nebenstraße von der Piazza Vittorio Emanuele aus Lärm und Geschrei entgegen. »*A basso il tedeschi!*« gröhlte eine sich überschlagende Knabenstimme, von Jubel umtost. Überrascht trat er näher. »Studenten,« sagte auf seinen fragenden Blick einer der Umstehenden, den die improvisierte

Straßenversammlung belustigte wie irgendein anderer Spektakel. Auf einer kleinen Holztribüne tobte ein sehr blasses tiefbrünettes Kerlchen mit lebhaften Gebärden seine stürmische Leidenschaft aus. Er sprach pathetisch von den »geknechteten Brüdern« im Alpenland; von den »unerlösten Kindern der heiligen Mutter Italien, – Trient und Triest.« Konrad lachte unwillkürlich hell auf: so wenig wussten diese Studenten von der historischen Vergangenheit! Böse Blicke trafen ihn; ein feindseliges Gemurmel entstand; ein leerer Raum bildete sich um ihn her. Betroffen von dem Unerwarteten, verletzt durch ein Geschehen, das das Große, das er eben innerlich erlebte, zu verwischen drohte, wandte er sich langsam zum Gehen.

Als Konrad sich dem Palazzo Savelli wieder näherte, hielt ein Auto vor der Türe. So waren die amerikanischen Gäste, die ganz Italien darin »abmachten«, schon da.

Ungerufen erschien Giovanni, sobald er in sein Zimmer trat. »Die Frau Marchesa hat heute geweint,« sagte er in vorwurfsvollem Ton.

»Bin ich daran schuld?« frug Konrad, sich zu einem gleichgültigen Lächeln zwingend, während er fühlte, wie nahe Norinas Leid ihm ging.

»Ja,« entgegnete Giovanni mit einem fast feindseligen Blick auf ihn. »Der Herr Graf tobte, weil die Frau Marchesa den Herrn Baron ›abgewiesen‹ hat.« Und nun fiel es wie ein Schleier über des Alten Züge, während er kopfschüttelnd vor sich hinmurmelte: »Was konnte mein Bambino von Monna Lavinia haben wollen?!«

Konrad stieg das Blut siedend heiß ins Gesicht: war das der Grund ihrer schroffen Abwehr gestern abend, dass man sie zwingen wollte – entgegenkommend zu sein?! Zu Giovanni sagte er erregt: »Du hast gehorcht, – ich verbiete es dir!«

Der Alte zuckte zusammen. Dann schob er mit der Linken den Ärmel von seinem rechten fleischlosen Arm weit zurück: viele breite Narben zogen sich über die braune Haut. »Aus diesen Wunden blutete ich für Monna Lavinia,« flüsterte er, »und Blut – Blut bindet ewig!«

»Monna Lavinia starb, Giovanni,« suchte Konrad den Verwirrten mit liebevoller Stimme aus dem Traum zu erwecken. Der aber warf kopfschüttelnd einen verständnislosen Blick auf ihn.

»*Bambino mio*,« sagte er dann, die Hände flehend zu ihm erhoben,

»hilf du, dass sie nicht mehr weint! Ich – ich habe –« und er zog mit verlegenem Lächeln ein abgegriffenes Büchlein aus der Tasche, das er zärtlich streichelte – »für mein Begräbnis, mit vielen Priestern, und Chorknaben und Gesang, allerlei zusammengespart in den langen Jahren – Ihr seid auf Hochseß immer sehr gut, sehr gnädig gewesen zu dem alten Giovanni! – Die Frau Marchesa –« gequält von der eigenen Verwirrung sah er auf – »ist zu stolz – sie nähme es nicht von mir! Nur dass sie dem Schurken, dem Battisto die – die goldene Schlange mit den roten Augen wieder fortnimmt!« Der Alte schlug die Hände vor das Gesicht und schluchzte.

»Das Armband?! Was ist's damit?!« forschte Konrad.

»Er zeigt's in der Osteria drüben – der Hund – er prahlt damit –«

Entsetzt umklammerte Konrad des Alten Arm. »Sprich weiter – sprich!« rief er, während ein grässlicher Verdacht ihn zittern machte. Die kleinen Augen des Alten leuchteten triumphierend auf. »Mit dieser Faust hab' ich ihm das Maul gestopft,« sagte er, und fügte, den gebrechlichen Körper aufrichtend und das Gesicht in wildem Hass verzogen, fast kreischend hinzu: »Kalt gemacht hätt' ich ihn, wenn er noch ein einziges Wort gesagt hätte.«

Konrad verstummte. Er wollte nichts mehr hören – nichts. Mit seinen eigenen Augen musste er sich überzeugen.

Als er dem roten Saale näher kam, tönte ihm das laute Geschwätz der Amerikaner schon entgegen. Miss Maud hob die goldene Lorgnette an ihre hellen blauen Augen, als er eintrat. Er verbeugte sich steif. Norina saß sehr gerade auf einem der kleinen dünnbeinigen Stühlchen, die so gar nicht für ihre stolze Größe passten. Man fühlte förmlich die Distanz, die sie zwischen sich und ihren Gästen aufrecht erhielt. Die kleine Amerikanerin streckte ihm die Hand entgegen und begann mit ihrer hellen modulationslosen Stimme erregt auf ihn einzureden. Sie wollte wissen, ob er auch im Bargello die »entzückenden« Putten Donatellos gesehen habe und im Palazzo Pitti das furchtbar interessante Bildnis Luigi Cornaros; dann frug sie ihn unvermittelt, ob es wahr wäre, dass er eine wirkliche alte deutsche Ritterburg besäße, und riss die runden Augen vor Entzücken über seine bejahende Antwort noch weiter auf.

Konrad bemerkte, wie Carlo Savelli unruhig wurde. Ach so, – er hatte völlig vergessen, dass er dem Vetter seine Hilfe versprochen hatte!

»Kann man Ihre Burg besichtigen?« forschte Miss Maud, rot vor
Eifer.

»Sie ist für Fremde nicht zugänglich,« antwortete er schroff, sich
im stillen über den Grad der Unhöflichkeit wundernd, den er sich
abgenötigt hatte. Carlos dankbarer Blick traf ihn zugleich mit einem
Aufleuchten aus Norinas dunklen Augen. Er zwang sich dazu, es
nicht zu bemerken.

Die Amerikaner rüsteten zum Aufbruch.

»Sie haben mir versprochen, Graf Savelli, uns Ihren Palazzo zu
zeigen,« erklärte Miss Maud.

»Es ist wenig an ihm zu sehen,« sagte Norina, sich erhebend.

»Und wohl auch schon zu dunkel,« fügte Konrad rasch hinzu,
der ihre Empfindung verstand.

»Oh, ich habe gute Augen,« meinte die Amerikanerin, »und –«
dabei traf ein langer koketter Blick den jungen Grafen, dem die Freude darüber das Antlitz dunkler färbte – »ich liebe es so sehr, mit meiner Phantasie so wundervolle Räume einzurichten.«

Schon öffnete Carlo Savelli die Türe.

»Du gestattest wohl, dass ich euch hier zurückerwarte,« sagte
Norina kalt und, zu Konrad gewendet, mit sprechender Bitte in den
Augen: »Sie wissen ja auch Bescheid –«

In diesem Augenblick erschien Battisto. Sein Mund war ge-
schwollen. Er räumte Teller und Gläser fort. Norina würdigte ihn
keines Blicks. Eine Empfindung tiefster Beschämung ergriff Konrad.
Wie hatte er sie auch nur mit einem leisen Gedanken verdächtigen
können! –

Die Amerikanerin war wie ein Wirbelwind. Sie öffnete eigenmächtig alle Türen. Wohltätiges Dämmerlicht verhüllte, was des Ver-
hüllens wert war, und ließ die Räume selbst nur noch gewaltiger erscheinen, sodass Miss Maud ihr zwitscherndes »Wundervoll!« nicht
oft genug wiederholen konnte. Mrs. Vanrosendahl äußerte sich kaum;
nur einmal sagte sie zu Konrad: »Mit einigen tausend Dollars ließe
sich hier eine fürstliche Umgebung schaffen.«

Ihre Tochter durchstöberte indessen alle Winkel. Ehe Graf Savelli hindernd dazwischenspringen konnte, hatte sie eine weitere Tür aufgerissen. Helles Licht strömte in den Flur.

»Meiner Schwester Zimmer,« sagte der Graf in sichtlicher Verlegenheit.

Konrad hätte sich am liebsten rücksichtslos den Eingang wehrend in den Rahmen der Tür gestellt. Aber schon tönte ihm Miss Mauds »Ah« und »Oh« entgegen. Er war genötigt, so sehr er sich davor scheute, sich umzusehen.

Es war kein Zimmer. Es war ein Atelier. Kopien alter Meister hingen an den hellen Wänden, stets dasselbe Motiv in seinen hundert Variationen – die Madonna mit dem Kinde – wiederholend, Skizzen italienischer Landschaften, mit einem Mut zur Farbe gemalt, wie er Frauen sonst zu fehlen pflegt, lagen auf schweren, alten Renaissancetischen, oder lehnten in den verblichenen Seidenbezügen hoher, in ihrem Holz vom Alter schwarz gewordener Stühle. Was aber dem Raum seinen eigentlichen Charakter verlieh, ihn wie einen Märchengarten erscheinen ließ, den zu betreten nur Berufenen erlaubt sein dürfte, – Konrad empfand sein Hiersein wie eine Entweihung, und das der Amerikaner fast wie ein Sakrileg – das war die Fülle der Blumen: Aus hohen Vasen und breiten Tontöpfen wuchsen sie empor, von Konsolen und Regalen rankten sie sich hinunter, mit ihren Düften und ihren Farben die ganze Luft erfüllend.

Selbst das schwatzhafte Mädchen fand minutenlang keine Worte, bis sie dicht ans Fenster vor die Staffelei trat, die eben erst verlassen zu sein schien.

»Sieh nur, Mutter, sieh,« schrie sie auf, »das ist ja fast derselbe Stoff, den wir heute morgen im Palazzo Strozzi gekauft haben!«

Konrad sah, wie Savelli erblasste und die Zähne in die Unterlippe grub. Er trat näher: wie Mondlicht schimmernde Seide war über die Leisten gespannt, und Blumen voll farbenglühenden Lebens hatte der Pinsel eines großen Künstlers darauf geworfen. Konrad erschrak, war aber rasch wieder Herr seiner selbst.

Er lächelte die beiden Damen an und sagte: »So wissen Sie noch nicht, dass die Florentiner Modedamen, soweit sie nur den Pinsel führen können, es als eine Eitelkeitspflicht betrachten, sich die Stoffe ihrer Soireetoiletten selbst zu malen? Man versteckt dabei sorgfältig das gewählte Muster vor den Augen der Freundinnen, um vor jeder Kopie sicher zu sein.«

»Oh, ich verstehe, ich verstehe!« rief Miss Maud, in die Hände klatschend, »das muss ich auch lernen – gleich! –, Graf Savelli, Sie werden mir die Adresse eines Lehrers verschaffen – heute noch!«

Mit einem erlösten Aufatmen versprach er es.

»Aber Sie müssen eine Bedingung stellen, lieber Vetter,« wandte sich Konrad scheinbar scherzend an ihn, »dass die Damen von ihrem heimlichen Einbruch in das Atelier der Frau Marchesa nichts verraten. Sie würde sicher untröstlich sein.«

Miss Mauds Gesicht überzog ein tiefes Rot, und mit dem Ausdruck eines gescholtenen Kindes, das in seiner Natürlichkeit viele seiner Taktlosigkeiten vergessen ließ, schnitt sie des Grafen Antwort ab, indem sie hastig hervorsprudelte: »Ich wollte Sie gerade um dasselbe bitten. Es ist meine Schuld, durchaus meine Schuld, wenn wir hier eindrangen. Die Frau Marchesa würde mich, erführe sie es, noch weniger leiden können, und das wäre mir sehr, sehr unangenehm.«

Konrad empfand, wie ein Gefühl von Freude sein Herz erwärmte: so hatte er Norina doch ein wenig schützen können!

Am nächsten Tage kaufte er, was an gemalter Seide noch zu haben war – er erkannte auf den ersten Blick Norinas Kunst – und betrachtete dabei mit einer Empfindung, die zwischen Trauer und Staunen hin und her schwankte, die wundervollen Säle des Palazzo Strozzi: Ein Schloss für ein Geschlecht geborener Herrscher, die den Raum verschwenden durften wie die Wälder der Apenninen, deren Stämme einst in diesen Kaminen glühten, um ihre Füße zu wärmen. Und jetzt?! Angefüllt mit kostbarem Hausrat der Väter, aus allen Adelspalästen Italiens zusammengetragen und für fremde Emporkömmlinge zum Kauf gestellt!

»Mögen sie es eintauschen für blanke Münzen,« dachte er, von einem vorübergehenden Gefühl müder Ergebung in das Unvermeidliche beherrscht, »mögen sie! Niemals werden sie besitzen, was sich nur besitzen lässt, wenn es mit der Erinnerung der Generationen verwuchs.«

Kurze Zeit später sah er die goldene Schlange mit den roten Augen wieder am Arme Norinas.

Er hatte tagelang vermieden, sie allein zu sehen; zuweilen, wenn er früh fortging und abends wiederkam, sah er sie überhaupt nicht. Auch sie ging ihm sichtlich aus dem Wege; und immer wieder, vor allem dann wenn der alte Graf besonders freundlich war, hatte sie Momente einer fast abstoßenden Kälte. In ihm aber wuchs ein Gefühl, wie er es in seiner Zwiespältigkeit selbst nicht verstand: sie erschien ihm fremd und fern – ganz fern, und doch so vertraut, als wäre ihre stolze Seele ein Gefäß von Kristall; und ihr zu dienen hatte er das Bedürfnis, so wie der Ritter in Kampf und Turnier die Farben seiner Dame trägt, die jeder unedle Gedanke, jede feige Tat beschmutzen, als wären sie seine Ehre; dabei wurde sein Wunsch immer stärker, sodass er die Gewalt imperatorischen Willens annahm, ihr ein Beschützer zu sein, eine Mauer um sie zu bauen, wie der Rosenzüchter um seinen Garten, und allem zu wehren, das ihr Schaden zu tun vermöchte. Sie identifizierte sich ihm täglich mehr mit der Stadt, um die er auf allen seinen Wegen warb; nicht, um sie in ihrer Körperlichkeit zu besitzen – welch wahnwitzig törichter Gedanke! –, sondern um sie in sich aufzunehmen, eins zu werden mit ihrem Geiste, – einem Geiste, der ihm mehr und mehr der des Lebens zu sein schien, das er auch in den Zeiten tiefster Verirrung nie aufgehört hatte zu suchen.

Eines Abends – sie waren seit langem zum ersten Mal allein miteinander, Norinas Vater, allmählich zu den alten Gewohnheiten zurückkehrend, die er des Gastes wegen geglaubt hatte, aufgeben zu müssen, war in seinem Klub, Carlo begleitete die Amerikaner auf einer Autofahrt – begann er, von seiner »Eroberung von Florenz«, wie er es lächelnd bezeichnete, zu erzählen. Sie hörte aufmerksam zu, in den schön gebauten, schlanken Händen, die ihr Wesen konzentriert zum Ausdruck brachten, – seinen Stolz und seine Vornehmheit, seine Zartheit und seine Kraft –, eine jener kunstvoll feinen Spitzenarbeiten, die heute fast nur noch aus den schwindsüchtigen Fingern unglücklicher Heimarbeiterinnen hervorgehen.

»Wie schön es ist,« dachte er, sich mit dem Gefühl einer Stille, die Körper und Seele umgab, in den Stuhl zurücklehnend, »vor einer Frau zu sitzen, die zuhört, während ihre weißen Hände sich rhythmisch bewegen.«

Als er vom Suchen des Lebens ein flüchtiges Wort fallen ließ, sank ihr die Arbeit in den Schoß, und sie sah nachdenklich auf.

»Wenn ich glauben werde, dass ich zu leben gelernt habe, werde ich zu sterben gelernt haben, erklärte Leonardo einmal,« sagte sie langsam. »In diesem Suchen besteht wohl das Leben, und nur wer nicht sucht, lebt nicht.«

Dann zog sie wieder die dünne Nadel durch die Fäden und schwieg. Auch er verstummte. »Neben Norina zu verstummen, ist ein Genuss,« ging es ihm durch den Sinn; »Schweigen wirkt nicht wie lähmender Druck, sondern wie inneres, weit intimeres Weiterreden.«

»Waren Sie schon in der Mediceerkapelle?« frug sie.

Peinlich berührt sah er auf; das klang ja doch wie – Konversation.

»Wiederholt,« entgegnete er, »aber auch dort fühle ich nur Rätsel. Tag und Nacht, Abend und Morgen, welch triviale Bezeichnungen für Sphinxe.«

»Also auch Sie empfinden sie als solche?« meinte sie erfreut und fügte ein wenig zögernd, mit einem leise aufsteigenden Rot in den Wangen hinzu: »Sie lehren vieles vom Leben, wie ja auch die Sphinx der griechischen Sage das Rätsel des Lebens lösen wollte. Ich möchte, falls es Ihnen recht ist, einmal mit Ihnen hingehen.«

Mit einer Freude, die zu zeigen er sich nicht scheute, nahm er ihren Vorschlag an, und freier, rückhaltloser, als wäre eine Schranke gefallen zwischen ihnen, sprach er sich aus über alles, was er gesehen und empfunden hatte. Ihre Augen begannen zu leuchten, die Arbeit lag vergessen auf dem kleinen Tisch.

»Sie sind ja einer, der erlebt, was er sieht!« sagte sie freudig überrascht.

Dann erzählte er, langsam und mit umwölktem Blick, von der Studentenversammlung und dem Hass, der ihm allzu fühlbar aus ihr entgegengeschlagen war. Sie runzelte die Stirn: »Österreich ist unbeliebt,« meinte sie; »wir haben zu sehr, besonders hier in Toskana, unter seiner Herrschaft gelitten. Traditionelle Antipathien sind nicht leicht auszurotten.«

»Italien ist Österreichs Bundesgenosse wie der unsere,« warf er ernsthaft ein; »ich verstehe nicht, wie Staat und Stadt solche Aufreizungen zur Treulosigkeit, die im Grunde schon Treubruch sind, dulden können.«

Norina lächelte ihn an, halb nachsichtig, halb belustigt: »Wie deutsch Sie sind! muss man jugendliche Überschwenglichkeiten so tragisch nehmen?! Unsere Regierenden wissen, dass man unserem Volk wie den Kindern billiges Spielzeug lassen muss, damit sie nicht, um sich die Zeit zu vertreiben, als Unreife nach ernsteren Dingen greifen. Freilich«, fügte sie nachdenklicher werdend hinzu, »gibt es Leute, die meinen, dass auch dies Spiel den Kindern schon bezahlt wird. Doch ich glaub' es nicht, will es nicht glauben!«

Schon vom nächsten Morgen an gingen sie miteinander aus. Norina war die Führende. »Ich will Ihnen zeigen, was mir das Liebste und Tiefste ist,« hatte sie gesagt, ehe sie das Haus verließen. Giovannis altes Gesicht presste sich an die Scheiben des Küchenfensters, als sie die Steintreppe in den Hof hinunter gingen. Sie bemerkten ihn nicht.

Norina führte durch die Museen nicht wie eine Lehrende, die etwa Epochen historisch zusammenfasst, auch nicht wie ein Kunstliebhaber, der in jedem Saal seine Lieblinge vorweist. Sie zeigte vereint, was sich ihr innerlich durch Fühlen und Erleben verknüpfte. Daher kam es, dass sie häufig, nur um eines einzigen Bildes willen, von einem Museum zum anderen gingen.

»Man hat meine Art einmal als ›echt weiblich‹ bezeichnet,« sagte sie lächelnd, »und eine Freundin von mir meinte, ich müsse mich dadurch beleidigt fühlen. Als ob es nicht gerade das Schönste wäre, zu sein, was man ist. Das Elend so vieler Frauen besteht doch gerade darin, dass sie es nicht sein dürfen.«

Sie standen im Botticellisaal der Uffizien.

»Kein Künstler hat Seligkeit und Tragik des Weibes so tief empfunden, wie er,« meinte sie. »Schauen Sie diese Madonnen; es sind nicht die frommen Mägde nordischer Künstler – denken Sie nur an den Van der Goes drüben! – es sind nicht die Himmelsköniginnen der Alten; es sind Mütter, die das ganze Mutterschicksal ahnungsvoll vorempfinden – das grässliche Schicksal, das ihr Fleisch und Blut erbarmungslos von ihnen reißt. Und nun sehen Sie in das Antlitz dieser den Fluten eben entsteigenden Göttin der Liebe und der Schönheit: Sie weiß, mit dem Augenblick, da ihr Fuß die Erde betritt, wird sie Weib – wird sie Madonna. Und Schwerter werden durch ihre Seele gehen!«

Sie schwieg und senkte die Lider tief über die Augen.

Bald darauf zeigte sie ihm in der Akademie Giottos thronende Mutter Gottes: »Das ist eine Königin, aber nicht die der Christen, denn Giotto ist, obwohl er einer der Frömmsten und Gläubigsten war, der Antike weit näher als der Kirche. Diese dort ist nicht Christi Mutter, die erst der Sohn krönt, sie ist Demeter, die mütterliche Erde selbst, in sich ruhend, durch sich vollendet. Sie müsste nicht ein Kind, sie müsste viele auf ihrem breiten Schoße halten.«

Und mit verklärten Zügen sah sie dann zu Botticellis Primavera auf, als ob sein Frühling in ihr widerstrahle.

»Das ist aber das Höchste,« sagte sie leise, »und nur wenigen spreche ich davon. Andere Künstler sehen in keuschen Mädchen die Verkörperung des Lenzes. Hier streut die Frühlingsgöttin ihre Blumen auf den Weg der gesegneten Frau, die Grazien tanzen vor der werdenden Mutter, und der kleine Liebesgott, dessen Pfeil sie so tief getroffen, flattert verheißungsvoll vor ihr her.«

»Wer sagte Ihnen das?« frug Konrad betroffen, dem sich das rätselvolle Bild, dessen Gestalten ihm so zusammenhanglos erschienen waren, plötzlich in seiner Herrlichkeit offenbarte.

»Mein Herz,« antwortete sie einfach.

Alles Empfinden schien bei dieser kinderlosen Frau ihrer Mütterlichkeit zu entspringen.

Sie sprachen auf dem Heimwege von vielem anderen. Aber bei ihr schienen sich Gedanken innerlich immer weiter aneinander zu knüpfen, denn plötzlich sagte sie – einen Satz mitten durchbrechend: »Glauben Sie, bitte, nicht, dass ich so töricht wäre, anzunehmen, ein Künstler, wie Botticelli zum Beispiel, hätte in seine Werke hineingelegt, was ich herauslese. Nein: nur, weil er so reich ist wie die Natur, so unbewusst schaffend wie sie, gibt er wie diese, was wir brauchen.«

Zwischen Konrad und Norina entstand eine seelische Intimität, die allmählich zu einer gegenseitigen Einfühlung führte, deren Äußerungen ihnen selbst fast unheimlich erschienen: Der eine setzte unwillkürlich den unausgesprochenen Gedanken des andern fort oder gab einer Empfindung deutlichen Ausdruck, die sich dem anderen noch nicht in Worte hatte fassen können.

Aus den Vormittagen, die sie zuerst miteinander zubrachten, wurden lange Tage. Sie bemerkten nicht mehr, was sie im Anfang noch verletzen, ja gegenseitig erkälten konnte, dass der alte Graf sie mit einer gewissen Absichtlichkeit allein ließ, dass die Dienstboten ihnen mit vielsagendem Lächeln nachsahen, und dass Giovannis Geist sich mehr und mehr zu verwirren schien.

»Lavinia Norina,« murmelte er oft verstört vor sich hin, »Lavinia ist doch Bambinos Mutter?!« Keinen Abend ließ er vorübergehen, ohne die Schwelle der Marchesa zu küssen.

Sie empfing Konrad schon längst in ihrem Atelier, statt im roten Saal. Ihre Seele erschloss sich ihm; aber je tiefer der Einblick war, den sie ihm gewährte, desto unergründlicher erschien sie ihm, und desto sehnsüchtiger verlangte ihn danach, sich ganz in sie zu versenken.

Einmal fand er sie in düsterem Schweigen versunken am Fenster stehen, kaum den umflorten Blick nach ihm wendend, als er eintrat. Schon wollte er die Türe wieder hinter sich zuziehen, als sie ihn anrief.

»Bleiben Sie,« sagte sie, und in ihrer Stimme lag eine weiche Bitte, »bleiben Sie und helfen Sie mir, Gespenster zu bannen.«

»Leiden Sie auch unter Gespenstern?« frug er.

»Gespenstern der Vergangenheit – ja! Wer litte nicht unter ihnen?!« entgegnete sie. »Dort drüben –« und sie wies zum jenseitigen Ufer des Arno, »sprang einer ins Wasser um meinetwillen.« Dann schwieg sie, die dunklen Augen starr ins Weite gerichtet und ließ es geschehen, dass Konrad ihre schlaff herabhängende Rechte leise zwischen seine Hände nahm. »Vittorio Tendo«, fuhr sie schließlich fort, als spräche sie ins Leere, »war mein Spielkamerad und ich sein erstes Modell, dessen Kopf er überall hinzeichnete – auf die Fliesen im Hof, auf die Mauer der Straße, auf jeden Fetzen Papier. Er war es aber auch, der mich die Schönheit meiner Vaterstadt sehen lehrte, der mir zeigte, mit Stift und Farbe wiederzugeben, was ich sah.« Ihre Stimme wurde leise, die Lider senkten sich über die Pupillen, als schaue sie nun ganz in sich hinein. »Er liebte mich. Und ich – ließ es mir gefallen. Ich spielte. Nicht mit ihm, aber mit meinem eigenen Gefühl. Denn mich erfüllte zu jener Zeit verzehrende Sehnsucht, unnennbar, ohne

Gegenstand, ohne Ziel. Als Vittorios Leidenschaft ihn zu stürmischen Bekenntnissen hinriss, empfand ich sie wohlig wie einen Mantel von rotem Samt auf meinem Körper. Doch als er dann meiner begehrte, warf ich dem Handwerkerssohn meine ganze Entrüstung ins Gesicht. Er sprang in den Arno.« Sie seufzte tief auf, ein müdes Lächeln umspielte flüchtig ihre Lippen. »Carlo würde nun spottend erzählen, dass dieser ›Selbstmordversuch‹ am hellen Tage an der Uffiziengalerie vor sich ging, und einer der kleinen Dampfer gerade unten an der Treppe hielt, als das Wasser über seinem Kopfe zusammenschlug. Die Rettung war nicht schwer; vielleicht selbstverständlich. Trotzdem: ich war aufs tiefste erschüttert. Viel mehr über das grausame wilde Tier, das ich plötzlich in mir entdeckt hatte, als über Vittorios Tat. Ich hasste ihn – hasste ihn leidenschaftlich, denn er hatte mich lächerlich gemacht, und wünschte doch nichts mehr, als ihm dienen zu können wie eine Magd, um seiner großen Liebe willen. Ein gut Teil meines kleinen mütterlichen Erbteils gab ich hin, um ihm die Reise ins Ausland zu ermöglichen – nicht aus Großmut, nicht weil ich ihn als Künstler fördern wollte, wie man rührend von mir erzählte, sondern weil ich seine Gegenwart nicht ertrug.«

Sie strich sich mit beiden Händen die vollen Scheitel aus der Stirn und sah Konrad mit einem Blick, der zugleich flehte und forschte, ins Gesicht: »Verstehen Sie das?«

»Wir haben Untiefen in uns,« antwortete er langsam, »die unser lebendiges Selbst zu verschlingen drohen, wenn –«

»Wenn?!« wiederholte sie; ihre Augen saugten sich förmlich fest an ihm.

»Wenn –,« fuhr er fort, »wir nicht den großen Lebensinhalt finden, der alle Untiefen ausfüllt.«

»Oder die große Sehnsucht,« unterbrach sie ihn lebhaft, »die uns auf weiten Flügeln über sie hinwegträgt.«

Von da an erlaubte sie, was sie ihm bisher verwehrt hatte, dass Konrad ihr Zimmer täglich mit frischen Blumen füllte. »In unsrer materialistischen Zeit,« erklärte sie ihr Verhalten, »misst man den Wert einer Gabe an ihrem Preis. Ich habe das nie verstanden. Ich würde kostbare Edelsteine von einem Fremden eher annehmen als Blumen.«

Jetzt begannen die Rosen zu blühen. Ganze Stämmchen, übersät mit roten und gelben Knospen, blühten um ihren Stuhl, nickten ihr zu Häupten über dem Diwan. Die Madonnen mit ihren lieblichen Knaben wurden zu lauter Madonnen im Rosenhag.

»Wie das Mutterproblem Sie beschäftigt,« sagte er, als er an einem regnerischen Nachmittag bei ihr saß und ein Skizzenbuch durchblätterte, das das Bild der Mutter aus allen Klassen des Volks stets variierte. Lange und forschend lag ihr jetzt ganz umschattetes Auge auf ihm.

»Auch ich bin einmal Mutter gewesen,« kam es dann wie ein zitternder Hauch von ihren erblassten Lippen.

»O!« rief er betroffen, ihre Hand zwischen die seinen pressend; »ich wusste nicht! Verzeihen Sie, dass ich so Wehes berührte.«

Mit einem matten Lächeln erwiderte sie seinen Blick.

»Ich habe nichts zu verzeihen,« sagte sie, »ich habe Ihre Bemerkung fast provoziert. Und es ist gut, wenn ich einmal auch davon rede.« Sie senkte den Kopf tief auf die Brust – »in meinem Leibe starb mein Kind!«

Ohne noch ein Wort miteinander zu wechseln, erwarteten sie zusammen das letzte Dämmern des Abends.

Dann stand er auf.

»Norina!« sagte er ganz leise. Es war ihr, als lege eine zarte Hand einen sehr weichen Verband auf eine offene Wunde.

In den nächsten Tagen schien sie krampfhaft jede Anknüpfung an ihr Geständnis unmöglich machen zu wollen. Mit fieberhaftem Eifer betrieb sie ihre Wanderungen und vermied es dabei, irgend etwas zu berühren, das eine Erinnerung daran hervorrufen könnte. Erst als ihr deutlich wurde, dass er sie darin unterstützte, kehrte ihre schöne Ruhe voll zurück.

»Heute«, rief sie ihm entgegen, als er an einem klaren Maimorgen ins Zimmer trat, »heute wollen wir nach San Lorenzo.«

Ein kaltes, blasses Licht herrschte in der Mediceerkapelle, als sie eintraten. Unwillkürlich überkam sie beide, die wohltuende Wärme hinter sich ließen, gleichzeitig ein Kälteschauer.

»Alle Höhen sind eisig,« meinte er. Die Erinnerung an die Toten-
fahrt über die Berge packte ihn wieder.

»Darum verstehen wir sie so schwer, die wir alle in der Tiefe
wohnen,« ergänzte sie. Sie traten vor Lorenzos Grabmal.

»Hier, sagten Sie einmal, seien die Rätsel des Lebens verborgen?«
frug er.

Sie nickte nur, die Augen groß auf den ruhenden Giganten geheftet, der mit dem weiten Blick in die Ewigkeit selbst zu schauen
scheint, während der Mund wie in einer Maske verschlossen liegt.

»Und Sie – ahnen die Lösung?«

Sie schüttelte heftig den Kopf und schaute zu der Gefährtin des
Giganten auf der anderen Seite des Sarkophags empor, die mit tief
gesenktem Haupt, sodass das Antlitz ganz im Schatten liegt, vom
Schlummer umfangen ist.

»Ich sehe nur, dass jene dort,« sagte sie leise, »die sie die Nacht
nennen, die vollen Brüste der Säugenden hat, und dass ihr wunderba-
rer Körper die Zeichen vieler Mutterwehen trägt; und ihr tiefer, tiefer
Schlaf voll der unergründlichen Geheimnisse der Fruchtbarkeit ist.
Alles, alles Leben, glaub' ich, kommt aus der Tiefe des Schlafs, des
Nichtwissens. *Pero non mi destar, deh! parla basso*, würde sie sagen,
wie ihr Meister, wenn einer sie wecken könnte. Und ich sehe, dass
jener dort, ihr zur Seite, unter dessen Simsonfäusten dieses Heiligtum
einstürzen müsste, erhöbe er sich, von aller Erkenntnis gesättigt ist
und nicht sagen kann, was er sieht.«

Schwatzende Menschen kamen, darunter ein Bebrillter, der zu
dozieren begann. Norinas Finger, die fieberhaft glühten, umfassten
Konrads Hand und zogen ihn hinaus.

»So bliebe alles Letzte, alles, wonach unsere heißeste Sehnsucht
strebt, Geheimnis?« sagte er, als sie draußen im engen Gange standen.
Sie sah ihn an und erstaunte, wie bei der Frage seine Züge erschlaff-
ten.

Und sie entgegnete langsam:

»Ich weiß nichts von philosophischen Systemen, ich kenne keine andere Religion als die meine, mein Denken ist nur ein Fühlen, und so fühle ich auch nur, dass die Tiefe des Geheimnisses gerade seine Schönheit ist. Nur in Bildern und Symbolen nähern wir uns ihm. Das ›Warum‹ war für Michelangelo eine dürre, durch dichte Finsternis tastende Gestalt, mit vielen Schlüsseln am Gürtel, von denen keiner in das Schloss passt.«

Sie gingen die breite Treppe hinab in die Krypta von San Lorenzo.

Eine ungeheure, gedrungene Säule erhebt sich in ihrer Mitte, atlashaft.

»Cosimo der Alte liegt hier begraben,« erklärte Norina, »der Vater des Vaterlandes.«

»Der Vater des Vaterlandes –,« wiederholte Konrad gedankenvoll.

»Er wollte kein anderes Grabmal,« sagte sie.

»Aus ihm wuchs der florentinische Staat empor, er trug ihn, Schöpfer und Diener zugleich,« sprach Konrad wie zu sich selber redend weiter; »er ist nur noch Asche in seiner Gruft, aber die Säule steht. Der Staat zerstäubte, aber sein Geist erfüllt eine Welt.«

Als sie an diesem Tage nach Hause kamen, lag ein so heller Glanz auf ihren Gesichtern, dass die Dienstboten im Souterrain kichernd die Köpfe zusammensteckten und der alte Graf sich befriedigt die Hände rieb.

Giovanni aber schlich Norina nach und pochte an ihrem Zimmer. Da stand er lange vor ihr, verlegen stotternd, mit einem flehenden Blick, den er auf ihre Züge heftete. Es bedurfte eines langen freundlichen Zuredens, ehe er ein paar zusammenhanglose Worte über die Lippen brachte.

»Schon einmal blutete Giovanni für Monna Lavinia,« sagte er und verstummte minutenlang wieder.

Plötzlich warf er sich, ihre Knie leidenschaftlich umklammernd, ihr zu Füßen und schrie: »Die Wolken streichen kalt um den Turm von Hochseß, und graue Fledermäuse flattern statt der Vögel, – die Fräuleins aber haben den bösen Blick –«

Es durchlief sie ein Zittern. »Sie können bei uns bleiben, Giovanni,« sagte sie, sich sanft aus seiner Umklammerung lösend.

»Sie – ›Sie‹ sagt Monna Lavinia zu dem Seiltänzer – ›Sie‹?!« Er erhob sich, sah Norina groß an, machte eine linkische Verbeugung und bat mit ganz veränderter ruhiger Stimme: »Verzeihung, Frau Marchesa!« Dann ging er.

Am Nachmittag kehrte Carlo Savelli zurück, schon von weitem durch seinen lachenden Mund verkündend, dass er seinem Ziele nahe sei.

»Maud und ich sind einig,« erzählte er glückstrahlend, »in den nächsten Tagen wird Mister Vanrosendahl erwartet, und dann –«

»Wirst du am Ziel deiner Wünsche sein,« unterbrach ihn Norina schroff, »und einen Schwiegervater haben, der deine Schulden bezahlt.«

Carlos Augen blitzten. »Und unser Geschlecht vor dem Untergange retten,« entgegnete er, »das solltest du, die Stolze, nicht vergessen.«

»Lieber untergehen, als sich mit solchem Blute mischen,« rief sie heftig.

»Aber Frau Marchesa,« mischte sich Konrad begütigend ein, doch sie ließ ihn nicht weitersprechen.

»Haben Sie vielleicht schon gesehen, was aus solchen Ehen entsteht?« brauste sie auf. »Das Bauern- und Proletarier- und Protzenblut triumphiert über das unsere! Die Kinder sind keine Italiener mehr, sondern Amerikaner. Und wenn sie es vielleicht im Aussehen nicht sind, so in den Lebensgewohnheiten, in der Gesinnung –«

Sie ließ sich nicht beruhigen, am wenigsten dadurch, dass Konrad von der welthistorischen Notwendigkeit allmählicher Volkserneuerungen sprach.

»Sehen Sie sich um bei uns,« sagte sie. »Wert hat allmählich nur noch, was sich kaufen lässt. Das erzieht unser ritterliches Volk zu Betrügern. Der Bauer lernte schon, sein armseliges Haus als einstige Mediceervilla anzupreisen, weil es dann teurer bezahlt wird, und jeder kleine Graf stammt mindestens von den Gonzagas ab, – das bringt ihm eine um ein paar Millionen schwerere Miss ein.«

»Sie sind sehr hart,« meinte Konrad, er stimmte ihr innerlich zu, glaubte aber die Erregte beruhigen zu müssen.

So hart, wie nur die tiefste Liebe machen kann,« entgegnete sie leise, um dann in steigender Leidenschaft fortzufahren: »Das sind noch verhältnismäßig kleine Fehler. Aber die Korruption des Amerikanismus – ich habe keine andere Bezeichnung für den Geist, der umgeht – greift um sich verderblicher als der schwarze Tod. Nicht nur die Campagna versumpft, zu einem Ödland wird der ganze Süden, denn der Edelmann jagt in der Stadt nach der guten Partie, und hat er sie erobert, so verlangt die fremde Frau, für die dieses Land nichts ist als ein Tummelplatz ihrer Vergnügungssucht, nur nach weiteren Amüsements; und den Bauer zieht's in die Fabrik, wo er mehr verdient und die Kneipe näher hat, als auf der harten, schwarzen Scholle. So tauscht man gegen die ekelhafte, durch Millionen schmutziger Hände gegangene Münze die Liebe zum Vaterlande ein und schließlich auch – die Gesinnung.«

Sie verstummte. »Und die Rettung?« frug Konrad.

»Vielleicht ein großes Unglück – etwas, das sich zwischen uns und der Fremde aufrichten müsste wie eine unübersteigliche Mauer, damit wir einmal ganz auf uns selber angewiesen sind,« sagte sie. Beide schwiegen gesenkten Hauptes. Dann sah sie auf mit einem weichen Lächeln. »Ich bin kein Politiker, kein Nationalökonom,« sagte sie mit einem bittenden Tonfall, als müsse sie sich entschuldigen, »nur eine Frau!« »Nur eine Frau!« wiederholte Konrad und zog ihre Hand ehrerbietig an die Lippen.

Die Verlobung fand statt; mit lautem Spektakel, – »wie das Narrenvorspiel zu einer Tragödie,« flüsterte Norina Konrad zu.

Des alten Vanrosendahls wuchtige Schritte klangen das erste Mal auf den Steinstufen des Palazzos. Er kam nicht mit der verlegenen Scheu des Nichtdazugehörigen, noch mit der Ehrerbietung des Emporkömmlings gegenüber dem alten Adel, sondern mit der Selbstverständlichkeit des Eroberers. Die kurze Gestalt, der Stiernacken, die niedrige Stirn, die breiten Hände mit den abgehackten Fingerkuppen, – alles deutete auf den Mann der harten Arbeit. Jede Sentimentalität lag ihm fern und ebenso seiner Tochter. Kein Tag verging ohne lärmende Feste im Hotel, im Palazzo, bei den künftigen Verwandten; in der Zwischenzeit bestimmten Vater und Tochter kühl und geschäftsmäßig über die Räume des alten Hauses, ihren Umbau, ihre Einrichtung, als wären sie kraft des Geldes, das sie hineinsteckten, auch seine rechtmäßigen Besitzer. Es gehörte für Norina alle Verstellung und Selbstüberwindung dazu, um die Situation ertragen zu können. Immer häufiger und länger zog sie sich in ihre Räume zurück.

Konrad fand sie einmal gegen ihre sonstige Gewohnheit untätig im Sessel zurückgelehnt mit rot umränderten Augen.

»Sie haben geweint, Norina,« sagte er erschüttert.

Müde neigte sie den Kopf.

»Ich gebe mein Leben darum, Ihnen helfen zu können –«, seine Stimme bebte in unterdrückter Leidenschaft.

Sie schien ihn zu überhören, denn sie sprang auf, ging zum Fenster und umfasste mit einem langen Blick das Bild, das sich ihr bot: unter ihr der grüne Fluss, der in feierlicher Ruhe vom Ponte alle Grazie hinüberströmte zum Ponte Vecchio mit seinen phantastischen Häuschen, aus denen bis in die tiefe Nacht die vielen über fleißigen Goldarbeiterhänden glühenden Lämpchen leuchteten, und drüben die im Sommersonnenglanz flimmernde Silhouette der Stadt, mit dem schlanken Glockenturm von Santa Croce, dem zinnengekrönten des Palazzo Vecchio, den offenen Arkaden der Uffizien. Darüber die Wölbung des Himmels, tiefblau und doch durchscheinend, als müsse sich der ganze Weltenraum mit dem Auge durchdringen lassen.

Es war wie ein Abschied.

Aufschluchzend sank sie in den Stuhl zurück.

»Ich ertrag es nicht, ertrag es nicht,« flüsterte sie zwischen den Zähnen, während ihre Hände krampfhaft an dem weißen Tüchlein zerrten, das nass von ihren Tränen war. »Sie treiben mich heraus! Wo bleibt mir noch eine Heimat?!«

Konrads Herz klopfte zum Zerspringen, er beugte sich über sie, denn er hätte laut nicht zu sprechen vermocht:

»Ich – ich wüsste eine Heimat für Sie, Norina!«

Ihre Tränen versiegten im Augenblick; sie richtete das bis in die Lippen erblasste Antlitz zu ihm auf, ein: »O, nicht doch – nicht doch!« mühsam hervorstoßend. Ihre Augen waren ganz erfüllt von Angst.

Da zog er die Türe leise hinter sich zu und ging in sein Zimmer. Sein Zimmer?! dachte er bitter. Schon hatte Miss Maud die Möbel dafür gewählt. Ihr Schlafzimmer sollte es werden. Das neue Geschlecht der Savellis, blauäugig, mit derben Knochen, würde darin das Licht florentinischen Himmels erblicken.

Die ganze öde Kahlheit des Raumes legte sich ihm erkältend aufs Herz. Dort stand sein Koffer – ob es nicht das beste wäre, gleich zu gehen?

Hochseß erwartete die leitende Hand des Herrn.

Ihm grauste, wenn er an das Schloss seiner Väter dachte, wo niemand ihn empfangen würde als die grauen Fräuleins.

Und er konnte nicht fort – konnte nicht! Zu tief hatten Herz und Geist hier Wurzel geschlagen.

Er musste sie mit sich nehmen können, – auf diesen beiden starken Armen! Sie unlöslich mit sich verbinden: Fiorenza – Norina! Sie zur Mutter seiner Kinder machen: eines neuen Geschlechts der Hochseß, durchglüht von dem ewigen Lichte dieser Stadt.

Ihre Abwehr war keine Ablehnung, nur Überraschung gewesen! Ihre Angst nur ein Erschrecken! Vielleicht auch ein Erschrecken darüber, dass die neue Heimat, die er ihr bot, mit einer Trennung von der alten gleichbedeutend war.

Er lag die ganze Nacht wach, grübelnd, rechnend, bis er gegen Morgen mit einem Lächeln auf den Lippen einschlief.

Sein Entschluss war gefasst: Sie sollte die Heimat nicht verlieren.

Er ging früh aus, ohne zu sagen, wohin, und erzählte bei Tisch, als wäre es die gleichgültigste Sache der Welt, dass er soeben den Palazzo Ritorni gekauft habe. Erstaunt ließ der alte Graf Messer und Gabel sinken, groß und dunkel ruhten Norinas Augen auf ihm, die kleine Maud dagegen, die eine Trennung von ihrem Carlo immer weniger aushielt und regelmäßig zum ›Lunch‹ aus dem Hotel herübergelaufen kam, hörte nicht auf, zu lachen und zu kichern.

»Ich bin nun doch einmal zur Hälfte Florentiner,« sagte Konrad ruhig, »und brauche darum eigenen Boden unter den Füßen.«

Man besprach die Angelegenheit mit größtem Eifer. Nur Norina beteiligte sich nicht an der Unterhaltung.

»Wir wollten morgen nach Montebuoni, Frau Marchesa,« redete Konrad sie an, als sie sich nach Tisch in der dunkelsten Ecke des roten Saales niedergelassen hatte.

Sie überhörte seine Bemerkung. »Wie wird der alte Ritorni dieses letzte Opfer ertragen?« frug sie, ganz in der Haltung einer Dame, einem völlig Fremden gegenüber.

»Jedenfalls besser, als wenn er seinen Palazzo morgen den Gläubigern hätte überlassen müssen,« entgegnete Konrad verletzt und wandte sich ab.

Sie sprachen an diesem Tage nicht mehr miteinander. Erst am Abend – Konrad wollte sich mit einer gemessenen Verbeugung eben verabschieden – streckte sie ihm die Hand entgegen und sagte mit offenem Blick: »Nicht wahr, wir gehen morgen nach Montebuoni?«

Statt aller Antwort drückte er einen langen Kuss auf ihre schmale Rechte und fühlte dabei, wie ihre Pulse klopften.

Es war die zweite Nacht, in der Konrad nicht schlief. Er meinte sogar, noch nie so wach gewesen zu sein, denn Tageshelle lag auf dem Wege vor ihm.

Immer wieder sah er nach den Sternen, ob auch keine Wolke sie verdeckte, und als der Morgen zu grauen begann, fürchtete er stets aufs neue, an der Bläue des Himmels zweifeln zu müssen. Und dann, als der erste Sonnenstrahl bis hinab in die dunkle Tiefe der Straße sprang, konnte er das Wunder kaum fassen. Über Nacht, so schien es ihm, hatte sich auch der Garten drüben verwandelt; das Weiß runder Schneeballen wetteiferte mit dem fließenden Gelb des Goldregens, und üppig blühende Zweige dunkelroter Rosen fielen furchtlos über die schwarze Mauer.

Er rief Giovanni. »Wenn wir fort sind, – die Frau Marchesa und ich,« sagte er, »so besorge so viel an Rosen, als du bekommen kannst, mein guter Alter. Ihr Zimmer soll eine Laube sein, wenn sie heimkehrt.«

»So viel der alte Giovanni bekommen kann?« wiederholte der, als hätte er nicht recht verstanden. »Sieben Rosen fand ich, nur sieben Rosen, – schneeweiße. Die legt' ich Monna Lavinia in die gefalteten

Hände. Jetzt gibt es keine mehr.«

Mitleidig streichelte ihm Konrad den armen Kopf. »Er hat heute seinen wirren Tag,« dachte er und ging selbst noch rasch zum Blumenhändler.

Am frühen Nachmittag – die Luft bebte von der Glut, die sie erfüllte – fuhren sie fort. Sie kamen an der Certosa vorüber, wo die weißen Mönche in ihren Zellen wohnen, aus Erkerfenstern die strahlende Ferne betrachten und zwischen Mauern ihr eigenes kleines Gärtchen bestellen oder unter schattenden Kreuzgängen hin und wieder wandernd, schweigsam meditieren.

»Warum es für die Mönchszeiten des Lebens, die jeder hat oder haben sollte, nicht überall solche Zufluchtsstätten gibt?« sagte Konrad.

Norina lächelte ihn an: »Nicht wahr?! Wie oft schon dachte ich's! Für schwangere Frauen baut man schon stille Heime, wo sie ihr größtes Erlebnis in Ruhe erwarten können; warum baut man keine für Männer, deren Geist großer Gedanken und Werke schwanger ist?«

»Wir –,« er stockte, dunkel errötend und verbesserte sich rasch: »Ich könnte in Hochseß einen kleinen Versuch der Art machen.«

»Und«, fuhr sie fort, freudestrahlend, »im Palazzo Ritorni, wenn Sie fern sind!«

»Wir haben so oft Gedanken, die einander ergänzen,« meinte er, seine Hand ganz leise auf die ihre legend, die sie ihm nicht entzog.

»Als wären wir eines Geistes,« sagte sie träumerisch.

In Tavernuzzo, da, wo zwei Wege sich teilen – die breite, alte Römerstraße, die um den Monte del Diavola rechts herumführt, und der steile Steig, der geradeaus den Berg emporklimmt – verließen sie den Wagen.

»Dort müssen wir hinauf,« sagte sie. »Wie gern und wie gut die Vorfahren steigen konnten!«

»Ohne das langsame bequeme Zickzack – immer gerade drauf los!« antwortete er fröhlich, ihr den Arm reichend.

»Eine deutsche Frau würde wohl Ihre Hilfe nicht annehmen?« frug sie, den Schritt in rhythmischer Bewegung dem seinen anpassend. »Ich sah einmal eine Deutsche, die mit der stolzen Bemerkung ›selbst ist das Weib‹ ihren Mantel einen solchen Berg in die Höhe schleppte. Der Italiener neben ihr schämte sich.«

Dann schwiegen sie. Denn heiß stand die Sonne über ihnen. An den Mauern zu beiden Seiten des Weges liefen, glänzend wie Smaragden, grüne Eidechsen; die Blätter der Olivenbäume dahinter waren fast weiß im Licht und standen ganz still in der Luft, als ob ihre Glut sie trüge.

»Montebuoni,« sagte Norina, Atem schöpfend, als sie droben zwischen den eng aneinander gerückten Häusern standen. Sie bogen rechts ein paar Schritte höher, zur Kirche. »Hier«, fuhr sie fort, »soll die Burg gestanden haben.«

Sie setzten sich auf die niedrige Estrade; aus dem Tale empor leuchtete Florenz.

»Dort unten liegt sie wieder, die schöne Frau, und badet sich in der Sonne; – die Zauberin, die meine rauen Vorfahren glaubten erobern zu können, und die sie schließlich zu sich hinabzog,« sagte Konrad.

»Sie kennen die Geschichte?« frug Norina.

»So recht nicht,« meinte er. Und sie begann im Ton der alten Chronik:

»Im Jahre des Herrn 1135 stand hier die starke Feste von Montabuoni, den Cattani von Buondelmonti zugehörig, seit Urzeiten Herren des Landes, da die Burg unüberwindlich war und die große Straße der Römer an ihr vorüberführte. Die Florentiner aber, die unten am Flusse wohnten, wollten nicht länger die kriegerischen Nachbarn auf dem Berge dulden. Also sammelten sie viel wildes Kriegsvolk, stürmten die Festung, zerstörten ihre Mauern bis auf den Grund und zwangen die Ritter Cattani von Buondelmonti, zwischen den Bürgern zu wohnen. Sie taten desgleichen mit den anderen Bergfesten ringsumher, und die Gemeine von Florenz wuchs durch Gewalt. Aber der Tag war nicht ferne, wo sie für ihre Tat blutig zahlen musste. Im Jahre des Herrn 1215 ritt Messer Buondelmonti, ein Nachkomme jenes Besiegten, auf weißem Zelter, angetan in silbergestickte Seide, aus seinem Palazzo, um eine Edle aus dem Hause Donati zu freien. Am Ponto Vecchio aber, da, wo die Statue des Kriegsgottes stand, die ein Heiligtum der heidnischen Florentiner gewesen war, überfielen ihn die U-berti, die Amedei und Gangalandi, denn er hatte eine ihres Geschlechts verführt. Sie rissen ihn vom Ross, dass sein Festgewand voll des Kotes wurde, und erstachen den Wehrlosen mit vielen Dolchen. Die Edlen und die Bürger aber, die den Buondelmonti verwandt, befreundet und untertan waren, rächten mit neuen Mordtaten seinen Tod. Also entstand um eines Weibes willen, wie weiland der Trojanische Krieg, der Kampf der Guelfen und Ghibellinen, und ein Meer von Blut überschwemmte die gute Stadt von Florenz.«

Konrad hatte die Augen geschlossen, während Norina erzählte. »Ich wusste das alles,« flüsterte er, als sie schwieg; »es lebte in mir wie mein Blut – oder ich hörte es, als meine Seele noch schlief. Alles um ein Weib!«

Er sah Norina an, wie sie dasaß, den großen, dunklen Blick suchend in die Ferne gerichtet, die vollen Lippen zusammengepresst, die hohe Stirne ganz glatt und glänzend in der Sonne – so nah und so fern, so begehrt und so gefürchtet.

»Alles um das Weib,« wiederholte er noch einmal.

Sie gingen durch das Dorf in den jenseitigen schmalen Taleinschnitt hinab, durch den fröhlich plätschernd, wie ein schwatzendes Kind, die Greve fließt. Ein schwerer Duft von Akazien schlug ihnen entgegen.

Über die Steinbrücke, die zu wuchtig für das Flüsschen schien, führte der Weg. Eine einsame Mühle, in der das Rad stille stand, lag am anderen Ufer. Auf der kleinen Wiese davor tummelten sich Kinder zwischen rosigen Schweinchen, und drüben, wo der Fußpfad zwischen Akazien und schwarzen Piniendächern weiterführte, kletterte eine Herde blökender Schafe den Berg hinauf. Es war, als gäbe es keine Stadt weit und breit, sondern nur friedliche Wildnis.

Blumen in allen Farben blühten auf dem Rasenhang, um sie tanzten und buhlten hunderte bunter Schmetterlinge, ihre geflügelten Ebenbilder. Konrad griff nach einer großen weißen Calla, die wie erstaunt aus dem saftigen Gräsergrün in das Gewirr der Zweige emporsah.

»Lassen Sie,« wehrte Norina, »mir ist, als wären sie alle beseelt.«

Als sie die Höhe erreichten, zeigte sich plötzlich ihnen zur Seite ein Berghang, übersät von blühenden Ginsterbüschen. Die Sonne stand darauf und wandelte alles in funkelndes Gold, während der Himmel dahinter sich veilchenblau wölbte.

In stummem Staunen standen die beiden Wandernden. Dann sanken sie wortlos in das weiche Gras. Sie waren wie verzaubert. Bis drüben der Glanz erlosch.

Dann erwachten sie. Und kletterten, die Straße suchend – denn das Sinken der Sonne erinnerte an den Heimweg – gerade hinauf, wobei Konrad jeden Stein dankbar grüßte, weil er ihm den Vorwand bot, Norinas Hand zu umfassen.

»Wir sollten uns stärken vor dem Heimweg,« meinte er, sobald sie die Straße erreicht hatten.

»Stärken? Wo?« lachte sie. »Glauben Sie, hier gäbe es alle hundert Schritte ein Wirtshaus?! Da müssen wir schon bis nach Tavernuzze zurück!«

Er sah sich um. Jenseits, auf der höchsten Höhe, entdeckte er Mauerwerk zwischen Weinspalieren. Und die Kinder, die unten am Wasser mit den rosigen Schweinchen gespielt hatten, kamen die Straße herauf und bogen um die Mauer in der Richtung auf jenes versteckte Haus.

»Habt ihr da droben zu trinken?« sprach Konrad die kleinen Burschen an. Sie lachten lustig aus braunen Schelmenaugen. »Wir haben Wein, sehr guten Wein,« meinte der älteste stolz und winkte dazu mit den schmutzigen Händchen.

Konrad und Norina folgten ihm. Sie kamen an ein Haus mit gewölbter, auf mächtigen Pfeilern ruhender Loggia. In schweren, dichten Trauben umspannten üppige Girlanden blauer Glyzinen ihre Bogen; auf der einen Seite füllte sie hochgetürmt duftendes Heu, um das ein ganzes Hühnervolk gackerte, auf der anderen saß auf geflochtenem Strohstuhl eine sehr alte, weißhaarige Frau mit einem kleinen, nackten Kinde auf dem Schoße. Als unsere Wandernden, von den Knaben angekündigt, sich näherten, traten aus der Türe im Hintergrund ein paar hochgewachsene Weiber, aus dem Garten liefen noch andere Kinder herzu, und langsam, mit arbeitsmüdem Schritt, kamen die Männer aus dem Stall und von der Wiese. Einer, der letzte, ein dunkel gebräunter Geselle, trug über den breiten Schultern schwere

Kupferkessel. Er hob sich im Schreiten in großer Silhouette vom A-bendhimmel ab, der jetzt einem stillen, grünen Meere glich. Sie scharten sich, wie um ihres Lebens Mittelpunkt, um die Alte, die, während die anderen alle die Fremden grüßten, mit einer fast abweisenden Würde ihnen entgegensah.

Norina aber neigte sich vor ihr.

»Es soll Frauen geben,« sagte sie dann zu Konrad, »die höhnend davon reden, dass man sie zu einer ›Gebärmaschine‹ erniedrigen wolle. Was kann ein Weib mehr erhöhen, als am Ende ihres Lebens ihres ganzen Geschlechtes Mutter zu sein?!«

Sie streichelte den Kindern die braunen und schwarzen Köpfchen und sprach lächelnd mit den Frauen, während Konrad vom Bauer erfuhr, dass Wein und Öl, sieben Eier und ein Laib alten Brotes alles sei, was er im Hause habe. »Gern«, so sagte er freundlich, »steht es den Gästen zur Verfügung.«

Im Kamin loderte alsbald, von Holzblöcken genährt, ein mächtiges Feuer auf, am Kesselhaken darüber hing die Eisenpfanne, in der in brodelndem Öl Mehl und Eier zu köstlichen Kuchen brieten. Die roten und blauen Flammen erleuchteten den dunklen Raum, tauchten die vielen Gesichter, die sich um die am Tische sitzenden Fremden reihten, in ihre Glut. Schon lag ein reines Tuch über der geschwärzten Platte, als von draußen einer der Knaben hereinlief und einen Strauß duftender Rosen in ihre Mitte stellte. Dann trug der Bauer die große, strohumflochtene Flasche herzu, die Mädchen brachten Teller und ungefüge eiserne Gabeln und Messer, und schließlich setzte die Bäuerin stolz den dampfenden Kuchen vor ihre Gäste.

Die Flammen im Kamin sanken zusammen. In tiefem Violett, das nur die Sterne durchbrachen, sah der Himmel durch das einzige kleine Fenster.

Norina und Konrad hoben die Gläser, um ihren Gastgebern zuzutrinken.

Sie dankten freudig.

Dann aber füllte der Bauer noch einmal die Becher:

»Madonna segne den Schoß der Frau!« sagte er feierlich.

Und Konrad zog, als könnte es nicht anders sein, Norinas Kopf an seine Schulter und küsste sie auf die Stirn.

Als sie in die Loggia hinaustraten, saß die Greisin noch immer auf ihrem Sessel. Das Kind auf ihrem Schoße schlief.

Norina neigte sich abermals tief vor ihr. »Deinen Segen, Mutter,« bat sie.

Und die alte Frau hob ihre zitternde, von eines langen Lebens Arbeit rau gewordene Rechte und legte sie auf den Scheitel der jungen.

Noch einen Blick auf das alte Haus, und sie gingen dem Tale zu.

Die Nacht lag dunkel darin. Aber Miriaden Leuchtkäfer wetteiferten mit den funkelnden Sternen, um sie hell zu machen.

»Wein Weib!« flüsterte Konrad, ihre Lippen suchend. Nur ganz leise gaben sie den Druck der seinen zurück.

Als sie wieder durch die schmale Gasse von Montebuoni kamen und den Aufgang zur Kirche erreicht hatten, öffnete sich in dem Hause vor ihnen eine Tür. Chorknaben erschienen, vermummte Gestalten dann mit brennenden Kerzen in den Händen, – ein Zug, der kein Ende nahm; und schließlich: ein schwarzer Sarg. –

Norina erbebte. Konrad aber hatte den Arm fest um sie geschlungen.

»Mein Weib!« flüsterte er noch einmal. Da schmiegte sie sich an ihn, Schutz suchend.

Der Zug verschwand durch die Kirchenpforte. Ihr Weg war wieder frei.

Aber noch lange tönten die Totenlitaneien ihnen nach.

Achtes Kapitel
Wie Konrad das Glück und das Ziel zu finden glaubte und wie es entschwand

Vom Domturm zu Bamberg läuteten die Glocken, – die kleinen, die eine süße, helle Stimme haben, als sängen pausbäckige Englein über dem Christuskind in der Wiege; die große, deren dunkler, tiefer Ton, getragen von den Wellen der Luft und vom Winde, bis weit über die Stadt hinaus in Wäldern und Wiesen widerklingt wie die Posaunen der Erzengel am Tore der Ewigkeit.

Aus all den vielen engen Straßen, die von der Stadt hinauf zum Domplatz führen, strömten die Kirchgänger, alte Weiblein, die die Gewohnheit eines langen Lebens führte, schon auf dem Wege den Rosenkranz gedankenlos drehend; junge Mädchen, sich ihres weißen Kleides freuend, das für sie des Festtags frohes Zeichen und wichtigstes Ereignis war; würdige Männer, für die diese Teilnahme an der Sonntagsmorgenandacht einen stets erneuten Beweis für ihre staatserhaltende Gesinnung bedeutete; dazwischen Kinder und Soldaten, die dem Befehle gehorchten, während ihre Gedanken auf den Spielplätzen und in den Wirtsstuben waren.

Sie gingen alle mit gesenktem Kopf; erfüllt von ihren Werktagssorgen, die nur hier und da auf jungen Gesichtern eine kleine, dünne Sonntagshoffnung verklärte. So kamen sie über die Regnitzbrücke, die einst eine kraftvolle Bürgerschaft kühn über den Fluss gespannt hatte, in dessen Mitte, eine stolze Trutzwehr wider die befestigte Domburg droben, sie ihr Rathaus als ein uneinnehmbares Wasserschloss auf Pfahlroste setzten. Kein dankbarer, kein bewundernder Blick sah zu ihm auf, keiner verlor sich nach drüben zu den winkeligen Fischerhäusern am Fluss mit den braunen Booten davor, über denen zwischen hohen Stangen die Netze trockneten. Niemand blieb in der schmalen Gasse stehen, um sich in die Terrassengärten zu träumen, die hinter den Mauern und Balustraden am Stephansberg aufwärts steigen, oder staunend an dem alten Patrizierhaus daneben empor zu schauen, dessen Masse eines Künstlers reiche Phantasie aufgelöst hatte in ein Gewoge von Ranken und Muscheln und bewegten Gestalten. Und keiner der Kirchgänger dachte daran, angesichts seines Ziels, des hohen, viertürmigen Domes, auch nur einmal den Kopf zu wenden, um, rückwärts blickend, über die zackigen Giebel und Türme der Stadt hinweg seine Gedanken zu den waldigen Höhen drüben wandern zu lassen, die in leichter Wellenbewegung den Horizont begrenzten. Sah sich einer oder der andere um, so reichte Blick und Gedanke nicht weiter als bis zum Kleide oder bis zum Hute der Nachbarin oder zum neuen Ordensband im Knopfloch des nächsten.

Nur zwei, die mitten unter ihnen desselben Weges gingen, trugen das Haupt erhoben, die Augen offen, um allen Zauber ringsum in sich aufzunehmen.

»Fremde!« meinte ein wenig geringschätzig, wer ihr Stehen bleiben, ihre Freude, ihr Staunen bemerkte. Wer müsste sich solcher Gefühlsäußerungen nicht schämen, wenn es ein Einheimischer wäre! Sich niemals verwundern, ist das eigentliche Kennzeichen kleinbürgerlicher Bildung.

Konrad Hochseß aber war kein Fremder. Er kannte hier jeden heimlichen Winkel, jede verborgene Gasse, jeden altertümlichen Hof, und er führte Norina, seine junge Frau, in alles ein, was ihm heimatlich war, dass es auch ihr eine Heimat werden möchte.

Seit der stillen Trauung in Florenz waren sie langsam, überall auf dem Wege Tage, selbst Wochen weilend, nordwärts gezogen. Von Carlo Savellis lärmendem Hochzeitsfest hatten sie Nachricht erhalten, als sie angesichts der Dolomiten hoch oben auf weichem Bergmoosteppich, unter hellgrünen Lärchen den Sommer verträumten. Nur ganz flüchtig hatte sich dabei Norinas Stirn in finstere Falten geschoben. War es das Glück, in das Konrads Liebe sie hüllte wie in einen Panzer, waren es die weißleuchtenden oder rotglühenden Felsentürme, die sich zwischen sie und die Heimat geschoben hatten? – Sie wusste nicht, was es war, sie fühlte nur, dass kein Weh sie mehr berührte.

Am stillen, westlichen Ufer des Tegernsees, diesem lieblichsten unter allen Seen Bayerns, in dessen hellem, blauem Spiegel die Gebirgslandschaft zu einer Idylle wird, hatten sie zuletzt viele Wochen zugebracht, ganz glücklich, ohne jede Berührung mit der Welt nur sich selbst leben zu können. Von da aus war Konrad einmal allein nach Hochseß gefahren, um zum Empfang der Herrin alles vorzubereiten. Dabei hatte er auch durchgesetzt, dass die Tanten in den seit dem Fortzug der freiherrlichen Familie leergebliebenen Eckartshof hinunterzogen. Obwohl ihnen nunmehr ein ganzes Haus allein zur Verfügung stand, fühlten und gebärdeten sie sich doch wie gewaltsam Vertriebene: Sie, die auf Hochseß Geborenen, mussten der Fremden – wieder einer Fremden, wieder einer Katholikin! – weichen. Es konnte nicht ausbleiben, dass hinter Konrads Rücken die ganze Nachbarschaft gegen ihn und seine Frau Partei nahm. Er empfand davon nichts, denn die kurze Zeit, die er in Hochseß blieb, war mit Überlegungen und Anordnungen für eine Norinas würdige Einrichtung des Schlosses ganz ausgefüllt gewesen, und ließ seine Tätigkeit ihm Stunden der Muße, so waren Gedanken und Gefühle so ganz bei ihr, dass er alles um sich her vergaß. Die Tage der ersten Trennung zeigten ihm, was er bis dahin nicht gewusst hatte: dass sein Glauben ein Glauben an Norina, sein Leben ein Leben in ihr geworden war; dass seine Sehnsucht sie – nur sie – immer suchen würde. Sie war nicht wie andere Frauen, deren erste Hingabe eine Preisgabe ist, die dem Manne allzu rasch nichts mehr zu wünschen, nichts mehr zu enträtseln übrig lassen; sie musste stets aufs neue erobert werden; um ihren Besitz würde er immer ringen müssen. Ihrer Ehe drohte nicht die Gefahr, jene Alltagsgewohnheit zu werden.

Um einen Tag früher, als Norina erwartet hatte – jede weitere Stunde fern von ihr dünkte ihm wie ein Raub an seinem Leben – war er zurückgefahren. Und als er spät am Abend wieder in Tegernsee angekommen war, hatte er geglaubt, sein Herz müsse zerspringen vor Freude: drüben über dem Wasser, mit dessen kleinen Wellchen die letzten Sonnenstrahlen schäkerten, entdeckten seine scharfen Augen das Häuschen, und in dem Häuschen wusste er sie, sein Weib!

Sie musste seine Heimkehr geahnt haben; mit einem jubelnden: »Ich wusste, dass du kommen würdest, kommen musstest!« war sie ihm in die offenen Arme geflogen. Noch nie hatte er sie jubeln hören, noch nie war sie so zärtlich gewesen! Als ringsum alles schlief, auch die vielen Lichter des jenseitigen Ufers erloschen waren, und nichts vom Leben Zeugnis gab als das kichernde Plätschern der Wellen, hatte sie sich an ihn geschmiegt, ganz dicht – wie damals in Montebuoni, als der Schreck sie Schutz suchen ließ bei ihm, – und wie ein Hauch war es über ihre Lippen gekommen: »Mutter werd' ich sein – Mutter!«

Von da an ging sie umher wie eine, die eine unsichtbare Krone trägt. Nichts vermochte mehr das süße Lächeln um ihren Mund zu verscheuchen, nicht einmal Maud Savellis Brief, der ihren baldigen Besuch ankündigte. Ihre Abreise nach Hochseß konnte sie nicht mehr erwarten.

»Unter dem Eindruck der Heimat soll mein Kind sich entwickeln,« hatte sie zu Konrad gesagt, ihre Wange schmeichelnd an die seine lehnend. Denn sie war zärtlich zu ihm geworden – weich und zärtlich und von einem so lebendigen Eifer beseelt, ihm jeden Wunsch von den Augen abzulesen, dass er nur immer Mühe hatte, ihrem Dienenwollen zu wehren. Und doch war es so schön, sie dienen zu sehen: ihre Demut schien sie noch mehr als ihr Stolz zur Königin zu erheben.

Konrad wäre in dieser Zeit restlos glücklich gewesen, wenn nicht ein Wort wie ein Pfeil sich ihm immer wieder ins Herz gebohrt hätte:

»Mein Kind,« sagte sie zehnmal, hundertmal am Tage. »Mein Kind.« Niemals »unser Kind!« Hätte er sie mit einer Frage nach dem Warum kränken sollen? Vielleicht wäre dann, wenn auch nur für eine Sekunde, ihr Lächeln erstorben! Er schwieg.

Die letzte Etappe vor der Heimkehr war der Besuch eines Münchener Arztes gewesen, zu dem die Sorge um Norina Konrad getrieben hatte.

»Was wollen Sie eigentlich bei mir?« hatte der alte joviale Herr lachend ausgerufen, sobald sie vor ihm standen. »Sie wurden wohl nach allen Regeln der Eugenik füreinander ausgesucht?«

Erst nachdem ihm Norina von ihrem ersten Unglück leise und zitternd erzählt hatte, war er ernster geworden.

»Ist Ihr erster Gatte gesund gewesen?« frug er.

»Ich glaube – nein,« antwortete sie zögernd. »Er starb nach einem Jahr.«

»Na, also!« rief der Professor erleichtert. »Und nun sehen Sie sich den da an –« und er lächelte Konrad zu; »wenn Sie nicht gerade den Anspruch machen, dass Ihre Kinder Ackergäule werden –« Seine kleinen klugen Augen waren prüfend von einem zum anderen gewandert. Dann hatte er sich selbst unterbrochen und in etwas gedehnterem Ton gesagt: »Sie haben beide dieselben Augen?«

»Wir sind verwandt, Herr Professor,« war Konrads Antwort gewesen.

»Nahe?«

»Unsere Großväter waren Geschwister.«

»Hm, hm!« machte der Professor. »Alte Familie?«

»Sehr alt – so wie die Hochseß ungefähr.«

Der alte Herr hatte gelacht – ein wenig gezwungen, wie es Konrad vorgekommen war –: »Deren erster nachweisbarer Ahnherr bekanntlich Jesum Christum in den Sattel half, als er in Jerusalem einzog.« Dann hatte er sich Norina zugewandt, die ihn mit tiefernstem Frageblick nicht aus dem Auge gelassen hatte. »Keine Sorge, Frau Baronin, keine Sorge. Ich freue mich schon des strammen Stammhalters, zu dem ich werde gratulieren dürfen.«

Auf Norinas Glücksglanz war ein Schatten gefallen, wie schon eine kleine Wolke am blauen Himmel ihn auf die blühende Wiese wirft. Aber wie die leise erschauernden Blumen ihre Kelche wieder der Sonne öffnen, sobald sie lachend unter dem scherzend vorgezogenen Schleier hervorsieht, so verflog jede Erinnerung daran unter dem Einfluss von ihres Herzens strahlender Seligkeit.

Kurz ehe sie weitergereist waren, kam ihnen die Nachricht, dass der alte Giovanni, den sie im Palazzo Ritorni als Türhüter zurückgelassen hatten, und der damit sehr zufrieden gewesen zu sein schien, verschwunden sei. Niemand wisse, wohin er sich begeben habe; nur Battisto gegenüber habe er am Abend vorher geäußert, dass es Zeit sei, die Fledermäuse aus dem Turm zu jagen, sonst würden sie sich in Monna Lavinias Haare hängen.

Konrad war ernstlich beunruhigt um den Alten.

»Ich weiß gewiss, dass er in Hochseß sein wird, wenn wir kommen,« sagte Norina überzeugt.

»Wusstest du denn von seiner Absicht? Hattest du Nachricht von ihm?« frug Konrad, nicht wenig erstaunt über die Bestimmtheit ihrer Aussage.

»Nein,« gab sie lächelnd zur Antwort, »aber ich kenne unser Volk: je geringer seine Bildung ist, desto sicherer führt der Instinkt es seinen Weg. Und solch ein ›Schwachsinn‹ wie der Giovannis ist vielleicht nur die Entwicklung eines höheren Sinns!«

»Du würdest ihn auch nicht um unseres Kindes willen fürchten?«

Sie lachte hell auf, ihre Arme zärtlich um seinen Hals legend. »O du aufgeklärter Deutscher!« rief sie, »was bist du töricht! Keinen besseren Schutz wüsste' ich für mein Kind als ihn!«

Und nun läuteten vom Domturm zu Bamberg auch ihnen die Glocken – die kleinen mit den hellen Kinderstimmen, die großen mit dem Posaunenton.

Sie waren schon in vielen deutschen Kirchen miteinander gewesen. Nirgends hatte Norina zu beten vermocht, wie sie es in Florenz täglich zu tun gewohnt war. »So düster sind eure Kirchen – als wäre Religion nur für Büßer und Leidtragende,« hatte sie erklärt, »sie drücken nieder, und dann am meisten, wenn ihre Spitzbögen alle Schwere des Steins aufgelöst zu haben scheinen. Sie machen es genau wie eure spitzen Kirchtürme – die wir auch nicht kennen – sie weisen alle nach oben, von der Erde fort, als hätten wir hier unten nichts zu suchen.«

»Und ist nicht der Inhalt und Sinn aller Religion ein Führen und Weisen nach oben, über uns hinaus?« hatte Konrad gefragt.

»Nein, nein,« hatte sie erwidert, um dann nachdenklich, die Augen ins Weite gerichtet, fortzufahren: »Wie der Mann sich ein Haus baut, wenn er eine Familie gründet, Mauern um sein Leben errichtet, seinem Umherschweifen ein Ende bereitend, seiner Arbeit einen bestimmten Kreis anweisend, seine Freiheit, die ihn vielleicht bisher über alle Grenzen hinweg, ziellos umhertrieb, freiwillig beschränkend, so bauen wir wohl auch ein Haus für unsere Seele, die sich im Weiten verlor, denn was sie fand, wenn sie suchte, das waren doch immer nur neue Weiten gewesen. Ein Haus zur Ruhe, zur Sammlung – eins der bewussten Beschränkung vielleicht auch hier – eines, in dem jeder die Symbole dessen errichtet, was seinen Hoffnungen und Sehnsüchten als das Höchste erschien. Meinst du nicht –« und sie hatte dabei jenes demütige Lächeln, das ihr, seitdem sie sich Mutter fühlte, einen so wundervollen neuen Reiz verlieh – »dass dies Religion ist?«

Er hatte ihr damals, betroffen von einer Auffassung, die ihn um so schmerzvoller berührte, als sie ihm richtig erschien, nur ausweichend geantwortet. Heute war ihm als sängen die Glocken, was sie gesprochen hatte, aber es klang ihm nicht wie Unterwerfung, sondern wie Sieg und Jubel.

Posaunen der Erzengel am Tore der Ewigkeit – –

Ewigkeit – ein Geheimnis, dessen dunkle Pforte er nie zu berühren gewagt hatte, aus Angst, nur eine Spalte könne sich öffnen und der Blick durch sie ihn zerschmettern.

»Sind wir nicht selber ewig?« dachte er jetzt. Und mit einem seligen Blick umfasste er seines Weibes Gestalt, während sie an ihm vorüber durch das offne Portal des Domes schritt.

Sie traten leise zwischen die große Menge der Betenden, hinter den Sarkophag, der Kaiser Heinrichs II., des letzten und größten Sachsenkaisers, und seiner Gemahlin, der heiligen Kunigunde, Gebeine trug. Rechts und links von ihnen knieten in Reihen betende Nonnen. Über sehr jungen, unschuldigen Gesichtern trugen die einen große, weiße Flügelhauben; mit schwarzen Schleiern deckten die anderen ihre grauen Scheitel; und goldene Kreuze glänzten über den breiten, schneeigen Schulterkragen. Auf den Gesichtern aber lag ein Frieden, der sich bei den einen als ein Auslöschen alles Lebens, bei den anderen als ein Erwachen tieferen und reicheren Lebens offenbarte.

Die Litaneien wechselten mit dem Gesang. Viele Priester standen droben auf dem hohen Chor, fernab der Gemeinde, sodass nur das Weiß und das Rot und das Gelb ihrer Gewänder erkennbar war und ihr feierliches Hin- und Wiederschreiten, Beugen und Aufrichten. Einer trat in ihre Mitte mit weißem Haar; Chorknaben trugen seinen schweren, goldgestickten Mantel, andere schwangen Weihrauchfässer, sodass sein ehrwürdiges Haupt aus lichten Wolken hervorschien. Und er trat weit vor auf der höchsten Stufe des Altars und hob die goldene Monstranz.

In breiten Strahlen leuchtete in diesem Augenblick die Morgensonne durch die Fenster über ihm. Zu einem lichten Schleier wurde der Weihrauch, des Priesters weiße Haare zu einem Heiligenschein, zu einer Flamme die Monstranz; niedergezwungen von frommem Entzücken und heiliger Scheu sanken die Andächtigen in die Knie. Norina mit ihnen; und tief, ganz tief, als könne sie sich an der Gebärde vollkommener Hingabe nicht genug tun, beugte sie noch den Kopf auf die gefalteten Hände.

Eine Flut weißen Lichtes füllte das Schiff der Kirche, streckte ihre mächtigen grauen Pfeiler, weitete ihre Wölbung.

War's nicht, als zuckten die Lider des schlummernden Kaiserpaars? Reckte der steinerne Reiter drüben sich nicht im Sattel? Groß und staunend, die Unterlippe missbilligend vorgeschoben, richtete sich der Blick des ritterlichen Königs auf sein Ebenbild, das da unten allein noch aufrecht stand.

In Konrads Stirn stieg die Glut der Beschämung.

Sie alle hatten die Mauer um sich gebaut und ihr Allerheiligstes hineingetragen.

Brausend setzte die Orgel ein. Der Gesang der Frauen mischte sich in ihre vollen Akkorde. Eine Stimme darunter – es war die der jüngsten der Nonnen mit den Flügelhauben – erhob sich jauchzend wie ein Lerchenlied über allen:

»Jungfrau Maria, wir grüßen dich,

Heilige, gnadenreiche –«

Und Konrad Hochseß kniete neben Norina, seinem gesegneten Weibe.

Sie fuhren mit vier Füchsen durch das Wiesental. Ein frischer Oktoberwind schüttelte die Bäume über ihnen, dass es goldene Blätter regnete. Und was der Himmel der Tochter Italiens an Farben schuldig blieb, das gab ihr der Wald in märchenhafter Fülle. Immer wieder musste der Kutscher die erregten jungen Pferde bändigen, denn Norinas Augen wurden nicht satt, zu sehen. In allen Schattierungen von Braun und Gelb und Rot leuchteten die Höhen. Zu Ehren der Einziehenden trugen sie ihr Festgewand.

Es war Sonntag heute. Von Wandernden war die Straße belebt. Aus allen Wirtshäusern am Wege schallte Musik; die hellen Kleider der Mädchen, die bunten Schärpen der Kinder belebten die Wiesengründe wie große Blumen. Und je näher sie dem Tale der Hochseß kamen – sie fuhren nicht über die kahle Hochebene, denn nur der schönste Weg sollte Norina in die Heimat führen –, desto mehr sammelten sich die Landleute an der Straße, das junge Paar neugierig erwartend.

Im Wirtsgarten von Gasselsdorf unter der riesigen Kastanie, deren Äste sich über ihn und noch weit über die Straße reckten, – ein Dach von schimmerndem Golde heut –, stand die dicke Wirtin, einen

Korb rotbackiger Äpfel in den Wagen reichend.

»Gottes Segen zum Einzug,« sagte sie.

Norina begriff nicht, warum Konrad ihr kaum Zeit ließ zum Danken.

Am nächsten Dorf, wo das Schulhaus für die Hochsesser Jugend lag, stand der Lehrer, umringt von Buben und Mädels, die Fahnen schwenkten und Hurra riefen; – Norina in ihrer Freude hätte am liebsten jedem einzelnen die roten Wangen geküsst.

Dann wurde das Tal ganz still, ganz eng und heimlich. Hier war kein Platz für ein Haus. Ernsthaft, schon im beginnenden Abenddämmern, standen die waldigen Höhen, die zerklüfteten Felsen, dem leise sich selbst in den Schlaf singenden Bächlein zur Seite, wie treue Wächter an der Wiege des Thronerben.

Norinas Kopf lehnte an Konrads Schulter.

»O, du – du,« flüsterte sie, während ihre Augen durch Tränen der Seligkeit glänzten, »wie schön, wie wunderschön ist unsres Kindes Heimat!«

»Unsres Kindes!« Ein erstickter Schrei war's, mit dem Konrad sie an sich zog, ihre Stirn, ihre Augen, ihre Lippen mit Küssen bedeckend, um schließlich den Mund in heißer Leidenschaft auf den Nacken zu pressen, da, wo der Ansatz der blauschwarzen Haare ihn am weißesten erscheinen ließ.

»Konrad, Konrad!« mahnte sie leise, dunkel erglüht nach dem Kutscher weisend.

»Der Johann?!« lachte er übermütig auf, »der hat an die Füchse zu denken und dann, – meinst du nicht, dass er weiß, was ein junger Ehemann tut, der eine wunderschöne Frau hat?!« Er versuchte sie wieder zu küssen; sie aber bog sich weit zurück, »du weißt doch, Konrad –,« mit leisem Vorwurf sagend.

»Ich weiß!« entgegnete er, sie frei gebend, – eine unsichtbare Hand schien die Falte zwischen seinen Brauen wieder tief in die Stirne zu modellieren; – »ich weiß, dass du nur dem Kinde gehören willst.« Um dann, als bereue er den Ton von Unmut, den er angeschlagen hatte, mit innigem Ausdruck in Stimme und Gebärde hinzuzufügen: »Unserm Kinde!«

Ein Seitensprung der beiden Vorderpferde riss ihn aus dem Sitz empor.

»Was stehst du da, dummes Gör, und erschrickst die Gäule,« schimpfte der Kutscher, der die Tiere rasch wieder in seine Gewalt bekam. Norina hatte sich herausgebogen. Ein blondes Mädchen mit hellen, zärtlichen Blauaugen stand am Wege, einen großen Strauß bunter Herbstblumen, den ihre beiden Hände kaum zu umklammern vermochten in den Wagen hineinstreckend. »Ich habe zur heiligen Jungfrau gebetet – alle Tage –,« flüsterte sie aufgeregt und ließ ihn auf Norinas Schoß fallen, über dem die Blumen sich breiteten wie ein Teppich. Sie wollte danken, doch die Kleine war auf und davon.

»Der Greislerin ihr lediges Kind,« brummte der Kutscher ärgerlich.

Der Weg stieg an. Schon grüßte von der flatternden Fahne die rote Rose von Hochseß. Und die untergehende Sonne spiegelte ihre Glut in allen Fenstern des Schlosses.

»Lauter Rosen leuchten dir!« rief Konrad selig. Sie aber wandte ihm das Antlitz zu. Es war todblass. »Es sind Rosen, nicht wahr?!« kam es bebend von ihren Lippen. »Kein Blut? – Kein Blut?!«

Sie mussten an Eckartshof vorüber. Konrad hatte nicht gewagt, durch ein Verbot des Empfangs den Ärger der alten Damen noch mehr zu steigern; mit erleichtertem Aufatmen sah er nun die geschlossenen Türen, die verhängten Fenster. Schon waren sie am Garten vorbeigefahren, als Norina, die Menge der Dahlien darin bewundernd, sich nochmals umwandte; da saßen auf der Hecke zwei Köpfe wie körperlos, jeder ein Abbild des anderen: graue Scheitel um farblose Gesichter – hämisch herabgezogene Mundwinkel, graugrün von Neugierde, oder von Hass – oder von beidem? – funkelnde Augen. Sie bohrten sich alle vier in Norinas Antlitz.

»*Mal oggio*!« schrie sie auf, das Gesicht mit beiden Händen bedeckend.

Sie ließ es ruhig geschehen, dass Konrad sie in die Arme nahm und ihr zuredete wie einem verängstigten Kinde.

Er erzählte von den Tanten als verbitterten alten Jungfern, die schon auf dem Leben der Großmutter gelastet hätten, das ihre aber nicht verfinstern dürften. »Darum bat ich sie, von Hochseß hinunter, hierher zu ziehen, wo du ihnen nur begegnen wirst, wenn du willst,« Schloss er. Mit einem beruhigten Lächeln richtete sie sich auf.

»Wie gut das ist!« sagte sie. »Nun liegt es an mir, den Bann des bösen Blickes zu brechen und wieder gut zu machen, was du in blinder Sorge um mich schlecht gemacht hast. Morgen schon bitt' ich sie, wieder droben zu wohnen.«

Sie näherten sich dem Schlosstor. Pechfackeln leuchteten an seinen beiden Seiten. Lichtergirlanden überspannten den ganzen Hof. Und als Norina den Fuß auf die Schwelle der Haustür setzte, krachten Böllerschüsse, zehnfaches, weithin hallendes Echo weckend, vom Schlossturm. Mit einem Lächeln, das ihr alle Herzen gewann, so sehr ihre hohe Gestalt und ihre königliche Haltung auch ehrfurchtgebietend erschien, wollte sie an Konrads Arm an den Reihen der Bediensteten vorüber in die hell erleuchtete Halle treten. Da vertrat eine groteske Erscheinung, halb Clown, halb Gespenst, ihr den Weg: in gelbem, fleckigem, vielfach geflicktem Pierrotkostüm ein uralter Mann. Sie schwankte, entsetzt nach dem Herzen greifend.

»Giovanni, was sollen die Possen!« dröhnte Konrads zornige Stimme. »Fort mit dir!« Und er packte ihn an beiden Armen. Der Alte aber sah ihn nicht und fühlte ihn nicht; seine Augen hingen wie gebannt an Norina.

»Mein Seil ist gespannt, Monna Lavinia,« sagte er mit der klanglosen Stimme der Greise, »soll ich nun tanzen, damit Ihr lacht?!«

Wütend wandte sich Konrad an die Diener: »Was haltet ihr Maulaffen feil?! Schafft ihn fort!« Schon sprangen sie vor, sich des lustigen Spaßes freuend, als Norina, wieder ganz beruhigt, den Blick lächelnd zu Konrad erhob.

»Schilt ihn nicht, Liebster,« bat sie weich; »er hat mich lieb. Er kommt aus der Heimat. lass ihn mir!« Und sie legte die schlanke Rechte schützend auf den Kopf des Alten. Der aber sank unter dieser Berührung zusammen; mit einem knarrenden Tone aufweinend wie ein kleines Kind, kauerte er, sich in die Falten ihres weiten, weißen Mantels vergrabend, ihr zu Füßen.

Stumm starrten die Diener. Anbetend umfasste Konrads Blick die geliebte Frau. Die Bogenlampe über der Türe warf ihr mildes, weißes Licht auf Norina und den Narren.

Die Monde, die kamen, von mildem Herbsthimmel überdacht, von Schneewinterflocken eingesponnen, waren geweiht von einem einzigen stillen Warten. Eine in Mutterseligkeit verklärte Frau, ging Norina durch Haus und Hof. Selbst die Knechte und Mägde in Ställen und Scheunen spürten etwas von dem Glanz und dem Frieden, der von ihr ausging. Sie vergaßen ihres Zanks und mäßigten ihre lauten Reden, wenn sie auch nur von ferne vorüberkam.

Mit sauersüßem Lächeln waren die Tanten, – die ihr Märtyrertum nicht selbst in Frage stellen wollten, und sich darum nicht merken ließen, wie sie sich im Grunde ihres Lebens auf dem Eckartshof gefreut hatten, wie die Teilnahme der Nachbarschaft an ihrer »Verbannung« ihnen zur Daseinsbereicherung geworden war – in ihre alten Hochsesser Räume wieder eingezogen.

Durch tägliche kleine Aufmerksamkeiten warb Norina förmlich um sie, und wenn sie nachmittags mit ihnen am Teetisch saß – sie hatte die Gewohnheiten der Gräfin Savelli wieder aufgenommen –, und zarte Spitzen um all die vielen winzigen Hemdchen und Jäckchen setzte, dabei den guten Ratschlägen der alten Fräuleins freundlich zuhörend, wurden selbst die Züge Nataliens und Elisens stundenweise ganz weich.

»Eine Zauberin bist du!« sagte Konrad zu ihr. Sie schüttelte lächelnd den Kopf: »Nur eine ganz von Liebe Erfüllte.«

Zu Fuß und zu Wagen machten sie täglich weite Ausflüge. »Ich muss meines Kindes Land entdecken wie du dein Mutterland,« versicherte Norina. Aber ihr Entdecken war zugleich ein Erobern. Denn die Fülle ihrer Liebe ließ sie im ärmlichsten Hause Eingang finden und mit den geschärften Blicken der Liebenden die versteckteste Not entdecken.

Wie eine fremde Königin kam sie und überschüttete mit Gaben, was litt und darbte.

»Ich will meinem Kinde die Wege bereiten,« sagte sie leuchtenden Auges, »die Welt soll ihm entgegenlachen, wohin es blickt.«

»Mein Kind!« – Es traf ihn immer wieder wie ein Nadelstich. Er entsann sich nicht, dass sie das »unser Kind« je wiederholt hätte, und es gab Augenblicke, wo etwas wie Hass gegen dieses Kind, das nicht eine innigere Bindung, sondern eine Schranke zwischen ihnen zu werden drohte, in ihm aufstieg.

Er liebte Norina. Seit sie sein Weib geworden war, begehrte er sie immer leidenschaftlicher. Und immer mehr versagte sie sich ihm.

Eines Abends überraschte er sie, wie sie vor dem Spiegel ihre Haare kämmte, aus deren schwarzer Fülle Hals und Schultern wie Mondlicht leuchteten. Kaum dass sie den heißen Blick seiner Augen sah, als sie sich, dunkel errötend, wie ein scheues Mädchen in die Falten des herabgeglittenen Kimonos wickelte.

»Sag mir die Wahrheit, Geliebte,« flehte er, ihre beiden Hände umklammernd, »und wenn sie noch so bitter ist. Liebst du in mir nur den Vater deines Kindes?«

Da lächelte sie ihr unbeschreibliches, seliges Mutterlächeln. »Nur, sagst du, nur?!« flüsterte sie und lehnte den Kopf an seine Schultern, »weißt du denn nicht, dass das die allergrößte Liebe ist?«

Als im Spätherbst Carlo und Maud Savelli nach Hochseß kamen – sie hatten gleich nach ihrer Hochzeit die Saison in Deauville mitgemacht und waren dann in Paris geblieben – beschlich ihn ein leises Gefühl von Neid. Sie waren ein Liebespaar. Maud unterstrich mit allen Mitteln der Koketterie diesen Eindruck.

»grässlich, verheiratet zu sein,« rief sie gleich am Abend ihrer Ankunft und schüttelte sich, »nichts hat mehr den entzückenden Reiz des Unerlaubten! Wenigstens hab' ich es so weit gebracht, dass man mich überall für seine Mätresse hält.« Dabei schaukelte sie auf Carlos Schoß, der sie lachend in die Wange kniff.

»Die Perfektion, mit der sie ihre Rolle spielt,« sagte er, »ist so groß, dass ein verrückter Amerikaner tatsächlich meine Erlaubnis einholen wollte, um sie – werben zu dürfen.«

»Macheart doch nicht etwa?« frug Konrad überrascht.

»Ach richtig!« sagte Carlo gedehnt und zwinkerte lustig mit den Augen; »ihr kennt euch ja!«

Inzwischen zog Maud die Schwägerin in eine Ecke.

»Schon jetzt, du Arme?« – ein bedeutungsvoller, erstaunt mitleidiger Blick ruhte bei der Frage auf Norinas Gestalt –. »Konrad hätte sich wirklich in acht nehmen können!« Norinas Freude über ihre

Hoffnung verblüffte sie förmlich.

»Übrigens,« flüsterte indessen Carlo Konrad zu, »die Leonie Doris lässt dich grüßen. Ein Prachtweib, sag' ich dir. Aber nicht zu bezahlen. Nur darum musste Macheart sie abtreten. Irgendeinem Großfürsten, erzählt man sich.«

Leonie! War's nicht die Geschichte eines anderen, an die ihn dieser Name erinnerte? Er sah nur Norina.

»Denke dir, Carlo,« hob das Vogelstimmchen Mauds wieder zu zwitschern an, »sie wollten das Kind!! Na, *chaqu'un à son goût*! Wir gönnen uns den notwendigen Stammhalter erst, wenn wir aufgehört haben werden, ineinander verliebt zu sein. Ihr macht's umgekehrt, was? Bei euch soll der Rausch der Liebe nachher kommen?! Dann denk' ich mir freilich ein Kind als Zeugen und Anhängsel äußerst unangenehm!«

Norina schwieg hartnäckig. Als sie sich getrennt hatten, sagte sie zu Konrad: »Du siehst, wie weltenfremd wir einander sind. Mir käm's wie Entweihung vor, mit ihr von meiner Liebe zu reden.«

Konrad zog sie in die Arme: »Liebst du mich denn, Norina?« All seine brennende Sehnsucht lag in seiner Frage.

»Wäre ich sonst dein Weib?« antwortete sie weich, dem Druck seiner Arme nachgebend –.

Am nächsten Morgen, als sie erwachte, schien die helle Sonne auf das Antlitz des schlafenden Mannes neben ihr. Wie vergrämt es aussah! Wie tief die Falte zwischen seinen Brauen stand! Sie erschrak so sehr, dass ihr Herz wild zu pochen begann. Hatte sie ihm wehgetan? Ihr blasses Gesicht überzog sich mit dunklem Rot. War sie ihm irgend etwas schuldig geblieben? Was hatte Maud gesagt? – Der Liebesrausch, der vor dem Kinde kommt, oder nach ihm kommen muss! Auch sie hatte einmal Träume gehabt – heiße Träume, als sie noch ein kleines Mädchen gewesen war! Und hatte sich dann dem ersten Manne vermählt, ganz gleichgültig. Darum war wohl auch das Kind in ihrem Leibe gestorben! Aber dieses Kind würde leben – leben! »Denn ich liebe ihn,« sagte sie unwillkürlich laut, als müsse sie es vor sich selbst bekräftigen. Die ganze Zeit, die sie einander kannten, erwachte vor ihr: wie ein sonnenheller Frühlingstag war sie.

»Wie ein Frühlingstag –« wiederholte sie langsam, vor sich hinstarrend. Kein Sommer! Und ihre Liebe, die Frucht tragende Liebe, war sie nicht eine wilde Rose mit ihren fünf kleinen Blättchen, den blassen, leicht zerflatternden; der Liebesrausch aber, den sie nicht kannte, den er ersehnte – sie wusste es plötzlich, als hätte er es selbst gesagt –, war er jene wundervolle gefüllte Gartenrose, die um ihrer Schönheit willen keine Früchte tragen darf?!

»So hab' ich ihn nicht genug geliebt?!« schrie es auf in ihrem Herzen; »gib mir ein Zeichen, ein einziges Zeichen deiner Gnade, heilige Mutter Gottes!«

Da hüpfte das Kind in ihrem Leibe, ganz deutlich, zum ersten Mal. Mit einem seligen Lächeln sank sie wieder in die Kissen zurück, den Kopf an Konrads Schulter, und schlief ein.

Am nächsten Tage – sie trug ein Kleid aus dunkelgrüner Seide, das in tiefen Falten an ihr niederfiel, nur mit einem Kragen alter Spitzen geschmückt – war sie so schön, dass selbst Maud, die sonst viel zu sehr mit sich beschäftigt war, um für den Reiz anderer Frauen einen Blick übrig zu haben, in hellstes Entzücken geriet.

»So, gerade so müsstest du dich malen lassen,« rief sie aus; »alle Frauen würden bersten vor Neid angesichts eines solchen Bildes! Strahlst du doch wie verklärt zu einer Zeit, wo sie samt und sonders scheußlich sind!«

»Und wir hätten auch schon den rechten Maler für dich,« warf Carlo ein. »Vittorio Tenda!«

Norina sah verwundert auf: »Vittorio Tenda lebt?!«

Carlo nickte lächelnd: »Vittorio Tenda – ja! Er lebt nicht nur, er ist sogar ein Maler geworden! Wie wär's, Konrad, willst du Norinas ersten Verehrer zu ihrem Porträtisten machen?!«

»Warum nicht?« entgegnete der, auf den Scherz eingehend, »bin ich doch sicher, dass es ein abgewiesener Freier war.«

Carlo lachte hell auf: »Freier! Ausgezeichnet! – Der Sohn des alten Lucca vom Ponto Vecchio der Freier der Contessa Savelli!«

Maud wurde neugierig: »Das ist ja schrecklich romantisch! Erzähle, Norina – bitte, bitte, wie war's?« quälte sie.

»Es ist nichts zum Lachen, Maud,« antwortete Norina ablehnend.

Und Konrad kam ihr zu Hilfe, indem er, zu Carlo gewendet, frug: »Was weißt du von ihm? Am Ende wäre dein Scherz ernsthaft zu erwägen?«

Ich sah bei einem Kunsthändler ein paar Porträts mit seinem Namen gezeichnet,« begann der Graf.

»wisst ihr, so ganz verrückte,« unterbrach ihn Maud lebhaft, »Menschen mit grünen Backen und blauen Haaren.«

Konrad notierte sich die Adresse. »Ich werde mich nach ihm erkundigen lassen,« sagte er, und fügte, mit einem Blick auf Norina, hinzu: »Was meinst du, wenn er der erste Anwärter auf eine unserer Klosterzellen wäre?«

»Klosterzelle?!« Maud horchte auf, und Konrad erzählte ihr von dem Plan, den Eckartshof erholungs-und ruhebedürftigen Künstlern zur Verfügung zu stellen. Sie klatschte vergnügt in die Hände. »Norina als Königin eines Musenhofes – wundervoll!« rief sie, »aber nicht wahr, ihr ladet mich ein, wenn schöne Frauen unter die edlen Sänger die ersten Kränze verteilen?«

Und scherzend gingen sie auseinander, ohne des Malers noch einmal Erwähnung zu tun.

»Ich danke dir,« sagte Norina warm, als sie allein mit Konrad war; »Mauds Gelächter und Carlos Spott vertrag' ich nicht immer.«

Konrad drückte ihr die Hand. »Ich verstehe,« entgegnete er zärtlich. »Was meinst du: wollen wir deinem alten Freunde weiterhelfen?« Ein dankbarer Blick lohnte ihn.

Als sie aber dann allein in ihrem Zimmer war, das nur ein paar Kerzen flackernd erleuchteten, und vor den Spiegel trat, sah ihr ein Gesicht entgegen, vor dem sie erschrak. Waren das ihre Augen, die so unruhig flackerten? War es ihr Herz, das aus ihnen sprach? Und was pochte plötzlich so ungestüm in ihren Adern, dass sie an den Schläfen in blauen Strichen scharf hervortraten? – Vittorio Tenda, der Handwerkersohn, der die brennende Glut seines Herzens im Arno löschen wollte, – der Bettler, dem sie Geld hinwarf statt ihres Herzens, und der es nahm?! Sie wollte eben die Lippen hochmütig schürzen, den Kopf stolz in den Nacken werfen, als die Tränen ihr aus den Augen stürzten, unaufhaltsam. Warum nur, warum?

Während des Aufenthalts der Savellis, der nicht unbekannt blieb – die Tanten hielten einen brieflichen Verkehr mit den Nachbarn um so eifriger aufrecht, je mehr der persönliche unterbrochen war –, machten die Greifensteiner ihren Gegenbesuch. Sie hatten ihn lang genug aufgeschoben, waren doch die Hochsesser von der alten Tradition abgewichen, indem sie ihre Antrittsvisite nicht angekündigt und einfach ihre Karten zurückgelassen hatten, und man sich notgedrungen – man war ja so gar nicht in Toilette gewesen! – verleugnen lassen musste! Die Baronin Rothausen hatte bei dem nach diesem Ereignis rasch zusammen geladenen Teebesuch der Nachbarn energisch erklärt, dass man der »hochmütigen Ausländerin« beweisen würde, wie wenig gespannt man auf ihre Bekanntschaft sei. In der Tat war die Bezähmung der allgemeinen Neugierde nur das Resultat äußerster Selbstbeherrschung. Sie wäre unmöglich gewesen, wenn man nicht durch die alten Fräuleins so genau über alle Details der jungen Ehe unterrichtet gewesen wäre, und sie hatte jetzt – wo die Kunde von der amerikanischen Milliardärin und ihren fabelhaften Toiletten überall verbreitet war – ihre äußerste Grenze erreicht.

»Wie Sie Ihrer verstorbenen Frau Schwiegermutter ähnlich sehen!« flötete die Baronin nach überaus zärtlicher Begrüßung der »lieben, jungen Nachbarin«, und fügte augenverdrehend hinzu: »dass die Arme ein so trauriges Ende nehmen musste!«

Vergebens erwartete sie – was bisher von keinem jungvermählten Paar umgangen worden war – den Rundgang durch Haus und Wirtschaft. Norina dachte gar nicht daran, fremden Menschen einen weiteren Einblick in ihre Häuslichkeit zu gewähren, als den in ihre Empfangsräume, und da sie sich ebenso in ihnen bewegte wie in den großen hohen Sälen des Palazzo Savelli, so war das Urteil über sie, das binnen kurzem das Urteil der ganzen Nachbarschaft sein würde, rasch gefällt: »hochmütige, kaltschnäuzige Pute«, dachte Frau von Rothausen bissig und setzte sich ostentativ zu den alten Fräuleins.

Norina versuchte indessen, Hilden in ein Gespräch zu ziehen. Das junge Mädchen, die in den wenigen Jahren, seit Konrad sie nicht gesehen hatte, rasch gealtert war – wie Frauen altern, die nichts haben als ihre Jugend –, tat ihr leid. Sie wusste, dass sie Konrad bestimmt gewesen war; vielleicht hatte sie ihn sogar geliebt, so geliebt, wie sie sich erinnerte von ihrer Erzieherin gehört zu haben, dass deutsche Mädchen lieben: bis zur völligen Aufopferung ihrer selbst. Sie versuchte alle Tasten auf der Klaviatur des Herzens anzuschlagen, vergebens. »Wie verstimmt dieses Instrument sein muss,« dachte sie, bis Hilde plötzlich aus fast peinlicher Einsilbigkeit heraus, von ihrer Kinderfreundschaft mit Konrad, ihrem letzten längeren Besuch auf Hochseß – »wo alle Fäden sich zwischen uns wieder anknüpften,« wie sie geziert bemerkte –, eifrig zu erzählen begann.

»Was wohl aus dem Fräulein geworden sein mag,« meinte sie dann, ihre Stimme erhebend, »die mich damals durch ihr taktloses Benehmen zwang, meinen Aufenthalt abzubrechen? Wie hieß sie doch?! Ach ja – Gerstenbergk – glaube ich, oder Gerstental.«

»Gerstenbergk?« wiederholte Norina fragend.

In den matten Augen Hildens zuckte es triumphierend auf: Sie wusste also offenbar nichts von ihr.

»Ja, Else Gerstenbergk,« entgegnete sie dann; »ein Mädchen, die für irgendein Geschäft Puppen anzog, und die in unbegreiflicher Güte von der alten Frau Gräfin zu ihrer Erholung hierher geladen worden war. Sie war wohl in Berlin, wo dergleichen möglich sein soll, Ihrem Herrn Gemahl nahe getreten.«

Norina lächelte. »gewiss, Konrad erzählte mir von ihr,« sagte sie, den Kopf hochmütig in den Nacken werfend, »und ich freue mich, auch von Ihnen bestätigt zu hören, dass die Gräfin Savelli uns mit gutem Beispiel voranging. Wir werden den ganzen Eckartshof nunmehr Erholungsbedürftigen zur Verfügung stellen.« Damit ließ sie das Mädchen stehen und ging in Konrads Zimmer, wo Maud als einzige Dame zigarettenrauchend zwischen den Herren saß. Sie sah nur noch, wie Alex Rothausen Konrad lachend auf die Schulter schlug und hörte, als er sagte:

»Spiel doch nicht den Säulenheiligen, Vetter! Du wirst doch nicht leugnen können, Frau Renetta Veit auf Mord den Hof gemacht zu haben.«

Wurden alle Gespenster wieder wach? dachte Konrad müde.

Da trat Norina an den Tisch. Alex schwieg betreten; eine Verlegenheitspause trat ein, die Mauds Lachen unterbrach. »Was die Deutschen komisch sind!« sagte sie; »Norina ist doch kein Kind mehr. Sie weiß so genau wie ich, dass alle Männer vor der Ehe ihre Aventüren haben.« Und Norina stimmte in ihr Gelächter ein.

262

Nur Konrad sah ihre Blässe und dass sie seinen Blicken auswich. Warum hatte er ihr auch nicht früher von seiner Vergangenheit erzählt, – seiner Vergangenheit, die ihm gar nicht mehr gehörte, seitdem Gegenwart und Zukunft und die ganze Ewigkeit nur unter einem Namen stand: Norina.

Endlich gingen die Gäste, nachdem sie wiederholt auf »gute Nachbarschaft« angestoßen und von dem »reizenden Abend«, dem »entzückenden Zusammensein« gesprochen hatten.

»Wie müde du bist, Liebling,« sagte Konrad, als er danach in Norinas völlig erschlaffte Züge sah. Sie nickte nur. Wenn er sie doch jetzt allein lassen wollte! Aber er ging ihr nach.

»Hast du noch ein wenig Zeit für mich?« frug er zärtlich. Wie hätte sie »nein« sagen können, – sie wollte ihn ja nicht verletzen. Sie nickte wieder.

Und vor dem Kamine sitzend, vor dem er so oft mit der Großmutter gesessen hatte, erzählte er ihr von Renetta – kurz und kühl, ohne sich anzuklagen oder sich zu entschuldigen, eine fremde Geschichte.

Norina schwieg, den Fuchsschwanz des Pelzes, der um ihre Schultern lag, immer wieder durch die Hände ziehend. Ihr Herz zog sich schmerzhaft zusammen. Sie wusste genau, wie töricht es war. Was gingen sie Konrads vergangene Neigungen an? sagte ihr Verstand deutlich genug. Dennoch! – Sie dachte ihres ersten Mannes, von dessen leichtfertigem Leben sie zu spät erfuhr, – als die Ärzte das tote Kind ihrem qualvoll zuckenden Leibe längst entrissen hatten, und Wochen der Verzweiflung, der Selbstvorwürfe hinter ihr lagen. Alle Dirnen von Florenz rühmte er sich besessen zu haben! Sie sah mit scheuem Blick zu Konrad hinüber. Warum sprach er nicht weiter? Dieses Weib wird das einzige nicht gewesen sein!

Er hatte die Lippen fest aufeinander gepresst. An Else dachte er. Durfte er Geheimnisse preisgeben, die die ihren waren? Den Schleier heben, den von ihren Tränen geweihten, den sie selbst darüber gelegt hatte?

»Wer war Else Gerstenbergk?« fragte ihn in diesem Augenblick Norinas hart gewordene Stimme.

Da erzählte er auch von ihr. Und Norina hörte auf, den Fuchs-

schwanz durch ihre Hände zu ziehen; sie lagen ihr ganz still im
Schoß.

»Und – du weißt nichts von ihr? Gar nichts?« frug sie dann.

»Nein – nichts!«

Norinas dunkle Augen starrten sekundenlang ins Feuer. »Ob sie
ein Kind haben mag von dir?« flüsterte sie vor sich hin.

Es wurde einsam auf Hochseß. Die Gäste reisten ab. Der Winter
kam. Und immer mehr schien Norina sich in sich selbst zurückziehen
zu wollen. Konrad fühlte es, aber er bemühte sich, jedes Gefühl der
Kränkung zurückzudrängen. Er suchte sie zu verstehen, ihren unausgesprochenen Wünschen Rechnung zu tragen, auch wenn sie sich oft
heimlich davonschlich, um allein in den Wald zu gehen. Und so folgte
ihr nur sein sehnsüchtiger Blick, so oft ihre hohe Gestalt in den Zo-
belmantel gewickelt den Windungen der Hügel entlang auf den verschneiten Parkwegen schritt, oder drunten im Tal dem Lauf des ver-
eisten Baches folgte. Er neidete es dem alten Giovanni, dass er ihr
keine Störung war, wenn er, ein treuer Hund, jedem ihrer Schritte
leise nachging. Und er atmete erleichtert auf, sah er sie von ihm begleitet in einsame Wege biegen. Er wusste: war des Alten Hand auch
zu schwach, sie zu schützen, sein bloßes Erscheinen genügte, um alles
in die Flucht zu schlagen. Bei den Aufgeklärten galt er für wahnsinnig; die meisten aber – auch solche, die es nicht Wort haben wollten –
glaubten ihn im Besitz höllischer Kräfte und Künste.

War es nicht seltsam, dass er überall erschien, wie aus dem Boden gewachsen, wo Norinas Name anders als in tiefster Ehrerbietung
genannt wurde? dass er den Greifensteinern auf ihren abendlichen
Spaziergängen plötzlich begegnete, sodass sie entsetzt zusammenfuh-
ren, und mitten in den intimsten Unterhaltungen der alten Fräuleins
auftauchte, ihnen mit einem Grinsen, das höflich sein sollte, irgendeinen verlorenen Handschuh überreichend? Und niemand wagte, sich
über ihn zu beklagen, kam er doch immer nur dann, wenn das Gespräch vor dem Hochsesser sich nicht hätte verteidigen lassen. Kürzlich – so erzählten sie sich in allen Gesindestuben – war sein Schatten,
klein und krumm und schwarz, an den Fenstern des Pfarrhauses vor-
übergeschritten, als der Herr Pastor just am Schreibpult stand, um der
Frau Baronin auf ihre Bitte, das kleine Gotteshaus auch außerhalb der
Predigt offen zu halten, ablehnenden Bescheid zu geben. Greulich

gekichert habe er. Der würdige Geistliche sei darob tief erschrocken gewesen! Und nun grübe er allnächtlich im flackernden Lichte einer Bergmannslaterne den verschütteten Eingang der alten Höhle aus, in der vor Zeiten die alte italienische Gräfin zu ihren Heiligen gebetet habe. Die Greislerin, die katholische, wusste es ganz genau und erzählte es trumphierend: Da unten vor dem holzgeschnitzten Bild eines nackten Weibes, hatte der Konrad heimlich die erste Taufe empfangen; ihre Mutter selig wusste den Zug der Priester und der Chorknaben noch gut zu beschreiben, der in der Mainacht leise von Vierzehnheiligen herüber durch die Wälder gewandelt sei. gewiss: auch das Kind, das Norina unter dem Herzen trug, würde dort unten der allein seligmachenden Kirche geweiht werden.

Norina ging nicht mehr – nachdem sie es zweimal getan hatte – in die protestantische Kirche. Der Herrensitz in dem weißgetünchten Raum unter dem großen braunen Kruzifix blieb leer. Aber zwei Stunden weit in das nächste katholische Pfarrdorf fuhr sie immer häufiger, der Herr Baron mit ihr und der welsche Teufel auf dem Bock. Und der Pastor unten predigte schon von der »Gefahr der Seelen«. Und die Tanten prophezeiten heimlich den Untergang der Hochseß durch die Abkehr vom rechten Glauben.

Norina wusste von all dem Geflüster nichts, denn Giovanni verschloss in sich, was er hörte.

»Der Wald ist wie ein Dom aus Alabaster,« sagte sie einmal, als sie an einem weißen Wintermorgen in Konrads Zimmer trat, »komm mit!« und bittend erhob sie den Blick zu ihm. »Mit tausend Freuden!« rief er. An diesem Tage blieb Giovanni im Turm. Die beiden aber standen andächtig, Arm in Arm, unter den schneeschweren Zweigen, die in zitternden Sonnenstrahlen erglänzten.

»Nun kommt bald der Tau und zerstört meine Kirche,« meinte Norina betrübt.

»Und dann kommt der Frühling und baut sie aus Blättern und Blumen für unser Kind,« flüsterte er ihr zu.

»Und in dieser Kirche, nur in dieser, wollen wir es dem Höchsten weihen!« rief sie begeistert. »Da unten, mein' ich, wohnt er nicht!« Und sie zeigte auf den spitzen Turm, der dunkel aus den weißen Wäldern ragte.

Zu Hause, am Kamin, spann sie ihre Gedanken weiter. »Hast du wohl bemerkt, um wieviel fröhlicher die Menschen in den katholischen Dörfern sind?« sagte sie. »Selbst ihre Kleider sind bunter!«

Er nickte bestätigend: »Man glaubt vielfach, es sei das leichtere Wendenblut, das sich bemerkbar mache!«

»Ich weiß eine andere Erklärung,« entgegnete sie, »bei euch herrscht der Gekreuzigte. In allen Kirchen eine Mahnung an den Tod. Bei uns die Mutter – in jedem Bauernhaus, wo unter ihrem Bilde das Lämpchen glüht, eine Mahnung an das Leben!«

»Warum sprichst du von ›euch‹ und ›uns‹,« meinte er mit einem tiefen ernsten Blick, »haben wir – du und ich – nicht e i n Symbol des Heiligsten?«

Sie schmiegte sich an ihn, so zärtlich wie seit Monden nicht. »Ich weiß,« sagte sie, »und darum bitt' ich dich: lass unser Kind nicht unter dem schwarzen Kreuze taufen.«

»Unser Kind!« jubelte er: »am liebsten trüg' ich's nach San Miniato – mitten hinein in Glanz und Licht.«

Von jenem Abend an hörten Norinas einsame Winterwanderungen auf. Im Schlosse aber entstand ein reges Leben. Maurer und Zimmerleute gingen aus und ein; es wurde geklopft, geweißt, gehämmert

»Die Kapelle der Baronin!« flüsterten sich die Leute vielsagend zu. Und die Gesichter der alten Baronessen wurden lang, ihre Augen verloren wieder jeden freundlichen Schimmer. Giovanni schlug das Kreuz, wenn er sie sah.

»Wir sind die letzten, die die Traditionen der Hochseß aufrecht erhalten,« erklärten sie, nachdem sie schon tagelang dem Nachmittagstee ferngeblieben waren und sich nun feierlich zu einer wichtigen Unterredung bei Konrad eingefunden hatten. »Wir fordern Rechenschaft. Willst du, der Nachkomme eines der ersten evangelischen Ritter Frankens, dein Kind zu einem Abtrünnigen machen?«

»Abtrünnig aller Finsternis – ja!« sagte er, die Stirne runzelnd, um, als sie verständnislos von einem zum andern sahen, mit leichtem Spott hinzuzufügen: »Besänftigt euren Zorn, liebe Tanten, und den des Herrn Pastors: er mag den Staatstaler für die Taufe ruhig aus dem

Schranke nehmen.«

Aber die Leute tuschelten einander trotzdem weiter zu: »Die Kapelle der Baronin«, und die Katholiken triumphierten, als von dem Muttergottesbilde die Kunde kam, auf das der leere Raum über dem Altar wartete.

Norina malte in der Kapelle. An den vier runden Säulen rankten sich phantastisch ihre Blumen empor bis in die blaue Wölbung mit den Goldsternen. Aus den Nischen in den Wänden blickten Madonnen; Jesuskinder lächelten vom Schoße der heiligen Mütter. In den kleinen, bunten Fenstern leuchtete dunkelrot die rote Rose von Hochseß.

Indessen übte unten in der Dorfschule der Kinderchor alte Marienlieder.

Und in der Akademie von Florenz saß vor Giottos Demeter-Maria ein junger Maler und suchte das Wunderwerk auf seiner Leinwand zu wiederholen, – Vittorio Tenda.

Ohne Norina davon zu sprechen, hatte Konrad ihn, nachdem die eingeholten Auskünfte die besten gewesen waren, mit der Arbeit beauftragt, indem er ihm zugleich im Palazzo Ritorni die Wohnung anwies.

Und nun taute der Schnee selbst auf den Höhen; zum Wildbach wurde die Quelle; mit Geschrei und Gezwitscher suchten die heimkehrenden Vögel die alten Plätzchen für ihr Nest. Der Frühlingssturm peitschte die Fahne und sang in den Kaminen sein Schlachtlied.

Norina legte die Pinsel fort. Sie ging durch den Garten und streichelte leise die kleinen, braunen Knospen an den Sträuchern und bückte sich nach den blassen Schneeglöckchen.

Wenn Konrad sie nicht sah, wusste er, wo er sie finden würde: im hellen Zimmer droben vor der weißen Wiege, an deren Decken und Bettchen noch immer irgend etwas zu zupfen und zu nesteln war. Kam er, so schmiegte sie sich stumm in seine Arme. Sie sprach überhaupt kaum mehr. Es gab keine Worte für ihr Empfinden. Nur ihre Augen vermochten ihm noch Ausdruck zu geben.

Die Kapelle war fertig. Nur der Platz über dem Altar war noch leer. Der alte Giovanni hatte sich selbst zu ihrem Wächter gesetzt. Er ließ keinen hinein und war immer da; seine Tiere in der Turmstube vergaß er. Niemand wusste, ob er wohl jemals schlief. An einem der ersten Tage waren die Tanten gekommen, herrisch Einlass begehrend. Der Herr Pastor wollte wissen, ob es auch mit seinem Glauben vereinbar sein würde, dort zu taufen. Ein krähendes Gelächter antwortete ihnen von innen, als sie den Türgriff niederdrückten. Sie fuhren entsetzt zurück. So oft sie auch wiederkamen, stets stand Giovanni davor, den Eintritt hindernd. Bei einem heftigen Wortwechsel zwischen ihnen kam Konrad dazu.

»Mach Platz, Giovanni!« gebot er, und versuchte, den schwachen, alten Mann beiseite zu schieben. Der aber klammerte sich verzweifelt an die Türpfosten, in seiner Muttersprache laut schreiend: »lass die bösen Augen nicht herein!« Als er schließlich überwältigt beiseite taumelte, füllte sein Schluchzen den ganzen Raum. Die Fräuleins aber standen kühl und gerade mitten darin, nur ihre Blicke bewegten sich hin und her, spöttisch, missbilligend, und die Mundwinkel ihrer farblosen Lippen zogen sich tief herab. Von da an brannten Tag und Nacht geweihte Kerzen in der Kapelle, und Giovanni führte noch erbitterter den Kampf gegen die Neugierde. Sobald er von innen die Fenster öffnete, stellten sie von außen Leitern an, um hineinzuspähen. Ließ er sie geschlossen, so flog über Nacht ein Stein durch die Scheiben, ohne dass der frevelhafte Schleuderer zu entdecken war.

Gerade über dem Altar befand sich ein kleines Fenster, aus blauem und rotem Glas kunstvoll zusammengestellt, das aus der oberen Galerie der Halle sein Licht empfing.

»Es sollte vergittert werden,« sagte Giovanni zu Norina, als sie ihrer Gewohnheit gemäß in der Frühe in die Kapelle ging.

Sie wandte sich lächelnd nach dem Alten um:

»Warum gerade dies, das noch niemand zerbrach?«

»Es sollte vergittert werden,« beharrte er hartnäckig.

Jeden Morgen nach der stillen Andachtsstunde trat sie ins Freie hinaus und betrachtete sehnsüchtigen Blickes Bäume und Sträucher. Es war ihr erster Frühling im Norden. Und sie, erfüllt von der Erinnerung an seinen raschen Siegeslauf daheim, wo Rosen und Lilien unter jedem seiner Schritte blühen, erkannte ihn nicht.

»Wie lange das dauert!« flüsterte sie vor sich hin, und aller Glanz wich aus ihren Zügen.

»Hier kommt er nie,« hörte sie hinter sich sagen und erschrak.

An einem Apriltag, als der Westwind Schnee und Regen gegen die Fenster peitschte und die Flammen im Kamin nur mühselig schwelten, saß Norina an der Stätte ihrer Mutterträume. Sie hatte die Läden zugezogen, um das Wetter nicht zu sehen, und im Licht der Lampen Hemdchen und Jäckchen ausgebreitet, um sie Schwester Theresa, der kleinen Nonne mit der großen Flügelhaube, zu zeigen, die seit gestern im Schlosse war und mit immer gleichem Lächeln und gleichem leisen Schritt ordnend und vorbereitend im künftigen Reiche des Kindes hin und her ging.

Sie waren beide so vertieft in ihr Tun und so weit ab von allem Lärm des Hofs und der Wirtschaft, dass die fernen Geräusche kaum an ihr Ohr drangen. Mit jenen weichen, zärtlichen Stimmen, die alle Frauen haben, wenn sie dem Wunder neuen Lebens nahe sind, sprachen sie miteinander.

»Cosimo soll er heißen,« antwortete Norina auf eine Frage der Schwester.

»Cosimo!« wiederholte sie lächelnd; »und wenn es ein Mädchen ist?«

»Fiore« – wie ein Seufzer der Sehnsucht kam der Name über Norinas Lippen; »auf den Hügeln und Feldern um Florenz steht jetzt alles voll bunter Blumen,« fuhr sie langsam fort, die Hände um die Knie gefaltet, und sah ins Weite. Ein aufheulender Windstoß antwortete ihr.

Sie schwiegen. Räder rollten schwer über den Hof. Pferdegestampf – Peitschengeknall. Dann Stimmen – die Konrads zuerst – eine fremde dann. Aber Norina war viel zu müde, als dass sie hätte hinausgehen und aus dem Flurfenster blicken mögen. Dann hörte sie noch ein Hämmern – wie von der Kapelle herauf –

»Das Bild?!« rief sie Konrad voll freudigen Verstehens entgegen, als er nach geraumer Zeit zur Türe hereintrat. Er nickte lächelnd. »Dann –« und ihre Finger schlangen sich wie zum Gebet ineinander, »ist alles bereit für mein Kind!«

In der Kapelle brannten viele gelbe Kerzen, aber es schien, als zöge das Bild auf dem Altar alles Licht an sich, um dann wie durch sich selbst allein zu leuchten. Die wundervolle mütterliche Frau in dem schimmernden weißen Hemd, das die vollen nährenden Brüste ahnen lässt, dem schweren blauen Mantel darüber, der den breiten Schoß, die kraftvollen Knie deckt, ohne sie zu verhüllen, erfüllte den ganzen Raum in ihrer einfachen, beherrschenden Größe. Konnte sie in anderer Umgebung noch Maria sein, hier war ganz und allein Demeter – das Kindlein auf dem Schoß nichts als ein Symbol ihrer Fruchtbarkeit.

Norina sprach kein Wort; ihre Augen begegneten sich mit der Allmutter stillem, großem Blick. Sie fühlte ihn, wie sie keines Priesters Segen gefühlt haben würde.

Dann erst sah sie die Menge der bunten Frühlingsblumen, deren Duft sich mit dem der Kerzen zu süßen Opfergerüchen mischte. Der ganze Altar war bedeckt mit ihnen. »Fiorenze,« flüsterte Norina, ihr Antlitz tief in die blühende Fülle pressend. Tränen hingen ihr in den Wimpern, als sie es wieder hob.

»Du weinst?!« Konrad schlang besorgt den Arm um sie.

Sie lächelte: »Vor Freuden.«

»Und du fragst nicht einmal nach dem Künstler, dem wir dies Werk verdanken?« meinte Konrad lächelnd, als sie die Kapelle verließen.

»Die Kopie ist so glänzend, dass sie den Kopisten vergessen macht,« entgegnete sie, »immerhin: wer ist's?«

»Vittorio Tenda.«

Überrascht blieb Norina stehen. »Vittorio Tenda?!« wiederholte sie und fügte mit dem Ton aufrichtigen Bedauerns hinzu: »Also ist er doch kein großer Künstler geworden!«

Fragend sah Konrad sie an. »Wer in einer Kopie mit keinem Strich sich selbst verrät,« erklärte sie, »kann doch ein Eigener nicht sein!«

»Vielleicht hast du recht,« sagte er, »aber ihm selbst musst du es nicht verraten.«

»Ihm selbst?!« Es klang wie ein Schrei.

270

»Er bat mich, da er sowieso nach Berlin zu reisen gedachte, das Bild persönlich überbringen zu dürfen.«

Sie betraten die Halle; aus einem der tiefen Lederstühle erhob sich die Gestalt eines Mannes. Norina fuhr zusammen, den Fremden anstarrend wie eine Erscheinung, während sie sich schwer auf Konrads Arm stützte.

»Kennst du ihn nicht mehr, Norina?« sagte dieser, »Vittorio Tenda, der für dich Demeter-Maria malte.«

Der Fremde verbeugte sich. Mit einem scheuen, flüchtigen Blick sah sie ihn an und schüttelte kaum merklich den Kopf.

»Sie glauben mir nicht, gnädige Frau?« klang eine Stimme wie der tiefe Alt einer Frau.

»Ich danke Ihnen,« sagte sie mit einem leichten Neigen des Hauptes und wandte sich der Pforte zu.

Konrad, erstaunt über ihre ablehnende Kühle, hielt sie sanft zurück. »Auch die Blumen, die dich so entzückten, sind von ihm,« erklärte er in zuredend-eindringlichem Tone.

»Von Ihnen, wirklich von Ihnen?« rief sie aus, und ihre Hand, weiß leuchtend im Kerzenlicht, streckte sich ihm entgegen.

»Ich bin derselbe, ganz derselbe, der sie Ihnen einst gepflückt, dem Sie erlaubten, sie Ihnen zu schenken,« sagte er mit dem vollen Pathos des Italieners, der jedem Worte durch den Ton erst den Sinn verleiht. Dabei zog er ihre Hand sehr langsam an seine vollen, roten Lippen.

Mit der Geste einer Königin ging sie an ihm vorüber, ohne ein weiteres Wort mit ihm zu wechseln. Am Abend bat sie den Gatten, auf ihrem Zimmer speisen zu dürfen.

»Ich vertrage fremde Menschen nicht mehr,« sagte sie, beide Arme um seinen Hals legend, mit einem freien Blick in sein Gesicht; »lass mich diese Tage ganz allein mit dir sein.«

»Aber Abschied wird er doch von dir nehmen dürfen?« meinte Konrad voll zärtlichen Dankes für dies Zeichen ihrer Liebe.

»Abschied?!« sie atmete wie erleichtert auf. »Er mag kommen! Ich fürchtete schon, du hieltest ihn länger zurück.«

»Wie könnte ich?!« Und er küsste sie zärtlich auf die Augen, »wo wir – seiner warten, der uns vollenden soll!«

»Zur Dreieinigkeit,« ergänzte sie leise.

Als Vittorio Tenda in ihr Zimmer trat, saß sie am Kamin, die schmalen Füße dicht an der Flamme.

»Wie Sie frieren müssen!« sagte er, lebhaft auf sie zutretend, statt aller Begrüßung.

Sie zog die Füße zurück, warf den Pelzkragen von den Schultern und entgegnete hochmütig: »Gar nicht!«

»Ich habe Sie nie vergessen, Norina,« fuhr er fort, den Stuhl näher rückend, während seine Augen die ihren suchten. Sie wich ihnen aus wie ein gejagtes Wild den Hunden, die auf seinen Fersen sind. Dann maß sie ihn von oben bis unten mit einem kühlerstaunten Blick.

»Ich wurde an Ihre Existenz erst erinnert, als mein Bruder von Ihnen erzählte;« – hart fielen die Worte von ihren Lippen.

»Sie haben auch hier Klosterzellen für – Verbannte, nicht wahr? Darf ich kommen, Norina?« sprach er unbeirrt weiter; wieder versuchte sein Blick, sie zu bannen. Es war wie ein stummer Kampf. Plötzlich griff sein Auge zu, eine Diebeshand. Sie erblasste, erhob sich und – mit der Rechten auf der Stuhllehne sich stützend, als fürchte sie zu fallen – sagte sie ruhig:

»Es ist spät, Herr Tenda. Es wäre mir peinlich, Sie vor Ihrer Abreise Ihrer Nachtruhe beraubt zu haben.«

Noch eine stumme Verbeugung, und er ging. Als aber die Türe sich öffnete, prallte er zurück, und schreckhaft zuckte Norina zusammen: Giovanni richtete sich auf vor ihm, als habe er auf der Schwelle gelegen.

In der Nacht darauf gab Norina einem Knaben das Leben. Nicht einen Wehlaut hatte sie nötig gehabt, auszustoßen. Keinen Augenblick lang war der Ausdruck lächelnder Freude von ihrem Antlitz gewichen. Das Kind aber war am Körper ganz weiß, hatte den Kopf voll geringelter, goldener Löckchen und schlug ernst und stumm ein Paar große tiefblaue Augen auf. Während des ganzen folgenden Tages blieben sie offen mit einem großen, fremden Staunen und quälenden Grübeln, als müsste das Seelchen, das sie belebte, in diesen Stunden des Daseins Rätsel lösen. Erst als die Sonne, gelb und feindselig, hinter matten Frühlingsnebeln erlosch, legte sich ein dunkler Schleier über sie. Das Kind war tot.

Und die Mutter wollte sterben. Aber das Leben hielt sie unerbittlich in seinen Krallen. Tage- und nächtelang saß Konrad an dem Bett der Fiebernden. Sie erkannte ihn nicht. »Kerkermeister,« flüsterte sie flehend, während er sorgsam die Eisblasen auf ihrem Kopfe wechselte, »nimm mir die Krone vom Haupt. Ich bin keine Madonna.« – »Kerkermeister,« kam es mit rührendem, verhaltenem Jubel von ihren Lippen, während er ihren abgemagerten Körper aus dem Bette hob, »trag' mich hinaus – hinaus zu meinem Kinde!«

Immer rannen ihr die Tränen über die blassen Wangen wie aus einem unerschöpflichen Born. Einmal schlüpfte Giovanni, den Konrad sorgfältig ferngehalten hatte, weil sein Verstand ganz verwirrt war und er die Kranke hartnäckig Lavinia nannte, unbemerkt in seinem alten fleckigen Pierrotkostüm in Norinas Zimmer und tanzte vor ihrem Bett. Da lachte sie hell auf. Von nun an durfte er täglich zu ihr. Er war sehr komisch: er spielte auf der Gitarre lustige Melodien und krähte wilde Liebeslieder dazu, er machte Harlekinsprünge mit seinen dünnen, zitternden Beinen und deklamierte dabei Erklärungen glühender Leidenschaft. – Und Norina lachte. Man würde den Alten gerufen haben, wenn er nicht stets, seiner Stunde wartend, schon vor der Türe gestanden hätte.

Konrad hatte verschiedene Autoritäten an das Lager des geliebten Weibes geholt und alle empfohlenen Mittel und Methoden versucht, obwohl einer der Ärzte dem anderen stets widersprach. Dann schrieb er an Warburg. Der Freund ließ ihn nicht lange warten. Als er kam, brach Konrad zum ersten Mal zusammen. Bis dahin hatte er sich beherrschen müssen, jetzt endlich, endlich durfte er verzweifeln! Er sprach rückhaltlos von allem: von seiner Liebe und seiner Enttäuschung, seiner unerlösten Sehnsucht, seinem Hoffen, das nun seines Lebens einziger Inhalt sei. Und mit jener stummen Anteilnahme, die wohltuender ist als Worte, die dem Leidenden immer nach Phrasen klingen und als Fragen, die immer wie Neugierde wehe tun, hörte Warburg zu. Dann sagte er, des Freundes Hand fest in der seinen haltend: »Erinnerst du dich eines Ausspruchs von Pawlowitsch und deiner Antwort darauf?« – Konrad schüttelte den Kopf. – »»Nur ein sinnloser Spieler setzt alles auf eine Karte‹, sagte er, ›oder ein Held‹, antwortetest du. Und ein Held, mein lieber Konrad, wird immer siegen.« »Auch wenn er untergeht,« ergänzte dieser ernst.

Warburg untersuchte und beobachtete Norina lange, ehe er ein Urteil abgab. »Ich glaube, sie wird dir erhalten bleiben,« sagte er schließlich. Ein Ausruf des Glücks drängte sich auf Konrads Lippen, aber ein Blick in des Freundes ernste Züge wandelte rasch seine Freude. »Du verheimlichst mir etwas?« frug er besorgt.

»Nein, denn jede Verheimlichung wäre in diesem Augenblick ein Unrecht gegen dich,« entgegnete Warburg ruhig. »Des Fiebers wird ihre starke Natur Herr werden, besonders wenn wir den alten verrückten Seiltänzer entfernen. Aber nach allem, was ich von dir weiß, schließe ich, dass sie, die ganz auf die Erfüllung ihres Muttertraums eingestellt war, sich seelisch schwer erholen und – du siehst, ich bin bis zur Härte offen – dich als eine der Ursachen ihres Unglücks ansehen wird.«

»Sage nur ruhig: als die Ursache,« erwiderte Konrad, aber sein Blick blieb hell, fast froh dabei. »Ich werde sie zurückerobern, und wenn ich meine Kräfte verdoppeln sollte.«

Warburg sah ihn prüfend an: »All deine Kräfte, deine reichen Kräfte für – ein Weib,« murmelte er mit leisem Tadel.

Konrad lächelte wehmütig: »Du hast anderes von mir erwartet, ich weiß. Ich sollte ein Krieger werden, einer, der um Menschheitsgüter kämpft. Gibt es die Güter nicht – oder bin ich kein Krieger, – wer kann es entscheiden?! Eins nur weiß ich: dass mir Norina die Verkörperung alles Größten und Schönsten wurde, dass meine Unrast in ihr Ruhe, meine Sehnsucht in ihr Erfüllung findet; dass vielleicht, und dies mag dir zum Troste dienen, durch sie der Krieger in mir erwacht, und ich mit ihr die Güter finde, um die das Leben einzusetzen sich lohnt.«

Aber trotz des Freundes Zuversicht wurde Warburg die Sorge nicht los und beschloss, zunächst in seiner Nähe zu bleiben. Seiner kühlen Ruhe gelang, woran Konrad immer wieder scheiterte, weil er Norina keine Freude zu rauben vermochte: Giovanni nicht mehr zu ihr zu lassen. Wohl tobte der Alte und drohte mit Gewalt. »Hundert Jahre dien' ich um Monna Lavinia,« schrie er, »nun will ich meinen Lohn: ihre schwarzen Haare und ihre weißen Füße. Der Tod dem, der ihn mir raubt!« – Aber Warburg nahm ihn mit einem einzigen festen

Griff beim Arm und führte ihn in sein Turmzimmer, ihn in den alten wurmstichigen Lehnstuhl niederdrückend. Aus dem staubigsten Winkel des völlig verwahrlosten Raums kroch eine große Schildkröte mit verrunzeltem Greisengesicht unter des Seiltänzers Füße, und ein kläglich miauender Kater, der graue Haare hatte, rieb den krummen Buckel an seinem Arm. Mit den beiden unterhielt sich Giovanni von da an unablässig. Denn sie antworteten ihm, obwohl es niemand hörte.

Konrad besuchte ihn oftmals am Tage, um sich zu versichern, dass er noch da war. Der Alte lachte ihn stets lustig an und erzählte, was er von den Tieren er fahren haben wollte. »Signor Tenda,« flüsterte er einmal geheimnisvoll, während ein gelbes Funkeln sich in seinen kleinen Augen entzündete, »geht des Nachts durch den Park auf leisen Sohlen, und seine Seufzer schweben wie große, schwarze Nachtschmetterlinge durch Monna Lavinias Fenster –«

»Signor Tenda?!« wiederholte Konrad überrascht, »du irrst, Giovanni, er ist längst in Berlin.«

Der Alte kicherte: »Willst du klüger sein, *Bambino mio*, als der Kater?! Der schlich auf der Terrasse den vielen Wühlmäusen nach, die das Haus unterhöhlen, und sah den Fremden leibhaftig.« Giovanni rutschte vom Sessel auf die Knie und hob flehend die dürren Greisenhände zu seinem Herrn. »lass den alten Seiltänzer frei,« bettelte er, »dass er dir Monna Lavinia hütet.«

Mit einem peinlichen Gefühl, das er nicht zu bannen vermochte, verließ ihn Konrad. Er forschte nach dem Maler. Vergebens. Und erleichtert atmete er auf.

Norina erholte sich zusehends. Als das Fieber gewichen war und die wirren Phantasien verstummten, begann sie langsam, mit scheuer, fremder Kühle, an dem Geschehen um sie her wieder Anteil zu nehmen.

»Du wirst viel Geduld haben müssen,« sagte Warburg zu Konrad.

Der nickte: »Meinst du, ich wüsste das nicht?!« Mit zarter Sorgfalt, jede leidenschaftliche Aufwallung, die sie verletzen könnte, unterdrückend, umgab er Norina. Und sie war wie ein ungeschicktes, verlegenes Kind im stillen Dank, den sie äußerte.

Aber wenn er nur ihre Hand berührte, wurden ihre schmalen Wangen fahl. Und wenn er sie sanft mit einer brüderlichen Gebärde auf die Stirn küsste, pressten sich ihre Lippen krampfhaft zusammen.

Sie verlangte nach Giovanni; »er spricht toskanisch,« meinte sie schüchtern, als müsse sie sich um ihrer Bitte willen entschuldigen. Von da an schenkte der Alte wieder wie einst den Wein in die Gläser. Und jeden Mittag prangte ein Strauß frischer fremder Blumen vor ihrem Teller, die er irgendwo in einem sonnigen Winkel heimlich gezogen hatte. Er strahlte, wenn er sie sah, zitterte, wenn sie ihm dankte, und mit tiefem, unheimlichen Feuer verfolgten sie seine Augen, wo sie ging und stand.

»Fürchtest du ihn nicht?« frug Warburg sorgenvoll, als sie eines Abends, nachdem Norina sich wie gewöhnlich früh zurückgezogen hatte, zusammen saßen. Konrad lachte: »Der arme Narr! Er würde sich eher vierteilen lassen, als dass er uns etwas zuleide täte.«

Sie kamen auf die verschiedenen Formen menschlicher Liebesleidenschaften zu sprechen, und ihre Unterhaltung wurde allmählich intimer.

»Je differenzierter wir werden, um so seltener scheint die eine große Liebe zu sein, die uns ganz ausfüllt, Seele, Geist und Körper in gleicher Weise ergreift,« sagte Warburg.

»Ich glaube, du bist ein lebendiger Widerspruch deiner Theorie,« antwortete Konrad, zum ersten Mal seit ihrem Zusammensein eine Anspielung auf Walters nie erloschene, gleichmäßig tiefe Neigung wagend.

»Du irrst, lieber Freund,« antwortete der, »denn ich bin nicht differenziert, bin vielmehr eine einfache Natur – ein Alltagsmensch, sozusagen. Darum liebt sie mich auch nicht, sie, deren Wesen so gar nichts vom Alltag weiß.«

»Wie aber konnte sie jemals einen Gerhard Fink lieb gewinnen!« rief Konrad aus.

»Ich gebe mich als der ich bin; in ihn, der seine Beschränktheit als einen Theatermantel um sich zu drapieren verstand, konnte sie alles mögliche hineingeheimnissen.«

»Sie konnte, sagst du? – Ist ihre Ehe wieder getrennt?« frug Konrad überrascht.

»Sie wurde niemals geschlossen.«

»Wie?!«

Warburg lachte bitter. »Die Eltern Finks nahmen Anstoß an der Jüdin und an dem schlechten Ruf, den sie haben soll! Er aber – zu allem kraftlos, sowohl zum Widerstand den Eltern wie zum Bruch Frau Sara gegenüber – fügte sich.«

»So ist es eine freie Ehe?«

»Ich – weiß es nicht,« entgegnete Warburg zögernd. »Ich weiß nur, dass sie leidet – sehr leidet. Aus allen Enttäuschungen des Herzens und Geistes flüchtete sie in diese Liebe. Vielleicht –« und er Schloss die Augen mit einem wehen Lächeln – »flüchtet sie noch einmal, Schutz vor sich selber suchend, zu mir.«

Erstaunt, fast verletzt, sah Konrad ihn an: »Und ein solches Geschenk könntest du nehmen?!«

Warburg erhob sich und legte die Hand auf die Schulter des ihn weit überragenden Freundes, während ein müder, gespannter Zug sich um seine Mundwinkel grub. »Wir werden uns alle bescheiden müssen,« sagte er, »keine unserer Jugendhoffnungen hat sich erfüllt. Unsere Ideale sind schal geworden.«

Dann nickte er versonnen und ging durch das große Zimmer, das die verlöschende Glut im Kamin nur noch mit leise flackernden blauen Flammen spärlich erhellte, hinaus, wo der dunkle Flur ihn verschlang.

Konrad starrte ihm nach. »Unsere Ideale sind schal geworden,« wiederholte er sehr langsam. Jedes der fünf Worte bohrte sich ihm wie ein Pfeil ins Herz.

Da öffnete sich die Türe wieder. »*Bambino*,« zischte es, »er ist wieder da – er – der Maler!«

Konrad fuhr auf und ging dem Voranschleichenden nach. Wahrhaftig: Draußen auf der Terrasse, auf die Norinas Fenster still und dunkel herabsahen, drückte sich Vittorio Tendas Gestalt in den Schatten der Lorbeerbäume.

Mit einem festen Schritt stand Konrad vor ihm und bohrte seinen funkelnden Blick in das erblassende Antlitz des Italieners.

»Was suchen Sie hier bei Nacht und Nebel wie ein Einbrecher?!« Er dämpfte die Stimme um Norinas willen, wo er sie am liebsten zum Brüllen gesteigert hätte.

Tenda rührte sich nicht. Ebenso leise, die Hasserfüllten Augen auf den anderen gerichtet, sagte er: »Nichts.«

Noch näher trat Konrad dem Ertappten, sodass er seinen heißen Atem zu spüren glaubte, während Giovanni geduckt, beide Hände gespreizt, zum Zuspringen bereit, sich dicht neben ihm hielt.

»Durch ihre nächtlichen Spaziergänge kompromittieren Sie meine Frau.«

Tenda warf den Kopf in den Nacken: »Ich bin zu jeder Genugtuung bereit.«

Mit einem Blick eisigen Hochmuts maß ihn Konrad von oben bis unten: »Damit durch das romantische Ereignis Dienstbotenklatsch zum Skandal der ganzen Gegend wird und Sie sich in Ihrem Heldentum sonnen?!«

»Soll ich ihn würgen, *Bambino mio*?!« schrie in diesem Augenblick Giovannis Stimme grell dazwischen.

»Still!« zischte Konrad. Der Alte prallte zurück. Sie horchten sekundenlang alle drei zu den Fenstern hinauf. Nichts rührte sich.

»Sie kommt zuweilen und schluchzt in die Nacht hinaus,« murmelte Tenda vor sich hin, »mich bemerkte sie nie.«

»Das weiß ich,« sagte Konrad laut und hart, »sie hätte Sie sonst davongejagt.« Dann nahm seine Stimme wieder den Ton beherrschter Ruhe an: »Sie sind von morgen ab auf dem Eckartshof mein Gast. Ich werde Sie, um jedes Gerede im Keime zu ersticken, ein paar Tage lang an meinem Tische dulden und dann –« er machte eine verächtliche Gebärde, die nicht misszuverstehen war.

Tenda zuckte zusammen und ballte die Fäuste.

Ohne einen Gruß, erhobenen Hauptes, wandte sich Konrad dem Hause zu.

Norina empfing die Nachricht von dem Gast mit steinerner Ruhe. »Ich werde auf meinem Zimmer essen,« sagte sie. »Ich wünsche das nicht,« entgegnete Konrad kurz und fest. Sie neigte den Kopf tief auf die Brust. Erschüttert von dieser Bewegung eines Gehorsams, der nichts als Gehorsam war, versuchte er sie behutsam an sich zu ziehen. »Es war nur eine Bitte, Geliebte,« flüsterte er. Sie entzog sich ihm nicht, aber sie blickte ihn an, groß und fremd, als sähe sie ihn zum ersten Mal.

Als der Gast gekommen war und sie ins Zimmer trat, blieb sie sekundenlang in der Türe stehen; ihr weißes Gesicht leuchtete wie der blasse Mond in dunklen Herbstnächten aus dem Schwarz ihrer Haare, ihrer Gewänder. Tenda starrte sie an, selbstvergessen, mit einem Ausdruck so schmerzreicher Liebe, dass Konrads Zorn vor diesem Anblick langsam zu weichen begann. Was konnte der Arme dafür, dass er sie liebte, hoffnungslos liebte – fast wie er?! Und er versuchte, etwas wie ein Gespräch in Gang zu bringen. Es fiel ihm nicht schwer, denn Tenda übernahm alle Kosten der Unterhaltung. Er erzählte. Von Paris zuerst. Aber nicht von seinem Glanz und seinen Freuden, sondern von der stillen Schönheit seiner Gärten mit ihren grauen Bildsäulen und gelbroten Pflanzenkübeln, von dem melancholischen Reiz des linken Seineufers mit den verstaubten alten Büchern und Bildern auf den verwitterten Ufermauern, vom Park von St. Cloud mit seinen geraden Kastanienalleen, die sich im Himmel verlieren, und dem Blick auf die ferne ruhende Stadt, die die silberne zitternde Luft zärtlich umhüllt. Er sprach, als male er. Norinas Blick wurde um ein weniges heller. Sie sah seine Bilder.

Von Trouville erzählte er dann, wo um die hochhackigen Schuhe geschminkter Frauen der weiche weiße Seesand sich schmiegt, in überladenen Kasinosälen das Gold über die grünen Tische rollt, wo der Wind wütend das nordische Meer mit seinen immer graugrünen kalten Wellen peitscht und an den Schleiern der Schönen unwirsch zerrt, wo von den prunkenden Villen auf der Höhe enge schmutzige Gassen herunterführen, in denen die teuersten Dirnen der Welt sich ausstellen.

Er machte eine Pause und sah zu Norina hinüber. Ihr Mund verzog sich – aber sie lauschte.

»An Italiens Meer, Signora, floh ich von dem strengen Gestade,« fuhr er fort, »dahin, wo seine dunkelblauen Wogen San Marcos heilige Füße küssen, wo große Künstler, voll Ehrfurcht vor der Natur, nicht wagten, im Angesichte ihrer Majestät etwas anderes zu bauen als Dome und Paläste. Und Italiens Frauen sah ich wieder, vom sonnendurchglühten Wasser die schlanken Glieder umschmeichelt, geschmückt mit der Fülle unserer Blumen –« Er verstummte, von der eigenen Leidenschaft erschüttert. Auf Norinas Wangen lag purpurne Röte. Da brach ein Glas klirrend entzwei; Giovannis zitternde Hände hatten es beim Einschenken umgestoßen.

Später als es ihre Gewohnheit war, zog sich Norina an jenem Abend zurück, und es war, als ob ihr Fuß noch auf der Schwelle zögere. Auf dem Flur schlich ihr der Alte nach, und im Augenblick, da sie die Türe ihres Schlafzimmers öffnen wollte, warf er sich ihr, wild aufheulend, in den Weg.

»Hundert Jahre diente ich, Monna Lavinia – hundert Jahre –« schluchzte er, ihre Knie umklammernd.

Ein Gefühl, aus Ekel und Mitleid gemischt, kräuselte ihre Lippen. »Armer Narr –« sagte sie und befreite sich mit einer einzigen Bewegung von den dürren Armen, die ihr den Eingang wehrten. Kaum war sie hinter der Türe verschwunden, als er sich ächzend aufrichtete. »Armer Narr, sagst du –« murmelte er, während die tausend Falten auf seinem Gesicht sich verzerrten und seine Gestalt sich reckte, »weh mir, dass ich weiser bin als alle.«

Am nächsten Tage bediente er nicht bei Tisch. Da und dort hatte man ihn im Schlosse schlürfen hören, aber niemand bekam ihn zu Gesicht.

Auch Norina blieb auf ihrem Zimmer. »Fühlst du dich nicht wohl, geliebte Frau?« frug Konrad, dem sie ihren Entschluss ohne Begründung hatte mitteilen lassen.

Mit einem langen zärtlichen Blick – dem ersten seit vielen Wochen – sah sie ihm gerade ins Gesicht.

»Ich darf mich nicht so viel erinnern, Konrad,« und ganz schwer, wie belastet von Gedanken, fiel jedes Wort aus ihrem Munde. »Seit mir das Kind nicht blieb, bin ich so fremd geworden – mir selbst – dir – allen! Hilf du mir,« – flehend und wie von Angst geweitet, ruhten ihre Augen auf ihm, – »dass ich nicht noch weiter fort muss.« Von ungeweinten Tränen geschüttelt, barg sie den Kopf an seiner Schulter.

Und er presste sie an sich, von neuer, heißer Hoffnung durchströmt, dass sie ihm wieder gehören würde.

Warburg atmete förmlich auf, als er erfuhr, dass Norina zum ersten Mal von ihrem Unglück gesprochen hatte. »Jedes Redenkönnen ist schon eine Befreiung,« sagte er, »nur das tiefste Leid, das noch unerlöste und nicht zu erlösende, bleibt stumm.«

Während Konrad mit seinen Gästen bei Tische saß – eine gequälte Tafelrunde, bei der schließlich keiner mehr sich die Mühe gab, ein Gespräch aufrechtzuerhalten – betrat Norina die kleine Kapelle. Die Türe knarrte im Schloss, irgendwo knirschte der Fußboden. Sekundenlang hob sie in erschrecktem Lauschen den Kopf. Niemand sollte ihr folgen. Sie musste allein sein. Alles blieb still; was sie noch hörte, war wohl nur das Klopfen ihres eigenen Herzens gewesen. Die Luft im Innern des geweihten Raumes schlug ihr atembeklemmend entgegen, denn seit dem Tage vor der Geburt des toten Kindes war die Kapelle nicht mehr geöffnet worden, und vor Demeter-Maria standen noch in ihren Schalen die armen, welken Frühlingsblüten Italiens; ihre feuchten, faulenden Stengel, ihre trockenen, verwesenden Blätter breiteten einen Geruch nach Sumpf und Moder aus. Norina aber griff mit einem Blick sehnsüchtigen Verlangens mit beiden Händen in das dürre Laub und presste es krampfhaft an ihr blasses Gesicht; in grauen Staub zerfallend, zerrann es zwischen ihren Fingern.

An dem kleinen Fenster über dem Altar raschelte es. Wie lebendig funkelnd die roten und blauen Gläser niederstarrten!

»Es sollte vergittert werden –« hatte das nicht einmal irgendwer gesagt?

Ihre Augen, um die sich tiefe Ringe legten, wanderten durch den Raum: wer hatte die bunten Blumenbilder um die Säulen geschlungen? Gab es noch eine Erde, der sie lächelten?! Wer hatte die blaue Wölbung mit den goldenen Sternen darüber gespannt? Gab es noch einen Himmel, der also leuchtete?! Vom Schoße Demeter-Marias schien der üppige Knabe die ganze Welt jubelnd umarmen zu wollen – er hatte die Augen so blau wie die Adria und Haare wie die Sonnenstrahlen, wenn sie Santa Maria del Fiore küssten. Norina brach lautlos zusammen.

Das Fenster über dem Altar splitterte. Sie hörte es nicht. Rote und blaue Scherben regneten herab. Sie merkte es nicht. Ein faltiges Greisengesicht erschien in der Öffnung, mit Pupillen in den Augen wie gelber Bernstein. Sie sah es nicht.

Von draußen her klangen Schritte. Da horchte sie auf, die Hände krampfhaft ineinander verschlungen.

»Sie erreichen den direkten Zug nach Italien,« sagte Konrads Stimme; die höflich-kühle Warburgs danach: »Werden Sie sich aufhalten unterwegs?« Und schließlich Vittorio Tendas weicher Bariton: »Nein. Wie könnte ich auch nur eine Stunde verlieren wollen?« –

Norina war aufgesprungen, mit fliegenden Pulsen, glutheißen Wangen – schon griff sie nach der Türe, da zuckte ihre Hand, als hätte sie in Feuer gefasst, zurück, ihre Augen starrten entgeistert. Der Kopf zwischen dem Fensterrahmen über dem Altar verschwand. Ein Strom fahlen, weißen Lichtes zerschnitt die warme Dämmerung der Kapelle. Aufstöhnend schwankte Norina dem Altar zu. Hart schlug ihr Kopf auf die Stufe.

Und die Pforte sprang auf mit beiden Flügeln. Und ein Etwas stürzte herein –, und im Nacken Norinas saß ein Dolch.

Und rot sprang ihr Blut wie ein Quell über ihre lange, schwarze Schleppe – – –

Neuntes Kapitel
Vom großen Sterben

Die Vögel sangen am frühen Morgen in Busch und Baum, der Bach im Tale rauschte zu ihrer hellen Melodie die tiefe Begleitung. Das war Norinas Grabgesang.

Sechs Männer trugen den blumenüberschütteten Sarg durch die Parkalleen. Die kleinen Chorknaben von Vierzehnheiligen mit den Weihrauchbecken schritten voran; vier greise Priester folgten, wie fremde Könige anzuschauen in den langen, gestickten Gewändern der ehrwürdigen Wallfahrtskirche, und eine Schar schneeweißer Nonnen dann, wie sanfte, verflogene Vögel. Dahinter einer, der allein ging. Es war wie ein weiter, leerer Raum um ihn. Er sah geradeaus mit dunklen, glanzlosen Augen, die still unter den Lidern standen wie die der Blinden. Seine blonden Haare waren hell geworden von den weißen Fäden, die sie durchzogen.

Als der älteste unter den Priestern ihn trösten wollte, weil sie ihm entrissen worden war, hatte er ihm staunend ins Antlitz gesehen und gesagt: »Ich bin es ja, der gestorben ist.« Und in der schwarzen Menschenschlange, die sich zum Geleit der Toten langsam hinter ihm durch die grünen Laubgänge schob, war, was er sagte, flüsternd von Mund zu Mund gegangen mit einem einzigen Beben des Grauens.

Erde fiel auf den Sarg – dreimal und wieder dreimal und noch einmal und so ins Unendliche fort.

Noch monatelang hörte Konrad das Pochen, und meinte die schwarze Scholle zu fühlen, die über ihn rieselte, bis er ganz und gar unter ihrer Decke verschwand.

Nur sein Herz wollte zu schlagen nicht aufhören.

Trübe Herbstabenddämmerung lag in Frau Sara Rubners grauem Salon. In einen dunkelrot geblümten Kimono gewickelt, hockte sie im Winkel des Sofas und folgte mit den merkwürdig geschlitzten Augen in dem Mongolengesicht dem unruhig auf und nieder schreitenden Warburg.

Vom Drama auf Hochseß hatte er erzählt. Jetzt stockte er, tief aufatmend.

»Und dann?« frug sie mit gespannter Miene.

»Die Leute im Hof bemerkten noch, wie die Fahne auf dem Turme sank, aber als sie den Alten suchten, war er verschwunden,« antwortete Warburg.

»Vergebens durchforschte die Gendarmerie die ganze Gegend. Er hat sich gewiss in irgendeinem Winkel umgebracht.« Und wieder durchmaß er rastlos das Zimmer.

»Wollen Sie sich nicht endlich setzen, lieber Freund,« sagte sie gequält. »Ihre Unruhe wirkt wie eine Peitsche auf meine Nerven.«

Er ließ sich gehorsam ihr gegenüber in einem der tiefen Sessel nieder. »Verzeihen Sie, ich dachte einen Augenblick nicht an Ihre übergroße Empfindlichkeit. Sie leiden mehr als sonst, Frau Sara?« Sein forschender Blick blieb auf ihr haften.

Sie machte eine rasche, abwehrende Bewegung: »Sprechen wir nicht von mir. Das ist zwecklos. Erzählen Sie mir lieber mehr von Konrad. Ist es Ihr Verdienst, dass er noch lebt?!«

Warburg legte die Hand über die Augen. Den herben Spott, der in ihrer Frage lag, versuchte er zu überhören. »Er lebt nur – so seltsam das klingt –, um Norina zu neuem Leben zu erwecken. Sie darf nicht sterben – wiederholte er immer wieder. Zuerst wurde Tenda telegraphisch zurückgerufen. Er machte eine Skizze von der Toten und danach ein Bild, das ein wundervolles Kunstwerk ist: eine schwarzgekleidete Frau mit einem zarten weißen Schleier über dem Kopf, den Blick sehnsüchtig und doch entsagungsvoll in eine weite, lachende Landschaft gerichtet. Es ist vielleicht kein Porträt, doch Norinas Erscheinung und ihr Wesen ins Typische, fast Klassische erhoben. Während der Arbeit wich Konrad nicht aus dem Atelier; die beiden Männer befreundeten sich, und Norina war immer bei ihnen. Mir schien's zuweilen, als verscheuchte ich ihre lebendige Gegenwart, – dennoch glaubte ich um Konrads willen bleiben zu müssen.«

Frau Sara Rubner saß noch immer auf demselben Platz. Sie hatte die Arme um die hochgezogenen Knie geschlungen und starrte vor sich hin. »Wir alle, die wir uns selbst zum Mittelpunkt wurden, gehen daran zugrunde,« sagte sie mit abwesendem Ausdruck und fügte leise hinzu, als müsse sie einem unausgesprochenen Einwurf begegnen: »Denn die wir lieben, als gehörten sie uns, sind doch auch nur wir selber.«

Draußen ging die Eingangspforte. Sie sprang auf, und sah mit kaum beherrschter sehnsüchtiger Erwartung zur Türe. Auch Warburg erhob sich.

Gerhard Fink trat ein. »Pardon – ich störe wohl,« sagte er mit einer korrekten Verbeugung; keine Muskel in seinem glatten, schmalen Sportmannsgesicht zuckte.

»Bitte – ich war im Begriff zu gehen,« entgegnete Warburg eisig.

»Lassen Sie sich ja nicht stören, um so weniger, als ich mich nur verabschieden wollte,« warf der andere ein.

Frau Rubner presste ihre großen weißen Zähne in die Unterlippe: »Sie fahren?«

»Zu den Eltern, heute abend noch,« und mit abermaliger leichter Verbeugung, wobei ein fast unmerklicher, prüfender Blick von einem der Zurückbleibenden zum anderen flog, ging er wieder.

Sie trat zurück, Warburg den Rücken drehend, und zerzupfte langsam die gelben Blüten einer langstieligen Orchidee, die in brauner Bronzevase auf dem Tische stand.

»Wird er –?!« frug Warburg leise.

Sie nickte: »Ich habe eine Entscheidung verlangt. Ob er sie bringen wird?! – Sagte ich Ihnen schon, dass die Albatroßwerke ihm einen glänzenden Posten angeboten haben?« Und sie lachte rau und misstönig.

»Sie wissen, dass Sie immer auf mich rechnen können – immer!« rief Warburg, einen leidenschaftlich-pathetischen Klang in der Stimme, der ihm sonst fremd war.

Sie wandte sich ihm wieder zu: »Ich weiß,« ihre Hand streckte sich ihm entgegen, »aber im Allerheiligsten der Seele und im Schwersten des Erlebens bleibt man doch immer allein.« Dann wechselte sie rasch, wie auf der Flucht vor intimerem Gespräch, den Ton: »Baron Hochseß kommt morgen, wie Sie sagten?«

»Er hat sich jedenfalls für einen dieser Tage bei Bernhard angemeldet, um seine Denkmalsentwürfe zu sehen.«

Es zuckte spöttisch um ihren Mund. »Sagen Sie selbst, lohnt sich ein Leben, das nur noch mit solchen Nichtigkeiten erfüllt ist?« sagte sie, um nach einer kurzen Pause hastig fortzufahren: »Nun aber gehen Sie, lieber Freund, gehen Sie! Wir geraten sonst in Gefahr, Ausgrabungen vorzunehmen, in denen man Welten erwartet und Scherben findet.« Und fast gewaltsam schob sie ihn zur Türe hinaus.

Auf den Wegen der Erinnerung ging Konrad Hochseß; er ging allein. Denn niemand wusste, dass er in Berlin war, und keiner hätte ihn erkannt, der ihm begegnet wäre. Er war noch nicht dreißig Jahre, aber seine Züge hatte das Schicksal so herb und hart gemeißelt, als bliebe nun nichts mehr übrig, in sie einzugraben.

Seltsam, wie alles, was er sah und hörte, ihm fern und fremd und tot erschien, während nur Eins ihm wahrhaft lebte: die Tote. Es gab Augenblicke, wo er vor sich hinlächelte in Gedanken an die Armen ringsum, die nicht wussten, wie reich er war in ihrem Besitz. Dann freilich gab es andere, wo ihn die ungeheure Einsamkeit überkam, jene erhaben-fürchterliche Einsamkeit der Gletscher, die nichts kennt als Fels und Eis und Schnee, und zuweilen den Schrei des Adlers um ihre Gipfel.

Während der vergangenen Monate hatte er Zeiten gehabt, wo er meinte, das Leben riefe nach ihm, und ein Fahnenflüchtiger, der Ehre und der Freiheit verlustig, würde er sein, wenn er sich dem Befehl widersetzte. Nun sah er mit einem Gefühl, aus Selbstqual und Genugtuung gemischt, dass ihn das Leben nicht hatte rufen können, – weil es nicht da war.

Beim Wandern zu den Stätten seines vergangenen Daseins kam er dorthin, wo Gina gläubigen Herzens den alten Zauberer gesehen hatte, der die Sterne in seiner großen Kuppel fing. Aber der kleine stille Platz war nicht mehr, und der alte Garten, der einst die Sternwarte dicht umschlossen hatte, lag begraben unter den schweren Pflastersteinen und dem grauen Asphalt der neuen Straße. Hier suchte niemand mehr nach den Sternen. Also war das Leben tot.

Irgendwo in der Stadt fesselte ihn die Auslage eines Spielwarengeschäftes: große Kinderpuppen, wie Else sie einmal geschaffen hatte. Er ging hinein und sah genauer zu: sie hatten gleichgültige Fabrikwarengesichter, und irgendeine Firma lieferte sie. Sollte er sich näher erkundigen? Aber was war ihm Else als eine wehmütige Erinnerung mehr, und was, vor allem, vermochte er ihr noch zu bieten. Denn das Leben war tot.

Er geriet immer mehr in das Gewühl der Straßen. War es stets das gleiche gewesen, oder bemerkte er nur zum ersten Mal, wie die Menschen durcheinanderhasteten mit sorgenvollen Gesichtern, als ob jeder sich fürchte, der andere könne ihm die Beute abjagen, der er nachlief? Wozu blühten die leuchtenden Herbstblumen auf den Beeten der Plätze; wozu glänzte der grüne Rasen wie ein Smaragd; wozu wölbten die Baumkronen ihr Blätterdach? Niemand achtete der Pracht, niemand ließ sich Zeit, in ihrem Schatten zu ruhen. Niemand?! Doch: die Kinder! Konrad blieb wie angewurzelt stehen: da saß ein blondes Bübchen auf dem Sandhaufen und griff mit der kleinen, weichen Hand nach dem Sonnenstrahl, der durch die Blätter fiel und auf seinem Blecheimerchen glitzerte, und lachte den verspäteten Schmetterling an, der über der roten Aster neben ihm gaukelte. Durchtränkt von Leben war das Kind, und Leben strömte aus von ihm. Konrads Herz krampfte sich zusammen. Er strich ihm mitleidig über den Lockenkopf: es würde auch einmal bei lebendigem Leibe sterben. Wie gut, dass sein Sohn vorher gegangen war!

Am Tiergarten kam er entlang. Dort drüben hatte ein schlichtes, vornehmes Haus gestanden wie eine verirrte Edelfrau zwischen Marktgesindel. Er suchte es. An seiner Stelle erhob sich jetzt ein Palast in großen, starken Linien, eines Herrschers würdig. »Veit von Voßberg« stand in großen Lettern am Granitpfeiler des Torwegs. Konrads Stirnadern schwollen; er schämte sich: dass er, der Norina lieben durfte, sich jemals so hatte verlieren können. Dann aber war ihm plötzlich, als schaue er durch die Wände dieses Hauses, das der Künstler nicht für den kongenialen Bauherrn, sondern für den Meistbietenden gebaut hatte. Die drinnen wohnten, lebten nicht, ob sie gleich von früh bis spät in Bewegung waren. An der Spitze zahlloser Vereine stand Renetta, das wusste er durch die Zeitungen; aus Sitzungen, Wohltätigkeitsfesten, Flirts und Schneiderproben setzte sich die Hetzjagd ihres Daseins zusammen; und nichts haftete mehr an ihr als der Handschuh, den sie trug. Eben stieg eine Dame die Freitreppe am Seitenflügel des Gebäudes hinab dem harrenden Auto zu; sie hatte rostbraune Haare und eine gelbliche Haut; nur die meergrünen Augen verrieten noch, wer sie war. Konrad musterte sie wie eine völlig Fremde. »Sie würden auch ihre Augen wechseln, wenn sie könnten, diese Menschen von heute,« dachte er, »die niemals vom Leben zur Einheit geformt worden sind.«

Eines Abends ließ er sich durch ein großes Plakat verleiten, in eine Arbeiterversammlung zu gehen, in der jener junge Arbeiter, den er einmal in Pawlowitschs Bildungskursen kennen gelernt hatte, über den Balkankrieg und seine Folgen sprechen sollte. Der mit verstaubten, im Luftzug der auf- und zugehenden Türen trocken raschelnden Girlanden vom letzten Tanzfest her geschmückte Saal war kaum halb gefüllt. Zwischen dem Redner, der den Eindruck eines Privatdozenten machte und sehr nüchtern und leidenschaftslos begann, indem er die Entwicklung des Balkankrieges bis zu seinem Abschluss, dem Zusammenbruch der europäischen Türkei schilderte, und dem Publikum kam es nicht zu jenem geistigen Zusammenfließen des Gebens und Nehmens, aus dem allein Lebendiges zu entstehen vermag. Erst als er den Militarismus im allgemeinen angriff und einige scharfe Bemerkungen gegen den preußisch-deutschen im besonderen hineinverflocht, der »dem Volke soeben neue, unerträgliche Lasten auferlegt hatte«, spendeten die Zuhörer ihm lebhaften Beifall und warfen höhnend ein »Zabern!« – »Kruppskandal!« – »Knittel!« – dazwischen, an all jene Skandalgeschichten erinnernd, in die Offiziere verwickelt gewesen waren, und die in einem Augenblick die öffentliche Meinung bis tief in die bürgerlichen Kreise hinein erregt und entrüstet hatten, wo die Regierung mit neuen Militärforderungen vor den Reichstag trat. »Die Ansprüche der Offizierkaste haben Dimensionen und Formen angenommen, die nicht bloß für die arbeitenden Klassen, sondern auch für die Masse des Bürgertums verletzend, ja gefährlich sind –« rief der Redner, und der Agitator brach plötzlich aus dem Privatdozenten hervor. Das Publikum johlte. Dann fiel er wieder in das Dozieren zurück, keine der bekannten sozialdemokratischen Wendungen von den wirtschaftlichen Ursachen allen Geschehens, vom nahen Zusammenbruch des kapitalistischen Staats, von der alles und alle erlösenden Aufhebung des Privateigentums an den Produktionsmitteln außer acht lassend; er leierte sie herunter wie der Kantor den Katechismus. Niemand hörte hin.

Auch hier sind die Ideale schal geworden, dachte Konrad; das Leben ist tot.

Er wollte sich leise entfernen und gelangte bis zur Türe. Es hatte sich inzwischen ein wenig mehr gefüllt, und er kam an Gruppen von Arbeitern vorüber, die sich im Hintergrund hielten und sich eifrig über gewerkschaftliche Angelegenheiten, über die Ereignisse des letzten Zahlabends und ähnliches unterhielten. »Halt's Maul,« rief ein Junger mit fanatischen Augen einem zu, der lauter wurde, sodass die an sich schwache Stimme des Redners ihre letzte Wirkung verlor.

»Gott's Donner, das Hemd ist einem näher als der Rock,« brummelte der Angefahrene in den struppigen Bart.

»Aber die Haut dürfte dir noch näher sein,« höhnte der Junge, »und ob du die zu Markte tragen willst, davon ist hier die Rede.« Jetzt verstummten die Umstehenden und hefteten ihre Blicke, in denen mehr Neugierde als Anteilnahme zu lesen war, dem Redner zu. Auch Konrad blieb noch einmal stehen.

»Nichts ist in diesem Augenblick so billig wie die Weissagung vom kommenden Weltkrieg,« tönte es lauter durch den Saal. »Serbien, dem der Bund der siegreichen Balkanstaaten zur Seite steht, drängt zum größeren Serbien, das bis ans Meer reicht, unwiderstehlich hin. Gegen diese Aspiration muss Österreich das Schwert ziehen. Russland aber kann nicht zugeben, dass sein Schutzstaat zerstampft wird. Und Deutschland wieder kann seinen Bundesgenossen nicht im Stich lassen. Ist es aber einmal in einen Krieg auf Tod und Leben verwickelt, so naht für Frankreich die gute Gelegenheit, seine alte Rechnung mit dem Todfeind zu bereinigen – natürlich auch für England, das den Augenblick nicht vorübergehen lassen wird, um den unbequemen Konkurrenten ins Mark zu treffen. Dasselbe gilt Österreich gegenüber für Italien –.« Die Stimme des Redners wurde heiser, er gestikulierte heftig, auf seiner Stirn standen die Schweißtropfen. Unwillkürlich scharten sich die wenigen Zuhörer dichter um ihn. Im Hintergrund klafften die Flügeltüren breit auf. Die Girlanden an den Wänden hoben und senkten sich, vom Luftzug bewegt; dürre Blätter wehten hinab. »Unsere Stunde aber ist gekommen, – der große Augenblick, an dem die internationale Sozialdemokratie sich bewähren, ihre Macht in die Wagschale ungeheuren Weltgeschehens zu werfen hat. Mit dem Dampfhammer, den Marx einmal beschreibt, hat man unsere Bewegung verglichen. Er vermag mit leichten Schlägen kleine Nägel in weiches Holz zu treiben. Stürzt er aber, seine ganze Schwere ausnutzend, wuchtig ab, so splittert Granit zu Staub unter ihm. Behalten wir Besinnung, Bewusstheit, Einigkeit! Der internationale Sozialismus ist der Friede.«

Erschöpft fiel der Redner in den Stuhl zurück. Man applaudierte lebhaft. »Hoch die internationale Sozialdemokratie!« rief einer mitten im Saal. Aber alles geschah wie nach einem Schema, ohne innere Anteilnahme. Der Weltkrieg! Wie oft wurde davon geredet! Von nüchternen Politikern und spiritistischen Schwärmern; von Imperialisten, die Deutschlands überragende Weltmachtstellung, von Sozialisten, die die Weltrevolution von ihm erwarteten. dass er kommen werde, kommen musste, war zur Formel geworden, wie das Warten auf den Messias bei den Juden zur Formel geworden war. Nichts Lebendiges, nichts, das Kräfte zeugt oder steigert, lag mehr darin.

Konrad aber fühlte sich seltsam aufgewühlt: Krieg – konnte das mehr sein als die Rauferei von ein paar wilden Tieren um die Beute, als das Niederknütteln von Schwächeren durch der Stärkeren Habgier, als ein Spektakelstück auf einer der tausend Weltbühnen, bei dem der Gebildete halb gelangweilt, halb mitleidig zusieht? Krieg – verbarg sich unter diesem Namen noch eine Macht, die den einzelnen sich selbst entreißen, in die Sintflut eines einzigen Geschehens hineinzuschleudern vermöchte, sodass er wieder ein Teil würde, sich als Teil empfände, erlöst von der Grausamkeit eigenen Lebens? Das wäre – Leben!

Die Flamme, die flüchtig in ihm aufgeschlagen war, sank rasch in sich zusammen. »Tor, der ich bin,« dachte er, »mit der drastischen Darstellung ewiger Höllenstrafen suchten noch immer kluge Pfaffen die ihnen entweichenden Seelen wieder zu ködern. Die Schrecken des Kapitalismus verfangen nicht mehr, seitdem man anfing, sich mit Hilfe von Genossenschaften und Gewerkschaften und sozialer Gesetzgebung halbwegs bequem in ihm einzurichten, jetzt versucht man's mit dem neuen Gespenst.«

Sehr müde, wie immer, wenn er geschlafen hatte, – denn das Erwachen zur Wirklichkeit erschöpft den Unglücklichen mehr als das stete wache Bewusstsein ihres Schreckens – entschloss sich Konrad am nächsten Morgen endlich, die Menschen aufzusuchen, die er sehen wollte. Den kleinen Bildhauer zuerst. Er war inzwischen eine Berühmtheit geworden, und von ihm erhoffte Konrad jenes Denkmal, das Norinas würdig wäre: einen schlichten antiken Grabstein träumte er sich mit der Gestalt einer Frau, die ruhevoll in tiefem Sessel lehnt, die Augen auf einen zu ihren Füßen spielenden Knaben gerichtet und in Ausdruck und Gebärde wie Norina hätte sein müssen, wenn das Kind nicht gestorben wäre. So sollte man, meinte er, alle Toten ehren:

indem die Kunst vollendete, was das Schicksal stümperhaft unterbrach.

Als er vor Bernhards Villa trat, leuchtete ihm aus dem herbstlich bunten Garten jene Statue entgegen, die des Bildhauers Ruf begründet hatte: ein nacktes Weib, sehr schmal, sehr schlank, von der keuschen Unnahbarkeit gotischer Heiligen. Er vergewisserte sich daran aufs neue, dass Bernhard schaffen würde, was er hoffte, und nun überkam ihn wieder jene freudige Gewissheit von Norinas Nähe, von dem Vollbesitz ihres Wesens.

Der Künstler begrüßte ihn mit übertriebener Herzlichkeit und vielem Geschwätz, das offenbar irgend etwas verdecken sollte. Sie kamen ins Atelier. Da saßen und standen und lagen dieselben Frauen wie die im Garten, nur dass die Oberkörper noch kleiner, die Beine dafür noch länger und schlanker geworden waren. Das war nicht künstlerische Entwicklung, sondern Manier. Bernhard errötete unter Konrads fragendem Blick und lachte gezwungen.

»Sie sehen,« sagte er, »ich bin bereits in jenes Stadium der Berühmtheit getreten, die es mir erlaubt, mich selbst zu wiederholen, ja gewissermaßen zu karikieren.«

»Schade,« meinte Konrad trocken und sehr ernüchtert.

»Was wollen Sie?« fuhr Bernhard fort. »Das große Publikum gewöhnt sich am raschesten an bestimmte Ausdrucksformen und liebt den Künstler, den es durch sie immer wieder erkennt. Unbequem, fast suspekt ist ihm einer, der stets aufs neue Probleme stellt.«

»Das große Publikum!« rief Konrad gereizt, »was geht es den großen Künstler an!«

Der andere lächelte überlegen: »Der große Künstler will leben, lieber Baron. Und seitdem ich mir dies Haus baute und dazu den Luxus einer armen Frau gestattete, ist die Erfüllung dieses berechtigten Wunsches nicht leicht. Überdies: was hat man sonst vom Dasein, wenn das bisschen äußerliche Behaglichkeit nicht wäre?«

Dann zeigte er Konrad einige kleine Modelle für das Grabmal: gemeißelte Tragödien – kein Bildwerk. Konrad fühlte, dass für ihn hier nichts zu erwarten war. Sie trennten sich kühl und verstimmt. Auf dem Wege zum Gartentor sprachen sie noch flüchtig über alte Bekannte. Auch Eulenburgs Name wurde erwähnt.

»Wissen Sie noch nicht, dass er geheiratet hat, – Veits Stieftochter, über deren Hässlichkeit ihn ihre Millionen trösten sollten?« spottete der Bildhauer.

»Verdiente er nicht viel? Brauchte er sich in so ekelhafter Weise zu verkaufen?« frug Konrad in unbeherrschter Empörung.

»Viel, – aber nicht genug! Übrigens hat sich der arme Kerl greulich verrechnet. Für Papa Veit ist das Dichten so was wie ein Makeln mit Börsenpapieren, und das Herstellen von Material für Druckerschwärze nicht viel anders wie das Weben von Lein wand, das man nach der Elle misst und bezahlt. Sein Zuschuss an den Schwiegersohn richtet sich nach dessen prompter Lieferung von Geistesprodukten. Darum ist er jetzt bis zum Zirkus und zum Kino gelangt – darum, mein lieber Baron, –« und der kleine Bildhauer, der sich offenbar lange im Zaum gehalten hatte, wurde feuerrot, »kommen wir alle auf den Hund.«

Konrad atmete auf – also lebte doch noch etwas in dem Künstler – und drückte ihm freundschaftlich die Hand. »Darum werden wir mit Gewalt aus diesem Sumpf gerissen werden,« sagte er mit ungewöhnlicher Zuversicht.

»Oder sanft in ihm ersaufen; wenn er auch dreckig ist, so ist er doch mollig und warm,« ergänzte Bernhard in bitterer Selbstironie.

Als er im Bedürfnis, sich auszusprechen, zu Warburg kam und an der Türe schon wieder umkehren wollte, da er die ärztliche Sprechstunde zu stören vermeinte, trat der Freund ihm entgegen, – sehr blass, mit Augen, die tief und glanzlos in den Höhlen lagen.

»Bleib nur,« sagte er müde, »die Sprechstunde wird uns' nicht stören, ich habe meine Kassenpraxis aufgegeben und meine Tätigkeit auch sonst erheblich eingeschränkt. Nur solchen Leuten helfen zu können, die sich Essen und Trinken, Luft und Licht, Ruhe und Bewegung zu bezahlen vermögen, und nicht imstande zu sein, denen, die es am nötigsten brauchen, diese Bedingungen allen Gesundens zu verordnen, das passt mir nicht, das ist ein Hohn auf meine Wissenschaft und meine Ideale. Doch das nur nebenbei.«

Und er erzählte, dass Gerhard Fink seine Beziehungen zu Sara Rubner endgültig gelöst habe. »Sie hatte ihn vor die Wahl gestellt zwischen sich und den Eltern. Da spielte er zuerst den schmerzvoll

Entsagenden vor ihr, den gehorsamen Sohn, der Vater und Mutter nicht unglücklich machen dürfe. Es muss darauf zu einer bösen Szene gekommen sein, nach dem zu schließen, was Sara noch bebend vor Zorn und Aufregung mir andeutete. In ihrem Verlauf hat er die Haltung völlig verloren und scheint ihr – ich habe auch das aus ihren wilden Reden nur herausgefühlt – zynisch erklärt zu haben, dass er,« Warburgs Stimme sank und das Blut schoss ihm jäh in die Stirn, »nicht mehr nötig habe, sie zu heiraten.«

»Elender Schurke!« stieß Konrad zwischen den Zähnen hervor.

»Sie ist ganz vernichtet«, fuhr Warburg fort. »Von Ausbrüchen elementaren Hasses und pathetischer Verzweiflung wird sie hin- und hergerissen.«

»Man muss sie vor sich selber retten, ihr die Hand bieten, dass sie zurückfindet,« warf Konrad lebhaft ein, »eine Aufgabe, die in diesem Augenblick niemand erfüllen kann als du.«

Warburg nickte. »Ich habe von Anfang an eine Katastrophe kommen sehen; wie eine Schildwache habe ich darum immer vor ihrem Leben gestanden. Nur, dass der Kerl sie einmal so – so wegwerfen könnte, –« er brach ab, um nach einer Pause leise und langsam fortzufahren: »Sie fühlt sich vor sich selbst und vor der Welt – entehrt.«

Konrad sprang so heftig auf, dass der Stuhl zu Boden krachte. »Weil ein Schuft sich als solcher enthüllte, – entehrt?!« rief er.

Warburg hatte sich gleichfalls erhoben, schritt ein paar Mal stumm mit gesenktem Kopf im Zimmer auf und ab und blieb dann dicht vor dem Freunde stehen, ihm fest ins Auge blickend.

»Ich will ihr dienen, Konrad, dienen wie bisher,« sagte er leise, »vielleicht – vielleicht –« und er legte die Hand über die Augen.

»Armer Freund,« murmelte Konrad.

Dann ging er, um, von einem unbewussten Entschluss getrieben, Frau Sara Rubner aufzusuchen.

Er erschrak, als sie ihn empfing. Sie war blass und schmal geworden. Die breiten Backenknochen standen scharf aus ihrem Gesicht.

»So sehen wir uns wieder –,« sagte sie. Er beugte sich über die dargebotene Hand, um sie zu küssen. Sie entzog sie ihm hastig. »Sie wissen nicht?!« Er nickte.

»Auch, dass ich – besudelt bin?« und ihre dunklen, fieberglühenden Augen richteten sich auf ihn.

»Sie – besudelt?!« Er lächelte ein wenig. Frau Sara ließ ihn nicht weitersprechen.

»Ich warf mich immer weg,« begann sie mit krampfhaftem Versuch, einen ruhigen, überlegen-spöttischen Ton anzuschlagen, »an eine Sehnsucht, die in den Sumpf führte, an ein Ideal, das sich als Fata Morgana erwies, an einen Menschen, der ein Schurke ist. Meinen Sie, man könne dabei reinlich bleiben? Man käme nicht schließlich um vor Ekel?«

»Das ist, wie mir scheint, übertriebene Selbstqual; es kommt doch wohl nur darauf an, sich nichts vorwerfen zu müssen,« meinte er, die ganze Kläglichkeit seines phrasenhaften Einwurfs, den er an Stelle eines Trostes fand, peinlich empfindend. Ihr Lachen verletzte ihn darum nicht.

»Gibt es einen stärkeren Vorwurf gegen sich selbst, einen deutlicheren Beweis für die eigene Nichtigkeit, als solche Sehnsüchte, solche Ideale und Neigungen zu h a b e n ?« antwortete sie. »Wahrhaft große, starke Menschen verlieren sich nicht!« Er suchte vergebens nach einer Erwiderung, – er war sich noch nie so hilflos vorgekommen. Sie empfand offenbar seine Verlegenheit. »Was plagen Sie sich, Baron,« sagte sie, »es tut mir wohl, dass Sie mir nichts sagen können, – ich sehe daraus, dass Sie mich verstehen, und das brauche ich mehr als alles. Doch genug, übergenug der Geständnisse.«

Auf ihren Glockenruf brachte das Mädchen den Tee, und sie saßen einander gegenüber als korrekte Gesellschaftsmenschen, die Konversation machen, auch wenn sie wissen, dass sie eine unwiederbringliche Stunde verpassen, in der sie einander so viel zu sagen gehabt hätten.

Konrad erzählte ihr von den Eindrücken der letzten Tage. Sie hörte aufmerksam zu und sagte dann: »Schon lange fühl' ich's: es liegt ein großes Sterben in der Luft.«

294

»Aber auch eine große Sehnsucht nach Auferstehung,« meinte Konrad.

Ein ironisches Lächeln flog um ihren Mund: »Glauben Sie? Mir scheint vielmehr, dass Ideen und Menschen sich noch im Grabe wehren würden, wenn ein grausamer Gott sie aus dem Schlafe wecken wollte.« Und rasch, als fürchte sie jede Möglichkeit einer Vertiefung, lenkte sie das Gespräch wieder in die ausgefahrenen Gleise der Konvention.

Konrad verließ sie nicht weniger enttäuscht, als er vorher Warburg verlassen hatte.

Aber schon am nächsten Tage bat sie ihn schriftlich um seinen Besuch. »Ich habe gezögert, ob ich es tun sollte,« schrieb sie. »Wir lieben uns nicht, sind nicht einmal befreundet, – die übliche Schlussfolgerung daraus wäre, dass wir einander Fremde sind. Es gibt jedoch, wie mir scheint, Situationen, in denen dies Fremdsein zum größten Nahesein berechtigt und befähigt, weil keine Empfindung Blick und Urteil trübt und zu Schonung und Lüge verleitet. Ich muss jemanden haben, der offen und unbestechlich ist wie das, was mich in der Wirrnis der letzten Tage im Stiche ließ: mein Gewissen ...«

Konrad eilte zu ihr.

Eine einzige, große, gelbe Kerze brannte in Frau Saras grauem Salon. Darunter lag ihre schwarz gekleidete Gestalt lang ausgestreckt auf dem niedrigen Diwan. Ihre Lider waren gerötet, zwei dunkle Flecken brannten auf ihren Wangen.

»Ich habe keine Zeit zu verlieren,« sagte sie. Erst jetzt bemerkte er die Unordnung auf ihrem Schreibtisch, in ihrer Umgebung. In wirrem Durcheinander befanden sich Bücher und Papiere.

»Sie wollen fort?« frug er, umschauend, dabei fiel sein Blick auf die Kerze, die feierlich, wie in einer Altarnische, in der einen Ecke des Zimmers stand und mit den zarten Rauchschleiern den feinen Duft frischen Wachses um sich verbreitete.

»Vielleicht,« antwortete sie gleichmütig und dann, seinem Blicke folgend: »Meiner Schwester Todestag, – im vorigen Jahre vergaß ich, ihn zu feiern. Um so inbrünstiger geschieht es heut.« Sie kämpfte mit den Tränen. Er streichelte unwillkürlich ihre Hand wie einem kranken Kinde. »Nicht weich werden, Baron, bitte nicht,« fuhr sie fort, »wenn

Sie mir helfen wollen, müssen wir Fremde bleiben. Denn eine deutliche Antwort erwarte ich – keine Ausrede – auf das, was ich Sie fragen will. Ich brauche Grausamkeit, keinen Trost.«

Und mit einem jäh hervorbrechenden Schluchzen vergrub sie den Kopf in die Hände.

»Sprechen Sie,« sagte er erschüttert, »wenn Ihnen Wahrheit helfen kann, wie könnte ich sie Ihnen vorenthalten?«

Sie hob den Kopf: »Ich danke Ihnen.« Dann fuhr sie mit vollkommen gefestigter Stimme fort: »Nach meiner Frage, Baron Hochseß – das wird Ihnen, sobald ich sie gestellt habe, ohne weiteres verständlich sein –, werden wir uns nicht wieder sehen. Sie dürfen mir, mag Ihre Antwort so oder so ausfallen, mag ich ihre Richtigkeit durch mein Handeln anerkennen oder nicht, danach nicht mehr begegnen. Und nun merken Sie gut auf: es stürzte sich jemand nächtlicherweile, in Fieberhitze glühend und fast erlöschend vor Durst, in dunkles Wasser, das ihm Erlösung schien. Dann erst, im Tageslicht, entdeckte er, dass es schmutzig war und hässliche Zeichen davon auf seinem Körper hinterließ. Und er lief weit fort. Und Scham und Verzweiflung liefen mit ihm. Trotzdem trieben ihn Fieber und Durst immer wieder zurück nach dem Wasser –«

Draußen knarrte die Eingangspforte; es ging ein Schritt. Sara schnellte empor, starrte mit reglosen Pupillen zur Türe, und ein Schrei tiefster Verzweiflung entrang sich ihrer Brust: »Wenn er käme, wenn er in diesem Augenblick käme, er, an dem ich mir selbst zum Spott und zur Verachtung geworden bin, – ich stürzte ihm in die Arme – ich küsste seine Füße –«

Sie sank zusammen. Draußen war es still. Konrad hatte sich abgewandt, bis Saras rau gewordene Stimme sein Ohr traf. »Kann so jemand weiter leben, Baron Hochseß?« frug sie laut und scharf. Er öffnete schon den Mund zu rascher, beschwichtigender Antwort, als sein Auge dem der gequälten Frau vor ihm begegnete. Aus seiner dunklen Tiefe flehte eine in Ketten schmachtende reine Seele um Erlösung. Da verstummte er, verbeugte sich tief und ehrfurchtsvoll, ohne dass er gewagt hätte, auch nur die Fingerspitzen derjenigen, von der er Abschied nahm, noch zu berühren und ging.

In derselben Nacht erschoss sich Frau Sara Rubner. Die große, gelbe Kerze brannte noch immer ihr zu Häupten, als man sie fand.

Konrad legte Warburg ein rückhaltloses Geständnis von allem ab, was sich zwischen ihm und ihr begeben hatte. »Du wirst verstehen,« sagte ihm dieser mit jener Kühle, die er jetzt ständig wie eine Maske trug, »dass auch wir geschieden sind.«

Auf dem Totenbett, wohin er blasse Spätherbstrosen trug, sah er Frau Sara zum letzten Mal. Man hatte ihr nach jüdischem Brauch die dichten, schwarzen Haare in kleine, feste Zöpfchen geflochten; zwei alte, hässliche Klageweiber plärrten Gebete und aßen dazwischen ihr Frühstück aus fettigem Zeitungspapier. Und nicht einmal mit Blumen durfte man das Lager bedecken. Das war gegen die rituellen Gesetze.

Lange stand Konrad neben der Toten, verloren in Phantasien. Das war ja gar nicht Frau Sara, die dort geschlossenen Auges ruhte, jedes Reizes beraubt, den sie einst besessen hatte, fast unschön. War das die Zeit, die sich aus Ekel vor sich selbst entleibt hatte, – die Vergangenheit, die an ihren unerfüllten Sehnsüchten verwelkt war? Und waren die draußen, die noch herumliefen und lärmten, als lebten sie, nichts als ihre Gespenster?

Schon am nächsten Tage fuhr er nach Hochseß zurück, glücklich, mit der wieder allein zu sein, die ihm einzig noch lebte. Da er weder einen Bildhauer noch einen Baumeister für das Werk, durch das er sie verewigen wollte, gefunden hatte, ließ er von einem alten Maurer aus dem Dorf aus unbehauenen heimischen Dolomitblöcken über ihrem Grabe im Part einen kleinen Tempel errichten. Nur eine Platte brauchte man in seinem Innern hochzuheben, um ihn zu ihr herabzulassen. dass es nicht lange dauern würde, wusste er. Was konnte dem Leben an ihm noch liegen, nachdem ihm am Leben nichts mehr lag?

Im Laufe des Winters starben die Tanten, ohne viel Geräusch zu machen.

Nun war er ganz allein auf Hochseß. Am Wechsel der Jahreszeiten allein merkte er, dass sich die Zeit bewegte.

Unablässig fiel der Schnee. Die Hochebene der Langen Meile, wo die schwarzen Wacholderbüsche verstreut auf der Öde stehen, wie zerzauste Lebensbäume auf vergessenen Gräbern, und die kleinen, einsamen Häuser, die im Herbst, wenn in den dürftigen Gärtchen davor alles Blühende kahl und welk geworden ist, mit der Schamlosigkeit des Bettlers ihre Wunden und Blößen enthüllen, hatte er schon in den weißen Samt seiner königlichen Herrschaft geborgen. Und nun schlug er glitzernde Sternenschleier um die Bäume auf den Bergen und breitete unten im Tal die prunkende Schleppe seines Brautkleides aus. Er duldete nichts Dunkles. Wenn Wagenräder, Pferdehufe, Menschentritte sein Festgewand befleckten, so löschte er in einer Nacht jede Spur davon; wenn der Schneepflug mühselig durch die Dorfstraßen knirschte und der Landmann sich ächzend Fußsteige grub, so triumphierte er, ein Herrscher von Gottes Gnaden, schon in den nächsten Stunden über die Kärrner. Und danach gaben sie ihren Widerstand auf, saßen mit gefalteten Händen hinter den eisblumigen Scheiben und sahen zu, wie die Flocken fielen.

In der offenen Säulenhalle über Norinas Ruhestätte bedeckten blühende Blumen den Boden. Sie blieben lange Zeit hindurch das einzig Farbige. Bis der Schnee eines Nachts den Wind zu Hilfe gerufen und auch diesen letzten Gegner überwunden hatte. Nun war alles weiße, reine Unendlichkeit.

Und eine große Stille kam und verschlang jeden Laut.

Unwirklich erschien Konrad der Frühling, als er danach wieder begann, wie eine Komödie mit gemalten Kulissen.

Allmählich stellten sich die Nachbarn bei ihm ein, um ihn zu trösten, »herauszureißen«, »dem Leben zurückzugewinnen«.

Er hätte ihnen am liebsten ins Gesicht gelacht, als sie davon sprachen. Ihr Leben: Wirtschaftssorgen, Familientratsch, Parteihader, und daneben – um dieses unheilvolle Dreigestirn vergessen zu lassen – offene und versteckte, von Spiel, Wein und Weibern beherrschte Amüsements! Als ihm überdies Hilde Rothausen, die Verblühte, Verbitterte, mit deutlicher Absicht wieder zugeführt wurde, zog er sich in fast verletzender Weise zurück. dass er der letzte seines Stammes war, – das wusste und das wollte er. Nachkommen in die Welt zu setzen, denen nur ein Erbe, in diesem mechanisierten Leben aber keine Aufgabe mehr zufiel, die mehr bedeutete als ein bloßes Erhalten dieses Lebens, – wie hätte er das verantworten können?

Die Kletterrosen um Norinas Tempel begannen zu blühen. Das war der Sommer, der kam. Noch nie war er so reich an Blumen und Erntehoffnung gewesen. Aber eine bleierne Schwüle lag in der Luft, die lastete schwer auf allem, was wachsen wollte, die verschleierte den Himmel, dämpfte die Farben und ließ die kleinen nesterbauenden Vögel unruhig flattern. Als in der Johannisnacht die Feuer von den

Höhen flammen sollten – es war zum Brauch geworden, dass die Jugend sie überall schürte, ein Fanal ihres Frohsinns und ihrer Hoffnungen –, und die entfachte Glut schon zu knistern begann, brach ein Unwetter aus, und Ströme rauschenden Regens erstickten jeden Funken, wenn er auch noch so hartnäckig zu zünden begehrte.

Ein paar Tage später sprengte ein Reiter in den Hof von Hochseß: Alex Rothausen. Er war heiß und rot und überhörte völlig Konrads gemessene Begrüßung.

»Weißt du schon?« rief er, sein Pferd zügelnd. »Eben telegraphierte der Amtsrichter an den Vater: Ein Attentat! – Der österreichische Thronfolger ist ermordet! Beim Einzug in Serajewo von einem Russophilen, wie es scheint! Das ist das Signal –«

»Zum Kriege!« fiel ihm Konrad ins Wort; sein Antlitz strahlte – »nun hat das große Sterben ein Ende!«

Entgeistert sah der Reiter den Schlossherrn an: sollte die Nachbarschaft dennoch recht haben, wenn sie nur noch vom verrückten Hochseß sprach?! Er hatte keine Zeit, darüber nachzudenken.

»Ich trag's weiter, um alle Schlafmützen wach zu rütteln,« rief er lachend und stob zum Tore wieder hinaus.

Danach stand der letzte des alten fränkischen Ritterstamms vor dem Bilde dessen, der auf dem weißen Mantel das große schwarze Kreuz trug, und hielt Zwiesprache mit ihm.

Vom nächsten Morgen ab aber bestellte er Haus und Hof, war von früh bis spät auf Feld und Flur zu finden, den Knechten und Mägden ein strenger Herr, den Bauern ein Vorbild. Alles regte wetteifernd die Hände, als gelte es zu schaffen und zu bergen auf mehr als ein Jahr hinaus. Und er selbst hisste auf dem Turm von Hochseß wieder die Fahne.

Zehntes Kapitel
Von der Auferweckung

In der Sommerschwüle unter den hohen Kastanien auf dem Hof von Hochseß summten und surrten Fliegen und Wespen, und die Pferde vor dem leichten Selbstfahrer am Portal stampften ungeduldig. Konrad stand auf der Schwelle, der alte Greifensteiner neben ihm.

»Es bleibt mir wohl kaum noch etwas zu sagen übrig,« begann er, mit einem raschen, hellen Blick, der wie von Zärtlichkeit glänzte, um sich schauend.

»Nur, dass ich noch immer nicht begreife,« brummte der andere.

Ein Lachen, klar und froh, wie sorglose Jugend zu lachen pflegt, unterbrach ihn: »Nenn's eine Schrulle – eine neue Verrücktheit –, wie du willst! Hochseß steht auf zwei Augen. Da ist's immerhin gut in diesen romantischen Zeitläuften, ein Paar andere in die Verhältnisse einzuweihen.«

»Du tust, als wärst du ein fahrender Ritter und wolltest dich vom österreichischen Bundesbruder zum Kampf gegen die Serben und sonstige dreckige Balkanvölker werben lassen,« erwiderte Rothausen noch immer voll Missmut.

Noch einmal lachte Konrad: »Das Schlechteste wär's nicht!« um dann ernster hinzuzufügen: »Besinnst du dich auf die Verwandtschaft zwischen Adel und Abenteurer, die die Großmutter einmal definierte? Der alte Kreuzritter droben zog auch aus keiner anderen als der inneren Berufung ins Preußenland wider die Polen. Im übrigen: du kennst ja meine Ansichten über die Weltlage. Und er sprang elastisch auf den Bock, noch einmal die Hand herunterreichend.«

Kräftig in sie einschlagend, sagte der Greifensteiner: »Gott verzeih' mir meine Schnauze, die ich in der letzten Zeit nicht im Zaume hielt, wenn sie über dich herzogen; bist doch ein Kerl vom alten Schrot und Korn, Konrad. Wir sehen uns vielleicht noch in Berlin, wenn du recht behältst und es wirklich losgeht, – müssen doch auch von dem Jungen, dem Alex, Abschied nehmen. Leb' wohl indessen und Glück auf den Weg!«

Die Pferde zogen an. Da fiel Konrads Blick auf den Turm mit der flatternden Fahne. Er wandte sich noch einmal um. »Ich vergaß –« rief er zurück, seine Stimme hallte laut unter dem Torweg – »dass sie mir keiner herunterholt – jetzt blühen die Rosen!«

In scharfem Trabe ging es den Berg hinab. Erst unten zügelte Konrad die Füchse. Denn vom Parkhügel leuchtete, überschüttet von brennenden Blütenbüscheln, Norinas Tempel ins Tal. Und langsam, ganz langsam, gesenkten Kopfes, als schritten sie im Trauerkondukt, zogen die Pferde den Herrn vorüber.

Und nun umfing ihn der Wald, und es war, als ob die Bäume mit ihrem trauten, tiefen Schatten ihn wie mit zärtlichen Armen halten wollten. Dann kam die Wiese und lachte ihn an, und der Bach, der sie durchzog, lud ihn zum Plaudern. Doch immer nur rascher griffen die Pferde aus.

Da – welch ein Hindernis? Noch rasch zog der Fahrer die ungebärdig sich bäumenden Tiere zurück. Vor dem Wirtshaus von Gasselsdorf unter dem Kastaniendach stauten sich die ländlichen Gefährte, die vom Markte kamen, und um einen, der vorlas, drängten sich Männer und Frauen mit heißen Gesichtern. Kaum, dass jemand dafür Gedanken hatte, beiseite zu treten. »Hallo! –« rief Konrad. »Hallo!« sekundierte der Reitknecht, der neben ihm saß, mit gewohntem raueren Tonfall. »lass das, Johann,« verwies ihn der Herr, »heut hat jeder ein Recht auf die Straße.«

»Der Hochseß ist's,« schrie einer erregt.

»Der fährt schon?!« fiel eine zitternde Weiberstimme ein.

»Gibt's Krieg, Herr Baron?« und ein Alter mit schlohweißem Haar, die Greisenhände über der Brust gefaltet, trat vor. Konrad beugte sich nieder und reichte ihm die Hand.

»Bist noch einer von Siebzig, Vater Lorenz, und fürchtest dich?« sagte er.

Der Alte warf den Kopf in den Nacken: »Fürchten?! Ne! – Nur dass ich im Winkel hock' –« und er wischte sich mit der rissigen Faust über die Augen.

Jetzt umringten junge Burschen den Wagen. Sie riefen alle durcheinander: »Wann geht's los? –«

»Bald!« –

Da machten sie mit einem Hurra die Straße frei.

Nur ein blondhaariges Mädchen – musste sie immer am Wege sein, wenn er kam? – lehnte am Zaun und weinte.

Auf dem Bahnhof in Bamberg liefen die Reisenden hin und her, viele Frauen und Kinder darunter, die mit Koffern und Schachteln und Sträußen beladen, aus den Bergen kamen. Aller Mienen schienen gespannt, alle Augen eine Frage. Nur langsam setzte sich die unendliche Wagenreihe des Zuges in Bewegung. Weich und zärtlich schmiegten sich die Umrisse der fränkischen Höhen an den in der flirrenden Hitze silbern glänzenden Horizont, während die vier Türme des Doms sich seltsam nah und schwarz in den Himmel streckten wie Lanzenspitzen. Konrad sah ihnen nach, bis eine Biegung des Zugs sie verschwinden ließ. dass ihn das plötzlich so schmerzen konnte, als wären sie etwas Lebendiges, etwas, das ihm gehörte!

Er Schloss die vom grellen Licht geblendeten Augen. Wirbelnde Funken und Sterne und Kreise sah er. Sie schmolzen ineinander, verdichteten sich. Und dann war es, als ritte der steinerne Ritter vom Dom vor ihm her im leeren, im pechschwarzen Raume, weiß und leuchtend, – bis er kleiner und kleiner wurde – immer kleiner – ein gleitender Schwan – ein schwebender Vogel – zuletzt nur noch ein Stern – und im nachtdunklen Meer der Unendlichkeit versank.

Es wetterleuchtete fern am Horizont. Aber in den abendlichen Straßen der Stadt brütete die Glut des Tages; jede Mauer strömte die Hitze der Sonne aus, die sie stundenlang in sich gesogen hatte. Und wo Menschen in Gruppen beieinander standen, war es, als wäre eine unsichtbare Flamme mitten unter ihnen. Man sprach nicht viel – man lauschte mit gespannten Nerven – selbst im Rollen der Räder lag ein gedämpfter Ton.

Da: – von fern her ein Ruf, unverständlich zunächst, dann deutlicher: »Österreich macht mobil!« Und unten, am Ende der Straße, flutete es hervor mit schwarz-gelben Fähnchen, in festem Schritt, dem der Gesang den Rhythmus gab: »Gott erhalte Franz den Kaiser –«

Konrad war bis zum Potsdamer Platz vorgedrungen, als der Zug sich näherte. Die Bogenlampen überströmten ihn jetzt mit ihrem weißen Licht: es war Jugend, lauter Jugend, rundbäckige Knabengesichter darunter, Jugend, durch die Wonne des Erlebens allein beseligt. Singend verlor sie sich wieder, rasch übertönt von entfesselten Stimmenfluten ringsum, die vom nächsten Café aus brausten und prasselten, sich selbst überstürzend. Konrad ging vorüber. »Nieder mit Serbien!« klang es. »Hoch Österreich!« vom nächsten Tisch, und die Bierseidel klapperten aneinander. »Expansionspolitik –« »Platz an der Sonne –« fing er weitere Gesprächsfetzen auf. Er eilte weiter; in allen Nebenstraßen war es leer, – an den Ecken standen Dirnen und lachten ihm ins Gesicht – Bettler traten aus dunklen Türen. Sein Schritt wurde schneller. War er gekommen, um Gespenster von einst zu sehen?

Da und dort, wie die letzten Raketen eines Feuerwerks, stiegen noch abgerissene Klänge gen Himmel.

Und der nächste Tag erwachte, noch leuchtender als der vorangegangene. Aber niemand in der Stadt hatte irgendeinen Sinn für seine blaue, glühende Sommerstille. Die Straßen, die Cafés waren von früh an überfüllt. Aber nicht mehr von jener Jugend, die sich in der Nacht zuvor an dem ersten großen Ereignis ihres Daseins berauscht hatte. Reife Männer waren es, die in aller Frühe von der Sorge von ihrem Lager getrieben worden waren, und mit übernächtigen Gesichtern überall beieinander standen, um ihre Ansichten und Befürchtungen über die politische Lage auszutauschen. Wenn sich auch die Hoffnungen vieler an die Friedensbemühungen des Kaisers knüpften, von denen die Presse erfüllt war, so schienen die meisten am Kriege kaum noch zu zweifeln.

Krieg! – Wer von der Generation der Gegenwart wusste noch etwas von ihm? Der ängstlichen Gemüter bemächtigten sich fast mittelalterliche Vorstellungen. Besonders die Frauen schienen einen Zusammenbruch des gesamten wirtschaftlichen Lebens für möglich zu halten und suchten mit einer Aufregung, die oft an Paroxismus grenzte, Einkäufe für den Haushalt zu machen, als gelte es, sich für eine Belagerung vorzubereiten. Aber auch ruhige Männer wurden vom Fieber ergriffen.

Krieg! – Für die Generation des Friedens bedeutete dieses Wort ein dunkles Rätsel, erfüllt von tausend Schrecknissen.

Konrad gehörte zu den Zuschauern dieses Schauspiels. Er fürchtete nichts. Er hoffte nur. Wie der Landmann angesichts der durstenden Felder den schwarzen Wolken hoffend entgegensieht, die sich drohend am Himmel ballen.

Je höher die Sonne stieg, desto mehr schien sie die Luft zwischen den Häusern zu etwas greifbar Schwerem zusammenzupressen. Sie lastete förmlich auf den Köpfen und beengte den Atem.

Die Schatten schrumpften verängstigt zusammen.

Auch der Tiergarten, in den Konrad einbog – den alten Weg zu Walter Warburg ging er –, bot keine Kühle. Kein Luftzug regte sich. Jedes Blatt am Baum stand wie gebannt im blendenden Glast der Mittagshitze.

»Ich suche den Arzt, wenn ich den Freund nicht finde,« sagte Konrad, als Warburg, den unerwarteten Patienten erkennend, mit rasch verhärtetem Gesichtsausdruck vor ihm zurücktrat.

»Bitte,« erwiderte er kühl, ihn mit flüchtig einladender Handbewegung zum Sitzen nötigend.

»Du weißt,« begann der Ankömmling, mit einem Blick voll Schmerz und Mitgefühl des Arztes durchfurchtes Antlitz streifend, »dass ich seinerzeit wegen eines Herzfehlers für dienstuntauglich erklärt wurde. Jeder, der was auf sich hielt, bereitete sich damals« – und er lächelte leise – »mittels einer durchschwärmten Nacht wirkungsvoll auf die Untersuchung vor. Jetzt« – mit einer energischen Gebärde richtete er den Oberkörper auf – »wünsche ich nichts mehr, als gesund zu sein und hoffe, deine Untersuchung wird das ergeben.«

Warburg hielt den Blick hartnäckig gesenkt, keine Muskel in seinem Gesicht zuckte. Er kramte zwischen den Notizen auf seinem Schreibtisch und sagte dann geschäftsmäßig wie zu einem völlig Fremden: »Hier ist die Adresse eines Militärarztes, der für diese Frage allein in Betracht kommt.« Er umging sichtlich jede Anrede, um das »du« nicht aussprechen zu müssen.

Konrad sprang auf, er atmete schwer, und die drohende Falte zwischen seinen Brauen strafte den freundlichen Ton, mit dem er sich zu sprechen zwang, Lügen.

»Danke. Ich werde zu ihm gehen – nachher. Mit deinem Attest – dem meines Hausarztes, verstehst du? –« Warburg hatte mit einem Bleistift gespielt, jetzt warf er ihn heftig auf die Tischplatte, aber er antwortete nicht. Und eindringlicher fuhr Konrad fort: »Kleine Unregelmäßigkeiten, die etwa noch an meinem Herzschlag zu spüren sein sollten, wird er weniger beachten, wenn ich ihm dein Attest vorlegen kann.« Er machte eine Pause. Als der andere beharrlich schwieg, näherte er sich mit einem raschen Schritt und sagte laut, jedes Wort betonend: »Denn ich muss felddienstfähig sein – ich muss!«

Warburg lachte kurz auf. »Ach so!« erwiderte er mit schneidender Schärfe, »du gehörst neuerdings zu den Ästheten, den Expressionisten und Futuristen, die den Weltbrand schüren helfen, um der neuen unerhörten Sensation willen, die auch die schlaffsten Nerven aufzupeitschen vermag!«

»Walter!« rief Konrad vorwurfsvoll. Er kam nicht weiter. Es war als durchbräche eine lang zurückgehaltene Leidenschaft alle Dämme; Warburg, der sonst so gehaltene, fast steife, Warburg, der nie so recht jung gewesen zu sein schien, geriet außer sich.

»Der Krieg ist's, den ihr wollt, ihr Verfeinerten, ihr, die ihr Krämpfe bekommt, wenn ein Tischtuch nicht zur Tapete passt,« fuhr er los, »wisst ihr denn nicht, was er ist, was er bedeutet?!«

»Not und Tod, – Hunger und Pestilenz,« sagte Konrad tiefernst; »aber wir sind es nicht, die ihn heraufbeschwören. Nur fürchten wir ihn nicht, nur aus dem Wege gehen wir ihm nicht.«

»Wir sollen ihm aber aus dem Wege gehen, wenn nicht anders, so mit der Preisgabe von irgendeinem Stück dummen Stolzes; wir sollen ihn fürchten, auch auf die Gefahr hin, dass irgendein Narr uns feige schilt,« begann Warburg aufs neue, »denn alles steht auf dem Spiele, nicht nur Leben und Gesundheit, – alles, was wir jahrzehntelang mühsam bauten an Völkerverständigung, an innerer und äußerer Kultur. Das musst du doch einsehen, Konrad, gerade du!« Und seiner selbst unbewusst lag der alte vertraute Ton der Freundschaft in seinen letzten Worten. Ein warmer Blick aus Konrads Auge streifte den Sprecher.

»Wir sind reich geworden, aber nicht glücklich; klug, aber nicht weise, geschickt, aber nicht schöpferisch,« antwortete er. »Ein Teich, der in der Tiefe liegt, wohin der Wind nicht trifft, versumpft, und Schilf und Entenflot täuscht nur Kurzsichtigen eine blühende Wiese vor. Es bedarf des aufwühlenden Sturms, um ihn rein und klar zu machen – auch wenn dabei den Libellen die Flügel zerrissen, den Wasserrosen die Blätter befleckt werden.«

»Dein Bild ist vortrefflich,« warf ihm Walter heftig entgegen, »nur, dass der Sturm, von dem du Reinigung erwartest, statt des Blühens, das er zerstört, die Verwesung, den Schmutz der Tiefe an die Oberfläche trägt. Alle rohen Instinkte werden wie Verbrecher die Kerkertüren sprengen. Schon feiert engherzigster Nationalismus seine Orgien; er ist wie eine schwärende Krankheit, die plötzlich am Körper Europas ausbricht.«

»Und darum – das solltest du als Arzt besser wissen als ich – seine Gesundung herbeiführt,« wandte Konrad ein. Aber den Gedankengang Walters schien nichts aus der Richtung zu bringen.

»Hast du heut Nacht gehört, wie sie ihr ›Heil‹ durch die Straßen brüllten, all die Germanen, die nicht einmal ihres Vaters Herkunft zu kennen pflegen?!« spottete er. »Unter jedem ihrer Rufe hörte ich ein: ›nieder mit den Juden –!‹ Ich sage dir, wenn dieser Krieg Wahrheit wird, es wird im eigenen Land ein moralisches Morden geben ohnegleichen!«

Konrad schüttelte den Kopf: »Wie kannst du nur die in solchen Augenblicken natürlichen Überhitzungen Unreifer tragisch nehmen und nationale Gesinnung mit dem Fanatismus der Rassenpuristen identifizieren?! National empfinden heißt doch nur, sich mit Bewusstsein wieder einordnen in die Gemeinschaft.«

»Und im Namen dieser Gemeinschaft den niederknallen, der einer anderen angehört, und dir nichts getan hat; oder als Arzt dazu verurteilt sein, den Getroffenen mit allen Mitteln unserer Kunst schleunigst zu heilen, damit er wieder fähig ist, auf andere, auf die ›Feinde‹ zu zielen!« rief Warburg leidenschaftlich.

»Du hast recht, wenn du das ›im Namen der Gemeinschaft‹ stärker betonen wolltest,« antwortete Konrad. »In ihr hören wir auf, einzelne zu sein, sind nicht mehr die Täter unserer Taten, nicht mehr die Opfer persönlicher Schicksale. Wir sind Werkzeuge, Träger einer höheren Idee.«

Warburg hob ungeduldig die Schultern: »Eine höhere Idee: andere niederzuknütteln!«

»Alles Leben nährt sich vom Tode, lehrte mich Jörun Egil –« sagte Konrad versonnen. »Sollen wir um des Friedens willen tatenlos dabeistehen, wenn die Kosaken unsere Felder zertrampeln, wenn die Franzosen im Rhein ihre Rosse tränken, wenn die Engländer unseren Handel, unsere Kolonien schmunzelnd in ihren weiten Geldsack stecken?«

Er sah, dass Warburg allmählich müde in sich zusammensank, und umfasste leise seine nervöse, blutleere Hand, die auf der Stuhllehne lag. »Walter,« sagte er, in seine Stimme alle Weichheit seines Empfindens legend, »wir haben beide viel, haben alles verloren. Meinst du nicht, dass wir zu allererst diesem Leben, das einen subjektiven Wert für uns nicht mehr besitzt, einen tieferen Inhalt geben sollten, dass wir ja sagen sollten zum Schicksal, rückhaltlos ja? Ich glaube, wir haben noch etwas zu tun. Und auch etwas zu finden, das wir wie arme Blinde suchten: Die Lösung des Zwiespalts zwischen uns und der Welt, die innere Einheit allen Lebens. Die alten Ideale sind schal geworden – weißt du noch, dass du mir das sagtest? Es gilt, für neue, die vielleicht die kommenden Geschlechter zu göttlicher Begeisterung berauschen werden, die Trauben zu keltern.« Er stockte. Walters Kopf senkte sich tief.

»Kannst du mir heute nicht verzeihen, dass ich dich einmal kränkte? Sieht nicht aller persönlicher Hader, an dem Ungeheuren gemessen, beschämend klein aus?« In diesem Augenblick fühlte er, wie des Freundes Hand sich mit festem Druck um die seine schloss. Er atmete auf wie befreit. »Und nun erfüllst du auch die Bitte, die mich zu dir geführt hat, nicht wahr?«

Warburg nahm das Hörrohr und erhob sich. »Du willst –?!« frug er, den Blick seiner Augen suchend, als traue er der Sprache des Mundes nicht.

»Den Tod suchen? Nein!« antwortete Konrad; »das wäre vermessen, wo das Leben jedes einzelnen einen höheren Wert, eine tiefere Bedeutung bekommen hat. Aber mich ihm stellen – gewiss!«

Und nun schwiegen beide. Ohne auf Konrads steigende Ungeduld acht zu geben, untersuchte ihn Warburg gründlich. Endlich steckte er die Instrumente ein. »Du bist gesund,« sagte er, »bis auf –«

Aber Konrad ließ ihn nicht weitersprechen. »Gesund!« wiederholte er jubelnd, »nun aber komm, komm! Viel zu lange waren wir zu zweien, wo man nur noch zu Hunderten sein darf!«

Jene große Straße, – die einzige der jungen Weltstadt, die gesättigt ist von Erinnerungen, und sonst selbst an Sonntagen die königliche Würde, die sie wahrt, auf die Ströme derer überträgt, die sie durchwandern – lag heute wie ein Kranker im Fieber. Es entfesselte in jenen Gruppen dort, die einander in kreischender Erregtheit zu überschreien versuchten, wilde Phantasien; es löste in den Menschenzügen, die sich aus den Nebenstraßen ergossen, heldische Begeisterung aus; es schlug andere, die beiseite schlichen, mit stumpfer Apathie; es erfüllte schließlich die ganze Atmosphäre mit einer Unruhe, vor der nichts mehr zu schützen vermochte. Sie packte die Männer bei der Arbeit, die Frauen am Herd, selbst die Kinder beim Spiel; die Werkstätten, die Zimmer, die Höfe wurden ihnen zu eng; schwer wie ein Alp lag's auf der Brust eines jeden. Nur hinaus – hinaus, wo man atmen konnte, – und einer lief dem anderen nach, getrieben von einer Macht, die keinen Namen hatte.

Aber nichts ereignete sich, gar nichts. Das erlösende Wort blieb unausgesprochen. Der Abend kam. Doch wer hätte es vermocht, heimzukehren in die Stube, ins Bett, während draußen der unsichtbare gigantische Würfel noch immer rollte! Das Volk wartete weiter. Und fern aus den Vorstädten entließen die Fabriken neue Scharen, die sich schwarz und schwer zum Zentrum wälzten. Da und dort lösten sich zwei oder zwanzig von der Menge ab, die ohne Kommando wegsicher ihre Straße zog, und verschwanden hinter den Pforten der Versammlungssäle.

Konrad und Walter, die sich bisher vom Strom hatten treiben lassen, blieben unwillkürlich vor einer von ihnen stehen und lasen das große Plakat, das daran hing: »Was haben wir Frauen zu tun?« Irgendein unbestimmter Wunsch nach einer Pause, mehr als der nach einer Antwort auf die gestellte Frage, ließ sie eintreten. Auf der Rednertribüne stand eine hagere Frau, die mit überschrier Stimme »den Landsturm unserer Schwestern in allen Ländern gegen den einzigen Feind, den Krieg« zu entfachen und zu verkünden versuchte. Aber ihr leidenschaftlicher Appell, verhallte fast wirkungslos; und die nach ihr sprachen, schlugen einen ganz anderen, milderen Ton an.

»Fräulein Dr. Mendel«, begann die eine, »hat uns zu einer Stellungnahme zu überreden versucht ...«

»Fräulein Dr. Mendel – Hedwig Mendel?« flüsterte Konrad fragend einer neben ihm Sitzenden zu. Sie nickte. Und allmählich erkannte er in dem spitzen Gesicht die Züge der einstigen frischen Studentin wieder. Er verlor sich für Augenblicke in ferne Erinnerungen.

»Mögen wir noch so sehr für die Erhaltung des Friedens sein,« Schloss die Rednerin eben ihre Polemik, »gegen den Krieg zu protestieren, wäre nur dann mehr als eine schöne Geste, wenn wir die Macht unseres politischen Einflusses zugleich in die Wagschale zu werfen vermöchten. Darum muss unser A und O im Krieg wie im Frieden immer dasselbe bleiben: her mit dem Frauenwahlrecht!«

Auch auf diesen Ton schienen die Zuhörer nicht gestimmt, nur wenige klatschten Beifall.

»Frau Berg hat das Wort,« verkündete die Vorsitzende. Und eine weißgekleidete, schlanke Gestalt stieg die Stufen empor, um, oben angekommen, ein von aschblonden Scheiteln weich umrahmtes Gesicht der Menge zuzukehren.

Konrad packte Walters Arm, »Else!« überrascht hervorstoßend. »Else Gerstenbergk,« bestätigte dieser.

»In diesem Augenblick, dünkt mich, sollten wir weder richten noch fordern,« begann sie, und ihre volle, tönende Stimme schien die Wogen der Erregung zu glätten, »sondern nur daran denken, bereit zu sein. Denn eines ist gewiss: muss der Mann hinaus, um Haus und Hof zu verteidigen, wie es seit undenklichen Zeiten seines Geschlechts Recht und Aufgabe war, so werden auch wir Frauen uns wieder derjenigen zu erinnern haben, die die Natur selbst uns gestellt hat, und sie auf uns nehmen nicht wie eine Last, unter der wir uns nur widerwillig beugen, sondern wie eine heilige Verpflichtung, in der wir uns selbst erfüllen werden. Die Wunden, die ein Krieg schlägt, solch ein Krieg, wie er zwar noch verhüllt, aber doch in dem Tritt seiner eisernen gigantischen Sohlen sich schon ankündigend, hinter dem Vorhang der Weltbühne erscheint, sind nicht nur die in die Körper der Kämpfer grausam gerissenen, die unsere Hände verbinden und heilen sollen. Wo der Mann ins Feld zieht und die Seinen zurücklässt, werden Not und Armut nach unserer Fürsorge schreien; wo die Arbeit stockt, werden wir eingreifen müssen; ach, und wo die vielen, vielen Kinder darben, werden wir keinen Augenblick mehr Zeit haben, etwas anderes zu sein als Mütter!«

Ein Murmeln freudigen Beifalls unterbrach sie, alle Mienen belebten sich, in Augen, die verschleiert gewesen waren, kehrte ein Glanz von Hoffnung, von Mut und Glauben zurück. Sie stand da, verklärt von einer Aureole demütig-stolzer Weiblichkeit. Konrads

Blick hing an ihr. Ein Gefühl von tiefer, innerer Zusammengehörigkeit übermannte ihn, das er sich nicht zu deuten wusste, da es mit Liebe, mit verlangender Mannesliebe gar nichts zu tun hatte.

Im weiteren Verlauf ihrer Rede entwickelte Else jeden einzelnen ihrer Gedanken und entwarf in großen Zügen den Plan einer Organisation, die alle den Kriegsdienst der Frau in sich schließenden Tätigkeitsgebiete umfassen sollte. Immer lebhafter wurde der Ausdruck der Zustimmung von allen Seiten. Da schien sie plötzlich zu stocken. In diesem Augenblick war es Konrad, als habe ihr Auge ihn entdeckt, als erblasse ihr Antlitz wie vor einer Erscheinung, als zucke ein jähes Erschrecken durch ihren Körper.

»Wir wollen fort,« flüsterte er Warburg zu; »sie ist gewiss eine glückliche Frau. Es wäre ein Verbrechen, wenn ich sie durch meinen Anblick entsetzen wollte.«

Aber schon klang ihre Stimme, nur fester und voller noch, wieder an sein Ohr, und ihre Augen waren über alle Köpfe hinweg mit einem Ausdruck des Ergriffenseins in die Ferne gerichtet.

»Eine alte Geschichte, die in uns allen vergessen ruht, wie so viele Geschichten aus heiligen Büchern, für die wir keine Feierstunde mehr hatten, weiß ich noch. Als die Stunde der großen Not aufgegangen war über seinem Volke, kam Mardochai, der Prophet, zu Esther, der Königin, und forderte von ihr, dass sie um der Bedrohten willen hintrete vor den König. Sie aber zauderte. Denn mit dem Tode wurde bestraft, wer ungerufen den Stufen des Thrones sich näherte. Doch Mardochai sagte zu ihr: ›Vielleicht bist du um eines solchen Tages willen Königin geworden, o Esther.‹ Da schmückte sie sich mit allen Kleinodien, salbte ihren Körper, flocht Perlen in ihr Haar, wie damals, als sie erhoben wurde, und ging ...«

Und abermals suchte das Auge der Rednerin den stillen Mann in der Menge. Ganz leise, als wollte sie nur zu seinem Ohre sprechen, wiederholte sie:

»Vielleicht bist du um eines solchen Tages willen Königin geworden, o Esther.«

Sie traten schweigend in die Nacht hinaus, die beiden Freunde.

»Die Gedanken der Fernsten klingen heut zusammen. Es ist eine große Harmonie,« sagte Konrad schließlich.

Stimmengewirr, Pferdegetrappel, Rufe, Geschrei – schienen im gleichen Moment seine Worte widerlegen zu wollen. Ein Zug von Arbeitern kreuzte die Linden – waren es Hunderte, Tausende? Ließ nur die Nacht ihn so endlos erscheinen? »Nieder der Krieg!« tönte es vorn – »nieder der Krieg!« klang das Echo vier-, fünfmal, weit am Ende der Straße verhallend. Und berittene Polizisten durchbrachen die Reihen. Die blanke Scheide eines Säbels blitzte. Konrad und Walter sahen sich in einen Torweg gedrängt, ein Haufen Verfolgter schob nach, sodass sie bis in einen engen, dunklen Hof gelangten, über den als einziges Licht der Schein einer kleinen Lampe lag, die im Erdgeschoß hinter rot verhangenem Fenster brannte. Die Versprengten sprachen leise mit dem verhaltenen Zischen äußerster Heftigkeit, bis einer, der den anderen bekannt zu sein schien, auf ein umgestürztes Fass stieg und Ruhe gebot.

»Bewahrt euch euren Zorn und euren Eifer auf die Stunde, wo es Not tut,« rief er.

»Unsere Söhne sind kein Kanonenfutter,« kreischte eine Frauenstimme aus dem Dunkel.

»Noch fordert sie keiner,« suchte der erste Sprecher sie zu beruhigen. »Überall sind unsere Genossen an der Arbeit. In Russland bedroht die Revolution die Hetzer, in Frankreich schützt unser Freund, der größte Apostel des Friedens, dessen Stimme selbst unsere Feinde nicht überhören, die Sicherheit des arbeitenden Volkes: Jean Jaurès!«

»Hoch, hoch Jaurès!« Laut klang es und prallte an den hohen Mauern ab und hallte wieder. Der Vorhang des erleuchteten Fensters bewegte sich ein wenig. Dann erlosch die Lampe. Man suchte stolpernd den Ausgang. Da bahnte sich einer von draußen her mit den Ellenbogen einen Weg durch die Masse:

»Jaurèsist tot!«

Keiner rührte sich mehr vom Fleck.

»Wer sagt das?!«

Ein weißes Papier schien über den Köpfen zu flattern bis zu dem, der gefragt hatte. Nun blitzte ein Streichholz auf, beleuchtete unsicher ein Gesicht, eine knochige Hand:

»Ermordet!« –

Noch ein einziger Aufschrei. Dann Stille – und tiefe, schwarze Finsternis.

Auf die Straße trat alles, stumm, mit gesenkten Köpfen, denn das Licht der Bogenlampen blendete.

»Der Traum ist aus,« sagte ein Alter und nickte Konrad zu, wie einem Freunde, dann fiel ihm der Kopf tief auf die Brust.

An der nächsten Ecke lehnte todmüde eine Zeitungsfrau. Sie schrie mit rauher Stimme: »Eine russische Patrouille in Eydtkuhnen eingeritten – das Postamt von Schmidden verbrannt –«

»Kanaillen –«, »Mordbrenner –.« Es waren junge Burschen, die als letzte aus dem Torweg traten und nun mit blitzenden Augen schrien: »Nieder mit dem Zaren – mit dem Knutenregiment!« Und sie liefen dem Zuge nach, der eben, die ganze Breite der Straße beherrschend, alles mit sich fortriss.

»Deutschland, Deutschland über alles –« brauste es in vieltausendstimmigem Chor. Aus den Fenstern winkten sie überall mit weißen Tüchern, aus den Wirtshäusern strömten sie hinaus, und Geschrei und Gesang erfüllte die ganze Stadt.

Da schlug es ein Uhr, schwer, weithin schallend. Es war, als käme der neue Tag, ein Herold, belastet mit großer Kunde.

Es gibt Städte, die schlafen des Nachts wie Kinder: früh und fest und ohne Traum; wer im Dunkel durch ihre Gassen geht, der dämpft den Schritt und hält den Atem an. Aber Berlin schläft nie. Denn erst wenn der rohe Lärm des Tages schweigt, kommt der Rausch des Lebens über die Menschen: die Geister erwachen um Mitternacht wie in alten Gespenstergeschichten, Gedanken bekommen Gestalt, Gefühle Glut. Grau und fahl und frostig kommt mit dem ersten blassen Tageslicht die Nüchternheit. Wer dann des Morgens, sein eigener Schatten, scheu durch die Straßen heimwärts schleicht, der begegnet denen mit den rauen Fäusten, die der Daseinskampf in den Dienst des Tages zwingt. Und feindselig fast schaut einer den anderen an; es gibt kaum ein Verstehen zwischen ihnen.

In jener letzten Julinacht aber, die gewitterschwül über dem Lande lag, hatten selbst die verschlafensten Städte unruhige Träume, und viele Fensteraugen in den Dörfern glänzten furchtsam über erntereife Felder. Berlin schlief nicht; doch in seinem Wachen war etwas von

Schlaf, der die Glieder zur Einheit bannt, den Atem zu einem Rhythmus bändigt. Nicht der Rausch in seinen tausend sinnverwirrenden Formen, nicht die Sorge in ihren zahllosen, quälenden Gestalten hielt die Augen der Millionen offen. Es war e i n Gefühl, e i n Gedanke – unnennbar noch – tief und heiß, von dem Glanz ferner Sternenwelten erhellt wie die Sommernacht. Und als dann der Morgen kam und die Menschen auf den Straßen einander begegneten, lag ein gutes Grüßen in jedem Blick, als wären sie Brüder geworden.

Konrad verbrachte den Vormittag mit den notwendigsten Geschäften und den Vorbereitungen zu seinem Eintritt in die Armee. Viele, sehr viele, weit mehr als er irgend erwartet hatte, begegneten ihm mit den gleichen Absichten, und sie betrachteten einander jetzt schon wie Kameraden. Und die Nachrichten und die Kommentare und die Vermutungen flogen von Mund zu Mund: von Frankreich, das ohne Kriegserklärung die Grenzen nicht mehr respektierte, von der verräterischen Haltung Russlands, dessen Patrouillen schon plünderten und sengten, während der Kaiser mit dem Zaren noch Friedensdepeschen wechselte. Von Friedensmöglichkeiten sprach niemand mehr; die Sehnsucht nach Entscheidung, nach der erlösenden Tat beherrschte alle.

Und nicht nur einzelne Züge waren es heute, die singend die Straßen beherrschten. Aus stillen Häusern kam es wie Ameisengewimmel, um die elektrischen Wagen schwirrte es, ein Schmetterlingsschwarm, es ergoss sich wie ein Wasserfall über die Treppen der Bahnhöfe und kroch, eine endlose, schwarze Schlange, aus den Erdlöchern der Untergrundbahn. Und der gleiche Gedanke, das gleiche Ziel schufen den gleichen Rhythmus des Schritts.

Noch immer hatte Konrad die Menge als die größte Einsamkeit empfunden; heute fühlte er sich weder als einer allein, noch als einer unter vielen; sein Ich schien ihm in all die Tausende geteilt, die mit ihm gingen, und in seinem Ich schienen sie wieder wie in eins zu verschmelzen. Wie lange wanderte er schon im Takt ihrer Füße auf und nieder? Wie lange schon warf die Sonne ihre Strahlenbündel über all die heißen Hirne? Wölbte sich nicht seit einer Ewigkeit der gleiche silbergraue Himmel über ihm – still, feierlich, unerbittlich? Oder war er eine riesige rotierende Kugel, die ihren ganzen Inhalt zu einer Masse zusammenwirbelte? Und was war er, Konrad Hochseß, in diesem Augenblick noch, das ganz er selber war?

Da – er spürte etwas wie einen elektrischen Schlag, der den ungeheuren Körper, als dessen winziger Teil er sich bewegte, irgendwo weit vorn getroffen hatte. Und es war, als ob ein Wind sich erhöbe, die Blätter an den Bäumen aus ihrer Starrheit zu rütteln.

Das Trompetensignal einer Autohupe durchschnitt schmetternd die bleierne Luft. Und der Wind ward zum Sturm, in den Kronen unsichtbarer Wälder rauschend. Vor dem grauen Wagen her, der sich in die Menge bohrte, sie Auseinanderriss, zur Seite warf und einen zuckenden Schweif hinter sich herzog, gellte die aufpeitschende Fanfare der Hupe. Aber eine junge, starke Menschenstimme übertönte sie:

»Krieg!«

Und zum Orkan ward der Sturm. Er drang in alle Gassen, in alle Höfe, er schlug Fenster und Türen auf, und wer noch verborgen im Winkel schlief, den schnellte er auf die Füße. Wo ein Feuer in Herzen und Hirnen glühte, fachte er es zur lodernden Flamme. Er riss von gebeugten Schultern die staubige Last der Tagesmühen, dass sie sich reckten, er sprengte die eisernen Ringe über der Brust der Hassenden, dass sie frei wurden, und vor seinem Atem zerstoben die Schleier, die Sorge und Übersättigung zwischen Welt und Mensch gewoben hatten.

Und ihre Befreiung und ihre Kraft, ihren Zorn und ihre Zuversicht trug der brausende Ruf der Masse gen Himmel.

Ihre Füße aber waren beschwingt. Unbekannte führten einander vertraut an den Händen. Kinder schwebten auf Armen und Schultern fremder Männer, damit sie, die Kommenden, ihre Augen sättigten mit dem Licht dieses Tages.

Sie zogen zum Schloss in breiten, alles mit sich fortreißenden Scharen. Es bedurfte keines rauen Kommandoworts, um jedes Räderrollen von diesen feierlich Bewegten fern zu halten. Und dann standen sie, Kopf an Kopf, ein Menschenmeer, das den riesigen Platz erfüllte, das an die grauen Mauern der ehrwürdigen Königsburg schlug, das emporflutete über die Stufen des Doms und in mächtiger Woge des alten Museums hohe Freitreppe überschwemmte, dessen Brandung übermütig aufwärtsschäumte bis in die Äste der Bäume. Waren es Tausende? Hunderttausende?

Und es sang, es rief, es jubelte. Von den Kandelabern herunter, auf die sie geklettert waren, sprachen junge Studenten. Auf den Stufen des Doms stimmte ein Chor weißgekleideter Mädchen alte fromme Lieder an, und unter dem Kaiserdenkmal erzählte einer, der sehr alt war, von den Taten der Ahnen. Unsichtbar wandelten sie, von den Verzückten dieser Stunde heraufbeschworen, unter der Menge: die Luther und Goethe, die Fichte und Kant, die Bismarck und Nietzsche.

Auf der Treppe des Museums stand Konrad. Geschlossenen Auges hörte er die Töne, die aus der Tiefe aufwärts rauschten; beschwingte Fabelwesen der Vorzeit waren es, deren Flügelschlag er zu hören meinte. Dann plötzlich tiefe Stille – er schlug die Augen auf: hatte der Zauberstab des unsichtbaren Dirigenten die ungeheure Sinfonie der Masse gewaltsam unterbrochen? Auf dem weiten, von der Abendsonne goldüberströmten Platz standen sie Kopf an Kopf regungslos, mit dem Boden verwurzelt, und schwiegen.

»Der Kaiser spricht,« flüsterte jemand.

Konrad hörte nichts; niemand hätte von hier zu hören vermocht, was weit drüben am Schloss, wo die Gestalten kaum zu erkennen waren, geredet wurde. Und doch hielt jeder den Atem an. Und Konrad fühlte das Lauschen der Hunderttausende. Eines Mysteriums Zeuge erschien er sich: denn in diesem Augenblick nahm das Volk einen Herrscher, um den der blendende Glanz der Krone einen weiten leeren Raum, eine große Fremdheit geschaffen hatte, in sich auf. Und einen Herzschlag lang, der, mag er auch nur Sekundendauer haben, in der Wage der Zeit schwerer wiegt als viele Jahre, waren alle Menschen Brüder.

Da huben die Glocken des Doms zu läuten an; ihre Stimmen von Erz wurden die Sprache dieser Stunde. Die Menge erwachte aus tiefer Versunkenheit. Auch Konrad hob den Kopf.

War es nicht Else, die über ihm im weißen Kleid an der bräunlichen Säule lehnte? Und sagte sie nicht laut, dass es mächtiger als die Stimme des Kaisers über den Platz bis zum Schloss hinüberschallte: »Vielleicht bist du um dieses Tages willen Königin geworden, o Esther?«

Er fuhr sich mit der Hand über die Stirne; stundenlang hatte er in der glühenden Sonne gestanden. »Haben wir wieder heiße Träume gehabt, *bambino mio*?« hörte er eine alte Stimme mit zärtlichem Tonfall sagen. Er sah sich um. Es war leer geworden auf der Treppe. Langsam

strömten unten die Menschenfluten zurück. Rosig färbte sich der A-
bendhimmel über ihnen mit langgestreckten weißen Wolken darauf
wie Kometenschweife.

Und im Schritt mit den anderen ging er unter den Bäumen der
großen Straße.

War sie da nicht schon wieder dicht vor ihm, die Weiße? musste
er ihr begegnen und vielleicht ihren Frieden stören? »Frau Berg,«
dachte er, »sie scheint mehr als glücklich, sie scheint –« und vergebens
suchte er nach einem Ausdruck für das, was er bezeichnen wollte –
»erfüllt zu sein, Erfüllung gefunden zu haben.« Es wurde ihm warm
ums Herz, denn der Gedanke, sie könne leiden, vielleicht gar einsam
sein und verlassen, hatte ihn oft gequält. Er spürte sogar etwas wie
Neugierde; gern hätte er den Mann gesehen, dem sie gehörte. Und er
ging unwillkürlich rascher.

»Konrad!« rief ihre Stimme, ganz deutlich. Er prallte zurück. A-
ber sie sah sich nicht um nach ihm.

»Konrad!« klang es noch einmal, ein wenig ängstlicher. Da
stürmte ein schlankes Bübchen, das wohl zu weit vorangeeilt war, der
Rufenden entgegen, die es lachend auffing. Blonde, wehende Haare
hatte es – tiefe, nachtdunkle Augen. Der Mann, der jetzt dicht hinter
der Frau mit dem Kinde stand, schwankte wie von plötzlichem
Schwindel gepackt. Hatte er Fieber, gingen Geister um?! Dieser Knabe
war doch kein anderer, als – er selber!

Die Umstehenden wurden auf ihn aufmerksam. Er riss sich zusammen. »Mutti –« sagte in diesem Augenblick eine süße Kinder-
stimme, und die dunklen Augen hefteten sich weit und erstaunt auf
ihn. Da wandte auch die Frau den Kopf. Das Blut wich aus ihren
Wangen. Aber sie fasste sich rasch, denn schon fühlte sie, wie die
Neugierde ringsum sich auf sie richtete. »Baron Hochseß,« sagte sie
förmlich.

Er verbeugte sich korrekt: »Ich freue mich, Sie zu sehen, Frau ...«
»Gerstenbergk,« ergänzte sie rasch, »wie immer.«

In seinen Schläfen hämmerte das Blut.

»Gestatten Sie mir, einen Wagen zu nehmen?« brachte er stockend heraus. Sie gingen über die Straße. Eine kleine warme Kinderhand schob sich in die seine. Fest, ganz fest klammerte er die Finger

um sie. In wilden Schlägen pochte sein Herz.

»Wohin?« frug er, das Kind in den Wagen hebend. Seine Stimme klang rau, er zitterte wie unter einer ungeheuren Last, als die Wärme des jungen Körpers sich ihm mitteilte.

»Nach dem Wannseebahnhof,« sagte sie.

Unterwegs unterhielten sie sich über das Nächstliegende, den Krieg, da des Kindes Gegenwart jede Berührung dessen, was ihnen im Augenblick das Herz bewegte, unmöglich zu machen schien. Allmählich schwand die Spannung zwischen ihnen. Konrad erzählte, dass er sie gestern habe sprechen hören; die Bewunderung, die er ihr zollte, lehnte sie bescheiden ab, denn ihre Rede sei nicht der momentane Ausdruck einer spontanen Stimmung gewesen, sondern entspräche ihren praktischen Vorschlägen nach den Richtlinien, welche ein großer Teil der organisierten Berliner Frauenbewegung seit dem ersten Auftauchen der Kriegsgefahr als für ihre künftige Tätigkeit maßgebend anerkannt habe.

»Fräulein Dr. Mendel steht offenbar auf anderem Standpunkt?« sagte er, ohne mit einem Gedanken bei seiner Frage zu sein, denn seine Augen hingen verloren an dem Knaben ihm gegenüber, der hartnäckig schwieg, hier und da einen verstohlenen Blick, so erstaunt wie der erste gewesen war, auf ihn werfend.

»Sie gehört zu den Verbitterten und Enttäuschten wie fast alle Frauen, die in ihrem Heiligsten, in ihrer Liebe verraten wurden,« entgegnete Else.

Er wandte sich ihr mit einer raschen Wendung des Kopfes wieder zu, und es lag etwas Gequältes in seinem Ausdruck, als er frug: »Und – Sie?«

Ein helles Lächeln verklärte ihre Züge. »Ich?« Sie sah ihn an, groß und gütig. »Bin ich verraten worden?! Ich wählte freiwillig meinen Weg, und ich habe –« ihre Stimme sank zu fast unhörbarem Flüstern – »unser Kind.«

Sie schwiegen lange. dass er mit ihr und dem Knaben den Zug bestieg, der nach dem westlichen Vorort hinausfuhr, wo sie wohnten, dass er, dort angekommen, mit ihnen ging, des Kindes Hand nicht aus der seinen lassend, schien wie selbstverständlich. Als sie auf der geraden Straße durch den Ort gingen, – einen jener Niederlassungen, die ihre unorganische Hässlichkeit dem Umstand verdanken, dass sie aus einem abgelegenen Dorf zu einem Außenteil der Weltstadt wurden – erzählte sie von ihrem Leben. Mit einer bewussten Kühnheit, der viele ein böses Ende prophezeiten, hatte sie eine Werkstatt gegründet, in der die Herstellung der Puppen, die ihre Erfindung waren und ihr früher eine Nebeneinnahme sicherten, im großen betrieben wurde. Sie hatte sie, dank der auch aus dem Ausland rasch zunehmenden Bestellungen mehr und mehr vergrößern müssen. »Freilich,« Schloss sie lächelnd, »so hübsch wie früher sind meine Puppen nun nicht mehr. Sie sehen einander immer ähnlicher. Sie haben auch Soldaten werden müssen und verteidigten tapfer unser Leben gegen Kummer und Not und eroberten uns Frieden nach innen, Unabhängigkeit nach außen. Nun kann ich sogar für den Buben Prinzen und Prinzessinnen machen – nicht wahr, Konrad?«

Der Kleine nickte. Sie hatten die Straße verlassen. Vor ihnen dehnte sich die gerade, schattige Allee. Da und dort lugte ein anspruchsloses Sommerhäuschen oder ein einstiges Bauerngehöft mit tiefem Dach aus dem Grün der Gärten heraus, dann kamen Felder und Wiesen.

»Noch weiter?« frug Konrad.

»Ein wenig,« sagte Else, »unter freiem Himmel und hohen starken Bäumen wuchs er auf. Darum ist er so gesund!« Und ein zärtlicher Blick umfasste den Knaben.

Glutrot war die Sonne versunken. Ihr letzter Abendgruß wandelte das weite reife Roggenfeld in ein wogendes Meer flüssigen Goldes, hinter dem der Wald in großen dunklen Konturen feierlich aufstieg. Zwischen den weißen Marmorsäulen junger Birken, die sich nach oben zu lichten Spitzbogen wölbten, führte der Pfad in die mächtige Halle brauner Eichenstämme, die mit großen weit verzweigten geschwungenen Ästen ein Dach wie von durchsichtigem Smaragd gen Himmel hoben.

Hatte sich der Frieden in dieses Heiligtum geflüchtet? Versunken war die Welt für den, der eintrat. »Hier wohnt Gott,« sagte Konrad leise und entblößte unwillkürlich das Haupt. Der Knabe an seiner Seite, der jede seiner Bewegungen aufmerksam verfolgte, jedes seiner Worte einsog, tat desgleichen. Des Mannes Seele aber ward plötzlich erfüllt von großer Sehnsucht. Durch den weißen Winterwald-Dom von Hochseß sah er sich mit Norina wandern. Und nun – sann er darauf, ihr die Treue zu brechen, angesichts der grünen Kirche?!

Wer kann treulos werden, der liebt?!

Aber eine andere Liebe hatte der Krieg, dieses Erdbeben, das so viele verschüttete Keime bloßlegte, so viele morsche Stämme niederriss, im verstecktesten Winkel seines Herzens aufgedeckt und nun in der Treibhausluft der neuen Zeit, die in Tagen wachsen und reifen ließ, wozu die Vergangenheit Jahrzehnte brauchte, zu üppiger Blüte sich entfalten lassen: Die Liebe zur Heimat. Waren die vielhundertjährigen Stämme ihres Waldes nicht gewachsen mit seinem Geschlecht? War es nicht heiliges Korn, das die Väter gesäet und geerntet von je und je? Fester fasste seine Hand des Kindes weiche Finger. »Siehe, ich ziehe das Schwert für dich, meine Heimat,« sprach seine Seele, »damit kein Fremder deinen Boden entweihe; und ich gebe dir den, dessen tiefstes Sein im geheimnisvollen Urgrund allen Lebens mit den Wurzeln deiner Bäume verwachsen ist.«

Sie kamen zu einem kleinen Hause, das zwischen Erlen und Weiden am Rande des Eichenwaldes lag. In seinen niedrigen Fenstern spiegelte sich der helle Abendhimmel, sodass sie waren wie lebendige freudestrahlende Augen. Hohe Malven wuchsen davor, deren Spitzen das weit überhängende graue Dach fast erreichten, und Dahlien, deren bunte Blütenköpfe den Eintretenden freundlich willkommen nickten.

Jetzt riss das Kind sich von Konrad los und lief voran durch den kleinen, wohlig kühlen Flur in das Zimmer mit den alten Birnbaummöbeln. Vor einem Bilde, das an der Wand neben dem Schreibpult hing, stand es, als die Mutter mit dem fremden Manne näher trat.

»Mein Bild!« dachte Konrad überrascht; nach dem Gedächtnis musste es Else gezeichnet haben. Er wandte sich ihr zu, eine Frage auf den Lippen.

Da öffnete der Knabe zum ersten Mal den Mund, der trotz aller kindlichen Weiche schon die herbe Festigkeit des werdenden Mannes verriet, und sagte laut, den Fremden vor ihm mit dem vertrauten Bilde vergleichend:

»Bist du mein Vater?«

»Mein Sohn!« jauchzte Konrad, ihn mit beiden Armen zu sich

emporhebend, und seine Küsse bedeckten die runden Wangen, die dunklen Augen, das seidige Haar.

Else hatte sich leise in die dämmernde Tiefe des Zimmers zurückgezogen.

Aber schon sprang der lebhafte Kleine aus den Armen des Gefundenen und stürmte hinaus, wo ihm freudig bellend ein großer Wolfshund entgegenlief; den umfasste er mit beiden Armen und rief glückselig: »Denk' nur, Rolf: der Vater ist wiedergekommen!« Dann tollte er durch den Flur in die Küche, und wenn er gleich die Türe krachend ins Schloss warf, so drang seine helle Stimme doch bis zu den beiden Zurückgebliebenen, die einander in tiefer Bewegtheit gegenüberstanden: »Marie – Marie – so hör' bloß – welch' ein Glück: Der Vater ist wiedergekommen!«

»Das Kind hat entschieden, Else,« sagte Konrad, ihre Hand ergreifend, »ehe ich bat, und ehe du antworten konntest.«

»Entschieden?!«

Er überhörte die Frage, in der viel Zweifel, viel Ablehnung lag.

»Ich kann nicht zu dir sprechen, wie ich sprechen sollte,« begann er, »und dich einfach bitten: gib mir das Recht, meines Sohnes Vater zu sein. Denn was ich dir bieten kann, ist sehr, sehr wenig: nur meine Bruderliebe – nur meine Freundschaft –, nur mein Name. Und du tauschst deine stolz verteidigte Freiheit dafür ein.«

Sie schwieg, tief in dem alten Sessel zurückgelehnt, und der Abend hüllte barmherzig ihr blasses Antlitz in seine Schleier.

»Ich liebe –« fuhr er leiser fort, »ich liebe mit jener Liebe, die, wenn sie den Menschen begnadete, immer eine einzige ist. Sie ergreift nicht nur das Herz, die Sinne, sie erfüllt nicht nur die Gedanken, die Erinnerung, sie nimmt restlos vom ganzen Sein und Wesen Besitz. Sie ist nicht nur wie ein roter Streifen im Tuch, verwoben mit dem ganzen Geschick, sie ist das Leben, sie ist der rote Saft, der durch die Adern fließt, der Nerv, der das Hirn bewegt. Darum ändert es auch nichts an ihr, ob der Mensch, der sich also dem anderen vermählte, lebt oder ob er gestorben ist. Darum kann solch ein Liebender auch nicht vergessen. Für ihn gibt es keine Untreue, weil es auch keine Treue für ihn gibt. Um den zu überwinden, der in ihm lebt, gibt es nur ein Mittel: Die letzte Vereinigung mit ihm – den Tod.«

Er atmete tief auf; nun musste sie sprechen. Und ihre Stimme kam aus dem Dunkel wie körperlos:

»Ich weiß das alles, Konrad.«

»Du weißt?« machte er überrascht.

»Von Warburg – ja. Ich traf ihn zuweilen, und musste doch jemanden haben, der von dir sprach.«

»Und er sagte mir nichts?!«

»Ich bat ihn darum, – es war für dich besser, dass ich nichts als ein Traum für dich blieb,« antwortete sie mit verschleierter Stimme. »Übrigens: von unserem Kinde wusste er nichts. Ich nahm ja auch vor der Öffentlichkeit einen anderen Namen an, um mich zu verstecken, und – aus einer letzten, unüberwundenen Schwäche heraus« – die Stimme aus dem Dunkel wurde noch leiser –, »damit das Kind seine Mutter nicht ›Fräulein‹ nennen hörte.«

»Else! –«

Der wiederkehrende Knabe, das Mädchen, das mit der Lampe das einfache Abendbrot brachte, unterbrachen das Gespräch, und des Kindes lebhaftes Geplauder half den beiden über die unausgeglichene Stimmung hinweg. Von all seinen Freuden und Leiden, seinem Spiel und seinen Träumen erzählte es, als habe es für diese Stunde den Schatz seines Erinnerns aufgespeichert, um all seinen Reichtum dem Ersehnten, lange Erwarteten zu Füßen zu legen. dass Else dem Sohne vom Vater gesprochen, Liebe und Vertrauen zu ihm von früh an in sein Herz gepflanzt hatte, hörte Konrad aus allem mit tiefer Rührung heraus.

»Und nun gehst du nicht wieder fort, nun bleibst du immer bei uns, nicht wahr, Vater?« Schloss der Kleine, auf des Mannes überschlanke Rechte sein festes Fäustchen legend, während seine Augen mit ängstlicher Frage auf ihm ruhten. Konrad sah im Augenblick nur die Kinderhand; sein Antlitz strahlte.

»Sieh nur, Else,« sagte er, jedes Fingerchen zärtlich streichelnd, »wie der einmal wird fassen und halten können!«

»Nicht wahr, Vater, du bleibst?« wiederholte dringlicher das Kind.

Konrads Blick umflorte sich. musste er dem Sohne gleich beim ersten Begegnen so wehe tun? Er zögerte mit der Antwort.

»Bist du nicht heut in Berlin gewesen?« hörte er Else sagen, »und weißt, dass die Russen und die Franzosen uns heimtückisch überfallen haben, gerade wie der Bussard, wenn er im Eichwald auf die friedlichen, nesterbauenden Vögel stößt?« Der Kleine nickte ernsthaft.

»Ich weiß, Mutti, ich weiß,« sagte er eifrig, »dass jeder Mann ein Soldat sein muss.«

»Und ist dein Vater nicht auch ein Mann?« frug sie, ihm mit der Hand, die so weich und zart war wie einst, über den Blondkopf streichelnd. Sein Blick wandte sich wieder Konrad zu und füllte sich, je länger er ihn ansah, mit Tränen.

»Nicht weinen, mein Junge,« sagte dieser, »einer, der ein Mann werden will, weint nicht, wenn sein Vater tut, was nicht zu tun Schmach und Schande wäre.« Er zog den Kleinen auf seine Knie und drückte sein Köpfchen an seine Brust, wo es still, von dem allzu reichen Tage ermüdet, liegen blieb. »Während ich draußen bin und die bösen Feinde verjage, wirst du mit der Mutter im Hause deines Vaters wohnen, das dein Haus ist. Und aus dem alten Turm über der verwitterten Mauer wirst du die Fledermäuse vertreiben und dafür sorgen, dass die große Fahne darauf feststeht. Wenn dann die Soldaten unten im Tal mit lautem Siegesgesang heimwärts marschieren – dein Vater mitten unter ihnen –, wirst du der erste sein, der sie sieht, und ich werde von der wehenden Fahne wissen, dass du ein treuer Wächter gewesen bist.«

Da legten sich des Knaben Arme um seinen Hals, und sein Stimmchen flüsterte schlaftrunken: »Die Fahne – und die Fledermäuse – Vater, ich Pass auf!«

Sie brachten ihn gemeinsam zur Ruhe. Als sie wieder am runden Tisch vor der Lampe saßen, erschrak Konrad vor Elsens verändertem Aussehen. Sie war weiß im Gesicht, und dunkle Schatten lagen unter ihren Augen.

»Du bist schon einberufen?« frug sie, das Zittern ihrer Stimme mühsam unterdrückend.

Er sah sie verwundert an: »Einberufen? Nein! Aber ich gehe freiwillig mit – selbstverständlich! Du hast es ja eben statt meiner dem

Kinde erklärt.«

»Ich wollte ihm dein Scheiden begreiflicher und – weniger schmerzhaft machen,« murmelte sie, ohne ihn anzusehen.

»So bist du entschlossen, meine Bitte – abzulehnen?« zögernd, angstvoll kam ihm die Frage von den Lippen.

Sie vergrub den Kopf in die Hände und schwieg.

»Ich werde mich fügen müssen, Else,« begann er tief aufseufzend aufs neue, »das Opfer ist doch wohl zu groß für dich, – ich kann nicht verlangen, dass du Nonne wirst um meinetwegen. Ich habe keinerlei Recht auf dich. Aber ich habe es auf meinen Sohn, und vor allem: er hat ein Recht auf seinen Vater und auf sein Erbe. Hochseß ist Majorat; ich kann es ihm nicht einfach hinterlassen; ich muss ihn anerkennen als mein Fleisch und Blut. Nur, dass ihn das, wenn die Mutter Fräulein Gerstenbergk bleibt, früher oder später in schweren Zwiespalt stürzen müsste.« Er sah, dass sie weinte; vielleicht lösten die Tränen ihre Starrheit; und hoffnungsvoller fuhr er fort: »Ich werde fort sein, sehr lange vielleicht, und Hochseß bedarf eines Herrn, der es liebt, so wie ich jetzt – eben jetzt erst – es zu lieben lernte. Weißt du noch, wie du wünschtest, dass auf die kahlen Höhen Wasser geleitet werde, um sie fruchtbar zu machen? Damals schon liebtest du das Land, während ich –« er stockte sekundenlang, und tief, ganz tief stand die Falte zwischen seinen Brauen.

»Wir alle hatten keinen Boden mehr unter den Füßen. Jetzt wirft uns das Schicksal gewaltsam an die Brust der verlassenen Mutter Erde. Und sie – reicht uns in ihrer Allgüte die Nahrung, die wir verschmähten, und an der wir gesunden und erstarken werden.« Er strich sich über die Stirn; Else sah ihn groß an, ihre Tränen waren getrocknet. »Verzeih,« fuhr er fort, über den Tisch hinweg ihre Hand ergreifend, »wenn ich abschweifte. Die Luft ist jetzt so erfüllt von neuen Erkenntnissen! – Das Vaterland wird jeden Fußbreit Boden brauchen. Aus Ödland fruchtbare Erde zu machen, mit gefüllten Scheuern die Dankesschuld an diejenigen einmal abzutragen, die unsere Heimat vor der Brandfackel der Feinde schützten, – wäre das nicht eine Aufgabe, würdig deiner Kraft?! Und ich weiß nicht, ob ich wiederkehre –« Sie fuhr auf. Er machte eine freundlich abwehrende Handbewegung. »Niemand weiß das! – Dann wäre, was von mir bleibt – das Land der Väter – verlassen und würde vielleicht verkommen, bis der kleine Konrad es zu übernehmen vermöchte. Und es würde ihm fremd sein, – nicht lieb haben würde er es.«

Mit einer raschen Bewegung erhob sich Else, ihre Wangen hatten sich gerötet, ihr Körper schien gestrafft. »Ich will, was du willst, Konrad,« sagte sie einfach. Und er küsste sie auf die Stirn: »Nie wirst du dich dessen zu schämen haben.«

Er ging allein den Weg zurück, den sie zusammen gekommen waren. Durch den nachtdunklen Wald, zwischen seinen feierlichen Baumpfeilern, an dem Felde vorbei, das tief im Schlafe lag. Vorsichtig, als ob er sie zu wecken sich fürchtete, strich er über die vollen, gerade um ihres Reichtums willen demütig gesenkten Ähren am Wege. »Du heiliges Leben!« flüsterte er mit der Inbrunst eines Betenden.

Erst unterwegs fiel ihm ein, dass er für heute abend eine Zusammenkunft mit Warburg verabredet hatte. Für heute?! Und war es denn wirklich gestern, dass sie zuletzt zusammen gewesen waren? Dies Gestern – war es nicht Jahrzehnte alt?!

Er sah nach der Uhr. Bald Mitternacht. Noch hoffte er, ihn zu treffen. Sein Herz war so übervoll, er musste dem Freunde sagen, was ihm begegnet war, und ihn gleich – dabei lächelte er ein wenig verwundert, als ob man ihm die unwahrscheinliche Geschichte eines anderen erzählte – zum Trauzeugen bitten.

Der niedrige Saal des Cafés mit den vielen kleinen Tischchen war dicht gefüllt. Täuschte ihn sein Ohr oder sprach man wirklich ringsum gedämpfter als sonst? Kein schrilles Schreien, kein Gelächter, das mit frecher Deutlichkeit dem unbeteiligten Hörer seine Ursache verrät, machte sich bemerkbar. Selbst die Mädchen, die ihm begegneten, bewegten sich mit stiller Würde, ihre untermalten Augen suchten nicht einmal mehr.

In einer Ecke fand Konrad den Freund, bei ihm einen Kreis alter Bekannter. Wie belebt sie waren und wie ausgelöscht von der Tafel ihrer Interessen, worüber sie sich früher gestritten, worüber sie sich erhitzt hatten. Man sprach von Kriegsaussichten und Hoffnungen, und allmählich mischten sich alle Umsitzenden in die Unterhaltung. Es war, als ob das mit katastrophaler Plötzlichkeit zum Ausbruch gekommene Zusammengehörigkeitsgefühl in jeder Lebensäußerung nach Ausdruck verlangte; und so abweichend voneinander auch die Ansichten im einzelnen sein mochten, so entsprangen alle dem gleichen, erdhaft festen Grundgefühl, wie die verschiedenartigsten Pflanzen dem gleichen Boden entspringen: furchtloser Siegeszuversicht.

Als der frühe Sommermorgen zu dämmern begann, wurden die Gesichter ringsum seltsam fahl und die Lippen stumm.

»Erster Mobilmachungstag,« sagte jemand.

Da und dort standen die Gäste auf und gingen schweren Schritts hinaus. »Auf Wiedersehen!« riefen sie. »Auf Wiedersehen!« tönte es vielstimmig nach. Keines der Worte, das zwischen den Kaffeehausgästen noch gewechselt wurde, klang pathetisch.

Und kurz und phrasenlos erzählte Konrad dem Freunde, als sie miteinander durch die Straßen gingen, von seinem Sohn und von Else und dem, was er zu tun beschlossen hatte. Auch Warburg, der zwar im ersten Augenblick ein leises Erschrecken vor neuen Lebenskonflikten für den Freund in sich aufsteigen fühlte, war rasch beruhigt und machte nicht viele Worte. Persönliche Erlebnisse, die sonst erschütternd wie ein Schicksal gewirkt und schwere äußere und innere Kämpfe zur Folge gehabt hätten, waren auf einmal so einfach geworden.

»Auf deine väterliche Freundschaft für meinen Sohn rechne ich auf alle Fälle!« sagte Konrad schließlich mit einem langen, ernsten Blick auf Walter.

»Es bedarf wohl nicht der Versicherung zwischen uns,« antwortete der, dann röteten sich seine Wangen ein wenig, und er fuhr fort, als gelte es etwas Beschämendes einzugestehen: »Ich habe mich auch gestellt. Beim Sanitätskorps. Mein altes begrabenes Ideal ist über Nacht wieder auferstanden: die Wissenschaft. Ich brauche jetzt nicht mehr den einzelnen zu retten für sich selbst, für seine eigene klägliche Lebensmisere – die, weiß Gott, oft genug der ganzen Anstrengung nicht wert war! –, sondern als Glied des Ganzen, als Werkzeug für Deutschlands Existenz. – Ich habe mein Vaterland gefunden, Konrad.«

Statt aller Antwort presste ihm der Freund bewegt die Hand. Erst nach einer Weile, als sie abschiednehmend vor dem Hotelportal standen, sagte er: »Also trennt uns nichts mehr?«

»Nichts.«

Konrad warf sich aufs Bett. Aber nur seine Glieder waren müde und schwer wie Blei und erzwangen sich einen kurzen Schlummer. Doch die Seele wachte. Stand nicht Konrad, der kleine, auf dem Turm von Hochseß und winkte mit der Fahne, die nicht nur eine Rose trug, sondern von Hunderten, lebendig blühender, umwunden war? Er hatte wohl gar Norinas Tempel geplündert? Denn er erhob sich, nur im Schmuck der eigenen Schöne leuchtend, in die Luft und wuchs und wuchs; der kleine Raum weitete sich, die Säulen stiegen empor, strahlend wölbte sich die gewaltige Kuppel über dem lichterschimmernden Altar. Santa Maria del Fiore?

Brausend setzte die Orgel ein. Über ihren tiefen Akkorden schwebten die hellen Stimmen des Knabenchors. Ein Schlachtlied sangen sie statt des frommen Chorals.

Und ein mystischer Glanz erfüllte das mächtige Schiff der Kirche. Er breitete sich aus, er verdichtete sich – von ihm getragen schwebte die Gottesmutter mit dem blauäugigen Kinde lächelnd hernieder. Die Gottesmutter?! Nein! Demeter – Norina – die heilige Mutter der Welt. Und er war ihr Kämpe und trug des Kreuzritters weißen Mantel und beugte die Knie vor ihr. In Scharen folgten ihm seine Gefährten. Er hörte die Hufe der Rosse ihrer Reisigen und den dumpfen, hallenden Tritt ihres Trosses; aus dem blendenden Kreis der Aureole aber grüßte ihn die weiße Hand der Heiligen –

Da schlug er die Augen auf. Hell schien die Sonne ins Zimmer.

Durch die Straßen marschieren Soldaten, traben Reiter, rasseln Kanonen; Trainkolonnen drängen sich dazwischen, Autos, über Nacht in Grau gekleidet wie die Männer, sausen vorbei. Und Hupensignale, Gesang und Geschrei, Gepfeif und Getrommele erfüllen die Luft. Sie treffen sich, von allen Seiten strömend, auf dem Platze, wo die Straßen sternförmig zusammenlaufen. Mit bunten Blumen sind sie geschmückt, die Männer, die Pferde, die Geschütze; aus den Gewehrläufen funkeln die Rosen, von den Spitzen der flatternden Fähnchen grüßen blaue Vergissmeinnicht. Im Takt der Musik, die lauter und lauter schwillt, schieben sie sich ineinander, auseinander, jetzt zum Chaos geballt, dann harmonisch zu Zügen nach dahin, und dorthin entwirrt, als wäre das ganze eine riesige, lang vorbereitete Quadrille.

Es klopfte: ein Telegramm. Vom Regiment, das sich Konrad gewählt hatte: »Angenommen«. »Angenommen!« wiederholte er jauchzend, und der kleine Bote lachte dazu; er verstand, um was es sich handelte und hatte in diesen wenigen Tagen die unerschütterliche Würde der guten Hotelerziehung schnell abgestreift.

Wie der Knabe von einst, der mit den langen schlanken Beinen zwei und drei Stufen auf einmal nahm, stürmte Konrad die Treppe hinunter. Jetzt galt es, keine Zeit zu verlieren, jeder Tag, jede Stunde war kostbar. Und so vieles, so wichtiges war noch vorzubereiten und auszuführen: die Nottrauung, die Anerkennung des Kindes und – es durfte nichts versäumt werden, obwohl das Leben ihm plötzlich nicht nur wertvoll, sondern unverlierbar erschien – das Testament.

Er kam auf die Straße. Vergebens versuchte er zwischen dem Schwarm von Menschen, der die Straße bevölkerte, rascher vorwärts zu kommen. Dort blieben sie in Gruppen mitten auf dem Wege stehen, um einem vorüberfahrenden Omnibus, der bis zum Dach hinauf mit Soldaten besetzt war, zuzujubeln. Hier drängten sie sich um einen, der das Neuste, Allerneuste eben erfahren hatte. Und dann kamen sie ihm entgegen in Scharen, und fast überall wiederholte sich das gleiche Bild: der Mann, mit dem Jungen an der Hand, der nie so stolz auf den Vater geblickt hatte wie heute, als er in den Krieg zog, die Mutter, beladen mit all dem Guten, was sie im letzten Moment noch rasch für ihn zusammengekauft hatte; mit fast bräutlicher Zärtlichkeit hing ihr Auge an ihm, vergessen und verwunden war, was der Alltag der Ehe an grauem Staub über ihre Liebe geweht hatte.

Aber trotz aller Hindernisse gelang es Konrad, seine Geschäfte allmählich zu erledigen, denn wohin er auch kam, überbot sich ein jeder in zuvorkommender Hilfsbereitschaft. Er befand sich schon auf dem Rückweg, als ihm Alex begegnete, von einem jungen Mädchen in der Tracht der Rotekreuz-Schwestern begleitet: Hilde. Kaum, dass er sie wiedererkannt hätte, so milde leuchtete ihr Gesicht mit dem schlicht zurückgestrichenen Haar unter dem weißen Häubchen hervor. Sie schien die heitere Frische ihrer ersten Jugend wieder erlangt zu haben und kam ihm freimütig, ganz ohne die Scheu, mit der sie ihm sonst begegnet war, entgegen. Ihr ganzes Wesen schien gehoben. Freudig erregt berichtete sie von der Tätigkeit, die ihr bevorstand.

»Ich habe den längeren Ausbildungskursus gewählt,« erzählte sie, nicht ohne einen Anflug von Stolz auf die Selbständigkeit ihrer Handlungsweise, »das andere kommt mir vor wie Spielerei, und ich möchte doch wirklich nützen können, nachdem ich so alt geworden bin, ohne für irgend etwas in der Welt da zu sein.«

Alex übertraf sie noch in der Gehobenheit seiner Stimmung.

»Man kam sich selbst nachgerade lächerlich vor mit dem ewigen Kriegsgespiele,« sagte er, »darum verfielen auch so viele von uns auf den größten Blödsinn. Man musste doch mit irgend etwas die Zeit ausfüllen, seine mit allen Mitteln entwickelte Kraft, seinen großgezogenen Wagemut an irgend welche Ziele setzen. Jetzt endlich wissen wir, wozu wir da sind und werden's beweisen, sodass die ältesten Mummelgreise noch kniefällig Abbitte leisten! – Na – und du?!«

In seiner Frage lag eine nicht zu unterdrückende Missachtung, denn dass der Vetter nicht Offizier geworden war, sich sogar vor dem Einjährigendienst zu drücken gewusst hatte, erschien ihm heute ganz besonders als ein Makel.

Statt aller Antwort reichte ihm Konrad das am Morgen erhaltene Telegramm.

»Angenommen als Kriegsfreiwilliger. Kulmer Infanterieregiment 141. Graudenz«, las Alex laut. Er war zuerst sprachlos. Dann lachte er gezwungen und sagte:

»Wie kamst du nur auf diese verrückte Idee?! Kriegsfreiwilliger bei irgendeinem obskuren tausendneunundneunzigsten Regiment in einem Drecknest der Wasserpolackei, wo die vornehmsten Kavallerieregimenter es sich zur Ehre gerechnet hätten, den Freiherrn von Hochseß als Fahnenjunker aufzunehmen! Unglaublich, unglaublich!«

»Meine Beweggründe«, antwortete Konrad mit kühler Ruhe, »wirst du ja wohl nicht ganz zu würdigen wissen, ich will sie aber trotzdem rückhaltlos aussprechen. Die Infanterie wählte ich, weil sie, wie mir Sachverständige sagten, diejenige Waffe ist, an die der Krieg aller Voraussicht nach die größten Anforderungen stellen wird. Die Stadt suchte ich mir aus – ihr dürft ruhig meiner Phantasterei spotten, sie liegt mir nun einmal im Blut! –, weil vor mehr als einem halben Jahrtausend ein Hochseß gen Preußen zog, um, angetan mit dem weißen Mantel des Kreuzritters, wider Polen, Russen und Tartaren die ferne Ostmark zu verteidigen. Er wurde Komtur der Feste Graudenz und verschwand spurlos, als er an Witort, dem verräterischen Großfürsten, die Schandtaten seiner räuberischen Horden rächen wollte.

Die Sage erzählt, er sei gefangen worden und habe sich, als man ihn just im Triumph der schönen Polenkönigin zuführte, die Pulsadern aufgebissen. Ihr seht also –« und Konrad lächelte ein wenig –, »es blieb mir mit den östlichen Nachbarn noch eine alte Rechnung zu begleichen übrig! Und Kriegsfreiwilliger wurde ich –« seine Augen sahen versonnen in die Ferne, und was er sprach, schien nicht mehr an die gerichtet, die neben ihm gingen –, »weil ich untertauchen will, restlos untertauchen in dieser Zeit und in diesem Geschehen. Es gibt Menschen, die wollten Quellen werden, Quellen für dürstende Höhenwanderer, Quellen, die Felsen durchbohren, und sind doch nur Wellen im Meer. Ich will sein, was ich bin.«

Die Geschwister schwiegen zunächst. Dann schob Alex vertraulich seinen Arm in den Konrads und meinte mit einem unsicheren Lächeln:

»Weißt du, im Grunde ist mir das alles zu hoch. Aber – was für sich hat es ja, stramm zum Kommis zu gehen. Eine neue respektable Sorte Verdrehtheit. Und einen Sparren haben die Hochseß ja alle. Wer weiß: vielleicht wirst du sogar noch zu denen gehören, die den Marschallstab im Tornister tragen.«

Ehe sie sich voneinander verabschiedeten, versuchte Alex vergebens, den Vetter zu bewegen, mit ihnen und ihren Eltern den Abend zu verbringen. Konrad schützte eine andere Verabredung vor, war aber außerstande, zu sagen, welcher Art sie war. Hilde schien indessen den Faden ihrer Gedanken leise weitergesponnen zu haben, denn zum Schlusse sagte sie, über den neuen Mut eigene Gedanken zu äußern, dunkel errötend: »Ich verstand Sie vorhin so gut, Vetter. Und mir fiel dabei ein, wie oft man doch solch Wasserwellchen, das nur mit den vielen Gefährten zusammen schäumen und sprudeln kann, in eine Schüssel schöpft, wo es trüb und still wird.«

Sie trennten sich so herzlich wie noch nie nach einem Zusammensein. »Vielleicht sehen wir uns draußen wieder,« meinte Alex. »Da werde ich vor dem Herrn Leutnant stramm stehen müssen,« lachte Konrad. »Oder ich vielmehr vor dem Kreuzritter,« antwortete Alex ernst und beziehungsvoll mit einem festen Händedruck.

Konrad eilte zum Bahnhof hinauf, um zu erfahren, dass der Zug, den er benutzen wollte, erst mit starker Verspätung abgehen könne, weil ein Militärzug vorher zu expedieren sei.

Schon wollte er den Ausgang wieder erreichen, als der Anblick, der sich ihm ringsum bot, ihn fesselte.

Da standen sie in Scharen, die Reservisten, die Züge erwartend, die sie ihrem Bestimmungsort zuführen sollten; sie waren noch alle in Zivil; selbst der einfachste Mann, dessen derbe Fäuste sein hartes Handwerk verrieten, trug den Sonntagsanzug, und Feiertagsstimmung war in ihnen; keiner sang, niemand lachte mehr; der Ernst der Stunde lag auf allen Gesichtern und vergeistigte auch die ausdruckslosesten. Und nicht einer unter allen war allein; Eltern und Geschwister, Frauen und Kinder, Bräute und Freunde geleiteten sie. Es war sehr still unter ihnen. Aber das Zucken der Lippen, das Zittern der Hände, die blassen Wangen, die krampfhaft aufgerissenen, unnatürlich glänzenden, und die tief gesenkten, verschleierten Augen sprachen jene Sprache des Leids, für die es keine Worte gibt.

Da war ein altes Mütterchen, das unablässig mit der runzligen Hand den Ärmel ihres Sohnes streichelte und immer noch ein Flöckchen und ein Federchen von seinem sauber gebürsteten Kittel ablas; er sah sie nicht an, aber er hielt ganz, ganz still. Da war eine schöne vornehme Frau, die den schlanken Jungen neben sich fest an der Hand hielt wie zur Zeit, da es galt, seine ersten Schritte zu lenken, und mit einer Zärtlichkeit, in der sich die anbetende des Sohnes mit der schützenden des Mannes schon paarte, hingen seine Augen an ihr. Und da war einer mit groben Zügen, – wie roh hatte er wohl höhnen und schimpfen können! –, in dessen heißem flehenden Blick, der das verhärmte Weib vor sich nicht los ließ, eine Welt von Reue und Liebe lag. Ein anderer stand neben ihm, auf jedem Arm ein Kind, und Stolz und Sorge, und Freude und Leid spiegelten sich in seinen Zügen. Dicht aneinander geschmiegt waren zwei, seine Hand spielte mit den blonden Löckchen auf ihrem Nacken, während ihre bebenden Finger ihm noch eine Rose, eine süße, knospige, ins Knopfloch nestelten. Und ein Mann und ein Weib hielten sich fest an beiden Händen und tauchten die Blicke ineinander, sterbensbang und lebensdurstig. Niemand sah sie spöttisch oder gar beleidigt an. In tiefer Andacht verharrte die Menge bei dieser großen Liebesfeier.

Der Krieg ist wie das Senkblei des Seefahrers, das Tiefen ergründet, von denen vorher keiner wusste, und wie die Wünschelrute des Quellensuchers, die sprudelnden Reichtum entdeckt, wo vorher Sand und Felsen war.

Der Zug brauste in die Halle. Bewegung kam in die Erstarrten. In verzweifeltem Aufschrei, in wildem Schluchzen, in leisem Weinen brach sich das herzzerfleischende Weh einer Trennung Bahn, die eine Trennung auf immer sein konnte. Und aus manchem Auge tropfte langsam, widerwillig jene Manneszähre, die an Leid schwerer ist als zahllose Frauentränen. Viele aber weinten nicht. Das alte Mütterchen und die schöne, vornehme Frau waren darunter. »Hab' nur keine Bange, mein Hanseken,« sagte die eine, »ich halt' gut aus, werd' auch den Hühnerstall selber machen und – und deinen Cäsar und deine Karnickel füttern.« – Die andere sagte nichts als: »Lebe – wohl!« in jedem Wort lag ihre ganze Seele.

Und dann setzte sich die lange Kette der Wagen, gefüllt mit der Kraft und der Hoffnung des Volkes, in Bewegung. Von den Zurückbleibenden winkten welche, so lange sie noch einen Schatten von ihnen sehen konnten, andere standen erstarrt auf demselben Fleck, als sie längst verschwunden waren; einige stürzten fort, kaum, dass der Zug anzog, mit beiden Händen vor dem Gesicht. Die Vielen aber schlichen davon wie eine graue Wolke, die schwermütig über den Abendhimmel zieht, den Tag verdunkelnd, noch ehe es Nacht wurde.

»Ja sagen zum Schicksal – auch dann!« sagte Konrad zu sich selbst, gewaltsam die mitfühlende Trauer von sich schüttelnd, »denn der Pflug muss die Erde durchwühlen, damit sie neue Frucht trage.« Wenige Minuten später fuhr er zu Else hinaus.

Wie eine Alm auf der Höhe, fernab vom Lärm der Welt und von den Nebeln der Tiefe war der Abend bei Else und seinem Sohn. Von Hochseß und dem, was dort ihrer wartete, sprach er mit ihr; von den Vätern und der Burg seines Geschlechts erzählte er dem aufhorchenden Knaben. Als er der Stadt wieder zufuhr, war seine Seele voll Frieden.

Am nächsten Morgen wurden Konrad und Else in der alten Dorfkirche, die geduckt unter den hohen Linden liegt, getraut. Fern waren ihrer beider Seelen vom frommen Kinderglauben dieser Stätte, aber tiefes Bedürfnis war es ihnen gewesen auch unter den Zeichen, die ihnen nur ehrwürdiges Symbol des Heiligsten, stammelnde Laute für das Unnennbare waren, eins zu sein mit ihrem Volke.

Und bedurfte es sonst der feierlichen Worte, des erhebenden Gesangs, um solch einer Stunde die Weihe zu geben, so waren heute die

Herzen so erschlossen, die Seelen so erhoben, dass die schlichte Formel zur ergreifenden Predigt wurde.

Für den Abend desselben Tages hatte Else ihre Abreise vorbereitet, der erprobten Dienerin die letzte Regelung ihrer häuslichen Angelegenheiten überlassend. Konrad schien nicht zur Ruhe zu kommen, ehe er den Knaben in der Hut von Hochseß, und Hochseß erfüllt wusste vom Dasein des Sohnes. Und sein unausgesprochenes Empfinden, das Else rasch erriet, kam ihrem Wunsche entgegen. Das Wiedersehen mit ihm hatte den Tempel der Ruhe, den sie in jahrelangem Ringen Stein für Stein um sich errichtet hatte, jäh zusammengerissen. Schwer genug war es ihr geworden, als sie damals von ihm ging, aber grässlicher als jeder Abschied war diese Trennung im Vereinigtsein. Sie hatte kurze, helle Stunden, in denen die Hoffnung sie beherrschte, ihn wieder zu gewinnen, und lange, immer längere, die es ihr zur Gewissheit machten, dass es unmöglich war. Sie fühlte sich am Ende ihrer Kraft. Und fürchtete doch mit allen Qualen der Verzweiflung den Abschied, – diesen Abschied! Sie war in diesen Tagen blass und schmal geworden, und in tiefer Bewegtheit küsste Konrad, als er sie aus dem kleinen Hause hinausgeleitete, das ihre Zuflucht gewesen war, ihre müden, übernächtigen Augen.

Des Kindes freudig erregtes Geplauder half ihnen über die letzten Stunden hinweg. Es kannte noch keine Furcht vor den Rätseln der Zukunft, kein Trennungsweh. Und auch Konrads Seele war so erfüllt von starkem Lebensgefühl, dass er von seiner Heimkehr aus dem Kriege wie von etwas sprach, an dem zu zweifeln nicht möglich wäre.

»dass du mir nicht allein in die Höhlen kriechst,« mahnte er mit scherzend erhobenem Zeigefinger, »denn zum Schlosse des Zwergenkönigs findest du nur mit mir den Weg. Und auch auf dem Fuchs mit der weißen Blässe werde ich dich erst reiten lehren – wenn ich dir nicht lieber ein kleines Russenpferdchen mitbringe. Pass nur auf, wie wir dann über die Felder fliegen!« Jauchzend klatschte das Kind in die Hände.

Else stand dabei; nur mit fest zusammengepressten Lippen meinte sie den Schrei zurückhalten zu können, der sich immer ungestümer ihrer Seele entreißen wollte.

»Du wirst es sehr schwer haben, Else,« sagte Konrad mit einem warmen mitleidigen Blick auf ihr verhärmtes Gesicht.

»Kann es noch etwas geben, das schwer ist?!« antwortete sie.

Sie reichten einander zum Abschied die Hand, fast wie Fremde. Dann stieg sie ins Coupé. Der Knabe stand allein am Fenster, grüßend und winkend; Konrad verfolgte bis zuletzt mit zärtlichen Blicken sein blondes Köpfchen, – dass der Elsens fehlte, hatte er nicht einmal bemerkt. Und sie, die sich tief in den jenseitigen Sitzwinkel gedrückt hatte, wusste es.

In der Nacht danach schlief Konrad ruhig und traumlos. Als er erwachte, stand die Sonne hoch am Himmel; nur langsam kehrte er zur Wirklichkeit zurück, ihm schien, als sei er sehr, sehr weit weg gewesen. Er erinnerte sich, dass dies hier sein letzter Tag war; ein tiefes Gefühl von Andacht kam über ihn. Und als er sich schließlich unten im Strome der Menschen wieder fand, waren sie alle wie Kirchgänger an einem jener seltenen großen Feiertage, wo auch der ärmste Sklave des Alltags den grauen Sträflingsrock von seiner Seele zieht. Aber nicht in die Häuser, in denen die Kirchen den Dienst Gottes gebannt zu haben glaubten, zog es sie; sondern in jenen großen grauen Palast mit der goldenen Kuppel zwischen dem ragenden Siegesdenkmal einstiger Kriege und dem stolzen Triumphtor zur Ewigkeit ihres Gedenkens heimgegangener Sieger.

Die Menge staute sich vor den Türen ohne Ungeduld, drängte die Treppen hinauf ohne Hast und schob in die braunen Bänke hinein so vorsichtig und so leise, als wäre jedes Geräusch Entweihung.

Und nicht wie sonst bei den großen Tagen des Parlaments drang erregtes Stimmengewirr vom Saale herauf zu den Tribünen. Ruhig und ernst schritten die Abgeordneten zu ihren Sitzen. Nur hie und da flüsterte jemand, und wenn einer in Feldgrau erschien, gab es in seiner Nähe ein freundlich grüßendes Gesumme gedämpfter Stimmen.

Unter den Zuhörern frug keiner wie sonst neugierig, als befände er sich im Theater, nach den Namen der bekannten Akteure. Heute galt der einzelne nichts, die Masse alles. Konrad gedachte jener nun ganz historisch gewordenen Zeit des letzten Krieges und all der Großen von damals, der Lenker des Staates, der Führer der Parteien, der Sprecher des Volkes. Ein Gefühl nicht zu bannenden Unbehagens befiel ihn. Warum fehlten sie heute? Wie eine Sphinx mit dem Antlitz der Meduse war das Schicksal vor Deutschland erschienen. Würde es an den Männern fehlen, sein Rätsel zu lösen, seinem todbringenden

Blicke stand zu halten?

Der Saal hatte sich ganz gefüllt. Auf der Estrade hinter dem Stuhle des Präsidenten und denen der Minister standen ihrer viele in glänzender Uniform. Aber jede Farbe verschwand im einheitlichen Schwarz ihrer Umgebung, als sollte hier nichts und niemand hervorragen, sich absondern.

Dann kam der Präsident, schlicht, weißhaarig, nur einer von den vielen aus dem Saale. Nüchtern und sachlich, als wäre es ein Tag wie jeder andere, wurden geschäftliche Dinge erledigt.

Und dann kam der Kanzler.

Kein Bismarck mit dem wuchtigen Schritt des an die Reiterstiefel Gewöhnten, mit dem hochmütigen Blick des zum Befehlen Geborenen.

Ein Bürger im schwarzen Rock. Ein Denker mit gefurchter Stirn. Ein Mann. Und ein Preuße.

In knappen Sätzen sprach er. Von der langgenährten Feindschaft, die von Osten und Westen über uns hereinbrach. Und dass Russland die Brandfackel an unser Haus gelegt habe.

Da brach der erste stürmische Beifall aus. Widerspruchslos.

Er sprach weiter. Ohne Pathos. Doch durchglüht vom Bewusstsein der ungeheuren Stunde.

»Wir haben den Krieg nicht gewollt« – alle Köpfe neigten sich zu feierlicher Bejahung – »aber ein längeres Warten, bis etwa die Mächte, zwischen die wir eingekeilt sind, den Moment zum Losschlagen wählten, wäre ein Verbrechen wider Volk und Vaterland.«

Er setzte sekundenlang aus – nicht wie ein routinierter Redner, der den Beifall dadurch herauszufordern weiß, sondern fast unwillig, weil er ihn brausend unterbrach.

Und ruhig – nur die nervöse Linke krampfte sich zur Faust zusammen – führte er den Nachweis, wie der Krieg mit Lug und Trug über uns heraufbeschworen worden war.

Dann erhob sich seine Stimme. Die hohe, schlanke Gestalt reckte sich auf: »Das ist die Wahrheit!« – Die Faust fiel auf den Tisch.

»Das ist die Wahrheit!« – ein ganzes Volk legte durch seinen Mund den Eid ab.

Und danach bekannte er sich und versuchte mit keinem Wort das Unrecht zum Recht zu machen, zum Bruch der belgischen Neutralität.

Ein tiefes Atemholen, einem Seufzer gleich, ging durch das Haus. Niemand, der nicht mit ihm die schwere Notwendigkeit auf sich genommen hätte.

»Aber wer so bedroht ist wie wir, und um sein Höchstes kämpft, der darf nur daran denken: wie er sich durchhaut!«

Ein Jubel erhob sich, wie ihn der Saal noch nicht erlebte. Von allen Seiten rauschte er auf. Und das Blatt Papier, das der Kanzler hielt, zitterte unmerklich. Von nun an war es, als spräche die dunkle, geschlossene Masse im Saale mit ihm. Sie wiederholte, sie unterstrich mit nicht endendem Beifall, was er sagte.

»Die große Stunde der Prüfung hat geschlagen, aber mit heller Zuversicht sehen wir ihr entgegen. Unsere Armee steht im Felde, unsere Flotte ist kampfbereit. Und hinter uns steht« – wie durchleuchtet erschien in diesem Augenblick das ernste Antlitz des Kanzlers, und seine Stimme fand einen Ton, wie er dem ruhigen Manne sonst völlig fremd war – »das ganze deutsche Volk.«

Er schwieg, übermannt von der eigenen Bewegung. Und es war, als erschüttere rollender Donner den Saal. Da hob er noch einmal den Kopf, streckte die Hand weit aus zu den Bänken der Linken hinüber und wiederholte emphatisch in die plötzliche feierliche Stille hinein: »Das ganze deutsche Volk ...«

Kein alles Überragender hatte gesprochen, aber es war die Stimme der Nation selber gewesen. Niemand erhob sich im weithin leuchtenden Glanz des Genies über der Menge, aber sie selbst war gesättigt von Kraft, – fruchtbare Erde, berufen und befähigt, das Große und die Großen hervorzubringen.

Tiefe Andacht erfüllte das Haus.

Das war die große Feierstunde des Vaterlandes, die Weihe der Waffen.

Am Abend reiste Konrad ab. Der Zug war überfüllt mit Soldaten und Reservisten und schob sich nur langsam aus der lichterstrahlenden Stadt in das dunkle Land. Unterwegs schien er sich unaufhörlich zu vervielfachen. Auf allen Schienensträngen tauchten neue glühende Augen auf, fauchte der heiße Atem der Lokomotiven. Die Räder rollten und rollten durch die Nacht, als speie die Unterwelt ihre Drachenbrut wider die drohenden Feinde aus.

Konrad behielt einen Ton im Ohr wie von fernen Trommeln und Pauken. Dann mischte sich ein anderer anschwellend hinein.

Die Pfade und Wege und Straßen ringsum waren lebendig geworden vom rastlosen Gehen vieler Menschen. Sie schlängelten sich vorwärts wie Flüsse. Sie trugen die vielen den Zügen zu, die an allen Stationen ihrer warteten.

Und die Dörfer in den Tälern, die Hütten auf den Höhen, die Gehöfte im Hag, die Weiler im Wald entließen aus weitgeöffneten Toren und Türen ihre streitbaren Männer.

Es war das Wandern eines Volkes. Die harten Tritte der Millionen hallten dröhnend gen Himmel, dass aller Schlummer die Erde floh.

Elftes Kapitel
Wie Konrad Hochseß das Leben fand

Breit und majestätisch wälzt sich der Strom der Weichsel durch das grüne, flache Land; er ist wie ein Herrscher, der stets voll königlicher Ruhe zu schreiten gewohnt ist. Und an Graudenz, der kleinen Stadt an seinem Ufer, fließt er stolz vorbei, ihrer nicht achtend Sie ist ja auch nur eine arme Magd, die sich mit weit von ihm abgewendeten Straßen scheu und schämig vor ihm zurückzieht. Sie weiß, dass sie zu hässlich ist, um sich ihm anzubieten wie die großen Städte, die an breiten Flüssen liegen und ihnen ihre schönsten Häuser, ihre gepflegtesten Gärten herausfordernd zukehren. Sie wurde in Dienstbarkeit geboren, denn Trossleute des Deutschen Ritterordens, Handwerker und kleine Krämer waren es, die sie gründeten, nicht als künftige Handelsherren, die dem Wasserlauf ihre beladenen Schiffe zur abenteuerreichen Fahrt ins Weite anvertrauen wollten, sondern als arme Dienstmannen, die ihre Häuschen geduckt unter den Schlossberg bauten, in dessen Schutz und unter dessen Herrschaft sie standen. Hochmütig erhob er sich über sie, ein von der Natur selbst gebauter Thron, von dem aus die Ordensburg meilenweit in das Land sah und mit den Feuern ihres Wartturms allen Gleichen ringsum ihre Kriegszeichen gab. Ihr zu Füßen schmiegte sich auch der Strom wie ein gebändigter Riese, ja, wenn die Sonne ihn in seine schimmernde Silberrüstung hüllte, schien es, als ob er sie schmeichelnd umwerbe.

Und ob auch die frommen Ritter, hingestreckt von Russen und Tartaren, aus dem grässlichen Morden der Tannenberger Schlacht nicht wiederkehrten, die polnischen Vögte aber, denen die Burg danach untertan war, sie in dreihundertjähriger Herrschaft zur schmutzigen Herberge verkommen ließen, und der Sturm, den der korsische Äolus über Europa entfesselte, ihre morschen Mauern zusammenstürzte, – der Strom blieb ihr treu. Denn der Burgfried hielt allen Unbilden stand und spiegelte sich weiter in seinen Fluten, und der Brunnen im Burghof senkte sich immer noch tief, tief hinab und saugte an seinen Wassern.

Zu jeder freien Stunde, die er hatte, wanderte Konrad hier hinauf. Heimatliche Gewohnheit war es ihm, von hoher Warte in die Lande zu lugen, und dass man heute in Tälern und Städten so viele Türme baute zum bloßen Zierat, war ihm stets als ein Zeichen dafür erschienen, wie ganz und gar die Bestimmung alles Hochragenden, nach Wetter und Wolken Ausschau zu halten und das Nahen feindlicher Mächte zuerst zu sehen und zu künden, vergessen worden war, und wie die Menschen verlernt hatten, nach Sehnsucht zu verlangen. Denn nur, wer auf Bergen und Burgen steht, und wer sieht, wie Himmel und Erde sich berühren, der lernt das Sehnen, den vermag keine friedliche Enge mehr zu befriedigen.

Die Briefe Elsens, die ihm täglich von seinem Sohn erzählten und oft von ein paar ungefügen Buchstaben seiner Kinderhand begleitet waren, las er am liebsten hier oben. Dann wurde ihm das Bild des kleinen Konrad am lebendigsten, dann sah er fast greifbar deutlich das praktische und umsichtige Walten Elsens, unter deren weichen Fingern alles gedieh. Und er freute sich dessen von Herzen. Aber er war ganz außerstande, sich vorzustellen, dass er dabei sein könne, wenn Else dieselben Wege ging, die Norina gegangen war, und das lebensprühende Kind die Räume mit seiner Gegenwart erfüllte, wo Norinas Sohn die blauen Wunderaugen aufgeschlagen und wieder geschlossen hatte.

Er war so weit weg – wie der Bewohner eines anderen Sterns, der von dort aus seine eigne Erdenvergangenheit betrachtet. Denn wenn sonst Gegenwart fast unmerklich zur Vergangenheit wurde, so war jetzt eines vom anderen gewaltsam losgerissen.

»War ich wirklich gestern noch Konrad von Hochseß?« frug er sich oft, wenn er im ersten Morgengrauen vom Strohsack sprang und seine beiden Stubenkameraden – Kriegsfreiwillige wie er –, die mit ihren siebzehn Jahren noch einen Kinderschlaf hatten, aus den Betten rüttelte. Und er wiederholte verwundert die gleiche Frage, wenn er, der die Respektlosigkeit gegenüber Lehrern und Vorgesetzten einmal zum Prinzip erhoben hatte, sich widerspruchslos – nicht einmal seiner Empfindung gestattete er, sich aufzulehnen – selbst den scheinbar kleinlichsten Befehlen und Anordnungen grober Unteroffiziere fügte. Wenn seine beiden jungen Kameraden, die eben erst von der Schulbank und aus dem Elternhaus kamen, sich beklagten, und er, der eine Art väterlichen Verantwortlichkeitsgefühls ihnen gegenüber besaß, sie zu trösten sich bemühte, entwickelte er in der Verteidigung des »Militarismus« Gründe, die das Ergebnis fester Überzeugungen zu sein schienen und doch nichts als die rasche Folge des wuchtigen Anschauungsunterrichts waren, den der Krieg tagtäglich erteilte.

Nach der Kriegserklärung war noch nicht eine Woche verflossen, als Lüttich fiel, obwohl die Besatzung allein größer gewesen war als das Heer der Angreifer und die ganze Bevölkerung des Landes, selbst die Frauen, in dem überaus ungünstigen Berg- und Waldgelände aus dem Hinterhalt auf unsre Truppen feuerten. Wenige Tage später wurden die Siege von Mülhausen und Lagarde gemeldet und die Abwehrkämpfe der Grenzbesatzungen gegen die von allen Seiten einbrechenden Russen. Und das alles geschah, ohne dass der Aufmarsch der mobilen Truppen vollendet war, von Heeren in schwacher Friedensstärke.

Dann kam die Nachricht vom heldenhaften Untergang des kleinen Dampfers »Königin Luise«. Es war ein altes, friedliches Schiff gewesen, das fröhliche Badegäste bei geruhiger See von Swinemünde nach Rügen zu geleiten pflegte. Und plötzlich hatte das Kriegsfieber es gepackt und war mit nur hundertundzwanzig Mann Besatzung keck wie der jüngste Draufgänger bei Nacht und Nebel an Englands Küsten entlang geschlichen, um die See, die verschwiegene, die nicht einmal dem »Beherrscher der Meere« ihr Geheimnis verriet, sondern im stillen dem Wagemutigsten ihre Gunst gewährte, mit Minen zu spicken. An der Mündung der Themse erst, dicht vor der Hauptstadt, die sich damit brüstete, dass seit Jahrhunderten kein Feind sie betreten, hatte es sein Schicksal ereilt, aber auch da noch hatte es einen britannischen Kollegen mit in die Tiefe gezogen.

Sobald der Jubel über die ersten Siege nachließ und die Begeisterung über den Handstreich sich in stille, heiße Freude verkehrte, brach bei Konrads jungen Freunden in noch stärkerem Maße als vorher der Zorn über den Tagesdienst aus.

»Widersinnig ist's,« grollte Hans Gerwald, der einzige Sohn eines bekannten Berliner Malers, »jetzt Stiefel zu putzen und Stuben zu scheuern, wo es allein auf Schießen und Stürmen ankommt.«

»Unerhört –,« sekundierte Fritz Ewert, eines ostpreußischen Gutsbesitzers Ältester – »Griffe zu kloppen und Parademarsch zu üben, als ob nichts als ein Kaisermanöver uns erwartete.«

Und sie ergingen sich beide in heftigen Anschuldigungen eines Drillsystems, das nur ein langer, fauler Frieden hätte entwickeln können. Die Enttäuschung über den Beginn der so heiß ersehnten Heldenlaufbahn klang aus ihrem jugendlichen Unmut heraus.

Konrad liebte sie um dieser Ungeduld willen. Ihm selbst aber konnte die Vorbereitung zu der großen Aufgabe, die zu erfüllen war, gar nicht streng, gar nicht entsagungsvoll genug sein, und es bedurfte keiner besonderen Überredungskunst, um die beiden Kameraden für seine Auffassung zu gewinnen. Sie waren wohl beide Gymnasiasten gewesen, die wie die anderen ihre weichen Gemüter mit dem Panzer der Skepsis und Kühle umkleidet hatten, um ja nicht für unmännlich zu gelten; der Krieg hatte ihn gesprengt; die Tore ihrer Seelen standen weit offen allem, was rein und groß war. Konrad hätte sie in Erinnerung an seine eigenen siebzehn Jahre beneiden können, wenn die Erkenntnis ihres Wesens, von dem die Zeit alles abspülte, was ihm an Alltag schon angehaftet hatte, ihn nicht mit so stolzer Zukunftszuversicht erfüllt hätte.

»Alle, die sich einer großen Sache opferten,« sagte er einmal zu ihnen, »haben sich vorher kasteit, um jener Entsagung willen, die das ganze Ich auf einen einzigen Punkt konzentriert: die heilige Tat.« Und von da an erinnerten sie einander, wenn der Unmut sie wieder zu übermannen drohte, scherzend an die Pflicht der Kasteiung.

Weniger leicht war es, sie von der praktischen Notwendigkeit vieler untergeordneten Maßnahmen und Übungen zu überzeugen.

Er stieß auf stets erneuten Widerspruch, wenn er erklärte, dass ohne einen Drill bis ins kleinste, der jeden unbedeutenden Handgriff so lange einübt und in alle übrigen einordnet, bis er zu einem völlig mechanischen wird, ohne eine pedantische Ordnung, die jedem Dinge den unverrückbar gleichen Platz anweist, sodass keine Sekunde Zeit unnütz verloren geht, ohne eine eiserne Disziplinierung, die sich auf jede einzelne Handlung, ja auf jede Körperbewegung erstreckt, ohne einen Gehorsam, der dadurch geübt wird, dass er die persönliche Neigung in scheinbar nebensächlichen Dingen bändigt, ein Heer niemals zum unbedingt zuverlässigen Werkzeug in der Hand des Feldherrn zu werden vermöchte.

»Das mag früher richtig gewesen sein,« warf Hans Gerwald ein, dessen Schulwissen kein bloßes Gepäckstück war, das er mitschleppte, sondern sich in ihm zu etwas Lebendigem geformt hatte, »wo die Armeen klein und übersichtlich gewesen sind, jetzt, wo Millionen im Felde stehen, kann der einzelne nicht nur ein Werkzeug, sondern muss ein denkender Kopf, ein lebendiger Wille sein.«

»Ganz gewiss!« antwortete Konrad, »aber es war eben einer der größten Trugschlüsse der Vergangenheit, dass die Freiheit im Äußeren Freiheit im Inneren bedeutet. Erst die Mechanisierung des Daseins im Nebensächlichen, die unbedingte Herrschaft über alles Technische, befreit die Kräfte der Seele von allen Bindungen, sichert die Unerschütterlichkeit des Muts, der Ausdauer, der Siegeszuversicht.«

Allmählich überzeugten sich die beiden jungen Soldaten von der Richtigkeit seiner Auffassung, aber weniger infolge seiner Überredungskunst – denn so leicht es auch war, ihr Gefühl zu entflammen, so schwer war es andererseits, ihrem kritischen Verstand eine andere Richtung zu geben –, als infolge der Einsicht, die ihnen die Ereignisse der Nähe und der Ferne vermittelten.

So klein der Kreis ihres Gesichtsfeldes war – er reichte zunächst über den Kasernenhof und den Exerzierplatz nicht hinaus und erweiterte sich nach und nach auf die in ein Feldlager verwandelte Stadt – so deutlich erkannten sie doch die ungeheure Maschinerie des Krieges, in der das winzigste Rädchen seinen Platz und seine Funktion hatte und für das Ganze so unentbehrlich war wie der Motor selbst.

Und sie wurden alle drei – mit vollem Bewusstsein aus vertiefter Überzeugung – zu einem Zahn solch eines winzigen Rädchens und fühlten, wie Kraft und Wille dabei wuchs.

Das Regiment war längst im Felde. Vom ersten Tage an war es in Grenzgefechte verwickelt. Die daheimgebliebenen jungen Soldaten hörten nicht viel davon; in den Zeitungen stand nichts. Nur manchmal, wenn die älteren Leute, die Feldwebel und die Unteroffiziere vom Ersatzbataillon mit ernsten Gesichtern zusammenstanden, dann ahnten sie, dass wieder etwas, irgend etwas geschehen sei. Und zuweilen bekam der und jener einen Brief von einem, der draußen war; dann drängten sie sich abends in der Stube um ihn und horchten zu, mit brennenden Wangen und flackernden Augen, wenn er vorlas: von den Kosaken, den verfluchten Schimmelreitern, die die Dörfer in Brand steckten, die Häuser ausraubten, die Bewohner töteten oder entführten, von den langen Märschen und den Kämpfen in der Nacht, von der vierfachen Übermacht der grimmen Gegner. »Eins zu vier –« sagten sie untereinander mit strahlenden Gesichtern und strafften die Muskeln. »Eins zu vier –« mit dem Gedanken rückten sie am anderen Morgen in den Dienst und waren noch einmal so ausdauernd und so rührig als sonst.

Fritz Ewert, der Kriegsfreiwillige, war eines Abends beim Lesen hinausgegangen und nicht wiedergekommen. Man tuschelte hinter ihm her. Sollte das Kind sich fürchten? Warum ließ man auch Knaben zur Männerarbeit zu? In der Nacht hörte Konrad, wie er sich schlaflos hin und her warf; als der Morgen graute und der Schlummer ihn endlich bezwungen hatte, hingen zwei schwere Tränen an seinen Wimpern.

An einem Sonntage war es – die frommen Bürger der Stadt kamen gerade im Feierkleide aus der Kirche –, da schob sich vom Bahnhof her ein Häuflein müder, verstaubter Menschen zwischen sie. Alte Männer trugen ächzend schwere bepackte Körbe auf dem Rücken; Frauen schleppten todmüde Kinder mit sich, die nur noch leise zu wimmern vermochten.

Konrad hatte Fritz Ewert fast gewaltsam mit sich ins Freie genommen; sein junger Kamerad war so still, so traurig geworden, dass es ihn ängstigte. Aber kaum, dass er jetzt die Wandernden bemerkte, als er schon mitten unter ihnen war:

»Woher kommt ihr?« frug er, vor Aufregung heiser.

»Aus dem Neidenburgischen,« sagte ein Alter einsilbig.

»Von Osterode –« murmelte ein mattes Weib.

Und nun sprachen sie alle durcheinander: »Die Kosaken sind hinter uns her, mit Lanzen und Peitschen,« – jammerte eine gebückte Greisin. »Sie spießen unsre Kinder,« – heulte eine andere hysterisch auf, mit entsetzten Augen um sich blickend.

Die Kirchgänger sammelten sich um sie. Sie griffen in die Taschen, sie beratschlagten über ihre Unterkunft. Die Gesichtszüge der Flüchtlinge belebten sich. Des jungen erregten Soldaten achtete kaum einer mehr. An einen jeden richtete er drängend die gleiche Frage: »wisst ihr von Klaußen nichts?!«

Ein halbwüchsiger Bursche zuckte schließlich vielsagend die Achseln: »Die Russen sind überall.«

Und nun endlich schien sich Ewerts erstarrte Angst in einem Strom von Worten zu lösen. »Dicht dabei bin ich zu Hause, am Druglin-See,« erzählte er hastig. »Die Meinen sind daheim. Der Vater und die Mutter würden standhalten, bis zuletzt, das weiß ich. Weil man den Posten nicht verlässt, auf den Gott einen stellte. Weil die Heimat ihnen mehr gilt als das Leben. Und ich – ich konnte das Gut nicht leiden, weil ich frei sein wollte. Was hat der Vater getobt und die Mutter geweint über mich! Und nun: mein ganzes Leben will ich mich freudig von ihm fesseln lassen, wenn ich es gerettet, wenn ich die Eltern, die ich fast zu hassen vermeinte und doch so zärtlich liebe, in Sicherheit wüsste! Ach –,« er umkrampfte Konrads Arm – »und die Schwestern – zwei junge hübsche Dinger – seit einer Woche bin ich ohne jede Nach richt!«

Es beruhigte ihn etwas, dass Konrad mit ihm gemeinsam alles zu tun versprach, um Näheres in Erfahrung zu bringen. Aber bei allen Erkundigungen stießen sie auf das gleiche Nichtwissen oder auf die durch militärische Lage erzwungene Verschwiegenheit, während unbestimmte, wilde Gerüchte über das Schicksal Ostpreußens die Stadt durchschwirrten.

Eines Tages – Konrad war gerade zur Bahnhofswache kommandiert – kamen die ersten Verwundeten. Bahn um Bahn in endloser Reihe. Unter den weißen Linnen lugten aschfahle Gesichter mit geschlossenen Lidern hervor, und rote, fieberglühende, von Bandagen umwickelte Köpfe, die nichts als schreckhaft große Augen hatten, lagen reglos auf hartem Pfühl; und bei anderen lag die Decke ganz flach und leer, da wo sich die Beine unter ihr abzeichnen sollten. Die Menge derer, die noch gehen konnte, folgte: welche, denen das Kinn oder die Stirn, die Nase oder die Augen verbunden waren, oder die sich humpelnd vorwärts bewegten; einer, der nur auf einem Beine hüpfte, von zweien unter den Schultern gehalten, von denen selber jeder einen Arm in der Binde trug. Dann ein Kleiner, Blasser, der einen schlichten grauen Offizierskoffer zwischen den groben Fäusten schleppte, während die Schweißtropfen ihm unter der schmalen Kopfbandage hervorperlten; er hielt stöhnend inne und sah sich um. Da flog ihm ein junges Weib entgegen; der Koffer polterte zu Boden; er fing eine Ohnmächtige auf. »Sein Leutnant fiel, – das ist die Frau,« sagte ein Verwundeter zum anderen. Der nickte langsam: »Kein Offizier ist von meiner Kompagnie übrig geblieben,« sagte er.

Der Bahnhof war schon leer; nur eine schlanke Frau schritt noch immer angstvoll suchend am Zuge auf und ab. Da kamen ihr zwei entgegen: ein schmaler, junger Sanitäter und ein breitschultriger Rittmeister, der mit den hohen Stulpenstiefeln seltsam schleppend ging, mit starren Blicken unentwegt geradeaus sah und sich von seinem Begleiter an der Hand führen ließ, als wäre der Riese ein kleines Kind. Die Wartende trat ihm entgegen. »Arthur!« schrie sie auf. Er sah sie an, stumpf, gleichgültig. Er erkannte sie nicht.

Konrad stand, ohne ein Glied zu rühren, angewurzelt. Aber es war trotz aller Erschütterung kein rührseliges Mitleid, das er empfand. Es war Ehrfurcht.

Angesichts all dessen, was sie nun vor Augen sahen und was die erhitzte Phantasie aus den Erzählungen der Verwundeten und der Flüchtlinge gestaltete, wuchsen die Besorgnisse der Bevölkerung. Und als plötzlich Arbeiter zu Tausenden die Umgebung überschwemmten, ganze Wälder niederschlugen, um die Stämme die Kreuz und die Quer über den Boden zu werfen, die Erde zu tiefen Schützengräben aushöhlten und dichte Stacheldrahtverhaue zogen, da steigerten sie sich immer mehr.

Die Siege in Belgien und Frankreich, auf die sich im Reich das Interesse zu konzentrieren schien, vermochten hier, so nahe der Grenze, nicht mehr den gleichen Jubel hervorzurufen.

Ein Gespenst, unfassbar, namenlos, kroch die Angst durch die in der Sommerschwüle still glühenden Straßen.

Bis sich von Westen ein wetterschwangerer Wind erhob, der sie vor sich hertrieb, und, wie er den Himmel mit blitzgeladenen Wolken bedeckte, die Geister aufpeitschte zu kraftgesättigter Empörung.

Das war der Hass der Welt wider uns; das war die Lüge und die Verleumdung, die am höchsten bezahlten Söldner im Dienst unserer Widersacher.

Hans Gerwald, der als Schüler dem Jungdeutschlandbund angehört hatte und ihm seine aller ungesunden Großstadtkultur fremde natürliche Frische und kraftvolle Körperlichkeit verdankte, brauste bei einer der abendlichen Stubengespräche mit den Kameraden immer wilder auf, wenn von diesem Vernichtungskrieg der Feinde die Rede war.

»Wie eine Spinne sitzt England in der Mitte des Netzes, das es über die Erde spann,« rief er erregt, »aber das Gift, das diesem greulichen Tier seine verheerende Wirkung verleiht, ist nichts anderes als der von Juden gezeugte Geist des Krämers – ein uns Germanen so in tiefster Seele entgegengesetzter, dass es ihm gegenüber nur zweierlei geben kann: ihn gewaltsam abzustoßen, oder sich ihm mit Haut und Haaren zu verschreiben.«

Konrad lachte den Hitzkopf an, denn mochte er auch noch so häufig mit seinen Ansichten in die Irre gehen, dass er überhaupt welche hatte und stürmisch verteidigte, war erfrischend im Gegensatz zu der Zerfahrenheit seiner eigenen Jünglingsjahre. »Du vergisst, mein Junge,« sagte er – auch sie hatten untereinander das »Du« der Soldaten längst angenommen – »dass gerade England von Juden am wenigsten beeinflusst sein kann, weil es ihrer nur wenige hat, und überdies den ›Krämergeist‹, von dem du sprichst, schon zu einer so frühen Zeit besaß, wo von jüdischem Einfluss noch gar keine Rede sein konnte.«

»Auch verstehe ich nicht,« warf Fritz Ewert ein, der anfing, seine Teilnahmlosigkeit angesichts alles dessen abzustreifen, was sein persönliches Unglück nicht berührte, »was die infamen Verleumdungen, die England ausstreut, mit dem jüdischen Geist zu tun haben könne.«

»Herr Gott, bist du vernagelt!« entfuhr es dem Leidenschaftlichen. »Wer sein Lebtag schachert und im Übervorteilen des anderen die modernste und höchste aller Tugenden sieht, ist auf trügen und lügen angewiesen und wird der Sicherheit seines Systems unbedingt mehr vertrauen als den Waffen, die er zu führen verlernte.«

»Diese Folgerungen sind richtig,« antwortete Konrad rasch, »aber nicht das Judentum, sondern der Kapitalismus ist die Prämisse. Nur ein Volk, das ihn in Fleisch und Blut aufnahm, kann eines so niedrigen Hasses, der nichts, aber auch gar nichts, mit unserem heiligen Zorn zu tun hat, gegen den Weltkonkurrenten fähig sein, kann sich kaltblütig der Waffe der Verleumdung bedienen, um ihn zu überrennen.«

Gerwald riss die Augen auf: »Donnerwetter! – Du bist am Ende gar ein Sozi?!«

»Nein!« lachte Konrad, belustigt über das Entsetzen des jungen Soldaten, und fuhr zugleich bewegt von dem befreienden Gefühl, dass sich ihm jetzt die Gedanken so leicht zu festen Ansichten formten, ernster fort, »wenn du mich recht verstanden hättest, würdest du wissen, dass ich es im Sinne der heutigen Sozialdemokratie nicht sein kann, – die übrigens vielleicht am 4. August neu geboren wurde, sodass man über die noch in den Windeln liegende nicht viel zu sagen vermag. Auch sie hat sich vom Geist des Kapitalismus, der zugleich der Geist des Materialismus ist, weil er das Materielle zu Ursache und Zweck erhebt, verseuchen lassen, sonst hätte sie nicht so verblendet sein können, das Kuckucksei des Internationalismus, das der Kapitalismus ihr ins Nest legte, für ihr eigenes zu halten. Segnen wir den Krieg, dass er unseren kleinen Finger, den wir dem Teufel schon gegeben hatten, ihm wieder entriss. Segnen wir Hass und Verleumdung, die uns beweisen, dass wir noch anderen Geistes sind, dass wir Gut und Blut für nichts achten und die Idee von Staat und Vaterland für alles.«

Die beiden Stubengenossen verstanden ihn offenbar nicht ganz, aber um so stärker fühlten sie, dass sie im Tiefsten ihres Wesens auf einen Ton gestimmt waren. Und diese Harmonie, die aus der gemeinsamen Entrüstung wider den offenbaren fremden, seiner ganzen Natur nach feindlichen Geist der Gegner zum deutlichen Ausdruck kam, wurde in allen – den Soldaten, den Bürgern, den Männern und den Frauen – zur Kraft.

Und doch war die Angst noch nicht völlig vertrieben. Im Schatten hockte sie noch immer und zog mit den langen dürren Armen an sich, wer nicht sicher im Hellen ging.

Da kam die große Mittagsgöttin, die in alle Winkel leuchtete: Die Wahrheit. Ihr Kleid, die Sprache, das eben noch ein buntes phantastisches Gewand gewesen war, in das sie sich oft fast versteckte, floss in weißen strengen Falten an ihr herab. Niemand hätte sie mehr zu verkennen, niemand an ihr zu zweifeln vermocht.

In den kurzen markigen Worten des Generalquartiermeisters stand jedes Ereignis wie gemeißelt da.

Furchtbar konnte es sein; grauenhaft war es nicht mehr.

Ringsum an den Grenzen flammten die Städte und Dörfer gen Himmel, dass der Horizont in der Nacht rot zu glühen begann. Mochten die Augen entsetzt das grässliche Schauspiel gewahren, der Wille der vielen schmolz in der Lohe zu einem Unteilbaren zusammen.

Auch Konrads junger Kamerad wusste nun, dass Haus und Hof eingeäschert, dass die Schwestern entflohen, die Eltern von den

Mordbrennern fortgeschleppt waren – wer weiß wohin. Aber er weinte nicht mehr, er ballte nur die Fäuste und bekam schon jetzt den harten Zug um den Mund, den alle, die ihn erlebten, wie das Brandmal des Krieges tragen.

Weit, immer weiter entfernte sich ein jeder von der Fessel einstiger physischer und seelischer Heimat. Die Gegenwart versank ihnen allmählich, wie schon die Vergangenheit versunken war, und nur eines lebte: die Zukunft.

Verzehrend wurde in den Kasernen unter der jungen Mannschaft der Durst nach Taten. Sie sprachen nicht mehr viel miteinander. Müde vom strengen Dienst, müder noch von der getäuschten Erwartung, warfen sie sich abends aufs Bett und erwachten in der Frühe mit Augen voll Hoffnung: Heute –!

Immer mehr Reserven wurden herausgeschickt, einmal zehn, dann zwanzig, dann dreißig Mann. Sie strahlten, wenn sie gingen, als wären sie schon heimkehrende Sieger.

Und eines Morgens traf es Hans Gerwald, Fritz Ewert und Konrad Hochseß: »Um vier Uhr marschbereit.« Nichts weiter. Mit einem schmetternden Hurra aus zwei jungen Kehlen machte sich die überströmende Freude Luft. Singend packte Hans seinen Tornister, und von den Kameraden abgewandt, heimlich, dass keiner es sehen sollte – nur Konrad erhaschte es mit flüchtigem Blick –, strich er zärtlich den letzten Brief der Mutter glatt und verwahrte ihn in seiner Brusttasche, und steckte, ein großes Stück Brot opfernd, den gelben süß duftenden Kuchen von zu Haus in den Brotbeutel; Fritz dagegen entledigte sich mit aszetischer Härte aller Dinge, die ihm überflüssig oder gar sentimental erschienen. Zuletzt legten sie ein paar Bücher obenauf: ein kleines Bändchen Goethescher Gedichte der eine, Goethes Faust der andere und Nietzsches Zarathustra alle beide. »Ihr Barbaren!« sagte Konrad lachend. Er beschwerte sich nicht; ihm schien, als könnten gedruckte Worte ihm auf diesem Wege nichts mehr geben, was nicht an lebendig Gewordenem in ihm war.

In der letzten Viertelstunde ging er noch rasch den Schlossberg hinauf. In Frieden gebreitet, mit üppigen Feldern glänzte das Land, ein ahnungsloses Kind. Und die Wellen des Flusses, seines fröhlichen Spielgefährten, trugen das Sonnenlicht, das sie tranken, strahlend weiter. Nur der Turm ragte finster gen Himmel. Wie vor Jahrhunderten sah er in der Ferne lodernde Flammen, die den zahllosen, aus dem östlichen Horizont, dem schmalen Strich zwischen Himmel und Erde, schwarz hervorquellenden Horden, die Wege wiesen.

Das Regiment marschierte. Und vom Himmel brannte die Sonne und es war, als ob die weiße Chaussee von dem langen grauen, von Gewehren stacheligen Tier mit den vielen Menschenfüßen allmählich verschlungen wurde.

An stillen blauen Seen ging es vorbei, die zwischen nickenden Bäumen tief in den Mulden lagen. Dann sonderte sich wohl der oder jener ab, riss die Kleider vom Leibe und tauchte minutenlang den ermatteten Körper in die frische Flut, um gleich danach wieder in Sprüngen den Zug zu erreichen. Und da und dort standen Bauerngehöfte am Wege, mit roten Dächern und strotzenden Scheunen. Dann liefen Frauen und Kinder mit gefüllten Eimern zwischen den Reihen hin und her, als müssten sie gerade diesen Soldaten mit einem frischen Trunk dafür danken, dass der Krieg sie noch nicht berührte. Die Mädchen zierten sich nicht, wenn ihnen einer im Vorübergehen die roten Lippen küsste, und die Kinder jauchzten, wenn ein Bärtiger sie zärtlich zu sich emporhob. Sie waren ja keine Fremden mehr, sie waren alle eine Familie.

Das Regiment marschierte. Ein Hüne war darunter, der zuweilen aus dem Gliede trat und neugierig musternd, seine Kompagnie an sich vorüberziehen ließ. War der eine zu weiß im Gesicht oder der andere zu rot, so nahm er ihm fast mit Gewalt den Tornister vom Rücken und legte ihn über den seinen auf den eigenen Buckel. Und der jüngste Leutnant in einem anderen Bataillon trug mit einem Gesicht, das wie über den besten Witz der Welt fröhlich lachte, oft über jeder Schulter ein Gewehr. Konrad sah besorgt, wie Hans und Fritz, seine Nachbarn, in den Knien zusammenknickten oder in den Armen zu zittern begannen. Aber eine Frage, ein teilnehmendes Wort spannte ihre Kräfte aufs neue. Sie duldeten keine Hilfe. Der Oberst, um die ungeübteren unter seinen Leuten besonders besorgt, ritt häufig zurück, immer die gleiche Frage – »will einer schlapp werden?« – väterlich wiederholend. Aber das »Nein, Herr Oberst!« klang stets gleichmäßig kräftig, wenn es auch oft zwischen zusammengebissenen Zähnen hervorkam. Konrad wusste: Die da drüben, die Feinde mit den niedrigen Stirnen, und den seit Generationen an Lasten gewöhnten, stiernackigen Rücken, waren solcher Marschleistungen nicht fähig.

Und wir, die Nervenmenschen?! Wie kam das nur? So war auch hier, dachte er beglückt, die Idee der Materie überlegen, der eiserne Wille und das klare Bewusstsein von dem, was auf dem Spiele stand, stärker als die bloße brutale Kraft.

»Das Ganze halt!« tönte das Signal. Und im Augenblick lagen sie dicht aneinandergedrängt in den Gräben am Rande des Weges, von tiefem Schlaf übermannt. Niemand war in das reife Roggenfeld hinübergesprungen, wo es sich im Schatten der Ähren sicher gut schlummern ließ, – niemand, auch die nicht, die es sonst ruhig zertrampelt hätten um einiger Kornblumen willen. Sie wussten auf einmal etwas von der Heiligkeit des Lebens, diese Krieger, die den Tod in den Läufen ihrer Gewehre trugen.

»Marsch!« – Sie schüttelten sich. Die Tornister klapperten. Sie sprangen auf die Füße. »In der Heimat – in der Heimat, da gibt's ein Wiedersehn,« sangen sie aus schmetternder Kehle.

Das Regiment marschierte.

Und nun mündeten von allen Seiten die Straßen wie Nebenflüsse in die große Chaussee und brachten immer neue und neue Massen. Die Marschkolonnen verdoppelten sich: Infanterie auf der einen, Artillerie mit polternden Kanonen auf der anderen Seite; dazwischen ein schmaler Raum, auf dem Motorräder vorüberknatterten, Automobile sich schnaufend durchzwängten.

Über ein kleines Flüsschen hinweg, das in zahllosen Windungen, als sträube es sich mit aller Gewalt, von dem stillen, reizenden Tale Abschied zu nehmen, die Wiesen durchzog, stieg die Chaussee zu den waldigen Höhen empor. Da ging es plötzlich wie ein Stoß durch die Reihen, denn oben, ihnen entgegenflutend, erschien ein anderes Heer, in ununterbrochener Kette sich langsam vorwärtsschiebend. Feinde? Unmöglich; denn das Kommando, auszuweichen, wurde von Zug zu Zug weitergegeben.

Ein hochbeladener Leiterwagen machte den Anfang. Neben den schweißtriefenden Pferden ging ein Bauer mit weißem Stoppelbart und finster drohendem Antlitz, das nicht rechts noch links sah. Oben auf den Betten und Kisten thronte eine alte Frau, nornenhaft. In Strähnen hingen die grauen Haare um die durchfurchten Züge; ihre tiefen Augen sahen die Begegnenden an und sahen sie nicht; um sie her ein Krabbeln und Schreien von Kindern; hinter ihr am Wagen zwei Fohlen, die unruhig an den Ketten zerrten, und eine Kuh, die mühselig vorwärts stapfte. Allem anderen Fuhrwerk, das folgte, gab dieses Eine Tempo und Richtung an; von ihm schien erstarrt Verzweiflung wie eine lange, schwarze Fahne über alles zu wehen, das nachkam. Da waren kleine Karren, von Mann und Frau gezogen, dürftiger Hausrat darauf und blasse Kinder. Dann ein Hundegespann, darin in Betten gepackt eine Wöchnerin mit dem wimmernden Säugling an welker Brust. Elegante Landauer mit alten Arbeitsgäulen an der Deichsel, von halbwüchsigen Stallburschen gelenkt, dicht besetzt mit verhärmten Frauen, verängstigten Kindern, folgten Schritt vor Schritt in qualvoller Langsamkeit; denn viele, viele, die nicht überrannt werden durften, gingen zu Fuß. Zuweilen schritten schlanke, blonde Frauen in seidenen Kleidern, Mädchen in zarten, gestickten Mullröcken mitten unter ihnen, und Alte in straßenstaubigem Anzug, werdende Mütter, die geflickten Schürzen gespannt über dem gesegneten Leibe, saßen in ihren Kutschen. Fast alle aber schleppten irgend etwas: lauter tote Gewichte, die den Gang ihrer Füße beschwerten, letzte armselige Erinnerungen an die verlorene Habe. Die wenigen Befreiten schritten stark aus und überholten die anderen; ihre Augen bekamen neuen Glanz; sie wussten, dass sie nichts hatten, gar nichts, aber das Leben! Nur – nur! – das Leben! Und viele, die zuerst mitleidig, dann neidisch blickten, warfen mit raschem Entschluss die Lasten von sich – Spiegel und Kaffeemühlen, Köfferchen und Körbe bezeichneten ihren Weg –, und wiedergewonnene Kraft ging aus von ihnen.

Alle schwiegen. Selbst die Hunde, die mit hängenden Zungen dazwischen trotteten, hatten das Bellen verlernt. Keine Klage wurde laut, keine Bitte. Verstummt war wie auf Kommando das Singen der Soldaten, das Trommeln und Pfeifen und Trompeten der Musik. Und zwischen den Fliehenden und den Marschierenden flog kaum ein Gruß hin und her. »Marsch – marsch – wider den Feind,« hieß es bei den einen; »vorwärts – auf unseren Fersen ist er« – bei den anderen.

Nur den Kindern warfen die Feldgrauen da und dort ein Päckchen Schokolade zu; seinen schönen, duftenden, schon ein wenig bröckelig gewordenen Kuchen reichte Hans Gerwald mit einem zärtlichen Abschiedsblick einem blassen Bübchen, das mit wunden Füßen auf wackeligem Karren saß.

Fritz Ewerts Züge nahmen indessen einen immer gespannteren Ausdruck an; seinen Blicken schien nichts zu entgehen. Jeden Wagen durchforschten sie, in jedem Antlitz bohrten sie sich fest, als ob sich doch unter der Kruste von Schweiß und Staub, hinter der tragischen Maske, die der Jammer darüber gezogen hatte, ein altes, bekanntes Gesicht verbergen könnte.

Plötzlich durchschnitt ein lang gezogener Klageruf die Stille und übertönte laut das unaufhörliche Rollen der Räder, das Trampeln der Tritte. »U-uhh – u-uhh –« heulte es aus der Tiefe des Tals. Da standen die Herden, buntfleckig, dicht gedrängt, und schrien, von der Qual übervoller Euter gefoltert, den Menschen nach, die sie verlassen hatten. »Zu Sklaven machtet ihr«, schienen sie zu sagen, »die freien Tiere der Felder. Was sind wir nun ohne euch?! Fraß der Raben!« Und sie fingen an, sich vorwärts zu bewegen am Rande der Straße den Fliehenden nach, ein drittes Heer, laut brüllend in seiner unfassbaren Not.

Der Abend kam. Die Armee zog sich wie ein Fächer weit auseinander. Auf einem schmalen Landweg unter einem Dach hoher Linden marschierte das Regiment dem Dorfe zu, das, als wäre es vor der Zeit schlafen gegangen, lautlos zwischen zwei blauen Seen lag, die es wie freundliche Augen bewachten. Nach dem Marsch des heißen Tages sehnten sich die Soldaten nach Stunden der Ruhe. Aber kein Hund schlug an, den Bewohnern ihr Kommen kündend, kein neugieriges Kindervolk sprang ihnen wegweisend entgegen. Einladend glühten rote Geranien unter dem Giebel mit den geschnitzten Pferdeköpfen des ersten Bauernhauses am Wege, aber auf Pochen und Rufen antwortete keiner. Sie traten die Türe ein. Seltsam: wie leer der große Flur gähnte. Da klangen aus dem Stall daneben wimmernde Laute: Verblutend lag auf dem Stroh eine edle Stute, von einer Lanze roh durchbohrt, das langsam sich verschleiernde Auge mit einem Ausdruck menschlichen Mutterwehs auf das hochbeinige Füllen gerichtet, das kläglich nach Nahrung winselte. Einer zog den Revolver und gab ihnen beiden den Gnadenschuss. Dann warfen sie sich in der Scheune daneben aufs Heu.

Die Türe des nächsten Hauses stand weit offen. Auf dem Tisch in der Stube lag ein Strickzeug; in der Kammer standen noch volle Milchsatten auf den Wandbrettern. Und doch suchte keiner, der eintrat, nach der Hausfrau. Wie aus einer Gruft schlug es jedem entgegen, atembeklemmend. Dann kam eins, da wehten wie hilfeflehend die weißen Vorhänge aus zerbrochenen Fenstern, und zu Haufen geschichtet, sinnlos zerschlagen, zertrampelt, beschmutzt lag der Hausrat auf den Dielen; im Garten dahinter stand ein frisches, roh zusammengenageltes Holzkreuz. Danach aber, wo die Häuser sich dichter scharten, ragten nur noch rauchgeschwärzte Mauern in die Luft, Haufen verkohlter Holzbalken versperrten den Weg, ein beizender Geruch angebrannter Kadaver schwebte darüber. Aber übermannt von Ermüdung warfen sich die Soldaten achtlos in die Mauerwinkel. Die kleine Kirche drüben lockte noch; sie stand nicht zwischen den Häusern wie ihresgleichen, sondern recht wie ein Feiertag, über den Werktag erhoben, auf einem Hügel.

»Dorthin,« sagte Konrad zu seinen beiden Gefährten; die drei hatten immer getreulich zusammengehalten. Sie kletterten über den Kirchhof, über umgestürzte Kreuze, geborstene Steinplatten, an kreisrunden, tiefen Kraterlöchern vorbei – als ob dieser Krieg selbst den Toten ihren Frieden nicht gönnte – und erkannten erst dicht vor dem Gotteshause stehend, dass eine Granate das Dach heruntergerissen hatte. In das trümmerbedeckte Schiff lugte düster der Nachthimmel, und die alten Bäume ringsum streckten anklagend kahle, geschwärzte Äste empor zu ihm. Aber die drei Müden suchten nicht länger.

»Hat die Erschöpfung mich stumpf gemacht,« dachte Konrad, als er sich in den Mantel gewickelt auf die Altarstufen streckte, »sind diese neben mir, die jetzt schon in tiefem Kinderschlaf liegen, von Natur so hart, dass alle Trümmer von Menschenglück, die wir sahen, uns weniger erschüttern als eine Shakespeare-Tragödie auf der Bühne?« Nein – es war nicht Härte und nicht Erschöpfung, es war eine neue Abschätzung der Werte, die sich aller bemächtigte. dass Häuser und Scheunen, Kühe und Kälber jemals als Inhalt des Glücks hatten erscheinen können – musste man darüber heute nicht nachsichtig lächeln, wie reife Menschen über Kinderträume? Konrad sah noch einmal zu seinen Kameraden hinüber: ein hoher Ernst, eine fast aszetische Strenge lag auf ihren stillen, jungen Gesichtern. So meißelt das Schicksal die Köpfe derer, die bestimmt sind, die Zukunft zu bauen. Und der Neid, der sich seiner bemächtigen wollte, wandelte sich in andächtige Liebe, in starke Hoffnung.

Das Regiment schlief, als hätte es nur einen Atem. Gleichmäßig, einlullend klang von der Chaussee herüber noch immer das Rollen der Flüchtlingswagen.

Drei Stunden der Ruhe. Dann Alarm – ohne Signal –, dessen Flüstern aufpeitschender war als die Trompete. Kein Licht durfte gebrannt werden, kein Streichholz entzündet; schattenhaft huschten die Gestalten in der Finsternis. Zu essen gab's ein wenig Brot und Speck; man musste sparsam sein mit den Rationen; die Feldküchen und die Bagage hatten bei diesen Eilmärschen den Anschluss nicht mehr innezuhalten vermocht.

Und nun harte, gedämpfte Kommandostimmen: »Antreten – Gewehre in die Hand – das Gewehr über – ohne Tritt – marsch!«

Viele schliefen im Gehen. Gefühl und Gedanken lagen unter einer dunklen Decke. Nur die Beine bewegten sich wie eine aufgezogene Maschine.

Da setzte aus der Ferne ein dumpfes Grollen ein, wie das Knurren gefangener Löwen, die ihren Fraß erwarten. Und die Köpfe hoben sich, der Schritt wurde elastisch, in die Körper kehrte die Seele zurück.

An einem Gutshof irrlichterte es – abgeblendete Laternen – Gemurmel – in der Finsternis riesenhaft erscheinende Planwagen. Von einem Licht flüchtig getroffen, glühte ein rotes Kreuz phantastisch auf. Im Walde wurde es lebendig. Verschlafene Vögel flatterten unruhig über den Ästen. Leise drückten sich Pferdehufe in den Sand des Wegs: Lanzenreiter. Oder Ritter der Vorzeit in grauer Eisenwehr, die der Alarm aus den Grüften schreckte? Aus Erdhügeln streckten sich die offenen Mäuler schwerer Geschütze, beutegierig. Und darüber ein Rauschen schwerer Flügel, die riesige Gestalt eines Urweltvogels.

Konrad sah empor, als müsse er diesem beschwingten Ungeheuer Abbitte leisten. Die Mutter dieses Fabeltiers hatte er allzeit gering geachtet; wie hatte sie plötzlich Sinn und Wert bekommen, seitdem sie nicht mehr Selbstzweck, Sport und Spielzeug war, sondern im Dienste stand wie sie alle.

Vorüber marschierte das Regiment.

Im Morgengrauen befand es sich oberhalb einer weiten Talmulde, die ringsum von wellenförmigen Hügelketten umrandet war, während sie in ihrer Tiefe blaue, im Grün hohen Schilfrohrs sich verlierende Wasserflächen barg und verstreute Gehöfte, von Bäumen beschützt, und hie und da ein Dörfchen, das in seinem besonderen kleinen Hügelbettchen lag wie ein Kind in der Wiege.

Das Knurren der eisernen Raubtiere von drüben wurde zu einem wütenden Wolfsgeheul.

Die Massen der Marschierenden lösten sich auf.

»Kompagniekolonne in der Richtung auf den Sturzacker halblinks vorgehen!« – klang es an Konrads Ohr. Endlich! Wer war noch müde, wer hungrig?! Sie stürmten vorwärts.

Und näher, immer näher pirschen sich die russischen Granaten.

Sie sausen über die Köpfe, wie die gespenstische wilde Jagd:

»Hu–i–ch–sch–ach!«

Und die Antwort kommt, ein Hexenritt in der Walpurgisnacht:

»Pu–uh–uh« –

Zerrissen, zerwühlt ist der Acker ringsum. Über niedrigem Feuerstrahl steigen da und dort dicke, braune Erdvulkane auf.

»Ohne Tritt – marsch – halt – Gewehr ab – hinlegen« – wie ein Uhrwerk, ruhig, gleichmäßig, wiederholen sich die Kommandos.

Viertelstunde um Viertelstunde vergeht.

Da: ein verlassener russischer Schützengraben, wüst wie ein zerstörtes Vorstadtwarenhaus. Hemden, Hosen, Gewehre, Kochgeschirre – alles haben sie im Stiche gelassen in haltloser Flucht.

Und der Donner von drüben rollt wie zwischen den Felswänden des Hochgebirges.

Und die Blitze entzünden die Gehöfte ringsum, lodernde Fackeln zum furchtbaren Feste des Kriegsgottes.

Dann plötzlich Stille.

Nur in den Ohren braust und saust es noch, und der Herzschlag hämmert wild den Takt dazu. Sie fallen um wie die Toten, da wo sie stehen; ein Schlaf von Minuten, der in seiner Tiefe wie eine Ewigkeit lang ist.

»S-s-s-it – bum. S-s-s-it – bum –« und am Himmel kringeln sich zarte Lämmerwölkchen.

Das ist Schrapnellfeuer in der Flanke.

Hinter der Schützenlinie rasen zwei herrenlose Gäule mit offenen Leibern, aus denen die Eingeweide quellen – sie fallen – acht Beine recken sich zuckend empor.

»Plä-rr-rr« – das sind die Gewehre des Regiments – wie ein Wagen auf holprigem Pflaster.

»Ting« – von drüben wie ein Klirren am Drahtzaun.

Im eiligen Vormarsch ist offenbar ein seitlicher Graben übersehen worden.

»Sprung auf – marsch – marsch! –« sie fliegen in Sprüngen über das ebene Feld.

»O-o-h!« schreit einer neben Konrad. Ein Körper rollt ihm vor die Füße. Instinktiv bückt er sich, um ihn aufzurichten. Gebrochene Augen stieren ihn groß an. Die Nase ist ganz spitz und weiß, – die ganze Brust eine klaffende Wunde. Weiter!

»Ach!« – wieder einer. Wie ein gefällter Baum stürzt er.

»Hinlegen!« Es ist, als ob die Erde sie schützend in ihre Arme nimmt.

»Plä-rr-rr« knattert es. Diesmal blieb die Antwort aus.

Aus dem feindlichen Schützengraben kroch ein großer erdbrauner Mann mühsam hervor. Durch die Kruste von Staub, die sein Gesicht bedeckte, sickerte von der Stirn herab über das rechte Auge ein Rinnsal roten Blutes. Er stützte sich schwer auf den Degen und ließ mit der Linken mühsam ein Stück weißen Linnens flattern.

Konrad war der erste, der ihm entgegentrat. Mit einer einzigen Handbewegung wies er in den Graben hinter sich. Da standen sie aneinandergedrängt, an die Schanze gelehnt, mit zerrissenen Gliedern, durchlöcherten Schädeln, zerschossener Brust, die Waffe noch immer von den erstarrten Fingern umkrampft.

»Das Vaterland –« sagte der Offizier in stockendem Deutsch, Konrads staunendem Blicke folgend. Da salutierten die preußischen Wehrmänner ringsum, ehe sie ihn und die wenigen Übriggebliebenen abführten.

»Das Bataillon hinter das Dorf – vorwärts marsch!« Es war keine Zeit, um sich des Grausens und der Bewunderung klar zu werden.

Die Kämpfer sammelten sich. Viele fehlten. Und nun schritten sie wieder aus; im Takt klappten die Sohlen auf dem harten Boden. Hans Gerwald lachte Konrad an, Fritz Ewert drückte ihm stumm die Hand. Sie gehörten zur Spitzenkompagnie.

»Wir sind gefeit – alle drei,« sagte Hans, »und das Dorf da unten ist verschont geblieben, als wäre es für uns bestimmt.«

Im gleichen Augenblick prasselte über ihre Köpfe hinweg eine deutsche Granate mitten hinein.

»Also hat die Drachenbrut sich drinnen festgesetzt,« brummte Fritz.

Und schweigend ging es weiter.

Dicht vor dem Dorfe stehen sie. Waren noch Menschen in den Häusern?! Eine alte Frau mit einem weinenden Kinde an der Hand läuft ihnen entgegen. Hinter ihr aus der braunen Scheune sprühen im Augenblick glühende, funkenstreuende Garben.

»Nehmt das Kind!« schreit sie heiser. Die Nächststehenden wollen beide zurück hinter ihre Linien zerren. Aber mit übermenschlicher Anstrengung reißt sie sich los: »Ich sterbe, wo ich geboren bin,« und in rote Glut taucht sie unter. Das Kind fliegt von Arm zu Arm – »meine Puppe!« schluchzt es auf. Sie ist ihm entfallen, schon züngelt ein Flämmchen nach ihr. Hans Gerwald springt hinzu und schleudert sie der Kleinen nach, die jetzt tief in einem Kellerloch steckt.

»Hans!« ruft Konrad.

Der lacht hell auf: »Wenn die Puppe ihr Lebensglück ist –« Dann bricht er zusammen: »Mein Fuß!« und ein langer Blick, wie gequälte Tiere ihn haben, die nicht reden können, trifft den Kameraden. Es kracht und prasselt von allen Seiten. Schon hat ihn Konrad auf den Armen wie ein kleines Kind. Der aber wehrt sich mit versagenden Kräften: »So lass – mich – doch liegen!«

Doch Konrad hält ihn umklammert. Ihm ist auf einmal, als rettete er etwas sehr Kostbares, Unersetzliches – ein Stück der Jugend, die aufbauen sollte, was jetzt in Trümmer fiel. Und wie Christoforos stark fühlt er sich.

Sie kommen zu einem Chausseewärterhäuschen. Er stößt mit dem Fuß die Türe auf. In dem engen Raum dahinter liegen sie schon, die Verwundeten, dicht geschart, Mann an Mann. Sie wimmern leise. Der Sanitäter weiß kaum, wem er zuerst helfen soll. Aber der Eintritt der neuen Gäste lässt sie verstummen. Aller Augen richten sich auf sie, eine einzige Frage, die keines Worts bedarf. Und Gerwald hebt den Kopf - er lacht schon wieder -: »Wie's steht, wollt ihr wissen, Kameraden?« sagte er mit ganz heller Stimme, »nun gut - wie anders als gut. Bis die Sonne sinkt, ist Preußen frei!« Dann wird er sehr blass.

»Hm,« macht der Sanitäter, als er ihm den Stiefel aufgeschnitten hat. Konrad sieht ihn ängstlich an. Er schüttelt den Kopf: »Ein Dum-Dum-Geschoss offenbar. Wird lange dauern -« sagt er ganz leise.

Noch ein Händedruck, den der Verwundete heftig erwidert. »Spätestens übermorgen bin ich doch wieder heil?« hört er ihn noch inständig flehen. Dann ist er wieder auf der Straße und jagt dem Dorfe zu.

Ein einziger brennender Trümmerhaufen empfängt ihn.

»Nach der Feuerlinie entwickeln -« eine nicht mehr menschliche Stimme brüllt es aus Rauch und Flammen.

Lähmendes Entsetzen - nur einen Atemzug lang - versteint alles. Dann: vorwärts - hinein!

Jeder Gedanke erlischt. Jedes Gefühl schrumpft zusammen.

Beizender Rauch beklemmt den Atem. Er wirbelt empor, verhüllt den Himmel, als wollte er dem freundlich strahlenden das grässliche nicht schauen lassen, um dann, hohnlachend über das eigene Mitleid, aus den Dächern auszubrechen und die schwarzen Schwaden triumphierend mit gelbem und blauem Licht zu zerreißen. Danach streckt er sich schmal, weiß, langsam, wie die Seelen der Toten, aus berstenden Fenstern.

Quer über die Straße jagen Tiere mit wahnsinnigem Gekreisch. Sie entfliehen dem brennenden Stall, sie prallen jenseits entsetzt zurück vor zusammenkrachenden Balken. Sie fallen. Und über verendete Leiber springt die stürmende Truppe wider die Menschenmauer, die ihren Weg versperrt.

Das ganze Orchester der Hölle spielt dem satanischen Tanze auf:

Kugeln, Granaten, Schrapnells – ein Pfeifen und Knattern, Heulen und Sausen.

Die lebendige Mauer zerreißt – fällt auseinander – bricht in sich zusammen. Berge von Toten und Sterbenden häufen sich.

Noch ein Bogenstreich des geigenden Teufels – das letzte Gekreisch der Getroffenen.

Spätnachmittag war es. An einem weißleuchtenden Tag im August.

Da fand Konrad Hochseß sich wieder unter einer einsamen Pappel am Weg. Er sah an ihr empor. Gedankenlos. Ihre Spitze war verdorrt. Richtig – alle Pappeln gehen ein – fuhr es ihm durch den Sinn – alle, die zu den Zeiten korsischer Weltherrschaft gepflanzt worden sind.

Er begann langsam zu sich zu kommen. Warum lag er hier? Er musste doch –

Dort unten am See war ein Menschengewühl – am See, der grünlich-blaue Hexenaugen hatte – Augen, die verraten, wenn sie lächeln.

Dort kämpfen Kameraden –!

Er sprang auf – und sank ächzend zusammen. Was war das nur für eine Faust, die ihn festhielt?

Er besann sich: mit dem Kolben hatte er um sich geschlagen in die breiten, gelben Fratzen, die rechts und links um ihn aufgetaucht waren. Und dann hatte ihm jemand einen Stoß vor die Brust gegeben.

Jemand? – Wer?

Sehr groß war er gewesen – riesenhaft. Hatte einen Stab in der Hand gehabt – oder einen Speer. Und eine lange, graue Haarsträhne über dem linken Auge –

Konrad lächelte matt: Wie dumm die Müdigkeit machte! Und dass ihm just jenes vergessene Bild einfiel, – der einäugige Germanengott –, das über seinem Kinderbettchen gehangen hatte!

Seltsam: immer mehr Bilder kommen, lebendig gewordene. War jener dort nicht der ruhende Gigant aus der Mediceerkapelle, der alle Erkenntnis besaß und nicht sagen konnte, was er wusste? Er hatte sich erhoben, war entwichen, um vor ihm den verschlossenen Mund zu öffnen – fast hätte er mit seinem marmornen Fuß die Wasserrose zertreten – Jörun Egils Wasserrose mit dem Käfer darin. –

dass der Prophet, der die neue Religion suchte, in den See gegangen war, weil – weil der Käfer die Blume fraß! Warum hatte er nicht bis heute gewartet?

Jörun Egil – wie töricht bist du! Siehst du denn nicht, dass es den Tod nicht gibt? dass Tod und Leben nichts sind, wie das Auf und Ab der Wellen? Freilich – wenn du nur den Käfer siehst – nichts als den Käfer!

Konrads Kopf sank zurück. Wie gut, dass die Erde sich so weich wie ein Kissen hinter ihm wölbte! Und wie es leuchtete über ihm: gelb, rosa, violett – war es der Himmel Toskanas? Er Schloss beseligt die Augen. »Norina« hauchte sein blasser Mund. Ein Klingen und Singen und Jauchzen war ihm im Ohr und ein Mittönen der Erde wie von tanzenden Füßen. Zu Busch und Wiese, zu Wald und Dorf kehrten sie wieder in Scharen, die vertriebenen guten Götter der Erde, die Genien des Hauses, die Nymphen der Flur. Nun war alles, alles belebt, was tot gewesen war, oder – seziert, wie Leichen. Selbst aus der sterbenden Pappel über ihm lachte noch eine freundliche Dryade.

Ob wohl sein Junge mit Nix und Elfe spielte? Und zur großen Mutter beten lernte? Wie gerne würde er –

Krampfhaft riss er die Augen auf. Seine Gedanken waren jetzt klar, ganz klar.

»Ich sterbe,« sagte er laut, und eine Frömmigkeit, wie er sie nie empfunden, weitete und erhellte seine Seele.

Andächtig sog sein Auge das Bild ringsum ein: das von Geschossen zerrissene Feld, das seine Wunden trug, um einst im Frieden von lebendiger Liebe umhegt, nur um so vollere Früchte zu tragen. Denn Kanonendonner war der Hochzeitsglockenklang gewesen, unter dem sich der Mensch wieder der Erde vermählte.

Ihm schwindelte – als wäre es Mitternacht und der ganze sternfunkelnde Himmel sänke auf ihn –

Und plötzlich stand er in Reih und Glied mitten unter den Kameraden. Verzweifelt verteidigten die Russen den Damm, der dort, wo der See am schmalsten war, hinüberführte in ihre letzten Stellungen. Sie sanken wie Ähren vor dem Schnitter, doch aus jedem Korn wuchs im Augenblick ein neuer Riese hervor – sie führten Kolben mit Eisenstacheln und Peitschen mit Bleikugeln – sie schleuderten Felsen durch die Luft –

Gibt es eine Waffe und eine Übermacht, die den bezwingen könnte, der unsterblich ist, – weil das Sterbliche in ihm aufging im Ewigen, der Idee? –

Dann war er wieder unter der Pappel. Die gute Dryade wischte ihm mit einem kühlen Tüchlein den Schweiß von der Stirn und bedeckte mit weichen Händen seine Ohren, damit er den furchtbaren Schrei von unten nicht höre, wo der See gierig die Russen verschlang, die nicht weichen und sich nicht ergeben wollten.

Und lächelnd huschte sie davon. Schade! Sie hatte tiefe, dunkle Augen gehabt wie –

»Hurra – hurra –!« Das ganze Tal hallte wider –

Konrads Antlitz leuchtete.

Wie schön ist es doch, zu sterben am Spätsommerabend – wenn die Sonne sinkt – für den, der das Leben fand!